BESTSELLER

Nora Roberts, la autora número 1 en ventas de *The New York Times* y «la escritora favorita de Estados Unidos», como la describió la revista *The New Yorker*, comentó en una ocasión: «Yo no escribo sobre Cenicientas que esperan sentadas a que venga a salvarlas su príncipe azul. Ellas se bastan y se sobran para salir adelante solas. El "príncipe" es como la paga extra, un complemento, algo más..., pero no la única respuesta a sus problemas». Más de quinientos millones de ejemplares impresos de sus libros avalan la complicidad que Nora Roberts consigue establecer con mujeres de todo el mundo.

Su éxito es incuestionable; quienes la leen una vez repiten. Sabe hablar a las mujeres de hoy sobre sí mismas y sus historias llegan a un público femenino muy amplio porque son mucho más que novelas románticas. Nora Roberts ha escrito más de 215 libros que se han publicado en 34 países. Se venden unas 27 novelas suyas cada minuto y 60 han llegado al codiciado número 1 de *The New York Times* en la primera semana de ventas.

Para más información, visita la página web de la autora: www.noraroberts.com

También puedes seguir a Nora Roberts en Facebook o en Instagram:

 Nora Roberts

 norarobertsauthor

NORA ROBERTS

El despertar

El Legado del Dragón
Libro 1

Traducción de
Pilar Ramírez Tello

DEBOLS!LLO

Papel certificado por el Forest Stewardship Council®

Título original: *The Awakening*

Primera edición en Debolsillo: julio de 2025

© 2020, Nora Roberts
© 2021, 2025, para todo el mundo, excepto EE.UU., Canadá, Filipinas y Puerto Rico,
Penguin Random House Grupo Editorial, S.A.U.
Travessera de Gràcia, 47-49. 08021 Barcelona
© 2021, Pilar Ramírez Tello, por la traducción
Diseño de la cubierta: Penguin Random House Grupo Editorial
basado en el diseño original de Ervin Serrano
Imagen de la cubierta: © Getty Images y © Shutterstock

Printed in Spain – Impreso en España

ISBN: 978-84-663-5994-8
Depósito legal: B-8.849-2025

Impreso en Black Print CPI Ibérica
Sant Andreu de la Barca (Barcelona)

P 3 5 9 9 4 8

Para Colt, mi niño,
que con su luz llena de alegría
y de amor nuestras vidas.

PRIMERA PARTE

CAMBIOS

*Una verdad a medias
es siempre la peor de las mentiras.*

ALFRED, LORD TENNYSON

No supongas que soy lo que antes fui.

WILLIAM SHAKESPEARE

PRÓLOGO

Valle de las Hadas

La bruma, con sus relucientes dedos de plata, se alzaba por encima de las pálidas aguas verdes del lago. Al frío del alba, Keegan O'Broin se encontraba junto al lago contemplando el nacimiento del día. Un día que sabía cargado de cambios y elecciones, de esperanza y poder. Aguardaba, cual aliento contenido, a que llegara el momento de cumplir su deber y albergaba la esperanza de regresar a la granja antes del mediodía. Tenía tareas de las que encargarse, además del entrenamiento, por supuesto. Pero en casa.

A la señal, se quitó las botas y la túnica. Su hermano, Harken, hizo lo mismo, igual que los demás, casi seiscientos de ellos. Los jóvenes y los no tan jóvenes no solo procedían del valle, sino de todos los rincones de Talamh. Venían del sur, donde los píos rezaban sus plegarias secretas; del norte, donde los más bravos guerreros protegían el Mar de las Tormentas; de la capital, al este; y de allí mismo, en el oeste.

Porque su jefe, su *taoiseach*, había muerto; había dado la vida por salvar el mundo. Y, tal como estaba escrito, tal como se había contado y cantado, un nuevo jefe se alzaría, como aquellas brumas, aquel día, en aquel lugar, de aquel modo.

Tenía tan pocas ganas de ser *taoiseach* como Harken. Harken, un alegre niño de doce años (el más joven de entre los que tenían permiso para participar en el ritual), llevaba la granja en la sangre. Keegan sabía que, para su hermano pequeño, aquel día, la multitud y el salto al lago no eran más que pura diversión.

Para Keegan, era el día de ser fiel a su promesa a un moribundo, a un hombre que se había portado como un padre cuando el suyo partió con los dioses, a un hombre que había conducido a Talamh a la victoria sobre los que querían esclavizarlos y que había pagado por ello con su vida. No deseaba recoger el bastón de *taoiseach* ni empuñar la espada del líder del *clann*. Sin embargo, había dado su palabra, así que se sumergiría en el agua con todos los demás chicos, chicas, hombres y mujeres.

—¡Vamos, Keegan! —exclamó Harken, sonriente, con su mata de pelo, negra como ala de cuervo, ondeando con la brisa primaveral—. Piensa en lo que nos vamos a divertir. Si encuentro yo la espada, proclamaré una semana de banquetes y bailes.

—Si tú encuentras la espada, ¿quién se encargará de las ovejas y de ordeñar las vacas?

—Si me nombran *taoiseach*, haré todo eso y más. La batalla está luchada y ganada, hermano. Yo también lamento su pérdida. —Y, con su bondad innata, Harken echó un brazo sobre los hombros de Keegan—. Era un héroe y nunca lo olvidaremos. Y hoy, como él quería y como debe hacerse, se alzará un nuevo líder.

Harken, que tenía unos ojos azules relucientes como el día, recorrió con la mirada la multitud reunida a las orillas del lago.

—Lo honramos a él, a todos los que vinieron antes que él y a todos los que vendrán después. —Le dio un codazo a Keegan—. Deja de hacer pucheros, que seguro que ninguno de los dos salimos del agua con Cosantoir en la mano. Lo más probable es que sea Cara, que en el agua es tan lista como una sirena, o Cullen, que lleva dos semanas practicando cómo contener la respiración bajo el agua.

—No me extraña —masculló Keegan.

Cullen, buen soldado donde los hubiera, no sería el jefe más apropiado. Prefería luchar a pensar. Keegan, también soldado a sus catorce años, uno que había visto sangre y la había derramado, que conocía el poder y lo había sentido, comprendía que el cerebro era tan importante como la espada, la lanza y los poderes. Más, si cabe. ¿No era eso lo que le habían enseñado tanto su padre como el que lo había tratado como a un hijo?

Mientras esperaba al lado de Harken, con tantos otros, todos charlando como cotorras, su madre se abrió paso entre la multitud. A Keegan le habría gustado que se zambullera con ellos. No conocía a nadie capaz de solucionar una disputa tan fácilmente y de encargarse de una docena de tareas a la vez. Harken había heredado su bondad; su hermana, Aisling, su belleza; y a él le gustaba pensar que había heredado, como mínimo, parte de su astucia.

Tarryn se detuvo junto a Aisling, que había decidido colocarse junto a sus amigos en vez de al lado de sus hermanos, a los que, como era propio de la edad, trataba con desdén. Keegan vio a su madre levantar la barbilla de Aisling, darle un beso en cada mejilla y decirle algo que la hizo sonreír antes de acercarse a sus hijos.

—Y aquí tengo un ceño fruncido y una sonrisa.

Alborotó el pelo de Harken y le dio un tironcito a la trenza de guerrero que recorría el lado izquierdo de la cabeza de Keegan.

—Recorda la razón de ser de este día que nos une y define quiénes somos y lo que somos. Lo que estáis haciendo hoy también lo hicieron los que os precedieron hasta remontarnos mil años atrás, o incluso más. Y los nombres de los que sacaron la espada del lago estaban escritos incluso antes de que nacieran.

—Si el destino elige al sucesor, ¿por qué no lo vemos? ¿Por qué no lo ves tú, que conoces tanto lo pasado como lo que está por venir? —insistió Keegan.

—Si tú, yo o cualquier otro pudiéramos verlo, desaparecería la posibilidad de elegir.

Como hacen las madres, Tarryn rodeó con un brazo los hombros de Keegan, aunque sus ojos, que eran azules y relucientes como los de Harken, estaban fijos en el lago y atravesaban la niebla.

—Es decisión tuya sumergirte en el agua, ¿no es cierto? Y la persona que encuentre la espada debe decidir si desea o no salir con ella.

—¿Por qué iba a decidir no salir con ella? —preguntó Harken—. ¡Si se convertiría en *taoiseach*!

—Honramos a la persona que nos lidera, pero es ella la que carga con todas las responsabilidades. Así que, al elegir la espada, también se debe elegir eso. Y, ahora, silencio. —Besó a sus dos hijos—. Aquí está Mairghread.

Mairghread O'Ceallaigh, que también había sido *taoiseach* y era la madre del que acababan de enterrar, se había desprendido de su ropa negra de luto. Vestía de blanco, una túnica sencilla sin más adornos que un colgante con una piedra tan roja como su cabello. Tanto la piedra como el pelo parecían consumir la niebla como el fuego a su paso. Llevaba el pelo tan corto como las hadas que la seguían. La multitud se dividió para abrirle camino; la cháchara cesó y tornó en un silencio que evidenciaba respeto y fascinación.

Keegan la conocía como Marg, la mujer que vivía en la casita del bosque, no muy lejos de la granja. La mujer que solía regalar un pastelito de miel y una historia a los niños hambrientos. Una mujer poseedora de gran poder y valor, que había luchado por Talamh y había pagado un alto precio por conseguir la paz.

Él la había abrazado mientras lloraba por su hijo, puesto que en esa ocasión también había cumplido con su palabra y le había dado la noticia en persona. Aunque ella ya lo sabía. La había abrazado hasta que las mujeres acudieron a consolarla. Y entonces, a pesar de ser un soldado, a pesar de ser un hombre, se había internado en lo más profundo del bosque para derramar en privado sus lágrimas.

En aquellos instantes, ante el lago, Mairghread tenía un aspecto grandioso, y el joven se estremeció, tan fascinado como los demás. En la mano llevaba el bastón, el antiguo símbolo de liderazgo; la madera, oscura como la brea, brillaba con el sol que atravesaba los claros de la bruma, ya fragmentada. Las figuras talladas parecían palpitar. El poder se arremolinaba en la punta, dentro de la piedra de corazón de dragón. Cuando habló, incluso el viento guardó silencio.

—De nuevo nos hemos sacrificado y hemos derramado nuestra sangre por traer la paz a este mundo. Desde el principio de los tiempos hemos protegido nuestro mundo y, a través de él, todos los demás. Decidimos vivir como vivimos, de la tierra, del mar, de las hadas, y honrarlos a todos.

»De nuevo hemos logrado la paz, de nuevo prosperaremos hasta que llegue el momento de volver a sacrificarnos y derramar nuestra sangre. Hoy, como estaba escrito, como se había contado y cantado, surgirá un nuevo líder, y todos los presentes juraremos nuestra lealtad a Talamh, al *taoiseach* que saque la espada del Lago de la Verdad y acepte el Bastón de la Justicia. —Alzó el rostro al cielo y Keegan pensó que su voz, tan clara, tan fuerte, debía de llegar hasta el Mar de las Tormentas y más allá—. En este lugar, en este momento, invocamos a la fuente de nuestro poder. Que la persona que ha sido elegida y que, a su vez, elige honre, respete y proteja a todos los seres feéricos. Que la mano que empuñe la espada sea fuerte, sabia y certera. Eso es lo único que te pide tu pueblo.

El agua, pálida y verde, imbuida de poder, empezó a arremolinarse. La bruma que la cubría se balanceaba.

—Y así comienza —anunció Mairghread y alzó el bastón.

Todos corrieron al agua. Algunos de los más jóvenes reían o chillaban al zambullirse, al saltar al agua. Los de la orilla los animaban. Keegan, vacilante, era testigo del bullicio; vio que su hermano entraba en el agua y chapoteaba con alegría. Pensó en su promesa, pensó en la mano que se había aferrado a la suya en sus últimos momentos de vida en este plano. Así que se zambulló.

Habría soltado una palabrota al notar la fría bofetada del agua, pero no le encontró sentido. Ya oía a otros hacerlo, o reírse, e incluso volver a salir a la superficie. Bloqueó su capacidad para oír los pensamientos de los demás, ya que eran demasiados. Había prometido que aquel día entraría en el agua y se sumergiría en las profundidades; que sacaría la espada si llegaba a tenerla en la mano. Por tanto, buceó hasta el fondo mientras recordaba las veces que, de niño, había hecho lo mismo con su hermano y su hermana. Críos en un día de verano, pescando las piedras lisas del blando lecho del lago.

Veía a otros a través del agua, algunos bajando, otros subiendo. El lago los empujaría a la superficie si se les agotaba el aire de los pulmones, ya que se les había prometido que, aquel día, nadie que entrara en el lago podría sufrir daño alguno. Aun así, las aguas se movían a su alrededor, giraban, a veces veloces como peonzas. Ya veía el fondo y las piedras lisas que recogía de niño.

Entonces vio a la mujer. Se limitaba a flotar, así que, en un primer momento, la confundió con una sirena. Lo tradicional era que las sirenas se abstuvieran de acudir al ritual. Ya gobernaban los mares y se contentaban con ello. De repente, se dio cuenta de que solo le veía la cara y el pelo, que era rojo como el de Marg, aunque más largo, y ondeaba en el agua. Sus ojos, grises como sombras en el humo, le recordaron a algo conocido. Pero no la conocía. Tenía más que vistos todos los rostros del valle y el suyo no era uno de ellos. Y, a la vez, lo era.

Entonces, a pesar de haber bloqueado los pensamientos ajenos, la oyó con la misma claridad con la que había oído a Marg en la orilla.

Él también era mío. Pero esto es tuyo. Él lo sabía y tú también lo sabes.

La espada prácticamente le saltó a la mano. Sintió su peso, su poder, su brillo. Podía soltarla, seguir nadando y alejarse. La decisión era suya, según decían los dioses, según contaban las historias. Empezó a abrir los dedos para dejar escapar ese peso, ese poder, ese brillo. No sabía liderar. Sabía luchar, entrenar, cabalgar, volar; no tenía ni idea de cómo guiar a los demás, ni en la guerra ni en la paz. La espada resplandecía en su mano, un brillo de plata acompañado por el latido de la madera y el fuego de su única piedra roja. Al soltarla un poco, perdió brillo y la llama empezó a apagarse.

Y ella lo observaba.

Él creía en ti.

«¿Decisión mía? —pensó—. Y una mierda». El honor no dejaba elección.

Así que apuntó con la espada a la superficie, donde el sol bailaba formando diamantes. La visión, porque no era más que eso, sonrió.

«¿Quién eres?», le preguntó él.

«Eso es algo que vamos a tener que averiguar ambos».

La espada lo llevó hasta arriba como una flecha salida de un arco. Atravesó el agua y después el aire. El clamor estalló cuando el sol golpeó la hoja, que disparó su luz y su poder a través del agua. Él la siguió hasta la hierba, tupida y mojada, y después hizo lo que sabía que debía hacer: se arrodilló a los pies de Mairghread.

—Te entregaría a ti esto y todo lo que significa, puesto que no hay nadie que lo merezca más —le dijo, como había hecho su hijo.

—Mi tiempo ha pasado —respondió ella mientras le colocaba una mano en la cabeza—. Y el tuyo comienza.

Le dio la mano a Keegan y lo puso en pie. Él solo tenía oídos y ojos para ella.

—Este era mi deseo —le murmuró Mairghread sin que nadie más lo oyera.

—¿Por qué? No sé cómo…

Ella lo interrumpió y le dio un beso en la mejilla.

—Sabes más de lo que crees. —Le ofreció el bastón—. Toma lo que es tuyo, Keegan O'Broin. —Cuando Keegan aceptó el bastón, la mujer dio un paso atrás—. Y haz lo que debe hacerse a continuación.

El joven dio media vuelta. Lo estaban observando; todos aquellos rostros, todos aquellos ojos. Se dio cuenta de que lo que le cosquilleaba dentro era miedo y se sintió avergonzado. Pero la espada lo había elegido, pensó, y él había elegido alzarse con ella. No habría más miedo. Levantó el bastón para que su corazón de dragón latiera de vida.

—Con esto habrá justicia en Talamh para todos. —Ahora, la espada—. Con esto, todos estarán protegidos. Soy Keegan O'Broin. Todo lo que soy y seré jura lealtad con ellos a los valles, a las colinas, a los bosques y las aldeas, a los confines y a todos los seres feéricos. Defenderé la luz. Viviré para Talamh y, si los dioses así lo desean, moriré por Talamh.

Todos lo vitorearon y, a través del estruendo, oyó decir a Marg:

—Bien hecho, muchacho. Bien hecho, sin duda.

Alzaron en hombros al joven *taoiseach*. Y así dio comienzo una nueva historia.

1

Filadelfia

Sentada en un autobús que parecía tener un ataque de hipo, Breen Kelly se restregó el dolor palpitante de la sien. Había tenido un mal día que había puesto fin (¡gracias a Dios!) a una mala semana que le daba la puntilla a un mal mes. O dos. Se intentó animar. Era viernes, lo que significaba que contaba con dos días enteros antes de regresar al aula en la que se esforzaba por enseñar Lengua y Literatura a un puñado de escolares. Evidentemente, se pasaría buena parte de esos dos días corrigiendo trabajos y preparando lecciones, pero, al menos, no tendría que estar en clase con todos aquellos rostros concentrados en ella. Algunos aburridos, otros frenéticos y unos cuantos esperanzados.

No, no tendría que estar allí, sintiéndose tan incompetente y fuera de lugar como cualquier alumna adolescente que preferiría estar en cualquier otra parte del universo antes que en aquella habitación. Se recordó que enseñar era la más noble de las profesiones. Gratificante, valiosa, necesaria. Era una lástima que se le diera fatal.

El autobús llegó entre hipidos a la siguiente parada. Unas cuantas personas salieron; otras tantas entraron. Ella observaba. Le gustaba observar porque era mucho más sencillo que participar. La mujer del traje de pantalón gris, con el móvil en la mano y cara de cansancio, probablemente sería una madre soltera que regresaba a casa después del trabajo, supuso Breen. Seguramente nunca se imaginó que su vida sería tan difícil.

A continuación, un par de chicos adolescentes con zapatillas de caña alta, bermudas Adidas y auriculares de botón. Se iban a reunir con algunos colegas para echar unas canastas, comer pizza y ver una peli. «Una edad envidiable —pensó Breen— en la que un fin de semana consistía solamente en divertirse».

El hombre de negro… la estaba mirando; la miraba fijamente, así que ella apartó la vista de inmediato. Le resultaba familiar. ¿Por qué le resultaba familiar? El pelo canoso, plateado y largo le hacía pensar en un profesor universitario. Pero no, no era eso. Un profesor universitario que se subía al autobús no le dejaría la boca seca ni le aceleraría el corazón de ese modo. De repente, le aterraba que se fuera hacia el fondo del autobús y se sentara a su lado. Si lo hacía, Breen no podría salir. Seguiría allí dentro con rumbo a ninguna parte sin llegar a ninguna parte, en un bucle continuo de nada absoluta.

Sabía que era una locura; no le importaba. Se levantó de golpe y corrió a la parte de delante con el maletín rebotándole en la cadera. No lo miró, no se atrevía, pero tuvo que pasar junto a él para llegar a las puertas. Aunque el hombre se hizo a un lado, notó que sus brazos se rozaban. Se le cerraron los pulmones, se le doblaron las rodillas. Alguien le preguntó si se encontraba bien cuando la vio avanzar dando tumbos hacia la salida.

Sin embargo, había oído al hombre dentro de su cabeza: «Ven a casa, Breen Siobhan. Ha llegado el momento de volver a casa».

Se aferró a la barra para no perder el equilibrio y estuvo a punto de tropezar con los escalones. Y corrió.

Notaba que la gente la miraba, que volvía la cabeza para observarla con curiosidad, lo que solo sirvió para empeorarlo todo. Odiaba llamar la atención; intentaba con todas sus fuerzas pasar desapercibida, fundirse con el paisaje.

El autobús siguió su traqueteante camino.

Aunque resollaba, la presión en el pecho disminuyó un poco. Se ordenó frenar, frenar de una vez y caminar como una persona normal. Tardó un minuto en conseguirlo y otro en orientarse.

No había sufrido ningún ataque de ansiedad tan grave desde la noche anterior a su primer día como profesora en el aula del Instituto Grady. Marco, su mejor amigo desde infantil, la había ayudado a superarlo, y también lo hizo con el que sufrió antes de su primera tutoría con los padres, aunque ese no fue tan malo.

Se dijo que no había sido más que un hombre subiendo al autobús. No era una amenaza, por el amor de Dios. Y no lo había oído dentro de su cabeza. Creer que podía escuchar los pensamientos de los demás era lo mismo que estar loca. ¿No se lo había repetido su madre hasta la saciedad desde… siempre? Y ahora, por aquel momento de locura, tenía ante sí un kilómetro de paseo. En fin, no pasaba nada, no tenía importancia. Hacía una bonita tarde de primavera y Breen, como era habitual en ella, iba vestida de la forma más apropiada: un impermeable ligero (habían dado una probabilidad de lluvia del treinta por ciento), un jersey fino y unos zapatos cómodos.

Le gustaba caminar. Y, bueno, más pasos extra para su Fitbit. ¿Qué más daba que le trastocase un poco la agenda? Era una joven soltera de veintiséis años y no tenía planes para un viernes de mayo por la noche. Y, por si eso no fuera lo bastante deprimente, el ataque de ansiedad le había empeorado el dolor de cabeza. Abrió una de las cremalleras de su maletín, pescó una bolsita y sacó de ella dos pastillas de paracetamol. Se las tragó con la ayuda del agua del botellín que también llevaba consigo.

Daría un paseo hasta la casa de su madre, recogería y clasificaría el correo (puesto que su madre se negaba a que se lo guardaran en la oficina de correos cuando se iba de viaje), tiraría la publicidad y metería los recibos, la correspondencia y demás en las bandejas correspondientes del despacho de su madre. Abriría las ventanas para airear el dúplex y regaría las plantas, tanto las interiores como las del patio, puesto que no había llovido nada. Cerraría las ventanas al cabo de una hora, pondría la alarma, cerraría las puertas y se subiría al siguiente autobús en dirección a casa. Se prepararía la cena: la noche del viernes tocaba ensalada con trocitos de pollo a la parrilla y, ¡sí!, una copa de vino. Corregir trabajos, publicar las notas. A veces odiaba la tecnología porque la política del instituto exigía que subiera las notas a la red y después tenía que enfrentarse a los estudiantes o a los padres a los que les parecían mal.

Siguió caminando mientras tachaba cosas de su lista mental y las personas que la rodeaban se dirigían a la *happy hour* del bar, a tomar algo o a cualquier otro destino más interesante que el suyo. No los envidiaba… demasiado. En realidad, había tenido novio y había conseguido apuntar en su agenda citas para cenar, citas para ir al teatro y citas para ir al cine. Y para el sexo. Creía que todo iba bien, fácil y sin problemas.

Hasta que él la dejó.

Pero no pasaba nada, pensó. No tenía importancia. Tampoco es que estuvieran locos de amor. Aunque sí que le gustaba y estaba cómoda con él; y creía que les iba bien en la cama. Por supuesto, cuando le tuvo que decir a su madre que Grant no la iba a acompañar a la fiesta con la que celebraba su cuarenta y seis cumpleaños y por qué, Jennifer Wilcox, la directora de medios de comunicación de la agencia de publicidad Philly Brand, tan elegante y triunfadora ella, había puesto cara de aburrimiento y le había soltado el esperado «Te lo dije».

Costaba rebatírselo, porque, en fin, era cierto. Aun así, Breen había tenido que contenerse para no responderle: «¡Te casaste a los diecinueve! Me tuviste con veinte años. Y, menos de doce años después, te empeñaste en echarlo hasta que lo conseguiste. ¿De quién es la culpa de que se alejara de mí? ¿De que se alejara no solo de ti, sino de mí?».

Breen se preguntaba si sería culpa suya y no de su madre. ¿Acaso no era el común denominador de una madre que no la respetaba y un padre al que no le importaba lo suficiente como para seguir en su vida? Incluso después de que él se lo prometiera. «Agua pasada —se dijo—. Olvídalo».

Tenía que reconocer que le daba demasiadas vueltas a las cosas, así que fue un alivio ver que se encontraba a una manzana de distancia de la casa de su madre. Era un barrio bonito, rodeado de árboles. Un barrio con éxito, habitado por gente con éxito, personas de negocios, parejas que disfrutaban de la vida urbana, con acceso fácil a buenos restaurantes y bares, a tiendas interesantes. Los edificios de ladrillo rosáceo, las puertas pintadas a la perfección, las ventanas relucientes... Allí todo el mundo iba a correr o al gimnasio antes del trabajo, paseaba por la orilla del río, iba a cenas elegantes y a catas de vino, y leía libros importantes.

O eso se imaginaba ella.

Sus mejores recuerdos se remontaban a una casita diminuta en la que su dormitorio tenía el techo inclinado. En el salón había una vieja chimenea de ladrillo que no funcionaba con gas ni con electricidad, sino quemando leña. El patio trasero se llenaba de aventuras con las historias que le contaba su padre antes de irse a dormir. Historias mágicas de lugares mágicos.

Las discusiones se lo fastidiaron; las oía tanto a través de las paredes como dentro de su cabeza. Después, él se fue. Al principio se marchaba solo durante una semana o dos y, cuando iba de visita los sábados, la llevaba al zoo (por aquel entonces estaba convencida de que sería veterinaria de mayor) o de pícnic. Hasta que, al final, dejó de ir de visita. Habían pasado ya más de quince años, pero ella todavía esperaba que volviera.

Sacó la llave del monedero, una llave que su madre le había entregado tres semanas antes junto con una detallada lista de tareas de las que tendría que encargarse mientras ella estuviese fuera, en uno de sus viajes de negocios, seguido por un spa/retiro espiritual para recuperar fuerzas. El miércoles siguiente, después de recoger el correo, dejaría allí la llave, un cartón de leche y la comida que le había apuntado en la lista, ya que su madre regresaba el jueves por la mañana.

Sacó el correo del buzón, se lo metió bajo el brazo para abrir la puerta, entró en el vestíbulo y desactivó la alarma. Cerró la puerta y volvió a guardarse la llave en el monedero. Primero entró en la cocina, una maravilla contemporánea de acero inoxidable digna de un programa de decoración televisivo, con armarios blancos, azulejos de metro también blancos, fregadero con frente visto y paredes de color tostado.

Dejó el bolso, soltó el correo en la isla central y colgó el impermeable en un taburete sin respaldo. Después de programar el temporizador para que sonara al cabo de una hora, empezó a abrir ventanas. Atravesó la cocina y el comedor, y regresó a la sala de estar; todo era de distribución diáfana, con un espectacular suelo de tablones anchos. Como el aseo también tenía ventana, la abrió.

Apenas corría una chispa de brisa que moviera el aire, pero la tarea estaba en su lista, y Breen seguía las normas. Recoger el correo y llevarlo arriba. En el tercer dormitorio, uno que su madre había rediseñado para convertirlo en despacho, dejó las cartas en la encimera con forma de ele que hacía las veces de puesto de trabajo.

Allí las paredes eran de color café con leche y la silla del escritorio, de cuero color chocolate. Las estanterías, organizadas implacablemente, exhibían los premios ganados por su madre (que eran unos cuantos), libros relacionados con su trabajo y algunas fotos enmarcadas, también de trabajo.

Breen abrió las tres ventanas que estaban detrás de la zona de trabajo y se preguntó, como siempre hacía, por qué alguien le daría la espalda a esa vista: los árboles, los edificios de ladrillo, el cielo, el mundo. «Distracciones», le respondía siempre Jenniffer cuando se lo preguntaba. El trabajo es el trabajo.

También abrió las dos ventanas laterales, las que flanqueaban un archivador de madera cerrado con llave. En los amplios alféizares había unas plantas verdes exuberantes en maceteros de cobre. Regaría tanto esas como las demás cuando terminara de abrir las ventanas. Después clasificaría el correo y esperaría a que sonara la alarma del temporizador. Cerraría de nuevo las ventanas, echaría la llave y listo.

Abrió las de la perfecta habitación de invitados, tan acogedora (en la que nunca había dormido), las del baño de invitados y las del dormitorio principal, decorado con sencilla elegancia, y su cuarto de baño *en suite*. Se preguntó si su madre habría metido a algún hombre en aquella preciosa cama, con su edredón de luminoso color azul y sus mullidas almohadas. De inmediato, deseó no haber pensado en ello. Regresó a la planta de abajo, y se dirigía a la puerta del patio cuando oyó que le sonaba el móvil en el bolso y dio marcha atrás. Le echó un vistazo a la pantalla (nunca respondas si no sabes quién llama) y sonrió. Si había alguien capaz de alegrarle un poco aquel día tan asqueroso, ese era Marco Olsen.

—Hola.

—Hola de vuelta. Es viernes, chica.

—Eso dicen.

Se llevó el móvil al patio, que tenía mesa y sillas de acero inoxidable y estilizados maceteros en las esquinas.

—Entonces mueve ese culo tan bien tonificado que tienes y vente a Sally's. Es la *happy hour*, nena, y la primera ronda corre de parte de la casa.

—No puedo. —Le dio la espalda a la casa y empezó a regar las primeras macetas—. Estoy en casa de mi madre ocupándome de la lista y después tengo que corregir trabajos.

—Es viernes —repitió él—. Suéltate un poco. Estoy en el bar hasta las dos, y esta noche hay karaoke.

Lo único que era capaz de hacer en público sin ansiedad, sobre todo después de una copa y al lado de Marco, era cantar.

—Me quedan otros… —Hizo una pausa para consultar el temporizador de su muñeca—. Otros cuarenta y tres minutos aquí, y esos trabajos no se van a corregir solos.

—Pues hazlo el domingo. Has estado comiéndote la olla, Breen, y ese Grant Gilipollas Webber no se lo merece.

—No es solo eso…, él. Es que estoy de bajona, nada más.

—A todo el mundo le dan la patada alguna vez.

—A ti no.

—Claro que sí. ¿Y Harry el fumador?

—Harry y tú decidisteis de mutuo acuerdo que vuestra relación no daba más de sí, y seguís siendo amigos. Eso no es lo mismo que cuando te dejan.

Pasó al siguiente macetero.

—Necesitas divertirte. Si no has llegado en… Te voy a dar tres horas para que puedas ir a casa, cambiarte y ponerte sexy. Si no, voy a por ti.

—Estás trabajando en el bar.

—Sally te adora, cielo. Vendrá conmigo.

Ella también adoraba a Sally, *drag queen* sin parangón. Le encantaba aquel club, en el que se sentía feliz, y le gustaba el barrio gay. Por eso compartía piso con Marco en pleno centro de este.

—Deja que termine por aquí y ya veremos cómo me siento cuando llegue a casa. Llevo un par de horas con dolor de cabeza; en serio, no me lo invento; y he sufrido un estúpido ataque de ansiedad en el autobús cuando venía para acá que me lo ha empeorado.

—Voy a recogerte y te llevo a casa.

—Ni de coña. —Pasó a la tercera maceta—. Me he tomado paracetamol, ya me hará efecto.

—¿Qué te ha pasado en el autobús?

—Después te lo cuento. Ha sido una estupidez. Y puede que tengas razón: no me vendría mal una copa, un poco de Marco y un poco de Sally's. A ver cómo estoy cuando llegue a casa.

—Mándame un mensaje cuando llegues.

—Vale, ahora vuelve al trabajo. Me queda otra maceta más aquí fuera, las plantas de dentro, el estúpido correo y las puñeteras ventanas.

—Tendrías que aprender a decir que no.

—No es para tanto. Terminaré en menos de una hora y volveré en autobús a casa. Te mando un mensaje. Ve a servir bebidas. Hasta luego.

Entró y cerró con llave la puerta del patio antes de llenar la regadera para ocuparse de las plantas de interior. De repente, se levantó la brisa; se quedó de pie junto a la ventana, con los ojos cerrados, dejando que la refrescara. Al fin y al cabo, quizás lloviera; una agradable lluvia de primavera.

El viento arreció, lo que la sorprendió un poco, porque los rayos de sol todavía atravesaban el cristal.

—Puede que se prepare una tormenta.

Tampoco le importaría. Quizás la tormenta se llevara el maldito dolor de cabeza. Y como Marco le había dado tres horas cuando le bastaban dos, podría dedicar esa hora de sobra a corregir trabajos. Así se sentiría menos culpable.

Cargada con la regadera, empezó a subir las escaleras mientras el viento, que ya no era una simple brisa, hacía volar las cortinas.

—Bueno, mamá, no te preocupes, que la casa se te va a airear de verdad.

Entró en el despacho y se encontró con el caos.

El cajón de abajo del archivador colgaba abierto, cuando ella habría jurado que antes estaba cerrado con llave. Los papeles revoloteaban como pájaros por la habitación. Tras dejar la regadera en el suelo, salió corriendo detrás de ellos, los recogió del suelo y los cazó en el aire mientras el viento seguía soplando. De repente, cesó, como si alguien hubiera cerrado una puerta, y ella se quedó allí plantada, con las manos llenas de papeles. La eficiente Jennifer iba a llevarse un buen disgusto.

—Guárdalo, guárdalo todo, recógelo. Ni se enterará. Se acabó mi hora de sobra. Lo siento, Marco, hoy me quedo sin Sally's.

Recogió las carpetas vacías y los fajos de papeles, y se sentó en la silla de su madre para intentar ordenarlos. El nombre de la primera carpeta la desconcertó: «Allied investments/ breen/2006-2013». Breen no tenía ninguna inversión; todavía estaba pagando los créditos que pidió para pagar su máster y compartía piso con Marco no solo por la compañía, sino para poder permitirse el alquiler. Pasmada, cogió otra carpeta: «Allied investments/breen/2014-2020». En otra ponía lo mismo y añadía: «Correspondencia». ¿Acaso su madre había abierto algún tipo de cuenta de inversión para ella y no se lo había dicho? ¿Por qué? Había contado con un pequeño fondo para pagar la universidad gracias a sus abuelos maternos, lo que le había venido de maravilla para costearse el primer año. Sin embargo, después de eso, su madre le había dejado claro que se las tenía que apañar sola. «Tienes que buscarte la vida», le había dicho Jennifer un millón de veces. Estudia más, trabaja más si no quieres conformarte con ser mediocre.

Bueno, pues había estudiado mientras compaginaba dos trabajos a tiempo parcial para lograr pagar la matrícula. Después había pedido los préstamos, que, calculaba, no terminaría de pagar en la vida. Y se había graduado (con resultados mediocres), había conseguido un trabajo mediocre y se había endeudado más porque necesitaba sacarse el máster para conservar el trabajo.

Pero ¿inversiones a su nombre? No tenía ningún sentido. Empezó a ordenar los papeles con la intención de dividirlos en montones según la carpeta a la que perteneciesen. No llegó muy lejos. Aunque no sabía ni entendía demasiado sobre inversiones, acciones y dividendos, se le daba bastante bien leer los números. Y el informe mensual de, como se indicaba claramente, mayo de 2014, una fecha en la que a ella le había costado llegar a fin de mes mientras hacía malabares con dos trabajos y se alimentaba de fideos chinos precocinados, indicaba que el importe en cuenta era de más de novecientos mil (¡mil!) dólares.

—No es posible —murmuró—. No puede ser.

Sin embargo, el nombre que aparecía en la cuenta era el suyo, junto con el de su madre. Rebuscó entre los demás y encontró una transferencia mensual periódica del Bank of Ireland. Se apartó del escritorio y caminó a ciegas hasta las ventanas mientras se arrancaba la goma con la que se sujetaba el pelo.

Su padre. Su padre le había estado enviando dinero todos los meses. ¿Creía que así compensaba el abandono? ¿Que compensaba la falta de comunicación, la falta de visitas?

—No lo compensa, no, no. Pero…

Su madre lo sabía y no se lo había contado. Lo sabía y le había permitido creer que había desaparecido sin más, que había dejado de pagar la manutención, que las había abandonado sin pensárselo dos veces. Y no era así. Tuvo que esperar a que dejaran de temblarle las manos y de arderle los ojos. Después regresó a la silla, organizó los papeles, leyó la correspondencia y estudió el último estado de cuentas. El resentimiento y la pena se fundieron hasta transformarse en una furia sorda. Sacó el móvil y marcó el número del gestor de la cuenta.

—Benton Ellsworth.

—Sí, señor Ellsworth, soy Breen Kelly. Quería…

—¡Señora Kelly! Qué sorpresa. Me alegro de hablar con usted, por fin. Espero que su madre se encuentre bien.

—Seguro que sí. Señor Ellsworth, acabo de enterarme de que tengo una cuenta en su empresa, con fondos e inversiones por un total de 3.853.812 dólares y, eh, 65 centavos. ¿Correcto?

—Puedo consultar el saldo exacto a día de hoy, pero no sé bien a qué se refiere al decir que acaba de enterarse.

—¿Ese dinero es mío?

—Sí, por supuesto…

—¿Por qué aparece también el nombre de mi madre en la cuenta?

—Señora Kelly —respondió el hombre, despacio—. La cuenta se abrió cuando usted era menor y usted manifestó explícitamente que deseaba dejar la cuenta en manos de su madre. Le prometo que ha sido muy meticulosa supervisando sus inversiones.

—¿Cómo manifesté que deseaba tal cosa?

—La señora Wilcox explicó que usted no quería encargarse de las inversiones, y usted no se ha comunicado nunca conmigo ni con la empresa para solicitar que la cuenta pasara a ser suya en exclusiva.

—Porque no he sabido de su existencia hasta hoy.

—Seguro que se trata de un malentendido. Lo mejor sería que me reuniera con las dos para solucionarlo.

—Mi madre no está en la ciudad; en estos momentos se encuentra en un retiro en el que no tiene acceso ni al teléfono ni a internet. —Y algún dios en alguna parte había estado velando por ella, pensó Breen—. Así que creo que usted y yo deberíamos solucionarlo.

—Estoy de acuerdo, sin duda. Mi asistente ya se ha ido a casa, pero puedo concertar una cita para el lunes.

No, no, perdería el valor si esperaba todo el fin de semana. Se quedaría sin fuerzas. Siempre le pasaba.

—¿Qué le parece si lo hacemos ahora mismo?

—Señora Kelly, estaba a punto de salir de la oficina cuando ha llamado.

—Siento molestarlo, pero creo que es urgente. Lo es para mí. Quiero hablar con usted para comprender mejor esta… situación antes de ponerme en contacto con un abogado.

El señor Ellsworth guardó silencio. Breen cerró los ojos con fuerza. «Por favor —pensó—, por favor, no me haga esperar».

—Quizás sea mejor que nos reunamos ahora y lo hablemos tranquilamente. Como he dicho, seguro que se trata de un malentendido. Me han contado que no sabe conducir, así que…

—No tengo coche porque no me lo puedo permitir —puntualizó ella—. No se preocupe, soy perfectamente capaz de ir a su oficina. Llegaré lo antes posible.

—Me reuniré con usted en el vestíbulo. Somos una empresa pequeña, señora Kelly. La mayor parte del personal se habrá ido de fin de semana antes de que llegue.

—De acuerdo. Gracias.

Colgó antes de que el hombre cambiara de idea y se sentó, temblando de nuevo.

—Venga, Breen, déjate de historias y adelante.

Guardó todos los papeles que había apilado en sus respectivas carpetas. Dejó la regadera donde estaba y el cajón abierto, y bajó las escaleras. Pensó en el autobús, en lo mucho que tardaría en llegar a las oficinas en el centro. Y entonces hizo algo que no había hecho nunca: pidió un Uber.

El tráfico era espantoso. Aunque, claro, era la hora punta del viernes. La conductora del Uber, que tenía más o menos su edad, estuvo charlando con ella hasta que Breen echó la cabeza atrás y cerró los ojos. Quería volver a leer los expedientes que había encontrado, pero temía marearse, y no habría sido la mejor forma de conocer al hombre que, al parecer, se encargaba de sus inversiones. Aunque sabía que necesitaba un plan, la angustia y el enfado le impedían pensar. Su agenda para el fin de semana incluía, al menos hasta entonces, sentarse a pagar recibos, hacer malabares con sus ingresos y estirarlos como pudiera. Pensaba ponerse con aquella triste tarea después de su sesión de ejercicio; en casa, porque no podía permitirse pagar un gimnasio. Bueno, no solo que no se lo pudiera permitir, sino que se sentía rara e incómoda haciendo ejercicio con más gente alrededor.

En cualquier caso, al margen de lo que sucediera en la reunión, todavía tenía recibos que pagar.

Abrió los ojos y vio que habían dejado atrás lo peor del atasco y circulaban en paralelo al río. El sol, que se escondía por el oeste, seguía brillando, se reflejaba en los puentes y en el agua, y lo transformaba todo en luz. Al final no había llovido, y se dio cuenta de que se le había olvidado el impermeable en la cocina de su madre. ¿Se había acordado de cerrar con llave y activar la alarma? Tras un momento de ansiedad, cerró de nuevo los ojos y volvió mentalmente sobre sus pasos. Sí, sí, lo había hecho. Había ido en piloto automático.

Cuando el coche se detuvo frente al señorial edificio de ladrillo, a la sombra de las torres de acero, le dio una propina a la conductora. Ya no le daba para la pizza del sábado por la noche. Al cruzar la acera, un hombre le abrió la puerta. Era alto y desgarbado, con un traje de raya diplomática azul marino, una camisa blanca bien planchada y una atrevida corbata roja. Por el motivo que fuera, las canas que le salpicaban el cabello castaño la relajaron un poco. Era mayor que ella, pensó, con experiencia; sabía lo que estaba haciendo.

Porque estaba claro que ella no.

—Señora Kelly —la saludó y le ofreció una mano.

—Sí, hola, señor Ellsworth.

—Entre, por favor. Mi despacho está en la segunda planta. ¿Le importa que subamos por las escaleras?

—No.

El vestíbulo enmoquetado estaba en silencio; había un reluciente mostrador de recepción, varios sillones de cuero extragrandes y unas cuantas plantas de hoja verde en enormes maceteros de terracota.

—Me gustaría disculparme por el papel que pueda haber jugado en este malentendido —empezó a decir Ellsworth mientras subían a la segunda planta—. Jennifer, su madre, me indicó que usted no estaba interesada en los detalles de la cuenta.

—Mintió. —Ese no era el plan, aunque tampoco es que tuviera ningún plan definido, pero le salió sin poder evitarlo—. Le mintió a usted —añadió—, si lo que me está contando es verdad. Y a mí, por omisión. No sabía que existiera una cuenta.

—Sí, bueno —repuso él y señaló una puerta abierta.

En su despacho, más grande que el salón de su piso y, además, bien ventilado gracias a las amplias ventanas, había un viejo escritorio de caoba restaurado con mucho esmero, un pequeño sofá de cuero y dos sillas para las visitas. En un mostrador vio una sofisticada cafetera. En una balda flotante había fotos enmarcadas, claramente de su familia.

—¿Un café?

—Sí, gracias. Con leche, sin azúcar.

—Siéntese —la invitó Ellsworth mientras se acercaba a la cafetera.

—Tengo todos los documentos —empezó a contarle ella; se sentó y juntó las rodillas porque estaba temblando—. Por lo que veo, la cuenta se abrió en 2006. Es el año en el que se separaron mis padres.

—Correcto.

—¿Me puede decir si las transferencias que empezaron entonces eran por mi manutención?

—No lo eran. Le aconsejo que hable con su madre sobre ese tema, ya que yo solo puedo informarla sobre lo relacionado con esta cuenta en concreto.

—De acuerdo. ¿La abrió mi madre?

—La abrió Eian Kelly para usted, con su madre como tutora. Él fue el que ordenó que se hicieran transferencias mensuales desde el Bank of Ireland. Para su futuro, su educación y su estabilidad financiera.

Breen tuvo que juntar las manos porque también le temblaban.

33

—¿Está seguro?

—Sí. —Le dio el café, cogió el suyo y se sentó, no detrás del precioso escritorio en el que estaba su ordenador, sino en la otra silla, junto a ella—. Yo lo organicé todo siguiendo sus instrucciones. Él fue el que acudió a la oficina y abrió la cuenta. Llevo gestionándola desde entonces.

—¿Ha…? ¿Ha estado en contacto con usted?

—No desde entonces, no. Las transferencias siguen llegando. Su madre ha estado supervisando la cuenta. Como le dije, ha sido muy meticulosa. Si ha visto los informes, sabrá que no ha sacado ni un penique. Mantenemos reuniones trimestrales, o más a menudo si surge algo que analizar. No me dio ningún motivo para pensar que usted no estaba al corriente.

—¿Tiene muchos clientes…? Porque soy su cliente, ¿no?

—Sí —respondió sonriente.

—¿Tiene muchos clientes que no sientan ningún interés por una cuenta por valor de casi cuatro millones de dólares? Sé que Allied es una empresa de prestigio y que ustedes seguramente la considerarán una cuenta pequeña, pero no deja de ser una cantidad importante de dinero.

Él guardó silencio un momento y Breen se dio cuenta de que elegía sus palabras con mucho cuidado.

—Se han dado casos en los que un padre o tutor, un administrador, está más preparado para manejar las decisiones financieras.

—Soy una persona adulta. Ella no es mi tutora. —Lo sentía, lo percibía, lo sabía—. Le dijo que soy una irresponsable incapaz de encargarme del dinero.

—Señora Kelly…, Breen, no quiero meterme en temas personales. Sí puedo afirmar sin lugar a dudas que su madre siempre ha tenido su bienestar en mente. Dados sus problemas…

—¿Cuáles son mis problemas? —La rabia apareció de nuevo, y era mucho mejor que los nervios—. Que soy una irresponsable. Y que no soy muy lista, ¿no? Puede que incluso un poco corta.

Ellsworth tuvo el detalle de ruborizarse.

—Le aseguro que nunca lo expresó de ese modo.

—Solo lo dio a entender. Bueno, pues vamos a conocernos un poco, señor Ellsworth. Tengo un máster en Educación. Terminé de sacármelo el invierno pasado y, gracias al crédito que necesité para pagarlo, ahora debo un montón de dinero. —Vio que la miraba con cara de pasmo, así que siguió hablando—: Enseño Lengua y Literatura en el Instituto Grady desde que me gradué en la universidad, donde ya había acumulado una deuda considerable, a pesar de compaginar dos trabajos a tiempo parcial. Si lo necesita, no tengo ningún problema en darle los nombres de mi director y de algunos profesores.

—No es necesario. Creía que no trabajaba y que no había sido capaz de conservar ningún empleo.

—Llevo trabajando desde los dieciséis años, tanto los veranos como los fines de semana. Sigo trabajando en verano para pagar mi deuda y, por el mismo motivo, doy clases particulares dos tardes a la semana. —Se le saltaron las lágrimas, aunque eran lágrimas calientes, de pura rabia—. Compro en rebajas o en tiendas de segunda mano, tengo compañero de piso. Administro al milímetro mi cuenta bancaria todos los meses...

Ellsworth le puso una mano sobre las suyas.

—Tranquila, tranquila. Siento mucho que se haya producido este...

—No lo llame malentendido. Ha sido algo deliberado. Mi padre quería darme ese dinero. Pero yo estaba atendiendo mesas y pidiendo préstamos para pagar la universidad mientras el dinero que me enviaba me... me habría cambiado la vida. Saber que me enviaba algo me habría cambiado la vida.

Dejó el café a un lado y respiró hondo para intentar calmarse.

—Lo siento. Esto es cosa de mi madre, no suya. ¿Por qué no la iba a creer? Me ha dicho que yo soy su cliente.

—Lo es, y vamos a arreglar todo esto. ¿Cuándo regresa Jennifer?

—La semana que viene, aunque necesito saber algo ahora mismo… ¿El dinero es mío?

—Sí.

—Entonces estoy autorizada a retirar fondos y transferirlos.

—Sí, pero creo que lo mejor sería esperar a que regresara su madre y sentarnos los tres a hablar.

—No lo creo. Lo que quiero es transferir los fondos y abrir otra cuenta que esté solo a mi nombre. ¿Puede hacerlo?

—Sí. Puedo abrirle una cuenta. ¿Cuánto quiere transferir?

—Todo.

—Breen…

—Todo —repitió ella—. O, cuando me reúna con mi madre y con usted, lo haré con un abogado y la denunciaré por, yo qué sé, malversación.

—No ha tocado el dinero.

—Seguro que un abogado sabrá qué término usar. Quiero mi dinero para que la próxima vez que me siente a pagar mis recibos pueda librarme de la deuda y volver a respirar de nuevo. Mi padre le puso ese dinero en las manos. Confió en que usted hiciera lo correcto y me protegiera. Le estoy pidiendo que haga lo correcto.

—Ya es mayor de edad. Puede firmar un documento para eliminar el nombre de su madre de la cuenta. Necesito un documento de identidad, y tendrá que firmar algunos formularios. También habrá que llamar a uno de nuestros notarios y a un testigo. —Colocó de nuevo una mano sobre las suyas—. Breen, la creo, pero ¿le importaría darme el nombre y el número de teléfono del director de su instituto? Solo para tener la conciencia tranquila.

—En absoluto.

2

Cuando Breen entró en Sally's, el local estaba ya a tope. Las luces de colores barrían el bar, que estaba abarrotado, con las mesas llenas de gente. El foco iluminaba a Cher (o a la versión de Cher interpretada por Sally) cantando *If I Could Turn Back Time* a pleno pulmón. «No estaría mal volver atrás en el tiempo, no», meditó Breen, pensando en el título de la canción.

Se abrió paso entre el entusiasmado público e incluso consiguió sonreír cada vez que alguien la saludaba con la mano o la llamaba por su nombre. Marco la vio, bendito fuera, y le envió un saludo rápido mientras mezclaba bebidas. Vestía una camiseta de lentejuelas plateadas (Sally's era un sitio muy de lentejuelas), pantalones negros ajustados y un aro de plata en una oreja. Últimamente había empezado a dejarse una pequeña perilla, y a Breen le gustaba cómo le quedaba, igual que las largas trenzas que se recogía a la espalda. Su piel de color chocolate resplandecía.

Sally estaba acalorada, tanto literal como figuradamente.

—Geo, déjale un asiento a nuestra chica.

—No, no, estoy bien.

Pero Geo, bajo, delgado y deslumbrante vestido de rojo, se bajó de inmediato del taburete.

—Siéntate, corazón. De todos modos, tengo que hacer la ronda. —Le dio un beso en la mejilla—. La peque parece cansada.

—Supongo que lo estoy.

Se sentó en el taburete mientras Marco atendía a un cliente. Después, él le sirvió una copa de vino blanco.

—Llegas tarde, y ni siquiera te has cambiado. Qué ropa más triste, nena. —Breen se bebió la copa de un solo trago y Marco arqueó las cejas—. Vale, tiene toda la pinta de haber sido un día muy duro.

—Duro, extraño, aterrador y maravilloso.

Y se echó a llorar.

—¡Geo! Me voy a tomar mi descanso.

Salió corriendo de detrás de la barra, agarró a Breen por el brazo y tiró de ella hacia la zona entre bastidores. Un par de intérpretes cotilleaban frente a los espejos de camerino de sus tocadores.

—Señoras, ¿nos dejáis solos un momento?

Una de ellas, maravillosa con su traje de Lady Gaga, abrazó a Breen.

—¡Tranquila, cielo! Todo saldrá bien. Hazle caso a Jimmy. Ningún hombre se merece tus lágrimas.

Otro beso en la mejilla y, mientras Sally pasaba a *Gypsies, Tramps & Thieves*, Marco sentó a Breen.

—¿Qué ha pasado, cariño? Cuéntamelo todo.

—He… Mi padre…

Marco le apretó más la mano.

—¿Se ha puesto en contacto contigo?

—No, no, pero… Marco, lleva enviándome dinero desde que yo tenía diez años. Me abrió una cuenta, una cuenta de inversiones en Allied, y me ha estado transfiriendo dinero todos los meses. Ella no me lo contó. Nunca me dijo nada, lo guardaba todo en un cajón cerrado con llave. Y todo este tiempo… —Se miró las manos—. Se me ha olvidado la copa de vino.

—Iré a por ella.

—Espera. Es que… Marco, a día de hoy, porque hay dividendos y… Tengo que enterarme bien de todo, pero, a día de hoy, en mi cuenta hay 3.853.812,65 dólares.

Él la miró con los ojos como platos.

—¿Es que has estado soñando? Nena, ya sabes que a veces tienes esos sueños…

—No. Acabo de salir de una reunión con mi agente. Lo que tengo son casi cuatro millones de dólares, Marco.

—Quédate ahí sentada… No te muevas. Voy a por el vino. Voy a por la botella entera.

Breen se sentó y se vio de reojo en el espejo. Se percató de que estaba muy pálida, con ojos cansados. Se había quitado la goma del pelo, y todo el tiempo empleado en alisárselo por la mañana ya no se notaba en absoluto. Además, la mascarilla de color castaño que usaba una vez a la semana para apagar su rojo natural (llamaba demasiado la atención, distraía demasiado) estaba perdiendo efecto y se veía parda. «Da igual», pensó. Daba lo mismo. En cuanto se desahogara con Marco se iría a casa y se tumbaría. Los trabajos tendrían que esperar a que se aclarara las ideas. Como tenía intención de beberse al menos dos copas de vino antes de volver andando a casa, esas ideas no se aclararían hasta el día siguiente.

Marco regresó con la botella y dos copas, y las llenó las dos antes de sentarse.

—Creo que será mejor retroceder un poco. ¿Cómo te has enterado?

—Ha sido rarísimo, Marco.

Y se lo contó todo.

—A ver si me he enterado bien —dijo Marco—. ¿Has ido a ver a ese tío, al despacho de ese agente, tú sola? Qué valiente, Breen.

—No sabía qué otra cosa podía hacer. Estaba muy enfadada.

—¿Quién te dice siempre que tienes que enfadarte más?

—Tú —respondió ella esbozando una breve sonrisita.

—Lo mismo que ahora te digo que tienes que seguir enfadada cuando hables con tu madre.

—Dios.

Dejó caer la cabeza entre las manos, aunque lo que en realidad quería era dejarla caer entre las rodillas.

—Que no te entre el tembleque ahora.

Marco miró hacia Sally, que acababa de aparecer en la habitación con su *look* completo de Cher. Salvador Travino se puso una mano en la cadera de su vestido de lentejuelas, imitación de un Bob Mackie, y se echó hacia atrás de un manotazo la melena postiza, que le llegaba hasta la cintura.

—En el bar están a tope, Marco. ¿Qué coño pasa?

—Lo siento, Sally. Breen…

Sally levantó un dedo y entornó los ojos para mirar fijamente a Breen a través de sus tupidas pestañas.

—¿Estás enferma, querida?

—No, no. Lo siento mucho. Es que…

—Pareces enferma. —Le cogió la barbilla con una mano—. Pálida como una auténtica virgen en la noche de bodas. ¿Es por ese gilipollas de Grant?

—No, no tiene nada que ver con eso.

—Bien, porque no se lo merece. ¿Cuánto hace que no comes?

—Pues…

La verdad era que no se acordaba.

—Justo lo que pensaba. Marco, llévate a nuestra chica a casa y dale algo de comer. ¿Tienes carne roja?

—Mmm, seguramente no.

Sally negó con la cabeza y se echó la melena hacia atrás en una perfecta imitación de Cher. Después le hizo un gesto con la mano para que se acercara.

—Dame tu móvil. En este traje no puedo llevarlo.

Tras coger el móvil de Marco, marcó un número y se puso a dar golpecitos impacientes en el suelo con sus tacones de aguja dorados.

—Hola, Beau, guapetón, soy Sally. Estoy mejor de lo que parezco, y parezco una diosa. Necesito que me prepares un par de tus sándwiches especiales de carne y queso, para llevar. Sí, como siempre, querido. Apúntalo en mi cuenta. Marco va a ir a por ellos. Nos vemos, y dales besos de mi parte a esa mujer tan despampanante que tienes y al bebote. Y otro para ti. —Dio un largo beso al aire y le devolvió el móvil a Marco—. Vete a Philly Pride a por esos sándwiches. Después, Breen y tú os quitáis esa ropa y os ponéis el pijama. Haz caso a Sally y lanza eso que llevas por la ventana para que lo recoja alguien sin ningún sentido de la moda.

—No puedo dejarte tirada un viernes por la noche —empezó a quejarse Marco, pero Sally le lanzó una mirada fulminante.

—¿Es que crees que no soy capaz de encargarme sola de estos salidos? Chaval, llevo manejando salidos de todo tipo desde que ibas en pañales. Y, con lo estupenda que estoy hoy, seguro que consigo unas buenas propinas. Llévate a esta chica a casa.

—Gracias, Sally.

Breen se levantó para darle un abrazo y apoyó la cabeza en su hombro. Aquel hombre había sido más madre para ella que la suya de verdad durante la última década.

—Ya hablamos. Y llámame si me necesitas. Eso sí, que no sea antes de las diez de la mañana, salvo que se trate de una emergencia. Necesito mi sueño reparador para estar bella.

—No, no lo necesitas. Eres la persona más bella que conozco.

—Venga, largaos. Tengo que dirigir un club.

Salieron por la parte de atrás. El brazo de Marco rodeó automáticamente la cintura de Breen. Ella inclinó instintivamente la cabeza hacia su hombro.

—De repente estoy muy cansada, Marco. No sé si podré comer.

—Como no comas, se lo chivo a Sally. Después te meto en la cama y te dejo bien arropadita.

La acompañó por las calles enladrilladas bajo las farolas arcoíris. Los clubs, los restaurantes y las cafeterías estaban muy animados, como debía ser un bonito viernes de mayo por la noche.

—Acabo de recordar que me dejé la regadera en el suelo del despacho de mi madre. Va a dejar marca.

—Ay.

—Son unos suelos preciosos, Marco. No tienen la culpa de nada.

—Son problema de tu madre, y la regadera no habría dejado ninguna marca si ella no te hubiera ocultado todo esto durante dieciséis años, por favor. Así que deja de preocuparte por eso si no quieres que me cabree. Dime lo que piensas hacer ahora.

—Pagar todas mis deudas. El señor Ellsworth me dijo que iba a hablar con alguien sobre eso… No me acuerdo exactamente, han sido muchas cosas juntas. Y que seguramente podría reducirlas si las pagaba de golpe, si es lo que quería hacer. Y sí que quiero. Quiero quitármelas de la cabeza.

—Vale, lo entiendo. Pero tengo dos preguntas más. La primera: ¿cómo vas a hablar con tu madre? Y, la segunda y quizás más importante: ¿qué vas a hacer para divertirte?

—Ahora no puedo pensar en diversión.

—De acuerdo. Pues lo haré yo.

Entraron en Philly Pride, donde los envolvió el olor a cebolla a la parrilla. Breen decidió no pensar en nada mientras él recogía la comida… y coqueteaba desvergonzadamente con Trace, el chico del mostrador.

—¿Crees que debería pedirle una cita? —le preguntó Marco cuando salieron.

—¿A Trace? No, es demasiado joven para ti.

—¡Si tiene nuestra edad!

—Cronológicamente. Te aburrirías de él en una semana, porque lo único que querrá hacer, aparte de acostarse contigo, será jugar a la consola. Tú le propondrías ir a probar algún club y él te respondería que primero tiene que mejorar su puntuación en el *Assassin's Creed*.

—Odio que tengas razón, porque está mmm...

—Pero el «mmm», que es real, no te duraría ni una semana. Y me estás sacando este tema para que piense en otra cosa.

—Ha funcionado.

Ella empezó a inclinar de nuevo la cabeza hacia su hombro cuando vio de reojo al mismo hombre al otro lado de la calle: pelo plateado, alto y esbelto, vestido de negro.

—¿Ves a ese hombre, Marco? —le preguntó mientras lo agarraba del brazo y se volvía para señalarlo.

—¿Qué hombre?

—El que... estaba ahí. Debe de haber doblado la esquina. Hoy estaba en el autobús. Me... Me dio una sensación extraña.

Como sabía que sus sensaciones extrañas solían acertar, Marco le dio la mano y salió corriendo hacia la esquina para echarle un vistazo al callejón.

—¿Lo ves? ¿Qué aspecto tiene?

—No, se ha ido. No es nada. Se me juntó el puñetero dolor de cabeza con esa sensación tan extraña. Y me he vuelto a sentir rara al verlo de nuevo tan cerca de casa. Si es que lo he visto —puntualizó—. Ha sido por el rabillo del ojo. Da igual.

Recorrieron la media manzana que los separaba de su piso, un edificio de tres plantas sin ascensor. A ella le encantaba: el ladrillo viejo, el arcoíris que había pintado el dueño en las puertas de entrada, la música que brotaba de las ventanas abiertas en una alegre noche de primavera... Solo por eso merecía la pena subir la escalera hasta la tercera planta. El propietario mantenía en buen estado tanto el edificio como los pisos. Los inquilinos procuraban tenerlo limpio y cuidaban los unos de los otros.

Al entrar les llegó el ruido de una partida de cartas en el 101, un bebé inquieto en el 204 y una ópera a todo volumen en el 302. Una vez dentro, Marco se fue directo a la diminuta y estrecha cocina.

—Tú ve a cambiarte de ropa… Y no me importaría nada que le hicieses caso a Sally y la tiraras por la ventana.

—Esta ropa no tiene nada de malo.

—Los pantalones te quedan demasiado holgados por el culo, el jersey es beis y te hace más pálida, y, nena, por favor, no me hagas hablar de esos zapatos.

Un poco mohína, Breen se metió en su dormitorio, con su cama bien hecha, su escritorio pequeño pero ordenado y su ventana, que daba a todo el color de aquella parte de la ciudad. Se quitó los zapatos y los dejó en el reducidísimo armario. Después se quitó el jersey, que ahora odiaba, aunque lo echó en la cesta de la ropa en vez de por la ventana. A continuación hizo lo mismo con los pantalones. Puede que le quedaran demasiado holgados por la zona del culo, pero no atraían la atención ni del personal ni de los alumnos varones, como sí ocurría con la ropa más ajustada de Anna Mae, la profesora de Historia Universal y de Estados Unidos.

Se puso los pantalones de un pijama de algodón y una camiseta. Le echó un vistazo al escritorio, donde debería estar corrigiendo trabajos, y regresó al espacio que les hacía de salón, comedor y gimnasio. A pesar de que no era gran cosa, desde que había dejado que Marco lo decorase a su gusto, tenía estilo. Juntos habían pintado las paredes de un color cálido y picante que le recordaba a los chiles picados, y habían colgado una balda en la que tenían botellas de colores de todos los tamaños y formas. El tema del arte que decoraba las paredes (pósteres enmarcados) eran los músicos: Springsteen, Prince, Jagger, Gaga, Joplin… Habían cubierto el sofá de segunda mano con una tela verde oscuro y muchos cojines. Su mesa de comedor consistía en una puerta restaurada (otro hallazgo de las tiendas de segunda mano) atornillada a cuatro patas de hierro. Un artista amigo suyo había pintado un dragón naranja y esmeralda volando en la superficie de la vieja puerta, como regalo de cumpleaños para Breen.

Marco dejó los platos de comida en la mesa y encendió las velas en sus candeleros de hierro.

—Siéntate —ordenó—. Come. Nada de vino hasta que no te metas alimento en el cuerpo.

—No debería beber más vino.

—Bueno, pues vas a hacerlo.

Encendió el iPod que compartían y bajó el volumen hasta que la música pareció susurrarles. Ella se sentó y, aunque no tenía apetito, cogió su sándwich.

—No podría sobrevivir sin ti, Marco.

Comió. Aunque no tuviera hambre, notó que la comida la calmaba.

—Quiero dejar mi trabajo. —En cuanto lo dijo, soltó el sándwich y se llevó una mano a la boca—. ¿De dónde ha salido eso?

—Podría ser de que nunca has querido ser profesora, por ejemplo.

Marco siguió comiendo plácidamente sin que se le borrase la sonrisita de la cara.

—Bueno, por mucho que quiera dejarlo, es una locura y una estupidez. Sí, me ha caído del cielo un montón de dinero que puede que me dure mucho tiempo y que incluso aumente, si tengo cuidado. Pero dejar un trabajo fijo, uno para el que he estudiado y que he pagado, o que pagaré pronto, no es la mejor forma de manejar la situación.

—Querías ser veterinaria.

—Quería ser veterinaria. Quería ser bailarina. Quería ser estrella de rock y quería ser J. K. Rowling. No soy ni seré ninguna de esas cosas.

—Escribes muy bien, nena.

Ella negó con la cabeza y siguió comiendo.

—No es más que un viejo sueño. Tengo que pensar en el presente y en el futuro.

—Deja tu trabajo.

—Marco…

—Lo odias. Nunca has querido ser profesora. Es lo que tu madre quería para ti; te convenció de que tenías que serlo. Como si fuera tu única opción. Paga la deuda, deja tu trabajo y date un tiempo para decidir lo que quieres hacer y lo que quieres ser.

—No puedo irme sin…

—Sí que puedes. Te ha salido decirlo porque es lo que llevas en la cabeza y en el corazón. Esta es tu oportunidad, Breen.

—Pero no sé hacer nada más.

—Porque nunca has tenido la oportunidad. Tómate un tiempo para averiguarlo. Podrías escribir, eso lo tengo claro. Y, si no, también podrías empezar tu propio negocio.

—¿Yo?

—Sí, tú. Joder, Breen, eres lista y organizada. —Frunció el ceño y, como ya habían comido algo, sirvió el vino—. Podrías dedicarte al diseño, y no me repitas ese «¿Yo?» con voz de pava. No decoré este sitio yo solo, y está fantástico. Lo hicimos juntos. Tienes buena voz y tocas el piano. También podrías hacer eso. Dejaste que tu madre te metiera en una cajita —siguió, cada vez más emocionado— y la tapa ha salido volando. Ni se te ocurra volver a cerrarla.

—Es que… ¿quieres que vaya el lunes y le diga al director que no volveré en otoño? ¿Así, sin más?

—Sí, así, sin más. Tómate el verano para decidir lo que quieres hacer o intentar hacer.

—Esa idea es aterradora.

—Yo diría que liberadora. Dime una cosa, una cosa gorda, que de verdad quieras hacer ahora que puedes. Tienes tiempo, tienes dinero. ¿Qué es lo que más te gustaría hacer? No pienses, no intentes elegir lo que tenga más sentido. Dilo y ya está, como has dicho lo de renunciar. Deja que salga.

—Quiero ir a Irlanda. Dios mío de mi vida, eso es lo quiero. Quiero ver el país de mi padre, ver qué lo alejó de mí para volver a ese lugar. Si puedo, quiero encontrarlo, preguntarle por qué. Por qué se fue, por qué enviaba dinero. Por qué, nada más.

—Hazlo. Es una idea estupenda. Pasa el verano en Irlanda, date ese tiempo y aprovecha el viaje para meditar sobre lo demás.

—¿El verano?

—¿Qué te lo impide? ¿Cuándo fue la última vez que te fuiste de vacaciones?

—Cuando nos graduamos en la universidad y viajamos en autobús a Jersey Shore para pasar una semana.

—Fue genial —rememoró Marco—. Y de eso hace mucho tiempo, Breen. Mucho.

Ella bebió de su copa de vino.

—Ven conmigo —le dijo a Marco.

—¿A Irlanda?

—No sería capaz de hacerlo sola. Ven conmigo. Tienes razón, tienes razón. —Se levantó de la mesa y se puso a dar vueltas por la habitación—. ¿Qué me lo impide? Es lo que quiero. Es lo único que quiero de verdad. Esta vez volaremos en primera clase y nos alojaremos en un castillo. Una noche en un castillo, como mínimo. Alquilaremos un coche y conduciremos por el lado equivocado de la calle. Podríamos… Podríamos alquilar una casita. Una casita irlandesa con el techo de paja.

—Me parece que has bebido demasiado vino.

—Qué va. —Empezó a reírse; se le notaba la alegría en los ojos, que chispeaban—. Ven conmigo, Marco, y comparte lo único que quiero.

—No puedo pasarme fuera todo el verano. Sally y Derrick lo entenderían, pero también tengo que conservar mi trabajo de día.

—Odias tu trabajo de día. Odias trabajar en la tienda de música.

—Sí, pero a mí nadie me ha echado cuatro millones a la cara. Aunque podría ir un par de semanas y ayudarte a arrancar. Tía, nunca he estado en Europa. Sería la caña.

—Yo te pesco si tú me pescas. ¿Trato hecho?

Él se echó atrás en el asiento. La quería más que a nada ni nadie en el mundo y no se veía capaz de quitarle aquella ilusión. Aunque sí que podía negociar con ella.

—Tengo algunas condiciones.

—Dilas —respondió ella mientras se sentaba.

—No me puedo permitir primera clase, eso corre de tu cuenta. Pero me pago mi parte de lo demás.

—No es problema.

—Claro, porque estás forrada, tía.

Breen echó la cabeza hacia atrás y aulló de risa.

—¡Estoy forrada!

—Esa es una de las condiciones. Las otras son igual de inamovibles. Cuando termines de comer vas a entrar ahí a lavarte el pelo hasta que se vaya toda esa absurda mierda marrón… por última vez. Y vas a tirar ese absurdo secador de mierda, ese con el que te pasas una hora todas las mañanas alisando tus maravillosos rizos naturales. —Negó con la cabeza cuando ella abrió la boca para protestar—. Vas a Irlanda. Te apuesto lo que quieras a que no eres la única pelirroja de la zona.

—Tampoco lo soy aquí.

—Cierto, pero te has dejado convencer de que tu pelo te hace parecer… ¿Qué? ¿Frívola? Que llama la atención… ¿Y por qué coño no, Breen? ¡A la mierda!

—Si vuelvo a mi pelo natural, te quedarás conmigo dos semanas, ¿es eso?

—Eso es.

—Trato hecho.

—Todavía no he terminado. Tengo otra condición.

—Eres duro de pelar, Marco Polo.

—No me dejo intimidar. Esta es importante, puede que sea esencial. —Se inclinó hacia delante—. Mañana nos vamos de compras, porque esta noche quiero que metas en bolsas absolutamente todo lo que tienes en el armario. Lo donaremos, y después, como eres una mujer con suerte que tiene al lado al mejor amigo gay con el que todas sueñan, vas a dejar que te ayude a comprar ropa que no me destroce el corazón cada vez que te la vea puesta.

—Mi ropa no está tan mal.

—Es triste y lamentable, dos cosas que tú no eres. Te has dejado convencer de que necesitas serlo o de que tienes que ser un ente beis. No voy a hablar mal de tu madre, porque me han educado bien, pero sí te voy a decir que, cuando vayas a hablar con ella la semana que viene, tendrás el aspecto que te corresponde: fuerte, capaz, bella y lista. Y vamos a comprar maquillaje del bueno, ya que estamos.

—Muchas condiciones son esas.

—Es lo que hay. Te quiero, Breen.

—Sé que me quieres, así que… trato hecho —concluyó y le ofreció la mano.

—¡Esa es mi chica!

3

Siguiendo su racha de primeras veces, Breen se tomó el día libre para recibir a su madre. Había comprado la comida de la lista y la había guardado. Al fin y al cabo, había accedido a ello.

Abrió las ventanas, regó las plantas y clasificó el correo. Llevaba un monólogo tranquilo y firme memorizado. De hecho, había escrito lo que pretendía decirle a su madre, lo había repasado y revisado varias veces, y lo había practicado frente al espejo. Después lo había practicado sin el espejo, ya que no reconocía del todo a la persona que le devolvía la mirada desde él.

Sabía que su transformación había sido impactante por las miradas, los comentarios e incluso los cumplidos en el trabajo y en el autobús. Los rizos llameantes que le llegaban bastante por debajo de los hombros (Marco le había prohibido la opción de cortárselos) eran toda una declaración de intenciones. Todavía no estaba muy segura de las intenciones que declaraban, pero ahí estaban. Ya no existía la opción de fundirse con el paisaje, pensó. Simplemente esperaría a ver cómo se sentía al respecto al cabo de un par de semanas.

Sin embargo, lo que sí sabía era que le gustaba su nuevo, aunque limitado, armario. Unos cuantos colores fuertes, algunos pastel y nada de beis. Pantalones que le quedaban bien, un par de vestidos bonitos y sencillos, un traje formal y zapatos nuevos. Había tenido que imponer el límite de tres en contra de los deseos de Marco, que estaba entusiasmado. Y, con Irlanda en mente, un buen par de botas de senderismo.

A pesar de comprar solo artículos rebajados, se había gastado más dinero en un solo día de lo que solía gastarse para ella en seis meses. Más. Quizás fuera ese subidón de adrenalina lo que la había ablandado lo suficiente para permitir que Marco la convenciera para agujerearse las orejas.

Se puso a juguetear con el pendientito de plata mientras leía el último mensaje de su amigo en el móvil. Decía: «Valor». Y, cuando el taxi se detuvo en la acera, intentó seguir su consejo. Dejándose llevar por el instinto, abrió la puerta y salió. Como tenía la vista fija en su madre, no vio al hombre del pelo plateado cruzar la calle, mirándola.

Jennifer Wilcox tenía un aspecto perfecto, como siempre, con sus pantalones grises ajustados, una chaqueta ligera de color rojo intenso y una suave camisa blanca. Su pelo, de un suntuoso color castaño con mechas estratégicamente aplicadas y un estilo angular capeado, más corto por detrás, encajaba de maravilla con sus rasgos marcados.

Breen vio su cara de sorpresa (y, sí, claro, de decepción) cuando se le acercó para ayudarla con el equipaje.

—Yo te lo llevo —dijo la joven mientras agarraba el asa de la gran Pullman con ruedas.

Jeniffer se echó al hombro el bolso a juego y el maletín del portátil.

—No esperaba verte aquí. ¿Por qué no estás en el trabajo?

—Me he tomado el día libre.

Breen consiguió reprimir la ansiedad que se le activaba por reflejo y tiró de la maleta hasta el interior de la casa.

—No era en absoluto necesario.

—Para mí sí.

—¿Estás enferma?

—No. —Llevó la maleta hasta la base de las escaleras y se dio cuenta de que había empezado a subirlas. Se detuvo—. Estoy perfectamente. De hecho, no he estado mejor en toda mi vida.

—¿Un nuevo novio? —Jeniffer dejó el bolso y señaló el pelo de Breen—. ¿De eso va todo esto?

—No, nada de novios, ni nuevos ni viejos. Soy pelirroja —se oyó decir—. He decidido aceptarlo.

—Es decisión tuya, por supuesto, pero nadie va a ser capaz de ver más allá de tu pelo. ¿Cómo esperas que los alumnos te tomen en serio si pareces tan frívola?

—Dentro de poco no será un problema, porque, aunque pienso terminar el año escolar, me despedí el lunes.

Que Jennifer se la quedara mirando, sin más, le supuso una satisfacción malsana.

—¿Es que has perdido la cabeza? Tienes que anular esa dimisión de inmediato. No vas a tirar por la borda tu educación, tu seguridad y tu futuro.

—Nunca he querido ser profesora.

—Venga ya, no seas ridícula. Y no tengo tiempo para estas tonterías. Todavía no he deshecho la maleta y necesito llamar a la oficina. —Miró la hora—. Tienes tiempo de sobra para volver al colegio, disculparte con tu supervisor y arreglarlo.

—No.

Jennifer, enfurecida, entornó los ojos, que eran de un voluble color avellana.

—¿Cómo dices?

—He dicho que no, y vas a tener que hacer un hueco en tu apretada agenda para hablar conmigo sobre el señor Ellsworth y mi cuenta en Allied Investment. Y sobre mi padre.

El color que empezaba a colorear las mejillas de Jeniffer desapareció al instante.

—¡Cómo te atreves! ¿Has metido las narices en mis papeles privados?

—Mis papeles privados, y no. Y ese no es el tema. Me has mentido, ese es el tema. Me has mentido.

—Yo no te he mentido. Hice lo que hacen las madres, que es velar por tus intereses. Por tu futuro.

—Convirtiendo mi pasado y mi presente en una mentira y una desgracia. Me envió ese dinero a mí, para mí. Me dejaste creer que se había ido y que yo no le importaba nada.

—Se fue y yo invertí el dinero. Eras menor…

—Hace mucho tiempo que no lo soy.

—Nunca has demostrado ninguna habilidad para gestionar el dinero ni has demostrado ningún interés en ello.

—No me lo trago. —La furia estalló dentro de ella como un volcán—. No te inventes mierdas.

—No uses ese tono conmigo.

—Usaré el tono que me dé la gana. He compaginado dos trabajos, he pedido préstamos, me he sacrificado, y todo para sacarme unos títulos que no quería. Para ser profesora, porque tú me metiste en la cabeza que no podía aspirar a más. No porque sea una profesión y una vocación esencial, respetable e increíble, sino porque los que no valen enseñan. ¿Cuántas veces me has dicho eso, mamá?

—No tienes ningún otro talento. Y será mejor que te calmes.

—No es el momento de calmarse. Podría haberme tomado un par de semestres para explorar, para intentar averiguar lo que quería hacer, lo que quería ser. Podría haber probado con la escritura.

—Venga ya. No seas cría.

—Decidiste lo que debía hacer y cómo debía hacerlo. Cómo me tenía que vestir, cómo me tenía que peinar, por Dios bendito. Y escondiste en un cajón lo que podría haberme dado libertad.

—¡Te protegía! Me he pasado la vida protegiéndote.

—¿De qué? ¿De vivir mi vida? Le dijiste al señor Ellsworth que no me interesaba manejar el dinero, le hiciste pensar que era incapaz de manejarlo.

—Porque eres incapaz, Breen. —Jennifer se apartó el pelo de la cara y siguió hablando con aquel tono de voz suyo tan irritante, de eterna paciencia—. Mírate. Descubres que hay algo de dinero y lo primero que haces es dejar tu trabajo. ¿Eso es ser responsable?

—¿Sabes lo que creo que es irresponsable? Acudir un día tras otro a un trabajo que odias. Esconder lo que eres o lo que podrías haber sido de haber tenido la oportunidad porque tu madre te convenció de que no valías lo suficiente.

—Yo jamás he dicho que no valieras lo suficiente. Eso no es justo.

—No, es verdad. Ser suficiente era la línea que marcabas. Mediocre. Y la verdad es que quizás tengas razón. Puede que no dé para más. Pero voy a averiguarlo. —Respiró hondo. Aunque veía con claridad que su madre tenía mala cara, no podía parar—. Sabías lo preocupada que estaba con el crédito para pagar los estudios, que tenía que hacer malabares con mi sueldo y coger otros trabajos para mantenerme a flote. Y mantuviste en secreto ese dinero que podría haberme permitido respirar.

—Es importante aprender a ajustarse a un presupuesto. —Jennifer se alejó para dejarse caer en su silla—. Tu padre era un soñador y tú saliste a él. Tenías que aprender cómo funciona la realidad. Siempre he hecho lo mejor para ti.

—¿Dónde está?

—No lo sé. —Se apretó los párpados con los dedos—. No lo sé. Decidió no volver, recuerda eso cuando te revuelvas contra mí. Decidió no ser tu padre. Nunca le prohibí verte. Jamás lo habría hecho. —Dejó caer las manos de nuevo—. Yo soy la que ha estado aquí. La que se ha asegurado de que tuvieras un hogar estable, la que te cuidaba cuando estabas enferma, la que te ayudaba con los deberes, la que era madre a la vez que avanzaba en su profesión para que pudiéramos tener ese hogar estable.

—Sí, hiciste todo eso, pero te dejas una cosa: dedicaste mucho tiempo y esfuerzo a amoldarme para que fuera lo que tú creías que debía ser y ninguno a permitir ser quien yo quería.

—Todo, absolutamente todo lo que he hecho ha sido mantenerte a salvo, darte estabilidad y enseñarte a llevar una vida normal y productiva.

—Como una triste profesora de instituto que sufre ansiedad y que se tapaba el pelo rojo con un tinte marrón y vestía de color beis para que nadie se fijara en ella.

—Estás a salvo —insistió Jennifer—, estás sana. Tienes unos estudios y una profesión.

—No basta. No te bastaba a ti. Tú tienes una profesión, te tomas vacaciones y vas a spas.

—Me lo he ganado —repuso ella, dejando entrever la ira a través de la paciencia.

—Cierto, cierto. —Breen se sentó frente a su madre un momento—. Nadie te obligó a convertirte en directora de medios de comunicación de una importante agencia de publicidad. Tenías el talento y la voluntad necesarios, así que fuiste a por ello. Trabajaste, mucho. Admiro lo que has conseguido en la vida, y tienes derecho a las recompensas. Yo tengo derecho a intentar hacer lo mismo. —Se levantó—. He quitado tu nombre de la cuenta. El señor Ellsworth se pondrá en contacto contigo mañana por si quieres que otra empresa u otro gestor se encargue de tus inversiones. He guardado la comida que me pediste. He regado las plantas y clasificado tu correo. Y, como puedes ver, las ventanas siguen abiertas. Tendrás que cerrarlas tú. Es la última vez que te hago de recadera.

Vaciló, pero al final decidió decir lo que le pedía el corazón.

—Siento que esto te altere, pero no has sido sincera y lo que has hecho me ha dolido. Me ha dolido mucho, mamá.

—No quería hacerte daño.

—Puede que no. Puede que sea verdad, pero, como tú siempre dices, esa es la realidad. Tengo que irme. He quedado con Marco.

—¿Qué vas a hacer? ¿Qué vas a hacer, Breen?

—Bueno, para empezar, el día después del final de las clases, Marco y yo nos vamos a Irlanda. Quiero ver de dónde viene mi padre. Voy a intentar encontrarlo.

—No lo harás. —Jennifer se apretó de nuevo los ojos cerrados—. No lo harás.

—Voy a intentarlo. En cualquier caso, por primera vez desde que se fue, voy a vivir una aventura.

—No lo hagas, Breen. Tómate tu tiempo para pensar y no reaccionar sin más.

—Deberías cerrar las ventanas. Parece que se acerca una tormenta.

Empezó a andar y siguió haciéndolo hasta dejar atrás la parada del autobús mientras las nubes se condensaban en el cielo. El hombre de negro caminaba detrás de ella. Llevaba un paraguas porque sabía que llovería dentro de dieciséis minutos. No esperaba que todo avanzara tan deprisa y con tanta facilidad. Evidentemente, todavía les quedaba un buen trecho por recorrer, pero ya se habían dado los primeros pasos. Aunque había supuesto que tendría que darle unos cuantos empujoncitos a la chica, al final había bastado con uno. Y si vacilaba en el camino a seguir, le daría otro. Sin embargo, por el momento, podía disfrutar de su visita a Filadelfia, una ciudad que le resultaba fascinante. La comida, qué maravilla… Lo que más le gustaba eran los *pretzels*, aunque el dulce al que llamaban «patata irlandesa» le había decepcionado enormemente. Le gustaban los vecinos, las pequeñas comunidades y la mezcla de arquitecturas. Se había apuntado a un par de visitas guiadas y se había divertido mucho cuando el guía hablaba sobre lo antiguo y la historia.

No sabían nada de lo que era antiguo en el esquema general de las cosas ni tampoco del larguísimo camino de la historia. Sin embargo, lo cierto era que eso le resultaba encantador, a su manera. El país había formado allí su Gobierno y estaban muy orgullosos de él. Por supuesto, el Gobierno estaba hecho un desastre, aunque esos temas fluctuaban con el tiempo. Y todavía eran muy jóvenes. Y tozudos y violentos, y, a menudo, demasiado codiciosos. Y todavía quedaban corazón y esperanza. Se podía hacer mucho con ambos. Pensaba que la chica los tenía, y los necesitaría, aunque los hubiese enterrado durante la mayor parte de su tiempo en este mundo.

Breen caminaba sin parar; bien hecho. Él lo prefería a los autobuses. Aunque sí le gustaban los trenes, mucho. No obstante, si la chica seguía andando, acabaría empapada. Entonces, Breen frenó para observar una tienda. Echó a andar de nuevo, se detuvo y regresó. Se paró. Estaba a punto de leerle la mente cuando ella entró rápidamente en el local, decidida.

El hombre se acercó para leer el cartel de la tienda. Durante un momento, se sintió desconcertado. Después se echó a reír y abrió el paraguas. La lluvia empezó a caer justo a tiempo y en un estruendoso torrente. Encantado con la progresión del asunto, se alejó para buscar algo de comer. Se moría por un bocadillo de los que hacían allí, y pensó que los echaría de menos cuando regresara a casa.

Dos horas después, cuando Breen entró en el piso, Marco la estaba esperando. Sin decir palabra, se acercó a ella, la abrazó y la meció.

—Ha sido horrible —le dijo Breen.

—Lo sé. ¿Vino o helado?

—¿Por qué no los dos?

—Hecho. Siéntate y deja que el tío Marco lo arregle todo. —Le acarició el pelo—. Te ha pillado la lluvia.

—Un poco. —Se sentó. Ya en casa, el agotamiento cayó sobre ella como una tonelada de ladrillos—. ¿No tienes que ir a trabajar?

—Dentro de una hora o así —respondió él desde la cocina—. Tiempo de sobra para vino, helado y desahogo. Supongo que no se lo ha tomado demasiado bien.

—Empezó insultándome por haber hurgado en sus papeles, me sermoneó por haber dejado el trabajo y usó eso como prueba de que soy una irresponsable y no puedo manejar mis finanzas. Dice que no me habló del dinero ni de que me lo había enviado mi padre porque quería protegerme.

Como era Marco, apareció con dos cuencos de helado de masa de galleta y dos copas de *pinot grigio* helado en una bandeja de bambú con servilletas de cóctel.

—¿De qué?

—De mí misma, supongo, dado que soy estúpida, irresponsable e incapaz de tomar mis propias decisiones.

Marco se sentó, cogió su cuchara y habló con cautela.

—Adoro a tu madre.

—Ya lo sé.

—La adoro porque siempre ha sido buena conmigo. La adoro porque, cuando salí del armario, me aceptó como mi familia no pudo y sigue sin poder. Eso importa.

—Lo sé.

—Puedo adorarla y, a pesar de todo, decir que se equivoca, y mucho. Se equivoca sin que haya excusas que valgan, y lo siento.

—Estaba alterada, de verdad. Y no solo porque la hubiera descubierto en una mentira…, y es una mentira, se ponga como se ponga. Era casi como si le preocupara que acabara de sellar mi destino o algo así.

Él sonrió mientras comía helado.

—¿No estarás exagerando un poco, Breen?

—Puede, pero es lo que he percibido. Me ha dicho que no sabe dónde está mi padre, y la creo. Me parece que estaba demasiado alterada para mentir. Hemos discutido. Bueno, más bien nos hemos peleado. Al final fue como si se rindiera, no sé si me explico. Se ha rendido.

—¿Le has contado que nos vamos a Irlanda?

—Sí, y, básicamente, me ha dicho que no lo encontraría. —Breen cogió su copa de vino—. Ni una sola vez ha reconocido haberse equivocado. No se ha disculpado tampoco. ¿Por qué no podía decir «Lo siento» y ya está? —Negó con la cabeza antes de que Marco pudiera hablar—. Porque no cree haberse equivocado, simple y llanamente. No se va a disculpar por tener razón, ¿no? Jennifer Wilcox siempre tiene razón.

—Esta vez no.

—Da igual. —Regresó al helado—. Le he dicho lo que tenía que decirle y estoy haciendo lo que tengo que hacer. Lo que quiero hacer. No tengo nada que demostrarle. —Vio cómo la miraba Marco y suspiró—. Vale, parte de mí quiere hacerlo, pero lo que más deseo es demostrármelo a mí. Eso va primero. Ah. —Breen agitó la cuchara en el aire—. No aprueba mi pelo y, mientras caminaba, mucho, caí en la cuenta de que lo heredé de mi padre. Rojo chillón y rizado. Así que quizás se lo recuerde demasiado. Pero ¿sabes qué te digo?

—¿Qué?

—Que es mi puñetero pelo, y se supone que tiene que quererme como soy. Así que ya puede ir acostumbrándose.

—Bien dicho —respondió Marco, aunque su sonrisa de alegría se tornó preocupada al agarrarle la mano—. ¿Qué has hecho? Tienes una herida.

—Bueno, no exactamente.

Breen cogió a toda prisa su copa de vino mientras Marco le levantaba la manga para examinarle la venda de la muñeca.

—¿Qué es, exactamente?

—Estaba muy cabreada. Dejé atrás una parada de autobús y después otra. No dejaba de darle vueltas a la discusión. Era insultante, Marco, aparte de todo lo demás; insultante. Y recordé que de niña hacía ballet y me encantaba.

—Estabas muy mona con tus maillots y tus leotardos.

—Me lo pasaba en grande, y mi padre me llamaba su «pequeña bailarina», y cuando se fue… Ella me dijo que no podíamos permitirnos las clases de baile; que no me pusiera triste, porque, en realidad, era mediocre. Ya había sacado todo lo que podía sacar de las clases: la elegancia, la postura. Podía pagarme las clases de piano durante otro año, nada más.

—No me lo contaste.

—Me dolía demasiado. Tampoco es que me hiciera ilusiones de convertirme en primera bailarina… Eso solo me duró hasta los siete años. Sabía que no era nada del otro mundo, pero me encantaba: bailar, practicar con nuestra pequeña compañía…, formar parte de todo eso. Ahora da igual, y ese no es el tema. El caso es que me acordé de eso y de otras cosas. Y recordé que nunca protesté, que nunca me defendí. Y volví a cabrearme otra vez.

—¿Y te cortaste la muñeca?

—No me la he cortado. Estaba caminando y pensando en todas esas veces en las que me rendí, en las que no luché. Y vi un cartel: «Exprésate». Y ¿no era eso lo que necesitaba hacer? ¿Expresarme? Así que entré y…

Se llenó de aire las mejillas y lo expulsó.

—No me jodas, Breen. ¡Te has hecho un tatuaje!

—Ha sido un impulso. Un arranque de ira. Venganza o algo así. Y, cuando me calmé, ya era tarde para parar.

—¿Qué te has puesto? ¡Deja que lo vea! ¿Por qué no me avisaste para que fuera? Nos lo habríamos hecho juntos. Ese era el plan.

—Nunca hemos tenido ningún plan para tatuarnos.

—Lo habríamos tenido si me hubieras dicho que querías hacértelo. ¿Qué es? ¿Cuándo te puedes quitar la venda?

—En realidad no es una venda, y me la puedo quitar ahora. Primero pensaba hacérmelo en el bíceps, pero después pensé que no, que si lo tenía en la muñeca podía darle la vuelta y mirarlo siempre que lo necesitara. Lo que es más estúpido todavía.

Le quitó la gasa protectora y giró la muñeca derecha.

—Son unas letras preciosas —dijo Marco—, como las que graban en las lápidas antiguas, y me gusta el color; es oscuro, verde oscuro, casi negro, sin serlo del todo. ¿Qué demonios quiere decir *misneach*?

—Se pronuncia «misnau». Es *valor* en irlandés, lo busqué. Y es culpa tuya que tenga un tatuaje en la muñeca.

Él le había cogido la mano y le daba vueltas a un lado y a otro mientras examinaba cada letra con aquellos ojos suyos, tan grandes y bonitos.

—¿Por qué es culpa mía?

—Es el mensaje que me enviaste justo cuando llegó mi madre. Valor. Es lo que necesitaba y es lo que pensé cuando vi ese maldito cartel.

—Voy a aceptar las culpas porque es muy chulo. Mañana volvemos y me hago otro. No, espera. Me haré uno en Irlanda. Eso es más chulo todavía. Y tú te puedes hacer otro.

—No creo que vaya a querer otro. Pero puedes hacértelo tú.

—¿Te ha dolido?

—Estaba demasiado enfadada como para darme cuenta, aunque, sí, un poco, cuando se me pasó. Ya era tarde para echarme atrás, claro. Puede que sí sea una irresponsable.

—No lo eres. Has hecho tu declaración de intenciones. Me encanta. ¿Por qué no vienes al trabajo conmigo, para lucirlo?

—Me voy a quedar aquí y voy a preparar mis clases. Y después voy a buscar una casa de alquiler en el condado de Galway.

—Vamos a hacerlo de verdad…

—Vamos a hacerlo de verdad.

Breen giró la muñeca y pensó: «Valor».

Breen, que creía en el sentido del deber, acudió diligentemente al instituto todas las mañanas y lo hizo lo mejor que pudo. Corrigió trabajos y se sintió satisfecha al ver una ligera mejora en algunos estudiantes.

Por las noches y los fines de semana, se dedicó a preparar el viaje de su vida. Encontró una casa en Connemara, una zona del condado de Galway, que era justo lo que buscaba. Estaba a pocos kilómetros de una aldea pintoresca y tenía muchos acres para explorar, e incluso vistas a una bahía y la montaña. Cuando alguien anuló la reserva, lo consideró otra señal, como lo del estudio de tatuajes, así que la alquiló para el verano. Y después tuvo que luchar contra la ansiedad que le producía comprometerse con algo tan importante. Antes de poder vacilar (¡valor!), reservó tres noches en el hotel del castillo Dromoland, en Clare, y también los vuelos. Hecho.

Ahora tenía que esperar a que llegaran los dos pasaportes, el de Marco y el suyo, y comprar pastillas para el mareo. No sabía si se mareaba en los aviones, ya que nunca había montado en uno, pero mujer prevenida vale por dos. Compró guías y mapas, alquiló un coche y se pasó toda la noche sin dormir, preocupada por la conducción por las carreteras de Irlanda. Tenía programadas dos reuniones con Ellsworth, que hizo las gestiones para entregarle mil euros en efectivo. Dios mío, mil euros.

Todo le parecía un sueño extraño, incluso el momento de hacer la maleta. Cuando salió del instituto por última vez, se sintió como si recorriera el sueño de otra persona. Se acercó a la parada del autobús (otra cosa que hacía por última vez) y le dio la impresión de estar cerrando una puerta. No con llave, no fingiendo que no estaba allí, sino simplemente cerrándola para pasar a otra habitación. No, más bien como dejar una casa en la que nunca te has sentido a gusto del todo con la esperanza de que la próxima te encaje mejor.

El día siguiente, a la misma hora, estarían de camino al aeropuerto. Volarían de noche a otro mundo y, por primera vez en tanto tiempo que ni se acordaba, no tendría que responder ante nadie más que ante sí misma. Sin horario, sin clases que preparar, sin poner la alarma para ir al trabajo. ¿Qué demonios iba a hacer con tanto tiempo? Lo descubriría, pensó, y giró la muñeca. Se armaría de valor y lo descubriría.

Sacó el móvil, que había empezado a sonar.

—Hola, Sally.

—Breen, tesoro. Tengo que pedirte un favor enorme. Sé que estás ocupada.

—La verdad es que no. Ya está todo hecho.

—Así me siento menos culpable. Necesito ayuda. ¿Podrías echar unas horitas esta noche? Tengo enfermos a tres camareros. Creo que es un virus del estómago, y me he quedado corto de personal.

—Claro, no hay problema.

—Bendita seas. También he tenido que pedírselo a Marco. Lo siento mucho, pero…

—No te preocupes. Así puedo ver a todo el mundo antes de irnos. ¿A qué hora me paso?

—¿Puedes venirte sobre las seis?

—Claro. Estoy a punto de subir al autobús. Volveré a repasar obsesivamente mi lista de viaje y después me cambio y estoy allí con Marco a las seis.

—Os debo una, y de las grandes. Te quiero, nena.

—Y yo a ti.

Estaría bien, pensó Breen al subir al autobús. Sería una buena forma de quitarse de la cabeza el viaje en avión, el control de seguridad del aeropuerto, la posibilidad de estrellarse en el mar, conducir por el lado contrario de la carretera y todas las demás preocupaciones que se le habían ocurrido a lo largo de las últimas semanas. Trabajaría de seis a dos, se iría a casa, se dejaría caer en la cama y, por favor, Señor, dormiría hasta tarde. Antes de darse cuenta estaría en el avión, alejándose de allí.

Había empezado a acomodarse en el asiento del autobús cuando miró por la ventanilla. Allí estaba: el hombre del pelo plateado. Plantado en la acera, sonriéndole. Breen había perdido la cuenta de la cantidad de veces que lo había visto desde el primer día: en el mercado, junto a las oficinas de Ellsworth, incluso en Sally's, una de las noches que había ayudado en la barra. Cada vez que reunía el valor suficiente para acercársele, el hombre desaparecía. No como si se desvaneciera en el aire, claro. Eso era absurdo. Simplemente, la evitaba.

No era más que alguien del barrio…, pero lo cierto era que también lo había visto en el centro. Se dijo que no tenía importancia, que pronto lo dejaría atrás, miles de kilómetros atrás. Un día más, pensó mientras el autobús traqueteaba por la calle. Un día más para empezar el resto de su vida.

4

De vuelta en su piso, Breen hizo justo lo que había dicho que
haría: se dedicó a comprobarlo todo obsesivamente; las
maletas, recién compradas en rebajas a mitad de precio porque
eran de color turquesa. Ninguna de ellas estaba a plena capacidad, así tendría espacio para recuerdos, regalos y cualquier otra
cosa que comprara en su estancia de casi tres meses.

Había decidido usar su mochila como equipaje de mano, una
que tenía desde la universidad. Aunque estaba machacada, le
vendría bien para las excursiones. En aquel momento la tenía llena de guías de viaje, mapas, colirio, pastillas para el mareo, ibu-
profeno, tiritas, su tablet, su portátil, cargadores, bolígrafos, un
cuaderno, dos libros y un neceser con productos de aseo y maquillaje. También tenía una bandolerita muy práctica en la que
llevar bien organizados el pasaporte, los billetes, el documento
de identidad, la tarjeta de crédito y el dinero.

Llegado cierto momento, no le quedó más remedio que reconocer que ya lo había hecho todo. Programó la alarma de su móvil para que sonara al cabo de treinta minutos y se tumbó para
echarse una siesta, dado que tendría que atender mesas hasta después de las dos de la mañana. Primero necesitaba apagar el cerebro, claro, que insistía en conjurar las peores situaciones posi-

bles. Por ejemplo, o Marco o ella contraerían una enfermedad grave o sufrirían un accidente espantoso aquella misma noche y tendrían que cancelar el viaje. O se enterarían de que los viajes a Irlanda se habían cancelado de manera indefinida por… lo que fuera. O llegarían a Irlanda y descubrirían que sus pasaportes no eran válidos y los deportarían de inmediato. O por fin los invadirían los extraterrestres. O *The Walking Dead* se hacía realidad.

Después de pasarse casi cinco minutos considerando las posibilidades más trágicas, no le extrañó que su corta siesta no le sirviera ni para tranquilizarse ni para descansar. Soñó que paseaba sola por una tupida hierba verde bajo un cielo de color plomizo que, a pesar de su tono gris, brillaba, como si el sol lo presionara sin parar con su luz y su calor detrás de las capas de nubes. Una especie de ensenada se abría paso, como una lenta serpiente, entre la tierra y la amplia bahía. Veía nudillos verdes rechonchos rompiendo el agua en calma y mullidas ovejas blancas de rostro negro en las colinas lejanas. El aire, húmedo y fresco, aleteaba entre los árboles, se estremecía sobre un jardín lleno de vida y colores chillones, casi insolentes.

Oyó el canto de los pájaros y las notas musicales de los carillones, docenas de ellos, colgados de las ramas de un árbol en la linde del bosque. Se acercó allí, donde la densa hierba conducía hasta un liso sendero marrón, estrecho como una cinta, y la luz adoptaba un fantasmal tono verde que le resultaba maravilloso. El musgo, tupido como una alfombra, cubría los anchos troncos de los árboles y sus ramas en curva, y suavizaba las rocas que se alzaban del suelo. Un arroyo discurría junto al camino, burbujeante, y se derramaba por encima de los salientes rocosos. Le pareció oír un murmullo y risas. Supuso que se trataría del agua o de los carillones que se habían quedado al principio del sendero.

Siguió caminando, maravillada y encantada. Un pájaro verde como una esmeralda pasó zumbando por su lado. Después otro, rojo rubí, y un tercero, como un zafiro con alas. Nunca había visto nada parecido, como gemas, tan iridiscentes, así que siguió su estela. Y en las sombras y la luz verde los oyó cantar, un sonido joven, pero también feroz, al que se unió el redoble del agua al golpear agua y roca.

La cascada empezaba a una altura vertiginosa y el corazón le dio un vuelco al mirarla. Era una caída estruendosa, blanca como la nieve al sumergirse en el serpenteante arroyo, donde se volvía pálida, verde pálido. Los pájaros sobrevolaban en círculos el salto de agua, no solo los tres primeros, sino muchos más. Topacio, cornalina, amatista y cobalto formaban un espectáculo deslumbrante. Caían en picado, se sumergían, bailaban...

Uno de ellos voló hacia Breen y se detuvo a pocos centímetros de su cara, sin dejar de mover las alas. Ella vio que estas, de color rojo rubí, acababan en puntas doradas como sus ojos. No era un pájaro en absoluto, sino un dragón del tamaño de la palma de su mano.

—Hola. Eres Lonrach porque así eres: brillante. —Alargó una mano y vio, encantada, que el dragón se acomodaba en ella—. Y eres mío.

Caminó con él, atraída por la cascada y el baile de los dragoncitos. Se dio cuenta de que podía ver a través del agua, como si se hubiera convertido en un cristal en movimiento y translúcido. Al otro lado distinguió lo que parecía ser una ciudad, gris y negra, con torres y altos edificios que se alzaban hacia un cielo más morado que azul, como un golpe que todavía no se ha curado. La más alta de ellas, una lanza de cristal negro, brotaba de una isla de roca. Un puente estrecho que se mecía en el aire cruzaba el mar alborotado para unirla a la ciudad de los acantilados. Le pareció oír llantos, gritos de guerra y chillidos inhumanos, el entrechocar del acero, el estruendo de los cascos.

A pesar de que el ruido le había acelerado el corazón, se acercó y vio los remolinos de luz, las explosiones. ¿Se suponía que debía cruzar, abandonar aquel lugar maravilloso para introducirse en otro dominado por los llantos y la guerra? ¿Por qué iba a hacerlo? ¿Por qué querría nadie hacerlo? Aun así, cada vez se acercaba, mientras los cantos de los dragones subían de tono y el agua que caía sobre el arroyo hacía temblar el suelo. El dragón se alejó volando para unirse a los otros. Intentó llamarlo para que volviera, pero ¿cómo iba a oírla con tanto estrépito?

Entonces, en el arroyo, en un círculo verde pálido, vio un brillo rojo y dorado. Por un momento temió que el dragón se hubiera caído y ahogado, así que levantó la mirada y comprobó que seguía sobrevolándola y observándola con aquellos ojos dorados. Descubrió que se trataba de una piedra grande como el puño de un bebé, con docenas de piedras más pequeñas lanzando destellos desde los eslabones de oro de la cadena. Y el cierre, que se veía perfectamente a través del agua, tenía forma de dragón en pleno vuelo. Alguien lo había perdido; alguien lo había dejado caer. Era evidente que se trataba de un objeto importante. Bajaría, se metería en el agua y lo recuperaría.

Mientras descendía hacia la orilla, el aire empezó a palpitar, a latir como un corazón. Le pareció que la piedra central del collar también latía.

Los árboles cubiertos de musgo se agitaban con el viento que empezaba a soplar. Los relámpagos cruzaron el cielo, tan fuertes y cegadores que el mundo se tornó blanco por un instante, y el trueno posterior la dejó sin aliento. «Una tormenta», pensó. Nadie en su sano juicio se pasearía por el bosque durante una tormenta ni se metería en el agua entre el fragor de los truenos. Regresaría más tarde. Mejor volver a casa, donde estaría caliente, seca y segura, y dejar que otra persona encontrara el colgante. Sin embargo, no tenía nada más que alargar la mano un poco, solo un poco, y quizás lograra agarrar la cadena de oro y...

Tropezó. En vez de caer en un estanque poco profundo, lo hizo en un lugar que parecía no tener fondo, en las profundidades de las aguas verde pálido. Intentó mover las piernas para subir a la superficie, pero su mano se topó con un muro sólido como el acero. Nadó hacia la derecha y se encontró con otro. A la izquierda, otro, y se percató de que estaba atrapada en una especie de caja bajo el agua. Vio el cielo sobre ella, la furia de la tormenta que rompía los cielos ennegrecidos con sus relámpagos de luz.

Luchó contra las paredes hasta que vio los hilos de su propia sangre flotando en el agua. «No puedo respirar —pensó—. Dejadme salir. Dejadme salir».

Tú eres la llave. Gírala. Despierta.

Cuando empezaba a perder la vista, vio la cerradura. Era plateada y reluciente, con gemas incrustadas. «Demasiado lejos», pensó mientras movía los brazos y las piernas.

El corazón le latía con fuerza contra el pecho; el cuerpo le temblaba.

Marco la sacó del agua justo cuando empezó a sonar la alarma del móvil.

—Joder, Breen, Dios. Creía que estabas sufriendo un ataque.

—Me… me estaba ahogando. Estaba en un arroyo, pero era demasiado profundo y… Dios mío, ha sido horrible. —Se llevó las manos a la cabeza mientras él la abrazaba—. Estaba en un lugar maravilloso. Ahora no me acuerdo bien, aunque era precioso, y de repente estaba en el agua. Dentro había algo que necesitaba recuperar, pero me estaba ahogando.

—Estás temblando, nena. —Él también temblaba; le dio un beso en la frente a Breen—. Tranquila, respira.

—Estoy bien. —Dejó escapar el aire mientas él la seguía rodeando con un brazo—. He tenido la madre de todos los sueños producidos por la ansiedad, supongo.

—El peor de todos. Estabas temblando y ahogándote, con los ojos abiertos. Casi me matas del puto susto.

—Y a mí. —El hombro de Marco, siempre ahí cuando lo necesitaba, era el apoyo perfecto para su cabeza—. Lo siento, de verdad. Es culpa mía. Me puse nerviosa yo sola con lo del aeropuerto, el vuelo y todo lo demás. Tengo que parar, porque, fuera lo que fuera ese lugar maravilloso, allí es donde vamos.

—Te aseguro que me alegraré una barbaridad cuando lleguemos. No me vuelvas a hacer algo así. —La sujetó por los hombros y la miró fijamente a la cara—. Todavía pareces pocha, como decía mi abuela. De hecho, eres la pochez personificada. ¿Quieres que llame a Sally y le diga que no puedes ir?

—De ninguna manera. Solo he tenido un sueño muy malo producido por el estrés. A ver si con el trabajo y Sally's me olvido de las diez mil cosas que, según mi cabeza, podrían salir mal.

—Entonces, ve a arreglarte la cara.

—¿Qué tiene de malo? Aparte de parecer pocha.

—Maquíllate esos enormes ojos grises, nena. ¿Es que no te he enseñado a ahumarlos? Yo me voy a poner algo sexy que deje claro que este camarero se merece unas propinas bien gordas. Entra tú primero en el baño.

Se fue y, antes de entrar en su dormitorio para cambiarse, le gritó:

—¿Cómo ha sido el último día de tu antigua vida?

—No ha estado mal. De hecho, ha estado bastante bien. Estoy lista para la nueva.

Más tarde, cuando caminaban juntos hacia el club, Breen rodeó la cintura de Marco con un brazo. Su amigo llevaba una camiseta roja ajustada que resaltaba su torso esbelto y sus brazos de gimnasio, y hacía juego con su cinturón y sus zapatillas de caña alta. El color le recordó a su sueño, pero procuró quitárselo de la cabeza. Tenía razones para creer que no era la única con ansiedad.

—¿No quieres que hablemos de la visita a tus padres para despedirte?

—¿Qué hay que hablar? —preguntó Marco—. Fuimos todos muy educados. Mi padre me deseó buen viaje y volvió a su taller.

Mi madre me dio una Coca-Cola, me dijo que había muchas iglesias en Irlanda y que esperaba que pasara algún tiempo en ellas. Todavía cree que, si rezo mucho, dejaré de ser gay.

—Lo siento.

—Bueno, fueron educados, que ya es algo. Como sabía que eso no pasaría con mi hermano, no fui a verlo. Hablé con mi hermana, que estaba hasta arriba de trabajo, pero estuvo bien.

—Siempre puedes contar con Keisha. —Le dio un apretón en la cintura—. Somos la oveja negra de la familia, Marco, como siempre. Y me parece bien. A ti siempre te ha parecido bien, pero yo estoy empezando a conseguirlo ahora, y casi que me gusta. Y mañana, cuando nos subamos al avión, nadie nos conocerá. Podemos ser quienes queramos ser.

—¿Qué vas a ser tú?

—Trabajo para la CIA, así que no puedo hablar de ello.

—Esa es buena. Yo soy un joven filántropo multimillonario, famoso por las letras de mis canciones, que oculta un romance secreto con cierta estrella buenorra de la música y el cine.

—¿Quién?

—No puedo decirlo porque es secreto. Pero su nombre rima con Moodacris.

—Como agente de la CIA, soy capaz de descifrar tu astuto código. Sí que está bueno.

Llegaron al club y Marco se detuvo al lado del cartel con marco de lentejuelas colgado junto a la puerta.

—¿Te contó Sally lo de la fiesta privada?

—No. Vaya. Bueno, las propinas siempre son excelentes en las privadas.

Entraron. Todos los presentes en el club, que estaba abarrotado, prorrumpieron en vítores. A Breen le pareció estar viendo una explosión de adornos del Día de San Patricio, una de las muchas fiestas que Sally adoraba: tréboles, arcoíris, hadas aladas, *leprechauns*… No se le había escapado ni un cliché irlandés.

—La leche —oyó decir a Marco, que dejó escapar una risita.

Derrick Lacross, el guapísimo amado de Sally desde hacía tiempo, se les acercó con una copa de champán en cada mano. Llevaba un chaleco de cuero verde sobre sus impresionantes pectorales y un sombrero de *leprechaun* de un tamaño ridículo inclinado sobre la melena rubia con mechas de surfero.

—No pensaríais que os dejaríamos marchar sin despediros, ¿no?

Les dio las copas, cogió otra de una bandeja y se volvió hacia la gente del club. Cuando alzó la copa y todos gritaron «¡*Sláinte*!», Breen también soltó una risita.

—Esto es increíble —consiguió decir—. Increíble.

—Y todavía no hemos hecho más que empezar. Bebed, niños.

La música irlandesa salía a todo volumen de los altavoces cuando Sally, con el pelo corto de punta teñido de verde para la ocasión, se les acercó con su majestuosa forma de andar, como si flotara. Y *flotar* era el verbo adecuado, ya que lucía un vestido largo, blanco y brillante, y unas alitas verdes.

—Mira que creeros que os obligaría a trabajar la noche anterior a vuestro viaje… —Puso cara de fastidio antes de darles sendos dos besos en la mejilla—. Tú —dijo mientras le pasaba a Marco un sombrero de copa decorado con una reluciente cinta verde—, ve a comer, beber y divertirte. Y tú —añadió, cogiendo a Breen de la mano—, ven conmigo.

—Sally —dijo Marco, que se le acercó para abrazarla con fuerza—, eres la mejor. Tía, Derrick y tú sois los mejores.

—Eso está claro. Tu hermana tenía una reunión, pero llegará dentro de una hora o así.

—¿En serio? Eso es… Eso es genial.

—Ahora vete con Derrick. Breen todavía no está del todo lista para la fiesta.

Sin soltarle la mano, Sally se metió entre la gente.

—Enseguida volveré con nosotros, damas y caballeros. Disfrutad, disfrutad.

Agitó la mano como si estuviera separando las aguas y alguien tuvo la sabia idea de entregarle una copa de champán.

—Sally, es la mejor sorpresa del mundo y ha sido un gesto muy bonito por tu parte. Precioso.

—Ya me conoces, cualquier excusa es buena para una fiesta.

—La condujo entre bambalinas, al camerino compartido—. Pero Marco y tú sois especiales para mí y para Derrick. Y ahora —añadió, acercándose a una de las perchas de vestuario— vamos a ponerte de fiesta.

Sacó un vestido corto y verde como su propio pelo. El escote en forma de uve de la espalda llegaba hasta la cintura.

—Es precioso, pero…

—Es para ti. Derry, que evidentemente tiene un gusto exquisito para todo, lo eligió para ti.

—Me habéis comprado un vestido.

—Un vestido de fiesta, ya que, a pesar del dinero que te ha caído del cielo, no te has comprado ninguno. Y zapatos que te he elegido yo mismo, porque mi gusto también es exquisito.

Le alargó un par de relucientes zapatos dorados con la punta abierta y pulsera al tobillo.

—Esos tacones son muy altos.

—Tú puedes con ellos. Puedes con todo. Y ahora quítate esa ropa, nena. La fiesta ha empezado sin nosotros.

Como la música, las voces y las risas hacían vibrar las paredes del camerino, no se lo podía discutir. Se quitó los zapatos, la camiseta y los estrechos pantalones.

—Suje fuera, cielo. Me pongo triste solo de verlo.

Breen se quedó allí plantada en sujetador y bragas, ambos prácticos y de algodón blanco.

—¿Sin sujetador?

—El vestido va con sujeción incorporada, pero, de todos modos, tus tetas son jóvenes y respingonas, y ese sujetador tan triste se merece un buen entierro. Lúcelas mientras puedas.

—De acuerdo. Otra primera vez para mí.

Se lo quitó y se metió en el vestido. Levantó el brazo para que Sally pudiera subirle la cremallera del costado.

—¡Me queda bien!

—En todos los sentidos. Siéntate. Zapatos.

Se sentó y se los puso, aunque tuvo que pelearse un poco con las correas de los tobillos.

—Has invitado a los padres de Marco.

—Habría sido una grosería no hacerlo.

—Han rechazado la invitación, igual que mi madre —concluyó Breen.

Sally se arrodilló para ayudarla con los zapatos.

—Ellos se lo pierden. Me rompe el corazón cuando unas personas que tienen la suerte de haber traído al mundo a unos hijos preciosos, tanto por dentro como por fuera, no son capaces de aceptar a esos hijos tal y como son. —Le dio una palmadita en el pie a Breen—. Nena, acepta el consejo de una vieja reinona: sé quien tengas que ser y pasa de los demás.

—No eres vieja —respondió Breen, y Sally se rio.

—Y tú necesitas una pedicura. Ponte algo de color en esos dedos tan monos.

—Me la haré en Irlanda.

—Y cómprate ropa interior bonita, nena. —Antes de que Breen pudiera protestar, Sally enganchó con un dedo el sujetador descartado y lo lanzó por los aires—. ¿Qué vas a hacer cuando encuentres a un buenorro irlandés y se encuentre con este desastre?

—Creo que, antes de encontrar a ningún buenorro irlandés, será mejor que me encuentre a mí misma.

—Una mujer inteligente. Primero encuentra lo que Breen necesite para ser feliz con Breen y después ponte con lo siguiente.

—Te quiero, Sally.

—Ay, niña, yo también te quiero. Ahora, levántate y échate un vistazo.

Breen vio a una mujer con una cascada de rizos de color rojo fuego sobre un atrevido vestido verde que enseñaba mucha pierna, subida a unos zapatos dignos de una princesa.

—Parezco... sofisticada.

—Líneas rectas, sin grandes adornos, eso es lo que te sienta bien. Da una vuelta, que te vea —le pidió mientras levantaba un dedo y lo hacía girar en el aire.

—Puede que me rompa el tobillo.

—Tienes mejor equilibrio de lo que crees.

Ella obedeció y pudo ver de reojo la espalda del vestido en el espejo.

—¡Hala!

—Tienes una espalda muy sexy, nena. —Sally le colocó las manos sobre los hombros y sonrió, con la mejilla casi pegada a la suya—. Ahí estás, Breen Siobhan Kelly.

—Incluso sin alas, eres mi hada madrina, Sally.

—Es lo que más me gusta de ser un hada. Ahora recupera esa copa de champán y vamos a dejar que todo el mundo te vea bien.

Aquella noche, Breen durmió el sueño de los justa y felizmente exhaustos, sin pesadillas provocadas por el estrés, y con el vestido y los zapatos nuevos dentro de la maleta que se llevaría a Irlanda.

El estrés regresó de golpe al día siguiente. Volvió a confirmar todo lo ya confirmado de todas sus reservas, volvió a comprobar el contenido del equipaje y examinó su pasaporte en busca de posibles errores. Después acosó a Marco para que se asegurara de que todo estaba listo.

—¿Estás seguro de que has pedido que nos guarden el correo?

—Seguro, a pesar de que apenas nos llega nada. Y he llevado todos los alimentos perecederos de la cocina, que también eran pocos, a Gracie, la del piso de enfrente. Y sí, le he dejado una llave para que pueda regar las dos plantas que hay y encender y apagar las luces de vez en cuando, por si alguien quiere robarnos todo lo que no tenemos.

—¿Y has guardado tus euros en un lugar seguro?

—Sí, sí. Incluidos los quinientos que me dieron anoche Sally y Derrick.

—¿Qué? ¿Te han dado quinientos euros?

—No aceptaban un no por respuesta. Se supone que tengo que usar una parte para llevarte a cenar a un sitio elegante en el que puedas lucir tu vestido nuevo.

—Es… muy propio de ellos.

—Hay más, si es que has dejado ya de ponerte de los nervios, porque me estás poniendo de los nervios a mí.

—¿Qué más?

—Vamos a ir en limusina al aeropuerto.

—Marco, no podemos gastarnos el dinero en una limusina.

—No lo vamos a gastar. La gente de Sally's lo ha pagado. Ya sabes que el hermano de Reno conduce una. Lo han planeado ellos. Y va a estar aquí dentro de una hora, así que voy a darme una ducha y a ponerme en modo viajero experto. ¿Vas a ir con eso?

Ella se miró los pantalones de yoga y el sencillo jersey negro.

—Vamos a intentar dormir en el avión. Esto es cómodo y práctico.

—Funciona. Así parece que estás acostumbrada a viajar. Pero cambia los zapatos negros por las deportivas rojas que conseguí que te compraras. Para darle un poquito de color.

—Vale.

Se cambió los zapatos, comprobó las etiquetas del equipaje y sacó la chaqueta negra. Había consultado el tiempo que haría en el aeropuerto Shannon: quince grados y nublado, con un cuarenta por ciento de posibilidad de lluvia en el momento de su llegada.

Marco, con vaqueros y camiseta verde oliva, miró por la ventana.

—¡Hala! Ya llega la limusina.

—¡Ay, Dios, Dios, Dios! ¡Ya es la hora? Tenemos que bajar las maletas.

Era todo un proceso por culpa de las escaleras. Para cuando consiguieron bajar las tres plantas con una de las maletas de Breen, su mochila, y la maleta y el equipaje de mano de Marco, el chófer uniformado ya se había acercado a la puerta. Por más que se esforzaba, Breen no lograba recordar el nombre del hermano de Reno (que imitaba de maravilla a Tina Turner).

—Esperad un momento, dejad que os ayude. Soy Frazier. Tengo ahí mismo vuestra limusina.

—Y menuda limusina —comentó Marco.

—Ya te digo —respondió él.

—Lo siento, nos quedan un par de bolsas más arriba —se disculpó Breen.

—No te preocupes —le dijo Frazier—. Primero vamos a meter estas. Después dejamos que la dama se acomode en el coche y tú y yo vamos a por las demás, amigo.

Era como un sueño: el largo coche, el suave cuero y un capullo de rosa blanca en un jarrón transparente. Frazier le ofreció un botellín de agua. Lo usó para tomarse la pastilla para el mareo que no sabía si necesitaba.

Cuando por fin se pusieron en marcha y Marco empezó a manipular las luces y la música, Breen miró por la ventanilla. Iba a pasar tres meses fuera de Filadelfia. Todo lo que conocía, tanto cosas como personas, estaba allí. Y, si se atenían al plan, al cabo de dos semanas Marco regresaría a casa. Ella se quedaría sola, sola de verdad, por primera vez en su vida. Sin padres que le dijeran lo que hacer, sin su mejor amigo a su lado, sin poder apoyarse en Sally; sin supervisor, sin trabajo, sin horarios… Si necesitaba ocupar su tiempo, podía buscar trabajo. Como su padre era ciudadano irlandés cuando Breen nació, era elegible para la doble nacionalidad, lo que significaba que podía trabajar en Irlanda si…

—Deja de preocuparte —le ordenó Marco—. Te estás hundiendo tú sola.

—No, solo estaba pensando que, si me apeteciera, podría buscarme un trabajo a media jornada allí. Puede que en un pub, para empaparme bien del lugar. O en una tienda. O en un vivero. Me gustaría aprender a plantar cosas. Creo que mi padre creció en una granja. Creo. Se me mezclan las historias que me contaba, pero creo que creció en una granja.

—Tienen muchas.

—De todos modos, no estoy preocupada. —«De ninguna manera», se juró—. Estoy nerviosa, que no es lo mismo. ¿Tú no estás nervioso?

—Nada de nada. Emocionado. Apenas hemos salido de Filadelfia en toda nuestra vida, Breen. Y mira lo que estamos haciendo. Te agradezco mucho esta oportunidad.

—No podría hacerlo sin ti. Literalmente. No sería capaz de subirme a ese avión.

—Pues prepárate, porque ya casi estamos en el aeropuerto.

Ella se llevó la mano automáticamente al bolso y Marco se la cubrió con la suya.

—Lo tienes todo, cielo, incluido el pasaporte. Vamos en una puñetera limusina. Disfrútalo.

—¿Quieres disfrutarlo? —Sacó el móvil y se pegó a él—. Pues venga, *selfie* de limusina.

—Envíamela. La voy a colgar en Instagram y en Twitter. *Hashtag* BFFs, *hashtag* de camino, *hashtag*…

—Con eso vale —respondió Breen entre risas.

—Oye, necesitas llevar un diario de viaje. Montaremos un blog.

—No sé cómo hacer un blog.

—Sabes escribir. Y yo te lo puedo hacer. —Se puso las Wayfarer que se había dado el lujo de comprarse—. Pero necesitamos un nombre. Y tienes que encargarte de él cuando yo me vaya, así que… Tía, ya hemos llegado. Le seguiré dando vueltas.

Si la limusina era de otro mundo, el aeropuerto era como otro universo: mucha gente, mucho ruido y muchos carteles. Facturaron y Breen intentó controlar el pánico cuando vio que las maletas se alejaban por la cinta transportadora y se quedaba con su mochila y el bolsito. ¡Había colas por todas partes! Pasar por seguridad le supuso otro momento de pánico medio controlado, pero no detuvieron a nadie. Siguieron las señales que los llevarían a la sala de espera de primera clase, tal y como les habían indicado.

—Cuánta gente yendo a alguna parte o volviendo de algún sitio.

—Como nosotros, que vamos a alguna parte. —Sonriente, casi dando saltitos, Marco le agarró la mano y se puso a mover el brazo adelante y atrás—. Deberíamos ir a por algo de beber o de comer. Tenemos tiempo.

—Primero vamos a echar un vistazo a la sala de espera. Es lo que nos han pedido que hagamos.

De todos modos, no sabía si sería capaz de comer, pero sí que quería estar en un sitio tranquilo en el que calmarse. Vio a familias enteras: bebés, niños pequeños, abuelos… Personas de negocios que caminaban con decisión mientras miraban el móvil. Otros dormitaban en las sillas junto a las puertas de embarque. Muchos parecían aburridos. ¿Cómo podía aburrirse alguien que estaba a punto de volar? Vio a gente viendo la tele, leyendo libros y tablets. Vio… al hombre del pelo plateado.

Por muy imposible que fuera, allí estaba, en la cola de una de las puertas.

—Marco…

—Ahí está la sala de espera.

—Marco, he visto… —Pero ya no estaba—. Nada —masculló.
Su imaginación, el estrés, la sobrecarga sensorial…

Cruzaron las puertas de la sala y entraron en un espacio silencioso con olor a cítricos. Una orquídea blanca adornaba el reluciente mostrador que atendía una mujer sonriente.

—Buenas tardes. ¿Puedo ver sus tarjetas de embarque?

—No sé si estamos en el lugar correcto —dijo Breen mientras las sacaba.

—Lo están. Les avisaremos cuando llegue el momento de embarcar. Entren, por favor.

Pasaron a una espaciosa sala, también silenciosa, en la que varias personas esperaban sentadas en sillas o alrededor de las mesas, disfrutando de sus bebidas o de algún aperitivo y hojeando revistas. Sin saber bien qué hacer, Breen se sentó y miró con los ojos muy abiertos a Marco. Él le devolvió una mirada similar.

—Hay gente que vive así, Breen. ¡Piénsalo! Ahí tienen gambas, ¿las has visto? Tienen cóctel de gambas. Voy a por uno.

—¿Desean beber algo? —les preguntó un hombre uniformado.

—Pues…

—¿Podemos tomar champán? —preguntó Marco.

—Por supuesto.

Breen bebió champán y se comió un cóctel de gambas, y ni siquiera parpadeó cuando Marco metió un par de manzanas en su equipaje de mano, junto con una bolsa de patatas fritas, una Coca-Cola y una botella de agua. «La aventura da comienzo», pensó, y se percató de que, efectivamente, podría llevar un diario de viaje. Sería divertido…, y así conservaría todos esos recuerdos para cuando quisiera mirar atrás.

Dos copas de champán le habían templado los nervios, así que solo sintió un entusiasmo adormilado cuando llamaron a los pasajeros de su vuelo. Descubrió que ir en primera clase significaba que podías entrar directamente en el avión. Y, una vez dentro, descubrió que sus asientos eran como cápsulas futuristas.

—Tenemos un televisor para cada uno, nena, y un montón de películas, ¡gratis! Y mira esto. Estas sillas se reclinan hasta el final, como camas. Eh, y mira estas bolsas tan chulas llenas de cosas. Cepillos de dientes, bruma facial y mascarillas para dormir. ¡Calcetines! ¿A que mola?

—No parece real.

—Es la puta realidad. *Selfie*.

Mientras sacaba el móvil se le acercó un auxiliar de vuelo.

—¿Puedo traerles algo de beber antes de que salgamos de la puerta de embarque?

—Champán —dijo Breen sonriente—. Vamos a beber champán durante todo el viaje.

En la terminal, el hombre del pelo plateado contempló el avión que se alejaba de la puerta de embarque y suspiró. La misión había concluido con éxito, lo que significaba que su tiempo allí había llegado a su fin. Echaría de menos Filadelfia, los *pretzels*, los colores, los grandes grupos de personas... Aun así, se alegraba de volver a casa. «Aunque todavía no», se recordó. Le quedaba otra parada, otra misión. Se alejó tranquilamente y se unió a la multitud que iba de un lado a otro. Tras doblar una esquina, desapareció, camino de su siguiente parada.

5

Breen descubrió algo: le gustaba volar. No se lo esperaba; se había preparado para pasar todas aquellas horas reprimiendo los nervios. Sin embargo, la experiencia le estaba resultando asombrosa. Tenía comida, bebida, entretenimiento y a Marco. Además, le encantaba mirar por la ventanilla. A pesar de que no había nada más que noche al otro lado, se imaginaba el océano bajo ellos, los barcos surcando las aguas y las islitas flotando, y todo mientras ella atravesaba el aire.

Puede que viajar en primera no se convirtiera en su rutina, ya que tenía que ser práctica, aunque decidió que nunca más se sentiría atada al suelo. Quizás, solo quizás, una vez al año eligiera un lugar del mapa, hiciera las maletas y se marchara. Sería increíble, ¿no?

Tampoco había esperado ser capaz de dormir, pero el champán, una película con Marco y el suave zumbido de los motores hicieron su trabajo. Con su lista de reproducción de baladas irlandesas en los auriculares, para ir poniéndose en situación, reclinó su asiento hasta el final, se acomodó con la manta y la almohada que les habían proporcionado, y se durmió.

Soñó con campos verdes y lagos azules, con tupidos bosques y altas colinas. Soñó que montaba un dragón rojo que sobrevolaba aquellos campos, lagos y bosques, y tan inmersa estaba en su sueño que notó el aire en la cara. Soñó con una casa de piedra junto a un arroyo, con el bosque pegado a su espalda y un jardín desmandado a sus pies. El dragón siguió su vuelo y, no lejos de allí, vio una granja con campos verdes y cercas de piedra, y un hombre que araba ríos marrones detrás de un musculoso caballo marrón. Tan profundo era el sueño que lo oyó cantar sobre el amor y la pérdida.

Soñó y voló a través de la noche con el dragón rojo por un cielo ahogado de estrellas. Y dos lunas, una llena y blanca, la otra reluciente y a medias, vigilaban el mundo. Cuando el sol se elevó por encima de las verdes colinas y las tiñó de rojo y dorado, bajó a tierra. Aterrizó junto al lago, junto a un hombre que llevaba una espada a la cintura y, en la mano, un bastón con una brillante piedra roja en un extremo. En la otra sostenía las riendas de un caballo negro. El pelo, negro como el del corcel, le caía formando ondas más allá del cuello de la camisa, aunque se había recogido el lado izquierdo de la melena en una fina trenza. Tenía los ojos verdes como las colinas y la atravesó con ellos.

—Soñar no es lo mismo que hacer. Despierta y haz o sigue soñando y demuestra que su sacrificio no significa nada para ti.

La furia y la vergüenza formaron un duro nudo de cuerda dentro de Breen. Sobre ella, el cielo del alba se volvía negro. El viento los azotaba, afilado como un cuchillo. Los relámpagos apuñalaron la oscuridad con un rayo que cayó a pocos centímetros de los pies del hombre. Ni este ni el caballo se inmutaron, aunque él sonrió.

—Despierta, entonces, y demuestra que me equivoco. Despierta, Breen Siobhan O'Ceallaigh, y sé.

Se despertó mareada y desorientada. Habría jurado que todavía olía el ozono y la hierba. Se quedó tumbada en la cabina a oscuras, intentando aferrarse a los detalles del sueño. «Lo escribiré», decidió.

Se enderezó, encendió la luz de lectura y sacó su portátil. Aunque todavía notaba una bruma envolviéndole el cerebro, escribiría todo lo que recordaba. Al fin y al cabo, había sido un sueño maravilloso, un sueño divertido. Incluso el hombre (¿sería un soldado, o puede que un rey?) le había parecido fascinante. Se preguntó qué representaría en su subconsciente. El resto se lo podía imaginar fácilmente: el dragón nacido de su otro sueño, volando, como ella volaba en esos momentos. La libertad. Su imagen de Irlanda, que era muy de postal, lo reconocía. ¿Las dos lunas? Quizás representaran que había abandonado un lugar (un mundo) por otro. A saber. La casa era como la que había alquilado en Galway. La granja, porque le había contado a Marco que su padre había vivido en una. ¿El granjero? ¿Su padre? El del sueño cantaba, y su padre le había cantado. Un tenor irlandés, como el granjero, pero no, no era la voz de su padre. Conocía bien la voz de Eian Kelly porque tenía grabaciones y las había escuchado cuando su madre no estaba delante. Aunque seguramente sería representativo de algo. ¿El hombre enfadado? Alto, fuerte, no tan musculoso como Derrick, por ejemplo. Los penetrantes ojos verdes, el pelo negro y largo, algo ondulado, con una trenza a un lado. «Disfrazado —recordó— en plan *Juego de tronos* o una película sobre el rey Arturo». El bastón simbolizaba poder, ¿no? Como la espada era una marca de guerrero o soldado. Y la piedra, como la de su otro sueño. La tormenta seguramente reflejaba su propia reacción airada a que alguien le dijera lo que tenía que hacer. Breen estaba muy harta de eso.

Sí, en general, había sido un sueño bastante chulo y merecía la pena documentarlo. Igual que el resto del viaje, pensó. No sabía cómo iba el tema de los blogs, pero abrió un documento nuevo y, al cabo de un momento, lo tituló: «Encontrándome». Se pasó casi una hora escribiendo; el resto de los pasajeros de la cabina empezaba a moverse, otras luces se encendían. Los auxiliares de vuelo comenzaron sus rondas y preguntaban en voz baja si alguien quería café o el desayuno. Así que leyó lo que llevaba y lo corrigió mientras se tomaba un café. «Madre mía, ¡cinco páginas!». Cogió el neceser de a bordo y el suyo, y se fue al servicio. Cuando regresó, Marco ya estaba sentado bebiendo café y leyendo su diario.

—Hola.

—Lo has dejado abierto. Es muy bueno, Breen.

—Todavía no he terminado, la verdad. Tengo que pulirlo.

—Es bueno. Es informal, divertido y sabe transmitir los detalles. Es justo lo que necesita un blog. Te lo voy a montar.

—Marco…

—Y he pedido tortillas, con beicon para ti y con salchichas para mí. He pensado en unos bloody marys o unas mimosas, pero tenemos que conducir dentro de poco. Carla, la auxiliar, me ha dicho que deberíamos aterrizar dentro de unos cuarenta y cinco minutos. —Mientras hablaba, trabajaba en el portátil de Breen—. ¿Qué nombre de dominio quieres?

—No…

—Algo sencillo. BreenSiobhan.com… Por ahora, no pondremos tu apellido. Voy a crearlo de modo que tus datos personales sean privados, y te encargarás de tu propio alojamiento web. Yo te ayudo con eso. Te enviaré actualizaciones cuando recibas comentarios y demás. Le daremos un aspecto sencillo y clásico, y un diseño que sea apto para móviles.

Breen sabía que a Marco le gustaba jugar con la tecnología, así que le dejó.

—No lo va a leer nadie —dijo.

—En Sally's lo leerá todo el mundo. Será una buena forma de tenerlos al día sobre lo que hacemos y vemos, ¿no? Y para mantenerme también a mí al día cuando regrese a casa. —Sonrió—. Tú lo escribes, yo me encargo de la parte técnica. Te enseñaré a subir fotos y texto. Si de aquí a dos semanas ya te has aburrido, lo dejas. ¿Quieres elegir una fuente?

—Elige tú —respondió Breen. Intentaba no preocuparse con el tema. Procuraría tomárselo como escribir largas postales a los amigos.

—Genial. Cuando lo tenga, enviaré un correo electrónico de grupo con el enlace.

Una vez que hubo terminado, Breen decidió que había llegado el momento de empezar a preocuparse por la llegada al aeropuerto, la visita a la oficina de alquiler de coches y conducir, aunque Marco había perdido a piedra, papel o tijera, así que le tocaba el primer turno al volante.

No obstante, al mirar por la ventanilla durante el descenso, vio a través de las nubes los campos verdes y las colinas de su sueño. Vio un paisaje de retales de un verde imposible mezclado con el más cálido de los marrones y el más intenso de los dorados, todo ello bajo un sombrío cielo gris pálido. Algo empezó a cantarle en el corazón, una nota tan dulce y clara que se le empañaron los ojos.

—Mira, Marco, ¡mira!

—Estoy mirando. —Más que eso: estaba inclinándose hacia la ventanilla, armado con el móvil, para tomar fotos—. Es como en las películas, solo que real. Es realmente real, Breen.

—He soñado con esto, con todo esto. Lo he escrito.

—No estaba en el blog.

—No, lo escribí por separado. Te lo enseño después. Tenemos que prepararnos. Tenemos que...

—Estamos preparados —la interrumpió él mientras le cogía la mano.

No fue tan difícil. Les bastó con seguir las señales, enseñar los pasaportes (de nuevo, no los detuvieron), recuperar el equipaje y cargar con él hasta el lugar en el que habían alquilado el coche.

Como Marco se encargaría de conducir, se fue a por el vehículo, y Breen sacó fuera el carrito del equipaje para respirar por primera vez el aire de Irlanda. Era distinto, más suave, como la luz. La lluvia no terminaba de caer, pero la percibía en el aire, su toque húmedo. Las voces, algunas estadounidenses y otras con aquel encantador acento que le recordaba a su padre. ¿Lo encontraría? ¿Se alegraría de verla? ¿Le contaría por qué, por qué se había alejado de ella durante tanto tiempo? Quería perdonarlo. Esperaba ser capaz de perdonar a su madre algún día. Sin embargo, se dijo, aquel día era para Breen. «He abierto una puerta y hoy salgo por ella».

Observó la llegada del cochecito negro y vio a Marco a través del parabrisas. Tenía todo el aspecto de quien intenta desactivar un dispositivo nuclear con sumo cuidado. «Mejor él que yo», pensó Breen. Marco paró el coche y salió.

—He conseguido llegar hasta aquí. No ha habido víctimas.

—¿Da miedo?

—Sí, un poco. Lo bueno es que el castillo no está lejos. He dicho «castillo» —añadió, sonriente, mientras metían el equipaje en el maletero—. El encargado me ha ayudado a programar el GPS, así que tenemos la dirección.

—Yo tengo el mapa, y también imprimí las instrucciones para llegar.

—Entonces estamos más que preparados. —Empezó a subirse, pero se dio cuenta de que lo hacía por donde no era—. En realidad es que soy un caballero y pensaba abrirte la puerta.

—Ya, fingiremos que ha sido eso. —Se sentó y se abrochó el cinturón de seguridad. Respiró hondo—. Podemos ir muy despacito.

—Tú chilla si la cago. No, no chilles, mejor di con mucha calma: «Marco, amigo mío, en estos momentos te encuentras en el puto carril equivocado. Déjate de mierdas».

—Entendido.

—Vale, allá vamos. —Arrancó el coche y sonrió a Breen—. ¡Vamos a asaltar el castillo!

Lo hacía bien. Mejor que bien, en opinión de Breen. Ella tuvo que obligarse a apartar la vista del impresionante paisaje para mantenerla fija en la carretera, por si acaso tenía que decirle que se dejara de mierdas. Por suerte, Marco lo hacía bien, incluso en las aterradoras glorietas… «Rotondas —se recordó—, aquí se llaman rotondas».

—Estoy conduciendo por Irlanda, nena.

—Sí. Pero sigue mirando la carretera. Ya casi hemos llegado.

—La próxima vez te toca a ti. Ese era el trato.

—En el castillo hay mucho que hacer. Deberíamos quedarnos allí tres días.

—Ni de coña. Iremos a los pubs, iremos de compras. Iremos a ver cosas.

—Hay cosas que… Oh, ese es el Castillo de Bunratty. Está muy cerca de nuestro hotel. Creo que podría apañármelas para llegar. He leído sobre él. Podemos visitarlo, ver cosas y comprar. No sé si habrá un pub. Es todo precioso, Marco.

—Nunca había visto nada parecido, salvo en las películas y los libros.

Cuando tomaron el desvío a Dromoland, los árboles, unos árboles enormes, gigantescos y maravillosos, se agolpaban a ambos lados de la carretera. Siguieron por la sinuosa calzada hasta que se abrió de nuevo al verde, con un estanque lleno de patos a un lado. A Breen se le escapó un grito ahogado de asombro y Marco paró el coche.

—Tengo que parar. Dios, Breen, es un puñetero castillo. Un castillo de verdad de la buena.

Orgulloso y bello, reinaba sobre la colina con su majestuosa piedra gris, sus torres como lanzas, sus torretas y sus almenas. Las banderas ondeaban al viento.

—Había visto fotos —dijo Breen—. Lo investigué, pero, aun así, en realidad no podía creerme que tuviera este aspecto.

—Es un día para recordar, Breen. Para recordar.

—Vamos a llegar demasiado temprano para subir a las habitaciones, pero seguro que nos pueden guardar el equipaje. Aquí hay hectáreas de sobra para pasear.

Marco arrancó de nuevo.

—No me iría mal caminar un poco. Parece que va a llover, aunque eso no nos molestaría.

—En absoluto.

Cuando se detuvieron delante de la entrada, un hombre uniformado se les acercó para abrirle la puerta a Breen.

—Bienvenidos a Dromoland. ¿Tienen una reserva?

—Sí, sí, tenemos reserva.

No podría haber ido mejor, en opinión de Breen. Todo el mundo era muy agradable y servicial. Los terrenos que recorrió con Marco eran más que mágicos. Cuando empezó a llover, y lo hizo con ganas, regresaron, mojados y contentos, para explorar el castillo. Encontraron armaduras, chimeneas de piedra encendidas, un par de tiendas bonitas y docenas de folletos sobre la zona que Breen se apresuró a reunir. Después se tomaron una copa en el bar y una comida ligera antes de que apareciera alguien para acompañarlos a sus habitaciones.

Eran unas habitaciones encantadoras, pensó Breen, con camas enormes y acogedoras colchas, whiskey para los que gustaban de él y vistas a las colinas.

—Soy el rey del castillo —dijo Marco y se dejó caer en la cama de su cuarto.

—De acuerdo, majestad, el plan es deshacer maletas y echar una siesta de una hora. Vamos a seguir las reglas para luchar contra el *jet lag*. Ya hemos dado un paseo y hemos comido, y ahora toca la siesta de una hora. Si le añadimos la ducha, cambiarnos y bla, bla, bla, nos podemos reunir a las... cinco y cuarto.

—La hora del cóctel. Así que en el bar.

—Estupendo, y así planeamos lo que queremos hacer mañana. —Se fue hacia la puerta—. Primero, deshacer las maletas y
poner la alarma.

—Recibido —respondió Marco haciendo un saludo mili-
tar—. Eh, haz como en *La jungla de cristal*: quítate los zapatos y
camina descalza encogiendo los dedos de los pies.

Breen se fue a su habitación y se limitó a dar vueltas por ella,
a tocar las telas y los muebles. Deshizo la maleta que había reservado para esa parte del viaje. Consideró la posibilidad de darse
una ducha antes de la siesta, pero recordó el pelo. Así que se metió bajo la suave colcha, se estiró y, con la cara hacia la ventana,
se quedó dormida.

Hubo sueños, pero, cuando sonó la alarma, se volvieron borrosos. Se levantó de la cama y decidió que los consejos para superar el *jet lag* no siempre funcionaban. Por muy encantadora
que fuese la habitación, su cuerpo todavía se pensaba que era medianoche. Probó a hacer lo de *La jungla de cristal* antes de arrastrarse a la ducha. Estaba deseando beberse una Coca-Cola, algo
para reiniciar su sistema, y entonces recordó el minibar.

Envuelta en el albornoz del hotel (menudo lujo), con el pelo
colgándole como cuerdas mojadas, abrió la botella y se bebió la
mitad. «Mejor —decidió—. Mucho mejor». Hasta las cinco y
media no consiguió ponerse presentable y encontrar de nuevo el
bar. Allí estaba Marco, coqueteando con el camarero rubio.

—Aquí está mi chica. ¿A que es preciosa, Sean?

—Sí que lo es. Buenas noches, señorita, y bienvenida.

—Gracias. Perdona la tardanza.

—La espera ha merecido la pena.

—¿Qué puedo servirle? —le preguntó Sean.

Ella le echó un vistazo a la cerveza de Marco, pero sabía que no
sería capaz de beberse una pinta de nada. Se habría alejado flotando.

—Kir Royale —decidió Marco—. Breen parece la clase de
mujer que bebería Kir Royale.

—¿Le parece bien? —preguntó Sean.

—No lo he probado nunca.

—Bueno, entonces, debe hacerlo, por supuesto. Y Marco me ha contado que es su primera vez en Irlanda, aunque su padre nació aquí.

—Sí. Y es tan bonito como me contaba. Él era de Galway.

—Ah, Galway es un sitio precioso.

—Sean es de aquí mismo, de Clare, y me ha dado el nombre de algunos sitios que tenemos que visitar. Mientras tanto —añadió Marco sacando el móvil—, tienes veintidós comentarios y ochenta y cuatro visitas al blog.

—Anda ya.

—Compruébalo tú misma. —Regodeándose, le pasó el móvil—. Breen ha empezado un blog sobre el viaje y sobre la vida en general.

—Ah, ¿sí? Me encantaría leerlo, si me envías el enlace.

—Encantado.

Sean dejó una copa alargada delante de ella, llena de un líquido entre rojo y dorado, con frambuesas nadando entre las burbujas.

—Casi todos son de los de siempre —comentó Breen.

—Pero no todos. Ni en los comentarios ni en las visitas.

Mientras leía, Breen cogió la copa y bebió. Levantó la vista.

—Definitivamente, me gusta esta bebida. ¿Dónde ha estado toda mi vida?

—Hoy es el primer día del resto de ella. —Marco chocó su vaso contra su copa.

Breen se tomó dos, pero después se pasó al agua para acompañar el pescado con patatas fritas. Dieron otro paseo y después se entretuvieron viendo a una familia de Baltimore jugar al billar inglés.

—Me estoy quedando frita, Marco. Es un milagro que haya llegado despierta hasta las diez y media.

—Podríamos tomarnos una última copa antes de dormir.

—He bebido más estos últimos días que en un año entero. Además, así puedes volver tú solo y coquetear con Sean sin tenerme a mí de sujetavelas.

—Nena, eres adorable y más recta que una regla. Me lo estaba camelando para ti.

—No estoy buscando ni coquetear ni ligar.

—Disfrutas poniéndome triste, ¿verdad?

—Me voy a dormir —insistió ella, reprimiendo un bostezo—. Recuerda, desayuno a las ocho y después salimos. Mañana tenemos mucho que hacer.

—Y conduces tú.

—A la ida. Tú a la vuelta.

—Vale. Supongo que yo también tendría que irme a dormir.

De camino a sus habitaciones, Breen apoyó la cabeza en el hombro de Marco.

—Ha sido un primer día estupendo.

—Y no se te olvide escribir sobre él… Insiste en mi excepcional dominio del volante.

—Por supuesto. Y mañana acabaremos con cena y música en un pub. ¿Quién sabe? Puede que alguien se acuerde de mi padre. Antes cantaba en los pubs.

—Me acuerdo. Me dijiste que así conoció a tu madre.

—Sí, en un viaje con unos amigos, cuando ella estaba en la facultad. Aquí, en Clare, así que puede que siga viniendo a cantar. O puede que lo haga en Galway.

—Espero que lo encontremos, pero, en cualquier caso… —Marco la acompañó hasta su puerta—. Recuerda el nombre de tu blog.

—«Encontrándome».

—Eso es lo primero. Nos vemos por la mañana.

—Buenas noches, Marco.

Se despertó a las cuatro y media de la mañana. Salió de la cama dando tumbos y dio gracias por haber dejado la luz del baño encendida para evitar chocarse a oscuras contra los muebles. Fue a buscar su portátil y, tras llevárselo a la cama, intentó documentar su último sueño antes de que se desvaneciera del todo.

Estaba en un edificio, unas ruinas, creo. Muros de piedra, ventanas sin cristales, algunas no eran más que rendijas. Había grabados en algunas de las paredes y ¿linteles? en las entradas. Sin puertas, solo aberturas a lo que debían de haber sido otras habitaciones. Algunos muros tenían nichos en los que antes habría algo. Veía el cielo sobre mi cabeza, azul, con muchas nubes, pero blancas.

Había eco, así que oía mis pasos. Aunque era algo más que eso. Como si hubiera habido voces y su eco todavía retumbara dentro del edificio. Había lápidas en el suelo y creo que también grabados. Ahora no logro verlas; sabía que eran tumbas, como grandes ¿ataúdes? de piedra. También vi una especie de patio rodeado de columnas de piedra y hierba alta y verde salpicada de florecitas silvestres blancas como estrellas. Y escalones de piedra con forma de cuña formando una curva que ascendía.

Subí, no sé por qué. En realidad no tenía miedo, pero quiero decir que podía notar el aire vibrar, lo notaba golpearme la piel.

Salí de la escalera y vi una torre redonda acabada en punta, y las colinas y las casas a lo lejos. Incluso humo saliendo por las chimeneas. Abajo vi ovejas de cara negra, cubiertas de tupida lana, pastando en la hierba. Y un cementerio con lápidas de piedra y, más allá, más allá de la torre redonda, uno de esos círculos de piedra. No como las fotos que he visto de Stonehenge, sino mucho más pequeño. Más allá, un río serpenteaba hacia una bahía. El sol brillaba lo suficiente como para que su luz bailara sobre él formando estrellas, como las flores blancas silvestres. Era todo precioso. El viento que me tiraba del pelo era cálido y suave. Creo que era feliz.

Entonces vi llegar una jinete. Llevaba una capa marrón con capucha y montaba un caballo blanco con los cuartos traseros moteados de negro. La jinete cabalgó hasta el cementerio y desmontó. Llevaba flores. No recuerdo de qué clase, creo que eran blancas. Se acercó a una de las tumbas, dejó las flores allí y se quedó quieta, con la cabeza agachada.

Me sentí como una intrusa, así que empecé a retroceder, pero entonces ella se quitó la capucha y me miró.

Se parecía a mí. O al aspecto que puede que tenga yo cuando sea mayor. Y le vi al cuello el collar de la piedra roja que había salido en mi sueño del bosque y la cascada.

Me habló. Ojalá lo recordara con más claridad, aunque creo que dijo algo así como: «Para encontrar tienes que buscar. Para obtener respuestas tienes que preguntar. Para transformarte tienes que despertar».

Breen se echó hacia atrás y meditó sobre ello. De niña tenía unos sueños muy vívidos y poco habituales: unicornios y dragones (siempre había sentido debilidad por ellos) que bailaban por el aire con las mariposas. Soñaba con cabalgar sobre caballos de guerra blancos y hadas, y con todas las cosas maravillosas que su padre introducía en sus historias.

Todo aquello había empezado a desaparecer incluso antes, creía, de que se marchara su padre. Sustituyó aquellos maravillosos sueños por los producidos por la ansiedad: deberes del colegio, cursos de la facultad, las clases que enseñaba… Le resultaba interesante, incluso reconfortante, que hubieran regresado. Quizás comprara un libro sobre la interpretación de los sueños.

Como todavía era muy temprano para desayunar, se conformó con una Coca-Cola y escribir un rato en su blog diario. Era divertido repasar lo sucedido durante el día, la llegada a Shannon, el recorrido en coche, el castillo, todo. Cuando se sintió satisfecha, siguió al pie de la letra las instrucciones de Marco, subió algunas de las fotos y lo colgó.

Por curiosidad, le echó un vistazo a la entrada anterior. Se quedó boquiabierta. ¡Tenía cuarenta y seis comentarios y doscientas dos visitas! Más de doscientas personas habían leído lo que había escrito y cuarenta y seis de ellas se habían molestado en comentarlo. Decidió que era porque se trataba de un blog nuevo… y porque Sally había hecho correr la voz. Aun así, era maravilloso. Si en una semana entera de clase conseguía que ese mismo número de alumnos levantara la mano, se consideraba afortunada.

Con las pilas cargadas, se puso su ropa deportiva y eligió uno de sus vídeos por *streaming*. Sabía que el castillo tenía un gimnasio, pero todavía no estaba preparada para eso. Después de terminar y vestirse para lo que consideraba su aventura irlandesa (botas, vaqueros, un jersey azul marino con cuello de pico y una camiseta blanca debajo), seguía teniendo tiempo de sobra. Era como si todos los días fuesen domingo, solo que mejor, ya que no tenía ni una sola tarea en su lista. Cogió el móvil, la llave, la bandolera y la chaqueta, y salió a dar un paseo al alba. El cielo, de un pálido azul pastel, coronaba las colinas. Lucía unas preciosas nubes con vetas rosas y rojas en los puntos en los que los rayos de sol tocaban sus redondeadas cimas. Todo olía a fresco, nuevo y posible.

Recorrió el camino pavimentado y subió cuestas verdes y escalones de piedra en los que los pájaros cantaban desde las ramas de los árboles. Caminó valorando la calma y la soledad y deteniéndose para sacarle fotos al castillo, cada vez más iluminado, o a un árbol que parecía sacado de un cuento de hadas. De repente se encontró en los establos, donde un caballo marrón la vio llegar. Como solo había montado a caballo en sus sueños infantiles, mantuvo una prudente distancia.

—Hola. Eres muy guapo.

Se acercó un poco más y, cuando el animal resopló, ella prácticamente lo oyó pensar: «Ven a acariciarme». Pero decidió que ya estaba lo bastante cerca.

—Puede que mañana —le dijo.

Le sacó una foto, miró la hora e inició el camino de regreso, imaginándose lo que debería ser trabajar en un sitio así. Podría hacerlo. Quizás se presentara para algún puesto de trabajo, ya fuera allí o en algún hotel histórico de Galway. Cuando Marco volviera a casa, se lo pensaría.

Antes de regresar, decidió dar un rodeo por los jardines. Y, allí, el corazón le estalló de placer. La recibió un arco cubierto de enredaderas. Los arriates junto a los senderos de piedra rebosaban flores. Reconocía algunas, mientras que otras eran un precioso misterio. Quería saber más, así que tomó nota mental de comprar un libro sobre flores, además del de los sueños.

Podía aprender a hacer todo aquello, ¿no? ¿A plantar y cuidar? A hacer algo bello. Mientras contemplaba las mariposas que revoloteaban y las abejas que pasaban zumbando, se agachaba para olerlo todo. Era un aroma dulce y especiado, terroso y ligero; se maravillaba por las texturas y los colores, por los pétalos y los tallos. Y por la habilidad y los conocimientos necesarios para crear algo que pareciera haber crecido por sí solo. Podía aprender. Se le daba bien estudiar, eso estaba claro, puesto que se había pasado la vida haciéndolo. Esta vez estudiaría algo que le gustara. Se sentó en un banco para empaparse de todo y disfrutar de las nubes, que, mullidas y blancas como ovejas, pastaban por el cielo azul. Después, sacudió la cabeza.

—Primero quieres servir mesas en un castillo y dos minutos después quieres ser jardinera.

Estaba bastante claro que no sabía qué hacer con su vida.

Se levantó de mala gana para volver y reunirse con Marco, aunque se detuvo una última vez para sacar una foto en primer plano de unas flores de un intenso color morado. Hechizada, las rozó con la mano. Vibraron. La retiró al instante, temiendo que se tratara de abejas enfadadas o serpientes. «En Irlanda no hay serpientes», se recordó.

Pero había algo. Aunque nada se movía y todo se había quedado en silencio.

Acercó de nuevo la palma de la mano, con mucha precaución, al grupo de flores y otra vez sintió aquel extraño zumbido bajo la piel.

«Esto es raro, ¿no? Es como… si crecieran. Aunque ya sé que no funciona así. Creo que necesito un café —se dijo—. Está claro que necesito un café».

Se alejó restregándose las manos y no vio las nuevas flores que brotaban del arriate y se alzaban buscando la luz.

6

Breen se enfrentó a la conducción igual que se habría enfrentado a un examen oral: con terror y determinación. Agarraba el volante como una mujer que se aferra a un salvavidas en medio de un mar embravecido, aunque circulaba por las estrechas y sinuosas carreteras con mirada de acero.

En realidad, nunca había sido turista, así que su enfoque para aquella nueva etiqueta consistía en lanzarse de cabeza a ella. Preparó su lista, marcó las rutas. Tenían que explorar unas ruinas asombrosas y maravillarse con los acantilados de Moher. Se atreverían a acercarse al fin del mundo en el cabo de Loop y visitarían viejas abadías, torres redondas y cementerios. Comerían en un pub con una chimenea de turba pan integral y mantequilla de granja.

Aunque no encontró ningún libro sobre sueños, sí que dio con uno sobre flores cuando pararon a comprar en Ennis, donde había cestas de flores colgadas por las calles y estrechas aceras que pedían que las explorasen. Compró una bufanda con todos los colores del arcoíris para Sally y una verde y ámbar para ella. Comió helado de fresa en un cucurucho y encendió una vela en una preciosa iglesia antigua que olía a paz. Cuando llegó el momento de ponerse de nuevo al volante, consiguió llegar hasta el pueblecito de Doolin y aparcar.

—Más vistas maravillosas —comentó Marco—. Antes de salir a andar de nuevo, tengo que decirte, Breen, que se te da mejor conducir que a mí.

—Todavía me sudan las manos.

—Puede, pero lo tienes controlado.

—Y tú eres un copiloto excepcional. Aun así, es un alivio poder caminar.

—Prepárate para un alivio a lo grande.

Cuando salieron del coche, Breen levantó la cara para disfrutar de la brisa marina antes de colgarse la maltrecha mochila para su excursión por el acantilado. Si algo había aprendido en aquel trascendental primer día era que las alturas no le suponían ningún problema. Por un lado, los acantilados se alzaban, espectaculares y escarpados, por encima de las agitadas aguas del Atlántico. Por el otro, la pequeña aldea desplegaba sus colores y su encanto antes de llegar a los campos verdes y las granjas. Recorrieron el sendero junto a los imponentes acantilados y las olas que se estrellaban contra las rocas.

—¿Te imaginas ver esto todos los días? —Y poco le parecía—. No puedo creerme que nadie se acostumbre.

Las gaviotas recorrían el cielo, blancas como plumas, grises como humo, y llamaban al viento. Subió por el sendero de grava con Marco y después por los bastos escalones de baldosas, y se paró a disfrutar de aquella maravilla.

—Mira las flores silvestres, Marco. Espera, esa la conozco, creo… —Estaba a punto de buscar el libro en la mochila, pero al final se acordó e hizo un bailecito de alegría con las caderas—. Clavelina. Se llama clavelina de mar. —Se agachó para hacerle una foto—. ¿A que es increíble cómo se abre paso entre la caliza, tan rosa y tan bonita? Te juro que voy a empezar a plantar macetas en cuanto lleguemos a casa.

—¿Piensas quedarte en el piso?

Ella levantó la cabeza para mirarlo.

—Marco, ¿qué iba a hacer yo sin ti?

Cuando se enderezó, siguieron su camino.

—Podríamos buscar otro sitio en el mismo barrio —meditó Breen—. Con un balconcito. O un piso en un edificio con jardín o un patio pequeño.

—Pensaba que a lo mejor decidías mudarte, comprarte una casa o algo.

—Una casa. —Breen suspiró; nunca había aspirado a tanto—. Podría comprarme una casa con un patio… para un jardín. ¡Para un perro!

—Eso sí que es una idea interesante.

—La idea más interesante es que, si me compro una casa, te vienes conmigo. Pero ¿sabes qué? Hoy es hoy. Y mira dónde estamos. ¡Mira esos acantilados! Hace un par de horas estábamos ahí mismo. Desde aquí parece como si un antiguo gigante hubiera cortado la montaña con un hacha. Es todo drama e intensidad. Y entonces miras hacia ese lado. —Se volvió hacia el mar—. Y es pacífico, bucólico. Como un lánguido paisaje pintado con colores saturados.

Puso cara de fastidio al darse cuenta de que Marco le había hecho una foto. Satisfecho, él volvió a colocarse las Wayfarer.

—Esta va para la cabecera del blog.

Los rayos de sol eran tan brillantes, tan intensos, que Breen se quitó la chaqueta para atársela a la cintura.

—¡Se ven varios kilómetros a la redonda! ¡Mira esas islas de ahí! —dijo Marco.

—Las islas Aran —respondió Breen cuando se las señaló—. He leído que allí todavía hablan irlandés y que algunos aran la tierra con caballos. Creo que he soñado con eso. ¿Te lo dije?

Le contó el sueño del bosque, los campos y las casas, y el sueño en el que volaba a lomos de un dragón.

—¿Por qué yo no sueño cosas chulas? Tengo que solucionarlo. Todo esto es como un sueño, la verdad. Quiero decir, ¿quién habría pensado que tú y yo subiríamos por unos acantilados, y menos aquí?

—Vamos a empezar a viajar más y a hacer más cosas. Puede que no sean castillos ni la Wild Atlantic Way, pero vamos a salir de la rutina, Marco.

—Me apunto. —Sostuvo en alto un dedo meñique—. Breen y Marco verán el mundo. O, por lo menos, la Costa Este. El verano que viene podríamos alquilar un coche y subir hasta Maine o bajar hasta Cayo Hueso, o cualquier punto entre los dos sitios. Se acabó lo de trabajar y pensar sobre lo que podríamos hacer.

—Se acabó.

En los acantilados, por encima del clamor de las olas, cruzaron los meñiques para sellar su pacto. Cuando iniciaron el camino de vuelta a la aldea, ya habían recorrido unos ocho kilómetros.

—¿Cómo van tus botas? —le preguntó Marco.

—Bien. —Lo miró entornando los ojos—. ¿Y las tuyas?

Marco tuvo la decencia de parecer avergonzado.

—Puede que me haya salido una ampolla y sí, sí, debería haber usado la crema esa que decías para evitar rozaduras.

—Tengo apósitos para las ampollas.

—Cómo no.

—Siéntate y quítate las botas y los calcetines —se limitó a responder ella—. Lo arreglaremos.

—No está tan mal. He empezado a notarlo hace un kilómetro y algo.

Efectivamente, tenía una pequeña ampolla en cada pie.

—Con esto las protegeremos —le explicó Breen mientras se los ponía—. Y, como es hora de ir al pub, estarás sentado un rato.

—Estoy listo para el pub. —Movió los dedos de los pies antes de meterse las botas—. Es un placer entrar en un bar en el que no trabajas. Con música, ¿verdad?

—Sin duda. Y yo me encargaré de conducir.

—Me toca a mí.

—De eso nada, todavía tengo las llaves.

Había investigado los locales de la zona y había decidido que podían recorrer unos cuantos o acomodarse en uno. Ella se limitaría a refrescos y agua.

Estaba deseando experimentar el ambiente y la música, pero también quería probar suerte. Doolin era famoso por su música tradicional, y su padre se había ganado la vida tocando aquel tipo de música. Cabía esperar que hubiera pasado por allí en algún momento, ¿no? «De hecho —pensó—, quizás siga haciéndolo».

Cuando entraron en el pub, Breen concluyó que habían elegido el sitio perfecto. Tenía una larga barra de madera oscura delante de un viejo muro de piedra con una amplia variedad de botellas y jarras en sus estantes. La mayor parte de los taburetes estaban ocupados, igual que el grupito de mesas bajas. Una alegre melodía de violín sonaba por los altavoces mientras la gente comía, bebía y charlaba.

En la chimenea ardía un fuego bajo, de corazón rojo: fuego de turba. Todo era perfecto. La pared estaba repleta de fotografías antiguas y anuncios de Guinness, Harp y Jameson. Olía como creía que debía oler un pub irlandés: a humo de turba, cerveza y comida frita en la cocina. Uno de los camareros, una mujer de pelo negro liso recogido en una coleta alta, se detuvo de camino a la barra, cargada con una bandeja.

—¿Quieren una mesa?

—Sí, por favor.

—Elijan la que más les guste, menos la de la esquina de allí. Es para los músicos.

Se sentaron en una mesa alta para dos.

—Es como en una película, ¿verdad? —preguntó Marco.

Breen no podía parar de sonreír. La comida en el pub había sido estupenda, pero ¿esto? Un broche de oro perfecto para un día perfecto.

—Es todo lo que deseaba —respondió ella.

—Tienes que tomarte una cerveza —insistió su amigo—. Sería un sacrilegio no hacerlo. Vamos a comer y nos quedaremos para el concierto. Es probable que no tengas que conducir hasta dentro de varias horas.

—Media pinta. Mi padre casi siempre bebía Smithwick's, así que me beberé un vaso.

La misma camarera se acercó para atenderlos.

—Bueno, ¿cómo van por aquí?

—No podría irnos mejor —respondió Marco.

—Me alegro mucho. ¿Estadounidenses?

—Filadelfia.

—Filadelfia —repitió ella, y de sus labios sonaba tan exótico como los acantilados—. No he estado allí, pero sí he visitado vuestro país un par de veces. Una vez fui a Nueva York a visitar a unos primos y otra, a Wyoming.

—¿Wyoming? —preguntó Breen.

—Quería ver vaqueros —respondió la camarera, sonriente—, así que lo hice. Wyoming es un sitio enorme… Bueno, amigos, soy Kate y esta noche me encargaré de atenderlos. —Les dio los menús—. ¿Les traigo algo de beber?

—Una pinta de Guinness para mí y media pinta de Smithwick's para mi amiga. Trabajo en un bar, en Filadelfia.

—Ah, ¿sí? Entonces puede que lo llamemos para que nos ayude a tirar pintas ya entrada la noche. Los Tres del Zapatero son muy populares por aquí y seguro que se nos llena el local. Han tenido suerte; si llegan a venir más tarde, no encuentran mesa. Les traeré la bebida.

Como Marco era Marco, cogió el menú.

—La caminata me ha dejado muerto de hambre.

—Levantarte por la mañana te deja muerto de hambre. —Pero ella también le echó un vistazo al menú—. Voy a probar el *shepherd's pie*.

—Yo voy a empezar con unos mejillones. ¿Quieres compartir?

—¿Acaso me has visto comer mejillones alguna vez?

—Pues más para mí. Y tienen lasaña irlandesa. ¿Qué tiene de distinto la irlandesa? Tengo que descubrirlo. Oye, no he mirado tu blog desde la hora de comer.

Mientras lo hacía, Breen se limitó a suspirar de placer.

—Breen, tienes dieciséis comentarios más en la publicación de ayer y en la de hoy vas por cincuenta y ocho.

—¿En serio? ¿Qué dicen? —Acercó su silla a la de Marco para leerlos con él—. Parece que les gusta.

—Ya te digo. Espera a que lean lo que vas a escribir sobre hoy. ¿Qué vas a escribir sobre hoy?

—No… No lo sé. Esto es mucha presión.

—No empieces. —Le dio unos golpecitos cariñosos en la frente con los nudillos—. Sigue adelante. Me gusta que mi mejor amiga sea bloguera.

—Un par de publicaciones no me convierten en bloguera. A ver qué pasa cuando lleve dos semanas.

La camarera les llevó la bebida y señaló con la cabeza los menús.

—¿Han decidido ya lo que van a tomar?

—Yo quiero *shepherd's pie*.

—Es una apuesta segura. ¿Y el caballero?

—Empezaré con los mejillones y, después, lasaña irlandesa.

—Gran elección. Es la receta de mi madre, en honor a las de mis dos abuelas. Su madre era italiana y la de mi padre de aquí, de Clare.

—¿Su madre es la cocinera? —le preguntó Marco.

—Sí, con mi hermano Liam. El pub era de mis abuelos y ahora es de mis padres. Es un negocio familiar.

—Hablando de familia, el padre de Breen tocaba en pubs como este. Puede que incluso aquí.

—No me diga.

Breen no pretendía ser tan directa, mientras que a Marco le gustaba ir al grano.

—Sí, nació en Galway, pero sé que tocaba en Clare porque aquí conoció a mi madre. Fue todo antes de que yo naciera, así que usted no estaría por aquí. Quizás tocase en este pub en algún momento.

—Puede que mi padre se acuerde.

—No sé cómo se llamaba la banda. Él es Eian Kelly.

—Si alguien tocaba en Claire, es muy probable que pasara por Doolin. Y si tocaba en Doolin, es muy probable que pasara por Sweeney's. Iré pidiendo su comida.

Marco alzó la cerveza y la chocó contra el vaso de Breen.

—Por el mejor día de mi vida, otra vez.

—¿Quién se resistiría a brindar por eso? —preguntó ella y le dio un trago a su cerveza para demostrarlo—. ¿Quieres que te cuente lo que tengo pensado para mañana?

Él negó con la cabeza.

—Todavía es hoy. Dejaré que me sorprendas. Nunca se me habría ocurrido venir aquí, ¿sabes? Cuando hacía mis listas de sitios a los que me habría gustado ir si pudiera siempre pensaba en París, Roma o Maui. Pero esto ha sido un acierto, Breen. ¿Quién iba a decirlo?

Ella, desde que tenía uso de razón, aunque nunca lo hubiera expresado en voz alta.

—Nunca pensé que iría a ninguna parte. Solo que seguiría trabajando un día más, una semana más, un año más… Y que quizás algún día me casaría y tendría hijos. Entonces haríamos algunos viajes, meteríamos a todo el mundo en el monovolumen e iríamos a Disney World o a la playa, donde fuera, para que no se sintieran tan atrapados en un solo sitio. —Breen miró a su alrededor, a las familias en las mesas, a los amigos en la barra, al fuego en la chimenea—. Si alguna vez tengo hijos, los traeré aquí. Es su herencia y quiero que lo sepan. Me alegro de recuperar la mía.

Levantó la mirada cuando un hombre rubio de pecho fuerte y relucientes ojos azules se detuvo junto a su mesa.

—Soy Tom Sweeney. Mi hija me cuenta que es usted la hija de Eian Kelly.

—Sí... ¿Conoce a mi padre?

—Sus compañeros y él tocaban justo ahí. —Señaló la esquina—. Se hacían llamar Brujería, y eso hacían con su música: pura magia. Hace tantos años ya que he perdido la cuenta —añadió, sonriente—. ¿Cómo está su padre?

—La verdad es que no lo sé. Mi madre y él...

—Ah, siento oírlo. Y ha perdido el contacto, ¿no?

—Sí. Esperaba encontrarlo en este viaje, o al menos encontrar a gente que lo conociera y pudiera contarme más cosas sobre él.

—Bueno, puedo contarle un par de historias, si quiere.

—Me encantaría.

—Le traeré una silla —se ofreció Marco.

—Muchas gracias. ¡Cielo! —llamó a su hija—. Ponle una pinta a tu viejo.

—Soy Marco; esta es Breen.

—Más que encantado de conoceros —respondió Tom mientras se sentaba en la silla que le había acercado Marco—. Te pareces a él: el pelo rojo fuego, los ojos gris claro... Eso es de Eian Kelly, sin duda. ¿Te va la música?

—No mucho.

—No había un instrumento que tu padre no supiera tocar, y lo hacía como un mago. También tenía una voz fuerte y clara. Creo que andaríamos por la misma edad cuando yo atendía esta barra y él y sus colegas tocaban. —Agarró la mano de su hija, que acababa de dejarle la cerveza—. Si tengo a esta, a sus dos hermanos y a su hermana, es gracias a Eian Kelly.

Marco sonrió a Tom y a su hija.

—Esta historia va a ser buena.

—Si será por historias... —comentó Kate; después le dio un beso en la cabeza a su padre y siguió trabajando.

—Bueno, os la voy a contar. Por aquella época yo era muy tímido. No con la gente en general, sino con las chicas. La lengua se me enredaba cuando había una muchacha bonita cerca. Y había una en concreto que me traía loco: Sarah Maria Nero, que tenía el pelo negro como el azabache y ojos de gitana. Cuando ella entraba en el pub, o cuando la veía por la calle o en el mercado, apenas recordaba mi nombre, así que lo de hablar con ella ya ni os cuento.

»Y entonces... —Hizo una pausa teatral, bebió y dejó escapar un largo suspiro—. Una noche entró en el bar con sus amigos, porque era una chica con muchos amigos, para escuchar a Brujería. Les serví pintas, escuché su risa, tan bonita y alegre, y sufrí sabiendo que siempre estaría fuera de mi alcance.

—Ser una persona tímida es muy duro —comentó Breen—. Y también creer que no vales lo suficiente.

—Cierto —coincidió Tom, que la miró a los ojos y asintió con la cabeza—. Durante uno de sus descansos, Eian Kelly se acercó a la barra y me dijo: «Tom, dile a la chica que te gusta su jersey». Yo fingí que no sabía de qué me hablaba, pero se me acercó al oído y me dijo: «Le gustas. Y no sabe por qué no consigue que le digas más de dos palabras seguidas».

»Yo me puse a balbucear que cómo iba a saber eso y que ella no sabía ni cómo me llamaba. Sin embargo, Eian me dijo que confiara en él y que no me arrepentiría.

—¿De qué color era su jersey? —preguntó Marco, lo que hizo reír a Tom.

—Azul, con todos los tonos, desde el más pálido al más oscuro, unos fundiéndose en los otros. Así que ella se acercó a la barra. Yo oía la voz de Eian en mi cabeza: «No seas idiota. Habla con ella». Y así salieron las palabras, y ella me sonrió. ¡Pum! —exclamó, dándose una palmada en el pecho—. Casi me estalla el corazón. Me dijo algo y le respondí, pero a día de hoy no sería capaz de contaros qué palabras nos intercambiamos, porque el corazón me latía muy fuerte en los oídos. Cuando sus amigos se fueron, ella se quedó para seguir escuchando la música. Eian me susurró que la acompañara a su casa. Se lo pregunté a ella y me dijo que sí. Ocho meses, dos semanas y cuatro días después nos casamos. He disfrutado de veintiocho años con el amor de mi vida porque Eian Kelly me dijo que hablara con aquella muchacha.

—Es una historia preciosa.

A Breen se le habían saltado las lágrimas porque aquel relato volvía a convertir a su padre en una persona real.

—A Eian no solo se le daba bien la música, sino también la gente. Cuando te decía que confiaras en él, como me dijo a mí, lo hacías. Poco después de aquella noche oí que regresaba a Galway, y puede que a otros lugares, porque tardó un año en volver, más o menos. Yo quería invitarlo a la boda y contratar de nuevo a Brujería para el pub, pero no lo encontraba. Entonces regresó y la banda tocó en el pub. Esa fue la noche que conoció a tu madre.

—¿Aquí? —De repente, Breen pasó de estar llorosa a quedarse completamente pasmada—. ¿Se conocieron aquí?

—Aquí, una tormentosa noche de verano.

—Papá, que vas a desgatarles las orejas de tanto hablar —dijo Kate mientras dejaba en la mesa los mejillones y una cesta de pan.

—Es digna hija de su madre —repuso Tom—. Os dejaré comer en paz.

—No, por favor. —Breen alargó un brazo para sujetar el de Tom—. Me gustaría saber más, si tiene tiempo.

—Para la hija de Eian Kelly tengo todo el tiempo del mundo. Comed y yo os voy contando.

Se acomodó de nuevo en la silla, con su pinta.

—Tu madre entró con un grupo de gente. Cuatro, puede que cinco personas. Universitarias de vacaciones, por las pintas. Era entrada la noche, recuerdo, y no quedaba ni una mesa libre. Se apretujaron todas en el bar. Tu padre cantaba… *Black Velvet Band*, creo. Sí, estoy seguro. Y el viento aullaba, los truenos retumbaban y la lluvia caía con fuerza. Y tuve la suerte de presenciar, no sabría decir por qué, el momento en el que se cruzaron sus miradas. «No bien se encontraron, se miraron».

—«No bien se miraron, se amaron» —añadió Breen.

—Shakespeare podría haberlo escrito para ellos. Fue como un relámpago. En nuestro caso, fue un lento anhelo, pasos cautelosos. Pero aquello fue como un cohete al despegar. Cuando regresó tres días más tarde para tocar de nuevo, ella estaba con él. Igual pasó dos semanas después. Oí decir que habían vuelto a la tierra de Eian para casarse y supuse que se habían instalado allí o en la casa de ella, en Estados Unidos, porque no volví a verlo.

—Vivíamos en Filadelfia.

—¿Y él seguía tocando?

—Sí, y por eso viajaba mucho. Supongo que habría problemas por eso, por los viajes. Se divorciaron cuando yo tenía unos diez años. Él se marchó para volver a Irlanda un año después. Me dijo que regresaría, pero…

Tom puso una mano sobre la de Breen.

—Siento escucharlo y me sorprende mucho oírlo. Es un buen hombre, pondría la mano en el fuego por ello. Y era amor lo que sentía por tu madre. Un hombre tan enamorado como yo lo ve y lo reconoce en otro. No solo la pasión, sino el amor. Eian y yo hablamos de vez en cuando durante esa época. Me dijo que se llevaba a… Se me ha olvidado el nombre de tu madre.

—Jennifer.

—Ah, sí. Jenny, la llamaba. Se llevaba a Jenny a casa para casarse. Hablamos de que yo sería pronto padre y de que él estaba deseando tener hijos, una familia. Hablaba de la granja en la que se había criado y de que quería formar allí una familia con Jenny, sentar la cabeza en su propia tierra. —Le dio una palmadita en la mano a Breen—. Espero no haberte puesto triste con todo esto.

—No, señor Sweeney.

—Tom.

—Tom. Me ha contado cosas que no conocía de mi padre. Es un buen hombre. Lo recuerdo cariñoso, paciente y gracioso.

—Espero que lo encuentres y, si lo haces, dile que Tom Sweeney quiere invitarlo a una ronda. Bueno, aquí está nuestra Kate con el segundo. Comed, y comed bien, que yo invito.

—Pero…

—La hija de Eian Kelly no paga por comer ni por beber bajo mi techo. Y le pediré a mi mujer que encienda una vela para que tengáis un viaje seguro, ya que siente una conexión muy fuerte con esos temas.

—Muchísimas gracias.

—Es un placer. —Se levantó—. La música empezará pronto. No son Brujería, pero saben tocar. Marco, ¿verdad?

—Sí, señor.

—Cuida bien de la hija de mi viejo amigo.

—Lo haré.

Marco esperó a estar a solas en la mesa antes de hablar con Breen, que tenía la vista fija en la comida.

—¿Estás bien?

—Sí. Mejor que bien. Es que… —Levantó la mirada y, aunque tenía lágrimas en los ojos, Marco sabía que no eran de tristeza—. Es demasiado. Llegamos a esta ciudad, nos metemos en este pub y descubrimos a alguien que sabe todas esas cosas maravillosas sobre mi padre. Cosas que no había oído nunca. Y me lo imagino aquí. Y me da la sensación de que quizás pueda encontrarlo de verdad. De todos modos, por ahora, escuchar a alguien que lo conocía por aquel entonces, antes de que yo naciera, que lo consideraba un amigo, es demasiado.

—Ahora sabes que cambió la vida de alguien. Eso es una pasada.

Ella miró a su alrededor y se imaginó a su padre y a sus compañeros de banda caldeando el ambiente con su música.

—Renunció a su vida en este sitio por ella y por mí. Puede que sea exagerado decir que fue un héroe por hacerlo, pero, cuando he oído que quería criar a su familia en la granja, me lo creo, porque recuerdo las cosas que contaba de su hogar. Antes de que dejara de hablar tanto de ello. Cuando me contaba aquellas historias de pequeña. A pesar de eso, regresaron a Filadelfia e intentaron construir una vida allí. Aunque no funcionara, sé que lo intentaron. —Cogió el tenedor—. Sí, estoy mejor que bien.

Comieron y escucharon el concierto…, y sí que sabían tocar. Breen estaba tan contenta que creyó que nada podría animarla aún más, hasta que Tom volvió a la mesa con una foto enmarcada.

—Se me olvidó que tenía esto en la pared. Hace ya tanto tiempo… Es tu padre con sus amigos, justo en esa mesa.

Aquello le llegó al corazón.

Su padre estaba sentado con el violín al hombro y una mirada soñadora. «¡Qué joven!», pensó Breen, con su mata de pelo rojo y sus botas gastadas. Más joven de lo que ella era en esos momentos. Delgado y guapo, vestido con un jersey negro y vaqueros deshilachados por los bajos. Había pintas en la mesa y los otros tres tocaban sus instrumentos, pero ella solo tenía ojos para Eian Kelly, con su mirada de soñador y su sonrisa amable, violín en mano.

—Quédatela. Debería ser para ti.

Ella se la llevó al corazón antes de levantarse y hacer algo que normalmente la incomodaba: abrazar con fuerza a alguien a quien apenas conocía.

—Esto significa mucho para mí.

—Espero que puedas verlo en persona dentro de poco. Si vuelves por aquí, ven a vernos.

—Lo haré.

Aquella noche dejó la foto en la mesita, junto a la cama. Y tuvo un bonito sueño en el que el hombre de la foto, con un bebé de cabello rojo apoyado en la cadera, contemplaba un campo verde mientras las mariposas, de un arcoíris de colores, bailaban a su alrededor. En el sueño, el hombre dijo: «Este es tu hogar, cariño. Nuestro deber es mantenerlo a salvo, tanto a él como a todas las criaturas que lo habitan. En mis manos está enseñarte a hacerlo. Es nuestro deber, pero también nuestra mayor suerte».

Ella chilló de alegría cuando su padre la levantó en alto, cuando dio vueltas y más vueltas con ella, y las mariposas los acompañaron en sus juegos. Cuando la abrazó de nuevo, notó su corazón contra el de ella y conoció el amor absoluto.

7

Breen se levantó antes del alba para escribir en su blog. Pasó un rato muy agradable seleccionando las fotografías que ilustrarían el texto y se apuntó la idea de hacer uno de esos libros de fotos personalizados para regalárselo a Marco en Navidad.

Llena de energía, se vistió y se preparó para otro paseo matutino. Todavía no se había acostumbrado a que su vida incluyera unos lujos tan sencillos como el de dar un paseo por la mañana temprano. Más segura, decidió seguir uno de los senderos que se internaban en el bosque, donde la suave luz del día salpicaba los árboles y el aire olía a tierra y pinos. Era como estar sola en un país de las maravillas, y, asombrada por todo lo que la rodeaba, se adentró más de lo que pretendía. Cuando vio un río del que brotaba la niebla que atravesaba los árboles con sus dedos de humo, se acercó más. En la orilla había una barquita de madera de proa puntiaguda con dos remos cruzados dentro. Se imaginó cómo sería flotar por el agua y cruzar la niebla por la que se deslizaban unos cuantos patos perezosos. Calculaba que al doblar la curva del río el castillo aparecería a la vista, igual que desde hacía cientos de años.

Sacó el móvil e hizo una foto del río brumoso y de la barquita. Entonces oyó un ruido a su izquierda. Al volverse, vio que un pájaro de ojos dorados la miraba desde una rama. Un halcón, o eso creía, ya que nunca había visto uno de cerca. Sabía que en los terrenos del castillo había una escuela de cetrería, así que tenía sentido.

—Vaya, hola —empezó, pero se quedó petrificada cuando el pájaro bajó de la rama y aterrizó a sus pies.

Con la cabeza ladeada, siguió examinándola.

—Eres un pájaro muy grande —murmuró ella—. Y muy bonito. ¿Bonita? Lo que sea.

La fascinación fue más fuerte que los nervios, así que se agachó.

—¿Te dejan salir sin más? No sé cómo funciona esto, pero pareces demasiado listo para perderte.

—Sí, tiene las ideas muy claras.

La voz sobresaltó a Breen, que se levantó de golpe. El halcón se limitó a observarla.

La mujer dejó escapar una risita y salió de entre los árboles. Vestía unos bastos pantalones marrones, chaqueta verde bosque y una gorra marrón sobre una melena rubio dorado recogida en una trenza gruesa y larga. También llevaba un guante de cetrería en la mano izquierda.

—Lo siento. Amish quería volar y yo quería pasear, así que aquí estamos. Buenos días.

—Buenos días. ¿Estoy donde no debería?

—De ninguna manera. Puedes ir por donde quieras. Parece que le has caído bien a Amish. Soy Morena, vengo con él.

—Yo soy Breen. Es precioso.

—Y lo sabe. —Morena le hizo una señal y el halcón volvió a subirse a la rama—. ¿Estás disfrutando de tu visita al castillo?

—Mucho. Es mágico.

La sonrisa de Morena le iluminó los ojos, que eran azules.

—La magia está allá donde la encuentres, ¿no? —Sacó otro guante y se lo ofreció—. ¿Te gustaría dar un paseo con el halcón?

—¿En serio? ¿Puedo…? —Dejó la frase en el aire para mirar al pájaro.

—Bueno, como he dicho, le has caído bien, así que os voy a hacer ese regalo a los dos.

Ella misma le puso el guante a Breen. Cuando terminó, se miraron a los ojos. Breen notó una especie de conexión que ni entendía ni sabía describir. Entonces, Morena retrocedió, y el momento se le escapó entre los dedos como si fuera niebla.

—Podemos caminar un poco a lo largo del río para que veas cómo se maneja nuestro chico. Hoy debería hacer buen tiempo, solo algo de lluvia por la tarde, pero con mucho sol.

—No me molesta la lluvia.

—Pues aquí eso es una suerte. Toma, coge este trocito de pollo y dale la vuelta a la mano. Mantén el brazo así, con el codo doblado. Bien hecho —concluyó tras colocarla en posición—. Ahora espera a que venga.

Y eso hizo el halcón.

Le robó el aliento: las alas extendidas, el intenso color al recibir un rápido rayo de sol... El animal se deslizó por el cielo con elegancia y poder hasta aterrizar en el guante de su mano. Y la miró fijamente, de cerca, con ojos relucientes.

—Muy bien hecho —dijo Morena—. Ahora, vuelve la mano hacia arriba y abre el puño. Quiere su recompensa.

Amish se comió el pollo de golpe y esperó.

—Es asombroso.

—Mágico —apostilló Morena—. Dale un empujoncito hacia arriba al brazo y ya verás cómo alza el vuelo.

Repitieron el proceso un par de veces más y Breen lo vio elevarse por los aires, bajar en picado entre los árboles y pasar de la rama al guante y al aire de nuevo.

—Lo has hecho muy bien. Nuestro chico ya ha desayunado bastante por hoy, y seguro que tú estarás muerta de hambre.

—Ha sido una experiencia increíble. —Apenada, Breen vio que el halcón saltaba de su brazo al de Morena—. Muchas gracias. ¿Tengo que ir a la escuela a pagar?

—Oh, no, esto no hay que pagarlo. Es un regalo de Amish y mío.

—Para mí ha sido más un tesoro que un regalo.

—Es muy amable por tu parte. Por allí está el camino de vuelta —añadió, señalando con la mano libre—. Que tengas un buen día y un viaje estupendo.

—Gracias por una mañana que no olvidaré nunca, Morena.

—De nada.

Morena tomó la dirección contraria y caminó hacia los árboles antes de detenerse un momento y volver la vista atrás. Breen volvió a notar aquella conexión tan rápida y clara, que de nuevo desapareció en un instante.

—Volveremos a verte, Amish y yo, cuando llegues a casa.

—¿A casa?

Pero Morena y el halcón se perdieron entre los árboles, entre las motas de luz y sombra. Como aquel encuentro inesperado le había sumado tiempo a su paseo, tuvo que apresurarse para llegar para el desayuno con Marco. Entró corriendo en el comedor, donde él ya estaba sentado con un café mientras leía algo en el móvil.

—Llego tarde, pero…

Marco levantó una mano para detenerla y siguió leyendo. Ella se encogió de hombros y se sirvió un café. Cuando el camarero se acercó a la mesa, pidió beicon, huevos revueltos y tostadas de pan integral.

—Yo tomaré el desayuno irlandés completo, con los huevos poco hechos —anunció Marco sin dejar de leer—. Podría comer el desayuno irlandés completo todos los días durante el resto de mi vida. —Después dejó el móvil y miró a Breen—. Estaba leyendo tu blog.

—Ah. ¿Qué te parece? ¿Demasiado personal? Me preocupa haberme puesto demasiado personal. Estaba pensando en quitarlo y…

—Ni de coña. Sí, es personal, pero es… Tía, se me ha formado un nudo en la garganta. Estuve presente, en el pub, y aun así se me ha formado un nudo en la garganta. Has hecho un gran trabajo, ¿vale? El recorrido en coche, el paisaje, los acantilados…, todo. Ha sido como volver a vivirlo. Sin embargo, cuando has llegado a la parte del encuentro con Tom, cuando has contado que conocía a tu padre y todo eso… La foto que te dio… Casi me matas.

—¿En el buen sentido?

—Corta el rollo, eres perfectamente capaz de reconocer lo bueno. Solo te falta la fotografía. Voy a ver si nos la pueden escanear en el hotel para subirla al blog. La posibilidad de que la vea tu padre es remota, pero ¿quién sabe? Puede que la vea alguien que lo conozca y se lo diga.

—No se me había ocurrido —respondió Breen con esperanza renovada—. Marco, no se me había ocurrido. Es una idea genial.

Él se dio unos golpecitos en la sien.

—Tengo unas neuronas estupendas. Lo publicaste hace más de una hora. ¿Qué has estado haciendo?

—¡No te lo vas a creer!

Marco la escuchó y después levantó ambas manos.

—¿Se te ha posado en el brazo un pájaro como un demonio de grande?

—Sí, y ha sido fantástico. Marco, me ha mirado. Te lo juro, me ha mirado a los ojos.

—¿No te has puesto nerviosa? Me estoy poniendo nervioso yo solo con escucharlo. Los pájaros grandes tienen zarpas grandes…

—Garras.

—Como quieras llamarlas, pero están afiladas, y también tienen picos grandes que te pueden sacar los ojos. Los pájaros grandes me dan miedo. ¿Flamencos? Vale, son de color rosa y la gente cree que son graciosos, aunque seguro que te pueden abrir otra raja en el culo. ¿Recuerdas ese loro que trajeron cuando estábamos en tercero? —Abrió las manos para señalar un tamaño que era más o menos el doble de lo que en realidad medía aquel loro gris africano—. Y cuando lo oí hablar mientras me miraba de reojo, diciendo cosas como «Hora de comer» o «¿Vamos de fiesta?»... Eso es antinatural, nena. Me provocó pesadillas.

—Lo recuerdo. Este pájaro no hablaba, y era precioso y elegante, y la cetrera, Morena, me enseñó a llamarlo para que acudiera al guante y a darle trocitos de pollo.

—¿Le has dado pollo crudo?

—No tenía tiempo para saltearlo.

—Vale, me alegro de que te hayas divertido y me alegro de habérmelo perdido. De todos modos, puede que tenga pesadillas.

—Eres capaz de ver la película de terror más asquerosa que te echen, pero cualquier pájaro que sea más grande que un gorrión te provoca pesadillas.

—No tengo nada contra ellos cuando se quedan en el cielo, que es su sitio. Tampoco me gustaría que me aterrizara encima un gorrión.

Marco se estremeció. Después, los dos se pusieron con el desayuno mientras repasaban los planes para el día.

—Antes de salir de este castillo para ir al siguiente castillo, deja que coja la foto y les pida que me la escaneen. Si no pueden, intentaré sacarle una foto.

De vuelta en su habitación, Breen la sacó del marco.

—Mira, tiene sus nombres apuntados al dorso: «Brujería. Eian Kelly, Kavan Byrne, Flynn McGill y Brian Doherty».

—Mejor todavía. Cuando te la suba al blog, pondré los nombres debajo. Así aumentan las posibilidades de que alguien conozca a uno de ellos, ¿no?

—Diría que sí —respondió Breen mientras tocaba el rostro de su padre—. Aunque hace mucho tiempo.

—Estamos en un castillo con cientos de años, así que el tiempo es relativo, ¿no? Piensa en positivo, nena.

—Hecho. Iré contigo. Terminamos esto y nos vamos a Bunratty para empaparnos bien del pasado.

Primero visitaron el castillo, la estructura de piedra que se alzaba sobre el río y dominaba el paisaje. Recorrió el enorme comedor con Marco y se imaginó los banquetes con los elegantes comensales ataviados con sus mejores galas y el fuego rugiendo en la chimenea mientras los criados servían cerveza e hidromiel y cargaban con grandes bandejas de carne. Los músicos tocarían en el balcón de arriba, y las velas proyectarían su luz dorada sobre las pesadas mesas y sillas y sobre los tapices de las paredes. La escalera de piedra subía en curva hasta las alcobas, los roperos, los salones en los que las mujeres se sentaban a coser e hilar y los salones en los que los hombres planeaban sus batallas.

—Aquí te congelas el culo en invierno —comentó Marco.

—Pero mira qué vistas.

—Las vistas molan, sí, pero prefiero mil veces calefacción central y un retrete en condiciones.

Ella le dio un codazo y repuso:

—Es romántico.

—No te digo yo que no, pero a mí dame un romance en el que sepa que puedo tirar de la cadena del váter. De todas maneras, es que es increíble porque es muy real. Aquí vivían personas de verdad, que trabajaban aquí y se acostaban unos con otros. Después lanzaban flechas o le tiraban rocas a la gente que intentaba conquistarlos.

—Un clan es una familia. A la familia hay que protegerla.

Marco le pasó un brazo por la cintura cuando siguieron con su visita.

—Hermana, yo le lanzaría rocas a cualquiera que intentara hacerte daño.

—Te lo agradezco.

Aunque a Breen le encantó el castillo, se enamoró perdidamente de los exteriores, en los que se recreaba la vida de la época. Las casas y las tiendas de techo de paja, los disfraces, la música, las granjitas y las calles de la aldea…; aquello era lo que más la acercaba a la realidad. Le enseñaba cómo había vivido la gente normal, como ella; dónde dormían, cómo cocinaban, cómo criaban a sus hijos… Le gustaron los burritos y los gansos, y el violinista en la puerta del pub; todo ello representaba el día a día de otro mundo, de otra época.

—Sé que no puede haber sido tan sencillo y tan bonito como parece, pero esa es la sensación que me da. Y, por lo que sea, me resulta familiar. Supongo que nos hacemos una idea gracias a las pelis y los libros, pero aquí está todo expuesto con lugares y personas de verdad.

Mientras paseaba, era como si pudiera introducirse sin problemas en aquella vida: entrar en una casa para sentarse junto al fuego o en un pub para tomarse una pinta.

—Tengo una extraña sensación de *déjà vu*.

—Quédatelo para ti —decidió Marco—. Esto es bonito para visitarlo, ya está. Yo necesito internet, nachos bien cargados de ingredientes, colchones viscoelásticos y cerveza helada en las noches de verano. Por no hablar de derechos para la comunidad LGTBQ y, bueno, ya sabes, penicilina.

—Por otro lado, aquí no habría misiles nucleares.

—Tendrías que aprender a ordeñar vacas. Puede que cabras.

—No habría contaminación ni cambio climático.

—Ni aire acondicionado ni suelo radiante para los días de frío.

—Nosotros no tenemos ni aire acondicionado ni suelo radiante —repuso Breen.

—Pero existen, ¿verdad? Y mi amiga rica podría permitírselos si quisiera.

Ella se rio cuando Marco le dio un abrazo rápido.

—Supongo que sí —respondió.

Entraron en una tienda de regalos y, cuando estaban a punto de salir, Breen se detuvo y señaló algo.

—Mira, un broche de un halcón. Voy a comprárselo a Morena para darle las gracias.

—¿La señora de los pájaros?

—Sí, la señora de los pájaros. Es perfecto, con las alas extendidas dentro del círculo.

—De acuerdo, y después vamos a buscar comida. Hace ya mucho que desayunamos.

Breen compró el broche y una tarjeta para escribir una nota de agradecimiento.

—Nos quedan dos puntos de interés más en la lista, con una aldea para comer y dar una vuelta. Yo te indico el camino —le dijo a Marco.

Entonces se quedó paralizada. Le parecía imposible…, porque lo era; imposible y aterrador. Sin embargo, lo vio: vio al hombre del pelo plateado. Y, como había ocurrido la primera vez que lo vio, en el autobús, él la miró directamente a los ojos.

—¡Ahí está! —exclamó, agarrando el brazo de Marco mientras el hombre se alejaba tranquilamente, como si nada.

—¿Quién? ¿Qué?

Breen le dejó la bolsa de la tienda de regalos y salió corriendo, esta vez no en dirección contraria, sino detrás de él. Eso no le resultaba imposible, sino liberador. Corrió a toda velocidad, o eso intentó, sorteando a las personas que admiraban la aldea, a las que sacaban fotos o grababan vídeos, y a los niños que se acercaban para ver el burro. Procuró no perderlo de vista, y estaba a unos dos segundos de él cuando el hombre dobló una esquina. Ella hizo lo mismo… Y el desconocido desapareció. Desapareció sin más.

«Es imposible —pensó mientras intentaba recuperar el aliento—. Es completamente imposible».

—Breen —la llamó Marco, que apareció corriendo y la cogió del brazo—. ¿Qué coño pasa?

—Lo he visto, Marco, te juro que lo he visto.

—¿A quién? Además, acabas de recordarme por qué te insistía en que te unieras al equipo de atletismo. Corres que te las pelas, chica.

—El hombre, el hombre del autobús, el que vi cerca del piso y en Sally's. También en el aeropuerto. Acabo de volver a verlo.

—Breen…

—Sé cómo suena, Marco. —Se pasó una mano por el pelo—. Lo sé, pero también sé lo que he visto. Mide metro ochenta, puede que metro noventa, y es desgarbado. Siempre va de negro y tiene el pelo plateado; ni blanco ni gris, sino brillante y lustroso.

Marco la rodeó con un brazo, un gesto protector que no se le escapó a Breen.

—¿Lo ves ahora?

—No estoy loca ni veo visiones. Lo he perseguido hasta esta esquina, él la ha doblado y… —«Y se ha desvanecido como una nube de humo», pensó—. No sé adónde ha ido; hay mucha gente. Pero lo he visto, y no tiene sentido.

—Vale, vamos a andar. —Siguió rodeándola con el brazo mientras la alejaba de allí—. Estás temblando.

—No es ansiedad. Estoy cabreada —se percató—. Estoy muy cabreada. Es como si me provocara. Me resulta muy arrogante.

—Puedo lanzarle rocas la próxima vez que lo veas.

Ella no se rio, aunque sí inclinó la cabeza hacia su hombro. Después se enderezó.

—¿Crees que mi madre podría haber contratado a alguien para que me siga?

—No se me había ocurrido —respondió Marco mientras la guiaba por el camino—. Supongo que sí, pero ¿por qué?

—No lo sé, para mantenerme vigilada. Aunque no tiene sentido, porque lo vi en el puñetero autobús antes de enterarme de lo del dinero. Y, joder, podría leer mi blog si quisiera saber lo que estoy haciendo. Podría preguntarme, ya puestos.

Mientras paseaban, él le acarició la espalda como hacía siempre para tranquilizarla.

—El mundo está lleno de coincidencias, aunque has dicho que lo viste en el aeropuerto.

—Sí.

O eso pensaba…

—Seguro que no somos las únicas personas de Filadelfia en Irlanda; ni siquiera en este parque.

—Me miró como si me conociera —añadió Breen, y negó con la cabeza—. Puede que porque me reconociera, igual que yo lo he reconocido a él. Puede. La primera vez, en el autobús, fue como si me mirara, aunque yo ya estaba muy nerviosa: me habían dejado, odiaba mi trabajo y odiaba ir en aquel autobús a casa de mi madre. Supongo que, como el mundo está lleno de coincidencias, podría haberme visto hoy y pensado: «Eh, esa chica me resulta familiar».

No se lo creía. Se dio cuenta mientras lo decía: no se lo creía en absoluto. No obstante, la tranquilizaba decirlo.

—Podríamos seguir paseando un rato, a ver si lo ves —sugirió Marco.

—No, es una tontería. Vamos a comprar pescado con patatas fritas.

—Apoyo la moción.

A pesar de sus palabras, Marco no la soltó hasta que llegaron al coche, y estuvo pendiente en todo momento por si veía a un hombre de pelo plateado.

Breen procuró no volver a pensar en ello y, después de revivir a Marco con la comida, exploraron juntos ruinas, torres redondas y otro castillo, bajo una lluvia que se fue tan deprisa como llegó. Se sentó en un rompeolas y dejó que el viento del Atlántico le agitara el pelo, y recorrió el paisaje lunar del Burren. El broche final fue la cena en otro pub con música antes de volver a salir a las serpenteantes carreteras que los llevarían de regreso a su última noche en el castillo.

—Todavía hay luz fuera. Vamos a tomarnos algo en el bar. Te has ganado otro Kir Royale, yo invito. Es nuestra última noche aquí —añadió Marco antes de que Breen pudiera ponerle una excusa.

—Tienes razón: es la última noche y me lo he ganado. Voy a dejar el regalo de Morena en recepción y a cambiarme de botas. Nos vemos allí.

Dicho lo cual, se fue hacia el mostrador.

—Buenas noches, señorita Kelly, ¿qué tal le ha ido el día?

—Estupendamente. Me preguntaba si podría dejar esto aquí para que lo enviaran de mi parte a la escuela de cetrería. Es un regalo de agradecimiento para Morena… No sé su apellido. Me dejó dar un paseo informal con Amish, su halcón, esta mañana, cuando me los crucé en el bosque.

—Qué bien —respondió la joven morena de recepción mientras cogía la bolsa—. Será un placer, por supuesto. Disfrute del resto de la noche.

Es lo que pretendía hacer. Entró en su habitación, se quitó las botas y dejó escapar un largo suspiro al pensar en la cantidad de kilómetros que había recorrido con ellas (y con sus pies) durante los dos últimos días. Había merecido la pena cada paso. Como era la última noche, decidió que se tomaría un par de minutos para retocarse el maquillaje. Mientras comprobaba el resultado, alguien llamó a la puerta.

—Solo han pasado cinco minutos, Marco —masculló—. Bueno, diez.

Sin embargo, al abrir se encontró con la morena de recepción.

—Siento molestarla, señorita, pero he hablado con la escuela de cetrería..., con mi primo, de hecho, que trabaja allí. Me ha dicho que no hay ninguna Morena ni tampoco ningún halcón llamado Amish.

—No lo entiendo.

—Puede que no entendiera bien los nombres. Mi primo me ha dicho que no tiene ningún problema en preguntárselo mañana a los cetreros, aunque nadie mencionó haberse encontrado con usted. No he querido quedarme con el regalo hasta encontrar a la persona correcta.

—Sí, por supuesto. Gracias.

—¿Puedo hacer algo más por usted, señorita Kelly?

—No, no, gracias. Siento las molestias.

—Ninguna molestia. Que pase buena noche.

Breen estaba convencida de haber entendido los nombres perfectamente. Y más que convencida de que no se había inventado la experiencia. Morena y Amish...; era capaz de verlos y oírlos como si estuvieran allí. Recordaba la emoción que sintió al ver volar al halcón hasta su guante y la forma en la que el pájaro la había mirado a los ojos.

Por otro lado, en realidad Morena no le había dicho específicamente que estuviera en la escuela. ¿Era posible que decidiera hacer volar a su propio halcón por los terrenos del castillo? Breen supuso que en el hotel no les haría demasiada gracia, e incluso que quizás fuera ilegal. Así que decidió que no insistiría en el tema y guardó la bolsa en la maleta. No quería meterla en un lío.

Entonces recordó cómo la había mirado Morena y también que le había dicho que volverían a verse. Después se había fundido con el paisaje. Había desaparecido sin más. Como el hombre del pelo plateado.

—Puede que esté perdiendo la cabeza —se dijo; sintió presión en el pecho, cerró los ojos y se obligó a calmarse con la respiración—. Puede que me lo haya imaginado todo. —Abrió los ojos de nuevo—. Pero no lo he hecho. De ninguna manera.

No se preocuparía más por ello. Se iría a tomar una copa con Marco y ya está. Tampoco consideró necesario mencionárselo a su amigo.

Aquella noche soñó que era niña, no más de dos o tres años. Estaba sentada dentro de una jaula con paredes de cristal y lloraba. Al otro lado de la jaula fluía un agua verde pálido. Lloraba llamando a su madre y a su padre, pero no aparecían. Lloraba llamando a una tal Yaya, pero no aparecía. Al otro lado de las paredes de cristal, a la luz cambiante, había una sombra, y ella sabía que era un hombre. Pero no lo veía. No le pedía ayuda porque le tenía miedo, a pesar de ser una niña de no más de dos o tres años. Cuando el hombre habló, su voz era suave y dulce como la música. Y falsa; por la razón que fuera, sonaba falsa.

—Tranquila, mi niña, mi sangre, tus lágrimas son tontas y débiles, y nadie puede oírte. Tienes muchas lecciones por delante y debes aprenderlas bien. Te enseñaré a ser todo lo que eres, y tendrás juguetes relucientes y dulces, todos los dulces que quieras.

—Quiero a mi mamá, quiero a mi papá, quiero a mi mamá, quiero a mi papá. Quiero…

—¡Silencio! —La voz ya no era suave ni dulce, sino atronadora—. Yo te enseñaré lo que quieres. Te enseñaré lo que puedes tener. Soy tu madre, tu padre y todo lo que tienes. Hazme caso si no quieres derramar más lágrimas. Tienes muchas lecciones por delante y la primera es la obediencia.

Y, cuando la sombra se le acercó, la niña gritó, primero de miedo y después de esa ira de la que solo los niños son capaces. Y, con sus gritos, al cerrar los puños, el cristal estalló.

Estaba en su cama, en el dormitorio de techo inclinado de la casita de Filadelfia, y seguía siendo una niña, algo mayor, pero una niña, aferrada a su padre, que la mecía, la acariciaba y la calmaba.

—Solo es un sueño, *mo stór*, solo es un sueño. Papá está aquí mismo. Estás a salvo y estoy contigo. No puede hacerte daño. No volverá a tocarte.

Sin embargo, mientras intentaba calmarse para salir del sueño, Breen pensó que sí podía.

Que lo haría.

8

Decidió no contarle su sueño a Marco; tenía clarísimo que tampoco lo escribiría en el blog. Pero sí que escribió sobre él en lo que había empezado a considerar su diario privado. Como la mejor explicación para el encuentro con Morena y su halcón era que hubieran entrado sin permiso, no vio razón para mencionarlo. Escribió su blog, concentrándose en lo positivo y lo alegre, y descubrió que eso la hacía sentirse positiva y alegre.

Por costumbre, se puso un vídeo de ejercicios y después salió a dar su último paseo matutino por Dromoland. Los jardines amurallados le ofrecían paz y belleza, así que las aceptó, las absorbió junto con todo lo positivo y alegre. Los malos sueños no eran más que eso, sueños, y, como los había sufrido toda la vida, no permitiría que la obsesionaran mientras estuviera despierta. No cuando tenía las flores, los pájaros y la suave luz del sol a través de las capas de nubes. Aunque lo que le quedaba por guardar en la maleta era cosa de cinco minutos, se dijo que volvería para hacerlo. Después reconoció que eso era una cobardía y se obligó a seguir un sendero que entraba en el bosque. Como notó que se ponía nerviosa, se enfadó consigo misma y decidió tomar la misma ruta que el día anterior, pero, esta vez, la recorrió sola. Tomó el camino de regreso cuando las capas de nubes empezaron a dejar caer su carga.

El esbozo de plan que había elaborado empezaba con ella al volante durante el primer tramo de viaje al norte. Así que, con el coche cargado y Marco de copiloto, se alejó del castillo bajo una llovizna constante.

—Hemos dormido en un castillo, Breen.

—Hemos dormido en un castillo, Marco. Ahora vamos a tomarnos nuestro tiempo para ver todo lo que queramos de camino a nuestra bonita casa irlandesa.

—¿Cuánta gente conocemos que pueda decir lo que acabas de decir tú?

—Nadie en absoluto.

Se dirigieron al norte, después al oeste, hacia la costa, y siguieron añadiendo kilómetros maravillosos al viaje. Entraron en la lluvia, salieron de ella y se introdujeron en un claro de sol brillante que empujaba las sombras de las nubes por encima de los campos; pararon y dejaron el coche donde más les apeteció.

Cruzaron a pie un campo con ranúnculos para explorar unas ruinas mientras un burrito gris los observaba desde detrás de una cerca. Cuando Marco se le acercó corriendo, el burro estiró la cabeza por encima de la cerca, como invitándolo a acariciarlo. Primero con precaución, Marco le dio unas palmaditas en la cabeza.

—Mira, le gusta.

—Mírame, que te hago una foto. Urbanita conoce a burro.

—Se me ocurre algo mejor.

Ante la cara de pasmo de Breen, Marco saltó la cerca.

—Creo que no deberías…

—No le hago daño a nadie y, mira, le gusta.

Le echó un brazo al cuello y el burro procedió a restregarse contra él como si fuera un gato.

—Esto no se ve todos los días —murmuró Breen y lo inmortalizó.

—Ven, es una burrita muy dulce.

Aunque no muy convencida, Breen se dijo que no debía ser cobarde y se acercó a la valla. Se tuvo que obligar a pasar por encima, como le había ocurrido durante el paseo de la mañana. Y, cuando la burra volvió la cabeza hacia ella, Breen dejó escapar un chillido ahogado que hizo reír a Marco.

—No seas gallina, Breen. No te va a comer.

—Podría morderme. ¿Qué sabemos nosotros sobre burros? —Le puso una mano en la cabeza al animal, vacilante—. Venga, ya lo he hecho. Vamos al coche.

—Espera. Tengo que sacarte una foto con ella. Piensa en el blog.

—Piensa en el blog —masculló Breen; a pesar de todo, puso de nuevo la mano en la cabeza del animal, que la miró a los ojos, como había hecho el halcón—. Es muy dulce, ¿verdad? —comentó mientras la acariciaba como si fuera un perro amistoso—. Le gusta la compañía. Se siente sola cuando no hay ovejas alrededor, ¿verdad, Bridget?

—Breen, no te lo vas a creer.

—¿El qué? —preguntó ella mientras sonreía a la burrita, le acariciaba el basto pelo y se imaginaba una granja y a un niño de cabello castaño revuelto que salía de ella para cepillarla.

—Tienes una mariposa en el hombro. ¡No te muevas! Ya tengo una fotografía genial, pero vuelve un poco la cabeza a la izquierda. Despacio.

Con el corazón acelerado, volvió la cabeza. La mariposa estaba posada en ella y tenía las alas, que eran amarillas como los ranúnculos, extendidas. Asombrada, Breen contempló aquellas alas con lunares negros que se abrían y cerraban. Después, la mariposa alzó el vuelo, como una flor delicada surcando el aire.

—Eso ha sido flipante. Mira, echa un vistazo a las fotos.

Le acercó el móvil mientras las iba pasando, ya que había sacado varias de Breen sonriendo a la burra, como si fueran viejas amigas, con la mariposa en el hombro. Y la que le había hecho tras volver la cabeza: en esa Breen no percibió sorpresa en su rostro, sino puro placer.

—No sabía que hicieran eso, posarse en la gente.

—Ni yo —respondió Marco y le puso una mano en el hombro—. Creo que yo me habría puesto histérico. Pero tú no.

—Por dentro, un poco.

—No se notaba. Esto tendría que ir de cabeza al blog. Que no se te olvide. —Le dio una palmadita a la burra—. ¿Bridget? —Marco miró a Breen, sonriente—. ¿De dónde ha salido eso?

Ella no tenía ni idea.

—Supongo que tiene pinta de Bridget —contestó.

—Pues adjudicado. Encantado de conocerte, Bridget.

Marco le dio la mano a Breen cuando volvieron al otro lado de la valla y se puso a balancear los brazos, como los niños.

—Me toca conducir —anunció.

Llegaron a Galway y consiguieron orientarse, no sin un estrés considerable, hasta llegar a un aparcamiento en la ciudad.

—Lo has hecho genial —le dijo Breen mientras se masajeaba la nuca para liberar la tensión.

—Por lo menos hemos llegado. Necesitamos un descanso y comida. Cualquier sitio con una calle llamada Shop se merece toda mi atención.

Breen no tardó en descubrir que se merecía la atención de mucha gente. Después de una mañana entera sin ver a nadie, aquello le parecía atestado, pero Marco se zambulló de pleno en el bullicio. Fue detrás de él, visitaron las tiendas y se resistió a todo hasta que se encontró con un manuscrito de escritura ogámica enmarcado. Debajo se leía: «Valor».

—Empiezo a percibir un hilo conductor —comentó Marco.

—Y de los buenos. Además, es lo bastante pequeño como para meterlo fácilmente en la maleta.

—Yo también quiero uno.

—¿Cuál?

—No, no quiero nada de arte. O, por lo menos, no del que se cuelga en la pared. Un tatuaje. ¿Qué me pongo?

—¿Anestesia?

—Ja, ja. Ya lo hablaremos durante la comida. Me muero de hambre.

—Podrías tatuarte esa frase para no tener que repetirla varias veces al día.

—Venga, sigue metiéndote conmigo. Quiero algo en irlandés —dijo mientras daban vueltas buscando un restaurante.

Breen lo miró: su Marco, el chico de la piel marrón dorada, con un revuelo de trenzas oscuras que le llegaba hasta los omóplatos y la perilla meticulosamente perfilada.

—No eres irlandés.

—Pero me lo voy a hacer en Irlanda, ¿no?

Se decidió por un arpa irlandesa. Aunque él no fuera de allí, sí era músico y, además, le parecía bonita.

—Vale, ¿dónde me lo hago? En qué parte del cuerpo, me refiero. Puedo googlear los estudios de tatuaje de Galway.

Como todavía no se lo estaba tomando en serio, Breen sonrió y dijo:

—Tienes un culo estupendo.

—Cierto, pero solo lo llegan a ver unos cuantos elegidos. Los bíceps son un sitio demasiado normal, creo. Aunque… —añadió mientras los flexionaba.

—Sí, Marco, también tienes unos bíceps estupendos.

—Voy a decidirme por lo normal. Es una elección muy masculina y, mira aquí, este sitio tiene buenas reseñas. —Examinó el móvil—. Hecho, vamos a ello.

Cuando se levantó de la mesa, Breen tuvo que parpadear un par de veces.

—¿Lo dices en serio?

—No permitiré que me lleves ventaja, nena. Tú tienes uno, yo me hago uno.

—Marco, necesitas oxígeno cuando estás viendo una serie de hospitales y le ponen una inyección a alguien.

—Por eso me vas a dar la mano todo el rato.

Ella lo hizo… y vio que a Marco se le abrían los ojos como platos al primer pinchazo de la aguja.

—Me cago en todo. Distráeme.

—¿Tablas de multiplicar?

—Dios, mates no. Canta.

Ella se echó a reír, pero Marco estaba sentado en la silla acolchada, con los ojos muy abiertos y una mano aferrada a la de Breen mientras un tío llamado Joe, que estaba cubierto de complicados y coloridos tatuajes en los brazos, le dibujaba con mucho cuidado un arpa en la piel.

Empezó con *Molly Malone* porque la melodía le resultaba relajante. Joe, el tatuador, le sonrió y se unió a ella con una voz de barítono muy bonita.

—¿Ha terminado ya? —preguntó Marco.

—No, cielo.

—Lo estás haciendo muy bien, Marco —le dijo Joe.

Él se limitó a cerrar los ojos.

—Sigue cantando —le pidió a Breen.

Ella pasó a *The Wild Rover*, que era una melodía alegre, y una mujer de unos cincuenta años que se estaba tatuando una espiral celta en el brazo se unió a ella. Como la había escuchado unas cuantas veces y se sabía la letra, Marco, con los ojos todavía bien cerrados, añadió algo de armonía.

—¡Eso ha sido fantástico! —exclamó la segunda tatuadora, una mujer de unos treinta años, mientras se paraba a aplaudir—. ¿Sois profesionales?

Breen negó con la cabeza y se preguntó si su mano lograría recuperar la movilidad completa después de aquello.

—Deberíais, tenéis unas voces preciosas. Vamos a por otra. ¿Os sabéis alguna de Lady Gaga?

—¿Que si nos sabemos las de Gaga? —preguntó Marco, que consiguió esbozar una sonrisa… sin abrir los ojos—. *Born This Way*, Breen.

Ella cantó mientras el arpa tomaba forma y, como el proceso la mareaba un poco, procuró no apartar la mirada de Marco. En cierto momento, el chico aflojó un poco el apretón y Breen pudo flexionar los doloridos dedos, pero no lo soltó porque sabía que él lo necesitaba.

—Ya está, amigo —le dijo Joe mientras le daba unas palmaditas en el hombro—. Puedes echarle un vistazo, si quieres.

—Vale, deja que respire primero. —Abrió los ojos y se miró el bíceps con el arpa, de color verde intenso—. ¡Es increíble! Mira, Breen, tengo un tatuaje y es fantástico.

—Volved cuando queráis para cantar conmigo. Me gusta el tuyo —le dijo Joe a Breen.

—Gracias.

—Si quieres otro, ven a verme.

—Creo que con uno tengo de sobra —respondió Breen.

Él sonrió.

—Es lo que dicen todos.

—Tengo un tatuaje —dijo Marco cuando salieron—. Me he tatuado en Irlanda.

—¡Yupi! Pareces un poco mareado.

—Todavía me tiemblan las piernas, pero lo he hecho. Eso sí, mejor conduces tú, ¿vale?

—Por supuesto.

—La próxima vez, nos lo hacemos juntos.

—Ya, la próxima vez —respondió ella, aunque lo dudaba mucho.

Cuando llegaron al coche, Marco le dio un abrazo enorme y se meció con ella.

—Te quiero, Breen. Nunca me dejas tirado.

—Ni nunca lo haré.

—No me hagas parecer un gallina cuando lo escribas en tu blog.

—Como si pudiera. —Entró y esperó a que se sentara en el asiento del copiloto—. Puede que tengas que cantarme hasta que consiga salir del tráfico.

—Eso está hecho.

Sin embargo, la salida no fue tan mala como la entrada. A lo largo de la ruta hacia Connemara, atravesando y rodeando pueblos, contó más ovejas que coches. Y Marco durmió, seguramente agotado tras el trauma del tatuaje. Breen se dejó llevar por aquella paz, por la falta de prisas, por la tranquilidad que le daba saber que podía parar donde quisiera y nadie le diría que tenía que hacer otra cosa o estar en otra parte. Vio señales indicando lugares que deseaba visitar, pero, mientras Marco dormía, se dijo que ya iría sola o con él de excursión en otro momento.

Contempló Lough Corrib y se preguntó si le gustaría dar un paseo en barco. Podría cruzar a Mayo y disfrutar del paisaje de aquel lado. Tenía muchas semanas por delante para hacer lo que quisiera, cuando quisiera. Libertad, tan dulce y embriagadora. Si alguna vez se hacía otro tatuaje, cosa que no era probable, ese sería: «Libertad».

Dejó atrás vacas, ovejas, colinas, campos y altos barrancos, y todos le dejaron la huella de su belleza grabada en el corazón. Marco se movió y se restregó los ojos.

—¡Buf, me he quedado frito! ¿Dónde es...? ¡La hostia!

—Se llaman los Twelve Bens —respondió ella en voz baja y tensa por la emoción—. Estamos en Connemara. Es como si se hubiera quedado congelado en el tiempo en el momento preciso. Te has perdido el lago... Era una preciosidad, Marco. Tenemos que ir a verlo.

—¿Cuánto tiempo he pasado dormido?

—No lo sé. Aquí el tiempo deja de tener sentido. ¿Has visto eso?

Él se enderezó y miró hacia donde le señalaba.

—¿Ese agujero enorme en el suelo? ¿De qué son esas pilas?

—Es turba. La están secando. La desentierran, la cortan y la secan al viento.

—¿Eso es lo que queman en las chimeneas? ¿En serio?

—Sí, me lo contó mi padre. Se me habían olvidado muchas de sus historias, pero estoy recordándolas. Cuando veo algo, las recuerdo. En la granja en la que creció tenían una turbera. Oye, puede que la granja esté por aquí. Seguro que me contó dónde estaba, pero no me acuerdo.

—Ya lo harás, fijo.

—Eso espero, porque el caso es que aquí me siento… casi como en casa.

—Es la memoria sensorial. He leído sobre eso. —Sacó el móvil para hacer fotos por la ventanilla—. Está en la sangre o algo así, ¿verdad? Tu padre, tus antepasados y demás. Así que lo sientes, lo percibes.

—Sí, eso mismo. Huele el aire, Marco. —Ella, más que olerlo, se lo bebía—. Huele a turba y pino, y te juro que a verde.

—Puedo conducir yo para que te empapes bien.

—No hace falta, ya casi hemos llegado.

—Bien, porque me…

—Muero de hambre.

—Me vendría bien algo de picar. Espera —dijo Marco mientras rebuscaba en la bolsa que tenía a sus pies.

—Tengo patatas fritas y Coca-Colas. Comida de carretera.

—Aquí llaman *crisps* a las patatas fritas —le recordó Breen y cogió una—. Tienes la información de contacto de la inmobiliaria, ¿no?

—Sí.

—Pues envíale un mensaje. Me dijo que lo hiciéramos cuando estuviéramos a unos treinta minutos de la casa. Creo que queda eso, más o menos.

—¿No tenemos que parar a por provisiones?

—Mejor vemos primero la casa, estudiamos la situación y hacemos una lista. Hay un pueblo cerca de la casa…, un par de ellos, de hecho.

—Es rápida —comentó Marco cuando leyó el mensaje de respuesta—. Dice que estará allí para recibirnos.

—Perfecto —respondió Breen, que lo miró sonriente—. Es todo perfecto.

Cuando se metió en la serpenteante carreterita encajada entre unos setos, Marco se revolvió en el asiento.

—¿Seguro que es por aquí?

—Sí.

—Creía que estaba junto al agua, con vistas a las montañas.

—Primero hay que llegar.

—Vale… Es que quizás haya un buen motivo para que estuviera disponible para el verano.

—Ten fe.

Ella también estaba un poco nerviosa, sobre todo porque no sabía qué pasaría si se encontraban con un coche de frente en aquella carretera diminuta, pero no había más elección que seguir adelante.

—El sitio está un poco escondido —añadió para tranquilizarlos a ambos—. Íntimo. Quería que fuera íntimo.

—Una cosa es un sitio íntimo y otra irse al culo del mundo. Esto parece el culo del mundo. Decías que había un pueblo.

—Sí, a un par de kilómetros. Se puede ir andando.

—Caminar por esta carretera es un suicidio. ¿Y si le envío un mensaje a esta mujer…? ¿Cómo se llamaba? Finola McGill, que parece un nombre inventado, la verdad. ¿Y si le escribo para asegurarnos de que no nos hemos metido en el camino de vacas de nadie?

—Si quieres… Espera, ahí está el desvío. Decía que había que girar a la derecha y que habría una señal. ¿Ves? Dice «Casa de las Hadas». Esa es la nuestra.

Siguió ese camino y el mundo empezó a abrirse. Aunque la carretera seguía siendo estrecha, a la derecha había un campo con las montañas al fondo. Y vio la bahía.

—Es muy raro. Antes de que tomaras este desvío, era como si estuviéramos en el quinto pino… Pino, ¿lo pillas?

—Pues ya no.

El campo dio paso al bosque, que era verde y oscuro, como de cuento de hadas. Y allí, entre el bosque y la bahía, junto a las majestuosas montañas, se encontraba la Casa de las Hadas.

Un estallido de flores se extendía a sus pies, salpicado con senderos blancos que lo atravesaban. Sus robustos muros de piedra gris se alzaban dos plantas y acababan en un grueso tejado de paja. Las ventanas brillaban como gemas al sol.

—Vale, lo retiro. No es un castillo, pero parece sacado de una película y, tía, qué vistas.

Como ella no respondía, la miró y vio que tenía lágrimas en los ojos.

—Eh, Breen…

—Esto es lo que quería. El castillo… también lo quería, quería vivir esa experiencia, pero esto… Esto es lo que quería: una casa cerca del bosque y del agua, con flores por todas partes.

—Y eso es lo que has conseguido. —Marco le cogió la mano y se la llevó a la mejilla—. Te mereces conseguir lo que quieres.

—Lo he conseguido por mi padre. Eso no lo olvidaré nunca, pase lo que pase.

—Tuviste la oportunidad de conseguirlo gracias a tu padre, y eso es importante. Pero fuiste tú la que aprovechó la oportunidad. No lo olvides.

—Vale —respondió Breen mientras se secaba la cara con las manos.

En cuanto salió del coche se abrió la puerta principal de la casa, que era del mismo color blanco que los senderos. La mujer que salió por ella vestía un jersey naranja chillón y pantalones marrones estrechos que le marcaban las pronunciadas curvas. Llevaba el pelo, que era del color de las castañas asadas, peinado hacia atrás, de modo que se le viera bien el bonito rostro rosa y crema y los hoyuelos que se le formaban al sonreír.

—¡Aquí estáis! Bienvenidos a la Casa de las Hadas. Ah, Breen Kelly —dijo y le ofreció la mano; su apretón era firme y lleno de confianza—. Y Marco Olsen... Qué chico más bien plantado. Yo soy Finola y estoy encantada de conoceros a los dos. Ha sido un viaje muy largo, entrad, entrad. Os ayudaré a instalaros.

—Gracias. Es precioso. Todo esto es precioso.

—Me alegra muchísimo que te lo parezca. Entrad, entrad, os lo enseñaré antes de que os pongáis con las maletas y demás. Está haciendo un día fantástico para daros la bienvenida a casa.

Los llevó directamente al salón, organizado en torno a una chimenea de piedra bien provista de troncos. En la reluciente repisa había tres gordas velas blancas. Una alfombra decorada con una triquetra cubría un suelo de la misma madera reluciente que la repisa de la chimenea. El diseño, en verde bosque, resaltaba el color del sofá, que estaba repleto de mullidos cojines. La mantita colocada con mucho arte sobre el respaldo del sofá era de color crema y parecía tan suave como las nubes.

En las estanterías había libros, un mundo entero de libros. En las mesas había jarrones de cerámica con flores. De las ventanas colgaban cristales que proyectaban arcoíris en la habitación, y por ellas se veían más flores bailando al sol y la pendiente cubierta de hierba que bajaba hasta el agua. Y esta era tan azul como el verano y tan clara que reflejaba en su superficie las verdes colinas. Todo era acogedor y cómodo.

—Es maravillosa —murmuró Breen—. Simplemente maravillosa.

—Me pareció que hoy hacía demasiado calor para encender el fuego, pero está preparado para que podáis disfrutarlo esta noche. Como veis, tenéis lo que llaman un «espacio diáfano» para que, si os apetece cocinar, no os sintáis separados del resto.

Aunque cocinar no era su fuerte, Breen entró en la cocina. Estaba separada de la habitación principal por una barra de desayuno de color pizarra. En el centro había una mesita encantadora, ya preparada para dos. En la encimera vio una pequeña cafetera (gracias a Dios), un cuenco de cerámica lleno de fruta fresca, más flores y una tostadora. Un hervidor de alegre color rojo esperaba en el fogón, que Marco miraba con una sonrisa de oreja a oreja.

—Esto es de primera —comentó.

—¿Cocinas? —le preguntó Finola.

—Sí.

—Listo además de guapo. ¡Qué suerte tener un amigo así! Creo que la despensa es bastante amplia, y está abastecida, igual que el frigorífico, con cosas que he pensado que os gustarían.

—Oh, no esperábamos…

Finola la interrumpió con un gesto, restándole importancia.

—No queríamos que os preocupaseis por esas cosas nada más llegar. Os he traído un poco de pan integral que os he hecho yo misma. Está en la panera, ahí. Y hay galletas en el tarro. Caseras —añadió agitando el dedo.

Tanto la bienvenida como la amabilidad dejaron pasmada a Breen.

—Es un detalle por tu parte. Muchísimas gracias.

—No es nada. Y por ahí se va al cuartito de la lavadora y la secadora, aunque hay un tendedero fuera para colgar la ropa en los días de sol. Bien, hay un dormitorio por ahí, y lo que más me gusta es que tiene su propia puerta, así que, si te apetece levantarte y dar un paseo, lo tienes fácil.

Breen entró en la habitación como si flotara, entre el asombro y el placer. Si hubiera diseñado una casa para su estancia, habría sido justo como aquella. Montaría su despacho-gimnasio en el dormitorio de la planta principal. Cuando necesitara un descanso, saldría fuera, a los maravillosos jardines, o más allá, al agua, al bosque. Aprendería a cocinar más… y mejor. Marco la ayudaría. Y, por las noches, se acurrucaría con un libro frente al fuego.

Finola los condujo arriba. Había puertas abiertas a ambos lados del corto pasillo. En el centro de este vieron una mesa estrecha de patas curvas con más flores y más velas. Breen recorrió con los dedos los intrincados grabados de la superficie, que representaban un dragón en pleno vuelo.

—Es impresionante. Qué belleza de mesa.

—Sí, ¿verdad? Me enorgullece decir que conozco bien al artista… Más me vale, porque llevo casada con él cuarenta y ocho años. Cuando la dueña de la casa le pidió algo especial, él le hizo esto.

—Es… —Breen, con los dedos todavía en la mesa tallada, se volvió hacia ella—. Un momento.

—Yo tampoco lo he entendido bien —añadió Marco—. ¿Es que te casaste antes de nacer?

Las mejillas de Finola se tiñeron de rosa mientras se reía.

—¡Ay, cómo sois! Tengo una nieta de vuestra edad, y tres más aparte de ella.

Marco, al estilo de Marco, le cogió las dos manos.

—Cuéntame tu secreto. Haré lo que sea, incluso sacrificar un pollo.

—Vamos, vamos. Pues diría que consiste en vivir lo más felices que podáis, amar con todas vuestras fuerzas, cuidaros cuando haga falta y tomar una buena copa de vino cada noche.

—Puedo hacer todo eso. A partir de ahora, será mi único régimen.

—Y esto es un buen recordatorio —añadió Finola mientras tomaba la mano de Breen y le giraba la muñeca para tocar el tatuaje—: Hay que tener valor para hacer todo eso, salvo lo del vino.

—Sabes irlandés.

—Tal y como me lo enseñaron.

Un poco incómoda por la mirada de Finola, cuyos ojos eran de un azul acerado y rebosaban fuerza, Breen apartó la mano.

—Marco se ha hecho un tatuaje esta tarde —dijo.

La fuerza de la mirada de Finola se ablandó un poco para coquetear con Marco.

—Bueno, pues vamos a echarle un vistazo…, esté donde esté.

Él se levantó la manga del jersey.

—Todavía está un poco rojo —le advirtió a Finola.

—¡Un arpa irlandesa! Y muy bien hecha. —Le apretó un poco el bíceps entre el pulgar y el índice, guiñó un ojo y exclamó—: ¡Impresionante! —Marco, que solía ser imperturbable, se ruborizó—. Ahora tendrás que aprender a tocar el arpa.

—Marco es músico.

—¿Guapo, listo y músico? Serás un buen partido para un chico con suerte. Ahora dejad que os enseñe los dormitorios y veremos si he acertado. Había elegido este para ti, Marco, pero no te preocupes si he metido la pata.

Retrocedió hasta la habitación de al lado de la escalera. La cama, con gruesas almohadas bajo un mullido edredón, se encontraba frente a las ventanas. Tanto la cabecera como el pie, que eran de madera, estaban decorados con flautas y violines, arpas y clavecines, tambores *bodhrán* y dulcémeles.

—Hala… —fue lo único que consiguió decir Marco.

—¿También es obra de tu marido? —preguntó Breen mientras, de nuevo, recorría los grabados con los dedos—. Es fabulosa.

—Lo es, y gracias. Tienes vistas a la bahía y la caída hasta el mar, y también de las montañas. Una silla robusta, una cómoda y un armario. Y tu propio baño, por supuesto. La manta, aunque más bien es una colcha, la tejió mi mejor amiga. Creo que consiguió que todos esos tonos grises resultaran cálidos en vez de sombríos.

—¡Marco, mira qué vistas! Vas a ver esto todas las mañanas.

El joven se acercó a la ventana y se puso al lado de Breen.

—Es como un cuadro. Puedes quedártela tú, si quieres —le dijo a su amiga.

—No —respondió ella, inclinando la cabeza hacia su hombro—. Te pega más a ti.

—Es precioso ver una amistad tan auténtica. Yo también la he vivido y sé lo buena que es para el corazón. ¿Por qué no os enseño el otro dormitorio? Creo que te gustará, Breen.

—Si se parece en algo a este, me encantará. ¿Trabaja cerca tu marido? —le preguntó Breen al salir al pasillo—. Si envía a Estados Unidos, me encantaría llevarme una obra suya. Voy a necesitar muebles nuevos.

—Claro, no está lejos, en línea recta. Podemos hablar sobre eso cuando estéis instalados.

Le hizo un gesto para que entrara en el dormitorio.

Las hadas bailaban por el cabecero de la cama; también volaban los dragones y había flores por todas partes. En la colcha, a los pies, se mezclaban los verdes, desde el más oscuro del bosque hasta el más claro del mar. En el escritorio de la esquina había más flores, un tintero antiguo y un cuenco verde oscuro lleno de piedras de colores. El arte de las paredes se centraba en los mismos temas que la cama, así que había más flores y hadas, y un cuadro muy llamativo sobre la cama: una mujer de espaldas a la habitación, frente a un lago, ataviada con un largo vestido blanco que parecía ondear al viento y una melena de rizos rojos que le caía por la espalda.

Pero Breen solo tenía ojos para el paisaje que se extendía al otro lado de la ventana. El bosque se acercaba a ella, repleto de gloriosos secretos; el agua se agitaba a sus pies. Vio un par de cisnes flotando cerca de la orilla. Y, bajo un cielo azul rebosante de verano, las montañas.

—Creo que le gusta —le dijo Finola a Marco.

—Ya te digo. Tienes una chimenea, Breen. Cuando éramos pequeños nos gustaba hablar sobre cómo sería la casa de nuestros sueños. Breen siempre ponía una chimenea en su dormitorio.

Era pequeña, de piedra, con los troncos preparados, y le murmuraba sobre las acogedoras noches que la esperaban.

—Las fotografías… Vi las fotografías en internet.

—Bueno, hemos decorado un poco desde entonces. Teníamos que… ¿Cómo se dice? «Actualizarlo» todo. —Finola se limitó a sonreír cuando Breen se volvió hacia ella—. ¿Todo correcto, entonces?

—Señora McGill…

—No, no, llamadme Finola.

—He llorado en el coche —se oyó decir Breen—. Porque, cuando vi la casa, era exactamente lo que quería. Y esto es todo lo que quería y más. Te prometo que la cuidaré bien.

De nuevo, la mirada de Finola, tan directa y fuerte, se ablandó un poco.

—No me cabe duda. ¿Queréis que demos un paseo rápido? Y tengo que daros las llaves, por supuesto —empezó a decir mientras salía del cuarto y recorría el pasillo en dirección a la escalera—. Os prometo que aquí no tendréis ningún problema, pero cerrad con llave si os hace sentir mejor. Hay un pequeño huerto y podéis recoger de él lo que queráis, y lo mismo con las flores y las hierbas. Seamus vendrá un par de veces a la semana para cuidar de toda la zona exterior —siguió explicando mientras regresaban a la cocina y salían por su puerta a la parte trasera.

—Las flores son asombrosas —repuso Breen.

—Seamus tiene un don, eso está claro.

—Me gustaría mucho aprender a cuidar del jardín. ¿Le importaría a Seamus que le hiciera algunas preguntas?

—Lo más probable es que hable hasta por los codos, te lo advierto. Tú pregunta. Bueno, como veis, hay senderos que se adentran en el bosque y llegan hasta la bahía. Podéis pasear por ellos tranquilamente. Hay uno que cruza el bosque y acaba en un pueblo cercano. Y ahí tenéis leña de sobra para el fuego, por si la necesitáis. Si os hace falta más, decídselo a Seamus y nosotros nos encargamos de ello.

Breen pensó que, de poder tener cualquier casa del mundo, con las vistas que deseara, elegiría una como aquella.

—También os digo que no todos los días serán tan bonitos como este —siguió explicando Finola—. Al fin y al cabo, esto es Irlanda. En cualquier caso, cuando haga bueno, podéis sentaros ahí, en esa mesita, y disfrutar de una tacita de té o de la copa de vino de la que hablábamos antes. ¡Ah, se me olvidaba! Tenéis servicio de internet. La contraseña es «la maga». Es una sola palabra..., vamos, que va todo junto.

Marco sacó su móvil.

—Lo tengo. Y la vamos a necesitar, porque Breen es bloguera.

—Ah, ¿sí?

—Soy nueva en el asunto.

—Te enviaré el enlace —le dijo Marco a Finola—. Seguro que bloguea sobre la casa.

—Eso sería fantástico. Bueno, ¿debería contaros algo más? ¿Tenéis alguna pregunta?

—No se me ocurre nada —respondió Breen—. Si te digo la verdad, estoy deslumbrada —añadió mientras intentaba mirarlo todo a la vez.

—Entonces, me voy para que podáis relajaros después del viaje. Mi sobrino ya habrá subido vuestras maletas a las habitaciones. Es un buen muchacho, nuestro Declan.

—No era necesario...

De nuevo, Finola hizo un gesto para restarle importancia mientras volvía al interior. Ahora había una botella de vino en la encimera.

—Que disfrutéis de la primera noche de muchas —les deseó antes de dejar las llaves junto al vino.

—Estoy convencido de que lo haremos —respondió Marco—. ¿Qué te parece si descorcho el vino y te tomas una copa con nosotros?

—Eres un primor, muchas gracias, pero tengo que irme. No, no, tranquilo, abre ese vino ya. No necesito que me acompañéis a la puerta, ¡que sé dónde está! —Hizo otro gesto para indicarles que se quedaran en la cocina y se dirigió a la salida. Entonces se detuvo y volvió la vista atrás—. *Fáilte. Déithe libh.* Unas palabras de bienvenida y de los mejores deseos para los dos.

—Vale, esto es increíble —reconoció Marco cuando se quedaron solos—. Debo decir que tenía mis dudas sobre lo de la casa, pero ahora lo apoyo al cien por cien. Y voy a abrir ese vino ahora mismo.

—Sí, por favor. Sí que es increíble. Y ella es increíble. ¿Has visto qué piel? Debe de tener sesenta años, por lo menos, suponiendo que se casara de adolescente, y… yo le echaba unos cuarenta.

—Si se ha hecho algún retoque, es de calidad. Como esta cocina en la que después prepararé un banquete para los dos. Tienes que escribir sobre este sitio como si no hubiera un mañana.

—Lo haré por la mañana, después de dormir en esa maravilla de cama. Sirve las copas hasta arriba, Marco, y vamos a llevárnoslas para beber junto al agua. Quiero quitarme los zapatos y meter los pies en la bahía.

—¿Solo meter los pies? Vamos a quitarnos los zapatos, beber grandes copas de vino y bailar en la puñetera bahía.

—Me apunto.

9

Breen se despertó cuando los primeros rayos de sol de la mañana entraron en el dormitorio. Había dormido profundamente y, por lo que podía recordar, sin sueños. Se preguntó si el cristal rosa pálido que colgaba sobre la cama y que no había visto hasta que se había tumbado habría tenido algo que ver.

En la universidad conoció a una chica que creía firmemente en el poder de los cristales, aunque Breen no se tragaba esas cosas. Lo único que sabía con certeza era que se sentía descansada, revitalizada y estúpidamente feliz. Ahuecó las almohadas y las apoyó en el cabecero para sentarse y disfrutar de la habitación, del paisaje que cobraba vida al otro lado de las ventanas y del hecho de que, durante el resto del verano, aquel sería su hogar.

Como de repente se dio cuenta de que ya estaba escribiendo mentalmente el blog, se levantó, se puso una sudadera encima de la camiseta con la que había dormido y unos calcetines gruesos en los pies descalzos, y bajó para preparar el café. Se llevó una taza blanca llena al dormitorio de la planta principal y se acomodó frente al portátil, que había dejado en el escritorio. Después se limitó a beberse el café y a suspirar mientras contemplaba el estallido de flores al otro lado de la puerta de cristal.

Ya habían acordado que ese día se quedarían en la casa y harían el vago. Marco dormiría hasta tarde, por supuesto. Explorarían la zona, juntos o por separado. Y puede que ella dedicara un par de horas a trabajar en lo que creía que podría ser un relato, una novela o nada en absoluto. Sin embargo, quería intentarlo. Escribir en el blog le había abierto esa puerta, como sospechaba que Marco ya sabía cuando se lo sugirió. Encendió el portátil y respiró hondo. «Una fina llovizna caía cuando dejamos atrás la magia y la fantasía de Dromoland», empezó.

Más de noventa minutos después, casi sin pausa, terminaba: «Me siento más en casa aquí, sentada a este precioso escritorio, contemplando el glorioso jardín del que cuida un hombre llamado Seamus, de lo que me he sentido nunca en toda mi vida. Si el objetivo de todo esto es encontrarme de verdad, creo que he empezado a hacerlo».

Se sirvió otra taza de café antes de repasarlo, elegir fotos y añadirlas. Se martirizó pensando si podría o debería hacerlo mejor. Después se regañó y lo subió al blog. De vuelta arriba, se puso la ropa de gimnasia y después aprovechó durante cuarenta y cinco minutos el otro uso que le había adjudicado a la habitación. Cuando oyó ruido en la cocina, salió y descubrió a Marco peleándose con la cafetera.

—¡Buenos días!

Él gruñó.

—He terminado la entrada del blog, he hecho ejercicio y voy a preparar el desayuno, que es la única comida que soy capaz de hacer —siguió diciendo Breen—. Después me ducho, me cambio y me voy a dar un paseo. ¿Qué vas a hacer tú?

—Beber café. E intentar no hacerle caso a mi compañera de piso, que se levanta demasiado animada por las mañanas.

—¡Tengo mucha energía!

Para demostrarlo, hizo dos piruetas. Marco respondió lanzándole una soñolienta mirada de odio.

—Iré a ducharme y a cambiarme primero. Así tendrás tiempo de despertarte antes de que prepare el beicon y los huevos.

—Trato hecho. Llévate tu energía arriba. Yo me voy a llevar este café... —dijo Marco señalando la puerta.

—Afuera —completó la frase Breen.

—Sí, ahí. —Marco se restregó los ojos y consiguió sonreír—. Me estás poniendo de los putos nervios, pero la verdad es que tanta energía te sienta bien.

—Me siento bien. Desayuno dentro de media hora —le gritó mientras salía de la habitación.

Lo sirvió en el patio. No hacía demasiado fresco y no llovía. Todavía.

—El blog es bueno, Breen —dijo Marco mientras se metía los huevos revueltos en la boca como un hombre al borde de la inanición—. Mejora con cada día que pasa.

—Porque todo mejora con cada día que pasa.

Miró el agua, teñida de un suave color azul por los rayos de sol que se filtraban entre las nubes, los pájaros que la sobrevolaban y la barca, roja como una señal de stop, que se abría camino por ella.

—Me encanta este sitio —añadió—. Sé que ni siquiera ha pasado un día, pero me encanta.

—Te pega. —Marco la examinó mientras le daba un bocado a la tostada de pan integral—. Creo que lo que has escrito al final de la entrada de hoy es la pura verdad.

—Espero que lo sea. Quiero dar ese paseo... Y necesito un libro sobre pájaros a juego con mi libro sobre flores. Hay un montón y quiero saber sus nombres. Aunque da un poco de miedo, también quiero sentarme hoy un rato a intentar escribir. No el blog, sino una historia. O empezar a escribirla.

Marco alzó su taza y brindó con ella.

—Entonces, eso es lo que harás —decidió.

—Tú me orientaste en esa dirección, hacia la escritura. Hacia intentar escribir.

—Tal vez —respondió y después sonrió—. Puedes darle un empujoncito a alguien, pero el primer paso es cosa suya, ¿no? De todos modos, procuraré dejarte tranquila para que te concentres. Creo que me pasaré por el pueblo. Puedo echar un vistazo y buscar un sitio al que ir cuando queramos comer fuera, un sitio con música.

—Genial. Hay muchos lugares que ver, y podemos planificar rutas.

—Pero hoy no. —Para demostrarlo, Marco alargó las piernas y cruzó los tobillos—. Hoy nos quedamos cerca de casa.

—Exacto. ¿Recuerdas lo que juramos la noche que nos mudamos a nuestro piso?

—Claro que sí: si ninguno de los dos encontrábamos al amor de nuestra vida, viviríamos juntos para siempre.

—¿Sigue en pie?

—Evidentemente, nena.

«Yo estaría encantada», pensó Breen mientras se daba su paseo. En cierto modo, Marco era el amor de su vida. Solo les faltaba el sexo. Y el sexo no era para tanto, sobre todo cuando, de todos modos, no se acostaba con nadie.

Primero recorrió la estrecha zona de playa, dejando que el viento le tirara del pelo, de la bufanda y de la chaqueta, y dejando vagar la mente hacia la historia que deseaba contar. Puede que no supiera bien cómo empezarla, pero había llegado el momento de sentarse a intentarlo. De hecho, ya llegaba tarde. Tras lanzar una mirada anhelante al bosque, regresó a la casa. Sin excusas, se dijo. Tenía una casa acogedora y vacía, sin distracciones, y tiempo de sobra. Quizás fuera positivo que toda la idea de intentar escribir, de intentar ser escritora, la pusiera nerviosa. Quizás escribiera mejor estando nerviosa.

Se llevó una jarra de agua al escritorio y abrió el portátil. Se pasó lo que le parecieron horas mirando la pantalla, con los dedos colocados sobre las teclas. Hasta que, de repente, se le empezaron a mover. «Una luna azul iluminaba el cielo la noche que el visitante fue a verla y la vida de Clara cambió para siempre». La primera frase abrió una presa en su interior y Breen se dejó llevar por su flujo durante dos horas. Cuando salió a la superficie, se asombró al comprobar que había llenado de palabras ocho páginas enteras. Algunas de ellas (la mayoría, pensó) seguramente serían horrendas. O incluso peor: tontas. Pero las había escrito.

Se sirvió una copa de vino y se la bebió. Se levantó, se paseó por la habitación, salió afuera y siguió paseándose un poco más. Entonces se dio cuenta de que no había terminado.

Esta vez se sirvió una Coca-Cola para darse fuerzas y usó el cosquilleo de la cafeína para escribir durante otras dos horas. Aunque estaba aterrada, regresó al principio y empezó a leer. Se dio cuenta de que dudaba, de que cambiaba cositas e incluso consideraba la posibilidad de borrarlo todo y empezar de nuevo. Entonces se dio cuenta de que tenía que parar, alejarse y dejar que se asentara. Lo retomaría a la mañana siguiente y seguiría por donde lo había dejado. Porque era asombroso fluir con la corriente de la historia y no quería renunciar a eso.

Aturdida, salió de la habitación y se encontró a Marco junto a los fogones, frente a una olla llena de algo que perfumaba el aire con un delicioso olor.

—No te he oído volver.

—Estabas completamente absorta, nena. He preparado una sopa de patatas con jamón; tengo la chimenea encendida porque está lloviendo y ha refrescado un poco, y voy a probar suerte con un pan de soda. No seas dura conmigo, que soy virgen en el tema panadero.

—No te he ayudado a hacer nada. ¿Qué hora es?

—Para ti, la hora de la copa de vino.

Ella miró el reloj.

—¡Mierda! No me he dado ni cuenta. No tenías que prepararlo todo tú solo, Marco. Suponía que iríamos a cenar al pueblo.

—Me he divertido y he elegido un par de sitios para mañana por la noche. —Le sirvió una copa de vino de la botella que había dejado sobre la encimera—. Ya sabes que me gusta cocinar cuando tengo tiempo, y este chico de Filadelfia nunca jamás había preparado sopa de patatas y pan de soda. —A Breen no le quedó más remedio que reconocer que su amigo parecía más feliz que una perdiz mientras se servía otra copa para él—. He entrado en un pub y me he comido un sándwich del tamaño de Utah —siguió contándole—, y he charlado mucho. He comprado algunas cosas. He encontrado un libro sobre pájaros para ti y uno de cocina para mí, y he usado el mío para preparar lo que tenemos de cena.

Cuando destapó el desastrado pan redondo que tenía una equis en el centro, ella lo examinó.

—Has hecho pan de verdad. Con… harina.

—Y suero de mantequilla. He comprado el puñetero suero de mantequilla. Tiene buena pinta, ¿verdad?

—Tiene una pinta buenísima y huele genial. ¿Por qué no estamos comiendo ya?

—Porque esta sopa necesita más tiempo, y vamos a aprovechar para sentarnos junto al fuego y beber más vino mientras me cuentas cómo ha ido tu día de escritura.

—La verdad es que creo que entré en un estado de fuga.

Marco tapó el pan antes de remover de nuevo la sopa. Después la cogió de la mano, agarró la botella de vino y la condujo al salón.

—Como te he dicho, estabas completamente absorta cuando me asomé a la habitación.

—He escrito quince páginas, Marco.

—Eso es mucho. Suena a mucho. ¿Puedo leerlas?

—Bueno…, todavía no. Ni siquiera las he leído yo. Empecé a hacerlo. —Como él, Breen puso los pies encima de la mesita de centro—. Entonces, no sé, he pensado que lo mejor era dejarlo… reposar, como tu sopa, supongo.

—Me parece una idea muy inteligente. Tienes un don innato para esto.

—No sé qué decirte, pero me siento bien y, por ahora, con eso me basta. Todo esto me hace sentir bien.

Comerse la sopa y el pan en la cocina contribuyó a esa sensación, igual que acurrucarse frente al fuego con un libro y despertarse por la mañana para dar comienzo a un nuevo día.

Escribió en su blog, considerándolo una especie de calentamiento, y después se pasó una hora con su libro. Solo una hora, ya que había programado un temporizador. Pronto estaría sola muchas semanas y no quería malgastar el tiempo que le quedaba con Marco. Así que salieron juntos, disfrutaron de paisajes y aldeas, y cenaron en un pub de Clifden con música y conversación. Conoció a dos personas que recordaban tanto a su padre como su música, aunque no con la misma claridad que Tom, el del pub de Doolin.

Crearon su propia rutina: Breen se levantaba temprano para escribir y después se pasaban algunos días fuera, paseando, y cenaban en un pub con música, mientras que otros días se quedaban más cerca de la casa. Cuando se quedaban cerca, cenaban en casa y Marco le iba enseñando a Breen algunas recetas sencillas.

Por mucho que intentaba parar el tiempo, los diez días pasaron volando. Un día lluvioso que reflejaba perfectamente el humor de Breen, llevó en coche a su amigo al aeropuerto Shannon.

—No sé qué voy a hacer sin ti, Marco. A lo mejor…

—Ni siquiera se te ocurra decir que a lo mejor deberías volver a Filadelfia. Acabas de regalarme las dos mejores semanas de mi vida. No lo fastidies.

—Una cosa es hablar de pasar el verano entero aquí sola y otra, hacerlo de verdad.

—Vas a estar mejor que bien. ¿Crees que me iría si no estuviera convencido de que es así? Me lo dice el instinto. Así que lo que vas a hacer es escribir hasta que se te caigan las manos y aprender a cocinar un poquito más... En ese terreno vas por el buen camino.

—Porque tú me paras antes de que la cague.

—Cágala y cómete un sándwich —respondió Marco, encogiéndose de hombros—. También vas a darte esos largos paseos demenciales que tanto te gustan y a enviarme mensajes todos los putos días. Y a encontrarte. Hazlo por mí, Breen. —Le apretó la mano—. Encuéntrate y después vuelve a casa, porque voy a echarte de menos una barbaridad.

—Yo ya te echo de menos —dijo Breen—. No podría haber hecho nada de esto sin ti.

—Lo mismo digo.

Cuando tomó el desvío hacia el aeropuerto, a ella se le cayó el alma a los pies, se le salió del cuerpo, sin más.

—Me dejas en la acera, como hemos quedado —le recordó Marco.

—Puedo aparcar, entrar y...

—Ni de coña. Nos pondríamos a llorar como bebés. Llevo un tatuaje muy masculino y no puedo llorar como un bebé.

—Yo voy a llorar de todos modos.

—Hazme un favor, Breen.

—Lo que tú quieras, ya lo sabes —respondió ella, que ya empezaba a sorberse los mocos, de camino a la puerta de Salidas.

—Diviértete mucho. Déjate llevar y diviértete. Quiero una foto tuya sentada al escritorio escribiendo y divirtiéndote. Sentada fuera con una copa de vino, mirando el agua y divirtiéndote. Puede que otra de noche en un pub, coqueteando con un irlandés sexy y divirtiéndote.

—Lo intentaré.

—Me voy a poner en plan Yoda: no lo intentes, hazlo. Venga, tienes el número de Finola si necesitas algo en la casa, y ya sabes cómo funcionan los fuegos y el horno. No olvides cerrar con llave por la noche, de todos modos.

—No se me olvidará. No te preocupes por mí, Marco.

—Pues claro que me preocupo un poco por ti, mujer. Forma parte de mi trabajo.

Breen aparcó junto a la acera y recordó lo emocionados que estaban los dos cuando llegaron.

—¿Tienes tu pasaporte, tus billetes, tu…?

—Lo tengo todo.

Marco salió para sacar sus maletas mientras ella lo seguía e intentaba no retorcerse las manos.

—Mándame un mensaje en cuanto aterrices. Ni un minuto después.

—Lo haré, y tú mándame un mensaje cuando llegues a la casa. Estaré en esa sala de espera de primera clase, gracias a mi mejor amiga. —Dejó las maletas en el suelo para darle un gran abrazo—. Si no puedes dormir o te pones nerviosa, me llamas… Me llamas y punto. ¿De acuerdo?

—Sí. Te quiero. Te voy a echar de menos.

—Yo también te quiero y te voy a echar muchísimo de menos. Venga, me voy antes de empezar a lloriquear.

Le dio un beso, la apretó de nuevo y recogió sus maletas. Después se alejó a paso ligero y se volvió para mirarla antes de cruzar las puertas.

—Diviértete si no quieres que me cabree, ¿eh?

Y desapareció.

Ella condujo de vuelta a través de la lluvia y las lágrimas, camino de una soledad para la que no sabía si estaba preparada. El sol se abrió paso entre las nubes unos minutos antes de llegar a la casita y el arcoíris que brotó por encima de ella derramaba lágrimas de nuevo. Quería que Marco lo viera, así que salió del coche y usó el móvil para intentar capturarlo. Desde allí mismo se lo envió junto con un mensaje:

Un buen presagio para tu viaje y mi siguiente fase. Te quiero más que a mil arcoíris.

Marco respondió:

Me encanta... De cabeza al blog. Estoy aquí sentado como un cabrón forrado, bebiendo cerveza y comiendo canapés. Ve a dar un paseo bajo el arcoíris. Te quiero.

«De acuerdo —pensó—. Puede que lo haga».

Cogió su bolso para llevarlo dentro y se cambió los zapatos para ponerse las botas de agua clásicas que Marco la había convencido para comprar. En cuanto dio dos pasos dentro de la cocina, dejó escapar un grito ahogado.

El hombre llevaba unas botas de agua como las suyas, unos bastos pantalones marrones y una chaqueta desgastada. Unos mechones de pelo rubio canoso le asomaban por debajo de la gorra azul. Era más alto que un *leprechaun*, pero no mucho, y el redondo rostro irlandés, los alegres ojos azules y la nariz chata le recordaron a uno. Tiró un puñado de lo que, suponía Breen, eran malas hierbas a un balde negro y se llevó la mano a la gorra para saludarla.

—¡A los buenos días, señorita! Soy Seamus; he venido a cuidar del jardín, si no le viene mal.

—Sí, por supuesto. Finola me dijo que se pasaría. No lo vimos antes de salir.

Él esbozó una encantadora sonrisa torcida, rebosante de cordialidad.

—Eso parece —repuso—. ¿Está disfrutando de su estancia?

—Mucho. Acabo... acabo de dejar a mi amigo en el aeropuerto para subirse al avión de vuelta a casa.

—Ah, y seguro que está triste, claro. La amistad es el pan de la vida, ¿verdad? Bueno, le deseo un buen viaje.

—Gracias. Los jardines son preciosos.

—Las flores son uno de los regalos de los dioses y cuidar de ellas es un placer, además de un deber.

—He estado intentando aprender sobre ellas, sobre las flores y las plantas.

Él sonrió de nuevo.

—Ah, ¿sí?

—Sí, tengo un libro.

—Los libros son algo estupendo, una de las mejores cosas del mundo, sin duda. Pero la práctica también es una gran profesora.

—Si no le molesta, ¿le importaría que le hiciera algunas preguntas?

—En absoluto, pregunte todo lo que quiera. Hay que podar esas rosas marchitas de ahí. Puedo enseñarle cómo se hace y puede probar, si quiere.

Entre Seamus y el arcoíris, le mejoró el humor.

—Me encantaría intentarlo —respondió.

Se pasó una paciente hora con ella, informándola sobre los nombres de flores y plantas, explicándole los ciclos de crecimiento, guiándole las manos para arrancar una mala hierba o cortar una flor marchita. Le enseñó qué flores recoger de lo que él llamaba «el jardín de cortar» para hacer un bonito arreglo con el que adornar la casa. Cuando ella le ofreció un té, él se lo agradeció y lo rechazó, explicándole que tenía trabajo en otra parte. Así que se llevó de nuevo la mano a la gorra antes de alejarse y dejarla con un puñado de flores y un subidón de optimismo.

Entró en la casa para colocarlas y le dio la impresión de que se le daba bastante bien. Después echó un vistazo a su alrededor. Cuando la tristeza intentó volver a apoderarse de ella al ver la casa vacía, negó con la cabeza. Marco le había pedido que se divirtiera, y ya había empezado a hacerlo. Podría escribir. Quizás fuera un poco tarde para empezar, pero, al fin y al cabo, era su día. Su tiempo. Así que se abrió lo que había empezado a considerar su Coca-Cola para escribir y se acomodó en el escritorio.

Escribió a un ritmo bastante decente, aunque no de corrido, hasta que le dio hambre. Agradecida, vio que Marco se había asegurado de que le quedaran sobras, de modo que no tuviera que ponerse a cocinar el primer día. Se las calentó y pensó en él sobrevolando el océano; esperaba que bebiera champán y viera películas en un cielo lo más tranquilo posible. Fregó los platos y después aprovechó la larga noche de verano para darse ese paseo que tenía previsto por la bahía. Cuando miró hacia atrás, hacia la casa, que brillaba con las luces que había dejado encendidas, sintió una mezcla de asombro y consuelo.

—Vuelves a tener razón, Marco. Me irá bien. Esto es lo que quiero. Es lo que necesito. Te echo de menos, pero estoy contenta. Y pienso esforzarme por seguir estándolo.

Se tomó su tiempo para regresar mientras la luna subía por encima de la colina y el agua. En la bahía se reflejaba un rayo de luz de luna y la brisa estaba cargada de promesas. Oyó el ulular de un búho que, quizás, acababa de despertarse.

—Hola, vecino —le dijo—. Todavía no puedo presentarme, porque no sé bien quién soy, pero pretendo averiguarlo.

Regresó al interior y, a última hora, recordó echar la llave. Después se preparó para la primera noche de su vida que pasaría completamente sola. O eso pensaba. Como dormía, no vio las luces que bailaban al otro lado de sus ventanas, vigilándola. Ni el halcón encaramado a una rama cercana para proteger a la hija de Eian Kelly.

Se despertó una vez, cuando el móvil que tenía en la mano la avisó de que tenía un mensaje de Marco:

Un vuelo sin problemas y ya estoy de vuelta en Filadelfia. Gracias por ser la mejor compañera del mundo en un viaje increíble. Ahora vuelve a dormirte y escríbeme mañana.

A lo que ella respondió:

Me alegro de que estés ya en casa. Dale un beso de mi parte a todo el mundo. Me vuelvo a dormir, siguiendo órdenes.

Ya despierta solo a medias, dejó el móvil en la mesita de noche y soñó con arcoíris y luces danzarinas.

10

Encontró su ritmo.

Como siempre había sido madrugadora, Breen se despertaba al alba. Su recompensa era una bahía envuelta en niebla y un resplandeciente cielo oriental. Con el café como combustible, escribía en pijama su blog diario y lo consideraba un calentamiento para el libro. Después se ponía su ropa de gimnasia y movía el cuerpo antes de tomarse una segunda taza de café y lo que tuviera más a mano antes de darse su paseo matutino por la bahía.

Había aprendido a reconocer los pájaros, los cisnes cantores, los cernícalos y los escribanos palustres, y le encantaba contemplarlos planear y elevarse mientras la neblina clareaba sobre el agua.

Escribía en silencio, con tan solo la brisa y los pájaros, y siempre la maravillaba lo deprisa que avanzaba el día. A última hora de la tarde o por la noche salía a pasear por el bosque con las urracas y las flores silvestres. Llevaba el móvil a mano para hacer fotografías y, en una ocasión, se sorprendió logrando sacarles una foto a una cierva y su cría, que la miraron con más curiosidad que alarma.

En cuestión de días se dio cuenta de que estar sola no significaba sentirse sola. Echaba de menos a Marco, pero tanto el reto como la libertad de no tener que responder ante nadie la satisfacían. Era capaz de hacer la comida, sobre todo si esa comida resultaba ser pizza congelada. Tenía decenas de libros entre los que elegir y muchas horas para escribir, caminar y pensar en qué quería hacer con el resto de su vida. Sobre esto último, preparó una lista:

→ Seguiré escribiendo, ya sea el blog o un libro, o simplemente relatos para mí. No me rendiré.

→ Encontraré un trabajo que me guste de verdad y se me dé bien.

→ Compraré una casa. Una casa pequeña, pero con sitio para Marco y para mí, y con un despacho para escribir. Es imprescindible que tenga patio.

→ Plantaré un jardín.

→ Adoptaré un perro.

→ Seguiré intentando localizar a mi padre y, cuando lo haga, encontraré el modo de perdonarlo por abandonarme.

→ Daré con la forma de hablar con mi madre y de encontrar el modo de perdonarla por... todo.

Se imaginaba que algún día empezaría a tachar las cosas que iba consiguiendo. Cuando lo hiciera, puede que añadiera más, tanto grandes como pequeñas. Sin embargo, por el momento, la lista abarcaba lo que más quería, y con eso era suficiente.

Al final de su primera semana, fue al pueblo en coche a comprar provisiones y se recordó que tenía que salir por ahí de vez en cuando. Después de una semana de silencio casi absoluto, le resultó incómodo ver tantos coches y personas, y tuvo que reconocer que, si seguía así, se convertiría en una ermitaña. Para contrarrestarlo decidió pasear por el pueblo y visitar las tiendas, y así dio con una de música que tenía un arpa irlandesa en el escaparate. Eso la atrajo al interior, donde una mujer más o menos de su edad, de pelo corto negro, estaba sentada detrás de un mostrador y tocaba el dulcémele. Dejó de hacerlo y sonrió.

—Buenos días.

—Qué bonita melodía. No pares, por favor.

—No te preocupes, solo estaba pasando el rato. ¿Puedo ayudarte en algo?

—El arpa del escaparate. Es preciosa.

—Ah, el arpa irlandesa pequeña. Es una pieza muy bonita. ¿Quieres verla?

—Sí, gracias.

—¿Tocas? —le preguntó la encargada al salir de detrás del mostrador para acercarse al escaparate.

—No, es para un amigo, un músico.

—Bueno, pues no podrías haber encontrado un regalo mejor.

Dejó el arpa en una mesa; la habitación estaba llena de mandolinas, banjos, acordeones, flautas y tambores. Breen se preguntó cómo era posible que tanto Marco como ella no hubiesen visto aquella tienda en sus anteriores visitas. Para Marco, aquello era como el cielo.

—Es preciosa... —repitió Breen—. La madera, la forma...

—Es de palisandro.

La mujer recorrió con un dedo las cuerdas, que dejaron escapar un sonido angelical y puro.

—¿Está fabricada en Irlanda?

—No solo en Irlanda, sino aquí mismo. En la parte de atrás. La hizo mi padre.

—¿Tu padre?

—Sí, fabrica instrumentos y los repara. No, todos estos no —añadió, sonriente, mientras señalaba a su alrededor—. Solo unos cuantos de los que tenemos ahora. Me has dicho que no tocabas, pero ¿te apetece sentarte y probarla?

—Pues..., sí, la verdad. Creo que sí.

—Toma, siéntate, por favor. Soy Bess, por cierto.

—Yo soy Breen. Te lo agradezco.

Breen se sentó y Bess le colocó el arpa y le enseñó cómo se apoyaba en la rodilla. De repente, a Breen le llegó un recuerdo claro como el agua: sus manos en un arpa y las manos de su padre sobre ellas, guiándolas.

—Mi padre tenía un arpa como esta —murmuró.

—Ah, ¿sí?

—Recuerdo que empezó a enseñarme…

Colocó los dedos en las cuerdas y cerró los ojos para volver atrás en el tiempo. Y tocó una melodía.

—*The Foggy Dew* —dijo Bess mientras aplaudía—. Y la recuerdas muy bien, la verdad.

Breen no sabía cómo ni por qué lo había olvidado.

—Quiero… quiero comprarla.

—¿Para ti? —preguntó Bess, sonriente—. ¿O para tu amigo?

—Para mi amigo. Y me preguntaba si tu padre tendría un minuto para hablar conmigo.

—Claro que sí. Iré a buscarlo. Puedes seguir tocando, si quieres. Será un segundo.

Breen pensó que tocaría más, pero no allí, sino en casa, a solas, donde pudiera dar rienda suelta a sus emociones, a la alegría y el dolor, sin que nadie la viera. Sin embargo, sí que acarició la madera mientras recordaba perfectamente a su padre contándole que lo importante no era solo tocar, sino también cuidar. Un instrumento era un jardín que necesitaba amor y atención.

El hombre que salió de la trastienda tenía el pelo negro salpicado de mechas plateadas. Era alto y robusto, y llevaba un delantal de carpintero.

—Bueno, me alegra ver que mi querida arpa se va con alguien que sabe lo que se hace. La sostienes con amor.

«Como me enseñó mi padre», pensó Breen.

—Es preciosa, y sus notas son muy puras. Recibirá las atenciones que se merece.

—Te lo agradezco.

—Me preguntaba… Mi padre es músico. Tenía un arpa muy parecida a esta cuando yo era pequeña. Era de Galway. Eian Kelly.

El hombre cerró los puños sobre las caderas.

—¿Eres la hija de Eian Kelly? Mira que no darme cuenta antes… Eres clavadita a él.

—Lo conoce —dijo Breen mientras se levantaba, con el arpa en brazos.

—Sí, señora. Hace mucho tiempo le fabriqué una caja preciosa.

—¿Una caja?

El hombre sonrió.

—Un acordeón irlandés: una caja musical. Fue un trabajo a medida, me pidió unos detalles muy concretos. Y ese hombre tocaba como una flota de ángeles o demonios. ¿Todavía lo hace?

—No lo sé, supongo que sí. Mi madre y él…

—Ah, vaya, lo siento mucho. Oí que se fue a Estados Unidos.

—Sí, pero regresó aquí. Creo que a Galway.

—Llevo sin verlo… Buf, ni sé cuántos años.

—Creció en una granja de Galway. ¿Sabe dónde está?

—Me temo que no —respondió, apenado—. Puedo preguntar por ahí, si te sirve de ayuda.

—Me serviría, muchas gracias. Le dejaré mi número, por si acaso. Me quedo aquí cerca todo el verano.

Cuando salió con el arpa en su estuche pensó que, quizás, solo quizás, el artesano encontrara a alguien que conociera a alguien que conociera a su padre. Quería regresar a la casa, pero se obligó a pasar por el mercado a por suministros. Después se obligó a guardarlo todo en su sitio antes de ponerse las botas de senderismo. Se dijo que era mejor no escribir mientras estuviese tan alterada, que un largo paseo por la tranquilidad del bosque la ayudaría a calmarse. Sin embargo, cuando salió, Seamus estaba en el pequeño patio con un enorme macetero pintado a los pies y una marea de flores esperando a que las plantara.

—¿Cómo está usted hoy, señorita?

—Me alegro de verlo. Qué macetero tan bonito. ¿Va a plantar flores dentro?

—Bueno, pensaba que le gustaría hacerlo a usted.

—Ay, me encantaría, pero no sabría ni por dónde empezar.

Él le ofreció unos guantes y una pala.

—Pues se empieza con tierra y buenas intenciones.

Le enseñó a llenar de loza rota el fondo de la maceta, para el drenaje, y a mezclar tierra, turba y abono fértil en la carretilla. Sin embargo, no quería escoger las flores por ella.

—¿Y si elijo las que no debo?

—No hay una elección mala. Todas son felices en este clima. Y lo que quede, bueno, ya le encontraremos otro sitio. Siempre hay un hueco que llenar.

Le dijo los nombres de las flores que eligió: begonia ala de dragón, lantana, lobelia, campanas de Irlanda, heliotropo, impatiens y aliso de mar.

—Tiene buen ojo, por los colores, las alturas y las texturas.

Igual que su padre había hecho tiempo atrás sobre las cuerdas del arpa, Seamus ponía las manos enguantadas sobre las de ella cada vez que colocaba una planta.

—Así se hace, muy bien. Y ahora le deseamos buena fortuna y una vida larga y feliz en su nuevo hogar.

—¿Puedo añadir esta? Me encanta el color, tiene un verde precioso.

—Hierba de la moneda, se llama, y es mejor que la plante en el borde, para que pueda derramarse por encima y lucir sus faldas.

—Es como un arcoíris. Uno muy atrevido.

—Vaya que sí. Lo ha hecho muy bien. Ahora la regaremos, aunque esta noche lloverá. Hay que mantener la tierra húmeda, pero no mojada, ¿de acuerdo? ¿Cómo se sabe? Pues meta el dedo en la tierra para comprobarlo.

Cuando terminaron con la maceta, la ayudó a elegir sitio para las flores que quedaban. Breen excavaba la tierra, emocionada.

—Algún día me buscaré una casa y plantaré un jardín. Como este, donde todo parece improvisado y precioso.

—Se le dará bien. —La voz de Seamus era relajante, como un susurro al corazón—. No sé si lo sabrá, joven Breen, pero todo está conectado. La tierra, el aire, el agua que cae del cielo, el sol que nos da luz y calor, y todo lo que crece: las plantas, los animales, la gente... Las abejas que zumban, los pájaros que vuelan, todo está unido. Ahora tendrá que hablar con las flores, tendrá que cantarles de vez en cuando. Se lo recompensarán.

Ella se puso en cuclillas y sonrió, mirando sus guantes llenos de tierra.

—Me sentía un poco triste cuando llegué a casa, y ya no lo estoy.

—Los jardines regalan alegría.

—Este sin duda lo hace.

Era como si Breen conociera a Seamus de toda la vida, a pesar de que solía sentirse incómoda con los desconocidos. «Conexión —pensó—. Todo está unido».

—Seamus, ¿siempre ha vivido en esta zona?

—Pues no. Ahora estoy aquí, claro, pero Galway no es mi hogar.

«Entonces no conocerá a mi padre —pensó Breen—. Así que no tiene sentido preguntárselo».

—Bueno, voy a limpiar todo esto antes de marcharme.

—Lo limpiaremos juntos —repuso ella mientras se levantaba—. Eso forma parte de todo esto, ¿no?

—Cierto —respondió Seamus y esbozó su cálida sonrisa torcida.

Después de barrer el patio, Breen le ofreció los guantes.

—No, no, señorita, esos son para usted, y también la pala. Viene bien tener esas cosas a mano para atender el jardín.

—Gracias. ¿Le apetece una taza de té?

—Gracias por la oferta, pero mi mujer no tardará en poner la cena, así que será mejor que me vaya yendo. Volveré dentro de una semana, o antes, si me necesita. Disfrute de las flores, joven Breen, tanto como ellas disfrutan de usted.

—Lo haré.

Y empezaría por sacar una fotografía de su primera maceta. Hizo un par y después pensó que le gustaría tener una de Seamus para su blog. Sin embargo, cuando se volvió, ya se había ido.

—Sí que se mueve deprisa —murmuró.

Se llevó los guantes y la pala a la entrada, y, en vez de salir a pasear (debía reconocer que, de haberlo hecho, se habría dejado llevar por la melancolía), se sirvió una copa de vino y se sentó en la mesa del pequeño patio. Desde allí, admiró su trabajo.

Aquella noche siguió religiosamente una de las sencillas recetas de Marco para prepararse un plato de pollo, patatas y brócoli en la sartén. Más o menos funcionó. Hizo una foto para el blog antes de abrigarse con un jersey, servirse otra copa de vino y llevárselo todo de nuevo al patio. Había recordado algo sobre su padre que, una vez tranquila, la hacía feliz. Había encontrado el regalo de Navidad perfecto para su mejor amigo. Había plantado flores en una maceta y en la tierra. Había preparado una comida decente…, bueno, medio decente. Por no mencionar que por la mañana había escrito durante casi dos horas antes de obligarse a salir de casa.

—Ha sido un buen día —les dijo a las flores—. En serio, un día estupendo. —Brindó con el jardín, el bosque y la bahía—. Por muchos días más. Lo tengo controlado —decidió—. Creo que lo tengo todo controlado.

Sin embargo, aquella noche soñó con una tormenta que tronaba sobre las colinas y barría los campos. Convertía el agua en una ciénaga oscura y azotaba los árboles con su viento. Con el corazón acelerado, Breen corría por ella mientras los relámpagos disparaban fuego azul y los truenos rugían con furia guerrera. No obstante, no era la tormenta lo que la perseguía, sino algo más temible, algo mucho más malvado. Sentía que sus zarpas se alargaban hacia ella, que intentaban atraparla. Buscaba su alma. Se llevaría todo lo que Breen era y se lo bebería como si fuera vino.

«Te crearon para esto —le decía—. Soy tu destino».

La espada que llevaba colgada del cinturón le golpeaba el muslo. Podría usarla. La usaría. Para luchar o para suicidarse. Prefería suicidarse a perderse de nuevo. Cuando su mano se cerró sobre la empuñadura, vio una luz más adelante; brillaba y crecía, como una puerta que se abriera ante ella. Como la salvación. Dentro de la luz, otra voz la llamaba: «Ven a casa, Breen Siobhan, hija de los O'Ceallaigh, criatura feérica. Ha llegado el momento de ir a casa. Ha llegado el momento de despertar».

Justo cuando las zarpas de la oscuridad le arañaban ya la espalda, saltó a la luz. Y se despertó cubierta de sudor y enredada en las sábanas. Su primer instinto fue llamar a Marco, así que alargó la mano para coger el móvil, pero después lo dejó de nuevo sobre la mesita con mucho cuidado, decidida. No podía llamar a su amigo, que estaba a miles de kilómetros de distancia, para que la calmara después de una estupidez de pesadilla. Estaba bien, estaba despierta. No había ninguna tormenta y nadie la perseguía. De todos modos, sacó la tablet y escribió todo lo que pudo recordar. Quizás lo incorporara a su historia. Qué menos que darle alguna utilidad durante el día a un sueño tan desagradable. Como todavía quedaban varias horas para el amanecer, dejó una lámpara encendida, aunque a baja intensidad, en vez de enfrentarse a la oscuridad.

Inició su rutina habitual, que la hacía feliz. Escribió sobre la tienda de música, aunque tuvo que omitir haber visto y comprado el arpa, porque quería que fuera una sorpresa para Marco. Escribió sobre plantar flores y preparar la comida, y empezó el día con buen pie. Cuando salió al jardín para sonreír a su maceta, se dio cuenta de que había llovido, tal y como había pronosticado Seamus. Quizás incluso hubiera caído una tormenta y por eso su subconsciente había retorcido la realidad para transformarla en una pesadilla extraña y aterradora. En cualquier caso, después de su paseo matutino, se pasaría escribiendo el resto de la mañana, que era fresca y húmeda. Por costumbre, se dirigió hacia la bahía, todavía envuelta en niebla, todavía gris bajo el sol, que pugnaba por salir. Una serie de ladriditos la impulsaron a mirar hacia el bosque. De no haber sido por ellos, lo habría confundido con un cervatillo de aspecto extraño o con un conejo muy grande. Cuando el animal corrió hacia ella, vio que era un cachorro de perro, aunque algo raro, también, ya que sus tupidos rizos tenían reflejos morados y su cola era finita y sin pelo.

—¡Hola, bonito!

Se agachó para saludarlo y él la recompensó con unos adorables besos de cachorro y un revoloteo de patitas. Era un perrito de buen tamaño, tenía la cara suave bajo una especie de cresta rizada, por encima de lo que parecía una barba muy mona. Los ojos eran de un castaño intenso y brillaban de alegría.

—Ay, qué lindo eres. ¡Mira qué rizos! ¿De dónde has salido, precioso? ¿Te has perdido?

Respondió corriendo en círculos a su alrededor y regresando para lamerle las manos y la cara.

—Sí, yo también me alegro de conocerte, pero seguro que tienes dueño y que alguien cuida bien de ti. Se preguntará dónde te has metido.

Sacó el móvil para hacerle una foto y, tras varios intentos borrosos, lo consiguió.

—Se la voy a enviar a Finola, a ver si ella sabe de dónde has salido.

Cuando empezaba a hacerlo, el cachorro salió corriendo hacia el bosque.

—No, espera. Te vas a perder.

Silbó para llamarlo y él se detuvo y movió su rabito sin pelo. Entonces volvió a correr en círculos, se detuvo y la miró.

—Vale, iré contigo.

Lo más sensato habría sido llevárselo dentro y enviarle un mensaje a Finola, pero, cuando se acercó a él, el perro salió de nuevo corriendo hacia el bosque. Se detuvo otra vez y volvió la vista atrás, como diciendo: «¡Vamos! ¡Sígueme!».

Así que Breen se guardó el móvil en el bolsillo y lo hizo. Razonó que debía de vivir cerca, ya que no parecía un perro callejero. Y estaba claro que sabía adónde quería ir.

—Bueno, quería dar un paseo, así que lo haremos así.

El cachorro salió trotando delante de ella y de vez en cuando regresaba o la esperaba, siempre manteniéndola a la vista. Breen se percató de que no iba hacia el pueblo, por lo que probablemente no viviera allí. Quizás en una granja de las afueras o en otra casa que todavía no había visto.

La lluvia nocturna había ablandado el sendero y las hojas y las agujas de pino goteaban sobre él. El aire estaba impregnado del aroma a tierra mojada y hierba. Una capa de musgo cubría la corteza de los árboles y las ramas se acurrucaban a la sombra mientras que los débiles rayos de sol se colaban entre ellas para dibujar parches de luz en el suelo. El perrito persiguió a una enorme ardilla negra que al final trepó a un árbol para refugiarse y desde allí lo regañó chillándole, indignada.

Como nunca había tomado aquella dirección, Breen procuró prestar atención y fijarse en puntos de referencia: una rama caída; un pequeño claro medio rodeado de rutilantes flores blancas; un puñado de piedras grises, una de ellas tan alta que le llegaba a la cintura... Mientras caminaba, le pareció que allí los árboles crecían más altos y más anchos. El sendero se estrechaba y asilvestraba, como si casi nadie pasara por allí. Sin embargo, el perro dejó escapar otro ladridito de felicidad justo cuando ella escuchaba por primera vez a un cuco.

Breen se dijo que podía encontrar el camino de vuelta. Sí, había girado a la izquierda y la derecha unas cuantas veces, pero tenía sus puntos de referencia y, además, llevaba la dirección de la casa en el GPS del móvil. Su nuevo amigo y ella estaban de aventura. Quería meter un perro en su libro, ¿no? Y allí lo tenía.

Esquivaba las zarzas que habían invadido el sendero y lo mismo hacía el cachorro, aunque se detenía de vez en cuando a olisquearlas, como si le interesaran, y una vez se agachó a orinar. Breen consideró la posibilidad de intentar cogerlo en brazos, pero no estaba en absoluto segura de ser capaz de cargar con un perro tan grande y juguetón hasta la casa.

—Ya que hemos llegado tan lejos, será mejor que sigamos hasta el final —le dijo.

Pasaron junto a un pequeño arroyo y el cachorro se metió dentro y se puso a saltar. Breen pensó que, si tenía las patas palmeadas, debía de ser algún tipo de perro de agua. Aunque el burbujeante arroyo no era lo bastante profundo para nadar, el cachorro se subió a unas rocas, volvió a bajar de ellas y metió el hocico en el agua, y se lo pasaba tan bien que tuvo que hacerle más fotos. Las compartiría con el dueño, decidió. Estaba segura de que, tarde o temprano, el bosque daría paso a una granja o una casa.

El perro salió del agua, se sacudió con tantas ganas que los tupidos rizos rebotaron por todas partes, y, acto seguido, movió el fino rabito y salió trotando. Fue entonces cuando Breen lo vio y tuvo que detenerse para admirarlo. No era ni una granja, ni una casa ni tampoco un claro por el que pudiera entrar el inquieto sol.

El árbol, que era enorme, tenía ramas en curva que bajaban y después subían, como si de los brazos arqueados de un gigante se tratara. Algunas eran grandes y se inclinaban tanto hacia el suelo que rozaban la tierra antes de volver a subir. El tronco, grueso como los brazos extendidos de Breen, crecía sobre un montículo de grandes piedras grises. O las piedras crecían del tronco; no habría sabido decirlo. Las hojas, grandes como su mano, brillaban con un intenso resplandor verde. El perro se sentó frente a aquella maravilla y lo miró con algo muy similar al orgullo.

—Sí, ya veo dónde me has traído, y es asombroso. Simplemente asombroso. Siéntate aquí para que pueda sacarle una foto. No había visto nunca nada semejante.

Enfocó, probó con un ángulo y después con otro; mientras, el perro esperaba pacientemente.

—¿Hay algo grabado en el tronco?

Se acercó más y el perro se levantó para apoyarle las patas delanteras en las piernas y menear el rabo.

—¡Sí! Creo que es escritura ogámica… ¿Y qué es eso? Algunos símbolos.

Tuvo que trepar por las rocas y apoyar la mano en una rama para mantener el equilibrio y poder echar un vistazo más de cerca. Habría jurado que lo oía vibrar.

—Es porque estamos muy emocionados, ¿verdad? —le dijo al perro—. Hemos encontrado un árbol mágico en el bosque. Voy a sacar fotos de los grabados. Después lo buscaré en Google.

Abrió las piernas y plantó bien los pies, hasta sentirse lo bastante firme. Cuando las capas de nubes ahogaron el sol, usó el flash. Sacó fotografías de las hojas pensando en enseñárselas a Seamus para ver si le podía decir qué clase de árbol era aquella belleza. Después se agachó para examinar la base de rocas.

—Es como si fueran una unidad. No sé dónde empiezan las rocas y termina el árbol, o viceversa.

Le echó un vistazo al perro, que se había subido a las rocas, detrás de ella.

—Y la verdad es que no sé cómo vamos a rodearlo, porque es bastante más ancho que el sendero. A no ser que trepemos y nos arrastremos. Y no creo que sea buena idea.

Él se subió a la roca en la que estaba Breen.

—Así que vamos a volver a la casa. Puedo enviarle un mensaje a Finola. Te daré de beber. Seguro que te sentará bien. Y a mí.

Le rascó la rizada pelambrera. Antes de poder decidir cómo rodearlo con un brazo para sujetarlo mientras bajaba, el perro dejó escapar otra serie de ladridos y salió corriendo hacia delante.

—¡Eh, no! Porras.

Mientras mascullaba palabrotas y se regañaba por su estupidez, se arrastró tras el cachorro. Pasó una pierna por encima de una de las ramas para sentarse en ella y orientarse.

Y sintió que el mundo desaparecía.

SEGUNDA PARTE

EL DESCUBRIMIENTO

Conócete a ti mismo.

<small>Inscripción en el Templo de Apolo de Delfos</small>

Lo que tenemos que aprender a hacer
lo aprendemos haciendo.

<small>William Shakespeare</small>

11

Estaba tumbada boca arriba sobre la tupida hierba, bajo un reluciente cielo azul. Las pocas nubes que lo surcaban eran tan blancas y mullidas como las ovejas de cara negra que pastaban a pocos metros de ella. El cachorro le apoyó las patas delanteras en el pecho y se puso a lamerle la cara como loco. «¿Me habré golpeado la cabeza al caerme?», pensó Breen. Estaba en el bosque, ¿no? El árbol, y entonces… No sabía qué narices había sucedido.

—Vale, vale —le dijo al cachorro antes de apartarlo para sentarse.

La cabeza empezó a darle vueltas; se le revolvió el estómago. Se tumbó otra vez y cerró los ojos.

—Me he dado un golpe en la cabeza, seguro. Puede que sufra un traumatismo. Sé que el cielo estaba gris y amenazaba con lluvia antes de caerme. Ay, Dios, ¿cuánto tiempo llevo aquí tirada?

Se apoyó en los codos poco a poco, muy despacio. Esperó, concentrada en respirar. Pero veía la granja que se había imaginado al otro lado de una estrecha carretera de tierra. Unas grandes vacas moteadas pastaban detrás de una cerca de piedra y algún tipo de cultivo crecía tras otra. La casa, también de piedra, como las construcciones anexas, se encontraba cerca de la carretera, y salía humo de las chimeneas.

—Esa debe de ser tu casa, ¿no? Estoy bien. Sé cómo me llamo, en qué día estamos y dónde estoy. Será un traumatismo leve.

Se llevó la mano a la parte de atrás de la cabeza y se la palpó con cuidado, por si tenía un chichón.

—No me duele y no noto ningún bulto. Solo me he quedado sin aliento. Todo bien.

Se sentó y tuvo que cerrar los ojos antes de lograr ponerse en pie, temblorosa. Le pitaban los oídos. Tenía que reconocer que se sentía algo mareada, con un poco de náuseas, pero no podía quedarse tirada en el campo, con las ovejas, así que cruzaría la carretera hasta la granja, bebería agua (estaba muerta de sed) y pediría que la llevaran de vuelta a su casa. Volvió la vista atrás para ver desde dónde había caído y vio que el árbol se encontraba en una elevación al borde del campo. Calculó que no debía de haber más de un metro de distancia entre las ramas torcidas y el suelo. ¿Cómo había podido pegarse semejante tortazo si había caído en un colchón de hierba desde un metro de altura? En cualquier caso, como eso era justo lo que había ocurrido, caminó con precaución (dando tumbos, más bien) hasta la cerca de piedra. El perro la subió de un salto.

—Sí, claro, para ti es sencillo.

Dadas las circunstancias, a ella le costó bastante más. Cuando llegó a la carretera, se dirigió en diagonal hacia la casa. Había una puerta de hierro en un hueco de la cerca, así que la escogió como objetivo. Oyó a alguien cantar, una voz de hombre, y miró hacia el sonido. El hombre cantaba mientras caminaba detrás de un fuerte caballo y de un arado que atravesaba la fértil tierra marrón. Llevaba botas y pantalones, y el pelo negro se le escapaba por debajo de la gorra. Breen recordó que una vez había soñado con aquello. Quizás estuviera soñando de nuevo. Cuando el hombre volvió la cabeza, cuando la vio, detuvo el caballo. Para Breen, el mundo se volvió gris por completo y se desmayó en medio de la carretera de tierra.

—¡Ay, no! Levanta, muchacha. Levanta —dijo el hombre, que se le acercó corriendo mientras gritaba—: ¡Aisling! ¡Aisling, ven a ayudarme! Aquí hay una mujer herida.

No se molestó con la puerta, sino que saltó por encima de las piedras para caer al lado de Breen justo cuando su hermana aparecía por la puerta de la granja.

—¿Qué mujer? ¿Dónde? Dioses, ¿respira?

—Solo se ha desmayado. La tengo.

—Tráela. Yo sujeto la puerta. Métela en casa. Pobre.

Cuando abrió la puerta de hierro, Aisling puso una mano en la mejilla de Breen, pero la retiró de inmediato.

—Harken, se parece a…

—Ahora la veo. Bueno, Marg dijo que vendría y ha venido. Menuda bienvenida.

—Túmbala en el diván de ahí —le indicó Aisling una vez que estuvieron dentro—. Voy a por un trapo húmedo y un vaso de agua.

—Yo voy —le dijo Harken mientras se quitaba la gorra; se echó hacia atrás la tupida mata de pelo mientras observaba a Breen—. Si se despierta antes, es probable que se asuste menos al ver a otra mujer, creo yo. Echa un vistazo, anda, a ver si está herida o simplemente cruzó demasiado deprisa y sin estar preparada.

—Sí, sí, vete ya.

De nuevo, tocó la mejilla de Breen, y después pasó a la frente, el cuello y el corazón, buscando, sintiendo. Satisfecha, le echó una colcha sobre las piernas justo cuando Harken regresaba con un cuenco y una taza.

—Está bien, bien y fuerte. Solo un poco afectada por el cruce.

Tras sacar el paño del cuenco, lo estrujó para escurrirlo y lo colocó sobre la frente de Breen. Después le cogió una mano y se la restregó.

—Venga, despierta ya, Breen Siobhan O'Ceallaigh. Despacito. ¿Sabes qué infusión preparar, Harken?

—Pues claro que sé qué infusión preparar, tontaina.

—Sí, vale, no te enfades, hombre, y prepara una. La ayudará a recuperarse. Despacito, no pasa nada, Breen.

La joven abrió los ojos y se quedó mirando el rostro más perfecto que había visto en su vida. Piel de porcelana, labios con forma de corazón, una sonrisa amable, ojos tan azules como el cielo y unas pestañas tupidas tan oscuras como el pelo azabache que se le escapaba de un apresurado moño alto.

—Eso es. Bebe un poco de agua.

Le pasó un brazo por debajo de los hombros para enderezarla y le acercó una taza de loza a los labios.

—Gracias. Lo siento. Estaba mareada. Creo que me he caído. Había un perro, un cachorro…

—¿Este de aquí? ¿El que te mira con el corazón en los ojos?

—Sí. ¿Es tuyo?

—Qué va. ¿Tampoco es tuyo?

—No, se ha… Lo siento. Soy Breen Kelly.

—Encantada de conocerte. Soy Aisling… Hannigan —añadió tras vacilar un instante—. Y este es mi hermano, Harken Byrne, que te ha recogido del camino.

—Gracias. Gracias a los dos.

El hombre se parecía a su hermana, aunque su piel era de un tono más rojizo y tenía las mejillas algo descuidadas.

—No es nada —dijo Harken—. Estoy preparando una infusión. Seguro que te tranquiliza.

—Siento causar tantas molestias.

Breen, muerta de vergüenza, se sentó en el diván. Y cuando la habitación se puso a dar vueltas, apoyó una mano en el cojín.

—¿Sigues un poco mareada? —le preguntó Aisling.

—Un poco, aunque mucho menos que antes. Estaba intentando llevar al perro a su casa. Lo seguí por el bosque hasta llegar a ese árbol tan asombroso. —Se recostó de nuevo y cerró los ojos, así que no vio la mirada que intercambiaron los dos hermanos—. Supongo que perdí el equilibrio.

—Eso pasa mucho, ¿verdad? Voy a por la infusión.

—Debería volver a casa —dijo Breen cuando Harken salió de aquel salón tan acogedor con chimenea y suelo, mesas y sillas de madera—. No sé qué hacer con el cachorro.

—Puede que yo sí, pero bébete la infusión primero. Te ayudará. Todavía tienes el estómago revuelto.

—Tienes razón. Vuestra granja es preciosa —añadió cuando Harken regresó con otra taza.

—Nosotros cuidamos de ella y ella cuida de nosotros.

—Gracias —le dijo, agradecida, al aceptar la infusión—. Estabas arando… con un caballo.

—Eso es. Estaba empezando con la siembra de verano para la cosecha de invierno.

—Era como algo salido de un libro o de una película. —O de un sueño—. Me encanta. La infusión es estupenda. ¿Qué lleva?

—Jengibre con menta y un par de cosas más —respondió Aisling, sonriente.

—Pues funciona. —Aliviada, dejó la taza. No solo se había recuperado, sino que se sentía llena de energía—. Muchas gracias por todo.

—¿Te apetecería dar un paseo conmigo? —le preguntó Aisling mientras miraba al perro de pelo rizado—. Creo que sé de dónde ha salido.

—¿En serio? Sería un alivio. Es un encanto, y no quiero que le pase nada.

—No le pasará nada. No tardaré mucho, Harken. Los bebés deberían seguir dormidos hasta que vuelva.

—Tranquila, yo me ocupo. Ha sido un placer conocerte, Breen.

—Ha sido una suerte conocerte. —La amabilidad que irradiaba de él le sirvió para mitigar la vergüenza que sentía—. Gracias de nuevo. —Aisling y ella salieron de la casa con el cachorro pisándoles los talones—. ¿Tienes hijos?

—Sí. Finian tiene casi tres años y Kavan, dieciséis meses. Y hay otro creciendo a marchas forzadas —añadió mientras se apoyaba una mano en el vientre.

—Vaya, enhorabuena.

—Estoy segura de que esta vez será una niña. Estoy deseando tener una. Mi hombre ha salido por… negocios con mi otro hermano. Allí está nuestra casa, ¿la ves? Donde la bahía toma la curva hacia el interior.

Breen se protegió los ojos del sol.

—Es preciosa.

Se dio cuenta de que debía haber dado la vuelta en el bosque. Habría jurado que la bahía estaba a su izquierda.

—Me alojo en una casa cerca de aquí.

—Ah, ¿sí?

—Sí, durante el verano. Me encanta este sitio.

—Nos desviaremos por aquí. Y veo que el cachorro se sabe el camino. Creo que hemos resuelto el misterio.

Se salieron de la carretera y regresaron al bosque por un camino de tierra liso con arbustos abarrotados de flores blanco puro. Cuando el sendero tomó una curva, Breen se detuvo.

La casa, de muros de madera y tejado de paja, estaba en un claro. Las flores fluían como un río a su alrededor, rebosaban de las macetas de cobre bruñido de las ventanas. La puerta, pintada de un intenso color azul, estaba abierta, como si esperase una visita. Algo le agarró el corazón y se lo estrujó con tanta fuerza que Breen tuvo que llevarse una mano al pecho. Notaba un nudo en la garganta, le faltaba el aire.

—No pasa nada —le dijo Aisling en voz baja mientras le pasaba un brazo por la cintura—. Respira y todo irá bien.

Levantó una mano, la colocó sobre la de Breen y presionó. Ella dejó de notar la tensión en el pecho.

—Lo siento, ha sido un *déjà vu* muy fuerte. Es preciosa, preciosa de verdad. Como de cuento. Qué reacción más tonta.

—En absoluto. ¿Entramos ya? Seguro que Marg tiene el hervidor al fuego.

La dueña de la casa salió a la puerta, aunque permaneció en las sombras. Su cabello formaba una corona de rojo intenso. Con un jersey del color de las ciruelas silvestres, pantalones gris piedra y botas gastadas, tenía un porte majestuoso, incluso cuando el perro corrió a plantarle las patas en las piernas. Sin encorvarse, recta como una soldado, bajó una mano para deslizarla elegantemente por la cabeza del perro.

Conocía aquella cara, pensó Breen. ¿Cómo no iba a conocerla cuando era como mirarse en un espejo, uno que había envejecido un par de generaciones pero permanecía claro como el agua?

—Bienvenida —dijo la mujer—. Eres muy bienvenida.

Breen logró encontrar la voz y, aunque no le temblaba, le salió ronca.

—¿Quién eres?

—Soy Mairghread O'Ceallaigh. Kelly, para ti. Soy tu abuela. ¿Quieres entrar? Ha pasado mucho tiempo.

—Os dejaré solas —dijo Aisling.

Alterada, Breen se volvió hacia ella para protestar.

—Pero…

—Lleva mucho tiempo esperándote, y creo que tú a ella. Nos volveremos a ver.

—Gracias por traerla, Aisling.

—Ha sido todo un placer. Lo ha pasado un poquito mal al cruzar, pero, al fin y al cabo, es una O'Ceallaigh. Se está recuperando. Adelante, Breen, habla con tu yaya.

Aisling le acarició un poco la espalda y dio media vuelta para regresar por el sendero.

—Tienes preguntas, muchas. Responderé todas las que pueda —dijo Mairghread.

¿No era eso lo que Breen quería? Encontrar respuestas. Tras prepararse para ellas, dio un paso adelante.

—Nos tomaremos un té, ¿vale? Y tú —le dijo Marg al perro—, tengo un premio para ti, así que pórtate bien.

Marg dio un paso atrás para que Breen pasara. La luz del sol entraba a raudales por las ventanas abiertas, en las que revoloteaban las cortinas de encaje. Dos cómodos sillones tapizados en verde bosque estaban colocados en ángulo frente a la chimenea de piedra, que estaba apagada, dado el calor del día. Velas, cristales y flores adornaban la repisa de la chimenea. En el pequeño sofá, azul como la puerta, había mullidos cojines con intrincados bordados y una colcha de tonos azules que se fundían hasta transformarse en verdes.

—La cocina es el punto de reunión familiar —comentó Marg, que la condujo a través de un arco de piedra hasta una habitación el doble de grande que la anterior.

Allí ardía un fuego que olía a turba en un extraño fogón sobre el que se calentaba un hervidor de cobre. En los estantes y armarios sin puertas había platos azules, tazas blancas, cristalería resplandeciente y tarritos llenos de colores. En las limpias encimeras de madera había más flores, macetas con hierbas y más tarros. Los utensilios de cocina, las sartenes, las ollas y un delantal colgaban de varios ganchos.

Conocía aquel lugar. ¿Cómo era posible si nunca había estado allí? Porque su padre se lo había descrito… Seguro que era por eso.

—Creía que querrías un té, pero estás un poco pálida y ha sido un día muy intenso para las dos, ¿verdad? —le dijo Marg—. ¿Por qué no vino? ¿Te sientas, *mo stór*?

Sin embargo, ella permaneció de pie.

—¿Está aquí mi padre?

—Dentro de ti, dentro de mí, siempre está. Aunque no de la forma a la que te refieres. Siéntate, por favor. Yo también necesito hacerlo.

Breen se sentó a una mesita cuadrada y entrelazó las manos sobre el regazo. Marg sacó algo de un tarro y le hizo un gesto con los dedos al perro, que las había seguido, esperando su premio. El perro se sentó y agitó el rabo, ansioso. Marg le dio algo que él recogió y se llevó rápidamente a una esquina para mordisquearlo. Después, la mujer sirvió un líquido ámbar claro de una jarra en unos vasos y los colocó sobre una bandeja pintada, junto a un plato de galletas.

—Es *shortbread*. De pequeña eran tus favoritas.

«Y lo siguen siendo», pensó Breen.

—¿Cómo lo sabes? —preguntó mientras Marg dejaba los vasos y el plato en la mesa—. No te conozco.

La mujer llevó la bandeja de vuelta a la encimera y se sentó.

—Mi niña, yo ayudé a traerte a este mundo. Fueron mis manos las que te sacaron del vientre de tu madre. Chillabas con ganas, agitabas los puñitos, lista para luchar, y ya tenías una capa de suave vello rojo en la cabeza, apenas empezando a rizarse.

—¿Fuiste a Filadelfia?

—No, naciste aquí, cerca de la granja.

—No, no puede ser. Nací en Filadelfia. Mi madre me dijo... —¿Se lo había dicho? ¿O ella lo había supuesto sin más?—. Creía... No, mi certificado de nacimiento dice que nací en Filadelfia.

—Esas cosas son fáciles de arreglar, ¿verdad? ¿Por qué iba a mentirte sobre eso?

—No lo sé. ¿Dónde está mi padre? ¿Vive aquí cerca?

Marg cogió su vaso de vino y bebió, despacio. Después lo dejó en la mesa y la miró a los ojos. Y, al ver tristeza en ellos, Breen lo supo antes de que su abuela dijera nada.

—No, no puede estar...

—¿Es que crees que no habría vuelto a por ti de haber podido? ¿Que sería capaz de abandonarte? ¿A ti, que eras la luz y la razón de su existencia? Te adoraba, aunque eso ya lo sabes. Tu corazón lo sabe.

—¿Cuándo? —preguntó Breen con voz ahogada antes de taparse la cara con las manos—. ¿Cuándo?

—Ahora no querrás el consuelo de mis brazos, ya que, de momento, recuerdas muy poquito. Espero que algún día podamos consolarnos la una a la otra. Era mi hijo, mi vida, mi único hijo. —A través del velo de lágrimas, Breen vio lo profunda que era su tristeza—. Regresó para cumplir con su deber cuando se lo necesitaba. Murió como un héroe, eso quiero que lo tengas claro; el invierno pasado hizo catorce años. Todo el mundo en todos los mundos le debe ese honor y esa deuda.

—No lo entiendo. No era un soldado.

—Claro que lo era, y mucho más que eso. —A la tristeza se le sumó el orgullo—. De haber podido elegir, no habría sido más que un padre, un marido y un hijo, pero lo llamaron y respondió.

—¿Lo sabe mi madre?

—No sé decirte. —Marg cogió de nuevo su vino—. Diría que sí, en el fondo, pero es más sencillo creer que se marchó sin más, ¿verdad? Ella lo quería mucho —añadió rápidamente—. Eso también quiero que lo sepas. Cuando se conocieron e intercambiaron votos, cuando te crearon, había un amor verdadero y profundo entre ellos.

Memoria sensorial, lo había llamado Marco. Porque Breen conocía este lugar, la granja, el aire… Su corazón lo recordaba.

—Si nací aquí, ¿cuándo se fueron? ¿Por qué se fueron?

—Esa es una historia para otra ocasión, aunque puedo decirte que ella no era feliz aquí, tu madre, y empezó a… echar de menos su mundo. Te quería en ese mundo. Y Eian eligió a su mujer y a su hija, como debe hacer cualquier hombre.

—Pero después volvió aquí, ¿no?

—Venía a menudo, siempre que podía. —Marg se tomó un momento y contempló su vaso; después alzó la vista, con ojos azul brumoso—. Yo te añoraba, me tragaré mi orgullo y lo reconoceré. Tu padre nunca te trajo de vuelta porque tu madre quería que te quedaras donde estabas. Él esperaba traerte cuando fueras mayor y pudiera explicarte más. Pero las cosas se torcieron.

—¿Por qué estaba mi madre, y sigue estándolo, tan empeñada en que yo no visitara Irlanda?

Marg miró el vino de Breen, que no había tocado.

—¿Prefieres que te prepare un té?

—No... —respondió y le dio un traguito al vino—. Está bueno, es muy... fresco.

—Lo preparo yo misma —respondió Marg sonriente, y a Breen le dio la impresión de que la luz ganaba intensidad con su sonrisa—. Es vino de diente de león. Es verano en un vaso, creo.

—Sí. Nunca llamaste, ni escribiste ni... Mi padre me habló sobre ti, sobre este lugar. Pero no consigo recordar los detalles.

—Lo harás, con el tiempo.

Un vaso de vino a la mesa de una cocina no bastaba para salvar la distancia de toda una vida.

—¿Por qué no te mantuviste en contacto conmigo? ¿Por qué no me avisaste cuando murió?

—Se acordó de que lo mejor era que olvidaras tu tiempo aquí, esos primeros tres años.

—¿Tres años? ¿Viví aquí hasta los tres años?

—Y eras una niña alegre y feliz. Tu madre... No la juzgues con demasiada dureza. Reconozco que yo quería hacerlo. El caso es que aquí se sentía fuera de lugar y temía por ti. Tenías mucho talento. Y entonces te robaron.

—¿Robaron? ¿Quieres decir que me... secuestraron?

—Sí, y ella estaba aterrada. Todos lo estábamos. Te recuperamos sana y salva, pero fue demasiado para tu madre.

¿Nacida en una granja irlandesa y secuestrada a los tres años? ¿Cómo podía todo eso formar parte de su vida?

—¡No me lo contaron! No está bien que no lo hicieran.

—Ella necesitaba cerrar ese capítulo de su vida, cerrarlo a cal y canto.

—Tú me enviabas el dinero —murmuró Breen—. Mi padre y después tú, cuando… cuando murió.

—Sí, te lo envió él mientras pudo, y después yo. Es lo único que he podido hacer hasta ahora, que has decidido venir. Si hubieras decidido quedarte donde estabas, bueno, el dinero te habría facilitado la vida. Tu padre lo guardó para ti y yo me encargué de él tras su muerte.

—Mi madre no me contó nada. Otra cosa más que me ocultó.

—Lo sé.

—¿Cómo lo sabes? —preguntó Breen—. ¿Has hablado con ella?

—No, porque ella no quería hablar conmigo. Hay otras formas de saber y de ver.

—Eres mi abuela, la única que tengo. Mi madre no tenía contacto con sus padres y, además, murieron hace años. A no ser que… ¿Tengo un abuelo?

—Eso también te lo cuento en otra ocasión.

Breen se levantó, vino en mano.

—Nada de esto tiene el menor sentido. Según dices, viví aquí durante los tres primeros años de mi vida, pero no me acuerdo.

—¿No? —preguntó Marg en voz baja.

El sol que entraba a través de las cortinas de encaje, el olor a pan recién hecho… Música y risas en la granja… Y las manos de su padre guiando las suyas sobre las cuerdas de un arpa.

—A veces recuerdo imágenes borrosas que se me mezclan con las historias que me contaba papá. Y está muerto y nadie me lo había contado, después de tanto tiempo. Me he pasado años esperándolo. He venido aquí a buscarlo. Estaba muy enfadada con él. —Las lágrimas que brotaban mientras se paseaba por la cocina eran tanto de rabia como de pena—. Tengo una abuela que me enviaba dinero, muchísimo dinero, pero que nunca llamó ni escribió… Y soy una mujer adulta, así que decir que mi madre no quería es una excusa de mierda. Jamás dijiste: «Aquí estoy, ven a verme», ni te ofreciste a visitarme.

—No era el momento.

—¿El momento? —Breen se volvió hacia ella—. ¿No ha sido el momento durante veintipico años, pero ahora, de repente, sí?

—Sí, ahora sí. No estabas contenta, te habían apartado de muchas cosas que formaban parte de ti. Cumplí la promesa que le hice a tu madre, y ahora estoy cumpliendo la que le hice a mi hijo. Porque sus últimas palabras fueron para ti. Y, antes de morir, mi hijo…

El dolor de Marg impregnó el aire, así que Breen se sentó de nuevo y reprimió su ira.

—Lo siento. Esto es difícil para ti.

—Yo quería una patulea de bebés, pero solo tuve uno —dijo Marg—. Ah, pero cómo era ese uno… Era un cometa. Y cuando su llama se extinguía, su corazón pedía del mío que le diera más tiempo a tu madre. La quería, Breen, y nunca dejó de hacerlo. Sin embargo, su amor por ti iba incluso más allá. Me pidió que observara y esperara, y que si veía que tenías la necesidad de cruzar a este lado, sobre todo si te necesitaban, y te necesitan, me asegurara de que lo hicieras. Y así ha sido.

—¿Cómo te has asegurado? No sabía lo del dinero y, bueno, lo encontré por pura suerte. Después me cabreé lo suficiente como para hacer algo que quería. Vine a Irlanda porque quería ver, sentir y conocer esa parte de mi herencia. Quería ver dónde creció mi padre y esperaba encontrarlo. Ni siquiera sabía de tu existencia cuando decidí venir a Irlanda.

—Bueno, ese es el quid de la cuestión, ¿verdad? Ahora no estás en Irlanda.

—Me parece que has bebido demasiado vino —repuso Breen con precaución—. Porque estoy sentada aquí mismo. Llevo dos semanas alojada en una casa a poco más de un kilómetro de aquí, en Galway.

—Sí, bueno, la casa está en Irlanda, es cierto. Pero tú has cruzado al otro lado.

—¿De qué? ¿Del espejo?

—Ese es un cuento precioso —respondió su abuela sin inmutarse—. Aquí nos gustan mucho las historias. Tú querías un perro —añadió, mirando al cachorro, que se había acurrucado en el suelo para echar la siesta—, así que te envié un perro. Tu padre dejó sus dos perros aquí conmigo cuando se fue… Ay, cómo lloraste por tener que dejarlos. Y por dejarme a mí, también, pero por los perros lloraste desconsoladamente. Ya han fallecido, han pasado al otro mundo, no sin antes disfrutar de unas vidas largas y felices.

—Will… Will y Laúd.

—Así que te acuerdas —dijo Marg, sonriente—. Eian llamó a Will así por el bardo, y a Laúd le gustaba aullar y lo hacía de un modo muy musical.

—A veces… —Sí que lo recordaba. Los dos eran grandes, grises y desgreñados. Loberos. Loberos irlandeses—. A veces me montaba a lomos de Will, como si fuera un poni. No debería ser capaz de recordarlo. No podía tener ni un año.

—El corazón recuerda.

Como algo en su interior había empezado a agitarse, Breen miró al cachorro dormido. Territorio seguro.

—Entonces, ¿el perro es tuyo? ¿Cómo se llama?

—Es tuyo… Un regalo.

—No puedo aceptarlo. Al final del verano regresaré a Filadelfia. Y tengo un piso. Quiero buscarme una casa, pero…

—Eso no es problema, si lo quieres. Siempre has querido un perro. Siempre has sentido afinidad por los animales y… los seres vivos. Quería darte algo que tu corazón deseara, y ahí lo tienes.

Al final no era territorio seguro, en absoluto.

—¿De verdad anhelas algo seguro? —le preguntó Marg—. Ahora que luces el símbolo del valor sobre el latido del corazón,

¿de verdad es eso lo que deseas? —Le dio unos toquecitos en el tatuaje—. Sé valiente, niña, y escucha. Eres sangre de mi sangre y renuncié a la alegría de tenerte a mi lado por una serie de motivos que irás comprendiendo poco a poco. Pero esos tiempos han terminado y ahora eres tú quien decide.

—¿Quien decide qué?

—Tantas cosas… Y algunas de ellas ya están decididas, puesto que te han traído hasta aquí. Llegaste al Árbol de la Bienvenida y seguiste adelante en vez de retroceder, y así cruzaste el portal que separa Irlanda, Estados Unidos y el resto de ese mundo de este otro, de tu hogar…, de Talamh.

Breen apartó su vino.

—¿Esta zona se llama Tala? No he oído hablar de ella.

Marg la deletreó, no sin cierta impaciencia.

—Aunque lo pronuncias bastante bien —añadió—. Es un mundo tan real y sólido como cualquier otro. Sin embargo, nosotros no pertenecemos a los otros ni ellos al nuestro. Algunos mundos son muy antiguos; otros, muy jóvenes. Algunos abrazan la violencia; otros abrazan la paz. Algunos, como el mundo en el que has pasado casi toda tu vida, ansían máquinas y tecnología para construir y destruir. Aquí hemos decidido renunciar a eso y limitarnos a la magia, su poder y su belleza.

Breen no dudaba que aquella mujer fuera su abuela. El parecido era demasiado evidente y la pena con la que había hablado de su hijo resultaba indudablemente real. Pero eso no quería decir que su abuela no estuviera un poco loca.

—¿De verdad me estás hablando de un… multiverso o algo así? Eso solo sale en los cómics.

Marg dio una palmada en la mesa que sobresaltó a Breen.

—¿Por qué hay personas tan arrogantes como para creer que son lo único que existe y, además, insistir en ello?

—¿Por la ciencia?

—Bah. La ciencia cambia de generación en generación... y más. En una ocasión, en el reino de la Tierra, la ciencia dijo que el mundo era plano y después dijo que no lo era. La ciencia cambia, *mo stór*. La magia es constante.

—La ciencia no cambia, sino que encuentra información y datos nuevos para corregir sus hallazgos. Quiero decir que la gravedad era la gravedad mucho antes de que la metafórica manzana le cayera en la cabeza a Newton, ¿vale? Pero... entiendo que aquí las cosas son distintas y entiendo, hasta cierto punto, por qué creías que no podías ponerte en contacto conmigo. Me siento agradecida, mucho, por el dinero que me enviaste y que me ha permitido venir aquí. Me voy a quedar todo el verano y después regresaré para visitarte. Me... me gustaría que me llevaras hasta la tumba de mi padre o que me dijeras cómo llegar a ella.

—Has ido allí en sueños. Tú me viste como yo te vi en el lugar que antes hollaban los píos. Escuchaste la canción de las piedras y el murmullo de las oraciones que todavía se recitan.

Breen sintió una punzaba de pánico en el pecho.

—No puedes saber lo que sueño. Tengo que irme.

Marg se levantó y le lanzó una mirada que la dejó clavada en el sitio.

—Soy Mairghread O'Ceallaigh, antigua *taoiseach* de Talamh. Pertenezco al pueblo feérico y sirvo a los dioses. Soy la Doncella, la Madre y la Anciana. Procedes de mí, hija de mi hijo, y en tu sangre viven todos los dones recibidos.

El aire cambió. Se... agitó. Se introdujo en el pelo de Marg y se lo alborotó. Se le oscurecieron los ojos, que parecían más profundos, al levantar las manos, con las palmas hacia arriba. Los platos retumbaron en los estantes. El perro dormido se despertó y se sentó antes de dejar escapar un aullido jubiloso.

—Rompe las cadenas de las restricciones que te ataban en el otro mundo. Escucha, siente y contempla la verdad. —Movió una mano y el fuego de la cocina rugió mientras las velas se encendían—. Y aquí el viento sopla y el fuego arde, aquí la tierra tiembla y el agua cae. —De repente, de su mano brotó una fuente de agua que reflejaba la luz—. Todos elementales, todos conectados con la magia que forma un mundo. Nuestro mundo y el tuyo. Has llegado a casa, hija de Talamh, hija de las hadas. Conocerás lo que te corresponde por derecho de nacimiento. Y elegirás.

Con un gesto de la mano, la fuente de agua desapareció. Las velas se apagaron y el aire y todo lo demás volvieron a quedar en calma.

—Me... me has echado algo en el vino.

Marg puso cara de exasperación, cogió el vaso de Breen y se lo bebió.

—No seas tonta. Has vivido rodeada de mentiras y engaños durante demasiado tiempo. Yo no te daré ninguna de las dos cosas. Eres amada, Breen. Decidas lo que decidas, siempre lo serás. Pero no puedes tomar decisiones reales hasta que despiertes. —Marg se acercó a ella y le puso una mano en la mejilla—. Necesitas más tiempo. Recorreré contigo parte del camino y el perro te guiará de vuelta a la casa. Cuando estés lista, haré lo que me has pedido y te llevaré al lugar donde yace la persona a la que tanto queríamos.

—Puedo encontrar el camino de vuelta yo sola. No puedo llevarme al perro. Ni siquiera tengo comida para alimentarlo y...

—Todo lo que necesitas para él está allí. Será un compañero para ti, por ahora, digamos. Hazme ese pequeño favor y quédatelo un par de días.

—Vale, de acuerdo. Tengo que irme ya. El camino de vuelta es largo.

—Es todo un viaje, uno que espero que repitas.

—Te visitaré.

Era lo mínimo que le debía a la mujer. Sin embargo, antes de hacerlo, pretendía leer todo lo que encontrara sobre alucinaciones e hipnosis.

Marg la acompañó a la puerta, salió y sonrió.

—Veo que te esperan otros guías.

Breen vio a la cetrera con su maravilloso pájaro posado en el guante. El perro ladró, feliz, y corrió a reunirse con ellos.

—La conozco. La conocí en Clare.

—Mucho antes de eso, en realidad. Morena y tú erais amigas de bebés, tan íntimas como su abuela y yo lo hemos sido toda la vida.

—¿Estaba en Clare para vigilarme?

—Ay, niña, qué recelosa eres. Estaba allí porque es testaruda y aprovechó la oportunidad para verte de nuevo. Os confío a Breen, Morena —le dijo Marg—. ¿La dejaréis en casa sana y salva, sin darle la lata?

—La dejaremos en casa sana y salva. Lo otro no te lo puedo prometer.

—Bueno, supongo que tendré que conformarme con eso. —Marg se volvió hacia Breen y le apoyó las manos en los hombros para darle un par de besos en las mejillas—. Ábrete, *mo stór*, y observa tu interior y lo que te rodea.

Dio un paso atrás y entró en la casa. Y, cuando se quedó a solas, lloró por lo que podría haber sido y por lo que podría ser.

12

Como dar la lata era justo lo que Breen tenía en mente, se acercó a Morena.

—¿Por qué me dijiste que trabajabas para la escuela de cetrería?

—Es que no te lo dije. —Morena se apoyó la mano libre en la cadera, un gesto que rebosaba sarcasmo—. Lo supusiste tú sola. No me recordabas y eso me picó un poco, a pesar de que Marg y mi abuela ya me habían avisado de que no lo harías. Al menos, al principio. —Levantó el brazo para que el halcón volara. Después empezó a caminar y se volvió hacia ella—. ¿Te vas a quedar o te vas a ir?

—Me voy.

—Cuando te fuiste me prometiste que regresarías, pero dejé de creérmelo, porque no lo intentaste nunca.

—No pienso aceptar la culpa de eso. ¿Cómo es posible que de repente sea yo la mala cuando, que yo vea, soy la única que no ha mentido? Y, según mi abuela, tenía tres años cuando salí de Irlanda para mudarme a Filadelfia.

—Saliste de Talamh.

—¡Por favor, tú también no! —Perdida la paciencia, Breen levantó los brazos y giró en redondo—. ¿Es que el agua de aquí tiene algo raro?

—Podría preguntarte lo mismo del agua de donde has estado tú, porque no entiendo cómo se te puede olvidar quién eres y de dónde vienes. Eso todavía no te lo perdono. —El tono de Morena era un reflejo de la frustración de Breen—. Tú y yo jugábamos en el bosque que rodea la casa de Marg y en el patio de la granja en la que viviste hasta que tu padre se fue y se la dio a los O'Broin. Jugábamos a tomar el té, hacíamos pícnics y nos susurrábamos secretos por la noche, cuando se suponía que dormíamos.

—¡Tenía tres años! Siento no recordarlo. Pero tú no me ayudas alimentando los delirios de mi abuela, que cree que esto es una especie de Brigadoon.

Como si esperase que fuera un insulto, Morena entornó los ojos.

—¿Qué es un Brigadoon?

—Es una historia de fantasía sobre un lugar que solo existe un día cada cien años.

—Ah, suena bien. —Algo ablandada, Morena se agachó para acariciar al perro, que trotaba junto a ellas—. Aquí no es así, porque existimos todo el tiempo.

—Le ha echado algo a mi vino.

—Venga ya, no seas cretina. ¿Por qué le iba a hacer eso a alguien de su sangre?

—Consiguió que viera cosas que son imposibles.

—Bueno, pocas cosas resultan imposibles para los que son como Marg. Es la bruja más poderosa que conozco.

A medida que las locuras se amontonaban, Breen consideró seriamente la posibilidad de tirarse de los pelos.

—¿Ahora sois todas brujas? Mira, entiendo que Irlanda tiene su folklore y sus leyendas, pero…

—Irlanda está al otro lado, y yo no soy una bruja. Soy una *sidhe*.

—Veo claramente que eres una mujer.

—*Sidhe* —repitió Morena—. Soy del clan de las hadas.

—Clan de las hadas. Por supuesto. Debería haberme dado cuenta.

Imperturbable, Morena levantó una mano para saludar a Harken, que conducía a una vaca hacia lo que Breen supuso que sería un establo.

—Será mejor que cruces conmigo. Harken y Aisling me dijeron que te sentó fatal entrar, probablemente porque lo tenías todo bloqueado.

Mientras el halcón las sobrevolaba en círculos, Morena saltó por encima de la cerca de piedra. Por primera vez, Breen vio los escalones esculpidos en la pendiente que conducía al árbol.

—Me caí. Perdí el equilibrio y me caí, eso es todo.

—Como tú digas.

«Siete escalones», contó Breen mientras los subía. Escalones de basta piedra con vetas de mica que brillaban a la luz del sol.

—Iba detrás del perro —dijo en su defensa— y estaba distraída, porque el árbol es fascinante.

Se agarró a una de sus ramas curvas e intentó trepar con la misma elegancia y facilidad que Morena. Se sintió caer, como si el suelo desapareciese bajo sus pies, hasta que su acompañante le sujetó la mano. Lo siguiente que supo fue que estaba en el sendero, bajo una lluvia intensa.

—No entiendo cómo…

—Porque me parece que no quieres entenderlo. —Era evidente que la ira de Morena empezaba a descontrolarse—. No quieres recuperar lo que es tuyo por derecho propio, por sangre; prefieres cerrar los ojos y fingir.

—Creo que piso terreno más firme que una persona que afirma vivir en una realidad alternativa y que es una puñetera hada.

—Terreno más firme, ¿eh? Será mejor que te agarres bien, porque estamos a punto de comprobarlo.

Antes de que Breen pudiera zafarse, Morena le pasó un brazo por la cintura. Y salieron volando.

—¡Dios mío, Dios mío!

—Te he dicho que te agarres. No eres un peso pluma.

Tras decir aquello, Morena voló a través de la lluvia, varios metros por encima del sendero. Con la lengua fuera, el perro las seguía corriendo. Los gañidos del halcón se oían por encima de ellas. En una reacción instintiva, Breen se agarró a la cintura de Morena y, al hacerlo, rozó unas alas con las manos. Eran unas alas grandes, preciosas, luminosas, de color violeta con bordes plateados.

—Estoy soñando. Esto es un sueño.

—Y una mierda. —Bajaban y subían para esquivar las ramas—. En su momento, tú nos habrías dado impulso —añadió Morena, que volvió la cabeza para mirarla a los ojos.

—Esto no está pasando.

—Debería dejarte caer de cabeza para devolverte el sentido común.

En vez de eso, salió del bosque y bajó hasta rozar la hierba mojada y el jardín de la Casa de las Hadas. Dejó a Breen en el patio trasero.

—Voy a entrar para secarme un poco.

El perro siguió a Morena al interior, como si los dos pertenecieran a aquella casa. Amish aterrizó en una rama cercana y plegó las alas para esperarla. Temblorosa, Breen dejó que la lluvia la calara hasta los huesos. Era real, pero ¿cómo podía serlo, cuando estaba claro que seguía en la cama teniendo un sueño lúcido larguísimo y extrañísimo?

Entró en la casa. Morena, tras colgar la chaqueta en un gancho para que se secara, le estaba ofreciendo al perro algo que había sacado de un tarro de la encimera.

—Se merece uno —dijo—. Veo que mi abuela los ha traído para él, y aquí hay un cuenco para su comida y otro para el agua. En el saco de ahí tiene pienso.

—Tu abuela.

—Sí, Marg le habrá pedido que lo haga. Ya conoces a mis abuelos. Son Finola y Seamus Mac an Ghaill. McGill. Mi yaya os dio la bienvenida a tu amigo y a ti a la casa que te había construido Marg, y el abuelo te ha estado enseñando de nuevo a plantar.

—De nuevo.

—Ya de bebé tenías mano para los seres vivos: plantas, animales y personas. —Morena entró en la cocina mientras hablaba—. Ya veo que ahora no tienes tanta mano con la gente, porque todavía no has encendido la chimenea para que me caliente ni me has ofrecido algo de beber antes de que me vaya.

A Breen le pitaban los oídos. Notó una subida de tensión, y no era de extrañar, pensó con lo que le pareció una calma admirable.

—Tenías alas.

—Tenía y tengo.

—Como... Campanilla.

—Ah, esa historia la conozco, y es fantástica. Pero ella era una *pixie*. Una *sidhe*, sin duda, pero *pixie*. Son muy pequeñas.

—No estoy dormida —dijo Breen despacio—. Estoy chorreando sobre el suelo de la cocina, tengo frío y estoy mojada.

—Entonces, enciende la puñetera chimenea.

—Encenderé la puñetera chimenea.

Como si soñara, entró en el salón, donde esa misma mañana había dejado preparada la leña para el fuego. Parecía haber pasado una vida entera desde entonces. Metió la yesca debajo del tronco y fue a por las cerillas.

—En serio, ¿así lo haces? —preguntó Morena, que olía a lluvia y bosque y se había agachado a su lado—. Encender un fuego es lo primero que aprenden las sabias, así que a las niñas se les enseñan con mucha precaución su poder, su peligro y sus beneficios.

—No sé otra forma de encender un fuego.

—Lo siento mucho por ti —contestó Morena mientras la veía encender la cerilla.

Breen se sentó en el suelo cuando la yesca prendió.

—No puedo pensar. Sé que esto no puede ser real, pero…

—Sabes que lo es. Vi vino en la cocina, así que voy a buscarlo.

—Cuéntame cómo murió mi padre.

—Eso le toca a Marg —respondió Morena, que se puso de pie—. No sería correcto que le quitara su historia. Sí puedo decirte que sé que ningún hombre en ninguno de los mundos era mejor que él. Voy a por el vino.

El perro se estiró sobre el regazo de Breen y, por el motivo que fuera, a ella la consoló acariciarle los empapados rizos.

—¿Qué clase de perro es este?

—Es un perro de aguas irlandés y tiene un corazón fuerte y fiel. Si no, Marg no lo habría escogido para ti.

—¿Cómo se llama?

—Bueno, eso lo tienes que decidir tú, ¿no? Nosotros lo hemos estado llamando Botarate, porque, en cuanto lo destetaron, empezó a meterse a lo tonto en todo tipo de líos.

Breen ahogó una risa.

—¿Botarate?

—Se ganó el nombre, aunque después Marg lo ha entrenado bien. Se sentará cuando se lo pidas, hará sus necesidades en el exterior y no te morderá las botas, aunque en su momento le gustaba hacerlo con las mías. —Morena se sentó, le dio una copa de vino a Breen y le rascó la cabeza al perro—. ¿Verdad, granuja? Marg te ha echado de menos todos estos años. Eso te lo aseguro. Y confieso que el día que nos vimos en el bosque, junto al castillo, fui allí en contra de su voluntad.

—¿Cómo llegaste hasta allí? Volando —se respondió ella misma—. Con tus alas.

—Tengo amigos, buenos amigos, pero nunca he tenido ninguno tan querido como tú. Puede que ahora, después de tantos años, no nos caigamos tan bien como antes. —Se encogió de hombros y bebió un trago de vino—. De todos modos, quería ver de qué ibas.

—Te compré un regalo.

—¿Un regalo? —repuso Morena, sorprendida.

—De agradecimiento. Creía que trabajabas en la escuela, pero después pensé que habías entrado en la propiedad sin permiso, porque nadie te conocía. En fin.

—¿Qué era?

—Iré a por él —respondió Breen, que tuvo que darle un empujoncito al perro para quitárselo del regazo—. Quédate aquí. Enseguida vuelvo.

En la casa todo estaba igual. Normal. Sin embargo, mientras subía las escaleras se preguntó si las cosas volverían a ser normales algún día. Sacó la bolsa de regalo y se paró un momento a mirarse en el espejo del dormitorio. Tenía el aspecto de siempre, no el que tenía antes de que su vida cambiara en Filadelfia, sino el de la mujer que había viajado a Irlanda. Pero no estaba del todo segura de ser la misma. Bajó de nuevo y le dio a Morena la bolsa antes de volver a sentarse.

—También hay una tarjeta. No sé si sabes leer.

—Por supuesto que sé leer, no seas cretina. En Talamh ya teníamos poetas y eruditos cuando en este mundo apenas habían salido de las cavernas.

El insulto, que resultaba evidente en su rostro, se disipó cuando sacó la tarjeta y la leyó.

—Es muy bonito. Me han contado que eres escritora, y se ve que lo haces bien. —Después abrió la caja y dejó escapar un jadeo—. ¡Oh, es un halcón! Es un regalo estupendo, estupendo de verdad. Gracias. Creo que no me lo merezco.

—¿Por qué?

—No te mentí, pero tampoco te dije la verdad.

—Me regalaste un paseo con el halcón, y eso nunca lo olvidaré. No sabía que las, eeeh, hadas tuvieran halcones.

—Nos tenemos el uno al otro —respondió Morena mientras se prendía el broche en la camiseta—. Y va siendo hora de que lo lleve a casa. Ahora que no estoy tan enfadada, entiendo por qué Marg quiere darte más tiempo. Yo crecí sabiendo y a ti te obligaron a olvidar. Odio equivocarme. —Se puso de pie—. Y, aunque odio más todavía decirlo, allá va: siento haberte asustado en el camino de vuelta.

—No entiendo nada de esto.

—Lo sé. No quería saberlo, pero lo sé. Así que te dejaré en paz. ¿Soy bienvenida en tu casa?

—Por supuesto —respondió Breen—. Sí, por supuesto.

—Con eso me basta.

Regresó a la cocina para ponerse la chaqueta.

—¿Cómo… cómo salen las alas a través de la chaqueta? —le preguntó Breen.

—Lo hacen porque quiero que lo hagan y son mías, ¿verdad? Recuerda darle de comer al perro.

A través de la ventana, Breen vio que el halcón bajaba de la rama y volaba en círculos por encima de la cabeza de Morena. Después aparecieron las luminosas alas y Morena se alejó volando con el halcón a través de la lluvia, en dirección al bosque.

—No estoy loca —dijo Breen mientras ponía una mano en el rizado copete del perro cuando este se apoyaba en su pierna—. No estoy alucinando. Sé lo que es real. —Bajó la vista y vio que el perro la miraba—. Es demasiado temprano para cenar y tengo que escribir todo esto. Es probable que no sea buena idea darte otra de esas galletas, pero, qué narices, ¿no? Ha sido un día muy largo.

Mientras ella sacaba una del tarro, al perro le brillaban los ojos.

—Vale, ¿sabes dar la pata? ¿Es una estupidez? —Para comprobarlo, le ofreció una mano. Él levantó una pata y la hizo reír.

Breen se la estrechó y le dio la galleta—. Eres un buen perro, Botarate.

Le echó agua en uno de los cuencos y sacó una Coca-Cola para llevársela al despacho. Intentó reconstruir todo lo sucedido desde el momento en el que había visto al perro para apuntarlo en lo que consideraba su diario secreto. Al escribirlo lo sintió de nuevo: el aire húmedo, la luz y las sombras mientras Botarate la guiaba (porque eso es lo que había hecho) al árbol. Al Árbol de la Bienvenida. Para acompañarlo, subió fotografías del perro y del árbol, y deseó haberse repuesto lo suficiente como para sacar fotos del... otro lado. De Talamh.

El aire y la luz habían cambiado. Ya era capaz de reconocerlo y documentarlo. Escribió sobre las cuatro personas a las que había conocido: Harken, Aisling, su abuela y Morena. De repente, fue consciente de que había estado en la casa en la que había vivido su padre, en la que ella misma, según su abuela, había nacido. Se echó hacia atrás en la silla, bebió un trago de Coca-Cola y contempló la lluvia. Y entonces se dio cuenta de que Botarate se había unido a ella y estaba cómodamente tumbado en la cama.

—Supongo que no debería dejarte hacer eso. —Sin embargo, tenía pinta de estar tan cómodo y la miraba con unos ojos tan dulces que lo dejó pasar.

Su padre había fallecido. No sabía cómo ni por qué, pero también tenía que aceptarlo. No la había abandonado, no se había olvidado de ella. Había muerto. A pesar de haber sucedido hacía muchos años, sentía su pérdida como algo reciente y no sabía qué hacer con ella. Tenía la imagen de él en su dormitorio de pequeña y los recuerdos iban y venían. En cualquier caso, necesitaba más. Necesitaba ver su tumba, y le pediría a su abuela algo suyo, algo a lo que poder aferrarse.

—Así que voy a volver —afirmó—. Supongo que ya lo sabía, pero necesito reunir valor para hacerlo.

Escribió que Marg había ordenado al aire que se convirtiera en torbellino y al fuego que rugiera, aunque mientras lo hacía se preguntaba cómo era posible. ¿Cómo era posible que a Morena le salieran alas y volara? ¿Cómo...?

Se echó de nuevo hacia atrás y se dio cuenta de que lo que había escrito era similar en temática y estilo a la historia en la que trabajaba todas las mañanas. No era un parecido exacto ni absoluto, pero sí se le acercaba. Porque siempre lo había sabido. Por muy fantástico y opuesto al carácter práctico de su vida, parte de ella siempre lo había sabido. Aunque los recuerdos siguieran bloqueados en su interior, se filtraban, ¿verdad? Aparecían poco a poco, a medida que se abría para contar una historia. A medida que se abría para hacer lo que quería hacer.

«Así que no solo es cuestión de averiguar quién soy... Y en ese terreno he avanzado mucho —escribió—. Sino de averiguar qué soy. ¿Qué soy? Hija de Talamh, hija de las hadas, una de las sabias. Las sabias son las brujas. No me siento como una bruja».

Pasó del diario a hacer una búsqueda sobre perros de agua irlandeses. La descripción encajaba perfectamente con Botarate... y descubrió un punto más a su favor: no mudaban el pelo. Los perros de su raza eran listos, activos y cariñosos. Curiosos y un poco payasos. Y les encantaba el agua, como es natural.

—En el folklore irlandés, se supone que eres descendiente del Dobhar-chú —leyó—. ¿Qué narices es eso? —Hizo otra búsqueda—. ¿Medio perro, medio nutria o pez? ¿En serio? Ah, y un feroz depredador en los océanos y los ríos... Pues no pareces tan feroz. —Botarate bajó de la cama, se estiró en la postura del perro boca abajo y la miró con amor—. ¿Tienes hambre? Yo también. Esto me ha llevado más de lo que pensaba.

La siguió a la cocina. La nota escrita a mano atada al saco le decía cuánto darle y con qué frecuencia. Y que a Botarate no le importaría si añadía un huevo crudo o un poco de yogur a su comida para perros. Eligió el huevo, ya que los tenía a mano, y, mientras el cachorro comía, ella se preparó unos huevos revueltos con trocitos de beicon irlandés, algo de queso, tomates y brócoli.

Comió con el perro estirado sobre sus pies e intentó pensar en cómo manejar su blog diario. No podía dejar fuera a Botarate ni tampoco quería hacerlo. Podría decir que se lo había regalado una vecina, lo que era casi cierto. No podía escribir sobre la muerte de su padre, al menos por el momento, y todavía no estaba preparada para hacerlo. No podía mencionar que había estado sentada en la cocina de su abuela ni que había visitado otro mundo, evidentemente. Ya se las ingeniaría, igual que lo haría para decidir qué contarle a Marco. Se levantó para fregar los platos y el perro se levantó y la miró.

—Quieres salir. Vale, ¿acabo de suponer eso porque es lo más lógico o porque... te entiendo? Porque esa es la sensación que me da. Da igual, ¿verdad? Vamos a salir.

El cachorro se puso a bailar cuando ella cogió la chaqueta y salió disparado como una bala en cuanto le abrió la puerta. Corrió por el patio como si acabara de escapar de la cárcel y siguió bailando hasta que ella se le acercó. En cuanto la tuvo al lado, salió como un rayo peludo hacia la bahía. Ladrando como un loco, saltó al agua y nadó, con la cabeza encima de la superficie y los ojos chispeantes de alegría.

—Un feroz depredador de los mares —dijo Breen entres risas.

Las aves marinas se dispersaron y el perro salpicó agua por todas partes al salir y, después, al volver a zambullirse. Breen se quedó contemplando el persistente sol de verano, que empujaba contra las nubes de occidente para darle un toquecito de luz al cielo. Y se dio cuenta de que se sentía completa y absolutamente satisfecha. Ya era bastante feliz con su soledad, pero el perro (y sí, siempre había querido uno) le añadía ese toque de luz. Como el sol en un cielo nublado.

Un cambio en la rutina no hacía daño, así que se dijo que adaptaría la suya para ponerle el desayuno a Botarate y dar su paseo con él antes de sentarse a escribir en el blog. Se había quedado dormido en la cama, a sus pies, cosa que tendría que cambiar. Probablemente. Breen le envió un mensaje a Marco para avisarlo. Al fin y al cabo, era su compañero de piso y sería su compañero de casa. Se merecía saber que tenían un perro. Se aseguró de añadir la fotografía más adorable que había podido hacerle. Y Marco respondió:

¡¿Que has hecho qué?! ¡Pero qué perro más raro! ¿Y por qué es tan mono? Te dejo sola un par de semanas y la lías. Envíame más fotos.

Disfrutó de unos minutos intercambiando mensajes con él antes de ponerse a redactar con mucho cuidado el blog.

—Las fotografías de cachorros nunca fallan —dijo y, al mirar hacia Botarate, vio que, efectivamente, lo tenía tumbado en la cama, a sus pies—. Voy a trabajar un par de horas en mi libro y después salimos. Vamos a buscarte un collar, una correa, algunos juguetes y una cama para perros.

A él no le importó lo del collar, pero no le gustaba la correa. Aunque no se revolvió cuando se la enganchó al collar, sí que le lanzó una mirada muy triste.

—No es que no confíe en ti —le dijo, porque podría haber jurado que eso era lo que el perro estaba pensando—, y no la necesitaremos en casa, pero ahora vamos a dar un paseo por el pueblo y la necesitamos para ver las partes que todavía no conozco.

Pareció sentirse menos insultado cuando empezaron a andar, e incluso se pavoneaba cuando la gente se paraba a admirarlo. Olisqueó zapatos, hocicó a los niños y conoció a un par de perros. Breen se dijo que lo estaba enseñando a socializar, como se recomendaba, aunque sabía que más bien presumía de él. Le compró juguetes para masticar, una pelota de color rojo chillón y un conejito de peluche. En el camino de vuelta a casa, Botarate se sentó en el asiento de atrás con un hueso masticable entre los dientes y la cabeza asomada por la ventana para que los rizos le ondearan con la brisa.

Cuando llegaron a casa, lo dejó salir para que corriera y nadara mientras ella se sentaba en el patio con su tablet. Como no le había encontrado una cama, la compró por Internet, junto con más juguetes, palos para masticar y una chapa identificadora con el nombre del perro y el teléfono de ella.

—Madre mía, como tenga hijos alguna vez…, se me va a ir la pinza.

Recién salido de la bahía, Botarate corrió hacia ella, así que Breen le lanzó la pelota roja, pero él se limitó a ladear la cabeza.

—Se supone que tienes que correr detrás de ella, cogerla y traérmela para que pueda volver a lanzártela.

Era como si lo oyera pensar: «Pero ¿qué sentido tiene eso?». Al final, trotó hasta la pelota, la agarró con los dientes y trotó de vuelta. Ella se la lanzó de nuevo. Tras las dos primeras veces pareció entrar en el juego y empezó a perseguirla de verdad.

—Vale, ya lo has captado, y yo tengo el brazo hecho polvo.

Cuando dejó la pelota en la mesa para indicarle que se había acabado el juego, él trotó hacia el bosque, ladró y la miró.

—No, no vamos a ir. No estoy lista. Tengo que hacer la colada y quiero escribir un poco más. Y… todavía no estoy lista. Vamos a entrar.

Cuando regresó, le dio unas palmaditas en la cabeza.

—Puede que mañana.

Sin embargo, también se buscó una excusa para el día siguiente y le resultó sorprendentemente fácil encontrar cosas que hacer, sobre todo cuando se tomó un descanso de su novela para escribir un relato corto sobre las aventuras de un perro mágico llamado Botarate.

El día siguiente lo dedicó a ampliar la historia, ya que se percató de que podía ser un libro para niños a partir de once años o así. Al fin y al cabo, había dado clases a ese grupo de edad y sabía lo que les gustaba leer. Así que saltaba felizmente entre su novela, el libro para niños y la nueva rutina con el perro de verdad.

Entonces, un reluciente día de verano que se llevó su trabajo al patio, Botarate corrió hacia el bosque ladrando alegremente, lo que dejaba claro lo que pasaba. A Breen no le sorprendió nada ver a su abuela y a Finola salir de entre los árboles.

13

«Parecen mujeres normales», pensó Breen al levantarse de la mesa. Puede que no normales del todo, ya que las dos parecían mucho más jóvenes de lo que eran, pero sin duda no aparentaban ser (al menos, desde su perspectiva) una bruja y un hada. Marg llevaba una bolsa y Finola, una cesta. El perro las saludó con una alegría loca y mucho afecto, mientras que Breen intentó reprimir la inquietud.

—Qué día tan bonito para estar al aire libre —comentó Finola en tono jovial—. ¿Estás trabajando, querida? No queremos interrumpirte.

—No, no pasa nada. No pasa nada. —Breen cerró el portátil—. Pretendía volver antes, pero…

—Estás muy ocupada con la escritura, ¿verdad? Y Seamus me ha contado que también estás trabajando en el jardín y que lo haces muy bien. Encima, ahora tienes que ocuparte de este granuja.

Finola le apretó la mano a Breen, un gesto deliberado para calmarla.

—Si no te importa, ¿por qué no entro un momento en la cocina para prepararnos un té con el que acompañar los pasteles que traigo?

—Pues…

—No es ninguna molestia —añadió Finola y entró sin más en la casa, con el perro detrás.

Marg esbozó una sonrisita mientras miraba a su amiga.

—Sabe que estoy un poco nerviosa, así que parlotea para que me dé tiempo a tranquilizarme.

—Pues ya somos dos en lo que a nervios se refiere. De verdad que pretendía volver. Solo necesitaba reunir valor para hacerlo.

—No puedo culparte por eso. Has tenido que asimilar mucho de una sola vez. Este sitio es precioso. Te hace feliz.

Era mucho más sencillo hablar de eso.

—Sí a las dos cosas. Es la primera vez que vivo sola en toda mi vida, haciendo lo que quiero hacer. La primera vez, que recuerde, que he tenido perro, y eso también me hace feliz. Quiero darte las gracias por regalármelo.

—Más bien, por tenderte una trampa para que lo aceptaras.

—Aun así, me hace feliz. —Y necesitaba ser agradecida y atenta—. Siéntate, por favor.

—Estabas trabajando, escribiendo.

—Sí. Creo que no se me da mal y espero mejorar.

Marg se sentó y cruzó las piernas. Vestía unos pantalones estrechos y un fino jersey azul.

—Se te dan bien los blogs.

—¿Lo has leído?

—A mi manera, sí. A tu padre también se le daban bien las palabras.

—Me contaba historias. No me cansaba nunca de escucharlas. Pretendía volver —insistió Breen—, y quería preguntarte si tenías algo suyo, algo pequeño con lo que recordarlo. Yo solo tengo una fotografía. El dueño de un pub de Clare me la dio. Salen mi padre y sus amigos tocando allí. Era muy popular, con su banda.

—La música fue su primer amor y fue un amor duradero. Me encantaría ver esa foto antes de irnos. De hecho, te he traído algo que significaba mucho para él. —Marg metió la mano en su bolsa y sacó otra bolsita más pequeña atada con una cinta blanca—. Tengo más cosas suyas, claro, y puedes elegir la que más te guste, pero sé que él querría que te diera esto.

Breen abrió la bolsita y sacó un anillo de oro. Un *claddagh* y, si no recordaba mal, su alianza.

—No se la quitaba nunca —le dijo Marg—. Ni siquiera cuando ya no estaban casados.

Breen acarició el anillo.

—La quería —dijo—. Sabía que no estaban destinados a seguir juntos, pero la quería. Me hicieron a mí.

—Puede que el destino los uniera solo por eso.

—Significa mucho para mí tenerla. —También se avergonzaba porque había pretendido volver, pero no lo había hecho—. Estás siendo más amable conmigo de lo que me merezco.

—Bah, tonterías. Soy tu yaya y tengo que compensar los más de veinte años de mimarte que me he perdido. Dame esa oportunidad, ¿vale, Breen? —Aunque la voz de Marg permaneció firme y tranquila, la súplica se le veía en los ojos.

—Tengo tantas preguntas… —Mientras hablaba, alargó la mano para coger la de Marg.

—Llevará un tiempo responderlas todas —le dijo su abuela.

—Pues nos tomaremos ese tiempo. Voy a buscar la foto. La próxima vez que esté en un sitio en el que tengan escáner, te haré una copia.

Entró y vio a Finola disponiendo la tetera y las tazas.

—Me conocías cuando era pequeña.

—Sí, claro. Mi querida Morena y tú erais inseparables, como una hiedra enredada. Como nuestro hijo y su mujer, los padres de Morena, están en la Capital, ahora vive con nosotros.

—La Capital.

—Sí. Talamh no es tan grande como este mundo, pero es más de lo que has visto hasta ahora. —Levantó la vista y miró a Breen con aquellos ojos tan extraños y directos—. ¿Volverás, Breen?

—Sí.

—Eso haría muy feliz a tu yaya.

—Voy a buscar una foto de mi padre para enseñársela a mi abuela.

—Entonces, yo sacaré el té y los pasteles. Tu abuela es una mujer de gran poder y fuerza —añadió Finola—. A pesar de lo mucho que ha perdido, sigue en pie. Es mi amiga, la quiero como a una hermana, o quizás más, ya puestas. Mi mayor esperanza es que te parezcas a ella.

Breen no sabía si se parecía a alguien, pero, como solo tenía una abuela, dejaría de evitarla. Llevó la foto a la mesa en la que Marg y Finola la esperaban con el té, y Botarate se tumbó junto a sus pies con una de sus galletas. Breen se detuvo para contemplar los cuadraditos de pastel glaseado del plato.

—Los de color rosa saben a rosas.

—Siempre fueron tus favoritos —repuso Finola, sonriente, mientras colocaba dos en un plato—. Ya te dije que a esta niña siempre le habían gustado mis pasteles. Morena prefería los azules y el sabor a cielo de verano.

Breen se sentó y le ofreció la foto enmarcada a Marg.

—¡Ah, mira a mi chico! ¡Qué guapo! Y ahí está tu Flynn con él, Fi.

—¡Es verdad! Ese de ahí es el padre de Morena, el de la flauta. Y ese es Kavan, que era el mejor amigo de tu padre, Breen, y padre de Harken y Aisling, a los que ya has conocido, y también de Keegan. Y ahí está Brian, con su *bodhrán*. De todos ellos, solo mi Flynn sigue con nosotros.

—¿Han… muerto?

—Brian murió hace tiempo, y también Kavan. Es bonito verlos jóvenes y vivos, haciendo lo que más les gustaba hacer.

—Sacaré copias y las traeré. ¿Me podéis contar cómo murió mi padre?

—Cuando vengas y te lleve a donde lo enterramos, hablaremos de ello. ¿Te parece bien que hoy dejemos la tristeza a un lado? —le preguntó Marg—. Tienes más preguntas bulléndote en la cabeza. Elige una que pueda responder y que nos permita disfrutar del té con pasteles.

—De acuerdo. Eres una de las sabias… Eso quiere decir brujas, ¿no?

—Sí. Soy una de ellas, como tú, y antes se nos respetaba en todos los mundos. Hasta que el miedo, la codicia, la envidia y demás crecieron dentro de aquellos que carecían de poder. No es así en Talamh, donde nuestros dones, habilidades y conocimientos se usan para ayudar, sanar y defender.

—De acuerdo, ¿y tú? —le preguntó Breen a Finola—. ¿Eres una *sidhe*?

—Nos dedicamos al cuidado de la tierra, el aire y todo lo que crece.

—¿Eso es todo? Quiero decir, ¿es lo único que hay en vuestro mundo? ¿Brujas y hadas?

—Ah, se refiere a otras tribus, Marg. Todos vivimos, trabajamos, nos emparejamos y defendemos como seres feéricos que somos, como el pueblo de Talamh, pero, dentro de ese pueblo, hay lo que tú llamarías tribus. Están los elfos, que también son cuidadores, y prefieren los bosques y las montañas a los campos y las tierras bajas.

—Elfos. Como… —Fascinada, Breen bajó la mano hasta dejarla a unos sesenta centímetros del suelo—. Elfos.

—No son de esos bajitos con orejas puntiagudas, como los describen en los cuentos de tu mundo —repuso Marg—. Ni tampoco los cambiaformas son esos seres de pesadilla que se transforman cuando hay luna llena para atacar y matar.

—¿Cambiaformas? ¿Te refieres a los hombres lobo?

—Cada cambiaformas tiene su animal espiritual y puede convertirse, cuando lo desea, en un lobo, un halcón, un oso, un perro, un gato…

—Las sirenas —añadió Finola, que se lo estaba pasando en grande mientras mordisqueaba un pastel—, que viven en las aguas, los cuidan y los protegen. Los troles de las minas.

—Y todos cuentan con sus propias habilidades —siguió Marg—. Un trol puede tener la habilidad de comunicarse con los animales, aunque ese don suele ser más habitual en las brujas, los elfos y las hadas. Un cambiaformas puede tener visiones en sueños. Disfrutamos de lo que los dioses decidan otorgarnos.

A Breen le parecía fascinante; ya no aterrador ni imposible, sino simplemente fascinante.

—¿Qué dioses?

—Hay muchos. Incluso en tu mundo les dais distintos nombres, objetivos e historias.

—¿Hicieron ellos el árbol? ¿El Árbol de la Bienvenida?

—Eso fue un acuerdo entre el reino de los hombres, el de los dioses y el de las hadas, por las decisiones que se tomaron hace más de mil años. Los portales eran una forma de viajar entre mundos, pero estos cambian y hay que tomar otras decisiones.

—¿Qué clase de decisiones?

—Las que se tomaron en este mundo nos condenaron a ser perseguidos, cazados y asesinados.

—Los juicios de las brujas —comentó Breen; era algo documentado en la historia, sólido e indiscutible—. Cuando las quemaban, las colgaban y las ahogaban.

Marg asintió.

—Y la mayoría de las que sufrieron ese destino ni siquiera tenían poderes. Creo que una especie de locura se apoderó del reino de los hombres. Primero decidieron que había que temernos y condenarnos y después, que no éramos más que cuentos y supersticiones. Este mundo, como ocurre con todos, siguió un camino distinto. Las máquinas se convirtieron en una especie de dios la tecnología, en una especie de hechicería, y la verdadera magia se desvaneció hasta no ser más que una sombra. Los seres feéricos de Talamh decidieron conservar lo que eran, elegir la magia por encima del progreso.

—Pero yo he cruzado al otro lado y vosotras habéis cruzado a este. Además, por lo que me contaste, mi madre vivió en Talamh. ¿Es un ser feérico?

—Es de este mundo —respondió Marg, que, ya más calmada, se sirvió otro té—. Cruzó por voluntad propia a nuestro mundo por amor a tu padre. Nadie puede cruzar sin su consentimiento pleno, esa es la ley. Y en Talamh se anima a todos sus habitantes a cruzar, explorar y pasar tiempo en otro mundo. Puede que decidan quedarse en ese mundo, y están en su derecho, pero deben prestar el juramento más sagrado y no usar nunca su poder para hacer daño, salvo en defensa de otro. E incluso entonces debe haber un juicio. Algunas personas, como tu madre, vienen con nosotros y se quedan. Otras descubren que no es su sitio y se van.

—¿Y no se lo cuentan a nadie?

—¿Quién se lo iba a creer? —respondió Marg sonriente—. Incluso a ti, que recuerdas un poco, te ha costado y todavía te cuesta hacerlo.

No obstante, creer ya no le resultaba tan difícil como lo había sido, como quizás debía haberlo sido.

—He vivido toda mi vida, o al menos desde los tres años, en este mundo. En un sitio muy distinto a este en el que estoy sentada. Y durante mucho tiempo me enseñaron que no solo era una persona normal, sino mediocre.

Algo cruzó rápidamente los ojos de Marg antes de agachar la cabeza.

—Eso es culpa del miedo de tu madre. Aunque crea que se equivocó, y mucho, no la criticaré por ello. No eres mediocre en absoluto, *mo stór*, ni en este mundo ni en ningún otro. Eres más inteligente y fuerte de lo que crees. Lo que guardas en tu interior está dormido. Deja que te ayude a despertar, aunque solo sea un poco.

Se levantó y extendió una mano. Cuando Breen la aceptó, su abuela la condujo al jardín.

—Esto es romero, una planta muy útil. ¿Podrías tocarla, pensar en ella, en cómo crece, en cómo absorbe el sol e impregna el aire con su fragancia?

Como no veía nada malo en ello, Breen rozó las suaves agujas con los dedos.

—Sus raíces se extienden a través de la tierra. Cuando cae la lluvia, bebe. Piensa en eso, en lo que necesita, en lo que da a cambio. Piensa en lo que tú le das.

Pensó en ello, en su olor, en cómo le olían los dedos después de tocarlo. En cómo sus ramas se alzaban hacia el sol. En…

—¡Ha crecido!

Breen, atónita, vio que las ramas crecían otro par de centímetros mientras las miraba.

—Lo has hecho tú —dijo Breen.

Los pendientes de las orejas de Marg captaron la luz del sol cuando negó con la cabeza.

—No, no he sido yo. Esto está dentro de ti. Puede que no te lo cuente todo de golpe, pero no te mentiré. Esto está dentro de ti, y hay mucho más. Está todo unido, ¿entiendes? Entrelazado. El agua, el fuego, la tierra, el aire, la magia… Igual que todo lo que llevas dentro.

—Todo está conectado, eso me dijo Seamus —murmuró Breen—. Todo unido.

—Así es. Y con eso basta por hoy. Quiero pedirte algo.

Breen se volvió y Marg le tomó las manos entre las suyas.

—¿Qué quieres? —le preguntó Breen.

—Que vengas a quedarte conmigo un par de días.

—¿Me llevarás a la tumba de mi padre?

—Sí.

—Tengo que escribir.

—Ese aparato no funcionará allí —respondió Marg, mirando el portátil—, pero hay otras formas de hacerlo. Te ayudaré para que puedas hacer lo que te gusta y lo que necesitas. Un par de días nada más, mi querida niña.

—De acuerdo. Mañana.

—Te estoy más que agradecida. Será mejor que la dejemos en paz por ahora, Fi.

—Ha sido una visita muy agradable —repuso Finola mientras recogía su cesta y se levantaba—. Que la luz te bendiga, niña.

—Gracias…, igualmente.

—Entonces, mañana nos vemos. Te estaré esperando.

Breen se levantó sin moverse de la mesa mientras ellas cruzaban el césped de camino al bosque. Botarate trotó un rato con ellas y después volvió corriendo.

—Supongo que debería preparar algo de equipaje. ¿Qué se lleva una para pasar un par de días en otro mundo?

Aquella mañana se decidió por una rutina más breve. Prestó atención tanto al blog como a la novela y al libro para niños, aunque les dedicó menos tiempo. A media mañana, se colgó la mochila y se la llevó, junto con sus nervios, al bosque, con Botarate. Percibía la emoción del perro con cada paso que daban y se preguntó si, de algún modo, él percibía su ansiedad. En cualquier caso, el perro la condujo, como antes, a través del baile de luces y sombras mientras el pulso de Breen latía con fuerza bajo su tatuaje.

Pensó en lo que diría su madre: «No seas estúpida, Breen. No estás preparada para enfrentarte a todo esto. Regresa, reserva un vuelo y vuelve a casa, que es a donde perteneces. Sigue las normas. Lleva una vida tranquila. Si intentas subir demasiado, solo conseguirás caer».

Escuchar todo aquello dentro de su cabeza la impulsó a seguir adelante, a alargar sus zancadas, hasta que llegó al árbol. «Y aquí está», pensó. Extraño, glorioso y aterrador. Toda su capacidad lógica le insistía en que un árbol, por fantástico que fuera, no podía ser un umbral a otro mundo. Sin embargo, había estado allí… y tenía al perro para demostrarlo.

—Hay más cosas en el cielo y en la tierra, ¿verdad, Botarate? Así que... allá vamos.

El cachorro lo tomó como una orden y corrió piedras arriba hasta las ramas. Al recordar el mareo que le había dado la primera vez, Breen lo siguió con más precaución. Cuando de nuevo sintió que caía, se agarró a una rama. Permaneció flotando, rodeada de luz y envuelta en un viento que le agitaba el pelo y le levantaba la chaqueta. Tuvo que luchar contra la parte de ella (la voz de su madre) que deseaba desesperadamente volver atrás. En vez de eso, dio un paso adelante.

La cabeza le daba vueltas mientras los dos mundos parecían girar: el denso bosque detrás y los verdes campos delante. Pero se mantuvo sobre un robusto saliente para recuperar el aliento; Botarate, por otro lado, bajó corriendo para ir a perseguir a las ovejas.

—Es real. Eso es lo primero. Es todo real. Ahora tendremos que ver qué sucede a continuación.

Aunque quizás le temblaran un poco las piernas, consiguió bajar los escalones y cruzar el campo. Con el perro detrás, pasó por encima de la cerca de piedra para llegar a la carretera. Vio al hombre (Harken, se llamaba Harken) caminar hacia uno de los anexos de piedra. Y a Aisling, que estaba en lo que parecía ser un huerto con un par de niños de pelo negro sentados en la hierba, junto a ella. El más pequeño se reía a carcajadas mientras golpeaba un cubo de hojalata con otro. El mayor usaba unos bloques de madera para construir cuidadosamente una torre. A su lado estaba sentado un enorme lobero gris que los vigilaba con la misma atención que una niñera.

Aisling la vio, se apoyó en su azada y la saludó con la mano. Después se abrió paso a través del huerto, recogió del suelo al niño más pequeño y le dio la mano al mayor. Con el perro de tamaño poni a su lado, caminaron hacia la carretera.

—Así que has vuelto; bienvenida.

—Sí, a visitar a mi abuela.

Breen se acercó a la cerca de piedra, de modo que ella se quedó a un lado y Aisling y su prole, al otro.

—La has hecho muy feliz, eso te lo aseguro. Y estos son mis chicos. Finian, saluda a la señora Kelly.

—Bienvenida.

—Gracias. Me puedes llamar Breen. —Aunque el crío estaba cubierto de hierba y tierra, ella le ofreció una mano.

—Y este vándalo es nuestro Kavan.

Para sorpresa de Breen, este soltó una carcajada y alargó los brazos hacia ella.

—Es muy amistoso, pero en estos momentos no está demasiado limpio.

—No me importa.

Cuando Aisling se lo pasó por encima de la cerca, el niño de inmediato le metió las manos «no demasiado limpias» en el pelo y se puso a balbucear alegremente.

—Le gusta tu pelo. El rojo es su color favorito, ¿verdad, salvajillo? Y la última del grupo es Mab. Es un encanto, no te preocupes.

Botarate plantó las patas delanteras en la cerca y se estiró para lamerle la cara a Mab mientras la perraza lo toleraba con elegante dignidad.

—No te entretendremos, porque sé que Marg te está esperando, pero espero que vengas a vernos mientras estés aquí. Mi hombre y mi hermano volverán en cualquier momento. Estarán encantados de conocerte.

—Lo haré.

—Ven con mamá ya, chiquitín, que tu nueva amiga tiene que irse.

Aisling cogió al niño en brazos y se lo apoyó en la cadera.

—Tengo algo para ti y para tu hermano —le dijo Breen.

—Ah, ¿sí?

—Sí, mi abuela me dijo… —Breen se quitó la mochila y la abrió. Sacó una foto enmarcada—. Vuestro padre con el mío y otros amigos.

—¡Oh! ¡Pero mira esto! —Aisling se cambió de sitio el bebé para coger la foto—. Mirad, niños, es vuestro abuelo.

—¿Cómo se ha metido ahí dentro? —preguntó Finian.

—No es él, es un retrato, ¿entiendes? Como un dibujo de cuando era joven. Ay, esto es un regalo maravilloso, Breen. Me has dejado sin palabras.

—De nada. Vendré a veros antes de… regresar.

—Hazlo, por favor, y dale recuerdos de nuestra parte a Marg.

—Claro. Tienes unos hijos preciosos.

La sonrisa de Aisling rebosaba orgullo y placer.

—Son una bendición. Aunque me gustaría tener una hija, no pido más. Venga, chicos, vamos a guardar este regalo tan fantástico.

Mientras Aisling caminaba hacia la casa, Kavan volvió la vista atrás para sonreír a Breen por encima del hombro de su madre. Y ella vio que agitaba las alitas, de un rojo chillón, como si le dijera adiós con ellas.

—Eso es algo que no se ve todos los días. Salvo, quizás, aquí.

Siguió su camino por la carretera y se desvió hacia los árboles, en dirección a la casa de su abuela. De nuevo, tanto las puertas como las ventanas permanecían abiertas y de la chimenea salía humo. Marg estaba recogiendo flores de su frondoso jardín para colocarlas en la cesta que llevaba en el brazo.

—Aquí estás. Vaya, y tú también —añadió cuando Botarate corrió hacia ella—. Entra, bienvenida. Primero te enseñaré tu habitación, espero que te guste.

Breen se percató de que su abuela estaba nerviosa y saberlo la ayudó a calmarse.

—¿Cómo ha ido el cruce esta vez?

—No he acabado tirada en el suelo ni me he desmayado.

—Entonces, mejor. Por aquí —le indicó con un gesto—. Mi dormitorio está al otro lado, así que tendrás intimidad. Hay un baño… No es a lo que estás acostumbrada. Si tienes preguntas, te enseñaré cómo funciona todo.

—Vale.

Entró en una habitación llena de luz, con las cortinas de encaje revoloteando alrededor de las vistas a los jardines y los árboles. La cama de cuatro postes era robusta y estaba envuelta en blanco, y a sus pies había un baúl con dragones pintados. La repisa de la chimenea estaba decorada con velas, flores y cristales en bruto. Junto a una de las ventanas vio un pequeño escritorio muy bonito, con una silla.

—Es precioso. —Entró y dejó su mochila en el baúl—. Precioso de verdad. La casa no parecía lo bastante grande para contener una habitación de este tamaño. —Entonces se dio cuenta y se volvió hacia Marg—. Porque antes no estaba aquí.

—Ahora lo está, y siempre lo estará para ti.

—Intento convencerme de que esto no es un sueño demasiado elaborado ni, yo qué sé, una crisis nerviosa. Porque esa es mi reacción instintiva. Pero sé que no lo es. Y aquí, ahora mismo, no quiero que lo sea.

—Es tu hogar, decidas lo que decidas al final. Siempre será tu hogar. Iré poniendo el hervidor al fuego, por si quieres empezar a guardar tus cosas.

—No es mucho, y puede esperar si me llevas…, si pudieras llevarme a la tumba de mi padre. Tengo esto.

Abrió la mochila para sacar otra foto enmarcada.

—Para ti. Y tengo otra para Finola. Antes he visto a Aisling en la carretera y le he dado la suya. Y me queda otra más. No sabía si el otro amigo, el que decías que había muerto también, tendría familia a la que dársela.

—La tiene, y seguro que agradecerán el regalo. Es muy considerado por tu parte, Breen.

Marg cogió la fotografía y la apretó contra su corazón.

—Te llevaré a su lápida. Es una buena caminata, así que llevaremos a los caballos. Yo tengo al mío, Igraine, y tomaremos prestado uno de Harken para ti.

—No sé montar —respondió Breen—. La verdad es que nunca me he subido a un caballo.

Marg puso cara de sorpresa.

—¡Claro que sí lo has hecho! Tenías tu propio poni y lo llamabas Birdie. Y cabalgabas en el caballo de tu padre, con él. Recuperarás todos esos recuerdos, sin duda, pero hoy nos llevaremos a Igraine y el carro.

—¿De verdad no hay coches en este sitio?

—Ninguno, no. —Marg recogió la cesta de flores antes de conducirla al exterior y llevarla a un cobertizo en el que una yegua masticaba tranquilamente el heno de una canasta—. Esta es nuestra Igraine. Es un animal bello y dulce, pero es capaz de tirar de lo que haga falta. La engancharemos al carro.

Breen se dio cuenta de que era el caballo de sus sueños: robusto y blanco con motas negras en los cuartos traseros.

—¿Puedo ayudarte?

—Será mejor que esta vez te limites a observar y aprender.

Marg condujo a la yegua a un carro de dos ruedas, donde el animal esperó pacientemente, moviendo la cola, mientras ella le colocaba una especie de arnés sobre el pecho y la cruz. Le rodeaba el vientre, seguía por los flancos y, por el modo en el que Marg se manejaba, Breen supo que lo había hecho mil veces antes.

—Está todo acolchado, ¿ves?, para que la pechera no le roce. Y tienes esto para controlarle la cabeza, aunque hay que tener cuidado de no ponérselo demasiado arriba, porque podría presionarle la tráquea. Se lo abrochas con las correas. Y tienes la silla, que no es como las de montar, y los ramales. Son para parar, los frenos. —Marg acarició al caballo—. Después está la cincha; es necesario apretarla bien. Y aquí están el arnés y el bocado… Buena chica.

Mientras Breen la observaba, fascinada, Marg amarraba, enganchaba y comprobaba que todo estuviera como debía estar. Después retrocedió para levantar el carro.

—Deja que te ayude.

—De acuerdo. Las varas de cada lado van dentro de las portavaras. Son esos aros, los de cuero.

Se lo explicó todo paso a paso (y eran muchos pasos), hasta que tuvieron el carro listo para el viaje.

—Todo eso cada vez que quieres ir a alguna parte con un carro —comentó Breen.

—Se tarda un poquito, pero ¿por qué tanta prisa en que acabe el día solo para empezar el siguiente?

Tan ágil como una adolescente, Marg se subió al asiento y esperó a que su nieta la imitara.

—Tú, a la parte de atrás —le dijo Marg a Botarate, que se subió de un salto y apoyó la cabeza en el asiento, entre ellas.

Con un chasquido de lengua, Marg arrancó el caballo y el carro. Breen captó un movimiento por el rabillo del ojo y, al volverse, vio un gato del color de las monedas de plata salir corriendo por el lateral de la casa.

—Tienes un gato.

—Por así decirlo.

14

Como experiencia, Breen decidió que, aunque su primer viaje en carro tirado por caballo quizás le hubiese sacudido un poco los huesos y los dientes, la euforia que sentía lo compensaba todo.

El silencio (puesto que solo se oía el ruido de las ruedas y el trote ligero de la yegua sobre la tierra blanda) le permitió disfrutar de la canción de los pájaros y el mugido de las vacas. Viajó bañada por la luz del sol y refrescada por una brisa que olía a hierba, y vio otras granjas, otras casas... y a un hombre con un gran bastón que se llevó la mano a la gorra para saludarlas cuando pasaron junto a él. Vio a niños jugando, ropa tendida al sol y caballos retozando en los campos.

—¿Eso era un zorro? —le preguntó Breen a su abuela cuando vio algo rojo y veloz cruzar la carretera.

—Así es, sí. ¿Alguna vez has visto uno?

—La verdad es que no. Ahí hay una torre redonda, ¿para qué es?

—Ahora, para recordar. Tiempo atrás, los píos se refugiaban en ellas, puesto que los perseguían. Aunque, por otro lado, ellos también se dedicaban a perseguir a otros por aquel entonces.

—Ese nombre ya lo has usado antes, hablando del lugar donde dices que está enterrado mi padre.

—Era un lugar para la oración, las buenas obras y la contemplación, o eso se pretendía. Pero siempre hay alguien que cree que lo que cree es lo único que se puede creer, ¿verdad? Y que hará lo que haga falta para obligar a los demás a creerlo. Para mí, los que matan, queman y esclavizan en nombre de un dios, bueno, es porque no están escuchando al dios al que pretenden adorar. O porque su dios es falso y cruel.

Se desvió hacia otra carretera más empinada y, cuando terminaron de subir, Breen lo vio: la extensión de piedra gris, las torrecillas, las almenas… Y la hierba alta que crecía alrededor, con lápidas y ovejas que pastaban entre ellas. Y allí, en otra pequeña elevación, el círculo de piedra.

—Lo has soñado —dijo Marg.

—Sí. He soñado con este lugar, contigo y con el caballo. No con el carro, sino que tú montabas en el caballo y vestías una capa marrón con capucha. No me acostumbro a esto —murmuró Breen—. No sé si lo conseguiré alguna vez.

—Es un lugar santificado, un lugar sagrado, como estaba destinado a ser. Toda la sangre que se derramó aquí, todos los pecados que se cometieron, se perdonaron hace tiempo.

—¿Por qué está aquí y no más cerca de donde vivía?

—Era el *taoiseach* y este es su honor. Cuando llegue mi hora, yo también yaceré aquí.

—¿Qué quiere decir esa palabra? ¿*Teesha*?

Marg se la deletreó.

—Significa *líder*. Nuestro Eian era líder de todas las tribus. El elegido y el que elige, como yo también lo fui una vez.

—Entonces, ¿os eligen o algo así?

—La persona elegida y la que elige —repitió Marg—. Igual que yo elegí entregar la espada y el bastón de *taoiseach* a otra persona después de haber fallado, después de haber permitido que me usaran y engañaran. Ya te lo explicaré —añadió mientras apoyaba una mano en la de Breen—. Te lo prometo. Tu padre no era más que un bebé cuando renuncié y apenas tenía dieciséis años cuando aceptó la espada y el bastón. —Detuvo el caballo—. ¿Podrías coger la cesta de flores? —le preguntó.

El perro bajó de un salto para investigar a las ovejas y las piedras. Después de bajar, Breen cogió la cesta. Marg sacó las flores y dibujó un círculo en el aire con el dedo. Los tallos se juntaron como si los hubiera atado con un cordel.

—Creo que ahora que estás aquí las plantaremos para que crezcan y florezcan.

—Pero son flores cortadas, no plantas.

—Son frescas, lo bastante frescas para esto.

Le dio la mano a Breen y caminó con ella hacia la hierba, que después recorrieron hasta llegar a una piedra en la que habían grabado el nombre de su padre y el símbolo de una espada cruzada con un bastón.

—Está muerto de verdad. Parte de mí no se lo quería creer…

—Sigue dentro de ti y dentro de mí —afirmó Marg, que le rodeó la cintura con un brazo—. No lo olvides nunca. Ahora está con los dioses. Aquí solo quedan sus cenizas y nuestro recuerdo de él.

—¿Lo… incinerasteis?

—Según nuestra tradición, el fallecido se coloca en una barca, sobre un lecho de flores. Se encienden velas y se cantan canciones mientras la barca surca el agua. Después, el fuego se la lleva. Las cenizas regresan por el aire y se introducen en un tarro de piedra, y el tarro es lo que se entierra aquí. Y el fallecido se une a los cinco.

—Los cuatro elementos y la magia.

—Sí. ¿Quieres que te deje a solas un rato?

—No. No, él también era tuyo.

—Entonces, le daremos juntas las flores.

—No sé cómo hacer lo que me pides.

—Arrodíllate conmigo. Sostendremos las flores entre las dos, justo por debajo de la piedra. Ahora piensa con el corazón, ábrelo. —Tras la explicación, Marg empezó a recitar—: En el lugar de su último respiro, ofrecemos este regalo a nuestro ser más querido. Con alegría, flores, creced noche y día. Para el padre, para el hijo, para ella y para mí también. Tal es nuestra orden, así debe ser.

Breen notó algo, un cambio en el aire, en el suelo bajo ella. Los tallos del ramo se introdujeron en la tierra, sin más, y se extendieron, repletos de color, hasta formar una manta.

—Es… es precioso.

—Y tú has formado parte de ello. —Las lágrimas asomaban a los ojos de Marg, aunque sin llegar a caer. Solo brillaban como la luz sobre un mar azul brumoso—. Está dentro de ti, *mo stór*. Si lo deseas, te enseñaré lo que debes saber. Ahora, tómate un momento a su lado. Lo necesitas, lo creas o no. Aquí tengo a otras personas a las que conocía y quería y voy a presentarles mis respetos.

—De acuerdo.

Breen se sentó y acarició la manta de flores. No podía creerse que hubiese formado parte de su creación, aunque tampoco podía negar que había sentido algo en su interior que tiraba de ella y se le abría dentro. Sin embargo, por el momento, prefería limitarse a estar allí.

—Te echo muchísimo de menos. —Más todavía que cuando era pequeña, comprendió—. Debería haber intentado buscarte antes. Debería haberme marchado de algún modo para intentarlo. Ya estarías muerto, pero así lo habría sabido. Habría venido aquí.

»Todo es precioso…, las viejas ruinas, las colinas, los campos… Y muy tranquilo. Un último respiro, ha dicho ella, y es verdad. No sé bien qué creo sobre lo que ocurre después de la muerte, pero espero que eso sea lo que tengas ahora. Un respiro. Aunque todavía me queda mucho por recordar, hay algo que nunca se me ha olvidado: te quiero.

Se levantó, parpadeó y se secó las lágrimas. La yegua dejó escapar un relincho agudo y, al encabritarse, levantando los cascos delanteros, estuvo a punto de tirar el carro. Sin pensar, Breen echó a correr hacia ella para sujetar la brida e intentar calmarla. Entonces oyó un susurro, como un viento fuerte que barriera los árboles. Y, mientras forcejeaba con el caballo, levantó la vista. Un hombre bajaba volando del cielo con el cabello dorado al viento y las alas oscuras extendidas. Solo tuvo un instante para maravillarse con la extraña belleza de lo que veía antes de darse cuenta de que el desconocido iba directo a por ella. Y su mirada era tan oscura como sus alas.

Breen corrió en zigzag por el terreno irregular para esquivar las lápidas, pero algo la agarró por el pelo y tiró de ella hacia atrás. Cuando un brazo le rodeó la cintura, pataleó, forcejeó y tomó aire para gritar:

—¡Yaya! ¡Corre! ¡Corre y escóndete!

Oyó una risita cerca de su oreja.

—Ya no podrás esconderte más. Odran te espera.

Y, de repente, las patadas de Breen tocaron aire, ya que el hombre alado la había levantado del suelo, que daba vueltas bajo ella. Cuando oyó un rugido, creyó que era su corazón aterrado latiéndole en la cabeza. Entonces vio algo bajar del cielo, un relámpago esmeralda, oro e imposible. Su cuerpo largo y sinuoso surcaba el aire y sobre él montaba un hombre de pelo negro. La luz se reflejaba en la espada que empuñaba en una mano. La criatura que sujetaba a Breen la dejó caer, y eso hizo, demasiado aturdida para gritar, mientras veía que su captor también sacaba su espada. Se golpeó contra el suelo y se quedó allí tirada y mareada. La tierra temblaba con el entrechocar de hoja contra hoja.

—¡Breen! —gritó Marg, que se arrodilló a su lado—. Te tengo. Deja que vea si estás herida.

—Es un dragón —consiguió decir Breen sin aliento—. Es un dragón.

—Sí, gracias a los dioses.

El dragón se volvió ondulándose y agitando la cola. Y su jinete atacó con la espada. El cuerpo alado cayó como una piedra. La cabeza, separada del resto, se estrelló contra la carretera de tierra con un golpe sordo y después rodó hasta la alta hierba.

—Dios mío, ay, Dios mío.

—Ya está, ya ha pasado. Estás a salvo. Magullada, pero no tienes nada roto. Siéntate y recupera el aliento. Ya ha terminado todo.

El dragón bajó grácilmente y sus afiladas garras arañaron la carretera. Mientras se tumbaba sobre el vientre, examinó a Breen con unos ojos que eran unos cuantos tonos más oscuros que sus escamas doradas. El hombre pasó la pierna por encima del amplio lomo y bajó de un salto con la misma facilidad que alguien que salta en las frescas aguas de un río durante un día caluroso. Envainó la espada ensangrentada antes de acercarse a Marg. No parecía especialmente contento, aunque Breen pensó que ella tampoco lo estaría si acabara de decapitar a alguien.

La melena del jinete, negra como la noche, le caía por encima del cuello del abrigo de cuero, que se hinchaba con el viento al caminar. Sus ojos, de un verde oscuro e intenso, miraron de soslayo la cabeza cortada. Conocía aquel rostro, tan duro y atractivo, por sus sueños.

—Odran no ha enviado al mejor de los suyos —comentó y entonces miró a Breen con la misma expresión de leve desdén—. ¿Es ella?

—Te agradezco tu intervención, Keegan, así que no seas cretino, no lo estropees. Mi niña se ha llevado un buen susto y se ha caído, y soy muy consciente de que podría haber sido peor de no haber llegado tú cuando lo has hecho. Breen, este es Keegan O'Broin.

—Tienes un dragón.

—Nos tenemos el uno al otro. ¿Puedes levantarte?

Aunque no estaba del todo segura, cuando él le ofreció una mano decidió que se sentiría menos idiota de pie que sentada en el suelo mientras el perro le lamía la cara y dejaba escapar gemiditos de preocupación. Keegan la ayudó a levantarse y miró a Botarate con mucha más amabilidad que a ella.

—¿Y este quién es? ¿Uno de los cachorros de Clancy?

—Sí, y ahora es de Breen.

—No la has protegido —regañó al perro, al que de todos modos acarició de pasada—. Tendrás que hacerlo mejor la próxima vez. —Después miró a Marg—. Igual que ella.

—La chica no ha tenido tiempo —empezó a explicar Marg.

—Estoy aquí mismo, pero puedo alejarme para que podáis hablar de mí a mis espaldas.

—Bueno, al menos tiene algo de carácter, ya veremos. —Sin volver a prestarle atención, levantó la mirada—. Mahon no debería tardar en llegar, y él os llevará a casa sanas y salvas. Es probable que este fuera un oportunista, porque dudo que Odran hubiera enviado a un espadachín tan lamentable. Me ocuparé de lo que queda de él.

—Llevas fuera más de dos semanas. ¿Te vas a quedar un tiempo?

—Todo lo que pueda. He echado de menos mi casa. Mira, ya llega Mahon.

—Ah, Aisling y los niños se alegrarán mucho de verlo.

El hada que surcaba el cielo tenía alas del color de la caoba vieja y el cabello del mismo tono, recogido en docenas de trenzas.

—¿Vas a necesitar ayuda para volver a meterla en el carro? —le preguntó Keegan a Marg.

—Será... —Se sentía tan insultada que se le olvidaron el miedo y la acumulación de maravillas—. ¡Botarate! —lo llamó Breen y se fue hacia el carro; notaba pinchazos en el tobillo, pero se negó a cojear.

—¿Botarate? —repitió Keegan con algo de humor.

—Es el nombre del perro, y deja de pinchar a la chica, Keegan. Lo que ha pasado aquí ha sido culpa mía. Mía.

Se fue detrás de Breen antes de que Mahon aterrizara elegantemente de pie.

—Has salido volando como un vendaval y casi me pones a dar vueltas como una peonza —se quejó—. Encima parece que me he perdido toda la diversión. ¿Era un hada oscura?

—Una de las de Odran, puesto que ya había levantado a la nieta de Marg unos cuantos palmos del suelo cuando los he alcanzado. Y ella estaba ahí, dando pataditas y gritando como una niña con una rabieta.

—El mensaje de Aisling decía que cruzaría a este lado.

—Y casi consigue que se la lleven otra vez. Asegúrate de que lleguen a casa sanas y salvas antes de ir a la tuya, ¿de acuerdo, Mahon?

—Claro, por supuesto.

Keegan se acercó a la cabeza cortada, la levantó por el pelo y la lanzó junto al resto del cadáver.

—¡Cróga! ¡*Lasair*! —le dijo al dragón.

Con un rugido atronador, Cróga escupió fuego, y era tan intenso que redujo los restos a cenizas ennegrecidas. Al oírlo, Breen volvió la vista atrás y, por el color de sus mejillas, Keegan supo que debería haber esperado hasta que se hubieran perdido de vista. Bueno, ya no tenía solución.

—Podrías haber sido más delicado —comentó Mahon antes de dirigirse al carro—. Mi señora. —A pesar del término formal, se inclinó para besar a Marg en la mejilla—. Siento que hayas tenido problemas, y precisamente aquí, en un lugar sagrado. Y, por cierto, no sabía que tuvieras una hermana.

—Eres un adulador, Mahon. Breen es mi nieta, como bien sabes. Y, Breen, este es Mahon Hannigan.

—He conocido a tu familia. —Como le llegaba el olor del humo, Breen procuró hablar despacio para que no le temblara la voz—. Tus hijos son adorables.

—Y unos granujas. ¿Te sientes lo bastante bien como para viajar, mi señora?

—Estoy bien, gracias. Perfectamente.

—Volveré a veros cuando lleguéis a casa, así que no os preocupéis.

Desplegó las alas y alzó el vuelo. A Breen se le olvidó asombrarse. Después de que Marg le diera la señal al caballo, después de alejarse del hedor a carne quemada y humo, Breen se volvió hacia ella.

—Necesito respuestas.

—Sí, sí, lo sé. Lo que ha sucedido ha sido culpa mía.

—Antes de que lleguemos a eso, tengo que decir algo en voz alta, porque no puedo dejar de pensar en ello. Ese hombre cabalgaba sobre un dragón.

—En tu mundo, esas criaturas solo aparecen en los cuentos y las leyendas, pero en este mundo forman parte de la vida real. Les pedí que no se acercaran durante un tiempo, porque pensaba que…, en fin, que ibas a tener que enfrentarte a muchas cosas, y creía que… Me equivocaba. Me he equivocado y podrías haberlo pagado caro.

—¿Es el hermano de Harken y Aisling? El jinete.

—Sí. Y es el *taoiseach* de Talamh.

—¿Él? Bueno, claro, ¿por qué no? Y, ahora, dime por qué un hada oscura ha intentado raptarme y quién narices es Odran.

—Creía que todavía no podía verte, que tenía tiempo para prepararte, explicarte y enseñarte. No sabría decirte si la criatura a la que ha matado Keegan era un enviado, un explorador o un espía con suerte, por así decirlo, antes de que se le agotara.

—Eso no responde a ninguna de las dos preguntas.

—Quería secuestrarte, sí. Seguro que ofrecen una gran recompensa por ti. Y era uno de los de Odran. Tu abuelo.

—Mi… ¿Por qué iba a querer mi abuelo, al que no habías mencionado antes, matarme de miedo y llevarme por los aires…? Es el que me secuestró cuando era pequeña.

Con el rostro tenso, Marg urgió al caballo a acelerar el paso.

—Eso también es culpa mía. Somos un mundo pacífico. Para conseguir la paz hay que trabajársela, y otras veces no te queda más remedio que luchar por ella. Algunos viven para destruir, para robar, para gobernar a otros en contra de su voluntad. Odran es uno de ellos.

«Todos los mundos son iguales —pensó Breen—, con magia o sin ella».

—¿Por qué me quiere?

—Eres de su sangre tanto como de la mía. Y eres mucho más de lo que crees, *mo stór*.

Antes de que pudiera volver a hablar, Breen vio al dragón y su jinete sobrevolarlas y dirigirse al oeste.

—¿Adónde va?

—Se llevará las cenizas del hada oscura a las Cuevas Amargas, donde las enterrará a gran profundidad y echará sal en el suelo. —Marg condujo en silencio durante un momento—. Pronto llegaremos a casa. ¿Puedes esperar un poco más para escuchar el resto?

Breen quería protestar, pero se dio cuenta de que Marg estaba tan pálida como ella misma se sentía.

—¿Por qué no? Si he podido esperar hasta ahora... —Después alzó la vista y vio a Mahon en el cielo—. Si Keegan es el *taoiseach*, ¿quién es Mahon?

—Su amigo más antiguo, un hermano para él incluso antes de que Aisling y él intercambiaran votos. Mahon es un buen hombre, uno de confianza, y la mano derecha de Keegan.

—Es... de los *sidhe*, y Aisling, según me dijiste, es de las sabias. Así que supongo que las diferentes tribus pueden casarse entre sí.

—Por supuesto. El corazón ama a quien ama. Harken se muere por Morena, siempre lo ha hecho. El problema es que él es un poco lento con estos temas y ella es bastante cabezota, así que no hacen más que dar vueltas el uno alrededor del otro.

Marg se metió en el camino que llevaba a la casa.

—Cuando suelte a Igraine quiero echarte otro vistazo, o podría llamar a Aisling, ya que la curación es su punto fuerte.

—No estoy herida. Probablemente tenga algunos moratones, y noto el tobillo izquierdo dolorido, pero nada más.

—Te echaremos un vistazo, nos tomaremos un vino y te contaré lo que necesites saber.

—Todo —insistió Breen—. No lo que tú creas que necesito saber.

—Todo.

Cuando pararon, Mahon aterrizó para ayudar a Marg a bajar.

—Me encargaré de la yegua y el carro.

—Ah, Mahon. Sé que estás deseando ir a casa.

—Y no tardaré en hacerlo. —Le dio otro beso a Marg y acarició al perro—. Bienvenida a Talamh, mi señora Breen.

—Gracias.

Como se le había quedado rígido el tobillo después del viaje en carro, tuvo que emplear toda su fuerza de voluntad para no cojear hasta la puerta.

—Siéntate junto al fuego —le dijo su abuela, que chasqueó los dedos para que las brasas moribundas volvieran a cobrar vida—. Vamos a levantar ese pie y a sacarte la bota.

—Me lo torcí al caer. En realidad, el que se ha llevado el peor golpe ha sido mi culo.

Marg frunció el ceño.

—El tobillo está un poco amoratado e hinchado. La sanación no es mi especialidad, pero puedo ocuparme de esto.

Tras sentarse en la mesa baja, se colocó el pie de Breen en el regazo.

—Solo necesitas hielo y tenerlo en alto —dijo la joven.

—Mmm —respondió Marg y le recorrió con delicadeza el tobillo formando lentos círculos con los dedos, apenas un roce—. Cuando aprendiste a andar, solo querías correr. Moratones y rasguños, rasguños y moratones. Simplemente te levantabas otra vez y seguías corriendo.

—Me gusta correr. En el instituto estuve en el equipo de atletismo un tiempo.

Sus dedos eran tan relajantes, tan frescos y relajantes, que a Breen se le cerraron los ojos.

—Ahora quédate sentada, que yo voy a por el vino y a por un ungüento con el que terminar el proceso de curación.

Cuando Marg se levantó, Breen abrió los ojos de nuevo. No solo habían desaparecido la rigidez y el dolor, sino también los moratones y la hinchazón.

—¿Ha sido un hechizo o algo así?

—No, en absoluto. Es una habilidad, podríamos llamarla, aunque, de haberse tratado de algo serio, habría preferido que lo hiciera Aisling o alguno de los otros sanadores. Tú también tienes esa habilidad. Recuerdo que una vez Morena se quemó los dedos en el fogón y tú se los curaste con besos.

—¿Cómo… cómo supe hacerlo?

—Tu corazón lo sabía. Bueno, aquí tienes —añadió, cargada con el vino, un plato de galletas para ellas y otra para el perro; en la bandeja también había un botecito azul—. Es un ungüento. Las lociones, pociones, bálsamos, pomadas, hechizos y demás son mi punto fuerte.

—Ahora no me molesta.

—Esto ayudará a que siga así. Me has llamado yaya. —Marg le aplicó el ungüento con el mismo masaje circular y ligero de antes—. Me has llamado yaya y me has pedido que corriera y me escondiera.

—No te has escondido.

—Lo primero que pensaste fue en protegerme. ¿No iba a hacer yo lo mismo?

Marg le dio la galleta al perro, que se estiró frente al fuego para mordisquearla.

—¿Siempre dejas la puerta abierta? —le preguntó Breen.

—No siempre. Me gusta el aire. ¿Tú la prefieres cerrada?

—No, es agradable sentir la brisa y el fuego de la chimenea.

«Y la bienvenida —pensó—. Porque una puerta abierta es un símbolo de bienvenida».

Marg se sentó y cogió su vino. Después le dio vueltas al vaso en las manos antes de beber.

—Contaré la historia a mi manera, pero será la verdad. Toda la verdad. Y responderé todas las preguntas que me plantees. —Bebió de nuevo—. Cuando el *taoiseach* que gobernó antes que yo falleció, después de una larga vida en la que consiguió mantener la paz, me uní a los demás en el lago. Así es como elegimos y nos eligen. La espada se devuelve al lago. Entrar en él es la primera elección que hacemos. Así que entré. Tenía dieciocho años y ninguna ambición de poder. Quería ser... una buena bruja, dirías tú, y, cuando encontrara a mi pareja en el amor, una buena madre para nuestros muchos hijos. Esos eran mis deseos cuando entré en el agua. Sin embargo, allí, en las profundidades en las que los demás buscaban, solo yo vi la espada. Así que elegí de nuevo, elegí sacarla y aceptar mi destino.

—En cierto modo, se parece a la leyenda artúrica de la Dama del Lago.

—Las leyendas salen de alguna parte, ¿verdad? Así que me hice cargo de mis deberes, practiqué mi arte y la extraña política del liderazgo. Algunos hombres quisieron compartir ese puesto conmigo, pero no había ninguno al que yo deseara. Hasta que vi a Odran. —Se echó hacia atrás en el asiento y contempló el fuego y el pasado—. Ay, dioses, qué guapo era, con ese cabello dorado como el sol y los ojos grises como una nube de tormenta. Alto y fuerte, encantador. Me enamoró con sus largas miradas y sus dulces palabras, me estremecía cada vez que me tocaba. Creía que era uno de los sabios. Creía que era de Talamh.

—¿No lo era? ¿No lo es?

Marg negó con la cabeza.

—Me cegó, no lo vi. Yo era joven y lo amaba y lo deseaba. Nunca sabré si todo eso salía de mí o de sus poderes para moldear mis sentimientos. Así que me acosté con él. No fue el primero, pero sí era el que quería…, o eso pensaba. —En ese momento entró el gato. Le echó una larga mirada a Marg y se metió en la cocina—. Intercambiamos votos, primero en la Capital y después en la granja, donde mi familia había trabajado la tierra durante varias generaciones. Y, tal como yo deseaba con todas mis fuerzas, concebimos un bebé. Odran fue muy atento conmigo mientras estaba embarazada de nuestro hijo. Trabajaba la tierra con mi padre y le llevaba flores a mi madre. Entonces nació Eian. La alegría duró unas cuantas semanas, porque, verás, Odran quería un bebé rollizo, bien alimentado con mi leche, leche de bruja, y cada vez más poderoso.

—¿Por qué? ¿Para qué?

—Para quitarle ese poder y quedárselo él. Para absorberlo poco a poco, a ese hijo que llevaba su sangre y la mía. La *taoiseach*. Una noche me desperté de un sueño, un sueño de tormentas y sangre. No me sentía bien, estaba mareada y débil, porque me había echado algo en la infusión que me había llevado amablemente mientras yo daba de mamar a mi bebé. Y entonces lo vi, lo vi tal y como era en realidad; vi la oscuridad y la intención con la que sostenía al niño…, que también estaba dormido, demasiado dormido. Estaba chupándole ese poder inocente, drenando al bebé que habíamos creado juntos.

—¿Estaba… estaba matando al bebé? ¿A su propio hijo?

Marg negó con la cabeza.

—No lo estaba matando, sino que lo vaciaba poco a poco. Le arrebataba tanto el poder como el alma. Se los bebía, podríamos decir. Y, sí, la muerte habría llegado con el tiempo, cuando mi dulce bebé no hubiera tenido nada más que dar.

»En ese momento descubrí mi rabia y la fuerza que encerraba. Lo detuve y lo maldije con el corazón destrozado de una madre. Lo eché de la casa y del mundo, creía que para siempre. Pero, verás, él era más de lo que yo sabía, incluso entonces, y mi preocupación por mi hijo me impidió verlo. Porque Odran regresó con su oscuridad y sus demonios y la larga paz llegó a su fin. — Marg apoyó la cabeza en el sillón un momento y cerró los ojos—. La guerra duró más de un año. Murió mucha gente, buenos hombres y mujeres que se enfrentaron a aquellas fuerzas. Mi padre y mis hermanos cayeron aquel año. Y, al poco de aquello, mi madre murió con el corazón amargado y roto. No me lo perdonó nunca.

—Pero ¿cómo iba a ser culpa tuya?

—Porque era *taoiseach*. ¿Había protegido al mundo, tal y como había prometido? No. Cedí a mis deseos y anhelos. Y por eso, después de echarlo y enviarlo a la oscuridad, después de honrar a nuestros muertos y empezar a construir una nueva paz, devolví la espada al lago para que otro la eligiera.

—No fue mi padre. Era demasiado joven.

—No, hubo otra, y lo hizo bien durante un tiempo. Después le tocó a Eian. Creo que solo una madre conoce esa mezcla de infinito orgullo y temor. Es lo que sentí la mañana que Eian salió del lago con la espada bien sujeta en la mano. Él consiguió conservar la paz, mi chico. Y después conoció a tu madre en uno de sus viajes. Aquí se nos anima a todos a ver otros mundos, a aprender y comprender que no somos los únicos. Así que, como te conté, la trajo aquí por voluntad propia, intercambiaron votos y te concibieron a ti.

Entonces entró un hombre de pelo plateado y se acercó a Marg para echarle más vino en el vaso.

—Necesitas más vino y algo de comer, ya puestos.

—Comeré cuando le haya contado el resto. No está tan a salvo como yo creía.

—Te vi —dijo Breen, que se puso de pie—. Te vi.

—Solo porque yo quise que lo hicieras. —Le llenó también el vaso a ella—. Con la esperanza de remover lo que había que remover.

—¿Me estabas espiando?

—Sedric es un buen amigo y compañero. Lo envié para que te observara. Había señales que no podía pasar por alto, Breen. Aparte de la enorme tristeza que emanaba de ti, otros indicios me señalaban que había llegado el momento. Sedric jamás te haría daño.

—Y se removió lo que tenía que removerse —añadió él y esbozó una lenta sonrisa antes de salir tranquilamente de la habitación.

Algo en la sonrisa, en los movimientos...

—¡Es... es el gato! —exclamó Breen.

—Es un cambiaformas, sí, y también uno de los sabios, por parte de madre. Estoy tan dedicada a él como él a mí... y a ti, siempre a ti. Sin duda, demuestra la arrogancia de su animal espiritual, pero daría su vida por mí y por ti.

Todo empezó a encajar para Breen, cada mágica pieza del puzle.

—No encontré ese dinero por suerte —dijo.

—Necesitabas tu independencia. Tenías que elegir y lo hiciste. ¿Te arrepientes?

—No, aunque no sé bien qué hacer con ella.

Marg se echó hacia delante y le dio la mano.

—Lo sabrás cuando despiertes del todo. Solo te pido que me dejes enseñarte para que seas fuerte.

Breen lo recordó, lo veía.

—Vino por la noche. Yo era... No era más que un bebé, en realidad. Me dijo... Me dijo que me enseñaría a volar como las hadas, como los dragones. Parecía un niño pequeño, pero no lo era.

—Te teníamos protegida y aun así se coló como una serpiente a través de la oscuridad.

—Me metió en una jaula de cristal, una caja, y no podía salir. Lloré, llamando a mi padre, a mi madre y a ti.

—Y te oímos. Él creía que no lo haríamos, creía que su poder era más fuerte, pero se desmoronó al enfrentarse al que tú llevas dentro, además de al amor de tu padre y el mío, y las lágrimas de tu madre.

—Me dijo que no me podíais oír, que nunca me oiríais. Al principio intentó tranquilizarme. Después, como no dejaba de gritar y llorar, se enfadó. Lo recuerdo. Lo oigo y lo veo.

—Si es lo que deseas, dame la mano y observa el fuego conmigo. Nuestros recuerdos se fusionarán. Yo veré lo que tú viste y tú verás lo que vi yo. Las respuestas están ahí, si las quieres. Eso sí, debes comprender que también lo sentirás todo, como si estuviera pasando ahora mismo.

La idea de revivirlo la asustaba, pero Breen cogió la mano de Marg de todos modos.

—Observa el fuego, las llamas, el corazón del calor… A través del humo y la luz en movimiento, hasta llegar a lo que fue. Estoy contigo y tú, conmigo.

Conocía el miedo, y el miedo gritaba y bramaba en su interior. No era más que una niña que golpeaba una pared que no veía. Al otro lado, el mundo giraba en un torbellino verde pálido, como las aguas de un lago. Profundas, profundas… El sol apenas llegaba a ofrecer una luz turbia.

—Déjame salir. ¡Papá!

—Ahora yo soy tu padre, tu madre y todo lo demás. —La voz estaba en todas partes, en ninguna parte, y llenaba la jaula—. Estate quieta y callada y te daré dulces. Serás como una princesa con juguetes dorados y ciruelas de caramelo.

Lloraba. Le dolían las manos de golpear la pared.

—¡Quiero a mi papá! ¡Quiero a mi mamá! ¡Quiero a mi yaya! ¡No te quiero a ti!

—Deja de balbucear si no quieres conocer el dolor.

Algo la pellizcó con fuerza en el brazo. Ella chilló, sorprendida; se tiró al suelo, se hizo un ovillo y lloró sin parar.

—Las niñas buenas reciben regalos. Las niñas malas reciben pellizcos y bofetadas. Sé buena y crece. A medida que crezcas, crecerá lo que llevas dentro. ¡Lo que llevas dentro es mío! Cuando esté maduro, me lo llevaré. Cuando me lo lleve, tú vivirás en un palacio en el cielo.

A pesar de su miedo, distinguió la mentira. Llamó a su padre, a su madre y a su abuela. Y, mientras los llamaba, algo creció dentro de ella. Hasta aquel momento, lo que sabía del poder le había dado pequeñas cosas, le había enseñado lo bonito y lo divertido. Mariposas que revoloteaban hasta su mano, pájaros que se le posaban en el hombro para cantar… Sin embargo, lo que crecía dentro de ella era duro y afilado, como los cuchillos que no le permitían tocar. Y ella, que jamás había conocido nada desagradable, gritó su verdad:

—¡Te odio! ¡Mi papá vendrá a buscarme y luchará contra ti! Te hará daño por haberme hecho daño.

No le respondió con un pellizco, sino con una bofetada tan dura y afilada como los cuchillos. Nadie le había pegado nunca y la sorpresa y el insulto se abrieron paso a través del miedo hasta que encontraron su rabia.

Con la mejilla ardiendo, con una marca roja como una quemadura, Breen se puso de pie. Apretó los puños junto a los costados. Se le oscurecieron los ojos, negros como la noche, cuando lo que había crecido dentro de ella estalló.

—¡No está bien pegar! —gritó mientras lanzaba los brazos hacia delante… y, con ellos, todo lo que esperaba en su interior.

Algo dejó escapar un aullido de dolor y el cristal reventó. El agua le cayó encima, la tiró al suelo, y ella pataleó y golpeó el cristal con las manos, sin lograr encontrar la salida. Sabía que tenía que aguantar la respiración debajo del agua (papá le había enseñado a nadar), pero no podía, no podía.

Unas manos la agarraron y, presa del pánico, forcejeó con ellas y empezó a gritar. Tragó agua, se ahogó…, y entonces su cabeza salió a la superficie.

—Te tengo, *mo stór*. Estás con la yaya. Agárrate a mí, agárrate a la yaya.

Tosió agua y se aferró a Marg, que las llevó a ambas hacia la orilla de lo que era un río en curva.

—¡Fi! ¡Ayúdame!

Finola, con las alas rosa pálido extendidas, bajó y le dio la mano a Marg. Tiró de ellas hasta la orilla y se quitó la capa para cubrir a Breen, que temblaba.

—Ya está, pobre cosita. Ahora estás a salvo.

—No lo está. —Marg movió las manos para secar y calentar a su nieta—. Llévala de vuelta, Finola, a donde debe estar. Llévala con su madre. Me necesitan aquí. Eian y los demás me necesitan con ellos.

—Volveré.

—No, por favor. Quédate con Breen y Jennifer. Quédate con ellas. —Todavía empapada, Marg se agachó y abrazó a Breen—. Ve con Finola, mi niña. Tu madre te está esperando.

—¡Ven conmigo! ¡Y papá!

—Pronto. Llévatela, Fi. Me necesitan.

—Yo la mantendré a salvo.

Tras rodear a la niña entre sus brazos, Finola alzó el vuelo. Envuelta en la capa, protegida por el abrazo del hada, Breen volvió la vista atrás. Vio por primera vez la guerra, su terrible mezcla de luz y oscuridad. Y los gritos las persiguieron hasta que se llevó las manos a las orejas y Finola la alejó de allí.

15

Al mirar el fuego, Breen vio lo que había visto su abuela. La matanza, la brutalidad... La sangre empapaba el suelo, se derramaba en el río hasta teñir sus aguas de rojo. Vio a Finola volar hacia una alta cascada, cargada con la niña, que era ella misma. Y cuando el hada la atravesó, cuando Marg supo que la niña estaba a salvo, se preparó.

El dragón acudió a su llamada, un relámpago esmeralda y zafiro que atravesó la niebla. Montó en él, cogió su espada y su varita, y, tras fusionar su mente con la del dragón, voló hasta la batalla.

Una docena de gárgolas de dientes negros cargaron a través de la densidad del bosque y la niebla hacia una barrera de seres feéricos. Ella atacó con la varita y les prendió fuego mientras cortaba y cercenaba demonios alados con la espada. Se oían chillidos y gritos; atronaban los tambores.

Conocía a algunos de los que luchaban en el aire y en el suelo, esclavizados o embrujados, robados del mundo de Marg y de otros para construir el ejército de Odran. Atrapadas sus mentes, mataban y morían por él. Ella rompió todos los hechizos y cadenas que pudo, pero también acabó con las vidas que no consiguió liberar. El aire retumbaba; el suelo se abría. De él salió más oscuridad para enfrentarse a la espada, la garra, el poder y la llama. La tormenta de la guerra descargó su violencia sobre la tierra.

Marg condujo a un trío de jinetes de dragón hasta la cascada.

—¡Proteged la entrada! Solo pueden entrar los nuestros.

Voló a través del aire cargado de humo, cada vez más alto, hasta que encontró aire limpio. Allí, llamó a Eian con la mente, con el corazón y con la sangre hasta que lo vio con sus soldados, descargando su furia sobre los guardias de Odran. Marg cabalgó con el viento confiando en que los que dejaba atrás serían capaces de contener la oscuridad mientras ella buscaba su origen.

En lo alto de una isla de piedra, al otro lado del Mar Oscuro, frente a los altos acantilados, se encontraba la fortaleza que Odran había construido con su codicia y su poder. Sus muros negros brillaban como diamantes y había cristales relucientes incrustados en las torrecillas, como si fueran picas.

Eian y sus jinetes luchaban contra los demonios de alas de murciélago de Odran mientras, debajo, otros soldados de Talamh se abrían paso a espadazos entre las gárgolas, los perros demoniacos, los embrujados y los condenados. El poder vibraba en el aire, el choque entre luz y oscuridad lo quemaba de tal modo que humeaba y temblaba. Espoleada por la rabia, Marg se zambulló en la refriega y manejó a su dragón de modo que la cola cortara las alas, afiladas como cuchillas, del enemigo y enviara los cadáveres dando tumbos a la furia del mar que sobrevolaban. Luchó hombro con hombro con su hijo, con la melena al viento y el poder ardiéndole dentro como una fiebre. Con Eian consiguió alejar a los guardias malditos lo justo para que las hadas treparan por la fortaleza. Con alas, con garras, con poder y con cuerdas, escalaron.

Miró a Eian a los ojos. Juntos lanzaron un remolino de poder, de un blanco cegador, que se desplegó hasta condensarse en un fuego del mismo color que atravesó las puertas bloqueadas del castillo negro.

Los seres feéricos entraron en tromba.

—¡Huirá! —gritó Marg.

—Sí. Lo intentará.

Eian voló sobre su dragón rojo sangre hacia la puerta destrozada y Marg salió detrás de él. En el interior se encontraron con el caos de la guerra entre las ruinas de joyas y tesoros robados o conjurados con sangre para el placer de Odran. Los esclavos, con argollas en el cuello, como ganado, corrían o se hacían un ovillo, asustados.

Se abrieron paso luchando hasta el torreón, a través del hedor a humo y sangre, y de la sangre derramada de los demonios. «Él sabe dónde encontrarlo —pensó Marg—. Percibe la presencia de Odran aunque yo no pueda. Es la sangre llamando a la sangre».

—¡Quiere que lo encuentres! —gritó, aterrada por la suerte de su hijo—. Es una trampa.

Eian, con los ojos del gris de la tormenta y el pelo de fuego, sostuvo la espada en alto.

—Solo es una trampa si tú eres la presa.

A lomos de su dragón, con el brillante cabello al viento, Eian voló como un rayo por encima de los cadáveres calcinados de los demonios y se metió en el torreón. El aire apestaba a muerte, a carne quemada y sangre hirviendo.

Con los ojos escocidos por el humo, Marg protegió el flanco de Eian sajando y disparando feroces rayos de luz blanca. Dentro, las columnas doradas y las baldosas de plata titilaban detrás de la bruma de la guerra. Las fuerzas de Odran, heridas, enfrentadas a la muerte y la derrota, se dispersaron volando, trepando y corriendo. Las tropas de Eian las persiguieron, lanzando a los demonios al suelo y tirándolos en llamas por los acantilados. No habría rendición, no podía haberla, y Marg lo sabía. El mal allí engendrado debía perecer. Los que escaparan, los que lograran abrirse paso hasta otros mundos, llevarían consigo la historia de Eian O'Ceallaigh y sus soldados de Talamh y temblarían al pronunciar su nombre.

Así debía ser.

El torreón, un laberinto de curvas y tesoros robados, retumbaba con el eco del entrechocar de espadas, los chillidos y los despiadados chorros de fuego. Desesperada por no perder a su hijo de vista, Marg siguió luchando incluso después de que el afilado borde de un ala negra le cortara el brazo antes de que ella pudiera reducirla a cenizas.

Allí, en la sala del trono, estaba sentado Odran, con su belleza salvaje, inmóvil sobre un trono inmenso adornado con las calaveras y los huesos de aquellos a los que había asesinado en su implacable búsqueda de poder. El cabello dorado y lustroso le caía hasta los hombros bajo una corona de cristal transparente y gemas brillantes. Vestía oro, tanto en el pantalón de tartán como en la túnica, sujetadas ambas cosas con un cinturón de gemas. Y esbozaba la sonrisa que había seducido a una joven en busca de un amor más intenso que sus propios poderes. Incluso entonces, pensó Marg, incluso entonces irradiaba sexualidad y encanto de un modo casi irresistible, a pesar del hedor a sangre y muerte.

—Ah, mi amada y mi hijo. —Aquella voz, profunda, embriagadora y peligrosa, parecía acariciarla como los dedos de un amante—. Entrad, entrad. Sentaos a mi derecha y a mi izquierda, como siempre ha estado escrito.

—Levanta —le ordenó Eian, que bajó de un salto del dragón, espada en mano—. Levanta o muere sin levantar el trasero del trono.

—Qué palabras más duras, qué precio más alto el que has pagado con la sangre de tu pueblo. Y todo por la mocosa llorica que decidiste engendrar con una mujer débil y sin poder de un mundo por debajo de tu rango. Y solo porque yo quería pasar un tiempo a solas con mi nieta…, porque eso es lo que es.

—Ella es más que tú —respondió Marg, sin desmontar, con todos los sentidos pendientes de la trampa—. Más fuerte y más lista.

—¿Eso crees, mi amada? —preguntó Odran amablemente—. Ella es mi sangre. Es mía por derecho, al igual que los lamentables poderes que posea.

—Nunca será tuya.

Odran se dignó a mirar a Eian.

—Llegará un día en el que me beba cada gota de lo que es.

—Levanta —ordenó Eian de nuevo; tenía el rostro manchado de sangre y hollín—. Tus criaturas sangran y arden, igual que los que pueden regresar arrastrándose a sus infiernos. Tu palacio de mentiras se derrumba a tu alrededor. Ha llegado el día de pagar por lo que le hiciste a mi madre, por lo que me hiciste a mí y por lo que le has hecho a mi hija. Desenvaina tu espada, Odran el Maldito, y enfréntate a mí como un hombre.

Despacio, con movimientos pausados, Odran se levantó.

—Pero es que no soy un hombre. Soy un dios.

Alzó los brazos. La tempestad que invocó levantó a Eian del suelo y estuvo a punto de tirar a Marg de su montura. Por un momento, solo por un momento, empezó a dar vueltas sin control.

—No soy la presa —le dijo Eian a Marg—. Prepárate.

Marg vio la sorpresa en el rostro de Odran cuando Eian se abalanzó sobre él. Un momento bastó para que docenas de demonios salieran a rastras de las paredes de oro y los suelos de plata. Mientras ella le gritaba a su hijo que montara de nuevo, las fuerzas de Talamh entraron en la sala del trono. Entonces una espada apareció en la mano de Odran, de color obsidiana frente a la hoja plateada de Eian. El choque sacudió las columnas y cubrió el suelo de diminutas grietas.

—¡Sácalos de aquí! —gritó Eian—. Sácalos a todos.

Y, tras empujar el aire con una mano, con un rugido atronador, disparó el techo del torreón hacia las nubes. Por el hueco entraron las hadas para enfrentarse a los demonios y llevarse a todos los soldados de Talamh que no fueran capaces de volar solos. Aunque el corazón le palpitaba en la garganta, Marg hizo lo que su hijo le ordenaba: condujo a los demás a través del laberinto, proyectando su luz para despejar el camino. No vio más que atisbos de la batalla mientras se esforzaba por fundir sus pensamientos con los de Eian. Vio los ojos de Odran, más oscuros que el humo y rebosantes de odio asesino. Una vez que las tropas estuvieron a salvo y los heridos camino a casa, dio media vuelta con su dragón. Sin embargo, antes de poder alcanzar el torreón, este implosionó. La violencia del estallido la golpeó y la atravesó. Aun así, siguió adelante.

Entonces lo vio, a su hijo, a su chico, alzarse por encima de las ruinas humeantes. Ensangrentado, manchado de ceniza, pero vivo.

Eian fue hacia ella.

—¡La cascada! —gritó—. Atraviésala, mete dentro a todo el mundo. En cuanto estemos todos a salvo, bloquearemos el portal. Necesito que me ayudes a cerrarlo.

—Estoy contigo. Pero estás herido. Sangras.

—Y tú también. —A través del aire, alargó el brazo y le tocó la mano—. No podía arriesgarme a dejar que vieras lo que tenía en mente. Él podría haber visto lo suficiente para defenderse.

—Tú eres el *taoiseach*. ¿Y Odran?

—No lo sé con certeza. Estaba dispuesto a quedar enterrado conmigo en ese maldito lugar con tal de no dejarme vivo. Pero el único que ha quedado enterrado es él. Quieran los dioses que permanezca así.

—Pero no lo hizo —le dijo Marg a Breen, de vuelta al presente—. Pasaron los años y llegamos a creer que se había ido. Bloqueamos el portal a ese mundo, pero, aun así, logró colarse. Sin embargo, tú estabas a salvo. Tu padre se aseguró de ello durante todo el tiempo que pudo.

—Sacándome del mundo que tanto amaba.

—Lanzamos hechizos para tu protección y otros para enturbiar los recuerdos y mitigar el sufrimiento. Su mejor amigo perdió la vida en esa batalla: Kavan, el padre de Keegan, Aisling y Harken. Así que les dio la granja a la viuda de Kavan y a sus hijos. Estaría en las mejores manos y ellos contarían con la seguridad de un hogar. Habría entregado la espada y el bastón, pero, después de la Batalla del Castillo Negro, la gente le suplicó que los conservara. Cuando os llevó a tu madre y a ti a través del portal hasta el mundo que ella conocía y que se convirtió en el tuyo, siguió siendo *taoiseach*. Regresaba a menudo, tanto como podía, y mantuvo la paz durante todo el tiempo que pudo.

—¿Cómo volvía? Vivía… Nunca hubo conciertos fuera de la ciudad, ¿no? Nunca viajó por su música, por su primer amor duradero.

—Quiero que sepas que te adoraba —le aseguró Marg, cogiéndole de nuevo la mano—. Y amaba Talamh. Así que renunció a algo que amaba para ser tu padre y para servir a su pueblo.

—Era un guerrero. Lo he visto como si hubiera estado allí, porque tú sí lo estabas. Lo he visto. No conocía esa faceta suya.

«Un guerrero —pensó Breen—. Un líder. Un héroe».

—No era necesario que lo supieras. Ahora sí lo es.

—Y yo rompí las paredes de la jaula de cristal. Lo hice yo.

—Sí, eso hiciste, con tan solo tres años.

—¿Cómo?

—Estaba dentro de ti. Hasta entonces había sido suave, dulce e inocente. En aquel momento, cuando fue necesario, te despertaste con toda tu fuerza.

—No sé qué significa eso. No sé qué es lo que llevo dentro. Lo he visto, pero, aun así… Demonios, como en los libros y las películas. Gárgolas, vivas y crueles. Existen.

—Existen en algunos mundos —le confirmó Marg—. Él las llevó al mundo que reclamaba como suyo.

—Tú eras… aterradora y magnífica. Cabalgabas sobre un dragón, tenías una espada y una varita. ¿Una varita mágica?

—Podrías llamarla así. Es una extensión de mi poder. Soy una de las sabias, como tú.

—Y mi padre también lo era. Mi madre no.

—No. Ella es lo que deseaba y necesitaba que tú fueras: humana. Solo humana.

—Tengo que… —Breen se levantó y caminó en círculos por la acogedora salita, con su fuego bajo y sus cristales relucientes—. ¿Qué soy yo, entonces? ¿Medio humana, medio otra cosa? ¿Y Odran, mi abuelo? Dijo que era un dios. ¿Es que, además de malvado, es un loco?

—Es muchas cosas. Y, aunque esté loco por el poder, no es un loco. Efectivamente, es un dios.

—Espera un momento, espera un momento… —le pidió Breen, que tuvo que volver a sentarse—. ¿Un dios? ¿Como Thor?

Marg esbozó una sonrisa cansada.

—Como te decía, las leyendas y las historias tienen su origen en la verdad.

—Pero eso… Iba a decir que es imposible, pero lo mismo pasa con todo esto, y no lo es. Si Odran es un dios, mi padre era…

—Un semidiós. Nacido de los sabios y los dioses. Y tú, *mo stór*, eres de los sabios, las hadas, los dioses y los humanos. No hay nadie como tú ni en este mundo ni en el mundo en el que te criaron.

—¿En qué me convierte eso? ¿En un monstruo?

—En un tesoro.

—Mairghread —dijo Sedric al entrar en el cuarto—. Ya basta por ahora. Creo que con eso tiene de sobra por el momento. Necesitas comer y descansar.

Breen supo que era cierto: su abuela estaba pálida y exhausta. Reprimió las preguntas que pugnaban por salir, desesperadas por obtener respuesta.

—Es mucho. Necesito pensar —dijo—. Sé que no me estás mintiendo porque lo he visto yo misma. Lo he visto. Y aun así no logro asimilarlo.

—Hay pan y queso para picar mientras se prepara el estofado —anunció Sedric—. Tienes que comer un poco.

Tras impartir sus órdenes, dio media vuelta y se fue a la cocina.

—¿Es tu familiar? Se dice así, ¿no?

—Es mi pareja. No volveré a intercambiar votos, pero, si lo hiciera, sería con Sedric.

—Ah, que sois... Oh.

Marg se relajó de nuevo y se le alegró un poco el rostro.

—Esos asuntos no se acaban con la juventud, mi niña. Sedric luchó ese día. Sangró por ti. Daría su vida por ti en caso necesario. Porque él es mío y yo soy suya. Y, por tanto, tú eres suya.

Así que comieron pan con queso en la cálida cocina con la puerta abierta al exterior y la incipiente noche. Y, aunque las preguntas no dejaban de intentar salir, la mirada firme de Sedric la obligó a reprimirlas.

—Todavía no he deshecho la maleta. No he traído gran cosa, pero debería ocuparme de eso. Y decías que podría escribir de alguna forma. Suelo empezar temprano.

—Te lo enseñaré —le dijo Sedric, que se levantó y se llevó la mano de Marg a los labios—. Descansa mientras tanto. Has tenido un día muy complicado. Ya habrá tiempo de continuar mañana.

—Ay, no exageres.

—¿Exagerar? Si por mí fuera, ahora mismo estarías en la cama con una poción para dormir toda la noche. Vamos, chica, te enseñaré lo que necesitas.

—Ya habrá tiempo mañana —le dijo Breen a Marg—. Estamos todos cansados.

—Bien dicho —repuso Sedric mientras la llevaba a su dormitorio—. Esa mujer haría cualquier cosa por ti y algunas de esas cosas le pesan en el corazón.

—Conocías a mi padre, ¿no?

—Lo conocía, lo admiraba y lo respetaba. Era como un hijo para mí.

«Como un hijo para él», pensó Breen.

—Llevas mucho tiempo con mi abuela.

—Todo el tiempo que ella me ha permitido. Recuerdo que eras una niña lista y encantadora, con una voluntad de hierro. Parece que el tiempo que has pasado en el mundo de la Tierra ha embotado esa voluntad. Pero no te preocupes —añadió alegremente—, solo tienes que volver a usarla para que brille de nuevo. Por ahora, lo que necesitas para trabajar está aquí.

Señaló el escritorio con un gesto. En él había un alto taco de folios y una pluma. Se acercó y levantó la pluma: era plateada, con un cristalito rojo en la punta de la tapa.

—¿Una pluma?

—Más que eso. Recuerda dónde estás. Tus dispositivos, como los llamáis vosotros, no funcionan aquí. Esta pluma, conjurada solo para ti, nunca se quedará sin tinta. Transferirá tus pensamientos a la página de la misma forma que escribes en ese blog tuyo y en las otras historias y comunicaciones. Tienes un don para narrar y esta pluma y estos papeles te ayudarán.

—No sé bien cómo escribir así. Y, en cuanto al blog, incluyo fotografías.

—Solo tienes que describir la imagen que deseas usar y se plasmará. Algunos de los nuestros viven al otro lado del portal. Ellos se llevarán lo que escribas y lo transcribirán en tu dispositivo.

—¿Hay gente de aquí que vive en Irlanda?

—Y más allá. Deben hacer un juramento sagrado y cumplirlo si desean morar fuera de Talamh. Por ahora, te basta con saber que aquí reverenciamos a los narradores y que eres libre de seguir escribiendo durante tu visita. —Dio un paso atrás—. Comeremos cuando estés lista, aunque te pediría que no tardases demasiado. Marg se sentirá mejor después de comerse un buen cuenco de estofado.

—Diez minutos.

Sedric asintió, salió y cerró la puerta.

Una vez a solas, Breen miró el taco de folios y la pluma que tenía en la mano y sacudió la cabeza.

—Supongo que es mejor que una puñetera pluma fuente.

Meditó sobre la posibilidad de retrasar el blog un día, puede que dos, y después, curiosa, destapó la pluma. Todavía de pie, apoyó la punta en el primer papel.

—Si a... —Vio las palabras y el resto del pensamiento apareció en la página como si lo hubiera escrito con su fuente preferida.

Si a Jane Austen le servía... ¡Dios mío! ¿Cómo es po...? ¡Para!

Levantó la pluma de golpe. Decidió que era demasiado, que era simplemente demasiado para un solo día. Tapó la pluma y la dejó en el escritorio con sumo cuidado. No se había llevado muchas cosas, así que lo metió todo en el armario, que olía a cedro y lavanda, antes de abrir la puerta del baño. Una enorme bañera de cobre dominaba el cuartito. Examinó, no sin cierta ansiedad, el diminuto retrete con una cadena de las antiguas, para tirar. Sobre una mesa había una jarra grande y una palangana. El agua de la jarra estaba caliente, bastante caliente, cuando metió un dedo dentro. Que fuera imposible ya no la desconcertaba. En los estantes había un par de mullidas toallas blancas, botellas de cristal llenas de líquidos, aceites y diminutas perlas que olían a hierbas y flores, y una pastilla de jabón en un platito. Unos candeleros de hierro sostenían velas tan fragantes como el jabón. Quizás le faltara una ducha y quizás albergara sus dudas con el retrete, pero no podía negarse que el conjunto tenía su encanto.

Cruzó mentalmente los dedos, usó el retrete y tiró de la cadena. No oyó el esperado susurro del agua ni ningún crujido seguido de la descarga de agua, sino que, cuando se levantó, el tazón estaba vacío y limpio.

—Vale, lo consideraremos magia práctica.

Usó la palangana y la jarra para lavarse y después se miró en el espejo con marco de hierro que colgaba de la pared.

—Venga, dilo: ya no estás en Kansas.

Salió y siguió el aroma de la comida hasta la cocina. En la mesa había tres servicios completos: cuencos de porcelana, platos para el pan y servilletas de tela metidas en anillos de cobre. Sedric estaba de pie junto al fogón; Marg cortaba pan integral en una tabla. Aquella imagen doméstica y tan natural le dejaba claro a Breen que habían estado juntos (no como bruja y familiar, sino como pareja) desde hacía mucho tiempo, tal como pensaba.

—Huele de maravilla.

—Sedric es un gran cocinero. —Marg llevó el pan y el tarro de la mantequilla a la mesa—. Puedo prometerte que no vas a pasar hambre. El pan lo he horneado esta mañana, antes de que llegaras, porque a mí tampoco se me da mal la cocina. Y la mantequilla viene de la granja. El vino de la cena es obra de Finola y Seamus y no encontrarás ninguno mejor, ni siquiera en la Capital.

—Yo no soy buena cocinera —respondió Breen, que se sentó cuando Marg lo hizo—. Intento mejorar, porque no hay ningún sitio en el que comprar comida preparada cerca de la casa y Marco no está aquí para encargarse de hacerla. Él sí es buen cocinero.

—Y un buen amigo, también. Finola estaba encantada con él.

—Tiene buen ojo para los chicos guapos.

Sedric dejó la olla en la mesa y empezó a servir el estofado en los cuencos.

—Eso es verdad. Me ha contado que es músico, como tú.

—Bueno, yo no soy como Marco. Él es un músico nato. Es lo que decía mi padre, que nos enseñó a tocar a los dos: el piano, el violín, la flauta… Pero cuando… cuando tuvo que marcharse, Marco siguió con las clases. Yo… no.

Como no quería hablar de eso, probó el estofado.

—Está buenísimo. ¿Cultiváis vuestros propios cereales?

—El suelo está para cultivarlo. Ese es también uno de tus talentos.

—Eso creo. Es algo sobre lo que me gustaría aprender más. Vivimos en un piso, así que en realidad no hay sitio donde plantar, y antes…, con mi trabajo y todo lo demás, no tenía tiempo para una afición o un interés de verdad.

—Ahora, tu tiempo es tuyo —comentó Sedric.

—Todavía me estoy acostumbrando. Quería preguntarte una cosa. No tienes que responder ni tenemos que hablar sobre eso ahora, puede esperar; pero el caso es que me has dado mucho dinero. Para mí, es una fortuna. ¿De dónde ha salido?

—Bueno, en realidad el dinero es fácil de conseguir —respondió Marg—. Aquí no tenemos ninguna moneda, pero…

—¿Ninguna?

—No nos hace falta. Hacemos trueques y las tribus y las comunidades se ocupan de los que pasan por malas rachas. Otros acuden al *taoiseach* y su consejo para pedir ayuda por un fallecimiento, una enfermedad o alguna otra desgracia que les haya traído problemas.

—¿Sin dinero? —tuvo que insistir Breen.

—El dinero no es más que metal, papel o alguna otra forma sin valor real, salvo el que la gente le asigna —repuso Sedric, encogiéndose de hombros mientras untaba mantequilla en un pedazo de pan.

—Pero me disteis dinero.

—En el mundo en el que vivías lo necesitabas para tu seguridad, para comida, para un techo, para una cama… Soy tu abuela.

Tu padre y yo acordamos que me encargaría de tus necesidades. Aquí tenemos objetos de valor que pueden venderse fuera. Y eso se hizo.

—Gracias. Tener el dinero me ha cambiado la vida, me ha dado una libertad de la que carecía. Suena muy superficial decirlo aquí sentada, pero es cierto.

—Cada mundo tiene sus reglas, leyes y culturas.

—Sedric me ha contado que tenéis gente viviendo fuera —dijo Breen.

—Claro. A algunos les resulta más adecuada la vida de fuera o son más felices allí. Todos tienen libertad de elección. Algunos del exterior eligen Talamh; algunos de Talamh eligen el exterior.

—Cuando deciden marcharse, ¿hacen un juramento? Me lo estabas explicando antes.

—El juramento más sagrado —respondió Marg—. El más sagrado de todos es no hacer daño, no quitar ninguna vida salvo para defender otra, ni con magia ni sin ella. Incluso así, si se hace para proteger una vida, debe haber un juicio. Quitarle la vida a alguien, hacer daño en cualquier otra circunstancia, se castiga despojando al culpable de su poder y desterrándolo.

—¿Desterrándolo a dónde?

Sedric apoyó una mano en la de Marg y respondió por ella.

—Existe un mundo con un único portal que solo se abre desde fuera. Los que rompen su juramento y son juzgados por hacerlo acaban allí, donde deben vivir sin magia.

Una especie de prisión, comprendió Breen.

—¿Cómo os enteráis de que han roto el juramento?

—Tenemos vigilantes y su don es la empatía. Ellos lo saben y deben informar al consejo. Somos gente de la tierra, somos artistas, artesanos y narradores, pero también somos un mundo de leyes. La mayoría de nuestras leyes no son como las que conoces. Quitar una vida, llevarse lo que no te pertenece o no se te ha concedido por voluntad propia, obligar a otra persona a yacer contigo, descuidar a un niño o un animal… Todos esos actos hacen daño y nuestra primera ley es no hacerlo.

Las respuestas suscitaban nuevas preguntas que le zumbaban en la cabeza, pero una mirada de Sedric bastó para que se las callara. «Con esto tengo de sobra por ahora», se recordó.

—Quiero darte las gracias por el papel y la pluma —dijo Breen—. Estoy deseando intentar escribir con ellos.

—Espero que los disfrutes y que trabajes bien —respondió Marg—. Tómate también tu tiempo para conocer mejor Talamh. Para dejar que te enseñe y te ayude a despertar.

—Para despertar lo que tenía dentro, lo que rompió el cristal cuando era pequeña.

—Eso y más.

—Me gustaría ver más y aprender más. Podrías empezar por enseñarme cómo os ocupáis de los platos. He supuesto que no habría agua corriente.

—Tenemos un buen pozo, pero esta noche no vas a fregar los platos. Hoy eres tanto invitada como familia. Te gustan los paseos y hace una noche preciosa.

—De acuerdo. Si quiero usar la bañera después, ¿cómo la lleno?

Marg sonrió.

—La jarra la llenará y el agua permanecerá caliente hasta que acabes.

—Así se ahorra mucho en fontanería.

Se dio cuenta de que necesitaba ese paseo; necesitaba el aire, la noche y la paz para organizar sus pensamientos y cuadrarlos con lo que había aprendido.

—Gracias por la cena. Estaba todo perfecto, la verdad. —Vaciló, aunque después se dejó llevar por el instinto, se agachó y besó a Marg en la mejilla—. Gracias, yaya.

Cuando Breen salió, Marg se llevó una mano al corazón.

—Queda tanto, Sedric, tanto que darle y tanto que pedirle…

—Dentro de ella, nuestro mundo todavía lucha contra el otro.

—Y puede que lo haga siempre. Ve, cuida de ella. Es posible que Odran tenga espías de los que no sepamos nada. Yo me encargo de los platos.

Sedric se levantó, se inclinó sobre ella y la besó con ternura en los labios. Le dio la espalda como hombre y, como gato, salió por la puerta.

16

Breen vio que el gato se escabullía por la hierba al otro lado de la carretera, con su sinuoso cuerpo plateado camuflado entre el verde. Y se percató casi de inmediato de que no lo habría visto de no haberlo querido él. Aunque todavía no estaba muy segura de qué opinaba de Sedric, estaba claro que su abuela confiaba en él y estaba más que claro que los dos se querían. Así que Breen decidió tolerarlo. Aparte de su relación familiar, era una invitada en su casa, una visita. «Extraña en una tierra extraña», pensó.

El sol prendió fuego al cielo de occidente. Se metió la mano en el bolsillo automáticamente para coger el móvil y le dio un toquecito para encender la cámara. Se quedó un minuto mirando la pantalla en blanco antes de recordarlo.

—Aquí no funcionan los dispositivos —masculló—. No hay tecnología.

Se guardó de nuevo el móvil sin prestar atención al gato. Seguro que Sedric se reía con disimulo.

Decidió disfrutar de la larga y lenta puesta de sol, de la forma en la que el fuego se extendía por encima de las aguas de la bahía, de sus últimas llamas contra las lejanas colinas. ¿Qué había detrás de ellas? ¿Más paisajes como aquel, de campos, granjas, agua y bosques? ¿Pueblos mágicos que labraban y plantaban, que cocinaban estofados y hacían música? Porque estaba oyendo música, una melodía ligera y alegre que viajaba con la brisa nocturna. Un violín, puede que un arpa, una flauta, y todo se mezclaba animadamente. Era como otra especie de sueño. La música perfecta para la última hora de una noche de verano mientras las ovejas y las vacas descansaban en los campos, y el aire olía a hierba y humo de turba. Y un hombre gato la seguía como si fuera un guardaespaldas felino. De mucho le iba a servir un gato si un hada asesina bajaba del cielo para intentar secuestrarla de nuevo.

Al recordarlo, levantó la mirada y se quedó de piedra. El dragón sin jinete surcaba el cielo del crepúsculo como un barco de oro en el mar. Nada de lo que había visto o pudiera ver en aquel fantástico lugar podía ser tan magnífico, tan glorioso como aquel vuelo silencioso y dorado.

Fascinada, siguió al dragón y vio que había dos lunas en el cielo. Ambas estaban pálidas todavía, puesto que solo había despertado una única estrella, y ambas eran medias lunas, una creciente y otra menguante.

—Pero… hay dos lunas.

—Como siempre ha habido.

Lista para correr, gritar y luchar, Breen dio media vuelta. En la penumbra del crepúsculo, no lo había visto apoyado en el poste de piedra de la puerta. Iba de negro y se confundía con la noche inminente. Probablemente esa fuera su intención.

El *taoiseach*, el líder, el jinete del dragón dorado y esmeralda.

—¿Cómo funcionan las mareas con dos lunas?

—Vienen, van, vienen y van. Yo me ocupo de ella, Sedric —le dijo al gato—. A no ser que piense pasarse media noche dando vueltas.

—Solo quería dar un paseo antes de… —Estaba dándole explicaciones. Tenía que dejar de sentirse siempre obligada a dar explicaciones—. No quiero que nadie se ocupe de mí.

—Querer y necesitar son dos cosas distintas, ¿no? Y Marg no se preocupará si sabe que no estás sola.

Eso evitó que siguiera discutiendo.

—Todavía no te he dado las gracias como es debido por lo que has hecho hoy.

—No es necesario, pero de nada, de todos modos.

Breen intentó encontrar algo educado que decir y miró hacia la granja, que tenía todas las ventanas iluminadas como soles.

—Suena a fiesta.

Él miró hacia la música y las voces.

—Es una fiesta, una fiesta de bienvenida a casa, o algo así. Marg, Sedric y tú estabais invitados, como casi todo el puñetero valle, pero a Marg le pareció que quizás prefirieses algo menos… animado para tu primera noche. Si te apetece entrar, eres bienvenida.

—No, todavía me sentiría un poco incómoda. En realidad no conozco a nadie… ni sé lo bastante de… nada.

—Bueno, tendrás que aprender, ¿no?

Aunque su voz le sonaba a música, a ese acento que todavía consideraba irlandés, se puso hecha una furia.

—He aprendido lo suficiente como para saber que mi abuelo es una especie de dios enloquecido que quiere robarme algo que ni siquiera sé que tengo. Y, hasta hace cinco puñeteros minutos, ni siquiera creía en dioses.

—¿Por qué no? —le preguntó él con curiosidad genuina.

—Porque se supone que son mitos. Como los mundos con dos lunas en los que los dragones vuelan por el cielo y el amante de mi abuela se convierte en gato. Ahora tengo una pluma que escribe lo que pienso y una jarra que nunca se vacía de agua caliente. No puedo usar mi estúpido móvil, pero he mirado al interior del fuego con la yaya y he visto a mi padre luchar en la guerra. Lo he visto como si yo misma hubiera estado allí.

Él la miraba hablar, todavía apoyado en el poste, con las manos metidas en los bolsillos. Y una espada a la cintura.

—Sí que estabas allí, al menos al principio. Yo era demasiado pequeño, pero le supliqué a mi padre que me llevara con él cuando fue a buscarte.

Y había muerto, recordó Breen. Murió protegiéndola, en aquel horrible lugar.

—Lo siento. Siento que perdieras a tu padre, siento que muriera por ayudar a salvarme.

—No fue culpa tuya, tú no eras más que un bebé. Y luchaste, ¿verdad? Una niña de tres años enfrentándose con su poder al de un dios. Hay canciones e historias sobre la pequeña que rompió con su fuerza de voluntad las paredes del dios.

Aquella idea le atenazó la garganta.

—No sé cómo lo hice.

—Tendrás que recordarlo. —Lo dijo como si fuera lo más sencillo del mundo, sin dejar de mirarla—. Interrumpiste tus prácticas y tu entrenamiento demasiado pronto, pero eso puede arreglarse ahora que estás aquí.

Ella dio un paso atrás por instinto.

—No estoy aquí. He venido de visita.

—Este mundo es tan tuyo como mío —repuso él tras apartarse del poste—. ¿No le vas a dar nada?

—¿Qué se supone que le tengo que dar? Estoy intentando adaptarme y es algo muy gordo. Cuando por fin estoy empezando a averiguar lo que quiero hacer con mi vida, ¡pum!, descubro que la mayor parte de ella es mentira o, por lo menos, está repleta de medias verdades.

—Querer y necesitar son dos cosas distintas, insisto. Necesitas perfeccionar tus dones y Marg te enseñará a hacerlo. Necesitas entrenar, y para eso, desgraciadamente para los dos, me tendrás a mí.

—¿Entrenar para qué?

—Para luchar, por supuesto; para protegerte a ti y proteger a los demás. Para defender Talamh.

—¿Luchar? ¿Con una cosa de esas? —preguntó, señalando la espada, horrorizada—. No soy una soldado.

—Aprenderás si no quieres que estemos siempre rescatándote. —Aquel acento musical adoptó un tono algo burlón—. ¿Así es como veis las cosas en tu mundo? ¿Una mujer como tú se limita a encogerse de miedo y gritar?

—He ido a clases de defensa personal —empezó, pero después se dejó llevar por la ira—. ¿Sabes qué te digo? Que no tengo por qué darte explicaciones. Ni a ti ni a nadie. Toda mi vida he tenido que soportar que la gente como tú me critique, me acose, me haga sentir inferior. Se acabó. Estoy harta de retractarme y disculparme.

—Me parece estupendo. Así que tendrás que dar un paso adelante. Él intentará recuperarte, Breen Siobhan, te lo aseguro, y yo daré la vida por detenerlo. Igual que todos los demás habitantes de este mundo, ya sean hombres o mujeres. Eres la hija de Eian O'Ceallaigh, el *taoiseach* que me precedió; el que, cuando cayó mi padre, me acogió como a un hijo. En su nombre juré protegerte. Pero, por todos los dioses, te aseguro que aprenderás a luchar.

Ella dio otro paso atrás, aunque esta vez no por miedo.

—Lo querías. A mi padre.

—Sí, era un gran hombre, un buen hombre. Gran parte de lo que soy lo soy porque él me lo enseñó. Así que yo te enseñaré a ti. Eian no esperaría menos de mí. Ni de ti.

—No sé qué esperaría de mí.

—Sí que lo sabes; lo sabes o lo sabrás cuando dejes de fingir lo contrario. Por ahora, te acompañaré a casa. Quiero acostarme ya.

—Puedo volver sola.

—No tienes que hablar conmigo. Me gusta el silencio cuando puedo disfrutar de él. Pero me aseguraré de que llegues sana y salva a casa de Marg, como ella desearía.

—Una pregunta, y después dejaré que disfrutes de tu silencio. ¿Te conocía? Antes, cuando vivía aquí.

—Claro que sí. Y yo te conocía a ti, aunque no te prestaba mucha atención, porque eras una niña. —Sonrió con una sonrisa de verdad y de repente irradió carisma por los cuatro costados—. Te gustaba llamar a los pájaros, a las mariposas y demás, e intercambiar secretos con Morena. A mí me interesaban más las espadas de madera y las batallas futuras, y buscar al dragón que sería mío. Un día, aunque hoy no, te hablaré de la vez en la que nos encontramos y eso selló con sangre mi destino Ahora, el silencio.

Breen no dijo nada más mientras caminaba a su lado, bajo las dos medias lunas que alumbraban el cielo tachonado de estrellas. Tenía mucho sobre lo que pensar, y lo haría, pero, para eso, necesitaba no solo silencio, sino soledad. Así que calló mientras él esperaba en el camino de entrada a la casa hasta que ella estuvo dentro. El fuego ardía bajo y la tranquilidad era relajante. Aun así, miró por la ventana y lo vio regresar por el camino.

Decidió probar la bañera, después la pluma y, por fin, acostarse. Y durante todo ese tiempo pensaría en su primer día en Talamh y en lo que traería consigo el día siguiente. Durmió profundamente y sin sueños, protegida. Se imaginaba que en parte era por el largo baño caliente perfumado y la hora de escritura posterior con la pluma mágica. Y no había palabras suficientes para expresar lo entretenido que era llenar una enorme bañera de cobre con una jarra sin fondo. Como no podía poner eso en el blog, decidió que había sido buena idea escribirlo antes de su baño y haberlo ocupado con sus pensamientos sobre encontrarse a sí misma y aprender a vivir con lo que iba descubriendo, además de descripciones de la bella mañana brumosa que había pasado con Botarate, en vez de las actividades y acontecimientos reales. Esos iban a su diario privado.

Su trabajo nocturno le dejó vía libre para trabajar en su libro y, satisfecha, pensó en café. Evidentemente, no había cafetera (eso no estaba en el menú), así que pensó que podría apañárselas para preparar un té lo bastante fuerte como para poner sus neuronas en funcionamiento. Mientras se dirigía a la cocina, se preguntó si tendría que averiguar cómo encender el fogón, pero descubrió que la cocina estaba caldeada y el fogón, caliente. O alguien se había levantado antes que ella o el fuego era como la pluma y no se apagaba nunca.

A la tenue luz del alba, examinó los tarros. No había té en bolsas, claro, solo suelto. Como no tenían etiquetas, calculó que el proceso le llevaría un rato, así que le abrió la puerta a Botarate.

—Saldré en cuanto descifre cómo hacer té.

Cuando Botarate salió corriendo, ella se acercó a los tarros, eligió uno y lo olió. Floral, decidió, ligero y dulce, pero no le dejaba claro su contenido. Siguió por la hilera: herbal, amaderado, algo cítrico, especiado... Probó a oler otro y decidió que le recordaba al té Irish Breakfast que ella compraba (en bolsitas). Evidentemente, no podía estar segura y quizás acabara siendo algo que la convirtiera en sapo. Llegados a ese punto, no sería de extrañar. Sin embargo, le parecía una negligencia guardar algo que pudiera convertir a alguien en sapo en un estante de la cocina, al lado de las hierbas y las especias. Dispuesta a arriesgarse, llenó lo que creía que debía de ser un infusor, lo metió en una taza y le echó encima agua caliente del hervidor que estaba sobre el fogón. Examinó el líquido marrón oscuro, casi negro. Lo olisqueó. Se arriesgó a darle un traguito. Sabía a té, a un té brutalmente fuerte, y como no la había convertido en nada consideró que el proceso había sido un éxito.

En pantalones de pijama, camiseta y descalza, salió al exterior. La mañana no era muy distinta a las de la casa irlandesa. Tenía vistas a los bosques y al jardín, en vez de a la bahía y al jardín, pero el aire suave era el mismo, al igual que la fina bruma y el verdor silvestre. Estaba pensando en llevar al perro a la bahía más tarde cuando oyó un chapoteo. Tras caminar más allá de las flores y las hierbas (había un floreciente huerto de camino a los árboles) vio el pequeño arroyo y a Botarate aprovechándolo a conciencia.

—Bueno, también me vale.

Se volvió para contemplar la casa de su abuela desde aquella perspectiva privilegiada. Divisó un pozo de piedra que estaba de foto, un árbol con bayas de color rojo anaranjado y otro con lo que parecían ser manzanas verdes diminutas. Vio cristal, botellas cortadas por la mitad y pulidas que colgaban de las ramas, y, al tocarlas, producían una música tintineante. Una planta blanca y oro con una fragancia embriagadora cubría por completo una especie de espaldera. La identificó: era madreselva, y cerca de ella trepaba otra planta de flores rosas y moradas. En cuanto a la casa, encajaba en la hondonada como si hubiera crecido allí… Quizás lo hubiese hecho. Todo le pareció precioso y, a pesar de la falta de café, idílico.

Encontró los cuencos del perro y su comida, y le añadió un huevo moreno. Como Botarate estaba mojado después de su baño en el arroyo, se los sacó a la puerta.

—Avísame cuando quieras entrar… y no te vayas demasiado lejos. —Breen le rascó el copete y entró de nuevo.

Envuelta en la paz de la casa dormida, se sentó a su escritorio y cogió la pluma. El perro rompió el hechizo cuando entró corriendo para dejar caer la cabeza en su regazo y mirarla con adoración.

—Hola. O has entrado tú solo o ya se ha despertado alguien.

—Estamos despiertos, y desde hace rato —comentó Marg desde la puerta; llevaba de nuevo pantalones masculinos de color verde bosque y un jersey de color crema—. Estabas tan absorta en tu trabajo que no queríamos molestarte. Se ve que Botarate no estaba de acuerdo.

—No pasa nada, estaba a punto de parar. —Porque, además, se dio cuenta de que se moría de hambre—. No estaba segura de ser capaz de escribir así, pero ha ido bastante bien.

—Me alegra oírlo. ¿Te apetece un poco de té y algo de comer?

—Muchísimo. He preparado té esta mañana —dijo al levantarse—. O creo que lo he hecho. De ese tarro.

Marg asintió.

—Es un té fuerte para dar energía, muy bueno para las mañanas.

—Intenté averiguar lo que había en cada tarro, sobre todo por el aroma. Creo que di con la manzanilla, algo con lavanda y una especie de menta.

—Te diré cuál es cuál, si quieres, aunque tu olfato estaba en lo cierto. Siéntate y prepararé un rico té de jazmín; es una elección ligera y agradable para un bonito día.

—Jazmín, eso es. No conseguía dar con el nombre, aunque reconocía el aroma. No quiero que tengas que cocinar para mí. Si consigo aclararme con la cocina, puedo preparar un sándwich.

—Puedes trastear todo lo que quieras, pero para mí es un placer cocinar para ti… Sospecho que no has comido nada con el té para empezar el día.

Sacó una tetera achaparrada azul cobalto.

—¿Quieres hablarme de tu libro?

—¿De cuál? —preguntó Breen—. En realidad estoy con dos. O con una novela y un libro para niños de entre unos diez y trece años.

—¿Un libro infantil? Ah, cuando eras pequeña te encantaba que te leyeran. Eras como una esponja, lo absorbías todo y después lo contabas tú, a menudo cambiando algunas partes a tu antojo.

—Ah, ¿sí?

—Oh, sí. ¿De qué trata el libro para niños?

—Son las aventuras de Botarate. En realidad, ya lo he acabado, o eso creo. No sé si será bueno, pero me he divertido mucho. No es más que práctica. No espero que me lo publiquen ni nada. Soy una novata total.

Marg se volvió hacia ella. Llevaba unos triangulitos de plata en las orejas y dentro de cada uno había tres piedras verde oscuro.

—Esa es tu madre hablando por ti y me entristece oírte decirlo.

—Puede. Puede, aunque es más fácil escribir una historia que enviarla y enfrentarse al rechazo.

—Y si no la envías y no descubres si vale o no es como si ya te hubieran rechazado, ¿no? —Levantó la vista de lo que estaba cocinando en una sartén—. Fuiste tú la que decidió grabarte el valor en la muñeca, así que úsalo.

—Marco me dijo lo mismo, básicamente.

—Entonces, diría que es un muchacho muy sensato.

—No le he dejado leerlo, ni a nadie más. Es como el gato de Schrödinger: mientras siga dentro de la caja, estará vivo. Si abro la caja, ¿lo leerás y serás sincera conmigo? No me ayuda que alguien me diga que es bueno solo por no herir mis sentimientos.

—Prometí que no te mentiría y eso también vale para esto —dijo Marg mientras servía algo en un plato y lo colocaba delante de Breen: era pan marrón tostado con beicon irlandés (bueno, talamhés) y un huevo frito encima, espolvoreado con hierbas.

—Lo recuerdo. De pequeña me preparabas esto mismo. Yo lo llamaba «ojo de dragón».

—Media rebanada de tostada, por aquel entonces, y era uno de tus platos favoritos. Cada vez recuerdas más. —Marg se sentó con su té—. ¿Dejarás que te enseñe? Podemos empezar con algo tan simple como los tés y sus cualidades, cómo mezclarlos para darles otros usos.

—Me gustaría…, sí, me gustaría. Y podríamos empezar por ahí, pero…

—Dime lo que quieres, niña. Si está en mi mano, me gustaría dártelo.

—Morena me dijo algo. Dijo que el fuego, como encender la chimenea o una vela, es lo primero que se aprende.

—A menudo lo es. ¿Quieres aprenderlo de nuevo?

—Eso creo; es algo tangible y, por tanto, indiscutible. —Y fascinante, tuvo que reconocer—. Lo que ya he visto y sentido sigue siendo casi como un sueño. Pero si logro sentir esto, sentirlo en mi interior, no podré volver a meterlo en la caja. Y tú no me mentirás y me dirás que procede de mí si en realidad es cosa tuya.

—No lo haré. Ni tampoco te mentiré sobre tu historia, si me permites leerla.

—Está en mi portátil. La imprimiré y te la traeré la próxima vez.

—Bueno, no hace falta esperar tanto, si tengo tu permiso. Puedo encargarme.

—De acuerdo. Ay, estoy nerviosa.

—Come, bébete el té y empezamos. Los nervios no son motivo de vergüenza. No actuar por su culpa sí lo es.

Breen notó esos nervios haciéndole cosquillas en la piel, corriéndole por la sangre mientras estaba sentada en la tranquila cocina, con el perro dormido a sus pies. La vela se encontraba entre Marg y ella, blanca y fina.

—A menudo fabrico mis propias velas, las que uso para las ceremonias, los hechizos, las curaciones…, para mi arte, me refiero, en vez de para luchar contra la oscuridad. Esta es de las mías, y también te enseñaré esa habilidad, si quieres.

—Para ese tipo de velas no basta con moldear la cera, me imagino.

—Hay más, una finalidad, y esa finalidad interviene en el proceso. Esta la hice para celebraciones y así es como veo este momento.

—Si no puedo hacerlo…

—Niña, sácate a tu madre de la cabeza. —Marg levantó una mano y respiró hondo—. No pienso decir nada malo sobre la mujer que te trajo a este mundo, pero debes dejar a un lado las dudas, las dudas sobre ti que ella misma te metió dentro. Abre la mente a lo que eres, *mo stór*, a lo que tienes. Esa es tu primera lección. Una vez que te abras, busca; una vez que lo encuentres, aférrate a ello.

—Vale. —Breen jugueteó con los dedos sobre su tatuaje—. Abrirme.

—¿Cómo apagarías la llama de una vela?

—Soplando.

Marg sonrió, como si hubiera resuelto una ecuación complicada.

—Así que, para encender la llama, una forma muy sencilla de aprender es tomar aire —le explicó—. Con intención. Abrirse, dejar que el poder suba. Concentrarse, porque lo que después te saldrá de forma natural necesita de concentración para aprenderse. Para prender.

Lo intentó una y otra vez, pero la mecha permaneció fría y limpia.

—Lo siento.

—Solo te decepcionas a ti. Llevas el fuego dentro. Llámalo, sácalo, siéntelo cosquillearte dentro, ahora solo levemente, como una yesca tranquila. Úsalo, visualiza el objetivo: la mecha. Visualízala encendida. Toma aire y enciende el fuego.

Lo notó, algo que subía, calor, y, antes de poder pararse a pensar que no era más que el poder de la sugestión, una chispa prendió la mecha y, con un pequeño chasquido, se encendió.

—He... Lo has...

—No, te prometo que no he sido yo. —Marg apagó la vela—. Otra vez. Dale luz a la mecha.

Breen tembló de miedo, de emoción y de otra cosa: ganas de más. Encendió la vela tres veces.

—Todavía aprendes deprisa. Tienes mucho poder dentro.

—¿Qué soy, yaya?

—Mi nieta, mi sangre, mi tesoro. Eres hija de las hadas, hija de las sabias, de tu padre, de mí y de los míos. Y de los míos de hace tiempo también tienes parte de *sidhe*. Eres humana por parte de tu madre. Y llevas la sangre y el poder de los dioses. —Marg puso las manos entrelazadas sobre la mesa y las apretó—. Por eso Odran tiene más interés en hacerse contigo del que tuvo en hacerse con tu padre. Él tenía lo mismo que tú, salvo por la parte humana, y Odran quiere tanto el poder como lo humano. Eres un puente, Breen, entre mundos que le están vetados. Por el momento.

—¿Te refieres a mi mundo? ¿Al mundo de mi madre?

—Te usaría para dominarlo pedazo a pedazo, corazón a corazón. Para destruir, esclavizar y corromper, como ha hecho con otros mundos menores. Tú eres el puente que él necesita para viajar y que nosotros necesitamos para detenerlo.

—¿Porque soy humana o parte de mí lo es?

—Eres única. No se sabe de nadie con una herencia como la tuya. No he podido ver lo que vendrá. Lo he intentado, otros lo han intentado. Solo sé que Odran pretende usarte, usar lo que eres, para destruir Talamh y el mundo en el que te criaste. Solo sé que debemos usar todo lo que somos para detenerlo.

—No puedo… He tardado una hora en encender una sola vela.

—Empieza con una llama. —Marg levantó un dedo y después abrió las dos manos—. Tienes elección. Si regresas al exterior y te quedas allí, Odran no podrá alcanzarte.

—¿Es eso una certeza absoluta?

Tras vacilar, Marg negó con la cabeza.

—Es tan cierto como cualquier otra cosa. Todavía no ha conseguido cruzar la barrera.

—Pero ¿puede venir aquí?

—Puede, y seguro que lo hará cuando se sienta preparado. Lucharemos contra él. Lo echamos antes y volveremos a echarlo. Mientras lo hagamos, el otro lado estará a salvo, y tú con él.

—Y él seguirá intentándolo. ¿Cómo se mata a un dios? —Dejó escapar un suspiro—. Con otro dios. ¿Es eso lo que estás pensando? ¿Crees que yo puedo matarlo?

—No puedo ver lo que vendrá, no lo sé.

—Mi padre intentó detenerlo. Odran mató a mi padre. Quiero… quiero tener hijos algún día. Siempre he querido tenerlos. Pero, si tengo uno, sería como yo y… esto no acabaría nunca.

—Te puedo enseñar lo que sé. Otros pueden enseñarte lo que saben. Y si al final decides regresar, quedarte en tu otro mundo, haremos todo lo que esté en nuestras manos por proteger la barrera.

—Estoy aquí sentada, a esta mesa, dentro de una casita de postal en una pintoresca campiña, y tú me estás diciendo que dos mundos dependen de lo que yo haga. Qué narices, ¡puede que más de dos!

La tristeza se apoderó de nuevo del rostro de Marg.

—Es una carga terrible. Te prometí que no te mentiría. He pensado que no podía seguir ocultándote la verdad, que es casi como mentir, ahora que la chispa se ha vuelto a encender en tu interior. El despertar llegará y creo que pronto. Eres lo que eres, Breen Siobhan. Lo que decidas hacer es cosa tuya.

—Necesito tomar el aire. Voy a sacar al perro y respirar un poco de aire fresco. Es como si estuviera viviendo en mi libro. Puede que lo esté haciendo.

—Ponte esto, por favor. —Marg se levantó y sacó una piedra roja redonda colgada de una cadena—. Te lo regalé después de tu secuestro, para tu protección. Hasta que no te fuiste no me di cuenta de que tu madre lo había dejado aquí.

—Es precioso. ¿Qué es?

—A este cristal lo llamamos «corazón de dragón».

Breen se lo puso al cuello.

—Ya no estoy tan cabreada con mi madre, así que algo es algo. Además, a pesar de todo esto, no estoy sufriendo un ataque de ansiedad. Puede que porque nada parece real. —Se acercó a la puerta y la abrió para que saliera el perro, que se levantó de un salto para hacerlo—. Pero lo parece. Sí que parece real, y tengo que darle unas cuantas vueltas.

—¿Puedo empezar a leer tu libro infantil mientras estás de paseo? Puedo hacer que venga, si me lo permites.

—De acuerdo. —Descubrir que era una escritora de mierda no era su mayor preocupación en aquel momento. Aun así, vaciló antes de decir—: Me doy cuenta de que no te ha resultado fácil contarme todo esto. Creo que me quieres.

A Marg se le ablandó el rostro.

—Más que a nada en cualquiera de los mundos.

Como se lo creía, Breen asintió.

—Volveré dentro de un rato. Solo quiero pasear y dejar que Botarate nade en la bahía. Si se te ocurre algo que enseñarme… que sea algo sencillo; no me veo capaz de hacer algo complicado ahora mismo. Estaré aquí dentro de una hora, más o menos.

—Te esperaré.

Como llevaba haciéndolo durante más de veinte largos años, pensó Marg.

17

El viento soplaba desde el mar y barría las nubes, grises por los bordes, hacia el este, por encima de una amplia extensión de campos y de los promontorios rocosos que los coronaban. Al menos Breen suponía que se trataba del este. Por lo que sabía, allí el sol bien podría salir por el norte. En los campos se cultivaba algún tipo de cereal que se mecía con la brisa, dorado sobre verde. Vio movimiento en la torre de rocas y creyó que se trataba de cabras hasta que distinguió con claridad a unas criaturas de dos piernas vestidas con capas y chalecos largos.

Mientras se preguntaba quiénes eran, un grupo de niños que, calculaba, rondarían la misma edad que sus antiguos alumnos apareció tras una curva en la carretera. Se pegaban empujones y codazos de broma. Contó cinco, dos chicas y tres chicos. Una de las chicas (de piel oscura, con el cabello peinado en una masa de trenzas negras con puntas azules) levantó una mano. Cuando la dejó caer de golpe, ella y dos de los chicos salieron corriendo a toda velocidad, a una velocidad imposible, mientras que a la otra chica le brotaban unas alas arcoíris y salía disparada por el aire, y el tercer chico se ponían a cuatro patas y se transformaba ante los ojos de Breen en un joven caballo que galopó tras ellos.

—Eso no es algo que se vea todos los días, salvo aquí.

Bajó la vista para ver qué le parecía a Botarate, pero el perro ya había salido corriendo para zambullirse en el agua. Lo siguió hasta la playa y, como le dolía la cabeza, se sentó en la arena rocosa y cerró los ojos. Era muy relajante: el aire fresco, la caricia del agua, los chapoteos y ladriditos del cachorro… Había aceptado lo imposible como cierto, pensó, y le quedaba decidir qué hacer al respecto. Entonces oyó un grito y, al levantar la vista, vio que la sobrevolaba un halcón. Y Morena se sentó a su lado.

—Está presumiendo para que lo veas.

—Tiene derecho a hacerlo. Es precioso.

—Te hemos visto paseando por aquí, pero parecías sumida en tus pensamientos.

—Supongo que lo estaba. He visto a unos críos, cinco. Si no lo he entendido mal, una era un hada y otro era un hombre caballo. Los otros tres eran rápidos, tan rápidos que parecía imposible.

—Elfos. Yo también los he visto. En ese grupito son muy amigos. Lo más normal es ver a otra chica con ellos, pero hoy está castigada por usar un hechizo para hacer sus tareas.

—Entonces, ¿una sabia?

—No tanto si creía que se podía librar de hacer sus tareas como es debido.

«Reglas y disciplina para los niños», pensó Breen.

—Entonces, usar la magia para fregar los platos, por ejemplo, no está permitido.

—Bueno, digamos que depende de la situación. No se aconsejan los atajos, especialmente para los más jóvenes. Tienes que aprender a ordeñar una cabra, plantar una zanahoria, lavar la ropa y todo eso. Si no, acabarás siendo gordo y perezoso, ¿no? La magia es un asunto serio. Aunque puede y debe ser también divertido, no es algo que se pueda usar cuando te resulte más cómodo. Si lo haces, dejas de honrar lo que tienes.

Breen decidió que era una norma sencilla y, a su manera, pura.

—No sé qué hacer con lo que tengo. Hoy he encendido una vela. La yaya ha estado una hora conmigo para conseguirlo, pero la he encendido tomando aire.

—Eso está bien, y la próxima vez no te costará tanto.

—No sé qué hacer con ello. He visto a unos hombres trepando por esos acantilados como si fueran cabras.

—Troles —dijo Morena sin más—. Son mineros. Es probable que hayan salido de las cuevas que explotan para comer al sol.

—Troles, por supuesto. Debería haberlo sabido. Niños con alas, velocidad y cascos.

—¿Acaso en tu mundo los niños no corren cuando hace un buen día de verano? En verano no hay clases, o, por lo menos, no de las formales, así que ¿por qué no correr por ahí?

—¿Tenéis colegios?

—¡Pues claro que tenemos colegios! ¿Crees que queremos ser unos ignorantes?

—No. Colegios, niños corriendo, gente sentada al sol para comer… Todo es normal. ¿El sol también sale aquí por el este?

—¿Por dónde iba a salir si no?

—Normal. Pero tenéis dos lunas.

—Algunos mundos tienen una, otros dos y otros siete. Los astrónomos siempre están descubriendo algo nuevo en el cielo, ¿no?

—Tenéis astrónomos. No me mires así, estoy intentando distinguir lo normal de lo fantástico. La yaya me dijo lo que soy, todo lo que soy, y por qué me busca Odran.

Como hacían las amigas, Morena acarició el muslo de Breen.

—Esa historia debía contarla ella y, como lo ha hecho, significa que cree que necesitas saberla y que eres capaz de soportarla. Pero es mucho, lo entiendo.

—Recordé el secuestro y, con la yaya, lo vi todo de nuevo, en el fuego. También lo que ella vio.

—Yo también pasé mucho miedo en ese momento —dijo Morena mientras se pegaba las rodillas al pecho y contemplaba el agua por encima de ellas—. La alarma sonó por la noche. A pesar de no haberla oído nunca, sabía que debía tener miedo. Me llevaron con mis otros hermanos y los demás niños y me enteré de tu secuestro por lo que comentaban los que se quedaron atrás para cuidarnos y protegernos. Se me hizo muy largo, me parecieron días y más días, aunque mi madre te trajo al cabo de pocas horas.

—Me cantó. Me llevó a través del portal de la cascada y me cantó.

—Tenías sangre encima…, sangre tuya, de tus manos. Aisling te las curó antes de que nadie más pudiera hacerlo. Y no sé si te inquietará o ayudará saber que en tus ojos y en tu cara vi mucho poder y rabia. Se te borró cuando las mujeres te rodearon para tranquilizarte y darte una poción que te calmara. Volviste a ser solo mi amiga, mi hermana de corazón, a la que habían devuelto a casa sana y salva.

—Tuvo que ser una poción bien fuerte, porque me he pasado la mayor parte de mi vida intentando estar tranquila.

—¿Y ahora?

—No lo sé. —Breen cogió un trozo de roca y lo lanzó—. Sé que me gustó lo que sentí cuando encendí la vela. Me gustó sentirme fuerte y fue como sentirme yo misma. Necesito tiempo para pensar sobre todo esto, pero también necesito aprender más.

—No hay mejor profesora en las artes de las sabias que Marg.

—Es lo que me dijo Keegan.

—Así que ya has hablado con él, ¿no?

—Brevemente. Estaba en la puerta de la granja anoche, cuando salí a pasear.

—Ay, deberías haber entrado. —Morena le dio un empujoncito a Breen—. Fue fantástica. Muchas personas querían conocerte o volver a verte. Somos un pueblo muy amistoso.

—Pues él no me pareció especialmente amistoso.

—Bueno, Keegan es así. Es taciturno, pero, en fin, carga con el peso del mundo. No es mala compañía cuando está de buen humor y es uno de los mejores *taoisigh* que hemos tenido.

Breen miró a Morena y la estudió atentamente.

—¿Vosotros dos tenéis…?

—¿El qué?

—¿Una relación?

—Claro, como cualquiera que… ¡Ah! —Se le iluminó el rostro de risa—. ¿Te refieres a si somos pareja? Dioses, no. Es como un hermano para mí. Evidentemente, es un buen ejemplar de hombre y he oído que es estupendo en la cama. Además, yo me acuesto con Harken de vez en cuando y, aunque no está prohibido, me resultaría incómodo acostarme con dos hermanos.

Mientras Breen intentaba dar con una respuesta, Botarate arrastró un trozo de madera de deriva hasta ella y agitó el rabo, esperanzado. Morena se levantó de un salto y la lanzó al agua. Loco de alegría, el perro fue corriendo a por ella.

—Te diré una cosa —siguió diciendo Morena—. Te conviene que Keegan te entrene en combate cuerpo a cuerpo y espada, porque no conozco a nadie mejor. Fue tu padre el que se encargó de su entrenamiento y de ser el tutor de Harken y Aisling después de la muerte de su padre, así que no es de extrañar.

Botarate sacó de nuevo la madera y Morena la volvió a lanzar.

—Yo podría trabajar un poco contigo y enseñarte lo básico, pero creo que soy mala profesora —dijo Morena—. Me falta paciencia.

—¿Sabes usar una espada?

—Claro que sí. Ser pacíficos no significa que estemos indefensos.

Tres dragones aparecieron en el cielo. ¿Una manada? ¿Una bandada? Tendría que consultarlo. Por el momento, Breen los vio como a una familia, puesto que había dos grandes y uno pequeño. Como padres e hijo.

—¿Alguna vez has montado en uno? —le preguntó a Morena.

—Sí, y es maravilloso. No he establecido vínculo con ninguno, pero he cabalgado en el de Harken.

—¿Harken tiene un dragón?

—Se tienen el uno al otro, ese es el vínculo. Te llevaría de paseo si se lo pidieras.

—Creo que por ahora prefiero seguir con los pies en el suelo. Debería volver. La yaya… Oye, hay alguien en el agua.

Temiendo que se estuviera ahogando, Breen hizo ademán de correr hacia la orilla, pero Morena le puso una mano en el brazo.

—Es Ala. Es un poco tímida, la vas a asustar.

Morena la saludó con la mano y, al cabo de un momento, un brazo le devolvió el saludo. La cabeza que asomaba, con su melena dorada flotando en el agua, desapareció bajo la superficie. Una reluciente cola en tonos verdes y dorados con reflejos rojizos apareció brevemente antes de sumergirse.

—Una sirena —consiguió decir Breen—. Una sirena tímida.

—Creo que no tiene más de diez años, y es curiosa, aunque sí, un poco tímida. Es probable que vuelva si traes de nuevo al cachorro.

Mientras lo decía, levantó un brazo y el halcón bajó para aterrizar en él.

—No llevas guante.

—Llevaba uno cuando nos conocimos porque era lo que tú esperabas. Pero Amish jamás me haría daño. Te acompañaremos hasta la carretera; después tengo que irme a casa. Me esperan mis tareas.

—Mañana vuelvo a mi casa —le dijo Breen—. Creo que necesito pasar allí un par de días para poder pensar con tranquilidad. Pero volveré.

—Sé que lo harás. Dale saludos de mi parte a Marg y a Sedric.

—Lo haré. Ah, y dale los míos a tus abuelos.

—Lo haré. Enciende el fuego, Breen —añadió Morena antes de marcharse.

Breen se pasó el resto del día aprendiendo sobre tés, plantas, raíces y hierbas. A identificarlos, cosecharlos, secarlos, prepararlos y mezclarlos. Le parecía fascinante a la par que práctico.

—Aprendes deprisa.

—Sé estudiar. Me estrujé el cerebro para conseguir un título que no quería. Esto es interesante y divertido, y parece productivo. Y natural, además.

Dio de comer al cachorro, ayudó a dar de comer al caballo e intentó no cometer ningún error importante cuando ayudó a preparar la cena mientras llovía en el exterior.

—Lo que te ocurre es una falta de confianza, más que una falta de habilidad.

—Creo que son ambas cosas.

Sin embargo, le llegaba el olor de las patatas asadas que había ayudado a cortar y cubrir de aceite y hierbas, así que pensó que no se le había dado del todo mal. Y estaban ricas, concluyó, igual que el pescado que Sedric había traído aquella misma tarde y los guisantes que Breen había ayudado a desvainar. Esperó a que terminaran de comer para sacar un tema que podría resultar difícil.

—Mañana tengo que regresar —empezó—. Necesito tiempo y mi propio espacio. No lo estoy diciendo bien… Nunca he vivido sola antes de venir aquí y necesito hacerlo.

—La independencia es importante.

—No sabía cuánto lo era para mí —le dijo Breen a Marg— hasta que la tuve. La verdad es que hasta ese momento no supe lo mucho que me gustaba la soledad. Sé que a menudo tiendo a cerrarme, así que debo tener cuidado con eso. Marco, bueno, nunca me permitiría hacerlo, pero él no está aquí. Así que me preguntaba si, cuando pasen un par de días, podría…, podríamos preparar… No un horario, eso es demasiado rígido. No quiero ser tan rígida.

Sin saber cómo continuar, cogió su vino y lo contempló. Después lo dejó de nuevo.

—Breen, dinos lo que quieres.

—Lo haría si lo supiera. Por ahora, creo que me gustaría intentar vivir en mi casa, pero viniendo aquí. Si pudiera, me gustaría venir después de escribir por la mañana y así podrías enseñarme más cosas. Después regresaría por la noche. Podría quedarme con vosotros los fines de semana. Ni siquiera sé si los tenéis.

—Entiendo lo que quieres decir.

—Sé que tardaré más en aprender, practicar o entrenar, pero…

—Lo que buscas es el equilibrio y es una sabia decisión.

—No sé si puedo ser o hacer lo que esperáis, pero creo que así aprovecharía el tiempo que me queda antes de volver a Filadelfia para tomar una decisión, bueno, más informada.

Marg asintió, se levantó y le dio unas palmaditas en el hombro.

—Espera.

—La he molestado —murmuró Breen—. Sabía que lo haría. No…

—Te equivocas —la interrumpió Sedric tras darle un trago a su vino—. No quiere obligarte a nada; lo impuesto se debilita con el tiempo. En cuanto a mí, habrías perdido parte de mi respeto si hubieras permitido que cualquiera de los dos te dirigiera.

Marg regresó y colocó un enorme libro sobre la mesa. En la cubierta de cuero habían repujado un dragón.

—El dragón siempre fue tu favorito y él protege la magia del interior. Hice esto para ti, lo empecé el día que naciste.

—Es precioso.

Breen abrió la tapa y vio su nombre y la fecha de su nacimiento escritos con una letra muy bonita, en pergamino grueso. Volvió la página.

—En la primera parte hay lo que tú llamarías recetas… Como las que hemos practicado hoy.

—Las ilustraciones son maravillosas. ¿Las has hecho tú?

—Algunas, otras son de Sedric, que tiene muy buena mano.

Breen lo miró.

—¿Un cambiaformas artista?

—Podría decirse que sí —respondió él y esbozó una de sus lentas sonrisas.

—Los dibujos te ayudarán a identificar los ingredientes —siguió explicando Marg—, las plantas, las raíces y demás. De tés a pociones, pasando por lociones y ungüentos. Y luego están los cristales y las piedras, y sus significados y usos. Después pasa a los hechizos, lanzarlos en círculo y mucho más. Es para ti, para que te lo lleves y lo guardes. Espero que lo estudies y lo aprendas, pero, en cualquier caso, es tuyo. Te pediría que no intentases ningún hechizo ni ninguna ceremonia sin mi guía.

—Puedes estar tranquila. Gracias. Lo estudiaré. Y…

No fue un impulso, sino más bien el anhelo lo que la hizo mirar hacia la vela de la encimera. Tomó aire y la encendió.

—Aprenderé.

Por la mañana volvió a la carretera con el libro en la mochila y el perro a su lado. Oyó cascos acercándose a toda prisa y se hizo a un lado. Y bien hecho, pensó, ya que el caballo se dirigía a toda velocidad hacia ella.

Cuando Keegan paró, lo primero que pensó Breen fue que era de esperar que montara en un enorme caballo negro lustroso; seguramente, un semental. Y ella ya había visto el caballo antes, al igual que al jinete. En sueños. Keegan la miró y arqueó una ceja.

—¿Te vas, entonces?

—Volveré dentro de un par de días.

—Ah, ¿sí?

—Eso he dicho. Mira, entiendo que por aquí eres el rey, pero a mí no me mandas.

—No soy un rey. No tenemos rey.

Como estaba claro que la idea lo irritaba, Breen se encogió de hombros y siguió.

—Como quieras llamarlo. He dejado que otra gente me controle durante veintiséis años. Ahora me toca a mí.

Keegan ladeó la cabeza.

—¿Y de quién es la culpa de que te hayas dejado controlar toda tu vida?

—Las personas como tú no entienden a las personas como yo.

El joven se bajó del caballo y la examinó con curiosidad.

—¿Quiénes son las personas como yo y las personas como tú?

«¿Cómo se verá él?», se preguntó Breen. Ella sabía perfectamente cómo lo veía. Alto, fuerte, increíblemente guapo y absolutamente seguro de sí mismo.

—Las personas como tú nacen con confianza en sí mismas. Toman las riendas e inspiran respeto, e incluso puede que un poco de miedo sano. A las personas como yo nos enseñan que debemos seguir las reglas, mantener bajas las expectativas, no agitar las aguas ni hacer olas.

—Bueno, las reglas importan en el mundo civilizado, ¿no? Pero si mantienes unas expectativas bajas no te arriesgas ni al éxito ni al fracaso, y ¿de qué sirve eso? Si no agitas las aguas nunca sabrás dónde pueden llevarte las olas.

—Eso es todo muy cierto y literal. —El caballo volvió la cabeza y le dio con el hocico en el hombro. Sin pensar, Breen le acarició la mejilla—. Tenéis que iros. El caballo tiene sed y quiere su zanahoria.

En cuanto lo dijo, en cuanto lo supo, dio un paso atrás, pasmada. Keegan se limitó a asentir sin dejar de mirarla.

—Sí, es verdad, porque hemos cabalgado a buen ritmo durante un rato largo. —Se agachó, acarició a Botarate y volvió a montar en el caballo—. Buen viaje, Breen Siobhan.

Cuando se alejó, ella dejó escapar el aliento que contenía.

—El caballo se llama Merlín, como el hechicero de Arturo.
Lo sé tan bien como sé mi propio nombre. Vamos, Botarate. Tengo mucho que estudiar.

La soledad y el silencio tenían algo que la calmaba, como si fuera un baño de agua caliente, así que se pasó dos días disfrutando
de ellos. Escribió, estudió y cuidó del jardín con el perro como
única compañía. Encendió velas a su nueva manera y, tras un
esfuerzo considerable, consiguió encender del mismo modo el
fuego de la chimenea.

—Soy una bruja —le dijo a Botarate cuando se sentó a su lado
frente a aquel fuego, todavía con el eco del poder vibrándole dentro—. Y ya ni siquiera me parece algo sorprendente. —Le acarició la cabeza, que él le había apoyado en la rodilla, y le dio un tironcito a la barba—. Igual que ya no me resulta sorprendente
tener un perro, aunque no sé qué voy a hacer contigo si vuelvo a
Filadelfia.

Se dio cuenta de que había dicho «si» y eso sí que fue una sorpresa. Había dicho y pensado «si», no «cuando».

—Pues claro que volveré… Tengo que volver. Marco, Sally y
Derrick están allí, y mi madre, y todo lo que conozco. Esto no es
más que…

«¿Un puente?», se preguntó. Como lo era ella.

—No tiene sentido pensar en eso ahora. Nuestra recompensa después de un buen día de trabajo será dar un paseo antes de
que oscurezca demasiado.

«Una luna», pensó mientras el perro corría directo a la bahía.
Casi en cuarto menguante y borrosa por la neblina. Al día si-

guiente, después de escribir, dejaría atrás su soledad para viajar a un mundo con dos lunas.

Y ni siquiera eso le resultaba ya tan sorprendente.

Se marchó a mediodía, con el perro guiándola. Llevaba al cuello la piedra roja, junto con el anillo de su padre, que había añadido a la cadena. Se había puesto una sudadera ligera con capucha de color verde bosque, una camiseta y unos vaqueros.

Cuando llegaron al árbol, Botarate no vaciló. Tras ladrar alegremente, trepó y cruzó. Breen lo siguió y se encontró con la maravilla de una suave llovizna que el sol convertía en un doble arcoíris. El arco, una curva de colores relucientes, pasaba por encima de la granja. Mientras bajaba los escalones, un dragón rojo como la piedra que llevaba al cuello pasó por debajo de él. Sí, apreciaba la soledad, pero ¿aquello? Aquello era un tesoro de valor incalculable.

El perro saltó por encima de la cerca, cruzó corriendo la carretera y entró en la granja, donde empezó a correr en círculos enloquecidos alrededor del lobero. Un poco más allá, en un potrero, vio a Harken y Mahon junto a un caballo alazán. Una yegua, evidentemente, concluyó Breen, ya que Keegan sostenía las bridas de su semental negro mientras este la montaba. Tanto los dos caballos como los tres hombres brillaban de sudor. Nunca había visto nada parecido, y, desde donde se encontraba, en la cuneta de hierba de la carretera, le pareció algo intenso, sensual y un poco intimidante. Los ladridos del perro alertaron a Harken. Cuando miró hacia donde estaba ella, la llamó.

—¡Buenos días, Breen! Estamos ayudando a dar comienzo a una nueva vida. Si quieres participar, eres bienvenida.

«No», pensó ella. No obstante, trepó por encima de la cerca para acercarse más. Y, al hacerlo, sintió la lujuria, el placer y la ferocidad de los dos animales que se apareaban. La sensación despertó otra parecida en su vientre, le calentó la sangre y la atrajo hacia la valla del potrero.

—Nuestra bonita Eryn está en celo —le explicó Mahon; se había recogido las trenzas, como Marco hacía a menudo—. Merlín está más que dispuesto a intentarlo.

—Ya lo veo. ¿Tenéis que… ayudar? Suponía que podían hacerlo ellos solos.

—Sí que pueden. —Harken cambió de mano y usó la libre para acariciar el cuello de la yegua y tranquilizarla—. El caso es que queríamos aparear a estos dos en concreto y controlar el asunto evita que se hagan daño.

Hacía falta control, Breen lo notaba en la forma en la que los músculos de Keegan se tensaban por el esfuerzo bajo su camisa, mojada de sudor y lluvia. Entonces ella lo sintió, lo sintió de verdad, la conmoción del orgasmo, de llegar al clímax, así que tuvo que agarrarse con una mano a la valla mientras los caballos dejaban escapar agudos relinchos.

—Aguanta ahí, aguanta —le murmuraba Keegan al semental—. Dale a la dama un momento. Te regalará un fuerte potrillo para el próximo solsticio de verano.

—¿Cómo…? —Como la voz le sonó algo ronca y sin aliento, Breen se aclaró la garganta—. ¿Cómo puedes estar tan seguro de que ha funcionado?

Él por fin se dignó a mirarla.

—Las señales indicaban este día, a esta hora, y les hemos dado media manzana con un encantamiento para la fertilidad a cada uno antes de que se aparearan. Tranquilo.

Volvió a concentrarse en los animales cuando el caballo se soltó y plantó las patas traseras de nuevo en el suelo. Cuando Keegan soltó las correas que había usado para controlarlo, el semental agitó la cabeza y levantó los cuartos delanteros para patear el aire antes de darse lo que a Breen le pareció un paseíllo de la victoria alrededor del potrero.

—Está orgulloso de sí mismo —dijo Breen; Keegan se limpió las manos en los pantalones y se los manchó de sangre—. Tus manos.

Él se encogió de hombros.

—A Merlín le puede el entusiasmo con estas cosas. Si has venido a entrenar, voy a necesitar una hora.

—No. —Definitivamente, no—. Voy a ver a mi abuela.

—Aisling estará encantada de verte, si tienes tiempo —comentó Mahon mientras seguía calmando a la yegua.

—Intentaré pasarme. Ha sido… interesante.

Cuando Breen se marchó, Harken esbozó una sonrisa.

—Seguro que no se esperaba semejante interpretación.

—Tiene que empezar a entrenarse.

—Venga, dale tiempo —respondió Harken, y acompañó sus palabras con una palmada en el hombro a Keegan—. Ha vuelto, ¿no? No todo el mundo lo habría hecho.

—Cruzar no basta, ni de lejos, y harán falta algo más que truquitos de cocina para destruir a Odran de una vez por todas.

—Paciencia, *mo dhearthdir*.

—A la mierda la paciencia —repuso, aunque lo hizo de buen humor—. Tengo que emplear una vida entera de ella cada vez que me quedo atrapado en la puñetera Capital. Pero la dejaré en manos de Marg, por ahora.

La puerta de la casa estaba abierta, así que Botarate lo tomó como una invitación para entrar directamente. Breen oyó a su abuela saludarlo. Un poco menos segura, llamó con un nudillo antes de pasar.

—¡Entra, entra! Ah, sí, tengo una galleta para ti, gamberro.

Breen entró y vio a Marg sacar una galleta del tarro mientras el hervidor humeaba al fuego.

—Me alegro mucho de verte —dijo mientras movía un dedo en el aire para hacerle al perro la señal de sentarse—. Acababa de bajar a por una taza de té y ahora podré tomármela en compañía.

—Espero que te parezca bien que haya venido hoy.

—Eres bienvenida el día que tú quieras. Siéntate, por favor. También tengo galletas para nosotras.

—He estado leyendo el libro que me hiciste. He pensado que, si tienes tiempo, podrías enseñarme a hacer algo. Algo sencillo —añadió—. He estado practicando con el fuego. Encendí uno anoche, en la chimenea, me refiero.

—Eso es fantástico.

—Tardé bastante —reconoció Breen—, pero después me resultó muy natural. ¿Eso es bueno?

—Es muy bueno.

Tras darle un apretón en el hombro, Marg dejó un plato con galletas en la mesa.

—Tengo que preguntarte una cosa. Vi a Keegan cuando me fui el otro día y él me dijo que debía entrenar. Aprender a luchar y a usar una espada.

Marg suspiró.

—Ese chico tiene más paciencia que antes, y, aun así, apenas le da para llenar un dedal con ella.

—Eso no es un no —repuso Breen—. No podría usar una espada para… Es decir, que aunque aprendiera a usar una, cosa que dudo, no podría usarla para atacar a nadie.

—Hay tiempo de sobra para preocuparse por esos asuntos, pero me gustaría que pensaras en qué harías si alguien entrara por esa puerta con la intención de quitarte la vida o de quitármela a mí.

—Lo… lo primero que pensaría sería en huir.

—No es mala idea, esa —respondió Marg, sonriente, antes de sacar el té—. Sin embargo, si no basta con huir, ¿te quedarías parada sin hacer nada?

Breen dejó escapar un suspiro.

—En nuestros colegios, tuve que acompañar a mis niños, porque no eran más que niños, en los simulacros. Lo que tenían que hacer si alguien entraba para hacerles daño. Primero, esconderse. Cerrar con llave las puertas y esconderse. Huir, si eso no funcionaba. Y era cosa mía luchar si no había ninguna otra opción, puesto que era la que cuidaba de ellos. Nunca tuve que ponerlo en práctica, pero creo de corazón que habría hecho todo lo posible por protegerlos.

—¿Entrenabas para eso?

—Sí. Sí, como profesora, tenía que hacerlo.

—Esto no es tan distinto. La espada no sería tu única arma. Dentro de ti llevas un arma muy importante; un arma que solo debe usarse para proteger.

—Quiero aprender más sobre eso.

—Lo haremos. Pero, primero, yo también he estado leyendo. Tu libro.

—Ah.

—Me diste permiso para leerlo, así que lo hice. —Miró al perro y sonrió—. Ay, te tiene calado por completo, amigo mío. Se te dan muy bien las palabras, *mo stór*, y eso también es una clase de magia. Al final lo leí dos veces, y me reí y disfruté con las aventuras de nuestro chico. En la historia es tan valiente y fiel como en la realidad, y con un corazón enorme, incluso cuando se pone tonto. —Marg alargó un brazo y le dio unas palmaditas en la mano a Breen—. Esa es la verdad que te prometí, no solo mis sentimientos de abuela. ¿Y bien? ¿Lo has enviado a la gente que hace libros?

—No, es que… —Como Marg arqueó las cejas, Breen asintió—. Tienes razón, para decir que sí primero deben leerlo. He investigado sobre cómo enviarlo, así que lo haré esta noche. Lo haré y ya está.

—Muy bien, ya has dado el siguiente paso. Así que nosotras daremos otro. Trae tu té.

—¿Adónde vamos?

—Afuera, donde pueda hacer algo más que preparar infusiones y enseñarte magia de cocina —respondió Marg al levantarse—. Podríamos decir que nos vamos al colegio.

—¿Como Hogwarts?

—Ah, esas historias son estupendas, sin duda. Pero no, porque esto es solo para ti y para mí.

18

Salieron y recorrieron un sendero que se internaba en el bosque, más allá del cobertizo en el que el caballo dormitaba, hasta el punto en el que el arroyo tomaba una curva bajo un puentecito de piedra con forma de arco. Allí había otro edificio la mitad de grande que la casa. A diferencia de ella, la gruesa puerta, cubierta de grabados, permanecía cerrada. Aun así, las flores rebosaban de los maceteros que adornaban las ventanas a ambos lados. Cruzaron el puente mientras Botarate, encantado, chapoteaba en el agua. Marg le lanzó una mirada indulgente.

—Estará bien aquí fuera.

—¿Es como un taller?

—Eso es, y lo que hacemos dentro es trabajar. Dame la mano, niña —le pidió y se la colocó sobre la puerta, bajo la suya—. Ahora la puerta también se abrirá para ti.

Dicho y hecho, así lo hizo: se abrió en completo silencio. Los rayos del sol iluminaban el interior lo suficiente como para que Breen distinguiera las mesas de trabajo, los estantes llenos de tarros, las hierbas secas y las plantas que colgaban de cuerdas. También había un par de sillas de madera y taburetes.

—Enciende el fuego —le dijo Marg, dándole un toquecito en el pecho—. Con esto.

«Es como un examen», pensó Breen, y tuvo que superar los nervios para acercarse a la chimenea. Se recordó que había practicado, tanto la noche anterior como aquella misma mañana. Así que cerró los ojos, visualizó el fuego y calmó la mente hasta que notó el calor. Tiró de él hacia arriba, del vientre al corazón, del corazón a la mente. Primero fue una chispa débil, pero siguió tirando y abrió los ojos. La turba había prendido, primero con timidez, después un poco más fuerte, hasta por fin arder con toda su fuerza.

—Bien hecho. Muy bien hecho. Ahora, las velas. Encima de ti.

Breen levantó la vista y vio más de una docena de velas en un aro de hierro.

—Están más lejos de lo que estoy acostumbrada.

—La distancia no importa. Enciende las velas.

Breen tomó aire, tiró del calor y las velas prendieron.

—Ya está, ¿lo ves? Has aprendido haciendo lo que ya conoces.

—Resulta seductor.

—Sí, y eso no tiene nada de malo, siempre que no pierdas de vista tu objetivo y tus promesas.

Con la luz de las velas y el fuego de la chimenea unidos a la tenue luz del sol, vio que la habitación de techos de vigas y basto suelo de madera se dividía en secciones. En una zona estaban las hierbas y las flores colgadas, los cuencos y los tarros de raíces, polvos y líquidos pálidos y chillones; en otra había tarros y cuencos de cristales y piedras, con otros en grandes pedazos independientes o en lanzas. Docenas de velas blancas, negras y de todos los colores imaginables se agrupaban en los estantes. En una tercera zona se guardaban las herramientas: ollas, más cuencos y tarros todavía sin llenar, cucharas y cucharones, varitas, cuchillos de hoja recta y curva… En una especie de casillero sin puerta había varias telas, lanas y cintas. Y, encima, un libro no muy distinto al que le había regalado Marg. El aire olía vagamente a las hierbas (en maceta y exuberantes) del amplio alféizar frente a la ventana que daba al arroyo.

—¿Eso son calderos?

—Sí. ¿Estudiaste la lista de herramientas de tu libro?

—Sí. Calderos, cuencos, campanas, velas, varitas, los cuchillos rituales o *athames*, escobas, copas, espadas...

—Ha llegado el momento de que aprendas a usarlas. Hoy vamos a preparar hechizos para calmar la mente y el corazón, para la fertilidad, para un viaje seguro, para la buena fortuna y para proteger.

Hierbas y cristales, lazos y telas, y, sobre todo, según aprendió Breen, intención. Parecía muy básico, pero no tardó en descubrir que usar el cristal o la hierba equivocada en un hechizo podía atraer el mal en vez de repelerlo; podía provocar insomnio en vez de inducir al descanso.

—Quédate lo que has hecho con tus propias manos.

Breen cogió el saquito morado que había cosido y llenado.

—Ya tengo esto para protegerme —le dijo a su abuela, llevándose la mano a la gema que lucía al cuello.

—Y ahora también tienes una bolsa mágica, un amuleto. ¿Recuerdas lo que has metido dentro?

—Creo que sí. Betónica, salvia, un trozo de ámbar, otro de malaquita, otro de turmalina..., de turmalina negra —se corrigió—. Una pequeña concha y paja de escoba. Y he recitado: «Haz mi voluntad y líbrame de cualquier mal. Cumple tu misión y dame protección».

Marg asintió para aprobar su respuesta.

—Bien hecho. Muy bien hecho.

—¿Qué vas a hacer con las demás?

—Regalarlas o intercambiarlas, según sea necesario. Conozco a una joven cambiaformas que quiere un hijo. Le regalaré un amuleto de fertilidad. Pero, por ahora, vamos a purificar los utensilios y guardarlo todo.

—¿Podrías enseñarme primero un hechizo?

Marg se rio.

—*Mo stór*, si ya lo he hecho. Un amuleto no es más que un hechizo dentro de una bolsita.

—Un hechizo dentro de una bolsita. —A Breen le pareció una definición encantadora; se guardó el saquito en el bolsillo—. No hemos hecho ningún hechizo amoroso. Suponía que serían muy populares.

—Un hechizo para llamar la atención de otra persona, para animarla a ver y mirar… Esos sí son habituales. Pero ¿un verdadero hechizo de amor? Esos están prohibidos, ya que unir un corazón al tuyo mediante la magia te despoja de tu capacidad de elección.

—Lo entiendo. ¿Funcionan de verdad?

—A veces funcionan demasiado bien, y siempre siempre tienen un alto precio. Puede que una mujer abandone a su familia o que un hombre acabe con un rival. La persona hechizada podría volverse contra la que la ha hechizado en un ataque de celos, todo retorcido a través de la magia. Al fin y al cabo, un corazón puede volverse loco de amor.

Breen se lo creía, a pesar de no contar con experiencia en el tema.

—Todo lo que me has enseñado hasta ahora sirve para curar, proteger, consolar… Cuando era pequeña quería ser veterinaria, médica de animales. No solo porque me encantaran, sino porque necesitan que alguien cuide de ellos.

—Llevas dentro el don de sanar. Puedo ayudarte a sacar parte de él a la luz, aunque la experta es Aisling.

Guardaron las telas, los cristales y las velas. Breen observó a Marg lavar las tijeras y agujas que habían usado con agua recogida a la luz de las lunas y secarlas con una tela blanca.

—Ahora ve a tomar un poco el aire y aclarar la mente —dijo Marg—. Podrías ir a ver a Morena o a Aisling. Después te puedo enseñar a fabricar una varita.

—¿Las fabricas tú?

—Podría darte una, y lo haré, pero fabricar tu propia varita la imbuye de tu ser, de tu corazón, de tu poder. Elegirás la madera, las piedras y los grabados. Tu varita es una extensión de la magia que llevas dentro.

—No soy muy manitas —empezó a explicarle Breen cuando salieron—. Quiero decir que no se me dan bien las manualidades. Coser esas bolsas es lo máximo a lo que llego.

—Y lo has hecho muy bien, ¿no? Ah, parece que tenemos compañía.

Reconocía al semental negro, a no ser que tuviera un gemelo. Junto a él, al lado de la cabaña, había un caballo más pequeño. Como de adolescente estaba enamorada de ellos, sabía que se trataba de un bayo.

—Esa belleza negra de ahí es Merlín, el caballo de Keegan.

—Sí, lo vi fecundar a una yegua esta mañana. Ella parecía bastante dispuesta.

—Ah, así que lo han apareado con Eryn, la yegua de Mahon. Eso está muy bien. Ese precioso capón es uno de los de Harken. Se llama Chico, por Buen Chico, cosa que es. Si los dos están dentro con Sedric, no nos van a dejar ni las migas de las galletas.

Al entrar, vieron que Keegan estaba sentado junto al fuego con Sedric y Botarate. Los dos hombres bebían de sendas tazas altas. Breen supuso que serían jarras.

—Y aquí las tenemos —anunció Sedric—. Le he plantado a Keegan una jarra de cerveza para que no interrumpiera vuestro trabajo.

—Y bien que hemos trabajado. Me cuentan que tu Merlín ha hecho un buen trabajo esta mañana, también.

—Sí que lo ha hecho, y con éxito.

—Ha cuajado. Eso es fantástico.

—¿No es demasiado pronto para saberlo? —preguntó Breen.

—Harken dice que está preñada, y él lo sabe —repuso Keegan tras volverse para mirarla. Después se levantó y se terminó la cerveza—. He traído a Chico porque Breen tiene que aprender a montar y Harken dice que es un caballo adecuado para eso.

—Una clase de equitación —dijo Marg antes de que Breen pudiera protestar—, siempre que se imparta con comprensión y paciencia, le vendría muy bien para que le diera el aire después de pasarnos tanto rato encerradas en el taller.

—Preferiría andar —repuso Breen.

—Andar no te llevará tan lejos como un buen caballo —dijo Keegan, que ladeó la cabeza para mirarla—. ¿Seguro que no es porque te da miedo sentarte en uno?

—Como no lo he hecho nunca, que yo recuerde, no lo sé.

—Pues será mejor que lo averigüemos. La cerveza estaba estupenda, gracias.

Se levantó, se paró un momento para besar la mejilla de Marg y siguió hacia la puerta.

—De pequeña te encantaba montar —le dijo Marg a Breen—. Lo llevas dentro.

—Puede.

Al salir, tuvo que recordarse que le gustaban los caballos. Lo que no le gustaba era la idea de acabar en el suelo o perder el control y que el caballo huyera con ella rebotando en la silla.

—Conoce su trabajo —le aseguró Keegan—. Pero lo vas a poner nervioso si montas temblando.

—No estoy temblando.

Bueno, quizás por dentro, un poquito. Empezó a montar.

—Será mejor que lo hagas desde este lado, a no ser que quieras montar mirándole el culo.

«Un gran comienzo», pensó Breen y se fue hacia el otro lado.

—No hay pomo en la silla. Ya sabes, para agarrarse.

—Esto no es el salvaje Oeste, con sus lazos y demás. He estado allí —añadió Keegan—. Es un lugar enorme y entiendo por qué usan esas sillas tan grandes y pesadas, pero este es un mundo diferente. Llevarás una rienda en cada mano. Tiras de la izquierda para ir a la izquierda, de la derecha para ir a la derecha y de las dos para parar. Mete el pie en el estribo y pasa la otra pierna por encima.

—Dale un empujón, como haría un caballero —le gritó Marg desde la puerta, pero Breen pasó la pierna por encima y consiguió colocarse.

—Mete el otro pie. Sí, es la longitud correcta para ti. Una rienda en cada mano. Sostenlas así.

Se lo demostró y, como parecía paciente con ella, Breen se concentró en relajarse. Keegan se puso el abrigo de cuero, montó en Merlín y se volvió hacia su alumna.

—Rienda izquierda, suave, para girarlo.

—Por ahora, solo un paseo, Keegan, hasta que la chica se acostumbre —le dijo Marg—. Y tráela de vuelta para la cena.

—Le irá bien, no te preocupes. Talones abajo, rodillas adentro.

«Estoy montando a caballo —pensó Breen—. Y… no está mal».

Cuando llegaron a la carretera, ella lo giró de nuevo, esta vez hacia la derecha. No parecía tan difícil, al menos a aquella velocidad, con aquel paso tranquilo bajo un cielo que se había vuelto azul pálido, a través de un aire más cálido una vez pasada la lluvia. Breen miró abajo y vio que Botarate trotaba junto a ella.

—El perro está con nosotros. ¿Pasa algo?

—A los caballos no les molestan los perros y al perro no le molestan los caballos.

Keegan la hizo parar y volver a arrancar. Parar, hacer retroceder al caballo y seguir adelante. Se salió de la carretera para meterse por un sendero que se introducía en el bosque, donde la luz era tenue y el aire, más fresco. Breen vio que algo salía de detrás de un enorme árbol y se alejaba corriendo, apenas visible.

—Elfos, de los jóvenes. Están jugando —comentó Keegan.

—Pero... ¿estaba en el árbol?

—Sí.

Un oso cruzó corriendo el sendero y se paró para mirarlos con atención. A Breen se le cerró la garganta del susto, así que solo dejó escapar una especie de gorgoteo en vez de un grito. Y el oso se perdió corriendo entre los árboles.

—Eso...

—Era un cambiaformas, uno joven. Están divirtiéndose en el bosque. Tendrás que acostumbrarte a ver este tipo de cosas.

—¿Cómo sabes si es un cambiaformas o un oso de verdad que quiere comerte?

—Los osos, los que solo son animales, están más interesados en las bayas que en ti. Pero, si te cruzas con uno y no le caes bien, te aseguro que te darás cuenta enseguida. —Se volvió hacia ella, tan cómodo sobre el semental como cualquiera lo habría estado en un sillón reclinable—. Por eso aprendes a manejar la espada y el arco, a galopar, además de a hacer magia. Es supervivencia y deber.

—Hoy he hecho bolsas mágicas.

—Ah, ¿sí? Bueno, seguro que eso ahuyenta a Odran.

—No seas tan despectivo. Me han tratado con esa actitud toda la vida y ya estoy harta. Lo importante es que estoy aquí y que estoy aprendiendo. Y ahora mismo estoy sentada en un puñetero caballo.

Chico vio su oportunidad y bajó la cabeza para comerse unas hojas de aspecto jugoso. A Breen le dio un vuelco el corazón y dejó escapar un chillido de pánico al ver que se resbalaba de la silla. Keegan la agarró por un brazo para enderezarla.

—Contrólalo, porque aprovechará cualquier oportunidad para comer. Cree que tiene a una blanda a las riendas. Demuéstrale que se equivoca. Tú llevas las riendas. Úsalas.

—Podrías haberme avisado de que lo haría —masculló Breen mientras luchaba con Chico para levantarle la cabeza.

Mientras seguían su camino, Breen hizo lo que pudo por aprender a interpretar al caballo, para anticiparse a él. Y, aunque el corazón le martilleó con fuerza cuando el sendero empezó a seguir las pendientes de las colinas, no volvió a chillar. Cuando los árboles clarearon, cruzaron un campo en el que pastaban unas ovejas. Tomándolo como una señal, Botarate se dedicó a perseguirlas. Breen vio otra granja, otra carretera de tierra y más casas, la mayoría con ropa tendida al sol. La gente que trabajaba en los campos, en los huertos y con el ganado los saludaba con la mano al pasar.

De vez en cuando, Keegan se paraba para intercambiar algunas palabras con ellos y presentarla con mucha educación. Breen conoció a una docena de personas, entre ellas una niña que le ofreció tímidamente una margarita y sonrió cuando Breen se la colocó en el pelo. Ese gesto se ganó la primera mirada de aprobación de Keegan.

—Te sabes el nombre de todo el mundo —comentó Breen cuando se alejaron—. ¿Conoces a todos los que viven aquí?

—Nací en el valle —respondió sin más—. Los que todavía no te han visto necesitan verte. La hija de Eian O'Ceallaigh. Y tú a ellos, y algo más de Talamh, aparte de la casa de Marg.

A Chico le llamó la atención un erizo. Ella tiró de él y masculló:

—No me avergüences. ¿Es eso un lago?

Lo vio a lo lejos; el sol se reflejaba en unas aguas verdes extrañas y fantasmales.

—*Lough na Fírinne*. Significa *verdad*. Es donde se zambullen todos los que deciden hacerlo cuando llega el momento de elegir *taoiseach*.

—Por la espada.

—Sí, por Cosantoir.

Ella miró la que llevaba a la cintura.

—La yaya me lo contó. No eras más que un niño.

—Tomé mi decisión. Lo estás haciendo bastante bien. Vamos a trotar antes de que Merlín se me duerma de aburrimiento.

—No estoy lista para…

—Estás lo bastante lista. Talones abajo, rodillas adentro. Sigue el paso de Chico. Es bastante fluido.

Azuzó a Merlín para que trotara y, como Chico seguía a su líder, a Breen no le quedó más remedio que seguirlo. El trasero le rebotaba en la silla y le entrechocaban los dientes.

—Sigue su paso —repitió Keegan—. Siéntate derecha y sube y baja con él si no quieres acabar con el trasero negro y azul.

Breen se imaginaba que ya lo tenía así.

—No sé cómo…

Pero lo sabía. Ya fuera por memoria muscular, instinto de conservación o pura suerte…, el caso es que empezó a moverse al ritmo de aquel trote rápido y enérgico.

—Mejor —sentenció Keegan—. Ahora, dirígelo a la carretera que tienes a la derecha.

¿Girar y trotar? Y la maldita carretera había empezado a subir de nuevo. Consiguió mantenerse en la silla e incluso relajarse un poco mientras dejaban atrás las ovejas de rostro negro y divisaban vacas, amplios prados y extensiones de cereales agitándose con el aire. Después, terminaron las pendientes, y tardó un instante en darse cuenta de que el caballo iba más deprisa.

—Un trote tranquilo, con grandes zancadas, no pasa nada. Por los dioses, mujer, siéntate derecha. Tienes una columna vertebral, úsala.

La velocidad le preocupaba bastante, pero no quería golpearse el culo contra el cuero. Hasta que él no le pidió que volviera al trote y después al paso, no se dio cuenta de que habían ido en círculo. Vio la granja, la bahía y la casa de Aisling. Había sobrevivido.

—Necesitas mejorar el asiento y todavía te pesan un poco las manos, aunque lo has hecho bastante bien. Mañana lo harás mejor.

—¿Mañana?

—Y mañana aprenderás a ensillar tu montura —añadió mientras bajaban por el sendero de Marg—. Se desmonta como se monta, solo que al revés.

El suelo parecía más lejos de la cuenta, pero no quería tener que soportar su sonrisita desdeñosa. En cuanto empezó a pasar la pierna por encima del caballo notó las agujetas por todas partes. Reprimió un gemido y tensó las piernas para que no le temblaran las rodillas. Después, le entregó las riendas a Keegan.

—Gracias por la clase —le dijo con una voz tan tensa como su espalda.

—Lo has hecho bastante bien —repitió él.

Después le dio la vuelta a Merlín, con las riendas de Chico en una mano, y los llevó a los dos al trote por el camino de vuelta. Breen esperó a que se perdiera de vista para cojear hasta la puerta abierta de la casa.

Aquella noche siguió las instrucciones de Marg y se sumergió en una bañera de agua caliente con una poción sanadora. Tras meterse en la cama, con la chimenea encendida y el perro durmiendo, escribió en su blog. Habló de su primera clase de equitación…, y, aunque le dolían los músculos y su instructor era duro de pelar, pretendía seguir aprendiendo. Tenía que encontrar el modo de sacar fotografías. Es lo que esperaban los lectores de su blog. Sin embargo, dejaría ese problema para otro momento.

A lo largo de los días siguientes, aprendió a crear un círculo de protección, a fabricar velas rituales y a hacer flotar una pluma. Aprendió a ensillar un caballo y a cepillarlo, y experimentó su primer galope. Resolvió el dilema de las fotos para el blog pidiéndole a Morena que cruzara el portal con Chico. Fabricó su varita. Bajo la supervisión de Marg, eligió madera de castaño y un cristal transparente pulido que atraía y proyectaba la luz. Purificó e imbuyó de poder el cristal bajo la luz de las lunas. Eligió grabar un dragón que subía por el asta de la varita hacia la luz y descubrió, maravillada, que lo sentía, que lo sentía dentro cuando la imagen de su cabeza se grabó sola con intensa tinta roja en la madera.

Cuando la primera semana de aprendizaje (palabra que prefería a *entrenamiento*) llegó a su fin, dio su primer paseo sola a caballo. Siguiendo las instrucciones de Marg, llevó a Chico más allá de la granja en la que Harken, el hijo mayor de Aisling (Finian) y un hombre al que no reconoció trabajaban con el lobero y un alegre border collie para conducir a unas cuantas ovejas al redil. Como tenía la inquietante sensación de que aquellas ovejas acabarían en un estofado de cordero, siguió cabalgando. Vio más ovejas por las laderas de las colinas y un par de halcones en el cielo. Mientras los observaba, uno de ellos bajó en picado tan deprisa que se convirtió en una flecha marrón dorada. En la hierba alta, algo dejó escapar un chillido agudo y breve. Breen se imaginó que sería un conejo y, mientras seguía su camino, pensó en el duro mundo del depredador y la presa.

Entonces la belleza la dejó asombrada. Si la casa de Marg era una canción, la de Finola era una ópera. Las flores inundaban el camino hasta la casa, rodeada de sinuosos senderos de piedra que formaban puentes. Silvestres y maravillosas, cubrían el suelo y nadaban alrededor de los setos y los árboles, que también estaban cargados de flores. Vio bonitos comederos para pájaros colgados aquí y allá y bebederos de cobre con forma de flores abiertas. Un colibrí que brillaba como una piedra preciosa bebía de la trompeta naranja de un lirio. Había mariposas por todas partes. Los aromas (intensos, sutiles, dulces, especiados...) se entremezclaban hasta formar una droga suntuosa. Las piedras de la casa en sí tenían un tinte rosáceo y había maceteros en todas las ventanas, también rebosantes de flores y plantas verdes. La puerta, de un evocador tono azul claro, formaba un arco.

Deslumbrada, Breen ató al caballo como le habían enseñado y se limitó a pasear por los caminos empedrados. Entonces oyó las voces. Las siguió hasta la parte de atrás de la casa, tras cruzar un cenador cubierto de rosas blancas.

El mar de flores continuaba, fluía hasta llegar a un elaborado huerto de hierbas en el que las plantas formaban círculos y después daba paso a una huerta en la que Finola, con un sombrero de paja de ala ancha sobre el pelo, arrancaba una zanahoria para echarla en la cesta que llevaba en el brazo. Más allá de la huerta estaban los árboles frutales. Morena levantó el vuelo cargada de limones para su propia cesta. Después voló hasta donde Seamus recolectaba lo que debían de ser naranjas de las ramas bajas de otro árbol. ¿Cómo conseguían cultivar limones y naranjas en aquel clima? Breen negó con la cabeza y tuvo que reconocer que ya no tenía sentido preguntar aquellas cosas.

Finola se enderezó, se llevó una mano a la parte baja de la espalda y vio a Breen.

—Vaya, buenos días, Breen.

—Esta es la casa más bonita que he visto en mi vida.

—Ay, qué cosas dices —respondió ella, aunque estaba claro que disfrutaba del cumplido—. ¿Cómo va todo, querida? —le preguntó mientras la acompañaba al final del huerto y se metía por uno de los senderos.

—Estoy aprendiendo. Quería venir antes, pero las clases no me dejaban tiempo. Sobre todo, quería agradecerte haber cuidado de mí cuando era pequeña, que me sacaras de allí y me llevaras a la granja.

—No hay nada que agradecer, cualquiera habría hecho lo mismo.

—No fue cualquiera: fuiste tú. De todos modos, solo quería darte las gracias, no interrumpir tu trabajo… Tenéis limones y naranjas.

—Sí, y melocotones y ciruelas, manzanas y peras, y hemos empezado a cultivar plátanos en unos árboles con una pinta muy graciosa.

—Plátanos.

—Ha sido mi Seamus el que los ha criado a partir de un esqueje que Morena le trajo de una visita al otro lado. A Morena y a mis chicos, y a mí misma, se nos da bien plantar, pero Seamus, bueno…

—¿Tiene el toque mágico?

Finola se rio.

—Sí, sin duda.

Morena bajó volando con su cesta de limones.

—He visto que has dejado a Chico delante. Ya estás montando sola, ¿eh?

—Keegan y Mahon tenían que ir a alguna parte, así que he aprovechado.

—¿Por qué no vas a por Azul, Morena, y te das un paseo con tu amiga? Pasad por aquí a la vuelta y os invitaré a limonada.

—¿Limonada? —repitió Breen.

—También prepararé un poco para Marg. Le gusta mucho.

—Me parece bien dar un paseo en compañía.

—Llevaré a Azul a la parte de delante —dijo Morena.

En vez de ir andando, Morena usó las alas y voló por encima de las flores.

—Ha estado esperando para darte espacio —dijo Finola—, para darte tiempo con Marg y para las clases con Keegan. No conozco a ningún jinete mejor que ella, aparte de Harken. Es tan buena como Keegan.

—Es un profesor duro, aunque debo reconocer que funciona.

—Diviértete con Morena. Y vuelve a por esa limonada.

—Lo haré —le aseguró Breen.

Regresó a la entrada de la casa y montó. Dejó que Chico mordisqueara la hierba del borde de la carretera mientras ella examinaba las flores y veía cuántas era capaz de identificar. Morena apareció por el otro lateral de la casa. Iba sentada a lomos de un caballo gris con tres calcetines blancos y ojos azul cristalino.

—Ya veo de dónde le viene el nombre.

—Mi Azul es un encanto, pero feroz cuando hace falta. Es padre de cinco potros.

—¿Es un semental?

—¿Cómo íbamos a castrar a un ejemplar semejante? —repuso ella, y el amor que sentía por Azul se le notó en la voz—. ¿Adónde quieres ir? —le preguntó a Breen mientras rascaba el cuello del animal.

—Me gustaría ver el lago. No sé pronunciar su nombre.

—Te refieres a *Lough na Fírinne*. De acuerdo. Azul querrá galopar porque llevo sin sacarlo un par de días.

—Me han dicho que tengo mal asiento y manos pesadas, pero puedo galopar. Más o menos.

—Eso suena a Keegan —comentó Morena fingiendo exasperación—. Es un instructor duro, aunque monta como un dios. De todos modos, no te dejes mangonear.

Morena llevó a Azul directamente al galope. Acostumbrada a ir de un aire al siguiente, sin saltarse ninguno por el camino, Breen tuvo que agarrarse bien cuando Chico imitó al otro caballo. Tuvo que reconocer que todavía le daba bastante miedo aquello cuando salieron casi volando por la carretera, aunque también era emocionante. Apenas había pasado una semana desde la primera vez que se había subido a un caballo (al menos, que ella recordara) y ya galopaba como si supiera lo que estaba haciendo. Percibió lo mucho que disfrutaba Chico de la carrera y de la compañía y no pudo más que estar de acuerdo con él.

Morena frenó hasta pasar al trote y la miró, sonriente.

—Has aprendido bien, diga Keegan lo que diga.

—Me pasé en remojo y quejándome las tres primeras noches después de las lecciones. Ahora casi me basta con el yoga.

—¿Y las otras lecciones?

A Breen le encantaban. Simplemente, le encantaban.

—Me he hecho una varita. Sé que la yaya está contenta con mis avances, pero todavía no he progresado demasiado. Me doy cuenta de que espera algo de mí, aunque todavía no sé el qué.

—Lo sabrás cuando lo sepas. ¿Dónde está el cachorro?

—Ha decidido quedarse con Marg. Me parece que vi a tu halcón. Estaba con un amigo y después bajó en picado, creo que para matar un conejo.

—Es un cazador, lo lleva en la sangre —le dijo Morena—. Su amiga es una hembra con la que ha estado coqueteando, así que seguro que compartió la comida con ella. —Hizo un gesto hacia delante, hacia el lago, y Breen vio una familia de cisnes deslizándose por el agua.

—Los cisnes protegen el lago.

—¿De qué?

—De cualquiera que tenga malas intenciones. Dicen que hace mucho tiempo el lago lo formaban las lágrimas de la diosa Finnguala; de ahí le viene el nombre a mi abuela. A la diosa, hija de Lir, de los Tuatha Dé Danann, la maldijo su madrastra, Aoife, que la convirtió en cisne y la condenó a vivir con esa forma durante novecientos años.

—Qué dura.

—Ya te digo —coincidió Morena.

Pasearon por la orilla del lago con los caballos, a través de juncos y eneas. Las libélulas, iridiscentes como alas de mariposa, iban y venían del agua a toda velocidad.

—¿Qué le pasó? A la diosa, me refiero.

—Bueno, así pasó un año tras otro, y dicen que sus lágrimas de desesperación fueron las que crearon el *Lough na Firinne*.

—Morena extendió una mano y una libélula tan azul como los ojos de su semental se le posó en la palma—. Cuando se casó con Lairgreen y por fin se rompió la maldición, regresó aquí a bañarse para recordar la injusticia. Y por eso forjó la espada, para proteger a los leales, y talló el bastón, para defender la justicia y los juicios, de modo que no condenaran a nadie como la habían condenado a ella. —La libélula salió volando—. Los lanzó al lago para que la persona que fuera digna de ellos los encontrara y los empuñara como líder, siempre por voluntad propia, tanto para servir como para dirigir, para proteger el mundo igual que sus cisnes protegían el lago.

—¿Tú te crees esa historia?

—¿Por qué no? Porque el lago está aquí, ¿no? Y varias generaciones de *taoisigh* han sacado la espada de él.

—Es una preciosidad, tanto la historia como el lago. Parece opaco. ¿Cómo puede alguien ver la espada ahí dentro?

—Eso es lo importante. Cuando estás dentro, se vuelve transparente como un cristal. Puedes comprobarlo tú misma si te apetece nadar.

—¿Está permitido?

—Claro, ¿por qué no iba a estarlo? Si tuvieras malas intenciones, los cisnes te echarían. Son unas criaturas feroces, no te dejes engañar por su elegante belleza.

—Puede que en otro momento. Mi abuela y después mi padre entraron en el lago siendo casi niños y salieron de él convertidos en líderes. Quería verlo. ¿Tú has participado alguna vez?

—Claro, como todos los demás. Creía que encontraría la espada y que Marg me entregaría el bastón cuando me colocara frente a ella. Y entonces sería la *taoiseach* más fuerte, sabia y valiente que hubiera conocido Talamh. —Se echó el pelo atrás con un movimiento de cabeza y se rio—. Mi problema nunca ha sido la falta de confianza.

—Admiro mucho esa actitud. Tener la seguridad suficiente en ti misma para creer que puedes hacer cosas, ser fuerte, lista y…, no sé, digna.

—Eres todo eso y más, y siempre lo has sido. —Morena se movió en la silla para mirarla—. No debes permitir que nadie te quite eso.

—Te caería bien Marco. Él dice lo mismo. Mundos distintos, mismo significado.

—Está claro que sabes elegir a tus amigos.

—Sí, es verdad. ¿Cómo te sentiste cuando Keegan encontró la espada y no tú? ¿Estabas decepcionada?

—Ah, dioses, no. En el agua vi a Keegan con la espada en la mano y lo vi mirarla como si pesara diez toneladas. Entonces pensé que no la quería, ni hablar. No, era un peso con el que no deseaba cargar. Pero él lo hizo, lo hace y lo hará hasta que llegue el momento del siguiente. Y quieran los dioses que eso no ocurra hasta que mis nietos tengan edad de meterse en el lago.

19

Como Marg se lo pidió, Breen visitó a Aisling para que le diera clases de sanación. Salvo por el telar y las espadas cruzadas por encima de la repisa de la chimenea, la casa de los Hannigan no se diferenciaba mucho de cualquier otra casa con dos niños activos y un perro enorme: caótica, ruidosa, con juguetes desperdigados por todas partes y muchas riñas.

—Tenéis menos modales que los cerdos de la pocilga. Recoged todas vuestras cosas y a la calle. Con las manos —le advirtió la madre al mayor—, que es lo que usasteis para desordenarlo todo.

—Estás muy ocupada —le dijo Breen, que olía el pan en el horno y veía la lana en el huso de una rueca de verdad—. No pasa nada si no tienes tiempo para esto ahora mismo.

—La verdad es que sería un alivio que te quedaras —repuso Aisling recolocándose la mata de pelo oscuro, que llevaba recogida en lo alto de la cabeza—. Un poco de tranquilidad y una persona de más de tres años con la que hablar.

Preparó el té (allí siempre había alguien preparando té) mientras los niños lo recogían todo a paso de tortuga. El más pequeño se acercó con andares torpes para enseñarle a Breen una peonza de madera. Solícita, ella se agachó para hacerla girar.

—Mahon y Keegan regresaron ayer por la noche y, como cabía esperar, Mahon tuvo que jugar a peleíllas con los niños, lanzarlos por los aires y volverlos medio locos de entusiasmo. Así que se acostaron tarde, lo que nunca impide que se despierten al alba. —Sonrió a Breen—. Así que bienvenidas sean la paz y la compañía femenina. Llévate la peonza; muy bien, corazón. Y poneos las gorras. Kavan, ayuda a tu hermano a cepillar al poni y lavaos los dos en el pozo antes de volver a entrar.

Cuando abrió la puerta, Botarate salió corriendo. La lobera se quedó junto a la puerta hasta que los niños salieron y después los siguió a un paso muy digno.

—La verdad es que no hay niñera mejor que Mab. Siéntate, Breen, por favor. Voy a sacar este pan del horno para ponerlo a enfriar y después nos tomamos un té.

—¿Cómo te sientes? —le preguntó Breen.

Aisling la miró, desconcertada, y después sonrió.

—Ah, te refieres al bebé. Mejor que bien. No quiero tentar a los dioses, pero con mis dos chicos fue todo muy fácil, y esta vez parece que va por el mismo camino. No me importa haberle perdido el gusto a la cerveza. Y tengo más ganas de sexo de lo normal… Mahon no se queja. —Dejó el pan en la rejilla, se quitó el delantal que llevaba puesto y se sentó a tomar el té—. ¿Cómo te va a ti? —le preguntó a Breen.

—He visto y hecho cosas que hace un mes me habrían parecido imposibles. Y siento cosas que, no sé, me remueven por dentro. Como si hubiera más por venir.

—Marg está contenta contigo.

—Eso espero.

—La has hecho muy feliz viniendo. Vienes aquí todos los días, y no solo para aprender tus artes, sino para verla y pasar tiempo con ella. No todo el mundo en tu lugar habría hecho lo mismo.

—Todavía no tengo claro cuál es mi lugar. ¿Tú siempre has sabido cuál era el tuyo?

Aisling levantó su taza y miró a su alrededor: pan enfriándose en la rejilla, el hervidor al fuego y una caja de madera llena de un batiburrillo de juguetes; la rueca junto a la ventana y una cesta de ropa para zurcir esperando al lado de una silla.

—Hubo un tiempo en el que creía que me mudaría a la Capital. No quería casarme con un granjero, ni hablar. Sería miembro del consejo, impartiría mi sabiduría y cenaría con eruditos, artistas y demás. Entonces, bueno, digamos que Mahon me convenció de lo contrario, y la verdad es que no me arrepiento en absoluto. Nuestra vida no siempre acaba siendo como pensábamos en un principio.

—Tienes un hogar feliz.

—Sí, y gracias por decirlo, porque eso es lo que más deseo en el mundo. Mi madre dirige el consejo y Keegan es *taoiseach*, mientras que Harken y yo cuidamos del hogar. Tengo la impresión de que todos estamos donde debemos estar. Como tú. Te quedes o te vayas, ahora es aquí donde debes estar. Bueno, pasemos a la sanación. Es algo más innato que aprendido, aunque lo que se lleva ya dentro puede abrirse a través del estudio.

—La yaya dice que eres la sanadora más poderosa que conoce.

—Es muy amable por su parte. Cualquiera de las hadas puede tener este don. Abrirse al dolor o la aflicción de otros es una elección difícil. Puedes sentirlos mientras trabajas para solventarlos, y esa persona puede ser un desconocido o incluso un enemigo. Sin embargo, una vez que aceptas el don, no puedes rechazarlo.

—¿Es un juramento? ¿Como el de los médicos de mi mundo?

—Algo muy parecido, sí. Me han contado que, como Harken, sientes una conexión con los animales.

—Siempre había pensado que era… No lo sé. Pero sí, y se ha vuelto más fuerte desde que estoy aquí.

—Al fin y al cabo, ¿no somos todos animales? Carne, sangre y hueso, corazón y músculos. ¿Cómo sabes lo que quiere, necesita o siente tu perro?

Breen miró hacia la ventana. Oyó ladrar a Botarate y supo, lo supo sin más, que ladraba de pura alegría.

—No sabría decirlo exactamente.

—Piensas en él, lo miras. Créeme, cuesta más no mirar y ver que mirar y ver. Y te abres sin pensarlo. Por ejemplo, tienes delante a un perrito muy dulce, a un bello caballo o a un pobre pájaro con el ala rota. Y piensas, te preocupas y te preguntas. Y te abres. —Aisling le dio la mano—. ¿Me dejas mirar?

—¿Mirarme a mí? ¿O… dentro de mí? —preguntó Breen, nerviosa de repente—. Pues… ¿Forma parte de esto?

—Puede.

—Vale. De acuerdo. ¿Tengo que hacer algo?

—Nada de nada.

Y nada cambió mientras Aisling siguió sujetándole la mano. El hervidor siguió borboteando y el perro siguió ladrando.

—Estás sana y eso es bueno. También estás en forma. Fuerte, más fuerte de lo que cree la mayoría, ¡fantástico! Tienes preocupaciones, por supuesto, pero muchas se deben a pensar que no eres suficiente, que te falta inteligencia o cualquier otra cosa. Yo diría que eso es una estupidez, pero tendrás que averiguarlo por ti misma. Sin embargo, ahora no solo nos damos la mano, sino que estamos conectadas. ¿Qué ves en mí?

—Que eres preciosa.

Aisling se rio.

—Claro, he usado un poco de glamour esta mañana porque Marg me dijo que vendrías. La vanidad no tiene por qué ser mala, ¿verdad?

—Me gustaría aprender ese hechizo. Sé que quieres a tu familia. No necesito la magia para verlo. Y debes de ser lista, porque ahí hay una rueca y ahí, un telar. Tienes que ser buena madre, porque tus hijos están contentos y sanos, y son realmente encantadores. Y... —Se sobresaltó; se le abrieron mucho la boca y los ojos—. ¡El bebé se ha movido! He sentido que el bebé se movía. ¿Cómo...?

—Estamos conectadas y me he abierto a ti para ayudarte a ver y a sentir.

—Es asombroso. Estás tan contenta... Y...

—¿Qué?

—Un poco pagada de ti misma.

Aisling se rio de nuevo.

—Sí, es verdad. Esto se te da bien, tienes empatía y eso ayuda. No todos los sanadores son empáticos ni todas las personas empáticas son sanadoras. Contar con las dos cosas hace que ambas sean más potentes. Vamos a ver qué tenemos aquí.

Aisling se levantó y fue hacia la cesta de la ropa para zurcir. Regresó con una aguja. Se pinchó el dedo y lo sostuvo en alto mientras le volvía a dar la mano libre a Breen.

—Mira la sangre, no es más que una gotita. La piel está rota. Siente el picor. Es una cosita diminuta. Permítete sentirlo, igual que has sentido la vida que se movía en mi interior. Siéntelo e imagínate cerrando esa pequeñísima herida. Ábrete a ello, y esa es la luz, su brillo y su calor, que sana lo herido.

Breen no sabía si de verdad sentía el ligero pinchazo en el dedo o si se lo estaba imaginando, pero presionó la herida con el pulgar y Aisling sonrió.

—Bien hecho.

—Pero no he...

—Sí que lo has hecho, con algo de ayuda para guiarte. —Aisling se limpió la gota de sangre del dedo y se lo enseñó para que viera la piel intacta—. Es algo pequeño, sí, un primer paso.

A pesar de las horrorizadas objeciones de Breen, Aisling se quemó el dedo en el fogón y se hizo un corte en el brazo con un cuchillo de cocina. Y trabajó con Breen para curar las heridas.

—Tienes talento para esto —le dijo Aisling—, como dijo Marg. Las heridas más graves son más exigentes, pero ya llegarás a eso y aprenderás a combinar lo que tienes con las pociones, bálsamos y tratamientos apropiados. Ahora creo que necesito otra taza de té.

Cuando se levantó para prepararlo, Keegan entró en la casa con un revoloteo de su abrigo.

—Morena me dijo que la chica estaba aquí. Perfecto, así tengo tiempo para empezar con su entrenamiento.

—La chica tiene un nombre, te recuerdo —respondió Aisling en tono seco mientras seguía preparando el té—. Breen y yo hemos estado trabajando con sus habilidades para la sanación. Lo ha hecho muy bien, la verdad.

—Bueno, le vendrá bien cuando tenga que curarse los moratones que le saldrán después de entrenar. —Se volvió hacia Breen—: Hoy toca combate básico cuerpo a cuerpo, para que veamos de qué estás hecha.

De haber podido pegarse con cola el culo a la silla, Breen lo habría hecho.

—No pretendo luchar contra nadie.

—No tiene nada que ver con lo que tú pretendas. Si Odran envía a otra de sus criaturas a por ti, ¿qué vas a hacer? ¿Ponerte a chillar y a patalear? ¿Te vas a quedar sentada, temblando, la próxima vez que te meta en una jaula? ¿Por qué iba nadie a arriesgar la vida por protegerte si tú no quieres esforzarte por protegerte sola?

—¡A la calle! —le gritó Aisling—. No quiero a maleducados en mi casa. Breen no tardará en salir —añadió; se había apoyado los puños en las caderas—. Fuera de mi cocina si no quieres ser tú el que acabe con un moratón.

Keegan se encogió de hombros y salió.

—Me disculpo por el estúpido hermano que me ha tocado soportar. Keegan no suele ser tan brusco.

—Brusco es una forma de describirlo.

Aisling sonrió y le ofreció un té a Breen.

—Sí, claro, he usado otras muchas palabras para describirlo a lo largo de los años, todas ellas muy acertadas, en mi opinión, porque, *taoiseach* o no, es el zopenco de mi hermano. Pero... —añadió al sentarse—. Pero también tiene algo de razón. Debes aprender, por tu bien y por el de los demás, como ha dicho. No hay nadie en este mundo que no diera la vida por protegerte.

—No quiero...

—No se trata de lo que tú quieras, sino de lo que es. —Aisling alargó un brazo para darle la mano a Breen y mirarla a los ojos con los suyos, que eran muy claros y azules—. Recuerdo cuando te secuestraron de pequeña. Recuerdo los tambores de guerra. Recuerdo cuántos enviamos a los dioses, cuántos perdieron la vida por ayudarte a devolverte a casa sana y salva. Mi padre fue uno de ellos.

—Lo siento mucho —respondió Breen, ahogada por la culpa—. Lo siento mucho.

—No es para que lo sientas —le aseguró la otra mujer, y le apretó la mano para darle fuerza y consolarla—. Eras una niña. Y luchaste, luchaste con todo lo que llevas dentro. El escudo que te protege no durará para siempre, y lo cierto es que ya han conseguido atravesarlo una vez. Keegan estaba allí y por eso estás tú aquí ahora. Es un hombre al que le cuesta ser paciente, y ya te digo yo que la poca paciencia que tiene la gasta teniendo que tratar con el consejo, los juicios, la política y los deberes de su puesto. Su forma de enfocar esto ha sido estúpida, como he dicho antes, pero eso no significa que se equivoque.

Sentada en aquella cocina que olía a pan recién hecho y té, Breen recordó la batalla que había visto a través de los ojos de Marg y a toda la gente que había arriesgado la vida por ella.

—De acuerdo. Se va a enfadar mucho cuando vea lo mal que se me da.

—Eso está por ver. Y no hay nadie mejor para enseñarte esto que Keegan. A él lo entrenó nuestro padre y después el tuyo, y, a su manera, te dará lo que ellos le dieron a él.

Tal como Breen lo veía, tenía dos opciones: decir que no, enfrentarse a la culpa y sentirse como una cobarde, o salir y dar la cara, puede que literalmente. Prefería magullarse el cuerpo antes que el ya maltrecho ego.

Salió y vio que Keegan galopaba a pelo alrededor del potrero a lomos de un caballo marrón oscuro con los dos niños, el pequeño delante y el mayor detrás. Aunque su primera reacción fue que cabalgaba demasiado deprisa, no podía negar que la cara de ambos niños era de felicidad absoluta. Al verla, Keegan frenó. Cuando paró el caballo, los niños le suplicaron que siguiera.

—Más tarde —les dijo—. Abajo, Fin.

Muy a regañadientes, Finian se bajó a la valla. Keegan desmontó, bajó al pequeño del caballo y lo lanzó muy alto.

—Id a incordiar a vuestra madre.

Les revolvió el pelo, subió a Kavan por encima de la valla y después pasó él. Breen pensó que parecía fuerte y empezó a preocuparse por la cara que estaba a punto de dar.

—Cierra la mano en un puño.

Esa parte se la sabía gracias a Marco: con el pulgar fuera, no dentro. Keegan le cogió el puño y la cabreó al cogerle el bíceps con la otra mano.

—Estás fuerte, pero habrá veces en las que tengas que vértelas con alguien más fuerte y grande que tú. Debes aprender a usar lo que tienes para defenderte, a usar lo que tienen los otros, su fuerza y su tamaño, en su contra.

—Hice un curso. Plexo solar, empeine, nariz, ingle.

Él la miró, algo desconcertado.

—¿Y cómo te ayuda eso a defenderte de un puño que va directo a por tu cara?

—Son técnicas de defensa personal.

Keegan ladeó la cabeza y asintió.

—De acuerdo, enséñamelo.

—Bueno, si, por ejemplo, yo estuviera aparcando en un garaje y tú fueras un ladrón o un violador y me atacaras por detrás…

Le dio la vuelta a Keegan y él la derribó de un golpe en las piernas. Una vez superada la sorpresa, puesto que era la primera vez que la tiraban así, se enfadó.

—Me has dicho que te lo enseñe.

—Y sigo esperando a que lo hagas —repuso él—. También me pregunto por qué le ibas a dar la espalda al enemigo.

—Para hacerte una demostración —insistió ella mientras se levantaba.

—¿Y si te ataco de frente?

Cuando Keegan se abalanzó sobre ella, Breen trastabilló y él volvió a derribarla.

—No sé si tus técnicas de defensa son muy efectivas —comentó el joven antes de ayudarla a levantarse.

Justo entonces, Breen le dio un puñetazo en el plexo solar; descubrió que era como golpear una pared de ladrillo y volvió a caer de culo.

—Usa esos músculos que tienes.

—No le veía sentido a hacerte daño —respondió ella.

«Aunque eso era antes», añadió mentalmente. Se levantó y volvió a pegar, esta vez con ganas. Sin embargo, cuando intentó pisarle el empeine con el talón, él dio un paso al lado y volvió a tirarla al suelo. Breen tuvo que reconocer que el proceso funcionaba mejor en clase.

—Puede que tus técnicas no estén del todo mal, pero te faltan velocidad y potencia. Inténtalo de nuevo.

Ella golpeó tan fuerte que le picó la mano; después se saltó los pasos intermedios y levantó la rodilla. Aunque parte de ella quería darle el rodillazo, se contuvo. Keegan sonrió.

—Ahora sí veo potencial. Y si…

La giró y le sujetó el cuello con el brazo. Breen lanzó un codazo hacia atrás, como le habían enseñado, pero no consiguió darle en el empeine, porque Keegan tenía las piernas abiertas.

—No forcejees. Déjate caer. Usa un poco tu ingenio. Eres una mujer, eres más débil. Que tu atacante crea que eres más débil. Déjate caer.

Sí que era más débil, y la realidad de aquella afirmación, de saber que él era mucho más fuerte que ella, la asustaba bastante. Keegan podía hacerle daño y ella no tendría forma de detenerlo. Se dejó caer.

—Piensa en los pasos siguientes. La persona que te ataca cree que ha ganado. Ahora, el codo. Eso es, no está mal… La próxima vez, más fuerte. Entonces, él afloja los brazos. Úsalo.

Breen se deslizó hacia abajo y consiguió girarse y levantar de nuevo la rodilla.

—No ha sido un desastre absoluto. Y si yo…

Le lanzó un puñetazo, aunque se detuvo justo delante de la nariz de Breen, que estaba pasmada. Keegan negó con la cabeza y la miró a los ojos.

—Con ese puñetazo habrías perdido y, probablemente, estarías inconsciente. Tienes que bloquearlo. —Le levantó el brazo de un tirón para que le apartara el puño con él—. ¡Firme! Y devuelve el golpe. ¡Deprisa!

Breen se pasó una hora entrenando, la mayor parte de ella en el suelo, antes de que la dejara marchar con algo parecido a un elogio:

—Mañana lo harás mejor.

Tuvo que llamar al perro y reprimir el gemido que llevaba dentro. Creía que aprender a montar era una experiencia dolorosa, pero no era nada comparada con los pinchazos y dolores de todo tipo que estaba experimentando en aquellos momentos. Esperó hasta entrar en el camino de la casa de Marg, hasta estar segura de que nadie la veía, para sentarse en el suelo, pegarse las rodillas al pecho y apoyar la cabeza en ellas. Botarate se puso a lamerla mientras dejaba escapar la versión canina de los gemidos que ella reprimía.

Breen nunca había experimentado la violencia física, nunca había provocado dolor físico a posta ni había conocido el terrible deseo de provocárselo a alguien. ¿Era aquel el precio del poder, de ser ella misma? Pensó en su vida anterior, tan normal, tan tranquila. Tan… limitada, sí, pero…

Levantó la cabeza y se secó los ojos.

—La libertad cuesta —le dijo al perro—. No sé cuánto estoy dispuesta a pagar.

Sin embargo, se enderezó y usó lo que le había enseñado Aisling para aliviar sus dolores.

Por su parte, Keegan entró en la casa de su hermana y se sirvió un whiskey. Aisling lo miró mientras seguía picando col para preparar *colcannon*.

—Es un poco temprano para eso, diría.

—A mí no me lo parece —repuso su hermano.

—Bueno, ¿cómo le ha ido? He tenido que apartarme de la ventana porque no me veía capaz de verte tirarla al suelo una vez más sin salir a darte de bofetadas.

—Es fuerte y rápida cuando consigue dejar de pensar tanto. Esa mujer pasa más tiempo dentro de su puñetera cabeza que fuera. —Le dio un trago al whiskey—. Aprende, hay que reconocerlo.

Se levantó la camisa para examinar la nube de moratones que le cubría las costillas.

—Te ha dado más de una vez. Deja que te lo mire —le dijo Aisling.

—No, yo me encargo. —Keegan se bajó la camisa—. Siente remordimientos y eso hace que se contenga. Podría haberme roto las pelotas más de una vez, pero se contiene; siente remordimientos por el daño que causa antes incluso de causarlo.

—¿No nos pasa a todos, en el fondo?

Aunque Keegan quería llevarle la contraria, no podía. No cuando él mismo sentía remordimientos todos los puñeteros días de su vida. Aun así...

—Hay que dejar de lado los remordimientos para mantener los mundos a salvo. Esa chica tiene echada una llave que no sé si abrirá. Y junto a los remordimientos guarda dentro las dudas, igual que una mujer guarda sus joyas más preciadas.

—Necesita tiempo.

—Como todos. Eso no significa que nos lo vayan a dar.

Cuando se levantó para mirar por la ventana, ella dejó de picar col para ponerse a su lado y rodearlo con un brazo.

—No tiene que cargar con todo el peso, Keegan: lo hacemos entre todos. Todos los seres feéricos y los que están a nuestro lado.

—Lo sé, pero se lo juré a Eian. Juré protegerla, juré que la ayudaría a convertirse en lo que debe ser. No conozco otro modo de mantener mi promesa. —Notó el calor en las costillas y suspiró—. Te dije que yo me encargaría.

—Ya está hecho —repuso Aisling y, como lo quería, le dio un beso en la mejilla, para rematar el trabajo—. ¿Te quedas a cenar?

—Gracias, pero no. Harken y yo nos apañaremos, y necesito enviar un halcón a mamá. Si los mantengo informados, a ella y a los demás, no tendré que volver a la Capital por ahora. Me da la sensación de que me necesitan más aquí.

—Envíale un beso de mi parte —respondió Aisling mientras seguía picando col.

Como ya había logrado calmar el cuerpo, Breen pasó a calmar la mente y el corazón mediante una videoconferencia con Marco.

—¡Pero qué guapa estás! Ay, chica, te echo de menos, echo de menos tu cara.

—Nos vimos por aquí la semana pasada.

—La echo de menos de todos modos.

—Y yo la tuya. ¿Mucho lío esta noche en Sally's?

—Petadísimo. DesDamona tiene un número nuevo y es la caña. Me iré a dormir cuando terminemos de hablar. Todo el mundo te echa de menos y lee tu blog. Ahora cuéntame todo lo que no estás escribiendo en él.

«Ojalá pudiera».

—Está casi todo ahí. Escribo, paseo, paso el rato con Botarate y aprendo a montar.

—No puedo creerme que te subieras a un caballo.

—Me gusta mucho.

—Perros y caballos. Vamos a tener que empezar a mirar granjas o algo si sigues así. Está pasando algo —sentenció, entornando los ojos—. Conozco esa cara. Venga, dime lo que está pasando.

—Todavía estoy intentando entenderlo. Hay una barbaridad de cosas que necesito entender.

—No sales lo suficiente. ¿Cómo es que no he leído nada sobre pubs, canciones y ligoteo con un irlandés sexy?

—El ligoteo no entra ahora mismo en los planes, sobre todo porque mi compinche está a miles de kilómetros de distancia. ¿Qué tal tú? ¿Algún hombre nuevo?

—He probado con dos, pero no hay chispa. Estoy de bajón, tía... Vamos, Breen, ¿quién te conoce mejor que yo? Sé que está pasando algo. ¿Echas de menos estar en casa, cielo?

—Te echo de menos a ti, a Sally y a Derrick. Puede que parte de mí pensara que tendría noticias de mi madre y no ha sido así. Y no me molesta. No me gusta que no me moleste.

—Es algo más.

Breen pensó que tenía que decirle algo, porque Marco la conocía demasiado bien. Como no podía hablarle de Talamh, se aferró a otra cosa.

—Supongo que estoy nerviosa y no quiero escribir sobre eso en el blog para que la gente que lo sigue no hable del tema por ahí.

—¿Qué es?

—¿Recuerdas el libro infantil que escribí?

—El del perro, claro. Voy a estar dándote la lata hasta que me lo mandes.

—Lo que he hecho es… consultarlo con una agente literaria.

—¿Que has hecho qué? —Se levantó de donde había estado sentado, así que, por un momento, Breen le vio el esbelto torso enfundado en una camiseta blanca de tirantes—. Pero ¿por qué no me lo has dicho, para que pueda enviarte buenas vibraciones a saco?

—Supuse que si me respondía, sería para decirme que no volviera a molestarla.

—Déjalo ya —la regañó agitando un dedo—. Envíame una copia ahora mismo.

—Por la mañana. Si te envío una copia ahora, te vas a quedar despierto para leerlo, porque me quieres y no vas a dormir nada. Te la enviaré mañana, prometido.

—Estoy orgulloso de ti, chica. Has escrito un libro y eso es algo importante. Y has hablado con una agente.

—En realidad, todavía no he hablado con ella.

—Es lo mismo.

—Bueno, casi. Ahora quítamelo de la cabeza, porque estoy cagada. Cuéntame lo que está haciendo todo el mundo, cómo están todos. Infórmame de todos los cotilleos.

Como siempre tenía cotilleos, hablaron durante casi media hora más antes de que Breen cerrara la tablet. Y, efectivamente, se sentía más tranquila. Adoraba estar con su abuela. Cuanto más la conocía, más la admiraba. Estaba aprendiendo mucho más que a lanzar hechizos con sumo cuidado, y la alegría y la responsabilidad que conllevaba el poder; aprendía sobre su herencia, sobre la parte de ella que llevaba tanto tiempo escondida, como si fuera algo vergonzoso.

Al día siguiente fue con Marg más allá del taller, hasta la pantalla de árboles, para trazar su primer círculo de protección.

—¿Cómo lo haces? —le preguntó Breen—. ¿Cómo eres capaz de librarte de la rabia y el resentimiento hacia mi madre?

—Recordando que una vez quiso a mi hijo. Sabiendo que todo eso vive en un corazón de madre. Comprendiendo que mi mundo nunca fue del todo suyo. —Marg dejó los utensilios que había llevado consigo en el dolmen de piedra que usaba como altar—. Y, a decir verdad, la mayor parte de las veces tengo que esforzarme para lograrlo.

—Lo he intentado, puede que sin muchas ganas, pero lo he hecho. No consigo superar las mentiras. No es solo por el dinero, yaya, aunque, sin él, no veo cómo podría haber viajado a Irlanda y estar ahora aquí. Todo ese tiempo perdido...

—No, perdido no. Nunca perdido. Cada día es un regalo, cada día aprendes. No sabes si hubieras encontrado lo que has encontrado en este mundo de no haber llevado antes la vida que llevaste en el otro.

—Me hizo sentir que era poca cosa. Ese es el resumen. Siempre me hizo sentir que era menos de lo que soy.

Para calmarla, para demostrarle su afecto, Marg le puso una mano en la mejilla.

—Ahora que has descubierto lo que hay, lo respetas más de lo que lo habrías hecho de otro modo.

—Pero me pregunto si la razón por la que tengo tantas dudas sobre mí, sobre lo que puedo hacer, sobre lo que debo hacer, es que ella me dijo que yo era poca cosa, y no solo con palabras, sino con sus miradas y sus actos. Y me lo creí y me conformé con menos.

—Tienes la oportunidad de decidir ser lo que eres. —Ya más firme, le puso la otra mano en la mejilla para sujetarle la cara entre ellas—. Cógelo, aprovecha todo lo que has vivido antes y ve a por lo que viene después. Si fracasas, bueno, la grandeza se alimenta de los primeros fallos. Y ahora, *mo stór*, vacía la mente y traza tu círculo —le dijo y dio un paso atrás.

Tal como le había enseñado, Breen usó la escoba para barrer la negatividad, esforzándose a conciencia por barrer también la suya. En el punto este del círculo colocó una vela amarilla e incienso; en el sur, una vela roja y una piedra de corazón de dragón. Después, en el oeste, una vela azul y una concha, antes de colocar una vela verde y un pequeño manojo de hierbas en el norte. Marg la observó recorrer el círculo tres veces.

—Trazo este círculo de protección como un escudo contra el mal, pasado y futuro. Con amor y luz este anillo acabo de crear y a él añado mi voto de no dañar.

Al dar la última vuelta al círculo, sacó su luz de las entrañas al vientre, del vientre al corazón, del corazón a la coronilla, y encendió las velas: aire, fuego, agua, tierra. No sintió nervios, esta vez no, cuando la luz permaneció encendida y fuerte en su interior. Levantó el *athame* del altar y se volvió hacia el este.

—Llamo a los dioses del sol naciente que me dan su poder para que me escuchen desde este lugar, a esta hora. Soy vuestra servidora. Soy vuestra hija.

Repitió la llamada al sur, al oeste y al norte. Mientras hablaba, el aire se agitó; las velas ardieron con más fuerza. Y ella notó dentro ese movimiento, esa llama. Se acercó al altar para realizar el sencillo hechizo que Marg había elegido para ella, uno para conceder claridad. Añadió las hierbas y los cristales al caldero del altar y vertió sobre ellos el agua de la copa. Tras darle tres toquecitos con la varita al caldero, encendió un fuego bajo él y se ungió el tercer ojo con aceite.

—Humo, álzate y a mis ojos concédeles la visión. La vista a mi corazón; la luz a mi cognición. A través de estas nieblas, déjame ver. Tal es tu orden, así debe ser.

El humo subió en espiral, fino y blanco. A través de él, Breen oyó un eco, al principio sordo, como si la niebla ahogara el sonido. Al aclararse, supo que era el mar al estrellarse contra las rocas. Y, al aclararse más, vio los acantilados, la isla pedregosa, las piedras negras sobre las olas del mar…

Vio el ritual en aquellos acantilados. El círculo, dolorosamente distinto al que había trazado ella. Un círculo de velas negras con llamas rojo sangre, con el círculo de demonios dentro. En el centro, un altar de piedra negra reluciente. El niño forcejeaba, atado a él. Sus gritos atravesaron el humo y desgarraron a Breen cuando la figura de capa y capucha negras se acercó al altar. Oyó cánticos confusos y densos en una lengua que ella no conocía y que sonaban como tambores. La figura encapuchada levantó una mano al cielo y este empezó a bullir. Con la otra mano alzó un largo cuchillo de hoja curva. Cuando lo pasó por el cuello del niño, estallaron los relámpagos, como bombas de luz violenta. Después llegaron los truenos, que siguieron mientras el encapuchado recogía un chorro de sangre en un cáliz de oro.

Breen vio el rostro de su abuelo al alzar el cáliz al cielo, al recibir la copa el impacto del rayo. También lo vio apurarla, bañado en su luz.

Cuando la visión se disipó, cuando se disipó por fin, Breen cayó de rodillas. Solo entonces se le acercó Marg.

—Debes terminar. Debes dar las gracias y cerrar el círculo. Te ayudaré, pero debes terminarlo tú. Después te daré una poción, porque estás muy pálida, y me lo contarás todo.

—Era él. Era Odran.

—Sí, eso me parecía.

20

Como era lo que estaba más cerca, Marg sentó a Breen frente al fuego de la chimenea de su taller. Añadió una poción al vino y se alegró de haberlo hecho con la bebida de ambas cuando su nieta le contó toda la historia.

—El rayo cayó en el cáliz y la luz... era oscura, pero iluminaba. Después Odran bebió, bebió... Ay, yaya, ese pobre niño. No podía tener más de doce años. Después de beber, los demonios lo... lo devoraron. Se abalanzaron sobre su cuerpo y... —Se estremeció y bebió más vino—. Ha sido horrible, más que horrible. Tuvo que suceder hace años, porque Odran parecía muy joven.

—Aparenta la edad que quiere cuando quiere. No puedo decirte cuándo fue, pero sí que el sacrificio humano tendría un propósito. No hay mayor crimen ni mayor pecado. —Mientras hablaba, Marg daba vueltas por el taller, todavía incapaz de encontrar su propia calma—. Está escrito que por eso los dioses lo echaron de su reino. Me has dicho que el castillo negro estaba en ruinas.

—Sí, sí, así es. Así que tuvo que ser después de que me secuestrara.

—Después, sí. —Marg se sentó de nuevo y le dio la mano a Breen mientras le examinaba el rostro—. Tienes mejor color. Estoy orgullosa de ti por haber terminado después de una visión tan brutal, Breen. Ese no era el hechizo que habíamos escrito.

—Lo sé. No sé de dónde ha salido.

—De ti. Tú pediste la visión, pediste ver. Todo esto también tiene su propósito. Aunque puede que ahora no esté claro, existe. Le pediré a Sedric que le diga a Keegan que hoy no vas a entrenar.

—No. Créeme, preferiría una endodoncia, pero si me salto la clase de hoy me lo pondrá el doble de difícil mañana.

Marg sonrió y le apretó la mano.

—Muy bien. Has llegado a conocerlo y eso también forma parte de la claridad mental. De todos modos, aceptará mi palabra si le digo que no te sientes bien.

—Todavía puedo verlo... —repuso Breen en un susurro—. Quizás una paliza me sirva para pensar en otra cosa. Prefiero quitármelo de encima ahora que preocuparme por lo que pueda tenerme preparado para mañana. Ayer sacó las espadas. No están afiladas, pero dejan unos moratones tremendos. Iré. —Se levantó—. Supongo que no podemos hacer un hechizo que me conceda la habilidad de tirarlo de culo al suelo, para variar.

—Mejor no trampear con esas cosas. ¿Quieres que vaya contigo?

—Ya es lo bastante humillante sin público, gracias. —Se agachó para besar a Marg en la mejilla—. Nos vemos mañana por la tarde.

—¿Tienes la infusión para dormir bien?

—Sí.

—Bebe un poco antes de acostarte. ¿Y qué debes colocar bajo la almohada?

—Romero y amatista o turmalina negra.

—Aprendes bien.

Mientras caminaba hacia la granja, Breen deseó ser igual de buena aprendiendo a luchar. Aunque, en realidad, no lo deseaba, y ese probablemente fuera parte del problema, como mínimo. Podía pasarse tranquilamente el resto de su vida sin querer pegar a nadie, y mucho menos darle con una espada. Y sin embargo…

Pensó en el niño que forcejeaba y gritaba. ¿No habría intentado protegerlo por todos los medios? Miró hacia el campo mientras Botarate se adelantaba corriendo y volvía trotando a su lado. Todo era tan verde, tan frondoso, tan pacífico con el toque añadido de las aguas azules de la bahía. Dolía…, se dio cuenta de que dolía físicamente saber que existía algo tan malvado cuando el mundo era capaz de ofrecer semejante belleza.

El pobre niño. ¿Sería de este mundo, del suyo, de otro? Imposible saberlo. Sin embargo, sabía que estaba aterrado; y, aun así, siguió luchando. Hasta el final, lo intentó. Ella no podía hacer menos.

Vio el halcón antes de ver a Morena. Amish bajó planeando hasta aterrizar en uno de los pilares de piedra que flanqueaban la puerta de la cerca. Botarate (¡qué deprisa crecía!) corrió para plantar las patas delanteras en la columna y ladrar.

—Es demasiado digno para jugar contigo —le advirtió Morena.

Llevaba el pelo suelto, en vez de recogido en la trenza de siempre, y la melena le caía en alegres ondas hasta la parte baja de la espalda. Llegó a la puerta antes que Breen y se agachó para rascar al perro, que se dejó caer en el suelo para ofrecerle la barriga.

—Pero yo no —añadió Morena antes de juguetear un poco con las patas de Botarate; después levantó la vista hacia Breen—. ¿Lista para acabar con Keegan?

—Nunca.

—Ah, venga ya. Harken me ha dicho que estás mejorando.

—¿Cómo lo sabe?

—Pues lo sabe porque os ha observado un par de veces, a una distancia discreta.

—Dios. Qué vergüenza —respondió Breen, aunque abrió la puerta de todos modos.

—Ya lo veré yo misma.

—No, bastante tengo con lo que tengo. Me tira al suelo continuamente y añade sal a la herida: al parecer, tengo los pies metidos en una ciénaga, el equilibrio de un borracho cojo y las manos de un hojalatero de tres dedos.

—Razón de más para que te anime yo.

Morena le pasó un brazo por encima de los hombros. Olía al jardín: dulce, especiado y terroso, todo a la vez.

—Seguro que eres mejor de lo que crees —añadió.

—Seguro que te equivocas —repuso Breen—. Ay, Dios, ha vuelto a sacar las puñeteras espadas. Tengo el brazo de goma después de ayer.

—La goma es esa cosa que rebota, ¿no? Pues rebotarás. Y ahí está Keegan en persona, con pose feroz y ojos de acero.

El joven volvió la cabeza y sonrió.

—Y ahí está Morena en persona, de nuevo dispuesta a torturar a mi hermano.

—A él no parece importarle —respondió ella y levantó una espada con un estilo que Breen envidió—. Las has hechizado.

—Sí, claro. No quiero cortarle nada.

Morena se pasó la hoja por la palma de la mano y asintió.

—Pero no te importa que le pique un poco.

—Si no sientes nada, no aprendes nada. Harken está en los establos. Una de las yeguas no quiere comer.

—Iré a verlo después —respondió Morena mientras le devolvía la espada—. Quiero mirar un rato.

—Procura no acercarte.

Keegan se volvió entonces hacia Breen y le lanzó la espada, que cayó en el suelo, ya que la chica se apartó de un salto. Él alzó la mirada al cielo.

—Y esto es lo que los dioses me dan para trabajar. Recoge la espada. Espero que recuerdes dónde va cada lado.

—Hay que clavarla por el extremo puntiagudo —dijo Breen, lo que, milagrosamente, le arrancó una sonrisa a Keegan.

—He leído esa historia. Arya no era más que una niña, pero aprendía deprisa y bien. Tú eres una mujer adulta. Vamos, clávame el extremo puntiagudo.

Lo intentó. Keegan la bloqueó sin moverse ni un centímetro y ella notó el pinchazo en el vientre cuando él le acertó con su espada.

—Inténtalo otra vez —insistió Keegan.

Esta vez, el pinchazo en el hombro le dejó claro que, con una espada normal, habría perdido un brazo.

—Equilibra tu peso —le gritó Morena desde donde estaba, encaramada a la valla del potrero.

El abrigo de Keegan estaba echado sobre la valla, a su lado.

—Calla —le advirtió el joven a Morena apuntándole con la espada antes de volverse hacia Breen—. Otra vez.

—A la mierda, Keegan, está empezando. Relájate un poco —le regañó Morena.

—Está empezando y ya ha muerto dos veces. Otra vez.

Y así siguió, una herida mortal tras otra hasta que le dolía todo el cuerpo con los aguijonazos.

—¡Eres un abusón! —gritó Morena—. Impúlsate con el hombro, Breen, bloquea a ese cretino.

Lo intentó. El sudor se le metía en los ojos y le bajaba por la dolorida espalda, pero lo intentó. Consiguió bloquear un golpe que podría haberla decapitado y sintió el choque de las hojas subirle a gritos por el brazo.

—Tengo que…

—¡Bloquea! —le rugió Keegan—. Si no sabes hacer otra cosa, al menos bloquea.

Sin embargo, la espada de Breen se deslizó débilmente por la de su instructor y él la mató de nuevo. Mientras ella resollaba, Keegan, que no parecía en absoluto cansado, se colocó frente a ella y la agarró por la muñeca.

—Sujeta la puñetera espada, tienes músculo suficiente. Y usa los pies, por los dioses, y la cabeza, antes de que la pierdas. Estoy intentando matarte, eso es lo único que necesitas saber. Te quiero muerta. —Golpeó la espada de Breen con la suya una y otra vez—. Lucha por matarme a mí.

La fue obligando a retroceder cada vez más, hasta que la joven tuvo que usar ambas manos para sostener la espada.

—¡Ataca!

Breen lo hizo, pero la espada le salió volando de las sudorosas manos en cuanto Keegan la bloqueó. Le temblaban las piernas y él terminó con ella de un empujón.

—No la estás entrenando; la estás insultando y humillando —exclamó Morena, indignada, que se acercó a grandes zancadas para recuperar la espada de Breen—. No es una pelea justa, y lo sabes.

Keegan se acercó a Morena hasta tenerla frente a frente: ambos armados y muy cerca. Y ambos rezumando ira.

—No hay ninguna pelea justa cuando estás en la batalla, y lo sabes. ¿La quieres viva o muerta? Porque va a estar muerta si esto es lo mejor que sabe hacer. Porque es una inútil con la espada y casi igual de mala con los puños. —Le quitó la espada a Morena y la lanzó al lado de Breen—. Cógela, levántate y vuelve a intentarlo.

—No soy una inútil.

—Pues demuéstralo, si tienes agallas para hacerlo. Coge la espada. Lucha o muere.

A Breen le dolía todo, aunque eso no era nada comparado con la rabia que se apoderó de ella. No era una inútil.

—Pues muere, entonces —dijo Keegan y avanzó hacia ella con la espada lista para descargar el golpe de gracia.

Breen extendió una mano y lanzó la rabia con ella. Y la rabia tenía calor, un fuego que la abrasó a su paso y salió hirviendo de ella. Lo lanzó por los aires y aterrizó unos tres metros más allá, tras estrellarse contra la valla del potrero; la fuerza del impacto consiguió que atravesara la madera. Morena se quedó paralizada un momento, con los ojos como platos.

—Para. Para, Breen —dijo antes de correr hacia Keegan.

El joven se sentó y movió una mano para indicarle que lo dejara en paz. Después miró a Breen con una especie de oscura satisfacción.

—Bueno, parece que alguien se ha despertado por fin.

Breen apoyó la temblorosa mano en el suelo. Todavía notaba aquel sorprendente brote de poder vibrándole dentro.

—No quería…

—Pues deberías. —Keegan se puso de pie—. Deberías querer hacer lo que sea necesario para que caiga el enemigo y no tú.

—Te sangra la nariz.

Él se la limpió con un movimiento descuidado de la mano.

—No es la primera vez ni será la última. Recoge la espada, levántate.

—Todavía está conmocionada, Keegan. Dioses, y yo también. Déjala en paz.

—Todavía lo tiene dentro. Lo veo. —Keegan se agachó frente a Breen y le sujetó la barbilla—. Tú también lo sientes. Lo usarás. Te ayudaré a concentrarte en él, a canalizarlo, a controlarlo para que obedezca a tu voluntad.

Keegan clavó los ojos, tan intensos y brillantes, en los de Breen. Y, en ellos, la joven percibió placer y aprobación.

—Esto es lo que querías —dijo Breen.

—Sí, es lo necesario. Morena, ve a parar a Harken, que ha salido corriendo de los establos como si estuvieran ardiendo. Y que él haga lo mismo con Aisling y Mahon. Diles que estamos bien. De pie —añadió mientras cogía a Breen del brazo para levantarla—. Ahora empieza tu verdadero entrenamiento.

Horrorizada por lo que le había hecho Keegan, por lo que había hecho ella, por todo, intentó sacudírsela de encima.

—Lo has hecho a propósito, me has provocado e insultado para esto.

—Y ha tardado demasiado en funcionar. Ardes a fuego lento, Breen Siobhan, pero, cuando por fin te enciendes, llevas dentro las llamas del infierno. Ahora vamos a usarlas.

—No quiero…

No obstante, mientras él esperaba pacientemente, agarrándole el brazo, se dio cuenta de que no era cierto. Por muy aterrador que resultara, sí que quería eso que había estallado dentro de ella, que había salido de ella. Porque también había sido algo glorioso.

—No lo he hecho adrede. No lo controlaba, y has tenido suerte de acabar solo con una hemorragia nasal.

—Todo cierto, y por eso te ayudaré. Te ayudaré —repitió, y, por primera vez, sus palabras no picaban ni dolían—. Yo también tengo parte de ese poder dentro de mí, ya que soy uno de los sabios, pero por mis venas no corre la sangre de ningún dios, así que el tuyo es mayor. Tu padre era como tú y, cuando murió el mío, se encargó de mi entrenamiento y cuidó de mí como lo habría hecho un padre. —Hizo una pausa para mirar a su alrededor: los campos, los potreros, la casa de robusta piedra…—. Esta granja es tuya por derecho de nacimiento.

—No. Jamás…

Él le lanzó una mirada maligna.

—No he dicho ni diré que vayas a recuperarla. Eian se la entregó a mi familia porque él sabía que no sería capaz de cuidarla como nosotros, así que eso hemos hecho. Lo que hago contigo lo hago por él. Lo hago por Talamh. Lo hago por la luz. ¿Harás tú menos? ¿Serás tú menos?

—No sé lo que haré. No sé lo que seré. Pero no seré menos. No pienso volver a ser menos.

—Entonces, recoge tu espada. Estamos perdiendo el tiempo.

Ella lo hizo y después le advirtió:

—No vuelvas a cabrearme así.

Él se limitó a sonreír.

—Tengo mis propias defensas. Te daré una dosis de tu propia medicina.

Lo hizo, y, aunque a ella no le gustó el sabor, aprendió, al menos un poco. Cuando un enemigo tenía el poder de hacer girar el viento, girabas con él, usabas el impulso para ganar velocidad y devolvías el golpe. Cuando caías, salías echando leches antes de que te atravesara. Para aprender las lecciones no hacía falta que le gustaran.

—Tengo que parar. Tengo que irme. Ya casi ha anochecido.

—Las batallas no se detienen cuando el sol se va a dormir.

«¿Es que este hombre nunca se cansa?», pensó Breen.

—Tengo que cruzar. No quiero caminar más de un kilómetro a oscuras por el bosque.

—Los *pixies* te iluminarán el camino si se lo pides, aunque cuentas con los medios para hacerlo tú sola.

—No se me ocurrió dejar una linterna al otro lado —respondió ella, aunque era buena idea—. Y no pienso ir dando tumbos por el bosque con una vela o un farol.

—Saca tu luz.

—¿Qué luz?

El ruido que hizo la espada al deslizarse por el interior de la vaina sonaba a impaciencia.

—Dame la mano —le pidió Keegan.

—¿Por qué?

—Aj, mujeres. —Se la cogió y le puso la palma hacia arriba—. Sabes hacer fuego.

—Sí, pero…

—El fuego no es solo llama, e incluso la llama puede ser tanto fría como caliente, según desees. El fuego es luz. Igual que puedes hacer fuego, puedes hacer luz. Sácala. Las raíces están dentro de ti; extrae de ellas la luz, fría y brillante. Sácala, mírala, es una esfera, una bola, un globo en la palma de la mano.

Breen se percató de que había ámbar en los ojos de Keegan. Como luz. Motas de luz en un mar verde.

—Nunca he…

—Concéntrate en la luz, dentro y fuera. La ves, la sientes, la conoces. La notas fría en la mano, blanca, pura, un globo formado con tu luz, a través de tu voluntad.

Breen vio un parpadeo y estuvo a punto de perder la concentración de la alegría y la sorpresa, pero los dedos de Keegan le apretaron la muñeca.

—Sostenla, fortalécela. Sácala.

Y lo hizo. Sostuvo una bola de luz blanca en la mano mientras la de Keegan le rodeaba la muñeca. Lo miró: la luz le brillaba en la palma, en el corazón y en los ojos.

—Es preciosa.

—Te servirá para iluminar el camino —repuso él; después la soltó y dio un paso atrás—. Tardas en concentrarte y te distraes con facilidad. Tendrás que trabajar en eso. Vuelve mañana.

Keegan recogió su espada y el abrigo que había dejado sobre la valla y se fue hacia la casa.

—Gracias —dijo Breen.

Él se volvió y la miró un segundo, un hombre con una espada a la cintura y otra en la mano, bañado por la moribunda luz del sol.

—Pues de nada.

Ella llamó a su perro y se dirigió a la puerta de la cerca sin dejar de admirar la luz de su mano. Morena la alcanzó.

—Venía a iluminarte el camino, porque el bosque oscurece cuando se acerca el crepúsculo.

—Exacto. ¡Mira lo que he hecho!

—Muy bonita. Te acompañaré, que si no Harken me pondrá a ordeñar.

—Ven a mi casa y tómate una copa de vino conmigo para celebrar que he sobrevivido a otro día.

—Aceptaré el vino, y con gusto, pero hoy has hecho algo más que sobrevivir.

—Casi me muero de miedo, la verdad.

Botarate subió corriendo los escalones y cruzó por el árbol antes que ellas. En el bosque del otro lado, la luz seguía brillando.

—Y casi me matas de miedo a mí —respondió Morena—. Parecías feroz y furiosa, y el trueno de poder consiguió que me pitaran los oídos. Madre mía, cómo ha volado Keegan, ¿eh? —Morena se rio y agitó la mano, dispersando bonitas chispas de luz—. Era como un pájaro en una tempestad. Lo quiero como a un hermano y, por un momento, temí por su vida. Pero como solo le salió sangre de la nariz diría que tenía bien merecido ese vuelo.

—Me asusté —repitió Breen—. El poder salió disparado de mí, sin más.

—Es lo que Keegan pretendía. Bueno, quizás le sorprendió la fuerza con la que salió, porque, de lo contrario, lo habría bloqueado un poco. Sé que ha sido duro contigo, y no me gustaba. Por otro lado, ahora entiendo sus métodos y su intención. Te van a salir unos cuantos moratones, diría.

—Y acertarías, aunque empieza a dárseme bastante bien curarlos.

—Eso me dijo Aisling.

Morena agitó las dos manos para esparcir más luz.

—Presumida —le dijo Breen—. Supongo que no es necesario que te pregunte cómo vas a iluminar el camino de vuelta a casa.

—No lo es, aunque después del vino volveré a la granja. —Se echó hacia atrás sus muchos metros de exuberante melena—. Para meterme en la cama con Harken.

—Presumida —repitió Breen, lo que hizo reír a Morena.

—¿En Filadelfia no tienes a nadie deseando que te metas en su cama?

—No. Hace tiempo que no.

—Eres guapa, tienes buen cerebro y buen corazón. Los hombres de Filadelfia deben de ser unos cretinos, todos y cada uno de ellos.

—Allí era distinta. Aquí soy distinta.

—Hay muchos que estarían más que dispuestos a darse un revolcón contigo, si te apetece. Dentro de poco habrá un *ceilidh*, así que podrás echarle un vistazo a tus opciones.

—Creo que entre la escritura, las lecciones de la yaya, las de Aisling y las de Keegan, además de recuperarme de las lecciones de este último, no me queda mucho tiempo para revolcarme con nadie.

—Bah, siempre hay tiempo para eso. —Morena sacudió la cabeza y esparció más luz cuando llegaban al borde del bosque—. Si no lo crees, será porque a los hombres, o las mujeres, si lo prefieres, de Filadelfia no se les da demasiado bien el asunto.

—Puede que tengas razón, al menos sobre los hombres con los que he acabado. —Mientras cruzaban el terreno hacia la casa, se miró la luz de la mano—. No me ha explicado cómo apagarla.

—Desea que se vaya —le respondió tranquilamente Morena.

—Que lo desee.

Tardó un momento, pero Breen vio que la bola se iba oscureciendo y encogiendo hasta desaparecer.

—¡Ja! ¡Vino! Sírvelo tú mientras le doy de comer al perro —dijo Breen.

—Me parece un trato justo.

Breen volvió la vista atrás al entrar.

—No me atraen las mujeres, sexualmente hablando —le dijo a Morena.

—Ni a mí. No lo decía por seducirte.

Breen se rio y sacudió la cabeza.

—Pero me he dado cuenta de que no he tenido ninguna amiga íntima de verdad en Filadelfia.

—¿También tienen algo malo?

—No, era por mí. —Se dio cuenta de que era una confesión extraña y deprimente—. Siempre he tenido a Marco. Y a Sally y a Derrick, y a la gente que trabajaba en Sally's.

—Sally es un nombre de chica.

—En este caso es por Salvador. Y se me ocurre que las tres personas con las que tengo una relación más estrecha son hombres gais.

—Los amigos felices ayudan a vivir feliz.

—Son bastante felices, pero me refería a… Todos se sienten atraídos por otros hombres. Sally y Derrick están casados.

—Ah, sí, es que ese es uno de los significados de esa palabra en este lado. En Talamh, *gay* significa *feliz*. Y no hay ninguna palabra especial para el amor y el sexo al que te refieres; aquí son solo amor y sexo.

—Eso es muy… sensato.

Breen llenó los cuencos del perro mientras Morena servía el vino.

—Es bonito volver a conectar contigo. Me gusta tomarme una copa de vino con otra mujer al final del día.

—Sí —coincidió Morena—. Así que nos tomaremos dos.

Se tomaron dos, y, después del vino y de que Morena se fuera, Breen practicó con la luz, llamándola y dejándola marchar. Cuando sacó a Botarate para su último paseo de la noche, se quedó de pie en la orilla de lutita de la bahía mientras el perro chapoteaba. Y, curiosa, lanzó la luz por encima del agua y la vio volar antes de tirar de ella. Las primeras veces la pifió, pero fue mejorando. Con la luz en la mano, levantó la vista para mirar la luna. Aunque ahora estaba en Irlanda, seguía teniendo luz y poder en la mano.

No, no volvería a ser menos.

En Talamh, en un cielo con dos lunas, Keegan cabalgaba sobre su dragón. Pretendía irse pronto a la cama y leer hasta limpiarse de encima los restos del día, pero, por mucho que intentaba bloquearlo, percibía a Harken y a Morena dándose placer. Y tenía razones fundadas para creer que podían seguir así hasta el alba, si estaban de humor para ello. Así que los dejó a lo suyo y voló hacia la Capital. No por la política, ni por las reuniones ni los juicios, ya que su madre lo tenía todo bajo control por el momento. Necesitaba una mujer y sabía dónde encontrarla. Para evitar preguntas y conversaciones, le indicó a Cróga que sobrevolara un balcón del torreón del castillo. Keegan bajó de un salto. El dragón se iría y regresaría cuando lo llamara para volver a casa.

A través de las finas cortinas hinchadas de aire, la vio sentada a su tocador. Se pasaba un cepillo por el largo cabello dorado, muy despacio. Vestía de blanco, como a menudo hacía, con una tela tan fina como la de las cortinas. Shana, cuyo padre servía en el consejo y cuyo hermano había luchado a su lado, lo miró a los ojos, reflejados en el espejo, cuando él apartó las cortinas.

—Buenas noches, *taoiseach*. No te esperábamos de vuelta.
—Nacida y criada en la Capital, tenía acento del este y de la ciudad, y los modales pijos de ambos lugares—. Tu madre se alegrará de verte.

Se levantó y la luz del fuego sin avivar de la chimenea se filtró a través del fino camisón blanco, como ambos sabían que ella pretendía desde el principio.

—No he venido a ver a mi madre.

—Entonces, a mí. —Sonrió despacio; sus ojos eran leonados como los de un gato—. Qué honor. ¿Te apetece una copa de vino?

—Sí, y gracias.

Se movía como una bailarina. Su sangre élfica le aportaba velocidad, pero se tomó su tiempo para que él disfrutara de la vista.

—Bueno, ¿cómo van las cosas por el oeste? —preguntó Shana mientras servía un vino de color rubí en dos copas de cristal.

—Bastante bien. Todo sigue en paz.

—Y nos sentimos agradecidos por ello. Pero me refería a la nieta de Mairghread. Me cuentan que la estás entrenando en persona.

—Sí, y Marg le enseña su arte. Lo necesita.

Ella le entregó la copa.

—Me han dicho que es toda una belleza. El cabello de fuego de su abuela, los ojos de tormenta de su abuelo.

—Es bastante bella. —Alargó una mano y se enrolló en un dedo uno de los mechones de Shana, que le caía formando ondas hasta la cintura. El mechón, como su piel, olía al jazmín que florecía por la noche—. Pero no es mi tipo —añadió Keegan.

Una mentira, una que odiaba reconocer. Todavía veía la forma en la que ella lo había mirado, el globo de luz en la mano, y la alegría y el poder iluminándole el rostro.

—Pero piensas en ella —repuso Shana haciendo un mohín mientras le recorría con los dedos los cordones de la camisa.

—Tengo que pensar en ella —dijo él y le levantó la cara—. Pero he acudido a ti.

—Esperando que te recibiera con los brazos abiertos y la cama dispuesta. Podría haber estado compartiéndola con otro.

—Por suerte, no es así.

Shana se rio y bebió un poco de vino antes de dejar la copa a un lado.

—Por suerte. Siempre estaré dispuesta para ti, Keegan, pero las mujeres necesitamos que nos cortejen un poco.

—He volado toda la noche por ti, Shana. Si con eso no basta…

Conociéndola, apreciándola, giró la muñeca y le ofreció una rosa blanca.

—Ah, sí, ¿qué mujer puede resistirse a tu encanto? —Se pasó la rosa por la mejilla mientras lo miraba a través de las pestañas—. Yo nunca he podido, ¿verdad? —Le puso una mano en la mejilla—. Así que quítate la espada, las botas y el resto, y ven a mis brazos, ven a mi cama. Dejaremos el oeste atrás.

Podía quitarse la espada, y lo hizo. Podía quitarse las botas y el resto. Lo que nunca sería capaz de dejar atrás era el oeste. Como la conocía, aceptaba que ella jamás entendería por qué. Así que se dejó caer en sus brazos y en su cama y se entregó a aquella piel de seda perfumada, a aquellos labios cálidos, a las expertas manos de una mujer que conocía sus necesidades y su cuerpo tan bien como conocía los propios.

Keegan apagó su cerebro para todo lo demás, aunque solo por un momento, solo por un momento. Allí tenía unos pechos generosos que le llenaban las manos y la boca. Allí tenía los suspiros y jadeos de una mujer para calentarle la sangre. A Shana se le aceleraba el pulso por él; la melena le caía como una fragante cortina a su alrededor mientras lo montaba.

—Te he echado de menos, *taoiseach*. —Echó la cabeza atrás con un gemido mientras lo introducía en ella—. He echado esto de menos.

Movió despacio las caderas, procurando tortura y placer. Él se aferró a ellas para adaptarse a su ritmo, pero sin apretar, para no dejarle marcas en la suave piel blanca. Keegan contempló su rostro, la asombrosa belleza de sus facciones, y la miró a los ojos cuando ella se perdió en su placer. La dejó montarlo, cerró los ojos para concentrarse solo en aquello, en ella, para bloquear las imágenes que se empeñaban en entrometerse.

Cuando Shana se corrió, Keegan se levantó para pegarse a ella. La abrazó y siguió moviéndose hasta alcanzar el orgasmo. Cuando ella susurró su nombre, él se maldijo por desear a otra.

Se quedó con ella otra hora. Le sirvió vino, escuchó sus cotilleos adormilados y le acarició el pelo hasta que notó que se dormía. Después se levantó en silencio para volver a vestirse y lamentó abandonar a una mujer cálida y desnuda en un suave colchón de plumas. Y también se sintió culpable, algo que no le gustaba en absoluto, por pensar en otra mujer.

—¿No te quedas? —murmuró ella, apoyada en un codo; el pelo se le derramó sobre los pechos cuando levantó una mano—. Duerme conmigo, despiértate conmigo.

—Tengo responsabilidades que atender.

—También las tienes aquí.

—Y no se me olvidan. —Ya fuera por culpa o lamento, el caso es que conjuró otra rosa para ella y la dejó a su lado—. Regresaré en cuanto pueda.

Ella le lanzó esa mirada cortante que a él tanto le atraía.

—Puede que esté ocupada.

Él le cogió la mano y se la besó.

—Entonces, es una suerte que estés en la tercera planta, porque así podré tirar por el balcón a quien te ocupe. Sigue durmiendo.

Volvió al otro lado de las cortinas. Ya había llamado mentalmente al dragón, así que Cróga sobrevolaba en círculos el patio. Cuando bajó, Keegan se subió a la pared del balcón y saltó a lomos del dragón. Shana se acercó a las puertas, abrió las cortinas y lo observó alejarse.

Algún día no se alejaría volando de ella, pensó. Algún día no regresaría al oeste, con sus interminables campos y sus ovejas. Algún día se quedaría con ella.

TERCERA PARTE

LA ELECCIÓN

En esta vida, lo más difícil es decidir.

George Moore

Creer tan solo en las posibilidades no es fe,
sino mera filosofía.

Sir Thomas Browne

21

Mientras Botarate se dedicaba a una de sus rutinas habituales de olisquear, deambular, alejarse corriendo y volver con ella, Breen recorría el bosque camino del portal. La reluciente y bella mañana la había sacado al patio para escribir en el jardín, acariciada por las cálidas brisas de la bahía y la intensa luz solar que resaltaba los colores de todo lo que la rodeaba.

Había estado a punto de saltarse la visita diaria a Talamh y a su abuela para poder disfrutar del sencillo lujo de lo que prometía ser una tarde espectacular. Sin embargo, lo había prometido, así que nada. En cualquier caso, adoraba aprender y esperaba seguir con los hechizos. Incluso había escrito uno propio, el primero. Era una pequeña modificación del hechizo para iluminarse, que conjuraba siete bolas de luz y las hacía flotar. Con la aprobación de Marg, podría probarlo.

No quería pasarse sus dos últimas horas en Talamh blandiendo una maldita espada ni pegando puñetazos y patadas. Trabajaría con Keegan, pero quería dedicar ese tiempo a la magia, a esa concentración que intentaba inculcarle. Concentración y control, pensó. Solo tenía que convencerlo de que entrenarla en ese campo tenía más sentido que dedicarse a entrechocar espadas encantadas.

Como siempre, Botarate cruzó el portal antes que ella. Y si los niños o los perros estaban a la vista en la granja, sabía que se iría directo a por ellos. O, si los veía, correría un rato por allí con lo que Breen había llegado a bautizar como la Panda de los Seis: el grupo de críos de distintas tribus que corría por los caminos y jugaba por el bosque. La elfa de piel oscura, Mina, que sin duda era la líder, a menudo acudía a Breen para preguntarle cosas sobre el otro lado. Los niños tenían prohibido cruzar el portal sin acompañante hasta que cumplían los dieciséis años, aunque Mina ya tenía planes para ver todo lo que pudiera.

Eran niños listos y curiosos, pero no dejaban de ser niños, pensó Breen, por mucho que volaran, se introdujeran en los árboles o se transformaran en caballo. Si ellos o los hijos de Aisling estaban por allí, Botarate regresaría a la casa después de sus juegos.

Breen se metió entre las gruesas ramas en curva y pasó por encima de las robustas rocas. Salió de la luz del sol a una niebla helada y nubes de lluvia. Tras lamentar el cambio de tiempo, se tapó con la capucha de la sudadera y se la cerró. Procuró bajar la cuesta con cuidado y caminó sobre la hierba empapada. La manta de niebla oscurecía la granja y apenas podía ver la silueta del muro de piedra y la carretera del otro lado. Estaba claro que era un día de interior, concluyó mientras trepaba el muro. Y de quedarse cerca de la chimenea, puesto que la humedad del aire lo dejaba congelado.

Llamó al perro y se quedó a un lado de la carretera. No había coches, claro, pero podría acercarse alguien al galope, y, con la niebla, era incapaz de ver más allá de sus narices. Conjuró una bola de luz y se quedó encantada al ver lo deprisa que le aparecía en la mano. En realidad, la luz poco podía hacer más que rebotar contra las titilantes cortinas de bruma, pero algo ayudaba. Aquellas mismas cortinas bloqueaban también el sonido y añadían, en su opinión, una atractiva cualidad fantasmal a un paseo que ya se conocía de memoria. Era como estar dentro de una nube, sola y tranquila, y con un fuego y una bebida caliente esperándola al final. Lanzaba al aire la bola y volvía a atraparla para entretenerse mientras cantaba, porque le parecía oportuno, *The Long and Winding Road*, «el largo y sinuoso camino».

—Tienes una voz preciosa.

La mujer salió de entre la niebla como si formara parte de ella. Vestía una larga capa gris con la capucha echada por encima de su pelo gris. Breen dio un respingo y estuvo a punto de romper la bola de luz, y la mujer sonrió.

—Ay, te he sobresaltado. Lo siento. Menuda niebla tenemos hoy. Debes de ser la hija del que fuera *taoiseach*, la nieta de Mairghread. Breen, ¿no? Yo soy Yseult, encantada de conocerte, incluso en un día tan poco propicio.

—Sí, soy Breen.

La mujer cargaba con una cesta de la que asomaban las plumosas hojas de unas zanahorias. Tenía los ojos tan grises como el pelo y en ellos también se pintaba la misma sonrisa relajada.

—¿Vives cerca? —le preguntó Breen.

—Bueno, todavía me queda un trecho. He cambiado algunas cosas por las zanahorias de la granja de los O'Broin, la que antes era tuya. Nunca se me ha dado bien cultivarlas.

—Yo voy de camino a ver a mi abuela.

—Seguro que se alegra de tenerte cerca después de tanto tiempo. —Como hacía mucho frío, Yseult se cerró mejor la capa—. ¿Te importa que camine a tu lado y haga uso de tu bonita luz para iluminarme en la penumbra? Me gustaría pasarme a saludar a mi vieja amiga.

—Claro. ¿Conoces a mi abuela? —preguntó Breen mientras seguían su camino.

—Sí, claro, todo el mundo conoce a Mairghread, y podría decirse que crecimos juntas. Y conocía a tu padre desde que era un bebé en pañales. Te pareces a ellos, a los O'Ceallaigh. Salvo por los ojos. Los ojos son de tu padre y del suyo antes que él.

—Sí, eso me han dicho.

—Te has pasado muchos años fuera —repuso la mujer mientras señalaba la bola—. ¿Aprendiste el arte con tu padre?

—No. He empezado a aprender desde que vengo por aquí.

—Bueno, qué pena, ¿no? Tu padre tenía un gran poder, tanto por parte de los O'Ceallaigh como por parte del dios. Podría haberte enseñado mucho. Tú también llevas el poder dentro, y la sangre del dios.

—Mi abuela me está enseñando.

—A conjurar bolitas de luz.

Breen notó el tono despectivo y la miró. Yseult seguía esbozando la misma sonrisa relajada, en marcado contraste con sus palabras. Vio que sus ojos no eran grises, sino casi negros. Oscuros y profundos.

—La luz es el núcleo, el corazón, la base —repuso Breen.

—¿Eso crees? ¿Cuando es tan fácil apagarla? —Le quitó la bola de la mano y la envolvió con la suya. Cuando la abrió de nuevo, la luz había desaparecido—. En realidad era un brillo muy débil, fácil de extinguir. Lo negro siempre acabará con lo blanco, mi niña. La oscuridad siempre derrota a la luz. Aprende bien esta lección, porque así será.

No era gris, se percató Breen cuando la mujer movió un poco la cabeza y vio el color volver al cabello oculto bajo la capucha. Rojo. No de un rojo intenso y claro, sino oscuro. Como la sangre del corazón. La capa se volvió negra. Lo que había en la cesta, fuera lo que fuera, empezó a contonearse y sisear.

—¿Quién eres?

—Yseult, como te he dicho. Y conozco muy bien a tu abuela. Soy la oscuridad frente a su luz. Soy la que ayudó a Odran a enviar al débil de tu padre, a esa vergüenza de hijo que tenía, a su muerte. Ven, ven y mira, niña, cómo hago lo mismo con la mujer que lo trajo al mundo. Después te llevaré con tu abuelo. Te espera para envolverte en túnicas de oro y demostrarte el verdadero poder que corre por tus venas.

Mareada y asqueada, Breen retrocedió tambaleándose. La belleza del rostro de Yseult, que antes era agradable e incluso ordinaria, creció hasta volverse aterradora. Brillaba, emitía una luz oscura, mientras las serpientes, serpientes de dos cabezas, empezaban a bajar por los bordes de la cesta, que no era de paja, sino de oro.

—No. No iré a ninguna parte contigo. Ni te vas a acercar a mi abuela.

La mujer esbozó una sonrisa deslumbrante que rebosaba confianza.

—Tan joven, tan tonta y tan débil... ¿Vas a hacer otra bonita bola de luz para detenerme?

Cuando agarró el brazo de Breen, el calor le abrasó la piel y estuvo a punto de hincarla de rodillas. Mientras intentaba zafarse, una de las serpientes la atacó. Ese dolor fue lo que consiguió arrodillarla. Aun así, luchó por sacar la luz y el poder, por encontrar un escudo, un arma. Le salió de la punta de los dedos y golpeó la capa de Yseult, que empezó a humear. Esta arqueó las cejas y dio un paso atrás. Después volvió a sonreír.

—Así que tienes un poco más de lo que pensaba. Pero no lo suficiente, florecilla. No lo suficiente.

Breen cruzó las manos en el aire. Esta vez, los rayitos de luz cayeron al suelo, inofensivos.

—Quieres más. Percibo tu necesidad. Puedo darte más. Tu abuelo puede darte más de lo que tu pobre mente es capaz de imaginar.

—No quiero nada ni de ti ni de él.

—Pero lo tendrás. Y nosotros lo tomaremos.

Cuando Yseult dio un paso adelante, Breen se preparó para luchar con todo lo que le quedara. Y entonces el dragón apareció rugiendo entre la niebla. Agitó la cola para rodear a Breen mientras Keegan saltaba de su lomo. Con la espada ya en la mano, cargó contra Yseult. La mujer volcó la cesta y envió a las serpientes hacia él mientras ella se perdía en la niebla.

—Ella será tu muerte, *taoiseach* —le dijo desde lejos—. Y ocupará su lugar en la torre negra mientras Odran gobierna por los siglos de los siglos.

—Yo seré tu muerte.

Las serpientes chillaron cuando Keegan les disparó su luz. Al volverse ceniza, la niebla se disipó. Yseult había desaparecido. Keegan envainó la espada.

—Yo seré tu muerte —repitió y se volvió hacia Breen.

Le hizo una señal al dragón para que desenroscara la cola y después negó con la cabeza.

—¿Es que esperas luchar sentada?

Dio un paso hacia ella y entonces su expresión pasó de la ira a la conmoción. Corrió a arrodillarse a su lado.

—¿Te han atacado? ¿Te han picado?

—En el brazo.

Keegan le levantó la manga de un tirón y soltó una palabrota. Breen, impotente y cegada de dolor, gritó.

—Lo siento, de verdad. ¡No, no, no te duermas! —exclamó Keegan cuando la cabeza de la joven cayó a un lado; le agarró la barbilla tan fuerte como para amoratársela—. Tienes que mantenerte despierta. Debemos sacar el veneno antes de que te suma en el Sueño, y no hay tiempo para llevarte hasta Aisling. Lo haremos juntos.

—No sé cómo. Estoy muy cansada.

—Mírame a mí. Únete a mí. Enciende tu luz conmigo, enciende tu fuego conmigo, enciende tu poder conmigo, donde había dos ahora hay uno. Observa los hilos de oscuridad que se mueven por tu sangre y límpialos con fuego hasta que no quede ninguno. Dilo conmigo.

—¿Qué? —preguntó ella; todo estaba borroso: ojos, mente y oídos.

—No te duermas, maldita sea. Mírame. Mis ojos son tus ojos, mi mente es tu mente, mi voluntad es tu voluntad. Di las palabras conmigo y llama al fuego. Únete a mí —repitió y ella lo masculló con él.

Cuando terminaron el primer conjuro, el dolor regresó y la hizo jadear entre gemidos.

—Sé que duele. Usa el dolor. Ya eres más fuerte. Vamos a decirlo de nuevo. Resistimos juntos. Hay que repetirlo tres veces, así que quedan dos más.

Breen pensó que aquello no era dolor; aquello iba más allá del dolor. Le habían prendido fuego dentro. Cuando gritaba, cuando sollozaba, él esperaba.

—Una vez más, solo una vez más y ya está. Prometido.
—Le apretó más fuerte la mano—. Estoy aquí, contigo. Una vez más.

Breen tuvo que coger aire, tuvo que prepararse, porque sabía que un dolor indescriptible se apoderaría de ella por tercera vez. Mantuvo la mirada fija en los ojos de Keegan, en las luces doradas que nadaban entre el verde.

—Únete a mí —dijo Breen y lloró abiertamente durante el resto.

—Ya está, ya está, valiente, deja que mire. No cierres los ojos, no te duermas, todavía no. —Con delicadeza, con mucha delicadeza, le apartó el pelo de la cara mojada—. Ah, encima te quemó, la muy zorra. Esto te lo puedo arreglar yo y no te dolerá demasiado. Mira, ¿ves donde estaban las marcas de la picadura, el calor ardiente, la hinchazón? Ya no están. Hemos quemado el veneno. Solo queda la marca que te ha dejado. Yo me encargo.

Ella dejó caer la cabeza hacia atrás; ni siquiera tenía fuerzas para maravillarse por estar descansando sobre la pata de un dragón.

—¿Dónde estamos? Esta no es la carretera junto a la granja y la casa.

—Te engañó para alejarte.

—Oigo… la cascada.

—Sí. Odran no puede cruzar, pero ella va y viene a placer, por lo que parece. Pretendía llevarte a través de este portal con su magia oscura.

—Pero…

Breen suspiró, más que aliviada, mientras el brazo se le enfriaba y el dolor desaparecía por completo.

—Bueno, ya está hecho —repuso Keegan, que le acarició con cariño la mejilla—. Lo has hecho bien. Has hecho lo más difícil y lo has hecho bien. —Después se puso en cuclillas—. Ahora, dime, ¿en qué demonios estabas pensando para irte con alguien como Yseult?

—No sabía quién era, y yo iba hacia la casa de la yaya. Me preguntó si podía caminar conmigo para visitarla. Me dijo que eran amigas, o eso insinuó, y, de repente, todo cambió. Se llevó la luz. Yo tenía una bola de luz, y ella me la robó y la aplastó.

Él todavía le sujetaba la mano y eso Breen nunca lo olvidaría. Le sujetaba la mano porque le seguían temblando.

—¿Por qué llevabas una bola de luz en una tarde tan soleada?

—Había niebla; llovía y había niebla, y…

—¿Igual que aquí, cuando llegué yo?

—Sí, igual.

—No era más que su hechicería.

—¿No había niebla?

—Era una ilusión, para ti.

—Pero… ¿cómo me trajo hasta aquí? Solo caminamos unos minutos. ¿Y cómo me has encontrado? ¿Cómo lo has sabido?

—Te hipnotizó. Estabas cantando. Te oía cantar, pero no te veía por ninguna parte. Es poderosa, esa Yseult, y lo tenía bien planeado. —Echó un vistazo y calculó la distancia hasta la cascada, hasta el portal—. Aunque no lo bastante. Vi tu luz, escuché tu voz. Y, cuando ambas cosas desaparecieron, seguí esta luz —añadió y le dio un toquecito con el dedo en el corazón; después se levantó y sacó un odre de su montura—. Es agua. La necesitas después de la purificación. Marg tendrá algo para que mejores del todo, así que no te duermas hasta que estés allí.

—Me siento… como borracha.

—No es de sorprender. Este hechizo es nuevo para los dos.

Estuvo a punto de ahogarse con el agua que le corría como magia por la garganta.

—¿No lo habías hecho nunca? ¿Cómo sabías que funcionaría?

—Ha funcionado, ¿no? Ahora, de pie.

Le quitó el odre y la rodeó sin más con un brazo para levantarla. La sujetó con fuerza cuando ella se balanceó.

—Mareada —consiguió decir Breen y dejó caer la cabeza sobre su hombro—. Necesito un segundo. Creo que todavía no puedo caminar.

—No vas a caminar.

Aunque todavía estaba sin fuerzas cuando la subió, se quedó rígida al darse cuenta de que estaba en la montura.

—Oh, no, no creo que…

—No te dejaré caer —le aseguró Keegan cuando se subió detrás de ella.

Entonces el dragón alzó el vuelo y, como el halcón, fue esquivando los árboles en su subida. Breen notaba el viento en el pelo, en la cara.

—Pero… no hay riendas.

—Sabemos adónde vamos. La silla es para que el jinete esté más cómodo y para cargar con provisiones.

Breen quería cerrar los ojos hasta volver a notar el suelo bajo los pies, pero algo dentro de ella quería más. Así que contempló el cielo azul, blanco y dorado. Y bajó la vista para observar las colinas y los campos, los arroyos y las casas. Verde y más verde, marrón y otra vez dorado, la bahía azul, la espuma blanca… El repentino ascenso de una cola iridiscente. Creía que empezaba a comprender la magia, e incluso a sentirla. Sin embargo, hasta ese momento, en realidad no había sido consciente de ella. Echó una mano atrás y cogió la de Keegan.

—Te dije que no te dejaría caer y ya casi hemos llegado —dijo él.

—No, no, no. No es eso. Es que todo es… asombroso. Es maravilloso. Es tan bello…

Encantada, soltó la mano de Keegan y acarició con cuidado el lomo del dragón.

—Tiene la piel pulida, como las piedras preciosas. Me ha protegido.

—Forma parte de su naturaleza. De su corazón.

Breen vio la granja abajo y descubrió que lamentaba que su primer vuelo en dragón, y puede que el último, fuese tan corto.

—Os doy las gracias a los dos. Estaría muerta si no hubierais venido.

—No te quieren muerta. Todavía.

Tras decir aquello, aterrizaron, y Marg salió corriendo detrás de Botarate, que gemía.

—¿Dónde estaba? ¿Qué ha pasado?

—Lo que ha pasado es Yseult —explicó Keegan mientras bajaba de un salto y después bajaba a Breen de la silla—. Se pondrá bien —le dijo al perro, que estaba poniéndole las patas encima para intentar llegar a ella.

En vez de dejarla en el suelo, volvió a cogerla en brazos para llevarla a la casa.

—Ya puedo caminar.

—Seguro que te cuesta. Yseult tenía serpientes del sueño y han mordido a Breen.

—¿Cuánto hace?

—Métela dentro —le urgió Aisling—. La purificaremos.

—Ya está hecho.

—¿Tú?

354

—Los dos. —Keegan hizo una pausa, frustrado—. No puedo meterla dentro si estáis en medio, ¿verdad?

—Deja que la vea —le dijo Aisling, que puso una mano sobre el corazón de Breen y otra sobre su cabeza—. Está limpia. Está limpia, Marg, no te preocupes. Bien hecho, Keegan.

—Necesitará la poción para recuperarse. Mi pobre niña.

—Mahon, amor, llévate a los niños fuera por la puerta de atrás. Breen necesita tranquilidad. Harken, la poción, por favor.

—Yseult —les dijo Keegan a los hombres.

Mahon soltó una palabrota, con lo que se ganó la cara de pasmo de sus niños y una mirada de reprobación de su mujer. Keegan metió a Breen dentro y la dejó sobre el sofá, momento que Botarate aprovechó para ponerle las patas en el pecho y lamerle la cara como loco.

—Necesito que Mahon me acompañe a reconocer el terreno, como estábamos a punto de hacer antes de que sucediera esto.

—Entonces, lleva a los niños con Mab. Vete, Botarate —le dijo Aisling con un empujoncito y una caricia—. Déjala un ratito con nosotras. Vete con los chicos.

—Sal, Botarate —le pidió Breen y le besó el hocico para tranquilizarlo—. Estoy bien.

Keegan asintió y le echó otro vistazo a Breen.

—Mañana entrenaremos, y con más ganas. Esta vez no se trataba de un espía aleatorio con suerte, sino de algo planeado. Odran sabe que estás aquí. Sabe que has despertado. Entrenaremos con más ganas.

Harken entró con una taza justo cuando Keegan salía.

—Bébete esto —le ordenó Aisling a la joven—. Hasta la última gota. Después creo que te daremos un buen estofado. La purificación te vacía.

—Sí. Me siento hueca por todas partes.

—Debería haberlo sabido —se lamentó Marg, que se sentó a su lado, le cogió una mano y se la llevó a la mejilla—. Debería habérmelo esperado y haber estado preparada.

—No es culpa tuya. Me has estado preparando. Keegan me ha estado preparando. Odio que tenga razón. Tengo que trabajar con más ganas. He sido débil y estúpida. Es la verdad —insistió ante las protestas de Marg—. No lo seré la próxima vez.

—Primero vas a comer algo —sentenció Aisling— y después nos lo contarás todo, de principio a fin. Y veremos lo que hay que hacer. La sangre de Marg corre por tus venas y no es ni débil ni estúpida. Pero Yseult es astuta y sus puñeteras serpientes son muy potentes. Así que lo escucharemos y después decidiremos lo que hay que hacer.

Cuando Breen terminó y se sintió mejor, Harken se apartó de la ventana desde la que controlaba a los niños. Después cogió el rostro de Breen entre las manos y le dio un ligero beso en los labios.

—Atrapada en una niebla encantada con una poderosa bruja negra, marcada por ella y mordida por una serpiente del sueño, y, aun así, seguías teniendo suficiente luz dentro para guiar a Keegan hasta ti. Eres la hija de tu padre.

Breen no lo había visto de ese modo, sino como un fracaso.

—Eso espero. No entiendo eso del Sueño. Keegan me dijo que no me querían muerta.

—No es la muerte —le explicó Aisling—, sino que la imita.

—¿Conoces el cuento de *La bella durmiente*? —le preguntó Harken—. Bueno, para traerte de vuelta no es necesario un beso. Si te pica una de esas criaturas, caes en un sueño oscuro y profundo del que solo puede despertarte la voluntad de la persona que controla la serpiente.

—Nosotras habríamos roto el hechizo —le aseguró Marg mientras le daba la mano—. Pero es difícil y peligroso para todos. Me alegro de que Keegan y tú mataseis el veneno antes de que te alcanzara el corazón y la cabeza.

—Iba a llevarme a través del portal de la cascada. ¿Cómo podría haberlo hecho?

—No he oído hablar de ella en Talamh desde que lo cerramos. Debe de haber tardado años en dar con un hechizo. Yseult es de aquí —añadió Marg—, así que eso la habrá ayudado. Hay otros portales, claro, todos bien vigilados. Sin embargo, los espías siguen colándose por ellos, como el que mató Keegan cuando visitamos la tumba de Eian.

—Vino sola —comentó Harken—. Que cruzara sola el portal me dice que no podía llevar soldados con ella. Voy a ir allí para ver si consigo reparar cualquier grieta que haya podido abrir.

—No vayas solo. Ni se te ocurra —insistió Aisling.

—Qué poca fe tienes en mí.

—Le diría lo mismo a cualquiera, tarugo. Llévate a otros dos para que seáis tres.

—«El brujo cabalga con un hada y un cambiaformas —dijo Breen—. Una elfa y un trol vendrán del bosque verde. Y con madera, piedra, luz y magia, los cinco cerrarán de nuevo la puerta.» —Breen se echó hacia atrás y miró a los que la rodeaban—. ¿Qué ha sido eso? Morena, tú y un hombre que se transforma en oso. Una mujer que sale de un árbol, un trol con un hacha de piedra.

—Es una visión —dijo Marg y le sonrió.

—Yo no tengo visiones. Quiero decir que tengo sueños, y pueden ser lúcidos. Y de vez en cuando me llega un recuerdo, como a cualquiera, pero…

—No como a cualquiera, en absoluto.

—Lo más probable es que unir tu poder al de Keegan te haya dado un empujoncito. ¿Quieres más infusión? —le preguntó Aisling.

—No, no, estoy bien. Era como estar allí, mirando a través de una cortina, una cortina fina.

—La cortina se apartará con el tiempo —le dijo Marg—. Ahora creo que necesitas descansar. Has pasado por una experiencia muy dura.

—Nada de descansar. Practicar. Necesito aprender más y mejorar en lo que ya sé.

—De acuerdo —respondió Marg y se levantó—. Practicaremos.

Cuando se fueron, Aisling le puso una mano en el brazo a Harken.

—¿Cómo la has sentido? Estoy segura de que has mirado por preocupación, para asegurarte de que su mente estaba limpia y clara, igual que yo he hecho con su cuerpo. Pero dime lo que has visto.

—Lo he hecho —respondió él mientras se colocaba la espada que rara vez usaba—. Y, aunque sí que estaba limpia y clara, está atrapada entre el miedo y la fascinación, igual que está atrapada entre Talamh y el mundo que conocía. Sus amores, sus lealtades, sus necesidades, sus dudas…, todo se le embrolla dentro como una enredadera. —Se puso la gorra y la chaqueta—. No podemos hacer nada al respecto, Aisling. Tomará sus decisiones cuando las tome.

—Eres tan paciente que me dan ganas de aporrearte.

—Y con eso tampoco cambiarías nada. —Le dio un beso en la mejilla—. Ahora tengo que ensillar un caballo e ir a buscar a Morena, y creo que el de la visión era Sean. Si Mahon y Keegan no han vuelto antes, quédate para la cena.

—Para hacer la cena, te refieres.

—Bueno, claro —coincidió él alegremente—. Aunque disfruto de la compañía y de los niños tanto como de la comida.

Ella le dio una torta amistosa cuando ya se iba hacia la puerta.

—¿Cuándo vas a pedirle de una vez a Morena que se case contigo para que te prepare la cena?

—Es una cocinera espantosa, y bien que lo sabes. Y se lo pediré cuando esté lista para decir que sí, y no antes.

—¿Por qué no darle un empujoncito? —se preguntó Aisling cuando su hermano cerró la puerta. Después suspiró y dijo—: Bendito seas, hermano.

Se acercó a la ventana para mirar a sus niños. Mataría por ellos. Moriría por ellos, pensó mientras cruzaba las manos sobre la vida que crecía en su interior. Ahora solo cabía esperar que Breen luchara por ellos y por todos los demás niños de todos los mundos.

22

Trabajó y practicó hasta que salió la luna. Comió, encantada, la carne asada con verduras que le preparó Sedric. Aunque Marg le insistió para que se quedara a dormir con ellos, ella prefirió volver a su casa. Necesitaba el espacio y la tranquilidad, y quería sentarse y escribir todos los detalles sobre lo sucedido. Hacerlo la ayudaría a recordar esos detalles para, con suerte, no volver a cometer los mismos errores.

Cuando se acomodó en la cama, con Botarate acurrucado frente al fuego de la chimenea que ahora Breen podía encender con tan solo desearlo (¡por fin un avance!), empezó a meter romero bajo la almohada. Después, pensando en la visión que había tenido en la cocina de la granja, decidió sacarlo. Quizás hubiera llegado el momento de abrirse a los sueños, fueran como fueran.

Así que soñó de nuevo con el castillo negro y sus paredes de cristal, con la isla rocosa sobre la que se alzaba y con el mar embravecido bajo los escarpados acantilados. El dios estaba en el amplio balcón de la torre más alta. La capa negra se le agitaba con el viento mientras él lanzaba rayos de luz al cielo, que empezó a bullir. Los ojos le brillaban de rabia; su cara era la viva imagen de la furia. De aquel cielo hirviente cayó una lluvia afilada como puntas de lanza. En el suelo y en los acantilados, las criaturas que lo servían gritaron, se dispersaron y buscaron refugio de la lluvia letal. Algunas de las flechas caían, atravesaban y quemaban como ácido; otras las levantaba el viento y las lanzaba al mar. Los edificios que habían empezado a alzarse otra vez de entre las ruinas en los acantilados se derrumbaron. Y, aun así, la ira de Odran no se aplacaba.

Yseult salió al balcón. El vendaval le tiraba del pelo rojo sangre y del vestido del mismo color. En el sueño, Breen le veía el miedo en los ojos, por mucho que ella intentara ocultarlo.

—Mi rey, mi señor, mi mundo entero.

Él se volvió hacia ella, le rodeó el cuello con las manos y la levantó del suelo. Yseult no se resistió. Aunque aumentó su miedo, no se resistió.

—¡Has fracasado! Debías traérmela. ¡Debería lanzarte al mar! ¡Debería disfrutar del espectáculo de tu cuerpo roto contra las rocas!

En vez de hacerlo, la tiró al suelo del balcón. Breen vio que el dolor se mezclaba con el miedo, aunque Yseult se recompuso para arrodillarse a los pies de Odran.

—Todo el poder que poseo es tuyo. Me lanzaría contra las rocas si me lo pidieras. Ella tiene más de lo que creíamos; en su interior se despierta algo más potente de lo que imaginábamos. Pero, rey mío, señor mío, eso redunda en tu beneficio.

—Redundaría en mi beneficio si hubieras cumplido con tu deber.

—En su interior se ha despertado algo más. Cuando la tengas, no será necesario que esperes mucho para beberte sus poderes. Se transformará mucho antes de lo que creíamos. Y cuando la dejes seca, ese glorioso día, ninguna puerta permanecerá cerrada para ti, ningún mundo se te resistirá. —Inclinó la cabeza—. Mi rey, mi señor, mi mundo entero, te soy leal. He roto todas mis promesas salvo la que te hice a ti. Me uní a ti con magia negra; con la sangre de siete vírgenes te ayudé a restaurar tu castillo. Y cumpliré mi promesa de ayudarte a reconstruir tu gloriosa ciudad, de ayudarte a ocupar tu trono por encima de todos los dioses, por encima de todos los mundos, y a reducir a polvo a cualquiera que se te enfrente. —Alzó la cabeza—. Odran el Incomparable, te suplico que no me arrebates la vida en este momento de ira. Si debes tomarla, que sea a sangre fría, con la mente clara y en el altar de los sacrificios, para que mi muerte te sirva más allá de mi vida.

Odran observó a Yseult con aquellos ojos grises tan parecidos a los de su padre, a los de Breen.

—¿Estarías dispuesta a ir al altar, bruja?

—Mi vida es tuya para lo que desees hacer con ella, para quitármela, si es lo que quieres. Así ha sido desde que te lo juré con sangre y humo.

—Levanta. —Odran hizo un gesto con la mano y le dio la espalda. La lluvia asesina había cesado y el viento había muerto. La reluciente melena dorada le llegaba hasta los hombros—. No dudo de tu lealtad, sino de tus habilidades. Me decepcionas, Yseult.

—No hay nada que me pese más.

—Envíame a alguien con vino…, y que ese alguien sea agradable a la vista. Y encárgate de arreglar el desastre de ahí abajo.

—Como desees.

Yseult volvió al interior.

Odran se acercó al muro y miró hacia el mar. Durante un momento, un terrible momento, fue como si estuviese mirando a Breen a los ojos. Ella vio algo en los de su abuelo: una repentina sorpresa y una oscura satisfacción.

Y se despertó temblando, como si la hubieran sumergido en hielo. Cogió la tablet y lo escribió todo. Y metió romero bajo la almohada.

Por la mañana consiguió escribir en el blog, concentrándose en el jardín. Todo alegre y lleno de bonitas fotos. Después regresó a su libro y avanzó un poco, porque introdujo a una bruja malvada que lucía un colgante mágico con serpientes de dos cabezas. Más adelante añadiría las serpientes vivas de verdad, pero todavía no estaba preparada para eso. En cualquier caso, no conseguía meterse del todo, ya que su cabeza quería regresar al sueño, a la niebla o a la intensidad de la mirada de Keegan cuando la ayudó a curarse. Se dio cuenta de que él también había sentido el dolor, aquel dolor abrasador e inhumano, y, aun así, no se había retirado.

—*Misneach* —murmuró mientras se llevaba la mano a la muñeca; él tenía valor.

Decidió que necesitaba pasar un tiempo a solas para meditar sobre si ella tenía algo más que una palabra escrita sobre el pulso. Para aclararse las ideas, terminó de escribir temprano y se ocupó de las tareas de la casa que había estado descuidando. Empezó con la colada, antes de bajar al mercado del pueblo. Eso le recordó que se había acostumbrado tanto al modo de vida de Talamh que el pueblo irlandés era el que parecía otro mundo. Tras terminar la colada, guardar la comida y arrancar las malas hierbas, consultó su correo electrónico antes de salir a pasar la tarde con las hadas.

—Dios mío.

Leyó el mensaje y se levantó. Se puso a pasearse por la habitación de tal modo que Botarate empezó a entrar y salir corriendo por la puerta. Leyó de nuevo el mensaje, de pie.

—¡Dios mío! Para, para, para. No te emociones tanto. No es más que el siguiente paso… ¡A la mierda! ¡Estoy muy emocionada!

Cuando Botarate le puso las patas delanteras encima, ella se las cogió y bailó con él.

—La agente quiere ver el manuscrito completo. No me ha dicho que no vuelva a ponerme en contacto con ella ni que soy una escritora lamentable. No, no, ha dicho que le ha encantado el primer capítulo y la sinopsis que le envié, ¡y quiere ver el resto!

Tuvo que salir de la casa, respirar y bailar otra vez con el perro. Después se obligó a sentarse y escribió una respuesta que repasó tres veces para asegurarse de que sonara profesional.

—¡Vale, allá va! —Adjuntó el manuscrito al mensaje y se quedó parada—. ¡Dale a Enviar, por Dios! Tú dale y ya está. —Miró al perro, que le había apoyado cariñosamente la cabeza en el muslo—. Ojalá pudieras hacerlo tú. Pero no puedes, así que… —Le dio a Enviar y respiró de nuevo—. Vale, tenemos que salir ya, porque si no me voy a quedar aquí sentada todo el día, obsesionándome.

Aunque se obsesionó durante el paseo, después consiguió quitárselo de la cabeza. Si se ponía a pensar en ello, acabaría contándoselo a alguien, y no quería hacerlo, todavía no. Ni siquiera a Marco.

Se fue directa a casa de su abuela. No sacó el tema del sueño tampoco, porque eso la habría distraído del trabajo que quería hacer. Tenía que mejorar, y deprisa. Se pasó dos horas lanzando hechizos, incluso el que había escrito ella. Después de limpiar el caldero y los utensilios, dejó fuera los cristales para que se recargaran y se sentó con Marg a tomar té con las galletas recién salidas del horno que les llevó Sedric.

—Huelen de maravilla.

—Galletas de limón —le dijo Sedric—. Finola nos envió limones recién recogidos.

—Y también están buenísimas. —Breen examinó la galleta—. Nunca he hecho galletas.

—¿Cómo es posible? —exclamó Marg—. Se preparan para Yule, para Navidad… Es la tradición. Y para guardarlas en un tarro, para los niños.

—Mi madre no hace nada en el horno y tampoco aprobaba que yo comiera azúcar. A veces nos escabullíamos para ir a la panadería —recordó—. Me llevaba papá. Yo me preguntaba por qué la dejaba salirse con la suya casi siempre. Ahora lo entiendo mejor.

Pensó en su alegría y su emoción al leer el mensaje de correo electrónico de la agente. En la magia que había practicado aquella tarde. En el sueño de tormentas y dioses oscuros.

—Vivía en dos mundos y se sentía culpable por ello —añadió—. No podía entregarse por completo ni a ella ni a mí porque se debía a Talamh. Y porque tenía que protegerme. —Se levantó para sacar los papeles que se había guardado en el bolsillo de la chaqueta—. Anoche tuve un sueño… o una visión. Lo escribí todo. Creo que si lo lees lo entenderás mejor que si intento contártelo. —Se sentó otra vez—. Por favor —le dijo a Sedric—. Puedes leerlo con la yaya. Entiendo lo que sois el uno para el otro. No lo recuerdo, pero presiento que estas no son las primeras galletas de limón que me has preparado.

—Siempre te han gustado —repuso él, y se sentó al lado de Marg y le puso una mano en el hombro mientras leían lo que había escrito Breen.

Cuando terminaron, Marg entrelazó los dedos encima de las páginas.

—Esa Yseult es astuta al ofrecerse en sacrificio. Sabía que, cuando Odran se enfriase, comprendería que necesita su habilidad y su poder. Pero, al final, se traicionarán el uno al otro para conseguir más. Ellos son así. Yseult ya traicionó a su gente y rompió sus promesas, igual que hizo él. No hay ni un ápice de lealtad en ninguno de los dos.

—Ella le tenía miedo. Lo percibí.

—Hace bien. Y se sobreestima. Eso y sus ansias de obtener más poder serán su perdición. Como fueron la de él —añadió Marg—. En realidad, son iguales.

—Él me vio justo antes de despertarme. ¿Cómo es posible?

—Estáis conectados por la sangre. Te abriste para ver y eso le dio la oportunidad de verte a ti. Pero el poder era tuyo, el control era tuyo. Tienes que procurar conservarlo.

—Quiere apoderarse de ti —dijo Sedric, que elegía sus palabras con cuidado—. Por lo que eres, porque tu mezcla le ofrece lo único y lo poderoso, incluso más que tu padre.

—Por mi madre: humana, de fuera. Sé que dijisteis que soy la única, pero tiene que haber más con…

—No hay nadie más con sangre de fuera, sangre feérica tanto de las sabias como de los *sidhe*; y la sangre de los dioses. Eres la única en todos los mundos conocidos —insistió Sedric—. Y eres la única que lleva la sangre de Odran. Le ofreces la posibilidad de gobernar o destruir Talamh y el mundo de tu madre. Y, después de esos, los demás.

—Drenándome. Como si fuera una transfusión.

—De tu poder, de tu luz y de tu vida.

—Nunca se apoderará de ti. *Mon stór*, te hemos protegido desde el día que naciste. No dejaremos de hacerlo nunca.

—Mi padre, el padre de Keegan…, ¿cuántos más han muerto para protegerme? Me trajiste aquí y me diste los medios para encontrarte, para que aprendiera a protegerme sola.

—Lo has hecho bien —empezó a decir Marg.

—Con la magia, bastante bien —la interrumpió su nieta—. Porque me gusta. ¿Con el resto? No tanto, la verdad, porque no me gusta. Eso tiene que cambiar.

Y lo haría, se prometió. Empezando en ese mismo instante.

Keegan llevó las espadas al campo cercano que había designado como terreno de entrenamiento. La vio venir andando desde la casa de Marg. Si algo se podía decir sobre Breen era que siempre llegaba puntual. Era torpe con la espada, y Keegan temía que siempre lo fuera. Resultaba demasiado fácil vencerla en una batalla física; pero, eso sí, nunca llegaba tarde.

Se había recogido el pelo en una coleta, aunque su melena era demasiado abundante para contenerla del todo. Llevaba unos pantalones que se le ajustaban a las piernas y las caderas, y le darían libertad de movimiento, y una chaqueta abierta, a pesar de que el día era cálido y soleado. Se preguntó por qué los pies de aquella mujer que se movía como una verdadera atleta cuando caminaba se transformaban en bloques de plomo cada vez que combatían. Era un misterio, pensó. Uno de tantos.

El perro lo alcanzó primero, tan encantado como siempre de que le rascara un poquito antes de salir corriendo a incordiar a ovejas y caballos. Keegan empezó a hablar, pero Breen se sacó unos papeles del bolsillo de la chaqueta y se los puso en las manos.

—Léete esto primero.

Tras decir lo cual, se fue a mirar los caballos del potrero.

Había escrito el sueño de un modo que lo metió tanto en la historia que incluso olía la carne y la piel quemada de los súbditos y esclavos de Odran. El azufre del viento, el turbulento estruendo del mar… Casi podía saborear el miedo de Yseult, lo que le producía una enorme satisfacción. Tras doblar los papeles, fue a buscar a Breen.

—Dejaste que te viera.

—No a propósito.

—Tú llevabas las riendas —dijo Keegan.

A diferencia de su abuela, pensó ella, el joven nunca edulcoraba nada. Le había permitido leer su sueño porque necesitaba que le hablara con absoluta sinceridad.

—Eso lo entiendo ahora, antes no. Y pensaba…, creía comprender lo que quería de mí y por qué, pero no era así, no del todo. No lo suficiente. Ahora lo sé. Y entiendo que, después de mi nacimiento, mi padre se convirtió más en un obstáculo que en un trofeo para él. Así que lo mató. Mi padre murió para protegerme. Y el tuyo también. Y muchos otros. Por mucho que entendiera eso con la cabeza, no me ha llegado a las tripas hasta ahora. Es mucho que asimilar en un solo verano, así que creo que tengo derecho a ello. —Recuperó los papeles y se los metió en el bolsillo—. Sedric dice que soy única. Dios, antes deseaba ser especial en algo, lo que fuera. Ahora que parece que lo soy, resulta que no es todo alegría y lucecitas de colores, sino una carga y una responsabilidad. —Se volvió hacia él—. Se me dan muy bien la responsabilidad y hacer cosas que en realidad no quiero hacer, pero que se esperan de mí. Eso debería ser una buena base para todo esto.

Se quitó la chaqueta, la colgó de la valla y se quedó con una camiseta negra que le resaltaba los músculos de los brazos.

—Así que tienes que presionarme más en los combates, tanto en la defensa como en el ataque. Y tienes que enseñarme a concentrarme y canalizar todo lo que llevo dentro. No puede ser que solo me active cuando me cabreo. Eso no me ayudó ayer con Yseult.

—Te picaron.

—Antes de eso.

A Keegan no le gustaba justificar a nadie, pero le parecía que, en ese caso concreto, era lo correcto.

—Yseult encantó la niebla. Era como una droga.

—Entonces, yo debería haberme dado cuenta y haber encontrado el modo de luchar contra ella.

—Sí, es verdad —reconoció él—. Deberías. Debes. No sabes manejarlo bien.

—Tu trabajo consiste en enseñarme a manejarlo bien. —Dio un paso atrás y recogió su espada—. Así que haz tu trabajo de una vez.

Keegan intentó convertir su sonrisa en burla cuando fue a por su espada; no lo consiguió.

—Así que, al final, la culpa es mía —dijo.

—He sido una profesora de mierda, así que me resulta fácil reconocer a un igual.

El chico ladeó la cabeza y pensó en que se lo consideraba uno de los mejores instructores de Talamh. Sin embargo, no con ella, al parecer. Así que probaría otra táctica.

—Cuando caminas, lo haces con seguridad y elegancia. Tu cuerpo tiene fuerza, buenas extremidades. Sin embargo, cuando coges una espada, de repente, eres torpe, te sientes incómoda.

—No me resulta algo natural. No me siento yo misma.

—Porque no eres tú, pero debe ser una extensión de ti. Si no, te derrotarás tú sola, sin necesidad de enemigos. Has recibido clases de danza.

—Bueno, fui a clases de ballet solo hasta los once años o así.

—¿Por qué lo dejaste?

—Era... Mi madre me dijo que, como mucho, llegaría a ser mediocre, y que ella era una madre soltera y no podía permitirse perder ni el tiempo ni el dinero en eso.

Keegan pensó en su madre, que jamás habría menospreciado así a ninguno de sus hijos. Que se habría enfrentado a cualquiera que se atreviera a hacerlo. Empezó a sentir compasión por Breen, pero se la sacudió de encima.

—A los once, lo que aprendieras se te quedaría en los músculos, así que úsalo. ¿Puedes...? —preguntó mientras giraba un dedo en el aire.

—¿El qué? ¿Hacer una pirueta? ¿Para qué?

—Soy tu profesor. Si discutes conmigo, perdemos el tiempo. Enséñamelo —repitió, agitando de nuevo el dedo.

Aunque se sentía estúpida, se agachó para dejar la espada y obedecer.

—No, con la espada —le dijo Keegan.

Era bastante probable que tropezara y se empalara en ella, pero se preparó, se levantó y giró.

—Tu cuerpo recuerda. Hazlo otra vez. Bien. Sabes más pasos. Enséñamelos.

Ella los desenterró de su memoria: un pequeño *jeté*, un arabesco e incluso un par de *fouettés*. Al fin y al cabo, las botas no eran como las zapatillas de ballet.

—Así que hoy el combate es danza —concluyó Keegan—. Bailemos.

A pesar de que Breen tuvo que esforzarse al máximo esta vez, consideraba que los moratones y las punzadas eran medallas de honor. Y una vez lo sorprendió (y se sorprendió) al incorporar una pirueta a un golpe de espada y después dar una patada que consiguió acertar, aunque sin demasiado impacto, en el vientre de Keegan.

—Dejas que tu cuerpo piense —comentó él—. Eso está mejor. Y ahora ¿qué haces? —preguntó tras lanzarle una ráfaga de poder tan fuerte que estuvo a punto de tirarla de espaldas.

—No sé…

—¡Bloquea! —gritó él mientras le lanzaba otra.

—Para. No sé si me quedo corta o me paso.

—Bloquea —insistió Keegan y le disparó una descarga de energía que la estremeció de la cabeza a los pies.

Más que responder, reaccionó: estiró la mano, y sus poderes se enfrentaron y chocaron. La luz crepitaba entre los dos y escupía chispas; chamuscaba el aire.

—Ahora, empuja. Sostenlo. Sale de ti. Forma parte de ti. Empuja.

Creció. Fluía a través de ella, salía de ella, más caliente, más fuerte. Y él la igualó hasta que a Breen le tembló el cuerpo del esfuerzo de mantener su energía contra la de Keegan.

—Llevo una espada en la mano —le gritó él por encima del fragor de sus poderes enfrentados—. Pienso matarte con ella. Quítamela.

—¿Cómo? Estoy bastante ocupada ahora mismo.

—Quítamela o muere.

Con la mano libre, Keegan levantó la espada.

Breen le prendió fuego, empuñadura incluida. Los poderes en liza se desmoronaron cuando la espada cayó al suelo. Harken, que se había acercado a observar, corrió hacia ellos, pero se detuvo cuando Breen se abalanzó sobre la muñeca de Keegan.

—Dios mío, Dios —repetía; el perfil de la empuñadura se le había grabado en la carne; con el estómago revuelto, le puso la mano encima—. Lo siento, lo siento mucho, no quería…

Antes de que él pudiera apartar la mano, Breen jadeó y se quedó blanca como la cal. Sintió la quemadura abrasarle la piel.

—Para. No vayas tan deprisa ni profundices tanto. Mírame. —Le levantó la barbilla, esta vez con delicadeza, para que lo mirara a los ojos—. Retrocede, despacio. Vuelve. La luz sana, no es algo instantáneo. Si no vas despacio, arriesgas mucho, pierdes demasiado.

Ella lo miró a los ojos y asintió. Al principio solo percibió la diferencia, pero después la sintió. El frescor, el alivio, la calma.

—Déjame verlo —murmuró Breen mientras le miraba la palma—. Ahora está bien. Le he prendido fuego a la espada.

—Y ha sido una forma estupenda de desarmar a un adversario. Por otro lado, es una buena espada, así que apaga el fuego.

«No es tan diferente a encender la chimenea», pensó ella y lo apagó del mismo modo.

—Necesito un descanso.

—Me pediste que te presionara —le recordó él—. Todavía nos queda tiempo antes de que regreses.

—Necesito un descanso —repitió ella—. Cinco puñeteros minutos. Te he hecho daño y es la segunda vez. Puede que a ti no te importe porque vives en este mundo de machitos y eres el todopoderoso *taoiseach*, pero a mí sí. ¿Qué habría pasado si te prendo fuego a ti? No puedo hacer esto hasta que aprenda a controlarlo.

Como quería sus puñeteros cinco minutos, se sentó en el suelo. Keegan se acuclilló frente a ella y pensó que la chica lo había hecho bien, mejor de lo que él se había imaginado. La había juzgado mal.

—La verdad es que creía que no serías capaz de hacerlo, así que la culpa es tan tuya como mía.

—Tú te contienes porque sabes hacerlo, y por eso solo acabo con unos cuantos moratones.

—No me produce ningún placer dejarte marcas.

—Pues cualquiera lo diría. Aunque ese no es el tema —añadió Breen—. No puedo hacer esto si tengo miedo de lo que tengo. Si temo hacer algo que no pueda arreglarse o curarse.

—No es tan fácil matarme, pero seguro que encontramos el modo. —Se encogió de hombros y se sentó con las piernas cruzadas—. Puedo entrenarte para ser más competente con la espada, con el cuerpo.

Ella le lanzó una mirada arisca.

—¿Es «competente» tu forma de decir «mediocre»?

—Antes eras mediocre, como mucho. Has mejorado y seguirás mejorando, porque no soy lo que has dicho. No soy un profesor de mierda. Debes contar con estos conocimientos, aunque no sean tus verdaderas armas. Esas las llevas dentro, y lo sabes y lo temes. Y debes hacerlo, porque lo que tienes, igual que lo que yo tengo, es maravilloso. Si los mundos fueran como deseamos, la luz se usaría tan solo para la alegría y la belleza, para curar y ayudar. Sin embargo, los mundos no son como deseamos. Así que usamos la luz para proteger y defender, para luchar contra la oscuridad e incluso para matar. Nos apagan como si fuésemos la luz de una vela. ¿Deberíamos permitírselo?

—No. Vi... En otra visión vi lo que hizo. Un niño, no era más que un niño, atado a un altar. Vi lo que le hizo. No podemos permitírselo. Pero no se le puede entregar un arma a un crío y dejar que la use. Y eso soy yo todavía: una cría con un arma.

—A la mierda —soltó Keegan—. Has dejado que demasiada gente te diga que no eres capaz o que no estás preparada. Es uno de tus defectos. —Se levantó, le dio la mano y tiró de ella—. De todos modos, por ahora podemos hacer algo para evitar esa preocupación y ese miedo.

—¿Cómo?

—Otro enemigo. Un adversario al que no temas hacer daño.

—No quiero hacerle daño a nadie.

—Espera.

Extendió las manos, las subió y las volvió a bajar. Una y otra vez. El pelo se le alborotó con el viento que había convocado. Breen notó que el suelo temblaba bajo sus pies.

—Cielo y tierra se agitarán. Cinco gotas de agua compartirán. Ahora formo la imagen del que quería dañar. Ven, llama, ata este hechizo con fuego eterno hasta que el espectro regrese al infierno.

Extendió los dedos y, efectivamente, apareció el fuego. Seguido del humo. Y, cuando se disipó, apareció un hombre armado con una espada.

—¿De dónde ha salido? No puedes crear a una persona.

—Es un espectro. Bastante real, aunque no está vivo. Le he puesto la cara de un enemigo para... inspirarte.

—¿Un enemigo? Si yo no... Es el que me atacó junto a la tumba de mi padre. El que mataste.

—¿Tienes orejas? Es una imagen, un espectro, no un ser vivo. Pero puede moverse como lo hacía. Puede luchar. Si no lo destruyes tú primero, desaparecerá con el crepúsculo. Creo que será una buena herramienta de entrenamiento para ti. ¿Te da miedo hacerle daño?

—No, pero...

—Pues lucha.

Keegan chascó los dedos y el espectro se abalanzó sobre ella.

La mató tres veces antes de que Breen lograra encontrar alguna forma de defenderse. Entonces la rodeó con un brazo, extendió las alas y la levantó del suelo. A ella se le olvidó que no era real y, llevada por el miedo, atacó. Su poder golpeó al espectro como si fuera un hacha. Cuando se transformó en humo, ella cayó a la hierba, sin aliento.

—Ahí lo tienes —dijo Keegan mientras la ayudaba a levantarse otra vez—. De nuevo.

Con un movimiento de los dedos, el espectro volvió a formarse.

—¿Cómo has hecho eso? No has usado un hechizo.

—Ya estaba conjurado. De nuevo.

—Quiero que me enseñes a hacer eso.

—Después.

A modo de respuesta, ella cortó el aire con una mano y convirtió al espectro de nuevo en humo.

—Ahora —insistió.

Keegan arqueó las cejas.

—Vaya, vaya, por fin algo de carácter. Si lo matas dos veces más en combate, le llevarás ventaja. Y te enseñaré a desactivar el hechizo.

—Y mañana me enseñarás a conjurar a un espectro.

—Me parece justo.

La observó luchar. Aunque nunca sería excepcional con la espada, lo hacía bastante bien. Sí, bastante bien. Y como ya no se reprimía, demostró una confianza que no había tenido hasta entonces, una elegancia que le sentaba bien. Era casi formidable, a su extraña e interesante manera.

La concentración y el control eran cosas en las que tendrían que trabajar, ¿no? Y por Talamh, por las hadas y en honor a su padre, la convertiría en algo más que formidable.

23

Breen se pasó tres días levantándose cada vez más temprano para disponer de todo el tiempo posible en Talamh, donde trabajaba desde el amanecer hasta que salía la luna. Quizás le hubiera resultado más sencillo dormir en casa de su abuela, pero optó por lo más difícil para poder estar sola y lejos; para estar en los dos mundos. Su padre había tomado la misma decisión y ahora ella sabía lo doloroso que le había resultado. Había renunciado a mucho por ella y, aun así, hizo honor a su promesa a las hadas. Ella no haría menos. No sería menos. Y si metía romero y otra bolsa mágica bajo la almohada para evitar sueños y visiones, lo consideraba simple pragmatismo. Sin dormir bien, no podía hacer el trabajo que había elegido. Así que estaba dormida como un tronco a las once y cuarenta y cinco, cuando le sonó el móvil. Palpó hasta dar con él pensando que sería Marco.

—Sí, hola.

—¿Breen Kelly?

No era Marco. Con el corazón acelerado, buscó el interruptor de la luz. Alguien estaba herido; algo iba mal.

—Sí.

—Soy Carlee Maybrook, de la agencia literaria Sylvan. Espero no haberla molestado.

—No, no. Hola. —No sabía qué más decir—. Es un detalle que me llame.

—Acabo de salir de una reunión y quería ponerme en contacto con usted lo antes posible. Tanto a mí como a la agencia nos gustaría mucho representarla.

—Perdone, ¿qué? —preguntó; notó una sensación rara en el estómago y un cosquilleo en la piel—. ¿Sí?

—Me encantó *Las mágicas aventuras de Botarate*, y estoy segura de que puedo dar con la editorial adecuada. Espero que esté escribiendo más, Breen, porque esto es una serie, y al segmento de edad al que se dirige el libro le encantan las series.

Breen oía una palabra de cada dos porque le zumbaban los oídos, y Botarate, que se había despertado con su voz, se levantó, se estiró y se le acercó para plantar las patas en el lateral de la cama y mirarla con ojos amorosos.

—Entonces…, ¿quiere ser mi agente?

—Eso me gustaría. Estoy más que dispuesta a enviarle una lista de clientes y a responder cualquier pregunta que le surja.

¿Preguntas? Debería tener una lista de preguntas preparada, pero en aquel momento apenas podía recordar cómo se llamaba.

—¿Puedo limitarme a decir que sí y gracias?

Carlee se rio.

—Por mí, estupendo. Le voy a enviar un contrato por correo electrónico. Léaselo bien. Llámeme o escríbame si le surge alguna duda. Si está todo correcto, lo firma, me lo envía y empezamos. Me encantaría ver cualquier otra cosa en la que esté trabajando.

—He empezado otro libro de Botarate, pero no tengo nada más que el principio de un primer borrador porque…, he estado escribiendo una novela para adultos, de fantasía. No es…

—¿Me puede enviar los dos primeros capítulos de la novela?

¿Podía estallar un corazón? ¿Era físicamente posible?

—¿Quiere verla? ¿De verdad?

—Sí, claro. Tiene mucho talento, Breen. Su estilo es fresco y divertido, y Botarate es una joya.

—Sí, sí que lo es —murmuró ella mientras le acariciaba la cabeza.

—Quiero ayudarla a empezar su carrera. Permítame que me adelante a los acontecimientos por un segundo: estoy segura de que puedo vender su libro infantil como una serie con un contrato inicial por tres libros. Si ese mismo estilo y ese don para narrar historias y crear mundos también se reflejan en su novela para adultos, me esforzaré al máximo por ponerla en manos de la editorial adecuada.

—Gracias. La verdad es que no esperaba llegar tan lejos.

—Bueno, le prometo que esto no es más que el principio. Se lo explicaré todo en una carta de presentación, para que lo tenga por escrito, y adjuntaré el contrato. Puede ponerse en contacto conmigo cuando quiera para preguntarme lo que quiera. Y envíeme esos capítulos.

—Lo haré.

—Que pase una buena tarde. Hablaremos pronto.

—Sí, gracias. Adiós.

Se quedó mirando el móvil.

—No estoy soñando. Esto ha pasado de verdad. Ha pasado. —Se bajó de la cama para abrazar al alegre perro—. ¡Mira lo que me has dado! —Abrumada, apretó la cara contra los rizos del perro—. Eres una joya. Mi joya mágica. Mi talismán de la suerte. ¿Cómo voy a dormir ahora? Mejor bajamos, te doy un premio y envío esos capítulos. ¡Tengo que llamar a Marco! —Se enderezó de un salto—. No, no, que no quiero gafarlo. No se lo contaré a nadie. Por ahora, esto queda entre nosotros, mi musa canina.

Leyó el contrato y, en medio de su ensueño feliz, todas y cada una de sus palabras le resultaron fascinantes. Mientras redactaba el mensaje para acompañarlo se bebió una copa de vino, tanto para celebrarlo como para que la ayudase a dormir. Después envió el contrato firmado y, con una mezcla de temor y esperanza, también los dos primeros capítulos de su novela. Tendría que viajar al pueblo para enviar la copia en papel del contrato, pero, por el momento, salió al jardín con la copa de vino y el perro. Disfrutó del aire fresco en la cara mientras el futuro se extendía ante ella como la inmensidad del mar.

Al principio confundió con libélulas las chispas de luz que bailaban en la oscuridad, hasta que se dio cuenta de que eran *pixies*. ¿Iban a verla todas las noches cuando se dormía? ¿Formaban parte de su equipo de vigilancia, de su protección?

Mientras ella estaba allí, a menos de dos kilómetros de distancia otros bailaban en la oscuridad, dormían en sus camas o mecían a un bebé inquieto. Dos mundos y, de algún modo, ambos eran suyos. ¿Cómo iba a ser capaz de mantener el equilibrio entre ellos?

—Tengo que encontrar el modo, pero no será esta noche. Vamos, Botarate, a ver si conseguimos dormir un poco.

Como solo consiguió dormir cuatro horas, y se notaba, probó a hacer su primer hechizo de glamour, no por vanidad, sino para evitar que los demás le preguntaran y se preocupasen. Vivió en el mundo de una luna por la mañana, en un mundo en el que la magia permanecía por debajo de la superficie, y después se marchó a la tierra de las hadas.

—Pareces distraída.

Breen estaba con Marg, en el círculo que había conjurado. Ella misma había encendido el fuego bajo el caldero y seleccionado los ingredientes. Además, con la ayuda de Sedric, ya que ella apenas era capaz de dibujar figuras con palitos, había esbozado la imagen del *athame* que se iba a crear. Marg le había explicado que algunos utensilios podían y debían legarse o regalarse, mientas que otros debía fabricarlos la persona que los usaría.

—¿He cometido algún error?

—En absoluto. Es que veo que tienes la cabeza en otra parte. Me dijiste que no habías soñado nada.

—Y es verdad. Pero no he dormido mucho. Me puse a escribir y se me pasó la hora.

No era mentira, pensó, ya que había escrito la carta de presentación y una breve sinopsis para acompañar los dos capítulos.

—Te exiges demasiado —le dijo su abuela.

—¿Sí?

—Mi querida niña. —Marg le acarició el brazo con cariño—. Tienes tus historias, y esto es mucho trabajo. Me pides que te presione más, y lo hago. Le pides a Keegan que te presione más, y lo hace. Lo sé porque Morena a veces observa tus entrenamientos.

—Es mi animadora.

—Y me cuenta que has mejorado allí y que lo pagas caro. Deberías tomarte un día libre para divertirte y recuperar la alegría.

—Esto me divierte, lo que me enseñas me alegra. No puedo decir lo mismo de las sesiones con Keegan, aunque la verdad es que a veces también son satisfactorias. Ayer destruí a dos demonios espectrales. Uno a uno, pero acabé con los dos. —Tras vacilar un momento, dijo lo que pensaba—. Esa parte de todo esto, la lucha, todavía me resulta surrealista. Es como un juego físico muy duro al que no me gusta demasiado jugar. Por otro lado, lo que hago contigo me resulta tan natural como respirar.

—Entonces, respira, *mo stór*, y haz el hechizo.

Marg le había advertido de que se trataba de un hechizo complejo que exigía precisión y concentración. Así que Breen dejó todo a un lado, calmó la mente y abrió el corazón. Ya le salía de forma natural, como la lluvia, como el sol. Y lo valoraba mucho.

—Primero, la plata que sacan los troles que van donde duermen los dragones. —Metió siete bolas de plata en el caldero—. Y las siete una formarán. Para dar luz y fuerza, los cristales cargados por las lunas, y para la sabiduría, la que aportan estas tres runas. En mi caldero ahora se mezclarán. Una pluma de paloma, el símbolo de la paz y, para la belleza, brezo del matorral. Que lo que he empezado hierva ya.

Dio un paso atrás para recoger el *athame* de su abuela. Se sentía fuera de su cuerpo, más allá de él, y, a la vez, más centrada en sí misma que nunca.

—Álzate, humo, álzate blanco al azul y lleva mis palabras a la luz. Una sola gota de mi sangre este hechizo sellará y tres veces la campana tocará. Para acabar, lanzo al fuego bendito la imagen que necesito. Arde brillante en la luz y así mi hechizo concluirá. Fielmente usaré lo que debe aparecer. Tal es mi orden, así debe ser.

Dio tres vueltas alrededor del caldero y después apagó el fuego.

—Resplandeces —dijo Marg con la voz tomada por las lágrimas, abrumada de orgullo y amor—. De poder, pero, sí, también de alegría. Toma lo que es tuyo, hija de mi hijo, hija de las hadas, sangre de mi sangre. Y ten presente que hoy has demostrado tu valía.

Breen metió la mano en el caldero y sacó el cuchillo. A lo largo de la hoja se leía la palabra *valor* en escritura ogámica y, en la empuñadura, en el círculo central del símbolo del nudo quíntuple, brillaba una piedra roja de corazón de dragón.

—Es precioso. Nunca se me había ocurrido pensar que un cuchillo pudiera ser bello, pero este lo es. Y lo siento como mío.

—Porque lo es.

Todavía envuelta en el hechizo, Breen le dio la vuelta al cuchillo.

—Yaya, hay un dragón grabado en la parte de atrás de la hoja. Eso no lo dibujamos nosotros. ¿Lo has añadido tú?

—No —respondió Marg y le puso una mano en la muñeca para examinar el dragón en vuelo—. Es un regalo de los dioses. Lo has hecho muy bien. Vamos, cierra el círculo. Tienes que comer algo antes de ir con Keegan.

Después, Marg la abrazó y la sostuvo. Breen no solo se sintió centrada, sino también amada.

«De lo sublime a lo doloroso», pensó de camino a la granja. Hizo una pausa para poner la mano sobre la cabeza de Botarate y mirar hacia arriba, al halcón que los sobrevolaba. Notaba al perro vibrar bajo su mano, lo oía pensar: «No pares. Vamos. Perros, niños, diversión».

—Ve tú —le dijo tras rascarle un poco—. Te alcanzo después.

Un par de dragones surcaron el cielo, uno de plata bruñida y el otro verde como una hoja de primavera. Ambos llevaban sendos jinetes. Envidiaba su vuelo, aunque también se sentía agradecida por notar el suelo bajo los pies. Mientras los observaba, Morena fue a saludarla.

—Es increíble lo bonitos que son.

—Y valientes —repuso Morena—. Ahora están de reconocimiento. Parecen Deaglan y Bria Mac Aodha…; tú los llamarías Magee. Son gemelos. No los habrás visto antes porque viven más cerca de la Capital que de aquí. ¿Cómo te ha ido hoy con tu abuela? —le preguntó mientras reanudaban el camino.

—Ha sido asombroso, sobre todo la última parte. He hecho un *athame*. —Lo sacó de la funda que llevaba en el cinturón—. Iba a dejarlo en el taller, pero la yaya me dijo que debería llevarlo conmigo un día entero. Para formar una especie de vínculo.

—Claro. ¿Lo has conjurado tú?

—Hace una hora, más o menos. Todavía me dura un poco la descarga de adrenalina.

Morena negó con la cabeza cuando Breen se lo ofreció.

—Durante el primer día, solo debe conocer tu mano. Es una maravilla, la verdad. Y te digo más: la mayoría no alcanza este nivel de alquimia hasta después de muchos años de estudio y práctica. —Evaluó a Breen con la mirada—. Deberías estar muy orgullosa, como seguro que lo está Marg.

—En realidad, lo que estoy es muy contenta. He tenido un día asombroso. Ahora puedes venir a ver cómo me bajan los humos.

—No estoy tan segura de eso, te estás manejando muy bien. De todos modos, hoy no puedo veros. En primer lugar, porque he visto a Keegan ensillar caballos, así que diría que os vais a alguna parte. Y, en segundo, porque le prometí a Harken que lo ayudaría a esquilar la siguiente remesa de ovejas. Que los dioses me ayuden. Nunca le prometas a un hombre nada cuando todavía estás blandita, calentita y temblorosa debajo de él.

—Lo tendré en cuenta, si es que alguna vez se me vuelve a presentar la oportunidad.

—Ya te lo he dicho —repuso Morena dándole un codazo—: Podrías elegir a quien quisieras.

—Para cuando Keegan acabe hoy conmigo, no tendré energía para ese tipo de temblores. Buena suerte con las ovejas.

—¡Ja!

Se separaron: Morena fue hacia los campos y Breen ,hacia los establos. No llegó muy lejos antes de que Keegan se le acercara con los dos caballos.

—Necesitas más prácticas de equitación.

—Hola a ti también, y me encantaría. —Rascó al caballo capón que solía montar para saludarlo y Botarate se les unió—. Lo he echado de menos.

—Veremos si dices lo mismo al final del día. —Le alargó una espada colgada de un cinturón—. También tienes que aprender a luchar y a defenderte a caballo.

—Ah.

Aunque con menos alegría que antes, empezó a colocarse la espada.

—¿Qué es esto? —le preguntó Keegan, señalando la funda.

—La razón por la que te va a resultar imposible fastidiarme el día. Esta tarde he creado mi propio *athame*.

Obedeciendo el gesto del dedo de Keegan, Breen lo sacó. Como Morena, no lo tocó, pero sí la cogió por la muñeca para girarlo y examinarlo por todas partes.

—¿Hiciste tú el hechizo?

—El esbozo no, porque se me da fatal dibujar, así que fue casi todo cosa de Sedric, pero el resto sí. Salvo el dragón. Eso no estaba en el boceto, pero sí está en la hoja.

—Entonces es ahí donde debe estar. —La miró a la cara—. Es un buen trabajo; más que bueno. Has elegido bien tus símbolos.

Montó y esperó a que ella envainara el cuchillo y lo imitara.

—Si no tienes nada específico en mente, ¿podríamos cabalgar hasta las ruinas…, hasta los píos? Para ir a la tumba de mi padre. No he vuelto por allí desde aquel primer día.

—Es tan buen sitio como cualquier otro.

—Si vamos a trabajar con un espectro, me gustaría intentar conjurarlo yo. Me siento en racha.

—Ya lo veremos.

—He visto a los dragones y sus jinetes —continuó diciendo Breen mientras llevaban los caballos hasta la carretera—. Morena me ha dicho que son exploradores.

—Así es.

Había hablado con ellos antes de que se dirigieran al este. Él tendría que hacer lo mismo pronto con Mahon. Eso no solo dejaba a Aisling sin su hombre, sin el padre de sus hijos, mientras ella llevaba otro en el vientre, sino que dejaba todo el duro trabajo de la granja en manos de Harken y ella. Era algo que le preocupaba, como siempre.

—Morena está ayudando a Harken a esquilar ovejas. ¿Sabes…?

—Menos hablar y más montar —respondió Keegan mientras pasaba al galope.

Con cara de fastidio, Breen lo siguió. Era muy distinto de dar botes en un carro detrás de un caballo de tiro. Aunque la velocidad le resultaba emocionante, Keegan no le daba tiempo para disfrutar del paisaje, y a ella le preocupaba que Botarate se quedara demasiado atrás.

—Tenemos que frenar. El perro nos sigue y vamos demasiado deprisa para él.

—Dile a dónde vamos.

—No recuerdo cómo llegar.

—¡Demonios, Breen! —Keegan frenó, aunque solo a medio galope—. Métele la imagen del lugar en la cabeza. Ha estado allí con Marg, encontrará el camino.

—No sé cómo esperas que haga tantas cosas a la vez.

Como prefería darle prioridad al perro y su bienestar, frenó al paso. Cuando Botarate la alcanzó, recuperó de su memoria la imagen del cementerio, las grandes ruinas de piedra, el campo de ovejas…, todo lo que pudo recordar; después, lo empujó hacia Botarate. El perro agitó su cola con forma de látigo y se alejó trotando alegremente delante de ella.

—Puede que sea demasiado lejos para que vaya andando. Debería haber parado en casa de la yaya para dejarlo con ella.

—Por los dioses, mujer, ese animal es descendiente de perros demonio. No hace falta que lo mimes. Mira, ¿ves? Ha salido de la carretera para recortar el camino. No es tonto. Ahora usa las rodillas, coge las riendas con una mano y saca la espada.

Cuando Keegan sacó la suya, Breen estuvo peligrosamente cerca de sufrir uno de sus antiguos ataques de pánico.

—No, espera.

—Un enemigo no espera, sino que busca tus puntos débiles. Y eso es lo que estás enseñándole. ¡Defiéndete!

La mató antes de que fuera capaz de desenvainar la espada.

—Las riendas con la izquierda, la espada con la derecha. Otra vez.

Consiguió sacar la espada, pero se le cayeron las riendas. Keegan se las puso de nuevo en la mano con un rápido gesto de la suya.

—Quiero aprender a hacer eso. ¿Cómo las vuelves a subir?

—Con mi voluntad. Deja de hablar y defiéndete. Usa las rodillas para guiar al caballo.

Lo intentó e incluso logró bloquearlo débilmente, pero el golpe le hizo perder el equilibrio y estuvo a punto de caerse del caballo. Sin embargo, sintió que una ráfaga de aire la enderezaba de nuevo, como si la hubiera empujado una mano. De haber podido recuperar el aliento, le habría preguntado a Keegan cómo lo había hecho. Mientras tanto, él la mató otra vez.

Se quedó allí sentada, jadeante, bajo un bonito cielo de verano, intentando quitarse el pelo de los ojos mientras Keegan la miraba con el ceño fruncido.

—Lamentable. El asiento, el brazo de la espada, la concentración… Tu caballo también es un arma, y no lo usas. En fin, le hemos dado algo de ventaja al perro, así que seguiremos adelante.

Envainó la espada, giró su caballo y la dejó envuelta en una nube de polvo. Ella comenzó a quejarse: había empezado a aprender a montar hacía pocas semanas; y llevaba menos aún manejando la espada. No obstante, eso le recordó que se quedaba sin tiempo. El verano no duraría para siempre.

Enfurecida, llevó a su montura al galope. No habría sido capaz de alcanzar al semental, pero Keegan lo frenó lo justo para permitírselo.

«A ver si te gusta tu propia medicina», pensó Breen.

Tiró de las riendas y sacó la espada.

—¡Defiéndete!

Más tarde tuvo que reconocer que lo había pillado con la guardia baja, aunque, aun así, la espada prácticamente saltó a la mano de Keegan. Breen, con las riendas sujetas, atacó… con poder. Consiguió echarle la espada hacia atrás lo suficiente para ensartarlo con la suya. Breen pensó que, para estar muerto, sonreía demasiado, lo que era un fastidio, porque le daban ganas de devolverle la sonrisa. Le gustaba la fuerza de estar cabreada.

—Mucho menos lamentable —le dijo Keegan.

Eso no consiguió aplacarla ni de lejos, así que Breen guardó la espada y siguió cabalgando.

—¡Te has pasado el desvío! —le gritó él, y ella le notó la risa en la voz.

—Demonios, maldición, mierda —masculló ella y, una vez desperdiciada su salida triunfal, le dio media vuelta al caballo para seguirlo.

Murió tres veces más durante el camino, una de ellas acompañada por el alegre aplauso de un bebé que rebotaba sobre la cadera de su madre.

Le llegó al alma ver al perro tumbado junto al jardín que había ayudado a plantar sobre la tumba de su padre. Se levantó cuando se acercaron, aunque permaneció cerca de la lápida.

—Voy a llevar a los caballos al arroyo. Ellos necesitan beber y tú necesitas un momento a solas con tu padre.

Primero, la sonrisa y ahora, amabilidad pura y dura. Breen perdió toda esperanza de alimentar de nuevo su ira.

—Gracias —respondió mientras desmontaba y le pasaba las riendas.

—Ahora esta zona está bien vigilada, así que no deberías preocuparte por nada.

—De acuerdo.

—Pero no te entristezcas. Venga, vente conmigo y te das un baño —le dijo al perro, chascando los dedos.

Así que la dejó junto a la tumba, entre las plantas en flor, que formaban una preciosa alfombra extendida frente a la lápida. Se quedó de pie un momento, disfrutando de la ligera brisa y preparándose mental y físicamente.

—Ya sé más sobre lo que hiciste y por qué. Mucho más. Estoy aprendiendo de la yaya, y no volveré a renunciar a esa parte de mí. La parte que me diste tú. Ojalá pudiera hablar contigo, hablar contigo de verdad, como hacíamos. Entiendo por qué no me lo contaste, y, ahora que lo sé… —Se agachó y recorrió su nombre con la punta de los dedos—. Tenías el corazón dividido entre dos mundos. Creo… No, sé que a mí me pasa lo mismo. Y tenías compromisos en ambos lados.

Se enderezó y alzó la vista: las lápidas entre la hierba, las altas colinas… Oía el viento susurrar a través de las briznas verdes y murmurar entre las ruinas que antes recorrían los píos. Oyó también el balido de las ovejas y los alegres ladridos de Botarate.

—Jamás te habrías marchado de aquí de no ser por mí. Tu corazón nunca estuvo en el otro lado, pero yo sí. Dios, no quiero decepcionarte. Voy a intentar con todas mis fuerzas no decepcionarte. Te quiero —susurró—. Te echo de menos. Y no soy la única —añadió mientras miraba hacia el arroyo, donde estaba Keegan, de espaldas a ella, viendo beber a los caballos.

Caminó sobre la hierba, rodeó las tumbas y dejó atrás las ruinas, que le provocaban un cosquilleo en la espalda. Miró hacia el viejo edificio, hacia su entrada. Se fijó en que era amplia y se imaginó las dos gruesas puertas que antes la cerraban. Que encerraban en su interior lo que antes caminaba entre sus muros. Algo seguía haciéndolo, lo sentía en los huesos. Mantuvo las distancias y fue a buscar a Keegan.

—Ahora me ocupo yo de los caballos. Tú también necesitas pasar un momento con él.

Al principio, Keegan no dijo nada, sino que se limitó a mirarla como solía hacer él: de forma directa, inquisitiva.

—Es verdad, sí. Gracias. —Le pasó las riendas a Breen—. Hay un ciervo bien grande, de doce puntas, por ahí, entre los árboles, un poco hacia el sur. Puede que se mueva lo suficiente para que lo veas. Es una belleza.

Keegan conocía aquel cosquilleo en la espalda, cerca de las ruinas, ya que lo había sentido muchas veces antes. Al igual que conocía los susurros que sonaban a través de los arcos, a lo largo de las escaleras de caracol. Conocía el latido del aire, como si fuera un enorme corazón. Y a veces, algunas espeluznantes veces, a través del latido llegaban los gritos de los torturados y las súplicas sin respuesta. Puede que otro día hubiera entrado con Breen para ver lo que ella sentía, lo que oía. Pero no aquel.

Vio que, a pesar de que el cielo estaba despejado, las nubes y el gris se cernían por el norte; la noche sería tormentosa. No le importaba. Suspiró al mirar la tumba de Eian.

—Le está yendo mejor de lo que creía. Le queda mucho por delante, sin duda, pero va mejor. Mucho mejor todavía cuando recuerda que tiene genio y voluntad. Aunque aún recuerdo a su madre, me da la sensación de que la persona que la crio al otro lado se convirtió en alguien distinto. Lo siento, tanto por ti como por Breen, pero eso es lo que hay, ¿no?

»Dioses, Eian, daría el brazo derecho por recibir tus consejos. La puñetera política es capaz de volver loco de remate a un hombre cuerdo. Gracias a esos mismos dioses por mi madre y su cabeza, siempre tan despejada y astuta. Tendré que llevar a tu hija a la Capital cuando esté preparada. Y no sé qué pensarán de ella.

Miró hacia el arroyo, donde estaba Breen como él antes, de espaldas al cementerio.

—Está llena de giros inesperados, tu hija. Su poder da la impresión de estar maduro un momento y verde el siguiente. Sí te puedo decir que eso no la detiene. Una vez que llega a su límite, sigue adelante, y eso no es poco. —Como Breen antes que él, se agachó y recorrió el nombre de Eian con la punta de los dedos—. No puedo fallarte… Mi mayor miedo es fallarte. Te di mi palabra, de *taoiseach* a *taoiseach*, de hombre a hombre, de brujo a brujo, de que daría la vida por protegerla. Y no solo porque ella sea la llave de la cerradura, sino porque es tuya. —Se levantó y metió las manos en los bolsillos antes de seguir hablando—. Es preciosa. He intentado no fijarme en eso, pero no puedo evitarlo, porque tengo ojos en la cara. Cuando ese genio suyo se dispara, es la persona más bella que he visto en mi vida. En fin, ya está, ya lo he dicho. Descansa en paz, Eian.

Regresó con Breen.

—He visto el ciervo —le dijo ella, sin volverse—. Es magnífico. Y me preguntaba cómo sabes si es un ciervo o un cambiaformas que se transforma en uno.

—Las criaturas feéricas reconocen a sus iguales y ninguna colocaría una flecha en el arco sin mirar primero. Los de fuera que viven entre nosotros solo cazan con uno de los nuestros a su lado. Es la ley.

—Y tú haces las leyes.

—El consejo hace las leyes y el *taoiseach* forma parte del consejo. Las leyes como esta llevan vigentes mil años y aguantarán mil años más. Pero no estamos aquí para hablar de política. Hemos venido a entrenar. El campo al otro lado de la carretera nos vendrá bien.

Cuando tomó las riendas para conducir a los caballos, ella caminó a su lado.

—Si no conozco las leyes, podría incumplir alguna.

Cuando Keegan se volvió para mirarla, ella creyó ver guasa más que impaciencia. O eso le pareció.

—¿Pretendes matar a alguien que no sea enemigo de la luz? ¿O llevarte algo que no sea tuyo? ¿O abusar de alguien? ¿O maltratar a un animal?

—Ninguna de esas cosas entra en mis planes de futuro, no. ¿Eso es todo?

Keegan usó varias piedras para sujetar las riendas y dejó que los caballos mordisquearan libremente la hierba del otro lado de la carretera.

—Dentro de las tribus existen leyes que todos reconocen. Cuando se usa un hechizo, la magia, para provocar daño, robar y demás.

—¿Cuál es el castigo?

—El adecuado a la ofensa.

—Pero ¿cómo lo decidís?

No suspiró ni maldijo, como quizás le habría gustado hacer, sobre todo porque ella estaba en lo cierto: necesitaba saberlo.

—Para los asuntos menores, como riñas entre vecinos, artesanos o amantes, yo soy el que les doy audiencia y juzgo, o mi madre en mi lugar.

—¿Y los asuntos más serios? ¿Como la violación o el asesinato?

—Somos gente pacífica. —Miró hacia el otro lado del campo y vio a un joven con su perro conduciendo un rebaño de ovejas—. Esos delitos son escasos. Tanto que nunca he tenido que darles audiencia ni juzgarlos. Y doy gracias a los dioses por ello, porque el castigo es el destierro. Si los declaro culpables, los enviamos al mundo de la oscuridad. Algunos dicen que es preferible la muerte. Puede que tengan razón.

—¿Desterró mi padre a alguien?

A Keegan empezó a poderle la impaciencia.

—¿Por qué no sabes estas cosas?

—Porque nadie me las cuenta. —Lo miró a los ojos—. ¿Lo harás tú?

El joven señaló el muro y se sentó en él. Después contempló al chico del perro y las ovejas. La brisa llevaba consigo la canción del niño, dulce y clara.

—Esto es lo que somos —dijo y señaló con la cabeza al pastor—. Cuidamos de la tierra, de los animales y de nuestros semejantes. Honramos nuestros dones y abrazamos la luz. Pero hay algunos que albergan la oscuridad dentro. Después de tu secuestro, después de que te trajéramos a casa, nos enteramos de que Odran había contado con ayuda. Yseult y tres más. Dos de ellos intentaron ocultarse a plena vista... ¿Sabes lo que significa eso?

—Sí.

—Cuando se descubrió su complicidad, los encerramos, hasta que tu padre y las personas a las que él eligió localizaron a los demás. Yseult y el tercero huyeron. Ella escapó, pero Eian cazó al tercero.

—¿Lo… lo mató?

—No me cabe duda de que la tentación era grande, pero se trataba del *taoiseach*, y obedecía la ley. Se dice que el hombre, que se llamaba Ultan y, como comprobarás, nadie más lleva ese nombre desde entonces se entregó. Puede…, bueno, no, estoy seguro de que nadie habría culpado al *taoiseach* si hubiera acabado con la vida de Ultan, pero Eian O'Ceallaigh cumplía la ley.

Breen se percató de lo extraño y maravilloso que era estar allí sentada, en un muro de piedra, a la luz del sol, acariciada por la brisa de verano, con un hombre que llevaba una espada igual que otros llevaban un maletín; escuchar su voz, a menudo tan abrupta, dejarse llevar por la musicalidad de la narración. Y la historia que contaba era la suya, la suya y la de su padre.

—¿Qué hizo mi padre?

—Trajo a Ultan de vuelta y lo llevó a la Capital, donde juzgaron a los tres traidores. Como habían matado a mi padre y ellos eran cómplices, mi madre nos llevó al juicio para enseñarnos cómo funcionaban la justicia y las leyes.

«Viuda con tres hijos pequeños —pensó Breen—. Y en duelo, sin duda».

—Tuvo que ser muy difícil para ella. Doloroso.

—Mi madre es fuerte. Y sabia. La ayudó ver al *taoiseach* en la Silla de la Justicia, escuchar todo lo que se dijo y ver la ley en funcionamiento. Dos de ellos suplicaron, lloraron y afirmaron que los habían hechizado. Pero siempre hay una forma de averiguar la verdad, y lo suyo no eran más que mentiras. Ultan, un creyente del ala radical de los píos, no dejó de mostrarse desafiante. Odran era un dios y un dios era el verdadero gobernante, la verdadera ley. Y la niña, tú, era suya para hacer con ella lo que deseara. Tú eras una aberración, la mezcla de muchos, ni pura ni natural.

—¿Es eso lo que pensaban los píos?

—Es lo que llegaron a pensar muchos de ellos. —Volvió la vista hacia las ruinas—. Y los que no creían lo mismo que ellos fueron asesinados, torturados y esclavizados, todo en nombre de los dioses, de cualquier dios que les conviniera. Es una marca sangrienta y vergonzosa en nuestra historia, y la mayoría ha desaparecido ya, no están entre nosotros desde hace siglos. Aunque eso es un relato para otra ocasión.

—De acuerdo. ¿Fue mi madre al juicio?

—Eian os llevó a las dos a la Capital para vuestra protección, pero ella se quedó encerrada contigo en sus aposentos.

—No como tu madre —murmuró Breen.

—Sé que no hay nadie como mi madre —dijo, sonriendo un poco, y Breen vio amor en su sonrisa—. El juicio duró una semana entera —siguió explicando Keegan—, puesto que tanto los crímenes como su castigo eran horribles. Nosotros también nos alojábamos en el castillo. Un día, tu padre te llevó a nuestras habitaciones. Creo que fue para sacarte un poco, pero también para enseñarnos por qué había muerto nuestro padre.

—¿Cuántos años tenías?

—Los bastantes para ver cómo te aferrabas a Eian. Pero acudiste a mi madre cuando ella te ofreció los brazos. Acudiste a ella y le acariciaste el pelo, como si desearas consolarla. Y eso lo recuerdo bien, porque conseguiste hacerlo.

—No lo recuerdo. Algunas cosas regresan a mí como fogonazos e imágenes borrosas, pero no recuerdo nada de eso.

—Nosotros sí —respondió él, sencillamente—. El día de la sentencia, tu padre dijo para que todos lo escucharan que los tres acusados habían llevado la oscuridad a Talamh. Que habían conspirado con un dios caído y condenado para robar lo más preciado de todo: una niña. Que habían conspirado para llevar el dolor e incluso la muerte a una niña, cuando todos estamos unidos entre nosotros, en todos los sentidos, para hacer todo lo que esté en nuestra mano para mantener a salvo a nuestros niños, para cuidarlos lo mejor posible, para enseñarles la diferencia entre el bien y el mal, y darles amor y alegría.

»A través de ese pecado, el más grave de todos, habían causado la muerte de hombres y mujeres de bien y habían dejado a sus familias llorando su pérdida. Me miró cuando dijo eso, no con ira, sino con pena. —Hizo una pausa—. Recuerdo esa mirada. En ella vi que su dolor era el nuestro y, más aún, que le entristecía la sentencia que debía imponer. Así que desterraron a los tres y, cuando el *taoiseach* dejó caer el bastón para sellar la sentencia, para poner fin al juicio, no se oyó ni un ruido, ni una palabra.

El pastorcillo llegó a la cumbre de la colina y se perdió de vista.

—Creía que sentiría triunfo —dijo Keegan—. Habían vengado a mi padre, así que sentiría triunfo. Pero lo que sentí fue una especie de alivio, y, al mirar a tu padre, pensé en lo duro que era dirigir, ser el que debía juzgar. Y aunque la sentencia había sido justa y correcta, aquel día aprendí que a menudo no hay alegría en lo justo y lo correcto. Y que no quería sentarme en esa silla ni sostener ese bastón.

—Y ahora lo haces.

—Siempre he tenido presente la ironía del asunto. —Se levantó—. Te lo he explicado lo mejor que sé. Ahora ya cuentas con la información.

—Te lo agradezco —respondió ella mientras se levantaba también—. Me has ayudado a verlo aquí. —Miró hacia la tumba—. A veces me llegan imágenes de él en Talamh: llevándome en brazos a la granja, tocando junto a la chimenea... Pero la mayoría de mis recuerdos son del otro lado.

—De nada. Y ahora... —dijo y empezó a conjurar a un espectro.

393

—Espera —lo detuvo ella, sin tan siquiera un minuto para controlar sus emociones—. Quiero conjurarlo yo.

Él siguió dándole forma al demonio gárgola con dientes y uñas como cuchillas.

—Primero, mata a este.

24

Con el tiempo en su contra, Breen volcó toda su energía en perfeccionar sus habilidades, aprender el arte y concentrarse en su poder. A lo largo de una sucesión de días agotadores.

Una lluviosa mañana dedicó unas horas muy agradables a fabricar amuletos y preparar pociones y bálsamos en el taller de Marg. El fuego ardía bajo, dorado y rojo; el aire rebosaba fragancias, y su poder latía como un corazón: natural y firme. Supuso que, con el aguacero, Keegan cancelaría su sesión o la trasladaría a un lugar cerrado, pero se lo encontró esperándola, empapado y sin gorra, en el sitio de siempre.

—Llegas tarde.

—Está lloviendo.

—Ah, ¿sí? Envía a tu perro con Aisling. Seguro que los niños disfrutan de la visita.

Breen miró a Botarate, que le lamió la mano y se alejó trotando.

—¿Cómo se lo has dicho?

—Lo he pensado.

—Bien.

Keegan le dio la espalda y conjuró rápidamente a tres espectros.

—¿Tres a la vez? No puedo…

Él levantó un dedo para silenciarla.

—Deja de hablar. Se quedarán como están hasta que aprendas. Para uno, poder; para otro, la espada; para el tercero, puños y pies. Tú eliges. Hazlo bien.

Aunque había albergado la esperanza de un día libre para visitar a Morena y a sus abuelos, se resignó y cogió su espada. Tenía a una mujer tirando a rolliza y de rostro agradable, a un perro demonio y a lo que le pareció un elfo. Como el perro era el que más le preocupaba, le lanzó una ráfaga de poder mientras cargaba contra el elfo y lo derribaba con la espada. Pero, cuando se volvió para pegarle un puñetazo a la mujer, ella se convirtió en un oso con largas uñas y dientes afilados.

—¡Mierda! —gritó Breen mientras golpeaba apuntando al torso para evitar los dientes y las zarpas, y fue como cuando le pegas a un muro de ladrillo: el ladrillo no se inmuta, pero la mano te duele como si ardiera.

—No has elegido bien.

El cabello de Breen, convertido en un enredo mojado, le caía sobre la cara. Indignada y a la defensiva, se lo echó hacia atrás de un manotazo.

—Primero fui a por la amenaza mayor, y a por el elfo de forma casi simultánea, porque era rápido. Es lo más sensato. Y ella parecía una lechera de mediana edad.

—¿Crees que las cosas siempre son lo que parecen? —Le dio suavemente con los nudillos en la frente—. Eres una criatura feérica, pero no has mirado.

—No sé cómo hacerlo.

—Y una mierda. Has reconocido al elfo.

—Lo he supuesto… o percibido.

—Lo sabías. Ahora.

Disolvió a los espectros y conjuró a otros tres. Todos parecían corrientes. Dos mujeres, esta vez, una con el pelo gris y una cesta de manzanas, y otra joven con un delantal blanco sobre un vestido rosa; también había un hombre de sonrisa encantadora y abundante pelo castaño dorado.

—Abre los ojos. Mira. Actúa.

—Pero...

—Deprisa.

La urgencia de su voz la sobresaltó, y quizás el sobresalto consiguió que todo encajara, porque abrió los ojos, miró y actuó.

—Bruja —dijo mientras golpeaba con su poder a la mujer mayor—. Cambiaformas —añadió y derribó con la espada al enorme ciervo en el que se había convertido el hombre antes de girarse rápidamente para darle una patada a la joven en el torso—. Hada.

—Bien.

Keegan los disolvió y volvió a conjurar a otros. Una y otra vez. Parecía contar con un suministro inagotable.

—Bien —dijo tras disolver al último trío—. Mañana, uno de ellos se moverá.

Sin aliento, chorreando, Breen se inclinó para apoyar las manos en las rodillas y preguntó:

—¿Solo uno?

—Por ahora.

Se preocuparía por eso al día siguiente. Además, discutir con él era malgastar un aliento del que en ese momento no disponía en abundancia.

—Vale —respondió.

Cuando iba a soltar la espada, él levantó la suya.

—Ahora soy yo el que se mueve.

Calada hasta los huesos, Breen lo miró.

—¿No preferirías una cerveza junto al fuego? —le preguntó.

—Sí, y me la tomaré... cuando terminemos. Defiéndete.

Ella lo bloqueó, aunque era consciente de que era, sobre todo, porque no la había atacado con fuerza. Igual que sabía que aquel pequeño gesto de cortesía no duraría mucho. Intentó colarle un golpe de poder en el costado, pero él la bloqueó y contraatacó con una descarga. Como se habría tratado de una herida mortal, dio un paso atrás para reconocerlo.

—Llevo ya casi una hora luchando bajo esta estúpida lluvia —se quejó Breen—. Y tú estás fresco.

—Como lo estaría un enemigo.

Ella luchó. En realidad, nunca lo había vencido todavía. Bueno, había logrado acertar algunas veces, cuando él no se esforzaba demasiado, o antes, cuando iban a caballo y lo había tomado por sorpresa. Habría sido bonito, realmente bonito, derribarlo. Con habilidad, con astucia y con poder.

Empezó con la astucia, fingiendo más fatiga de la que sentía. Poco a poco, él bajó la guardia. Breen bloqueaba con menos fuerza, resollaba más de lo necesario y buscaba un punto débil. Atacó con la espada y el poder a la vez y él supo que lo había desestabilizado. Cuando ella retrocedió para darle el golpe de gracia, Keegan le lanzó un puñetazo, pero ella lo bloqueó. Y estaba tan emocionada que giró demasiado rápido, se resbaló en el lodo y, entre palabrotas, cayó encima de él.

Los dos acabaron en el suelo.

Keegan la agarró, así que golpeó primero. Antes de que Breen pudiera pararse a pensar en lo agradecida que estaba de no haber sido ella la que recibiera todo el impacto de la caída, él la hizo rodar y le colocó la espada en el cuello.

—De nuevo, estás muerta.

—Y mojada y embarrada. Me he resbalado.

—¿Crees que las batallas solo ocurren los días soleados, cuando el suelo está bien seco?

—Nunca he estado en una batalla. Antes no solía tener enemigos.

—Las cosas cambian. —Keegan apartó la espada, pero no el cuerpo. Y se tomó su tiempo para observarla—. Has fingido flaquear para que yo me relajara un poco.

—Estaba funcionando, hasta que me he resbalado.

—Te has resbalado porque no has recordado tus pies. Pero ha sido una buena treta.

—No por ello estoy menos muerta. Además de mojada y embarrada.

—Has mejorado. Es cierto que empeorar era casi imposible, pero, aun así, has mejorado.

—Y tú crees que eso es un cumplido.

—Los cumplidos son para los salones de baile y las citas a la luz de la luna. Pero hay uno que puedo hacerte: puede que no tengas ni la habilidad ni la mente de una guerrera, pero sí el cuerpo. Eres fuerte y resistente. Ya lo eras cuando empezamos y ahora lo eres más.

Y tenía un cabello que la lluvia había convertido en largas cuerdas rojas mojadas. Unos ojos grises como el cielo de tormenta y unos labios tan carnosos como un corazón henchido. Preciosa. No era la belleza arrebatadora de Shana, sino una que le resultaba más interesante. Un rostro creado para estudiarlo y recordarlo. Así que eso hizo, estudiarla mientras ella le devolvía la mirada sin vacilar. A pesar de ello, vio que le subía el rubor a las mejillas; era la maldición de las pelirrojas, que se ruborizaban como rosas de jardín. Breen lo sentía, y sentía también aquel calor iridiscente. Se preguntaba lo mismo que él.

—¿Vuelvo a estar viva? —murmuró.

—Eso parece.

Keegan empezó a bajar la cabeza y se quedó a un aliento de distancia de saborear aquellos labios carnosos. Y entonces notó la descarga que le recorría las costillas. Y los labios carnosos esbozaron una sonrisa.

—Ahora tú estás muerto, mojado y embarrado.

—Muy lista —masculló él, dividido entre la frustración y la admiración—. Una mujer siempre debe usar sus artimañas, ya que son armas más poderosas que la mayoría de las espadas.

—Serías el primero en afirmar que tengo esas artimañas.

—Las tienes de sobra. —Rodó para soltarla, se levantó y la agarró del brazo para ponerla de pie—. La lluvia trae antes la oscuridad. Hemos visto a algunos exploradores enemigos que intentaban colarse por el sur.

—Ah.

El comentario lo convirtió en algo real de nuevo. En algo demasiado real.

—No hay de qué preocuparse. Los detendremos, los enviaremos de vuelta y apuntalaremos la frontera. Pero te acompañaré a casa, de todos modos. Es lo que esperarían Marg y mi madre —añadió antes de que Breen pudiera discutírselo—. Como recompensa, me invitarás a una cerveza junto al fuego.

—No tengo cerveza.

La miró con una cara de desconcierto muy sincera.

—Eso es algo triste y lamentable.

—Tengo vino.

—Me las apañaré con eso. Llama a tu perro.

Ella miró a lo lejos, a través de la lluvia y la penumbra, y vio las luces encendidas en la casa de Aisling.

—Nunca lo he llamado a tanta distancia.

—La distancia no significa nada. Lo importante es la conexión.

Llamó al perro, de mente a mente, de corazón a corazón.

«Hora de irse, Botarate. Vuelve, chico».

Notó el clic, el vínculo. En menos de un minuto, oyó los familiares ladridos de felicidad.

—Te quiere —dijo Keegan mientras observaba la carrera del perro bajo la lluvia y se echaba atrás el pelo empapado—. Siempre te oirá y siempre acudirá a tu lado.

Botarate le subió las patas encima para saludarla con lametones, sin dejar de mover el rabo, y después tuvo el generoso detalle de hacer lo mismo con Keegan antes de comenzar el camino de regreso.

—Hubo un tiempo en el que jamás me habría encontrado bajo la lluvia sin un paraguas; siempre estaba preparada. —Sacudió la cabeza—. Esta mañana estaba nublado cuando salí y seguramente ha llovido al otro lado, pero ni siquiera pensé en coger un paraguas.

—La lluvia no te va a derretir.

Cuando Botarate saltó por encima del muro, Keegan agarró a Breen por la cintura y la pasó por encima.

—La historia de la bruja malvada con la cara verde —apostilló.

—*El mago de Oz* —dijo Breen.

—Sí, esa. El agua de cubo no podría haberla derretido, pero, de todos modos, era una buena historia. Cuidado con los escalones.

—¿Tienes un libro favorito?

—¿Por qué tener uno solo cuando hay tantos y todavía no los he leído todos?

Con un movimiento de la mano, el joven conjuró unos globos de luz para iluminar la oscuridad del bosque. Insegura, Breen optó por la charla insustancial.

—Vamos a probar una cosa. Has viajado por mi mundo.

—Sí.

—¿Qué te ha gustado más de él?

—Me gustaron las montañas y los grandes espacios abiertos de Montana —respondió Keegan—, y los bosques y las altas montañas del lejano Oeste. Aquí, en Irlanda, me gustan los prados verdes y la tranquilidad de las colinas; me resultan familiares.

—¿Y las cosas?

—¿Las cosas? —Con un movimiento fluido, se agachó para recoger un palo del suelo y se lo lanzó al perro para que lo persiguiera—. Ah, pues todos los libros. Y la música, hay mucho que escuchar. Me gustan algunas cosas de la televisión. Y la pizza. Eso me encanta. Comí la mejor del mundo en la tierra de Italia, creo, y allí tienen un arte que te abre el corazón o te lo encoge.

En aquel lado del bosque, la lluvia era muy ligera. A Breen le gustaba escuchar la voz de Keegan entretejerse con ella.

—Yo también soy fan de la pizza, pero, de toda la comida del mundo, ¿esa es tu preferida?

—El helado en cucurucho. Y los burritos —respondió él y se encogió de hombros—. En este mundo hay mucha comida y muchas cosas valiosas. Habéis construido grandes ciudades que cuentan con su propia belleza, aunque mucho ruido. Un estruendo constante. Tenéis un arte maravilloso, pero muchos lo ansían y quieren quedárselo solo para ellos. Y hay muchas personas amables y generosas que adoran a sus hijos y ayudan a sus vecinos, pero también muchas otras enfadadas, codiciosas y envidiosas. Por la sangre de algunas hierve el odio como si fuera veneno. Las que usan la violencia sin motivo, las guerras, muchas a la vez. Gobernantes que se aferran al poder, aunque no por el bien común. Esa no es nuestra forma de ver la vida.

—No, no lo es. Pero hay gente de Talamh que decide vivir aquí.

—Sí. Tengo un primo que vive en París, en Francia. Tiene una panadería y es feliz. Tiene una familia y ha construido allí su vida. En fin. —Salieron del bosque—. Tomó la decisión más acertada para él.

Ella lo condujo a la casa.

—Antes tengo que darle de comer al perro.

—Compruébalo primero. —Después de quitarse el abrigo empapado, lo colgó de un gancho y, en un gesto muy caballeroso que Breen no se esperaba, se ofreció a colgarle la chaqueta—. Estaba con mi hermana, con los niños.

—Claro —respondió Breen, que miró a Botarate y vio que había comido, y muy bien—. Entonces, un premio por ser tan buen perro. Iré a por eso y a por el vino si tú enciendes el fuego.

Lo encendió desde donde estaba y la siguió a la cocina.

—Marg lo ha hecho muy bien —comentó Keegan mientras observaba todo con atención e interés—. Es una casita muy agradable, con buenas vistas y bien protegida.

—Los *pixies* vienen por la noche.

—Sí. Aquí estás protegida, pero ellos vigilan. Si nos necesitas, nos avisarán a Marg o a mí. ¿Cocinas con esto? —preguntó tras darle un toquecito al fogón.

—La verdad es que no. —Breen suspiró mientras le daba la galleta a Botarate—. Y, cuando lo hago, me sale bastante mal. Iba a aprender durante este verano, pero...

—Las cosas cambian.

Breen sacó el vino y las copas y lo sirvió.

—Y tanto —dijo y frunció el ceño—. ¿Por qué estás seco? Hasta el pelo.

Keegan se acercó a ella para ponerle las manos sobre los hombros y, mientras la observaba, las bajó muy poco a poco por sus costados y sus caderas. Ella notó el calor de sus manos en muchos sentidos distintos.

—¿Mejor?

—Mmm.

Entonces sonó el móvil, que había dejado cargando en la encimera. Tras dejar escapar el aire muy despacio, le dio la espalda a Keegan.

—Lo siento. —Vio el nombre de su agente (¡su agente!) en la pantalla—. Tengo que cogerlo.

Tras encogerse de hombros otra vez, el joven se fue al salón y empezó a beberse el vino junto a la chimenea. Jamás incluiría los teléfonos en su lista de cosas que le gustaban, y menos los que la gente llevaba en las manos. Ni el olor ni y el sonido de los coches. No entendía por qué la gente prefería volar en una máquina, encerrada. O residir en cajas apiladas unas encima de otras. ¿Cómo podían vivir tranquilos? Sí que entendía una casa como aquella, que ofrecía espacio y comodidad. ¿Sabría Breen que la mayor parte de ella se había fabricado en Talamh y transportado hasta allí? Bebió más vino. Y cuando decidió que ya lo había hecho esperar bastante, volvió a la cocina.

Estaba sentada a la mesa, con la cabeza sobre ella, llorando, y el perro apoyado en el regazo. Fue como si le hubieses clavado una daga en el corazón.

—No, no, tranquila —le dijo mientras apartaba al perro para agacharse al lado de Breen y acariciarle el pelo—. ¿Qué ocurre? Has recibido malas noticias.

Con las lágrimas surcándole el rostro, levantó la cabeza y la sacudió. Sin saber qué pasaba, la levantó de la silla y la llevó hasta la chimenea.

—Dime lo que te entristece y encontraré la forma de arreglarlo.

Sin dejar de llorar, Breen ocultó la cara en su hombro.

—Mi libro. He vendido mi libro.

—Bueno, no te preocupes, lo recuperaremos.

—No, no es eso. Escribí una historia y alguien me la ha comprado para hacer un libro. Y la gente lo leerá.

Él le levantó la barbilla.

—¿Es eso lo que querías?

—Más que nada en el mundo.

—Ah, bien —respondió Keegan y le secó una lágrima—. Entonces, son lágrimas de felicidad. Siéntate y derrama las que necesites derramar. Yo iré a por tu vino.

Cuando regresó, ella se sentó con las manos sobre el regazo.

—No debería habértelo contado —dijo.

—¿Por qué?

—Me dije que, si de verdad sucedía, se lo contaría primero a Marco. Es mi mejor amigo, mi mejor amigo de toda la vida. Y se lo quería contar en persona.

—¿Es el amigo que vino contigo y con el que vivías en Filadelfia?

—Sí. Debería habérselo contado a él primero.

—Bueno, será el primero de este lado al que se lo cuentes. Sería una pena que no se lo contaras a Marg para que pueda alegrarse y enorgullecerse de ti. Y, aun así, él seguiría siendo el primero de este mundo en enterarse.

—Sí —coincidió ella mientras se apartaba una lágrima con los nudillos—. Lo sería. Él es el que me animó a escribir cuando yo quería hacerlo pero creía que no podía. Y ahora… —Se llevó la mano a la boca—. He vendido un libro. Tres, en realidad, pero todavía no he escrito los otros dos.

Curioso (y aliviado por el fin de las lágrimas), Keegan se sentó en el brazo del sofá.

—¿Cómo se vende algo que no tienes?

—Haces una promesa, un juramento. Y… —Le dio un buen trago al vino—. Total, creo que ya puedo soltarlo todo. Estoy escribiendo otro libro… para adultos. El que he vendido es para niños. Mi agente es la que ha vendido el libro. Me representa. Me pidió que le enseñara lo que llevara escrito y le ha gustado. No está terminado, voy por la mitad, pero le gusta. —Se levantó de un salto y empezó a dar vueltas por la habitación—. Todo ha cambiado en mi vida. Todo. Por estas fechas el año pasado estaba atascada. O eso pensaba. Era infeliz. Aburrida.

—¿Aburrida?

—Aburrida —le confirmó ella—. Créeme. Ahora soy… —Extendió una mano y encendió todas las velas de la habitación—. ¡Mágica! Soy una bruja. Soy una escritora. Y por estas fechas el año que viene seré una escritora publicada, y eso nadie me lo podrá quitar. Nadie podrá decir que no importa.

Desconcertado, Keegan la miró y preguntó:

—¿Por qué iba nadie a decirte eso?

—No conoces a mi madre. Todo ha cambiado. Yo he cambiado. —Brillaba como las velas y dio otra vuelta completa—. ¡Vamos a hacer pizza!

Sin saber cómo, Keegan consiguió hablar a pesar de las emociones que ella le despertaba.

—¿Tienes pizza?

—No será como la que comiste en Italia, pero es pizza. Vamos a comer pizza y a beber vino.

Corrió a la cocina y fue a abrir el cajón del congelador. Y, de repente, Keegan le dio la vuelta, la empujó contra el frigorífico y le puso las manos, tensas, en las caderas.

—Oh —dijo ella en cuanto fue consciente del significado de aquello, de aquel momento.

—Deprisa —repuso él mientras apretaba su cuerpo contra el de ella—. Sí o no.

—Sí o…

La boca de Keegan se aplastó contra la suya, dura y hambrienta. Todas y cada una de las células del cuerpo de Breen estallaron en una reacción en cadena de placer, pánico y pasión durante mucho tiempo reprimida. Keegan se apartó, aunque sin quitarle las manos de encima.

—He oído un sí.

—No he dicho exactamente… Sí. —Tiró de la cabeza de Keegan para volver a pegarse a sus labios—. Has oído un sí.

Literal y figuradamente, la dejó sin aliento. Después la cogió en brazos.

—Enséñame tu dormitorio, métemelo en la cabeza.

—Ah, es…

Hizo un gesto vago mientras subía mentalmente las escaleras y entraba. Hasta entonces, nadie la había llevado en brazos a la cama. Nadie la había besado a lo bestia en la cocina. Nadie la había mirado como si el deseo que sentía por ella pudiera prenderle fuego al aire. Empezó a decirle que aquello no se le daba demasiado bien y que, además, estaba oxidada, pero se contuvo y se dejó llevar por el momento.

Oh, sí, sí, sí. Había cambiado.

Ya lo descubriría por sí mismo, pero, mientras tanto, disfrutaría del momento. Cruzando mentalmente los dedos, llevó los labios al cuello de Keegan para saborear su piel, para respirar su aroma. Olía a lluvia y cuero, a hierba verde y tierra fértil. A Talamh, comprendió. Olía a magia.

Cuando Keegan entró en el dormitorio, miró la chimenea, que se encendió de inmediato mientras dejaba a Breen junto a la cama.

—Eres una criatura de orden —comentó—. Está todo en su sitio.

Las velas de la repisa de la chimenea, en las mesitas de noche y en las mesas cobraron vida.

—Supongo que sí.

—Me gusta el orden.

La ventana se abrió unos cuantos centímetros y por ella entraron la brisa y la noche.

—No pasarás frío —le aseguró Keegan, y le recorrió los costados con las manos; después subió hasta sus pechos, le acarició el pelo y la espalda.

Las olas de placer la abrumaron de tal modo que tardó un instante en darse cuenta de que estaba desnuda.

—No eres una guerrera —dijo Keegan mientras le sujetaba la mano que ella había levantado automáticamente para taparse—. Pero tienes cuerpo de guerrera. El cuerpo que deseo. El cuerpo que me vas a entregar.

Con la mano libre, él le acarició los senos, su basta palma contra la carne tierna.

—¿Lo quieres rápido o lento, *mo bandia*?

—Me da igual —respondió, porque lo único que deseaba era que siguiera tocándola—. Me da igual —repitió y le rodeó el cuello con los brazos para fundirse con sus labios.

Deseó quitarle la ropa, y oyó que él se reía cuando la espada se le cayó al suelo.

—Se te han olvidado las botas —le dijo a Breen y se las quitó él mismo mientras tumbaba a la joven de espaldas en la cama.

—Mi primer desnudo mágico —comentó ella mientras le acariciaba la espalda, los músculos de hierro.

«Un cuerpo de guerrero», pensó. Un guerrero. Un hombre que la deseaba. Después dejó de pensar, cuando las manos de Keegan empezaron a moverse sobre ella.

Él encontró piel suave, músculos firmes, curvas encantadoras, ángulos fascinantes… Sintió el pulso de Breen latir como un martillo mientras se aprendía su cuerpo. Vio que era muy fácil descubrir lo que le gustaba, lo que la excitaba. Se había preguntado una y otra vez cómo sería tenerla entre sus brazos, cómo se movería bajo él, y ahora lo sabía y ansiaba más horas con ella, más días con ella, más noches con ella.

Qué ávida era su boca al buscarlo; qué hambrientas sus manos al recorrerlo.

Supo que Breen contendría el aliento un instante antes de que sucediera. Oyó su suave gemido en la mente antes de que ella lo dejara escapar. Cuando sus dedos o sus labios daban con un punto que la hacía temblar, permanecía en ese mismo sitio hasta que el temblor se convertía en estremecimiento. Ella se entregaba de buen grado, sin fingir, sin picaresca. Le enseñaba abiertamente que lo deseaba a través de sus manos, que cada vez exigían más; a través de sus caderas, que apretaban su sexo contra el de él hasta que lo único en lo que podía pensar Keegan era en dárselo todo y más.

Hacía mucho tiempo que nadie la tocaba, y nunca nunca había sido así. Unas manos toscas destruyéndola y, a la vez, haciéndola sentir valiosa. La barba que le arañaba la cara encendía fuegos imposibles en su interior. Se le habían olvidado la timidez y las dudas, porque solo sentía una gloriosa sed de más.

En él no había nada suave, ni cuidado ni refinado. Y todo en él la excitaba. Cuando sus manos le rozaban el sexo, una maravillosa descarga eléctrica le recorría el cuerpo y la estremecía por completo. Gritó al llegar al irresistible clímax y, aun así, él no paró. Indefensa, lo rodeó con los brazos y se aferró a él.

Se dejó ir.

—Dios. Dios. Keegan. Espera.

—Eres fuerte —murmuró él; su voz, ronca, sin aliento, la obligó a abrir los ojos y mirarlo, aturdida—. Puedes con más. Puedes conmigo.

Se introdujo dentro de ella, despacio, al principio casi con delicadeza. Ella vio que las luces de la habitación daban vueltas, las vio reflejadas en sus ojos.

—Fuerte —repitió él—. Suave. Y, dioses, tu calor…

Empezó a moverse y ella se corrió de nuevo, un orgasmo relámpago que le arqueó el cuerpo y la obligó a agarrarse a su hombro.

—No pares. No pares —le suplicó.

—Ni todos los dioses juntos podrían pararme. Ahora, cabalga conmigo. Cabalga conmigo.

Ella lo hizo, aunque pronto se convirtió en un galope rápido, temerario, desesperado y excitante. La luz parpadeaba cada vez más deprisa y la cama se mecía bajo la intensidad del movimiento. Todo se volvió borroso, salvo él, cuando, durante un radiante momento, su rostro, tan cercano al de ella, adquirió una nitidez absoluta. Y todas las luces se fundieron en una, en la habitación, en ella, en él.

Cuando el cuerpo de Keegan se derrumbó sobre el de Breen, él enterró la cara en su pelo. Ella ya no solo era suave, sino que se había derretido como cera al sol y el corazón todavía le retumbaba como un eco del trueno del de su amante.

En el dormitorio, ahora en silencio, Keegan oyó el crepitar del fuego, la música del viento y el largo, larguísimo, suspiro de Breen.

—Peso bastante —murmuró él, sin intención alguna de moverse todavía—, pero eres fuerte.

Notó las manos de Breen en su pelo, sus dedos recorriéndole la trenza tribal.

—No me esperaba esto —dijo ella.

—Entonces es que no estabas prestando demasiada atención. Es un defecto que deberías arreglar.

Breen suspiró de nuevo.

—Creía que no te gustaba mucho —confesó—, teniendo en cuenta lo a menudo que me matas, me insultas o me maldices.

—No me gustas en el campo de entrenamiento porque debo entrenarte, así que te mato, te insulto y te maldigo porque es lo que necesitas. —Levantó la cabeza y contempló el mar de fuego que formaban sus rizos sobre la almohada—. Por lo demás, me gustas.

—Supongo que es justo, porque en el campo de entrenamiento eres un abusón y tampoco me gustas. Pero sí por lo demás.

Breen miró hacia el fuego, donde el perro dormía acurrucado en su cama.

—Botarate se ha pasado todo este rato dormido.

—Perro listo; sabía que esto no era asunto suyo.

Ella sonrió y miró a Keegan.

—No estoy acostumbrada a esto.

—¿A qué?

—A acostarme con un líder mundial, para empezar.

—Te has acostado con un hombre que te desea. ¿Qué más da el resto?

—También podría decir que no estoy acostumbrada a estar desnuda al lado de alguien tan… musculoso. En forma —matizó—. Firme.

Ella le hacía gracia y lo seducía. La combinación le resultaba tan única como era ella.

—¿Es que antes elegías amantes blandos y débiles?

—En comparación, sí. —Le puso una mano en el pecho, por puro placer. Sí, firme, sin duda—. Ha sido un día extraño y maravilloso. Un día especial.

—Se ve que me gustan las cosas especiales —repuso él mientras se enrollaba un mechón de su pelo en el dedo y después lo soltaba—. Entonces, ¿todavía estamos a tiempo de comer pizza?

Ella se rio y lo abrazó de una forma tan natural y amistosa que el corazón le dio un vuelco.

—Por supuesto, porque estoy muerta de hambre.

25

Aunque no era lo que pretendía, Keegan se quedó toda la noche. Cuando te quedabas a dormir después del sexo le añadías trascendencia y riesgo, pero se quedó. Y, por la mañana, antes de que el sol rompiera la noche, volvieron a unirse. Después tomaron café, algo que Keegan solo probaba en las contadas ocasiones en las que visitaba el otro lado.

Breen preparó huevos revueltos y los colocó sobre una tostada, y a él le pareció más que suficiente desayunar juntos en la mesa de fuera, a la tibia luz del sol, mientras el perro chapoteaba alegremente en la bahía. No le importó regresar a su mundo y sus deberes y dejar que ella pasara la mañana en el suyo. Aun así, siguió presionándola mucho; al fin y al cabo, su vida dependía de ello. Y se resistió a regresar a su cama las dos noches siguientes, diciéndose que debía mantener cierta distancia y usando como excusa que tenía que unirse a la patrulla nocturna.

La tercera noche conjuró un círculo. Trabajó en un hechizo que había diseñado para ver a través del portal, a través de las barreras que había ayudado a levantar. Los exploradores y espías de Odran seguían intentando colarse entre las grietas, y sabía que algunos lo habían conseguido. Si era capaz de ver el castillo negro, si lograba conectarse con la mente del dios negro lo justo para ver lo que tramaba, podría defender mejor Talamh y todo lo que contenía. Sin embargo, aunque el poder del hechizo era grande, tanto que casi le ardía en la sangre, solo veía sombras que se movían en la oscuridad, solo oía murmullos y, en una ocasión, el horrendo grito de los torturados y los condenados. Eso pesaba en él mientras deshacía el hechizo, mientras cerraba el círculo. Si no podía penetrar en la oscuridad, si seguía fuera de su alcance, tendría que arriesgarse a enviar más espías. Y no todos regresaban.

Llamó a su dragón con la intención de sobrevolar el agua y dejar así que se apaciguaran los restos del hechizo que todavía le latían dentro. Sin embargo, lo que hizo fue atravesar el portal y volar por encima de los árboles hasta la casa, hasta Breen. Consideró que era suficiente distancia. Quemaría los restos del hechizo y su fracaso dentro de ella y dormiría.

Cuando aterrizó vio una única luz en las ventanas, justo debajo de sus aposentos. Se dijo que debía dejarla en paz, dejarla dormir, pero pasó entre los *pixies* que revoloteaban por allí y abrió las cerraduras y la puerta con un movimiento de la mano. Después entró y volvió la vista atrás, hacia Cróga.

—Ve a descansar donde te plazca, *mo dheartháir*. Yo volveré por mi cuenta.

En cuanto cerró la puerta, la sintió. Dormía, sí, pero con visiones que le producían miedo y dolor. Tras lanzar la luz delante de él, corrió escaleras arriba. La encontró temblando en la cama, con los ojos abiertos y vidriosos. El perro estaba a su lado y gemía de angustia mientras le lamía la cara.

—Ya me ocupo yo, amigo. Tranquilo. Pero, joder, tiene que pasar por esto. Las visiones llegan por algún motivo. —Se arrodilló en la cama junto a ella y le acarició el pelo para apartárselo de la cara—. Pero ahora no estás sola, *mo bandia*. —Le dio la mano para consolarla cuando despertara... y se encontró arrastrado con ella a la visión.

El mundo, su mundo, el sobrecogedor verde de las colinas y los campos, quemado hasta ennegrecer, y un humo tan denso que tapaba el sol y el cielo. Gris, todo gris, y un hedor similar al de la muerte. Un rayo negro como la brea atravesó el humo para convertir en ruinas humeantes la granja que le había sido confiada a él, a su familia. A través del estruendo y los rugidos, oyó los gritos de los moribundos, los gemidos agudos de los supervivientes. Cadáveres de hombres, mujeres, niños y animales tirados por el suelo en charcos de sangre que se filtraban en la tierra abrasada.

Le partía el corazón, se lo partía en mil pedazos que jamás volverían a juntarse.

Sacó la espada y recurrió a su poder, a un poder ahora alimentado por la rabia y la pena, hasta que el acero de su mano latió, rojo. Atravesó a un perro demoniaco que se había detenido a darse un festín con una joven hada. Tras abrirse paso entre el humo, acabó con otra docena de criaturas con la espada y la rabia. Pero otros ocupaban su lugar. Luchó hasta la casa de su hermana, donde murió su última chispa de esperanza: nada quedaba, salvo un montón de piedras negras.

Allí se quedó un momento, un hombre poderoso, un hombre cumplidor de su deber, y gritó con una ira que jamás se enfriaría, con una tristeza que jamás conocería reposo.

Aun así, percibía los tenues rayos de luz de los que seguían luchando con todo lo que les quedaba dentro. Llamó a su dragón, a pesar de ser consciente de que Cróga jamás volvería a su lado. El vínculo roto, otra puñalada de tristeza, otra llama de furia. Cróga se había ido, igual que la granja.

Sin caballo ni dragón, jamás llegaría a la Capital y a su madre a tiempo para organizar su defensa. Suponiendo que la Capital siguiera existiendo. Retrocedió. Si Marg todavía viviera, si pudiera encontrar a Breen, unirían sus fuerzas y encontrarían un modo; tenía que haber un modo de salvar lo que quedaba.

Estuvo a punto de tropezar con una pareja de elfos ancianos, heridos de gravedad y abrazados en el suelo. Intentó curar primero a la mujer, pero, mientras extendía la luz por su cuerpo, se le apagaron los ojos y murió. Cuando se volvió hacia el hombre, el viejo elfo negó con la cabeza.

—No. La persona con la que compartía la vida ha partido con los dioses. Elijo irme con ella. Llegaron muy deprisa, y la oscuridad con ellos. Ve, ve y lucha, *taoiseach*. Sálvanos.

Corrió sin dejar de repartir mandobles con la espada, sin dejar de lanzar rayos de poder. Y, de nuevo, una chispa de esperanza: aunque los jardines estaban quemados, la casa de Mairghread se mantenía en pie.

—¡Breen! —gritó, llamándola mientras corría hacia la puerta, y ella salió del humo dando traspiés.

Tenía las manos cubiertas de sangre, la cara manchada.

—¡No! —gritó Breen mientras le lanzaba una descarga débil, demasiado débil—. Te vi caer, te vi morir. Es otro truco. La yaya, Morena, tú…, todos están muertos. Mataron a Botarate. Lo mataron todo.

—No es un truco. Estoy aquí.

Cuando se le acercaba, Odran cayó tras ella y la rodeó con sus brazos mientras sonreía a Keegan.

—Has perdido, chico. Este mundo es mío. Ella es mía.

—Nunca lo será. Talamh tampoco. Apártate de él, Breen.

No podía atacar con su poder ni con la espada sin hacerle daño a ella.

—No pude detenerlos —dijo Breen.

—No vales lo suficiente —le susurró Odran al oído—. Nunca lo valdrás.

—No valgo lo suficiente —repitió ella en tono apagado—. Nunca lo he valido.

—Mentiras —repuso Keegan, dándose cuenta de lo que ocurría: mentiras que el dios Odran convertía en visiones—. Regresa a tu infierno. Se acabó tu ilusión.

—Pronto se hará realidad.

—Despierta —le ordenó Keegan, y, aunque Odran se había colado tanto en la visión que le quemaba la piel, logró darle la mano a Breen—. Ven conmigo y despierta.

La arrastró de vuelta, los arrastró a ambos de vuelta.

—Muertos, todos muertos.

Cuando la cabeza de Breen empezó a bambolearse, la sacudió.

—No, era un engaño, una ilusión. Libérate de ella.

—Acabó contigo mientras miraba. Tu sangre en mis manos. No fui lo bastante fuerte para detenerlo.

—Mentiras. Estoy aquí, ¿no? —La sacudió de nuevo—. ¡Mírame!

Cuando lo hizo, empezó a temblar.

—¿Es esto real? ¿Eres real?

—Sí, esto es real, soy real. El resto eran mentiras.

—Llegaron muy deprisa y eran muchos. Los gritos, los incendios, el humo… No pude detenerlo. No valía lo suficiente.

—Más mentiras. Has dejado que vea tus puntos débiles y él los ha usado para conjurar la visión. Y también la mía —reconoció—. Porque, cuando me uní a ti dentro de ella, me lo creí. Venga, tranquila, que has asustado al perro.

—Botarate. —Se movió para abrazar al animal y llorar—. Lo mató. Con tan solo chascar los dedos, le prendió fuego. No pude salvarlo. No pude salvar a nadie.

—Para —le ordenó Keegan mientras tiraba de ella—. Te quiere débil, asustada, llena de dudas. ¿Le vas a conceder tan fácilmente lo que más desea?

—Todo parecía real. ¿Y si era una visión de lo que está por venir?

Keegan no lo sabía, no podía saberlo, pero le dijo lo que necesitaba escuchar.

—No lo era, y cuando me di cuenta de que eran mentiras su poder se derrumbó. Pero ahora lo estás llevando contigo, y no deberías. Necesitas una poción. ¿Dónde las guardas?

—No. Tengo que ver.

Lo apartó de un empujón, corrió a la ventana y la abrió de golpe.

—¿Y lo ves? ¿La luna, los *pixies*, la sombra de las colinas, el movimiento y el susurro de los árboles?

Breen asintió, y, cuando Keegan se colocó detrás de ella, la volvió hacia él y dejó que se apoyara en su pecho.

—Me dijo que todos morirían si no me iba con él. Me dijo que me convertiría en reina y que podría elegir qué mundo deseaba gobernar.

—Más mentiras —le aseguró él mientras le acariciaba el pelo, aunque pensando en los *pixies*, que no les habían avisado de nada—. Encontró el modo de acercarse. No percibí su oscuridad hasta entrar en la casa. Encontró el modo de hacerlo, así que debemos encontrar el modo de contrarrestarlo.

—No usé ni amuletos ni romero. Creía que, si tenía una visión, un sueño o algo, podría averiguar algo más.

Muy valiente por su parte, pensó Keegan. Puede que también ingenuo, pero valiente.

—Y lo has hecho, igual que yo: ahora sabemos que te teme.

Breen se habría reído si le quedara ánimo para hacerlo.

—Eso no es lo que he aprendido yo —repuso.

—Entonces, de nuevo, no estabas prestando atención. Ha usado sus poderes para intentar hacerte sentir débil y después culparte por ello. Lo ha hecho porque sabe que eres fuerte pero dudas. Tu madre te hizo más o menos lo mismo durante toda tu vida, porque te teme.

—¿Que mi madre qué?

—Piensa. —Para que lo mirara, para que viera la verdad tal y como él la creía, siguió hablando—: Teme lo que eres, lo que tienes. Puede que ese miedo que siente en ti proceda del miedo que te tiene… Desconozco los dictados de su corazón, pero ella sigue el mismo patrón: te hace sentir débil, menos de lo que eres y de lo que podrías ser, para que olvides el poder que teme, para que permanezca enterrado en lo más profundo de ti y no logres encontrarlo ni usarlo. Lo hace para debilitarte, para socavar tu espíritu.

Después de soltarla, él también se paseó por la habitación para calmarse.

—Si no quieres una poción, ¿qué tal una copa de vino? —Ella negó con la cabeza—. Bueno, pues yo sí.

Visualizó el lugar del que Breen había sacado la botella y las copas y, como no quería dejarla sola, hizo que la copa de vino fuera hasta su mano.

—No me vendría mal un vaso de agua —comentó ella.

Keegan arqueó una ceja; sabía que mimarla no le sería de ninguna ayuda.

—Pues visualízalo, deséalo y tráelo.

Ella suspiró y cerró los ojos de nuevo. No tenía sentido decirle a Keegan que la cabeza le palpitaba como un dolor de muelas; se limitaría a contestar que lo arreglara. Cuando abrió los ojos de nuevo, tenía un vaso en la mano…, vacío.

—Lo he conseguido a medias.

Supuso que debía de notársele por fuera lo mal que se sentía por dentro, porque Keegan levantó una mano, la volcó y le llenó el vaso de agua.

—¿Solo agua? —le preguntó Keegan.

—Solo agua.

Él siguió paseándose y bebiendo vino, mientras que ella se sentó para beberse el agua a traguitos.

—No ha entrado burlando la protección —masculló Keegan—. Ni burlando a los *pixies* ni a los amuletos. Ha entrado a través de ti. —Se detuvo y la examinó—. Así que fue tan solo aquí, en el interior, igual que tú estabas en el interior. Sí, así es como se hace. Me dijiste que te percibió, que quizás te viera cuando tuviste la visión del castillo negro. Y, claro, Yseult diseñó este hechizo, y Odran ha estado esperando a que te abras lo suficiente para dejarlo entrar.

—¿Cómo lo paro? ¿Uso amuletos para bloquear sueños y visiones?

—Podrías, pero no. —Necesitaban más astucia, un plan más calculado—. Dejarás abierta la ventana cuando duermas y también cuando estés sola, en general. No evitará las visiones, pero habrá una advertencia. En cuanto al resto, lo de evitar que las controle, tengo algunas ideas. Me ocuparé de ello.

—Nos ocuparemos de ello. Por favor.

—De acuerdo. Tienes derecho a hacerlo. De todos modos, ahora estás cansada, así que de vuelta a la cama.

Ella no discutió, porque le palpitaba la cabeza y se sentía hueca. Cuando Keegan se quitó la espada, a Breen le entraron ganas de echarse a llorar de nuevo. De alivio.

—Te quedas.

—No para darnos placer, claro. Para dormir. —Entonces se detuvo y la miró—. ¿Creías que pensaba dejarte después de ver lo mal que lo has pasado?

Para evitar el simple «Sí» que se le había venido a la cabeza, Breen se metió en la cama.

—Estoy demasiado cansada para pensar nada —respondió.

—Pues a dormir. —En cuanto la cabeza de la joven tocó la almohada, él la sumió en un sueño profundo—. Para que descanses bien —dijo y se dedicó a calmarle la mente—. Maldita sea, ¿por qué no me has dicho que sentías dolor?

Le alivió el dolor de cabeza y después se sentó para quitarse las botas.

—Es un puzle para mí, amigo —le dijo al perro, que lo observaba y esperaba—. Las mujeres suelen ser puzles para los hombres, pero ella lo es más que la mayoría, creo yo.

No se desvistió, sino que se tumbó para contemplar el techo y pensar en la mejor forma de ayudarla a controlar las visiones. Junto al fuego, el perro rodeó su cama tres veces, como era su costumbre, y se tumbó a dormir. Keegan no logró hacerlo hasta pasado un buen rato.

Trabajaron juntos en un hechizo nocturno para ayudarla a reconocer y rechazar las ilusiones en sueños. Lloviera o luciera el sol, de día y de noche, dejaba una ventana abierta. Breen había llegado al límite de sus habilidades con la espada, y no lo decía porque dudara de sí misma. Le daba la impresión de que destacaba un poco por encima de la media en ese terreno en casi todas las circunstancias. Sin embargo, si alguna vez se encontrara en un combate real, sabía que le costaría bastante alcanzar la media.

No creía que fuera atrevido aventurar que había mejorado enormemente con los hechizos y otra magia, y en la concentración y el control. Y se dio cuenta de que tenía más talento en la cama de lo que sus dos amantes anteriores le habían hecho pensar. Por otro lado, ninguno de los dos había sido Keegan. Sin duda, contar con un compañero excepcional en la cama lo cambiaba todo.

La confianza en su escritura subía y bajaba, pero la alegría que le proporcionaba siempre estaba ahí. Cuando cerraba el portátil después de una mañana productiva, suspiraba, satisfecha. Veía el final del libro; aunque todavía le quedaban varias semanas para llegar, lo veía. Y la siguiente aventura de Botarate había empezado a tomar forma. Pensó en la suerte que tenía de poder pasar de una historia a otra, de un mundo a otro. En realidad, de una vida a otra.

Cuando empezaba a prepararse para cruzar a ese otro mundo, su tablet la avisó de una llamada por videoconferencia. Aunque no era la hora habitual, aceptó la llamada de Marco.

—¡Hola! Acabas de pillarme antes de… salir a dar un paseo.

—Eso esperaba —respondió él, sonriente—. ¡Estás estupenda!

—Me siento estupenda. Es muy temprano para ti. —Tan temprano, se fijó, que él todavía llevaba la camiseta de Spider-Man con la que solía dormir—. ¿Qué haces levantado?

—No podía esperar, Breen. Creo que he encontrado la casa.

—¿La casa?

—Querías algo con un terreno para plantar un jardín… y ahora tienes un perro. He estado mirando por ahí, no a fondo, pero es que esta hizo clic enseguida. Tiene cuatro dormitorios, así que tendrías un estudio para escribir y puede que incluso una sala de música. Una cocina muy bonita y una planta diáfana, ya sabes. No está en plena ciudad, como ahora, pero, oye, es un puñetero acre. Todavía quieres tener un jardín y todo eso, ¿no?

Ella tuvo que reprimir el cosquilleo en la garganta.

—Sí.

—Yo puedo ir y volver del trabajo todos los días, no problemo. Es un barrio bonito, además… No mola tanto como el barrio gay, pero es que ese es único. Tampoco es una de esas urbanizaciones de casas todas iguales. La mejor amiga de la prima de Derrick es agente inmobiliaria y ella me dio el aviso. Todavía no está en el mercado. Tenían un trato, pero los compradores se echaron atrás, así que están considerando otras opciones antes de volver a sacarla. Voy a enviarte un enlace con el anuncio y las fotos para que la veas, te lo pienses y quizás hables con el tío de la pasta. Dentro de una semana vuelves a casa, así que he pensado que, bueno, es la puta caña, como si fuese el destino.

—Una semana —repitió Breen, porque, por mucho que ya lo supiera, hasta ese momento no lo había dicho en voz alta, no había sido real.

—Echa un vistazo. Puede que me esté equivocando, pero creo que he dado en el blanco. —De repente, frunció el ceño—. Todavía quieres una casa, ¿no?

—Sí. Sí, quiero una casa.

Pero ¿dónde?

—Me parece que te he tendido una emboscada, ¿no? Es que me he emocionado mucho. Sé que te lo has pasado genial ahí, nena, pero te echo muchísimo de menos.

—Y yo a ti —respondió, y era completamente cierto—. Te echo mucho de menos, Marco. Y a Sally y a Derrick, y a todos los de Sally's.

—No se te ocurra enamorarte en ese sitio, ¿eh?

«Demasiado tarde», pensó ella. Se había enamorado de un mundo entero.

—Eso sí, procura probar a fondo el sexo celta.

—Pues ahora que lo dices…

—¿Qué? —Marco alzó los brazos y empezó a agitar las manos—. Cuéntame, cuéntale todo a tu Marco.

—Cuando vuelva.

Algunas cosas, como el sexo apasionado y la venta de un libro, era mejor contarlas a la cara.

—Solo algún detallito de nada —insistió Marco—. Te conozco, así que es un único tío. ¿Está bueno?

—Sí, hasta extremos ridículos.

—Ay, ¡me van a estallar el corazón y los pantalones! Envíame una foto.

—No tengo ninguna.

—Pero, tía, hazle una.

—Ya veremos. —Debía dejar de hablar si no quería decir demasiado—. Tengo que sacar al perro.

—Vete. Te enviaré ese enlace. Siete días, amiga.

—Siete días. Te quiero, Marco.

—Y yo a ti al cuadrado. Escribe pronto.

Breen terminó la llamada y se echó hacia atrás en el asiento. Siete días.

Trabajó con más ahínco, estudió durante más horas, practicó obsesivamente... Con Keegan y su abuela diseñó un hechizo que la ayudara a controlar sus visiones y sueños. Como necesitaba de una poción, un amuleto y un encantamiento, temía que le resultara demasiado complejo.

—Estás luchando contra un dios por llevar las riendas, *mo stór* —le dijo Marg—. Necesitas algo más que poder y habilidad. Necesitas fe en la luz y en ti misma.

En aquel momento estaban sentadas en el taller las dos solas, y Breen pensó en lo mucho que echaría de menos esos ratos cuando regresara a Filadelfia. Sentarse con su abuela una tarde tranquila para hacer lo que ella consideraba magia elemental.

Mezcló con cuidado una poción para calmar los nervios mientras Marg terminaba un bálsamo para las articulaciones doloridas. El aire olía a hierbas y cera de vela. Y a paz, pensó. Si la paz tenía una fragancia, la encontraba allí.

—Creo en la luz. He visto y hecho demasiado este verano para no hacerlo.

—¿Y en ti?

—Más que nunca y más de lo que imaginaba posible. Conozco las razones e incluso las comprendo, pero sigo lamentando no haberte conocido hasta este verano. No me conocía a mí misma, ni a Morena, ni Talamh... No conocía nada ni a nadie. No sabía quién era mi padre ni lo que hizo, lo que hizo por mí.

Marg selló la tapa del bálsamo y lo etiquetó.

—¿Ahora lo sabes?

—Dos mundos tiran de mí, cada uno en una dirección.

Su abuela asintió y se levantó. Dejó el bote en un estante y se dirigió al fogón para preparar un té. Breen sabía que eso indicaba que había llegado el momento de tomarse un descanso, de hacer una pausa para charlar.

—Perteneces a ambos, tienes lealtades en ambos. Solo por eso ya eres única. Y sufres.

Ese día se había puesto un vestido, uno largo de un azul palidísimo con un delantal blanco encima. Con la gloriosa melena recogida en una corona rizada, era como una imagen sacada de un libro de historia. Una mujer atemporal.

Sin embargo, Breen vivía con el tiempo pisándole los talones.

—Y bien, ¿vas a hablar conmigo ahora? —siguió diciendo Marg—. Durante los últimos días has enterrado ese sufrimiento en trabajo y entrenamiento, pero lo he percibido. Eres mía —añadió al dejar el té en la mesa de trabajo—. Y percibo el sufrimiento en tu corazón y en tu mente.

—Yaya… —dijo ella.

Entonces negó con la cabeza y se quedó mirando su té.

—El verano se acaba —repuso Marg—. Pronto cambiará la luz, se despertará el sabor del otoño y empezará la cosecha. La rueda sigue girando, como debe ser.

—Haga lo que haga, algún ser querido saldrá herido.

—Tus seres queridos sabrán honrar tus deseos.

—Tengo que volver —dijo Breen, aunque la ansiedad se le reflejaba en la voz y le inundaba los ojos—. No puedo dejar tantas cosas a medias. Si pertenezco a dos mundos, debo encontrar el modo de hacer lo correcto para ambos.

—¿Y qué es lo correcto para Breen?

Era muy propio de su abuela preguntarlo, comprendió Breen. Porque era lo que pensaba y lo que deseaba para su nieta. Y eso era el amor.

—Todavía no lo sé —respondió—. Tengo que averiguarlo, y hay tanto que… He vendido mi libro. El libro de Botarate.

—¡Oh! —A Marg se le iluminó el rostro, y las lágrimas que le acudieron a los ojos brillaban de orgullo—. ¡*Mo chroí*! —Cogió las manos de Breen entre las suyas—. Es una noticia maravillosa. Estoy muy orgullosa de ti.

—Tú formas parte de ello. Fuiste la que me metió ese perro en casa.

Marg se rio, encantada.

—Sí que lo hice, sí, pero esto es tuyo. Es fruto de tu corazón, tu mente, tus habilidades y tu valentía. Cuando llegue el momento, guardaremos tu libro en la gran biblioteca de la Capital, y yo tendré uno aquí. El joven Botarate será famoso por todas partes. En dos mundos.

—Eso es lo que quiero. Escribir, que me lean, que mi libro…, mis libros —se corrigió— estén en las bibliotecas, las casas y los colegios. Lo quiero ahora más que cuando empecé. Para eso necesito el otro mundo. Donde, además, tengo gente muy querida, yaya, y no puedo expulsarla de mi vida. Tengo que ir y terminar lo que empecé. Y tengo que ir para estar segura. —Apretó con fuerza las manos de su abuela—. Pero te prometo, te juro, que regresaré. Contigo, con mis amigos de aquí; regresaré a Talamh. Regresaré por amor y por deber.

—Tu padre me prometió lo mismo y cumplió su promesa. No me cabe duda de que tú harás lo mismo.

—Lo haré. Y tengo que pedirte dos favores.

—¿Qué no le daría yo a la hija de mi hijo?

—¿Te quedarás con Botarate hasta que vuelva? No quiero alejarlo de aquí, donde es feliz y libre. Y, bueno, hay muchas otras razones prácticas por las que no puedo llevármelo.

—Lo haré, claro. Te echará mucho de menos. Como yo. Como todos.

—Gracias —respondió Breen ,sintiendo que se quitaba un peso de encima—. No podría meterlo en nuestro piso, en la ciudad. Marco ha estado buscando una casa… Es una de las cosas que dejé sin terminar. ¿Puedes guardarme la casa, para cuando regrese? No sé bien cuándo será eso, pero…

—Querida niña, la casa es tuya. La hice para ti. Siempre será tuya. Tu perro, tu casa y todo Talamh te estarán esperando hasta que tomes tu decisión. Y te prometo que nunca me interpondré en lo que decidas. —Se levantó de nuevo—. Tengo un regalo para ti.

—Ya me has dado mucho. Mi vida es muy distinta gracias a ti.

—También es un regalo para mí.

Le llevó a Breen un espejo de plata con una piedra de corazón de dragón en el centro.

—Es un espejo mágico; pertenecía a tu bisabuela. Cuando me necesites, cuando desees hablar conmigo o verme, solo tienes que mirarte en el espejo y llamarme.

«Una videoconferencia mágica», pensó Breen.

—Es precioso. Sí que te necesito, yaya. —Se levantó y la abrazó—. Y no te decepcionaré. Encontraré el modo.

—Ahora debes encontrar el modo de contarles todo esto a las personas que te quieren.

Breen se limitó a suspirar. No contaba con que los demás fuesen tan comprensivos como su abuela. Creía que Aisling sería la más fácil, pero se equivocaba.

—Haz lo que tengas que hacer —respondió brevemente mientras llevaba un cubo de agua del pozo a la cocina—. Mi padre murió para que fueras libre para hacer lo que quisieras.

—Aisling…

—El padre de mis hijos lucha y vuela para mantener Talamh a salvo —siguió ella mientras echaba agua en una olla—. Y un día, mientras tú estés viviendo en el otro lado, donde tienes agua con tan solo abrir un grifo y montas en carros que contaminan el aire, puede que a mis hijos les pidan hacer lo mismo.

—No regreso por los coches ni por el agua que sale del grifo. Allí también tengo obligaciones.

—¿Tus obligaciones de allí son cuestión de vida o muerte? —preguntó Aisling—. ¿De luz u oscuridad, de esclavitud o libertad?

—No. Allí no soy importante. Regresaré. Se lo he prometido a la yaya y te lo prometo a ti, pero he dejado cabos sueltos que…

Dejó la frase en el aire cuando entró Harken.

—Se marcha —le soltó Aisling y empezó a pelar con furia una zanahoria.

—Ah, vale —respondió él; se quitó la gorra y se quedó mirando a Breen.

—Regresaré. Lo juro. Pero tengo que… —«A la mierda», se dijo y le agarró la mano—. Léeme la mente y el corazón. No me voy porque quiera irme, sino porque necesito intentar hacer lo correcto. Y volveré para intentar hacer lo correcto.

—Te duele. Que el amor y el deber te tiren con tanta fuerza desde ambos lados te duele. —Miró a su hermana—. Mahon siente a menudo ese mismo dolor cuando debe abandonar a su familia para cumplir su deber. Te deseo buen viaje de ida y buen viaje de regreso con nosotros, Breen Siobhan. —Le dio un ligero beso en la frente—. Morena se ha quedado fuera un momento para hablar con los niños. Keegan está preparando ahora mismo el entrenamiento de hoy. Debes contárselo a los dos.

—Lo sé. Lo haré. —Miró a Aisling—. Lo siento.

—Se deja aquí casi todo su corazón —dijo Harken después de que Breen saliera.

—Casi todo su corazón no basta para enfrentarse a Odran.

Él se le acercó y la rodeó con sus brazos. Aisling se tensó y empezó a apartarse, pero después se apoyó en él.

—No se puede ni abrir ni cerrar una cerradura si no tienes la llave, Harken.

—Será más fuerte cuando vuelva.

—Sí, si viene —lo corrigió ella mientras veía por la ventana a Breen hablando con Morena.

26

Breen pensaba que era como tomarse una medicina: mejor hacerlo todo de golpe. Sin embargo, esperó a que Morena le colocara el brazo en posición a Kavan para que pudiera llamar al halcón. Qué magnífico vuelo, con las majestuosas alas extendidas para bajar de lo alto de una rama al brazo de un niño. Y después toleró, estoico, los chillidos de felicidad de Kavan.

—Está claro que seréis unos cetreros estupendos. La próxima vez que venga os daré otra clase, pero ahora Amish quiere cazar.

—Papá dice que, si aprendo bien, podría regalarme un halcón por mi cumpleaños.

Morena sonrió a Finian.

—Si es así, será un placer ayudarte a entrenarlo. Venga, Kavan, deja que vuele.

—¡Adiós! ¡Adiós! ¡Adiós! —dijo el niño mientras levantaba el brazo como le había enseñado.

—Bien hecho, muy bien hecho, los dos. —Los ayudó a quitarse los guantes de tamaño infantil que les había cosido—. Ahora, guardad los guantes como debe ser.

Corrieron a la casa. Cuando llegaron a la altura de Breen, la cara de Finian todavía brillaba. Y Kavan, como siempre, levantó los brazos para que lo cogiera. Al hacerlo, Breen se dio cuenta de que los echaría de menos hasta extremos inimaginables.

—Morena nos ha hecho guantes —le contó Finian—. Hemos hecho volar al halcón. Por turnos. Me van a regalar uno por mi cumpleaños.

—¿Cuándo es tu cumpleaños?

—En Samhain. Mamá dice que elegí ese día para que mi alma y la de mi abuelo pudieran reunirse cuando más cerca están los dos mundos. Vamos, Kavan, tenemos que guardar los guantes.

—¡Adiós! —gritó mientras Breen lo dejaba en el suelo—. Adiós. Adiós.

—Son unos chicos fantásticos —comentó Morena—. Sé que Aisling está deseando tener una niña, pero Mahon y ella hacen unos niños fantásticos.

—Es verdad. Y a ti se te dan muy bien.

—Bah, eso es muy fácil. Y sirve de práctica para cuando yo decida dejar que Harken me haga uno.

—Ah.

—Ahora mismo, a mí me interesa más lo de los bebés que lo de la unión de manos, creo. Y él querrá las dos cosas, claro. Así que, bueno, queda tiempo para ver qué decido. ¿Estás lista para el entrenamiento de hoy?

—¿Tengo elección?

—Según Keegan, no. Pero has estado trabajando como loca los últimos días, así que o ha acabado gustándote o disfrutas dejándote el culo morado.

—Bueno, no me gusta…, al menos no me gustan ni la espada ni los puños. He estado… ¿Puedes ir conmigo? Tengo que contarte una cosa.

—Claro, de todos modos pensaba quedarme a observaros un rato o, por lo menos, a insultarlo un rato. ¿De qué quieres hablar?

—Somos amigas. Fuiste mi primera amiga y, aunque casi todo siga estando borroso, lo percibo.

—Estás preocupada y lo noto sin ayuda del don de Harken.

—Tengo amigos en el otro lado. Tengo uno que es como una madre para mí, que me ha ofrecido su cariño, su comprensión y su apoyo cuando la mía no lo hacía o no podía hacerlo. Tengo a Marco.

—El que conoció mi madre. Guapo, me dijo, y con buen corazón y encanto.

—Sí, así es él. Ha sido una constante a lo largo de mi vida. Un amigo, un hermano, un muro de las lamentaciones y una animadora desde que tengo uso de razón. Me ha costado mucho no compartir todo esto con él, no contarle la verdad. Saber que no puedo contarle la verdad.

—Lo sé. —Comprensiva, Morena le echó un brazo sobre los hombros mientras caminaban—. Todos estos años me ha costado mucho no ir a visitarte cuando iba al otro lado. Pero la verdadera amistad no siempre consiste en tomar el camino fácil, ¿verdad?

—No, y no voy a hacerlo ahora. Morena, tengo que volver.

—¿Volver? ¿Volver a…? Si te necesitamos aquí y aquí estás contenta… Has despertado.

—Sí, sí, sí… Pero tengo que irme por muchas razones. Hay cosas que debo hacer, decir y resolver. No puedo darles la espalda a las personas que quiero y que me quieren.

Morena, inexpresiva, apartó el brazo.

—Pero ¿puedes dársela a las de aquí?

—No. Por eso voy a regresar. Primero necesito tiempo. Necesito solucionar lo que me queda pendiente. Necesito volver a verlo todo sabiendo que Talamh existe, sabiendo todo lo que he aprendido.

—Te has pasado casi toda la vida allí, antes de venir. Ya deberías saber a dónde perteneces.

—Necesito tiempo —repitió ella—. Regresaré. Por mis amigos y por todo lo que me llama de este lugar, por mi abuela y por mi deber.

—¿Cuándo? ¿Cuándo te vas?

—Tengo tres días. Dos más después de hoy —se corrigió.

—¿Y cuándo piensas volver aquí?

—No lo sé exactamente. Solo sé que lo haré.

—La última vez que dijiste eso pasaron más de veinte años.

—Esta vez no. Esta vez soy yo la que tomará la decisión. Esta vez no soy una niña.

Morena miró hacia la granja y después se volvió hacia Breen.

—Puede que todavía no lo sepas, pero yo sí. Este es tu verdadero hogar. Así que volverás. Cuídate, Breen, y no tardes demasiado. ¿Se lo has dicho ya a Marg?

—Sí. Y a Aisling y después a Harken, porque ha entrado mientras estaba con ella.

—Así que te guardas a Keegan para el final. Como eres mi amiga, te deseo suerte con eso, y lo digo de verdad. Será mejor que os deje a solas.

—De acuerdo.

—Te veré antes de que te vayas.

Breen empezó a hablar de nuevo, pero Morena dio media vuelta y se fue hacia la casa de Aisling. Así que, cuando Botarate correteó hasta ella, siguió su camino hacia el campo de entrenamiento, donde Keegan estaba sentado limpiando metódicamente una de las espadas.

—Vuelves a llegar tarde y te lo has tomado con calma. He conocido a mujeres en más de un mundo que creen que los hombres no tienen nada mejor que hacer que esperarlas. Todas ellas se equivocan.

—Nunca he pensado nada semejante y nunca lo haré. Hoy tenía cosas de las que ocuparme. Y las sigo teniendo.

Se sentó en uno de los escalones de montar que Keegan había dejado en el suelo para descansar un momento, o como parte de una brutal pista de obstáculos que había diseñado y por la que la había obligado a pasar más de una vez.

—Tenía que hablar con la yaya y con los demás. Supongo que todavía me quedan algunas personas con las que debería hablar. Como tú.

La miró a la cara. Breen vio que algo volvía a cerrarse dentro de él, como cuando cierras de golpe unas contraventanas.

—Te vas.

—Sí, pero…

—Ya solo te quedan unos días, dos más después de este, así que es cuestión de horas.

—Sí —repitió, sorprendida de que lo supiera.

—¿Crees que no me daría cuenta cuando llegara el día de irte? Pero no lo has comentado. Supongo que es más fácil para ti dejarme creer, dejarnos creer a todos, que pretendías quedarte hasta el final.

—No, no es más fácil. Puede que durante un tiempo fuera más fácil no pensar en ello, así que no lo hice. Y, cuando lo hice, no dije nada porque no estaba segura de cómo hacerlo.

—Pues ya lo has dicho. —Se levantó—. Así que no tiene sentido que siga perdiendo el tiempo entrenándote ahora que has decidido cruzar al otro lado.

—Eso no es justo —repuso Breen y se puso de pie—. No es justo. No sé por qué creía que serías justo y escucharías lo que tenía que decir.

—Te vas, así que ya está dicho. Eso significa que todos los habitantes de mi mundo esperarán que yo nos defienda de Odran, que evite que esa visión de muerte y destrucción que compartimos se haga realidad. Saqué la espada del lago, como tú me pediste.

—¿Que yo… qué? Nunca… ¡Si ni siquiera estaba allí!

—Apareciste después de que la viera bajo el agua, cuando pensé que no, que no era para mí, que no la quería. No quiero liderar. Pero tú apareciste y el agua me habló. Así que la saqué, y con ella, toda la responsabilidad. Y tú, que naciste con el poder necesario para proteger los mundos, te libras de esa responsabilidad.

—No es verdad, no lo hago. Regresaré. No sabes quién era yo antes de venir aquí. —Se pasó las manos por el pelo y le dio la espalda—. No te habría gustado quien era. A mí no me gusta quien era. Tengo que volver tal y como soy ahora.

—¿Con qué fin?

—Para demostrar que puedo ser quien soy ahora. Para demostrar que soy lo que quiero ser. Para tomar la decisión sabiendo lo que sé. Joder, Keegan, en Talamh tú y todos los demás viajáis fuera, se os anima a hacerlo, a pasar tiempo en otro lugar, a ver y sentir. Después tomáis vuestra decisión. ¿No tengo yo derecho a hacer lo mismo?

—Tú ya has vivido allí.

—No. —Breen se volvió hacia él y se llevó una mano al corazón—. Allí vivía una mujer que hacía todo lo posible por pasar desapercibida. Que seguía las reglas que los demás le imponían. Una mujer que creía que su padre no la quería lo suficiente como para quedarse a su lado. Esa mujer no será la que vuelva. Llevo varios meses sin hablar con mi madre y ella no ha intentado ponerse en contacto conmigo ni una vez. Sin embargo, la mujer que va a regresar allí piensa hablar largo y tendido con ella.

—Así que vas a regresar para demostrarle a tu madre lo fuerte que eres, ¿no?

—En parte, sí. ¿Qué tiene eso de malo? ¿No me has estado entrenando para que sea fuerte? Durante todas estas semanas, ¿no es eso lo que has estado haciendo? —Se volvió y cogió una espada—. Ella me entrenó para que fuera débil. —Rasgó el aire con el arma. De la hoja brotó una luz caliente y crepitante—. Pienso demostrarle con creces que no lo soy. Allí hay personas que me quieren y necesito verlas, necesito contarles de algún modo que no puedo quedarme, que voy a regresar a Irlanda. Porque no puedo contarles que voy a regresar aquí. Puedo decirles que regreso a Irlanda para terminar mi libro; creo que eso funcionaría y no sería del todo mentira. —Suspiró y dejó la espada en el suelo—. Pero sí es en parte mentira, y eso me duele. Y les dolerá a ellos. Mi amigo Marco y yo pensábamos comprar una casa. Él ya había encontrado una que es justo lo que yo quería antes… antes de que todo cambiara. Ahora tengo que decepcionarlo, porque no podemos hacer eso hasta… No sé hasta cuándo.

—Así que estás pensando en casas y en tu orgullo. ¿Has olvidado la visión, los gritos y el humo?

—Nunca la olvidaré —respondió ella; levantó la mirada, oscura y más dura que el pedernal.

—¿Entiendes que Odran sabe que has despertado? Seguirá presionando los portales para enviar a sus exploradores y sus demonios. Hará todo lo que pueda por meterse en tus sueños.

—Tengo el hechizo…

—Pero nadie que te ayude si fracasa.

—Entonces, tendrá que bastar conmigo.

—Y si no basta y él puede usar lo que tienes, Talamh está perdido. Y, cuando esté perdido, también lo estará tu mundo, ya que tú eres el puente.

—Tendrá que bastar conmigo —insistió ella—. Antes de venir aquí había unas cuantas personas, pocas, que creían que yo era lo bastante buena, pero yo no era una de ellas. —Le dolía lo indecible darse cuenta de que él tampoco lo era—. Es más difícil marcharse que quedarse. Sé que no lo entenderás, pero es mi decisión. Tengo que irme y hacer lo que necesito hacer, para después regresar y darle todo lo que soy al mundo de las hadas.

—Entonces no malgastaré ni mi tiempo ni mi aliento. Y, como ya no tiene sentido seguir entrenándote, dedicaré ambas cosas a algo más útil.

—Todavía me quedan hoy y mañana, y…

—No es muy probable que vayas a necesitar una espada en tu Filadelfia —la interrumpió mientras envainaba la suya con un movimiento decisivo y recogía la de Breen—. Así que vete, Breen Siobhan, y haz lo que debas hacer, porque parece que la parte humana de tu cerebro arde con más fuerza que la feérica.

Se alejó de ella y, un instante después, Breen vio a su dragón surcar el cielo. Montó en él. Sin mirar atrás, ambos desaparecieron entre las nubes.

No regresó a la granja. Como imaginaba que no era bienvenida, se pasó el tiempo que le quedaba en Talamh con su abuela y Sedric. Visitó a Morena y a sus abuelos, y observó a las hadas jóvenes correr por los caminos y los bosques.

La noche antes de marcharse, dejó a Botarate con Marg. El perro lloriqueó por ella; y sus gemidos la acompañaron cuando dejó atrás la casa y sus jardines y regresó a la carretera. Había alargado su visita hasta el crepúsculo, cuando la luz se suavizaba hasta teñirse de gris perla y las lejanas colinas se cubrían de sombras. Era el momento del día en el que Talamh guardaba silencio después de haber concluido la jornada de trabajo y la cena. El momento para leer junto al fuego o charlar mientras los niños dormían. Para la música, y oía precisamente las tristes notas de un violín saliendo de la granja. Sonaban a lágrimas. Nada más acorde que eso con su humor.

Las ventanas de la casa en la que había nacido ella y su padre antes que ella estaban iluminadas. Se le rompió el corazón al dejar atrás la melancólica melodía, que la siguió como un fantasma. Morena estaba sentada en la cerca, con el Árbol de la Bienvenida detrás de ella, y se levantó al ver a Breen.

—Se me ocurrió pasarme a despedirte por última vez.

Sin decir nada, Breen se le acercó y la abrazó con fuerza.

—Te duele marcharte. Cualquiera puede verlo, así que la necesidad de hacerlo debe ser intensa.

—Lo es. No puedo explicarlo, pero lo es.

—Para mí lo has explicado mejor que bien. —Tras un último apretón, Morena se apartó y miró hacia la granja—. Aunque no para todos.

—Harken toca como los ángeles. Es una canción muy triste.

—Harken sabe tocar y lo hace muy bien, pero ese es Keegan.

—¿Keegan? No sabía que tocara.

—Tu padre le enseñó, y también a Harken y a Aisling. Supongo que no te lo mencionó cuando estabais los dos calentitos en la cama.

«Así que lo sabe», pensó Breen. Claro que lo sabía. Lo más probable era que lo supiera todo el mundo.

—No, no lo mencionó. Y ahora está demasiado enfadado conmigo para mencionarme nada.

—Carga con el peso de los mundos sobre los hombros. Y sobre el corazón y las manos.

—Lo entiendo, de verdad que sí. Por eso no puedo enfadarme con él, aunque así me resultaría más fácil marcharme.

—Lo arreglarás cuando vuelvas.

—Volveré, pero lo de arreglarlo es otro tema. —Intentó encogerse de hombros y sonreír—. Creo que quizás sea la única mujer de la historia a la que han dejado en dos mundos distintos.

—Todo se resume en que, en el fondo, los hombres son criaturas débiles.

—Ah, ¿sí? —preguntó Breen en tono triste.

—Te lo aseguro. Y ahora, como me diste un regalo cuando llegaste, te voy a dar uno antes de que te vayas.

Le entregó a Breen una cajita de madera con símbolos mágicos tallados.

—Es preciosa.

—Sí, la caja es bastante bonita, pero el verdadero regalo es lo que guarda dentro.

Al abrirla, Morena espolvoreó unas luces de hada para que pudiera ver con claridad lo que tenía en la palma de la mano.

—Es la casa de Marg. Una miniatura perfecta de su casa, con el jardín delante y la puerta abierta, como a ella le gusta. Primero se me ocurrió hacer una de la casa del otro lado, donde has estado viviendo.

—¿Lo has hecho tú? Es increíble.

—Me alegro de que te lo parezca. También pensé en la granja, ya que tienes muchos vínculos con ella. Pero, al final, pensé que te reconfortaría más llevar contigo la casa de Marg durante tu viaje.

—No podría gustarme más ni podría quererte más por saber lo que significa para mí. Ay, Morena, te voy a echar de menos.

—Pues no me eches de menos durante mucho tiempo. Estaré aquí cuando regreses.

Breen colocó con cuidado la miniatura sobre el terciopelo del interior de la caja.

—Cuida de la yaya y de Botarate por mí.

—Lo haré, claro.

—Tengo que irme.

—Lo sé. Que tengas un buen viaje.

Breen cruzó el campo, subió los escalones y volvió la vista atrás para mirar a Morena, que seguía allí.

—Creo que soy la única mujer que tiene a los mejores amigos del mundo en dos mundos distintos.

Tras decir lo cual, y con la caja pegada al pecho, pasó de un mundo al otro.

El día del viaje lo pasó como si caminara dormida. Cargar el coche, comprobar la casa por última vez y conducir a través de una ligera llovizna que hacía que la hierba brillara como esmeraldas mojadas…

Cuando por fin entró en el aeropuerto, el ruido, la multitud y el movimiento la golpearon con un choque cultural que estuvo a punto de despertarla. Sin embargo, se concentró en seguir adelante, en pasar por todos los pasos y etapas sin pensar. Por fin sentada en la relativa tranquilidad de la sala de embarque de su vuelo, solo tomó agua. Ya se sentía fuera de su cuerpo y las manos le temblaban un poco al levantar el vaso.

Al embarcar pensó que una vez había volado en dragón, que había sido real. Después respondió al alegre mensaje de Marco para intentar aferrarse a lo que era real en aquel momento. Cuando el avión ganó altura, no miró por la ventanilla. No soportaba ver lo que dejaba atrás. No quería ni una película ni un libro, aunque probó a perderse un rato en la escritura. La ayudó un poco, y, cuando la historia se le escurrió entre los dedos, entró en el baño para tomarse la poción, hacer el hechizo y, con el amuleto en el bolsillo, dormir durante el resto del camino.

«Pasos y etapas», se recordó cuando aterrizaron, y los siguió uno a uno hasta que sacó el carro del equipaje a un mundo de ruido y prisas que le hacía zumbar los oídos y le revolvía el estómago. Estaba a punto de dar media vuelta para huir como fuera cuando vio a Marco agitando ambas manos en el aire. Marco, sonriendo de oreja a oreja. Marco, que le dio un abrazo que la levantó del suelo.

—¡Aquí estás!

—Aquí estás —murmuró ella y, riéndose y llorando a la vez, apretó la cara contra su hombro.

—Deja que vea a mi chica preferida. —La echó hacia atrás y parpadeó—. Tía, ya estabas en forma cuando me fui, pero, joder, ¡ahora estás tocha! ¿Qué has estado haciendo?

—Ah, ¿sí? He hecho mucho ejercicio.

Prácticas de espada, entrenamiento de combate, equitación, paseos…

—Pues estás estupenda. ¿Dónde está ese perro tuyo? ¿Adónde tenemos que ir a por él?

—No he podido traerlo —respondió y se echó a llorar con ganas—. Lo he dejado con... Te lo explicaré.

—No pasa nada, cielo, no pasa nada. Estúpido piso.

—Necesito salir de aquí, Marco.

—Claro que sí. Ven, yo empujo esta montañita que llevas —añadió mientras se ponía detrás del carro—. Le he pedido prestada la furgoneta a mi primo... Es una vergüenza para mi estirpe, pero nos servirá. Espera en la acera, que yo la traigo.

—Gracias.

—Debes de estar molida.

—Supongo. Todo me resulta muy extraño. Salvo tú.

Se agarró a su brazo mientras él empujaba el carro hasta el exterior.

—Me pasé varios días con el reloj cambiado cuando volví. ¿Te encuentras bien? —le preguntó Marco.

—Sí, todo bien.

«No», pensó cuando él se alejó corriendo a por el coche. No, nada iba bien. El olor del aire no era el correcto, el cielo no tenía el aspecto correcto. Demasiada gente hablando a la vez. Demasiadas personas y demasiados coches por todas partes. El estruendo de los aviones despegando y aterrizando.

Marco apareció al volante de una furgoneta de color rojo cereza y se bajó de un salto para abrir las puertas de atrás.

—Entra, siéntate y recupera el aliento. Yo meto las cosas.

—No, estoy bien y necesito moverme después de un vuelo tan largo.

Para cuando se metió en el asiento del copiloto, le palpitaba la cabeza.

—Te vas a sentir rara conduciendo por la derecha, seguro —comentó Marco al ponerse en marcha—. Tengo la noche libre, así que voy a prepararte una buena cena. Sé que estarás deseando dejarlo todo en su sitio, pero puedes esperar a mañana para deshacer las maletas. Relájate un poco.

—Puede. Tengo que contarte muchas cosas.

—Y yo quiero escucharlas todas. Sobre todo lo del irlandés macizo que te has tirado.

—Eso se acabó.

—Oye, a lo mejor viene de visita.

Breen negó con la cabeza.

—Yo tenía que volver; él tenía que quedarse.

—No te olvides de Sandy y Danny. El amor de verano puede durar. —Como ella lo miraba con cara de no enterarse, él hizo una mueca de fastidio—. *Grease*, Breen, *it's the word, it's got groove, it's got meaning* —añadió Marco, canturreando la canción de la película.

Y consiguió hacerla reír. Breen se esforzó por bloquearlo todo salvo a él mientras conducían hacia el centro de la ciudad. Conocía aquel lugar; todo le resultaba muy familiar y, a la vez, tan lejano ahora como las dos lunas.

Subieron el equipaje al piso.

—Tengo que devolver la furgoneta. Tú relájate, que vuelvo en media hora. Relájate, ¿vale?

—Sí.

Él le dio otro fuerte abrazo.

—Bienvenida a casa, Breen, corazón.

Cuando se fue, ella miró a su alrededor. Todo aquello también le resultaba familiar. Pero no era su casa, ya no. Daba igual lo que quedara allí de la persona que había sido, daba igual lo mucho que hubiera allí de Marco: aquel nunca volvería a ser su hogar.

Deshizo la maleta y metió como pudo en el diminuto armario los regalos que había comprado. En la cómoda colocó la caja de madera, la miniatura y el espejo mágico. Y, aunque se sintió culpable por ello, escondió la varita, los cristales, las pociones y el libro de hechizos en los cajones. No se había arriesgado a llevarse el *athame* en el avión, así que lo había dejado con su abuela. Cuando oyó que Marco volvía, salió de su dormitorio. Él se apoyó los puños en las caderas.

—Has deshecho la maleta, ¿a que sí?

—No he podido evitarlo.

—Tía —dijo y dejó escapar un suspiro exagerado—. Siéntate. Voy a prepararnos una bebida de mayores y después podemos ponernos al día, antes de que prepare mi famoso arroz con pollo.

—He echado de menos tus recetas.

—En tu blog quedaba claro que no estabas cocinando mucho.

—Se me da fatal.

Él sirvió vino y se sentó a su lado.

—Menos mal que me tienes a mí. Ahora, cuéntamelo todo.

—Hay tanto que no sé ni por dónde empezar.

—Empieza por donde quieras.

—Dejé muchas cosas sin poner en el blog porque eran demasiado personales. Y no te lo conté ni cuando hablamos ni en los mensajes porque tenía que hacerlo en persona. Debería empezar por mi padre.

—Madre mía, ¿lo encontraste?

—Murió hace años, Marco. Habría vuelto conmigo, pero…

—Ay, mi niña. —Se levantó para agacharse a su lado y abrazarla—. Lo siento mucho, Breen. Lo siento muchísimo. Ojalá hubiera estado allí, contigo. No deberías haber pasado por eso tú sola.

—No estaba sola. Encontré a mi abuela. A su madre.

Marco se apartó, con los ojos como platos.

—¿Dónde? ¿Cómo?

—Me… perdí un día y acabé en una granja preciosa. Nací allí, Marco.

—¿Que… qué?

—No lo sabía, pero nací allí, no aquí. Y conocían a mi padre. La casa de mi abuela está cerca. Pasé mucho tiempo con ella. Te caería bien. Te caería muy bien.

—Breen, es como el destino, ¿verdad?

—Sí. —«Tan simple como eso», pensó ella—. Es como el destino.

Le contó todo lo que pudo, mezclando Talamh con Irlanda.

—Así que, como ella me regaló el perro, lo dejé en su casa hasta…

—¿Tu padre no te lo contó nunca?

—Creo que más o menos lo hizo, en las historias que me contaba. Pero yo creía que eran eso, historias. Y mi madre, bueno, escondió todo.

—Es todo tan… —Marco se llevó las manos a los lados de la cabeza e imitó el ruido de una explosión—. Podrías escribir un libro.

—En cuanto a eso… —respondió ella; tomó aire y lo dejó escapar, despacio—. ¿Te acuerdas del que escribí sobre Botarate?

—Me acuerdo, lo leí y me encantó.

—Estoy trabajando en el segundo y en mi novela para adultos. Y tengo una agente.

—¡Qué me dices! Pero, ¡tía, qué pasada! Eso es una puta maravilla, Breen.

—Pues espera, que hay más. Mi agente ha vendido el libro de Botarate, y con un contrato para dos más.

Marco parpadeó.

—¿Que qué?

—Tengo una editorial. Tengo un editor. *Botarate* va a publicarse el verano que viene.

Marco dejó su vino, se levantó y se puso a pasearse por el cuarto. Breen, agobiada, empezó a balbucear.

—No quería contártelo hasta poder contártelo en persona. Quería…

—Calla, calla.

La levantó del asiento y le dio dos vueltas completas. Después enterró la cara en su pelo.

—Estoy muy orgulloso de ti. Estoy muy contento por ti. Orgullosísimo.

Cuando se apartó para besarla, ella le limpió las lágrimas de las mejillas y se sintió rebosante de amor.

—Todo es gracias a ti —murmuró.

—Breen, todo es gracias a ti.

Ella le cogió la mano y se la pasó por el tatuaje de la muñeca.

—Tú me ayudaste a encontrar esto. Y mañana voy a usar ese valor para ir a hablar con mi madre.

—Antes ibas tanteando con cuidado y ahora te lanzas de cabeza. ¿Quieres que te acompañe?

—No —respondió Breen mientras apoyaba la cabeza en su hombro y descubría que todavía podía sentirse en casa en un mundo que ahora le resultaba extraño—. Yo me encargo.

27

De madrugada, usó el espejo mágico. Como tenía presente lo finas que eran las paredes del piso y lo cerca que estaba Marco, procuró que la conversación con Marg fuera breve y en voz baja. Aun así, Botarate la oyó y, con un trío de felices ladridos, consiguió asomarse al espejo. Después, desvelada, escribió, y, como el mundo que creaba la llevaba de vuelta a Talamh, en él encontró su propia felicidad. Mucho después de que el sol asomara por la ventana de su pequeño dormitorio, oyó que Marco empezaba a desperezarse. Dejó su trabajo a un lado para salir a preparar café.

—Tía, cómo he echado de menos que te levantaras para hacer el café por la mañana. —Mientras bebía, la rodeó con un brazo—. Ya has subido la entrada del blog. A las tres y media de la mañana, flipo.

—La hora de fichar.

—Échate una siesta, anda.

—Puede que lo haga —respondió Breen, aunque no tenía intención de hacerlo.

—Me voy directo a Sally's después de la tienda de música. ¿Te reúnes conmigo allí? Tienes muchas noticias que anunciar y, como no lo hagas pronto, se me van a escapar a mí.

—Vale. Quiero ver a Sally, Derrick y los demás.

Lo necesitaría después de enfrentarse a su madre.

—Vas a casa de tu madre —dijo Marco.

—Me has leído la mente.

—Sé muy bien lo que pasa por esa cabecita —le aseguró él, dándole unos toquecitos en la sien.

—Debería estar en casa a partir de las seis si no se ha ido de viaje de negocios. Me pasaré por Sally después de hablar con ella.

—Me tomaré algo mientras espero. Y, si me necesitas, me mandas un mensaje. Tengo que largarme. Me toca dar una clase dentro de unos quince minutos. Échate una siesta.

Salió corriendo como hacía todas las mañanas, porque siempre iba con el tiempo justo. Ella se asomó a la ventana. Siempre le había gustado el barrio y, al mirar afuera, vio todo lo que adoraba: las tiendas y los restaurantes modernos, la encantadora panadería… Marco y ella se daban un homenaje todos los domingos con sus orgásmicos y jugosos *sticky buns*. Le encantaban las calles pavimentadas con ladrillo y el trocito de río que se veía desde allí si entornaba los párpados. Le encantaba entrar en cualquier tienda o restaurante del barrio y que siempre hubiese alguien que la saludara por su nombre. Allí la conocían, incluso cuando intentaba desaparecer. Puede que precisamente por eso, supuso. Porque era un barrio de verdad.

Se planteó la posibilidad de salir a dar un paseo, pero se dio cuenta de que ya no la atraía tanto como antes. No había campos verdes que daban paso a colinas del mismo color, ni una bahía que reflejaba el volátil cielo. Ni estaba Botarate corriendo delante de ella y persiguiendo ovejas o ardillas. Se dijo que era porque todavía no se había adaptado, pero no se lo creyó. Antes de volver al trabajo debía hacer algunas llamadas.

Después de la jornada laboral, cogió el autobús por la fuerza de la costumbre. Como notaba surgir el pánico justo debajo de la clavícula, se metió la mano en el bolsillo para acariciar la bolsa mágica que se había preparado para darse fuerzas y seguir adelante con su objetivo. Se imaginó conduciendo por las serpenteantes carreteras irlandesas; se imaginó recorriendo los campos y los bosques de Talamh a lomos del encantador caballo capón. Eso la ayudó a soportar el abarrotado autobús en plena hora punta de tráfico. Casi le permitía hacer caso omiso de los bocinazos y de la amortiguada melodía hiphop que se escapaba de los auriculares del pasajero que tenía enfrente. El conductor frenaba, las puertas del vehículo se abrían con un chirrido y la gente entraba y salía a empujones. Cuando llegó a su parada, se arrepintió de no haberse echado una siesta, tal y como le había aconsejado Marco.

El paseo posterior la ayudó a aclararse las ideas. Incluso a aquella hora, el barrio de su madre tendía a estar en calma. Las estrechas franjas delanteras de césped todavía exhibían el verdor del verano y los árboles ofrecían sombra bajo sus hojas. El paisaje quizás fuera más cuidado y recortadito que el del lugar del que venía, pero no dejaba de ofrecer color. No quería algo así, claro. Cuando llegara el momento, si llegaba, querría y necesitaría más espacio. Más soledad. Y, sí, algo más sencillo.

Llegó a la entrada de su madre. En la puerta, respiró hondo para tranquilizarse y tocó el timbre. Cuando Jennifer abrió, su rostro no le dijo nada, ni siquiera demostró sorpresa. Eso le dejó claro a Breen que su madre había mirado por la cámara de seguridad antes de abrir.

—Breen. Así que ya has vuelto.

—Sí. Me gustaría entrar.

—Por supuesto.

Se había cambiado el peinado, que lucía más mechas veraniegas y estaba un poco más largo, formando una lustrosa melena corta despuntada. Iba en pantalones tobilleros y una camisa sin mangas, así que ya se había quitado la ropa de trabajo. Y llevaba un cóctel en la mano; no vino, sino gin-tonic, lo que significaba que había tenido un día difícil en el trabajo. Y estaba a punto de tener otro en casa.

—Siéntate —le dijo Jennifer al volverse hacia el salón—. ¿Quieres beber algo?

—No, gracias.

Breen se fijó en que no había hecho ningún cambio: todo seguía perfecto.

—Entiendo que has disfrutado de tus largas vacaciones y supongo que estás lista para volver a la realidad. Dadas las circunstancias, tendrás que conformarte con hacer sustituciones hasta que…

—No voy a volver a la enseñanza.

Tras darle un lento trago a su bebida, Jennifer examinó a Breen con tal cara de desaprobación que podría haber roto el vaso por la mitad.

—Puede que un par de millones de dólares te parezcan una barbaridad de dinero, pero no te durarán mucho tal como los estás gastando. Viajes a Europa, nuevo vestuario, ningún ingreso…

—Tengo otros ingresos. Por mi escritura.

Era poca cosa, esa mezquindad, pero el ruidito de desdén de su madre le produjo una enorme satisfacción, porque sabía que en breve tendría que tragárselo.

—He vendido mi primer libro —añadió—. De hecho, mi editorial me ha contratado tres.

Jennifer se limitó a suspirar igual que un adulto ante las fantasías de un niño.

—Breen, en internet pululan multitud de timadores que se hacen pasar por editores para aprovecharse de las personas como tú.

—Mi agente trabaja con la agencia Sylvan, fundada hace treinta y dos años. Mi editorial es McNeal Day Publishing. Puede que hayas oído hablar de ella. Si no —añadió, envalentonada, cuando por fin vio un tic de sorpresa—, puedes buscarla. Tengo reuniones la semana que viene en Nueva York con mi agente, el equipo editorial y demás. Creen que tengo talento. Creen que puedo labrarme una carrera. Así que, no, no pienso volver a un trabajo que jamás quise y para el que no valgo.

—Los escritores rara vez consiguen ganar lo suficiente para vivir.

—Qué suerte contar con fondos de reserva mientras lo intento, ¿verdad? Y me resulta muy curioso saber que si esto fuera una relación normal, estarías contenta por mí. Puede que incluso un poquito orgullosa. Pero nunca hemos tenido eso, ¿no? Una relación normal.

—Eso es una tontería insultante. Me ocupé de ti, te he guiado y te he ayudado a esquivar errores durante toda tu vida. Si crees que mimar a los hijos es lo normal, es un fallo tuyo.

Breen se percató de que las palabras de su madre decían mucho, cosas de las que hasta entonces no había sido consciente. Y cosas que había aceptado sin más. Eso se había acabado.

—Te ocupaste de mí para asegurarte de que no sobresaliera; me apartaste a rastras de lo que tú considerabas errores, mientras que para mí podrían haber sido oportunidades. Bueno, pues he destacado y me gusta. No pienso regresar a lo que era, a lo que me hiciste creer que era. Tienes que aceptarlo. O no —añadió—. En cualquier caso, no pienso dar marcha atrás.

—Cuando se te acabe el dinero…

—¿Sabes qué? He aprendido que la vida, la buena vida, no depende solo del dinero. Espero poder ganármela haciendo lo que me gusta y no depender de la generosidad de los demás, pero, si no lo consigo, encontraré otro modo. He aprendido que lo importante en la vida, la buena vida, es el amor, defenderte y defender a los demás, la generosidad, dar lo que recibes. Tengo una base sólida para eso, pero no gracias a ti, sino a Sally, Marco y Derrick.

—¿Ellos te han puesto comida en la mesa y un techo sobre la cabeza?

Breen se preguntó si estaba dolida. Le pareció detectar una pizca de dolor debajo de la indignación de su madre.

—No, y eso te lo debo a ti —respondió—. Por eso he venido. Entiendo un poco mejor por qué siempre me has hecho sentir inferior. Porque sabías que no lo era, y eso te daba miedo.

—Ahora estás siendo ridícula y te crees mucho solo por haber vendido un libro.

—No es por el libro, aunque eso es un bonito efecto secundario de lo demás. Puede que nunca hubiera encontrado el valor suficiente para escribir sin haber recibido el dinero. Puede que nunca hubiera encontrado el valor suficiente para ir a Irlanda. Y, si no hubiera ido a Irlanda, no habría encontrado Talamh.

—No sé de qué me hablas.

Ya no se trataba de un tic de sorpresa, sino de una palidez absoluta; había perdido todo el color del rostro. Con el cuerpo tenso y un temblor visible en la mano en la que sostenía el vaso, Jennifer se levantó.

—Ahora tengo trabajo que hacer.

—Sabes perfectamente de lo que te hablo, del sitio del que te hablo. Conocí a mi abuela. Me he pasado la mayor parte del verano conociendo mi lugar de nacimiento, mi derecho de nacimiento y a ella.

—La madre de Eian era, y sin duda sigue siéndolo, una persona inestable, y precisamente por eso la mantuve alejada de ti. Incluso así, es lo bastante astuta como para haberte atraído a su mundo de fantasía. Necesitas...

—No me digas lo que necesito —la cortó Breen, furiosa, mientras se levantaba—. Ni una sola vez ha hablado mal de ti. Ni una. Y lo primero que dices tú de ella, después de haberme hecho creer que ni siquiera existía, es que es inestable, un fraude. ¿Un mundo de fantasía? Te pasaste cuatro años con las hadas.

—Estás delirando. Tienes que irte.

—¿Delirando? —Breen giró la mano y sostuvo en ella una bola de luz blanco puro—. Esto no es un delirio. No es una fantasía. Es poder. El poder que has intentado arrebatarme toda la vida.

—¡Para! No metas esa aberración en mi casa.

—¿Aberración? —Es la misma palabra que había usado Ultan durante su juicio—. ¿Eso es esto para ti? ¿Eso soy yo para ti?

—¡No lo permitiré en mi casa! Este es el mundo en el que vivimos, ¿lo entiendes? Le dije a tu padre...

—Está muerto.

La rabia y puede que el miedo habían devuelto el color a las mejillas de Jennifer, junto con un brillo salvaje en los ojos. De repente, esos mismos ojos se apagaron; el rostro adoptó un tono gris. El vaso se le cayó de la mano y se estrelló contra el suelo.

—No lo sabías —dijo Breen—. Era verdad que no lo sabías. Y puede que la yaya tenga razón. Puede que lo quisieras. Que los dos os quisierais.

—Se marchó. Se marchó hace mucho tiempo. Tengo que limpiar este desastre antes de que se estropee el suelo.

—Para de una vez —le dijo Breen y, con un gesto de la mano, hizo desaparecer el vaso roto y el líquido derramado.

—No permitiré que metas eso en mi casa. Si lo haces, no eres bienvenida.

—¿Es eso lo que le dijiste a él? ¿Ese es el ultimátum que le planteaste a mi padre? Abandonó su hogar por ti.

—Y no dejaba de volver a él.

—Tenía obligaciones. Era *taoiseach*.

—¡Mierda tribal! —Con la voz rota, Jennifer le dio la espalda—. Nosotras éramos su familia.

—También tenía familia allí. Un mundo que proteger.

—No te protegió a ti, ¿no? Te robaron de tu cama en plena noche.

—Sí que me protegió. Luchó por mí. Regresé a casa sana y salva.

—Los eligió a ellos una y otra vez. Una espada y un bastón, qué idiotez. Podría haberlos lanzado de vuelta al maldito lago, pero no lo hizo. Podría haber vivido aquí, conmigo, contigo, como un hombre normal, un marido y un padre normales.

—Pero no era normal del modo que tú lo entiendes. Intentaste apagar la luz que ardía en su interior, igual que intentaste apagar la mía.

—Estaría vivo si lo hubiera conseguido.

Tristeza, sí, percibía algo de tristeza. Sin embargo, no podía dejarse ablandar, ya no.

—Y seguramente fue tan desgraciado como yo durante gran parte de su vida. Odran me metió en una jaula, pero tú hiciste lo mismo.

—Cómo te atreves a decirme eso. Te mantuve a salvo.

—A salvo a tu manera. Siempre a tu manera. Me metiste en una caja. Y, cuando se marchó aquella última noche y no regresó, porque murió unas semanas después por protegerme, por protegerte a ti, a su mundo y a este otro, me hiciste pensar que me había abandonado porque yo no le importaba.

—Nunca dije eso.

—Lo dijiste de mil maneras distintas y lo sabes. Te divorciaste de él y, aun así, regresaba a este mundo una y otra vez. Porque nos quería. Ahora se ha ido y no sabemos cómo consolarnos la una a la otra.

—Si nos hubiese querido, habría renunciado al resto.

Blanco o negro, comprendió Breen. Qué triste tenía que ser vivir en un mundo en el que todo era blanco o negro.

—Es triste que creas eso. Me compadezco de ti. Lamento que te niegues a ver o que simplemente seas incapaz de ver la alegría y la belleza por la que luchó. Pero yo las veo, las conozco. He despertado. Formo parte de las hadas. Tendrás que aprender a vivir con ello.

—No dejaré que introduzcas nada antinatural en esta casa.

—Entendido. Ya sabes cómo localizarme si quieres algo de mí.

—Te vas a quedar aquí. No vas a volver.

—Claro que voy a volver. Soy la hija de mi padre —añadió y se fue.

Y caminó durante más de un kilómetro hasta lograr sacudirse de encima la mayor parte de la rabia y la tristeza. Estaba a punto de llamar a un Uber cuando se encontró al lado de una parada de autobús, así que se sentó en el banco. Unos segundos después, Sedric se sentó a su lado.

—¿Qué... qué estás haciendo aquí?

—Marg me dijo que pretendías hablar con tu madre esta noche. Como sabíamos que iba a ser duro, decidimos vigilarte, por si acaso. Así que conjuró un portal temporal, solo para que yo pudiera echarte un vistazo. Pero como tenías pinta de necesitar compañía he decidido acercarme. Has caminado un buen rato. A mí también me gustan los largos paseos cuando estoy enfadado.

—Ella... cree que lo que soy, que lo que era mi padre, que lo que tenemos es antinatural. Una aberración. Y, aun así, cuando le dije que estaba muerto, le vi la cara: lo quería. La yaya tenía razón. Sin embargo, lo culpa por no olvidarse de Talamh, por no fingir que era lo que no era. No he sido blanda con ella.

Breen se sorprendió cuando Sedric la rodeó con un brazo. Y se sorprendió aún más cuando ella misma le apoyó la cabeza en el hombro.

—He dicho cosas muy duras. Las sentía. Necesitaba sacármelas de dentro. Tenía que regresar para hacer esto. Bueno, no solo esto, pero tenía que hacerlo.

—Y ahora está hecho y te sentirás mejor.

Breen se sentía mal y triste, así que negó con la cabeza.

—¿En serio? —preguntó.

—Seguro que sí. Cuando tienes algo atascado en la garganta, es imposible sentirte segura y fuerte.

—Todavía no he llegado a ese punto. Le he dicho que había vendido un libro y ella ha intentado hacerme creer que era algo sin importancia. Que estaba mal, incluso.

Él volvió la cabeza hacia ella y le dio un ligero beso en el pelo.

—Da igual —masculló Breen.

—En absoluto. Ahora, cuéntame qué te ha dicho Marco cuando se lo has dicho.

—Ha llorado un poco. Estaba muy contento por mí.

—Y eso es lo que importa, ¿verdad? Ya ha llegado el autobús. ¿Quieres que vaya contigo?

—Voy a Sally's.

—Ah, me encanta ese lugar. ¡Qué buenas fiestas montan!

—¿Quieres venir?

Estaba claro que su gesto lo conmovía; sonrió.

—Puede que la próxima vez, si estoy por aquí, pero prefiero irme a casa y contarle a tu yaya que estás con tus amigos.

—Gracias, Sedric. —Breen se levantó y se fue hacia la puerta del autobús—. Echo de menos tus galletas de limón.

—Las tendrás esperándote cuando vuelvas a casa.

Breen se subió al autobús y se sentó. Cuando levantó la mano para despedirse, Sedric ya había desaparecido, cosa que no debería haberla sorprendido.

Al entrar en Sally's creía que el ruido y la multitud la molestarían, pero ocurrió justo lo contrario: allí sentía la extraña y familiar comodidad del hogar. Aunque era demasiado temprano para la primera actuación formal y todavía no estaba a tope, reconoció a Larue en el escenario, con el look de Judy Garland, cantando *Over the Rainbow*. Al otro lado del arcoíris; Breen había estado allí, precisamente. Buscó a Sally y a Derrick con la mirada, y, como no los vio, se fue directa a la barra con Marco.

—¿Champán? —le preguntó él y le dejó una copa delante—. Sally me dijo que abriera una botella del bueno para celebrar tu libro.

—¿Mi libro? —repitió ella, lanzándole una mirada asesina.

Aunque Marco intentó poner cara de avergonzado, no lo logró.

—Soy débil, no he podido evitarlo. Voy a pedir unos nachos, porque estoy segurísimo de que no has comido. Marchando un montón de proteínas en un sabroso envoltorio.

—Entonces, estás perdonado, porque tengo hambre.

Fue a coger la copa, pero alguien le dio la vuelta, la abrazó y la levantó del suelo. Sally, caracterizado de Cher con su popular mono blanco y la peluca negra larga, la alzaba en brazos.

—Aquí está, damas y caballeros, la gran viajera, la autora superventas, la reina de cualquier baile, ¡Breen Siobhan Kelly!

Entre risas, ella le devolvió el abrazo.

—Si el libro ni siquiera está publicado todavía…

—Soy una adivina que nunca falla, y voy a cantar *Gypsies, Tramps & Thieves* solo para ti.

—Te he echado de menos a ti y todo lo que haces.

—Lo mismito digo.

—Eh, me toca —dijo Derrick antes de envolverla con un brazo y darle un ruidoso beso y una docena de rosas blancas.

—¡Son preciosas! Muchas gracias. Me siento como una princesa.

—Eres nuestra princesa.

Sally se sentó en el taburete de al lado, se echó la melena atrás en un gesto muy de Cher y le guiñó el ojo a Derrick.

—Cielo, ¿por qué no vas a dejar esas bellezas en agua para que sigan frescas para nuestra princesa?

—Claro.

—Y, Marco, pide esos nachos. Primero sírveme una copa de ese maravilloso brebaje con burbujas y después desaparece. Breen y yo necesitamos hablar de chica a chica.

Cuando Marco le llevó la copa, Sally la levantó.

—Bueno, vamos a ir directas al grano: ¿cómo ha ido con tu madre?

—Supongo que tan bien como cabría esperar.

—¿Tan mal?

—Puede que peor. Pero... —añadió mientras alzaba la copa para brindar— ya está hecho. Además, ahora estoy con mi verdadera madre.

—Nena, me vas a hacer llorar, y este maquillaje es una obra de arte. Ahora, deja que te diga que lamento mucho lo de tu padre. Estuviste a mi lado cuando murió el mío hace un par de años. Ojalá hubiéramos podido estar a tu lado.

—En cierto modo, lo estabais. Y, aunque fue triste y lo sigue siendo, sé que me quería. Que habría regresado. Siempre me quiso.

—¿Y conociste a tu abuela?

—Es maravillosa, Sally. Te encantaría.

—Espero conocerla algún día.

Breen bebió para no suspirar.

—Eso sería fantástico —dijo.

—Y te has buscado un perro adorable, al que también estoy deseando conocer; has aprendido a montar a caballo, has escrito un libro enterito y lo has vendido. Menos mal que todavía no me había maquillado cuando nos lo contó Marco. Balbuceé un poco, de orgullo, lágrimas de felicidad. Mi niña, está claro que has estado muy ocupada buscando lo que le gustaba a Breen.

—Eso te lo aseguro.

—Derrick y yo leíamos el blog todas las mañanas. Nos sentábamos en la cama con el café y las tablets y lo leíamos, y, joder, era como estar allí mismo contigo, viéndolo todo. Pero te dejaste algo —la regañó Sally con un dedo rematado de esmalte rojo.

—¿Algo? —repuso ella; tantas cosas...

—Cierto dios celta.

—Un... ¿qué? —preguntó Breen, notando de nuevo el revoloteo del pánico a la altura de la clavícula, hasta que Sally subió y bajó las cejas—. Aaah, te refieres... Eso no fue más que... No era más que… —Esa vez no pudo reprimir el suspiro—. Era espléndido.

Sally se le acercó más.

—Quiero detalles.

Y se los dio.

A lo largo de los días siguientes, Breen se aferró a la rutina. Escribir temprano, parar para hacer ejercicio y, con la puerta cerrada y las cortinas echadas, conjurar un espectro para continuar su entrenamiento.

La semana siguiente se subió al tren con destino a Nueva York. Empleó las horas de viaje en observar el mundo pasar junto a la ventanilla y pensar él. Las casas y los negocios, las granjas y las fábricas. Toda la gente que vivía y trabajaba allí. Ya había pensado antes en aquello, claro, pero cuando creía que ella no era más que un pequeño e insignificante eslabón de la cadena. Sus decisiones diarias no importaban; si caminaba o cogía el autobús, si cenaba huevos revueltos o pedía comida china, si compraba zapatos nuevos o se apañaba con los que tenía… Nada de lo que hacía cambiaba nada ni suponía una verdadera diferencia. Pero ahora sí. Cada decisión que tomaba o no…, importaba. Así que tenía que asegurarse de tomar la decisión correcta.

Viajar a Nueva York y hacerlo sola era una decisión personal importante, una que no habría tomado seis meses atrás. Si no tenía el valor suficiente para eso, para ir a por algo tan importante para ella, algo para lo que había trabajado tanto, un sueño hecho realidad, ¿cómo iba a encontrar el valor necesario para luchar por un mundo, para usar sus dones y su poder en contra de la oscuridad?

Armada con las instrucciones detalladas de su agente, Breen salió del tren en Penn Station y se metió directamente en el metro al centro. Todo le resultaba enorme, vasto y, de algún modo, demasiado pequeño para albergar a todo el mundo a la vez.

Aunque Marco le había elegido el vestuario para sus dos días de reuniones, le preocupaba ir demasiado elegante o demasiado informal, o que pareciera que aquello le venía grande. Se quedó de pie en el vagón abarrotado, agarrada a su equipaje de mano y al precioso maletín para el portátil que Sally y Derrick le habían regalado para darle la enhorabuena. Vio a una mujer con un bonito pañuelo en la cabeza meciendo a un bebé en un canguro de tela. A un hombre trajeado que fruncía el ceño al leer algo en su móvil. A una mujer con un traje rojo y deportivas de caña alta sentada con una enorme bandolera sobre el regazo y cara de aburrimiento.

En cada una de las chirriantes paradas, entraba y salía gente. Bolsas de la compra, maletines, móviles, auriculares… El olor del café quemado de alguien, la colonia demasiado empalagosa de otra persona: Para controlar los nervios, Breen se concentró en su siguiente paso. Se bajó en su parada y avanzó por el túnel con la marea humana. Aliviada por no haber llevado mucho equipaje, cargó con su bolsa de mano escaleras arriba hasta salir a la sobrecarga sensorial que era la ciudad de Nueva York. No esperaba que le gustase ni siquiera un poquito, pero se sintió fascinada. Tenía mucha energía. Le hacía cosquillas en la piel, casi la veía en los colores relucientes del tráfico que circulaba por la calle, de la gente que taconeaba esquivando a otra gente por la acera. Se unió a la cacofonía de sonidos (bocinas estruendosas, muy irritadas e impacientes; un mar de voces en una mezcolanza de idiomas y acentos) y, bajo la aplastante luz del sol, empezó a andar.

Le daba igual parecer una turista cuando se quedaba boquiabierta con cualquier cosa o estiraba el cuello para mirar hacia la alta cima de los edificios. Nadie le prestaba atención. Y se dio cuenta de que eso formaba parte de su belleza. Nadie le prestaba atención. Nadie la conocía, ni se fijaba en ella ni la miraba. Podía mezclarse con la marea humana, no para desaparecer ni pasar desapercibida, como antes, sino siendo ella misma.

Siguiendo un impulso, se detuvo a comprar un ramo de azucenas en un puesto de la acera y se llevó su aroma consigo durante el breve paseo hasta el hotel que le había recomendado Carlee. Quería algo pequeño y tranquilo, y, cuando entró en el vestíbulo, supo que Carlee había acertado. No era grande ni bullicioso, en absoluto, sino encantador, con sofás mullidos y suelos de mármol. Aunque era demasiado temprano para subir a la habitación, dejó sus bártulos, se aseguró de que estaban bien vigilados y regresó a la calle para iniciar la excursión urbana de tres manzanas y media hasta la agencia. Su agencia.

Había visto fotografías en su página web, pero no se sintió nada idiota cuando se plantó delante de la casa adosada doble, con sus ladrillos blanco crema y sus puertas de madera oscura, para sacarle una foto. Con las azucenas en el brazo, se fue hacia la puerta de la izquierda, como le habían indicado, y llamó al timbre. Un momento después la puerta zumbó y se abrió. Entró en lo que antes había sido un sueño. Mientras esperaba en el vestíbulo, de estilo contemporáneo e informal, procuró intentar convencerse de que aquello era realidad. Entonces entró Carlee con una amplia sonrisa y una mano extendida.

—Me alegro mucho de conocerte por fin. ¿Cómo ha ido el viaje?

—Ha sido rápido. Y el hotel es justo como quería, gracias por recomendármelo. Gracias por… todo —añadió y le entregó las flores.

—Oh, son preciosas. Qué bonito detalle por tu parte. Vamos, te llevo a mi despacho. Me alegro de que hayas podido llegar temprano para que tengamos tiempo de hablar antes de reunirnos con Adrian para comer.

Hablaba y se movía deprisa; ataviada con tacones bajos negros, pantalones negros ajustados y una camisa blanca almidonada, condujo a Breen por unas escaleras hasta la planta de arriba. Llevaba el pelo rubio con mechas con un corte *pixie* que le enmarcaba el rostro. Gracias a sus conversaciones, Breen sabía que tenía dos hijos, uno en la universidad y otro en el instituto, pero se movía como una adolescente rebosante de energía. Por el camino se iba deteniendo brevemente en los pasillos (que estaban forrados de libros) y en los despachos, y se asomó un momento a una sala de conferencias para presentar a Breen a los otros agentes, a los asistentes y a distintos grupos de hombres y mujeres de todas las razas y edades. Para cuando llegaron al despacho de Carlee, en la tercera planta, a Breen se le mezclaban los nombres y las caras.

—Y esta es Lee, mi guardiana, mi asistente y mi mano derecha.

—Encantada de conocerte. Soy muy fan de tu blog.

—Gracias.

Lee era asiática, diminuta y aparentaba unos dieciséis años.

—Lee filtra las preguntas y los envíos. Ella fue la que me puso tu mensaje delante con la orden de leerlo de inmediato.

—Entonces, mil millones de gracias.

—Me encanta Botarate —respondió Lee—. ¿Qué te apetece beber? Pide lo que quieras, que seguramente lo tengamos.

—Vale. Pues… una Coca-Cola.

—Enseguida. ¿Quieres agua con gas, Carlee?

—Ya me conoces. ¿Te importaría poner esta preciosidad de ramo en un jarrón?

—Ahora mismo. Qué bonito —añadió la asistente antes de salir a toda prisa.

—Siéntate, Breen. —Carlee fue hasta su escritorio, abrió un cajón, sacó un sobre y se lo pasó a Breen antes de sentarse y cruzar las piernas—. Ha llegado tu adelanto. Contabilidad te lo ha preparado esta mañana. Es un placer poder entregártelo en persona.

—Es real —murmuró Breen.

—Ya te digo. Bien, en la comida voy a cotorrear con Adrian para que la vayas conociendo. Como te he dicho, yo la conozco desde hace años. Es lista, cumplidora y perspicaz. Creo que te irá bien con ella. Tendrás la oportunidad de visitar McNeal Day Publishing y hablar con la gente que trabajará con tus libros.

En ese momento entró Lee, esta vez con las gafas puestas.

—Te avisaré cuando sea la hora de salir —le dijo a Carlee—, por si pierdes la noción del tiempo.

—Sabe que me pasará —comentó ella cuando su asistente salió de nuevo—. En fin, guárdate tu primer pago de muchos en el bolso. Y vamos a hablar del futuro.

28

Aquella noche, tras un día lleno de emociones, Breen se fue a dormir y, en una cama extraña de una ciudad extraña, tuvo la primera visión desde la que había compartido con Keegan.

Regresó, regresó al bosque verde con el río verde y la gran cascada salvaje. Oyó su ruino atronador y el canto de los pájaros sobre ella. Vio a un ciervo detenerse en las sombras verdes para observarla y a una ardilla rayada subir parloteando por la musgosa corteza de un árbol. Todo inspiraba paz, seguridad y una belleza tranquila y secreta.

Sin embargo, sabía que, por mucho que intentara arrullarla, se encontraba en el lado equivocado; en el lado de Odran. Cuando fue consciente de ello, al ciervo le crecieron colmillos y sus plácidos ojos adoptaron un color negro carbón. Empezó a brotar sangre del musgo mientras la ardilla se abalanzaba sobre ella con las uñas sacadas. Pero ella la apartó con un manotazo de energía.

—No me dan miedo las ilusiones.

—¿Por qué iban a darte miedo? —Odran se le acercó, vestido con una túnica negra que se arremolinaba entre la niebla que había empezado a arrastrarse por el suelo—. Soy tu abuelo. Somos de la misma sangre.

—Eres un monstruo.

Breen levantó una mano y usó su poder para detenerlo. Él lo apartó de un manotazo, como ella había hecho con la ardilla. No obstante, Odran sonrió y mantuvo una pequeña distancia entre ellos.

—Mataste a mi padre. A tu propio hijo.

—No me dejó elección. Le habría entregado todos los mundos, pero me desafió. Me atacó. Lo creé para el poder, como él te creó a ti.

—Él me creó por amor.

Odran se rio, y era un sonido tan encantador que resultaba espeluznante.

—¿Eso crees? Eres adorable. Te abandonó porque no eras lo que él esperaba cuando se apareó con una humana.

«Mantén el control», se recordó Breen. Lo haría.

—Mentiras.

—¿Por qué te iba a mentir, mi niña? —Se llevó una mano al corazón y después se la ofreció—. ¿Por qué crees las mentiras que te cuentan los del otro lado? Te sonríen y te reciben con los brazos abiertos, pero solo desean usarte.

—Me han enseñado la verdad —contraatacó ella—. Me han devuelto lo que es mío.

—Ah, ¿sí? —Odran sacudió la cabeza, entristecido—. Te despiertan y te cuentan bonitas mentiras para atraerte, para usar lo que eres para destruirme. Y después te destruirán a ti. A ti, a mi sangre. Te quemarán en el fuego ritual tanto si fracasas como si triunfas. ¿Cómo van a arriesgarse a dejarte con vida? ¿Cómo van a arriesgarse a dejarte con tu poder?

—Nunca me harían daño. Nunca se volverían contra mí.

—¿No lo han hecho ya? Entregaste tu cuerpo a su *taoiseach* y él te dio la espalda, te abandonó, como hizo tu padre cuando no resultaste ser como él deseaba. Solo quieren proteger lo que tienen y, cuando ya no les resultes útil, acabarán contigo. Sin embargo, yo... —Se le acercó más, un único paso, pero bastó para que Breen percibiera su energía oscura, mortífera, maldita y embriagadora—. Yo te ayudaré a convertirte en la diosa que eres y te permitiré elegir qué mundos deseas gobernar. Te cubriré de poder como si de seda negra se tratase. Lo único que te pido es que unas tu poder al mío. Que me dejes beber un poco de él.

Se acercó más todavía, lo bastante para tocarla si alargaba un brazo. Breen levantó las manos y lo empujó de nuevo con su energía.

—No.

A Odran se le torció el gesto y ya no parecía nada encantador.

—Entonces, te dejaré seca, vacía y loca. Serás débil, estarás perdida y sola, como siempre has estado. O me lo das o lo tomaré. Esas son tus dos opciones.

Breen cerró los puños, reunió su poder y salió del sueño. Al hacerlo, notó que él le arañaba la cara. Sin aliento, se levantó de la cama como pudo y se pasó una mano por el rostro mientras formaba una bola de luz con la otra. No había sangre, pero corrió al cuarto de baño para mirarse en el espejo. No había marca, ni sangre ni arañazos. Aun así, todavía sentía el frío y el eco del dolor.

—Una ilusión.

Regresó a la habitación para coger la botella de agua que tenía junto a la cama y beberse la mitad.

—Pero la he controlado. He llevado las riendas.

A pesar de todo, deseó haberse llevado el espejo mágico, deseó poder hablar con su abuela. Porque, con control o sin él, no se quitaba de la cabeza las palabras de Odran.

Por primera vez desde la guardería, Breen no pasó septiembre en un aula. En dos ocasiones se despertó y se fue casi sonámbula hasta la ducha para prepararse para ir a clase. Al mirarse en el espejo y ver su cabello rojo brillante, no del castaño mate de sus días de profesora, volvió a la realidad. Y en ambas ocasiones se alegró tanto que se puso a bailar.

Siempre sentía la libertad como el primer trago de café por la mañana, como un buen vino, como la satisfacción después de disfrutar del mejor sexo. Sí, acarreaba responsabilidades abrumadoras, decisiones difíciles que debía tomar, pero no tenía que presentarse en un trabajo que ni le gustaba ni se le daba bien. Estaba convencida de que una generación entera de estudiantes se beneficiaría de ello.

La libertad le proporcionaba tiempo para escribir, tiempo para estar con las personas a las que quería, tiempo para pensar y tiempo para planificar. Estaba esperando a que llegara Marco de su trabajo de mañana para intentar contarle todo lo que quería contarle antes de que se marchara a su cita con un instructor de fitness con el que llevaba saliendo dos semanas. Sin embargo, cuando apareció, se dejó caer en el sofá y se quitó las maltrechas Nikes.

—Vamos a pedir pizza —dijo.

—Creía que tenías una cita con el señor Gimnasio. Cena y la inauguración de una exposición de arte.

Marco levantó el puño con el pulgar hacia arriba, pero después lo puso hacia abajo.

—Ah. ¿Por qué?

—No le parezco lo bastante divertido.

—¡Menuda mierda! —Insultada, Breen se llevó los puños a las caderas—. Eres muy divertido. Casi te pasas de divertido.

—Tengo dos trabajos, pierdo el tiempo, y cito textualmente, con mi música y solo estoy dispuesto a salir, a ir de fiesta, una o dos veces a la semana. En fin. —Se encogió de hombros—. La exposición era idea mía. Él lo que quiere es ir de copas, y yo me harto de clubs después de pasarme cinco o seis noches a la semana trabajando en Sally's.

—Bueno, pues entonces es superficial y estúpido.

—Sí —respondió Marco, sonriente—. Eso lo sabía cuando empezamos. En realidad estaba con él por su cuerpo, sobre todo. En fin, ¿tú lo has visto? La hostia.

—No he podido evitarlo, estaba aquí mismo. Aunque no quieras mi cuerpo, yo te llevo a cenar y a la exposición.

Él la miró y se dio una palmadita en la rodilla. Ella le hizo caso, se sentó en su regazo y se acurrucó con él.

—Eres la mejor —murmuró Marco—. Mi número uno. Vamos a quedarnos en casa, comer pizza y ver una maratón de alguna serie.

—Ni zombis ni vampiros.

—Gallina.

—Culpable. ¿Quieres una cerveza?

—Se me ocurre que podríamos casarnos y acostarnos con otra gente.

—Vale. Dentro de veinte años, si no estamos casados ni comprometidos con nadie, trato hecho.

Entrelazaron los meñiques para cerrar el trato.

—Hecho. Ahora, ve a buscarme una cerveza, mujer.

Ella se levantó a por cervezas para ambos y después se sentó a su lado, en el sofá dado de sí.

—De todos modos, quería hablar contigo de algunas cosas, ya que tienes tiempo.

—¿Sí? ¿Me van a gustar?

—Eso espero. Ya te conté todo sobre *Las aventuras de Breen en Nueva York*.

—La próxima vez voy contigo y nos pasamos por Broadway para ver algún espectáculo.

—Hecho. Muchas de las cosas que me dijeron y que yo todavía no te he contado a ti no tienen que ver con la escritura. Me encanta escribir, Marco.

—Y se nota.

—Y quiero concentrarme de verdad en eso, reducir las distracciones, sobre todo ahora, que estoy empezando. Pero el caso es que estoy empezando, así que me va a tocar a mí encargarme de casi toda la promoción y demás. Las redes sociales, sobre todo. Aparte del blog, en el que también me encanta escribir, necesito una página web buena, actualizada y accesible. Necesito una presencia en las redes sociales, como, ay, Dios, Twitter. Y ya sabes que prefiero morir devorada por tiburones antes que meterme en Twitter. Me han hablado de Instagram y puede que Facebook.

—¿Qué te decía yo? —comentó Marco mientras la señalaba con la cerveza.

—Sí, sí, todo lo que tú me habías estado diciendo. No quiero hacerlo, Marco, pero, si no lo hago, reduzco mis posibilidades de llegar a los lectores y labrarme una carrera.

—Yo te ayudaré.

«Allá vamos», pensó Breen y tomó aire.

—No quiero que me ayudes. Quiero que lo hagas tú. Quiero contratarte como mi gestor de redes sociales, mi publicista personal, mi intermediario con internet o como se te ocurra llamarlo.

—Te lo montaré todo, Breen, pero no pienso aceptar dinero por hacerlo.

—Espera, escúchame primero.

—No pienso aceptar tu dinero —masculló Marco.

—Escucha. Primero, esto es un trabajo de verdad. No puedo contratarte un buen seguro médico ni nada, pero es un trabajo de verdad. Tendrías que coordinarte con mi editorial para que yo no tenga que hacerlo. Puede que tengas que viajar a Nueva York para reunirte con la gente de publicidad. Tendrías que diseñar la página web y mantenerla, para que yo no tenga que hacerlo. Y después está todo lo de las redes sociales. Aparecerías en todas con tu nombre; no queremos faltar a la verdad. Sin embargo, hablarías por mí y promocionarías mi libro.

»Y hay más —añadió—. He tomado notas, porque la lista es larga. Hay muchas cosas de las que yo no quiero encargarme por más de un motivo. No se me darían demasiado bien; me quitarían parte del tiempo que necesito. Y, si no lo haces tú, tendré que contratar a otra persona. A alguien a quien no conozca y que no me conozca.

—No he dicho que no vaya a hacerlo, Breen. Te he dicho que no pienso aceptar tu dinero por hacerlo.

—Todavía no he acabado. —Breen se movió en el asiento y le lanzó una mirada larga y dura. Él se la devolvió—. He contratado a un contable.

—Vaya. ¿Cuándo te has vuelto tan pija? ¿Cuándo ha pasado eso?

—Hace un par de días. Fui a reunirme con el señor Ellsworth, mi gestor, ¿te acuerdas? Y él me recomendó un par de empresas, así que me reuní con ambas. No me gustan las puñeteras reuniones, Marco, pero tengo que organizarlo todo bien.

—Cojonudo —la felicitó él mientras chocaba la botella de cerveza con la de Breen.

—El adelanto por los libros no es enorme, aunque tampoco está mal. Es mucho más de lo que esperaba conseguir dedicándome a esto. Siguiendo su consejo, lo he usado para abrir una cuenta de negocios, y tanto el agente como el contable me dijeron que, desde un punto de vista empresarial y con vistas a los impuestos, lo mejor sería contratar a alguien que hiciera todo lo que yo no quiera hacer. Ambos se ofrecieron a ayudarme a buscarlo, pero yo les dije que ya tenía a alguien. Es un gasto deducible y eso me beneficia. Todo lo que he dicho hasta ahora me beneficia a mí.

Bebió un trago de cerveza y, como Marco guardaba silencio, supo que, al menos, se lo estaba pensando.

—Pero también te beneficia a ti —siguió diciendo—, y no solo por el salario que decidamos. Te encanta trabajar en Sally's y eso no tendría que cambiar. Pero no te gusta trabajar en la tienda de música. No te pido que lleves tres trabajos a la vez, sino que trabajes conmigo en vez de en la tienda. Para ti no era más que un parche, algo para pagar los recibos. Te gusta enseñar música, pero lo demás es solo para pagar los recibos. Podrías recibir aquí mismo a tus alumnos, si quieres seguir dando clases. O ir a sus casas. Enseñar guitarra, piano y violín, pero aquí o allí. —Le dio la mano—. No quiero contratar a un desconocido, a alguien que no me entienda y al que tenga que explicárselo todo. Tú no quieres seguir vendiendo trompetas y partituras, sin apenas tiempo para escribir las tuyas. Nos ayudaríamos el uno al otro, porque eso es lo que hacemos. Y los dos saldríamos ganando.

—No me parece bien.

—Porque estás pensando en mí como amiga y no como una profesional. Ahora soy las dos cosas.

Él la señaló con el dedo.

—Esa ha sido buena. Antes no se te daba tan bien ganar las discusiones.

Breen se quedó sentada mientras que él se levantaba y se paseaba por la habitación.

—Entonces, ¿he ganado esta? —le preguntó a su amigo.

—A ver qué te parece esto. Prepararé una página web de prueba. Si te gusta, si le gusta a tu editorial, seguiremos adelante con todo lo demás.

Ella asintió, sombría, sobria; dejó la cerveza y se levantó para acercarse a Marco.

—Solo tengo otra cosa más que decir.

—¿Qué?

—¡Yupi! —Lo envolvió en un gran abrazo y se puso a dar saltitos—. ¡Dios mío! ¡Me quito de encima el peso de las redes sociales y de internet! Ni te imaginas el alivio que me supone.

—Primero vamos a ver si funciona.

—Bah, seguro que funciona. Piensa en ello, Marco: los dos podremos dejar los trabajos que no queremos este mismo año. —Cerró los ojos—. Es como el destino.

Y precisamente el destino era el siguiente punto de su lista de asuntos por resolver.

Keegan se enfrentaba a su propio destino mientras cabalgaba a la Capital junto a Mahon. Llevaban más de dos semanas de viaje, puesto que habían cruzado Talamh en zigzag a caballo, en dragón o volando para comprobar la seguridad. Y habían dejado grupitos de soldados por el camino para mantenerla o para ayudar donde era necesario con las próximas cosechas, reparaciones o lo que hiciera falta.

Lo que había visto en las colinas, en los valles, en las costas, en las aldeas y en las granjas había sido paz y abundancia. Sin embargo, lo que había sentido era un leve trasfondo de ansiedad. Se avecinaban problemas y eso se notaba en el cargado aire de Talamh.

Cuando cruzó las puertas con Mahon, vio las bulliciosas tiendas que comerciaban con artículos y oficios: los herboristas, los alquimistas, los sanadores y los tejedores, además de todos aquellos que ofrecían sus habilidades y servicios y que decidían vivir y trabajar a la sombra del castillo de la colina. De los pubs salía música. Olía a estofado al fuego, a las especias de los pasteles de carne, a la levadura de la cerveza que se derramaba por las ventanas y las puertas abiertas bajo los tejados de paja de unos edificios demasiado pegados entre sí para su gusto. Y, sí, sabía que otros no compartían su gusto.

La carretera estaba seca, ya que la lluvia se había limitado al oeste y avanzaba en línea recta. Y, como no se veía estiércol de caballos ni perros ni ganado, supo que el comité que se encargaba de su limpieza seguía atento. Un techador y su aprendiz dejaron un momento sus reparaciones para llevarse la mano a la gorra y saludarlo. Unos cuantos salieron de sus tiendas para hacer lo mismo. Alrededor de uno de los cinco pozos que daban agua a la Capital vio a un grupo de gente con cubos y jarras. Un niño de unos diez años dejó su cubo para correr hasta Keegan.

—¿Has traído a tu dragón, *taoiseach*?

Se llamaba Bran, recordó Keegan, y era uno de los sobrinos de Morena. A modo de respuesta, se limitó a señalar. A Bran se le iluminó el rostro de alegría al ver a Cróga sobrevolándolos. Después, extendió las alas para alzar el vuelo y examinar más de cerca al dragón.

Las calles se desviaban a derecha e izquierda para llevar hasta carpinteros, herreros, establos, hogares, palomares, gallineros, un segundo pozo, escuelas… Una en cada dirección hasta que empezaba la pendiente. El verde también seguía por la pendiente, primero con delicadeza, donde algunas personas cuidaban de los huertos y tomaban lo que necesitaban a cambio de su labor. Las ovejas y el ganado pastaban por allí, y, más allá, estaban los cultivos dorados de trigo, a la espera de que los cosecharan y trillaran en el molino.

Por encima de todo eso se alzaba el castillo, construido con piedra de cientos de tonos de gris, curtido por el tiempo, la lluvia y el sol. Sus almenas lo recorrían a lo ancho, mientras que sus torres y torretas atravesaban el límpido cielo azul por el que volaba su dragón. En la cima de la torre más alta, otro dragón volaba sobre la bandera, roja sobre un campo blanco, con una espada en una garra y un bastón en la otra.

En realidad no acechaban, pensó Keegan, sino que cuidaban, tanto el castillo como el dragón, a todos los que vivían y trabajaban abajo, en todo Talamh. Y lo mismo debía hacer él.

Cruzaron la siguiente puerta (una defensa que esperaba no tener que usar jamás) y el puente de piedra sobre el río. Y allí estaban la fuente ornamental y las flores que la rodeaban. Al norte, el denso bosque para los animales, para los rituales, para los encuentros amorosos y los juegos infantiles. La rodearon para dirigirse a los establos, a la zona de los halcones y al muro que daba a los acantilados que bajaban hasta el ancho mar. Junto a los establos vio a un hombre al que conocía; llevaba la gorra en la mano en señal de respeto.

—Se había corrido la voz de vuestra llegada. Me encargaré de los caballos.

—Te lo agradezco, Devlin, porque este de aquí nos tiene en movimiento desde el alba —respondió Mahon al desmontar—. Y mi trasero lo nota.

—Y ahora te tomarás una cerveza —le recordó Keegan mientras le pasaba las riendas a Devlin—. ¿Cómo se encuentra tu esposa? —le preguntó—. Debe de estar a punto de salir de cuentas.

—Hoy hace una semana que salió, y tenemos una hija. Las dos están bien, gracias a los dioses.

—Que la luz os bendiga a tu hija, a su madre y a ti, Devlin. ¿Qué nombre habéis elegido?

—Cara, *taoiseach*, porque es muy querida para nosotros.

—Un bonito nombre. Espera —dijo Keegan y metió la mano en la alforja para sacar el berilo que había recogido durante su visita a las minas de los troles el día anterior—. Un regalo para la nueva vida que has traído a Talamh.

—Gracias. Lo guardaré como un tesoro.

Keegan se echó la alforja al hombro.

—¿Quién iba a pensar cuando corríamos por los campos y los bosques que algún día tú tendrías una hija y este tendría dos hijos y otro en camino?

—¿Quién iba a pensar cuando nos lanzamos al lago con los demás que este saldría como *taoiseach*? —repuso Mahon con la confianza de la amistad que los unía.

—Yo prefiero a la dama y la niña —respondió Devlin, sonriendo.

—Y yo —coincidió Mahon.

Recogió su bolsa y le dio una palmada en el hombro a Keegan mientras subían por el sendero que llevaba al castillo.

—Estoy deseando tomarme esa cerveza y darme un baño. Espero que tú también. Y, mientras que mi mujer está lejos, tú estarás entre los acogedores brazos de Shana.

—Creo que no, no puede ser. Estoy muy ocupado.

—¿Porque estás pensando en la bruja pelirroja? —le preguntó Mahon.

—Porque no tengo tiempo para distracciones.

—No me vengas con esas, que te conozco.

Keegan se detuvo un momento, aprovechando que todavía estaban lo bastante lejos como para que no los oyera nadie.

—Me he dado cuenta de que no sabía o, más bien, fingía no saber que Shana espera más de mí de lo que puedo darle. Su padre es un buen hombre y está en el consejo. Puede que espere lo mismo. Ha llegado el momento de que busque a otro para lo que ella quiere.

—Se acuesta con otros, como haces tú —señaló Mahon—. Os tomaba como compañeros de cama, nada más.

—Y era fácil fingir no saberlo. Y no te engañaba, Mahon: hay demasiados asuntos pendientes para entretenerme con distracciones. Como has dicho, se acuesta con otros. No pasará las noches sola.

Eligió una puerta lateral con la esperanza de evitar un aluvión de bienvenidas. Sabía qué escaleras y pasillos usar para no pasar por el salón principal y los espacios públicos en los que podría haber gente reunida. Sin embargo, en cuanto pisó el bendito frescor del castillo, su madre apareció para recibirlos.

Iba vestida de azul, en un suave tono de verano que le pegaba mucho, y se había trenzado y recogido el pelo de color miel para lucir mejor los pendientes largos. Llevaba también un colgante a juego con un único cristal transparente sin engarzar, el que su marido le había regalado el día del nacimiento de Keegan.

—Bienvenidos, viajeros —les dijo y les ofreció los brazos.

—No te besaré. Acabamos de dejar la carretera y llevamos buena parte de ella encima.

—Tonterías —repuso ella y se acercó para abrazar primero a Mahon y después a su hijo—. ¿Cómo está mi hija, cómo están mis nietos?

—Mejor que bien —respondió Mahon—. Preguntándose cuándo te pasarás a visitarlos.

—Pronto, espero, ya que mi corazón los extraña. ¿Y tu hermano? —preguntó Tarryn, arqueando las cejas en dirección a Keegan.

—También bien.

—Me alegro. Mahon, he pedido que envíen una jarra de cerveza a tu habitación y en estos momentos te están llenando una bañera.

—Tengo la mejor suegra de todas. —Le tomó la mano y se la besó—. Y, con tu permiso, iré a disfrutar de ambas cosas. Este pesado es capaz de hacerte cabalgar hasta que se te pela el trasero.

—Como siempre. Nos vemos en la cena, que será un banquete y un baile de bienvenida. Y espero que me cuentes historias de mis niños.

—Hay de sobra —le aseguró Mahon.

Tras aquellas palabras, subió la escalera de piedra por la que pretendía haber subido Keegan, y Tarryn se enganchó del brazo de su hijo.

—Te acompañaré arriba. Me gustaría hablar en persona contigo, en vez de por halcón o a través del cristal.

—¿Hay algún problema?

—Todavía no. Hay indicios de los problemas que están por venir, pero ninguno de momento.

Lo acompañó a lo que llamaban «el pequeño salón» y Keegan se dio cuenta de que había dado órdenes de que le dieran tiempo para instalarse. La gente lo saludaba, pero nadie se les acercó mientras subían la escalera y pasaban junto a los tapices que adornaban las paredes de piedra, más allá de las vidrieras de colores. Y arriba, planta por planta, hasta llegar a la cámara designada para el *taoiseach*.

—Ojalá aceptaras alojarte aquí.

—No soy *taoiseach* —respondió su madre.

Después abrió la puerta y dio un paso atrás para que él entrara primero. El fuego de la chimenea ardía bajo en la sala de estar. En una mesa lo esperaban una bandeja de fruta, quesos, embutidos y pan, junto con una jarra de cerveza y una botella de vino. Como sabía lo que prefería su madre, le sirvió una copa de vino.

—¿Quieres comer algo?

Ella negó con la cabeza y se sentó mientras él recogía la jarra, bebía y empezaba a pasearse por la habitación. «Siempre tan inquieto», pensó Tarryn. Había limpiado la estancia ella misma por la mañana, comprado flores y hierbas, y aireado las sábanas. Había hecho las velas nuevas para la repisa de la chimenea, tanto allí como en el dormitorio, con él en mente. *Taoiseach* o no, siempre sería su madre y siempre intentaría encontrar el modo de aliviar aquella mente tan inquieta. Todavía no lo había conseguido, pero siempre lo intentaría.

—Tenemos una reunión del consejo al completo esta mañana —le dijo—. Debes asistir.

—Lo sé. Por eso estoy aquí, entre otras cosas.

—¿Después te sentarás en la Silla de la Justicia? La gente sabe que estás aquí, Keegan, y es lo que esperan.

—Sí.

—¿Y bailarás esta noche al ritmo de la música que te dará la bienvenida?

—Contigo, mamá. —La miró, sonriente—. Siempre.

—¿Solo conmigo?

—No he venido por el baile. Hay indicios, como bien has dicho, y aparecen por todo Talamh. —Se sentó y se inclinó hacia ella, con la jarra entre las piernas—. El mundo prospera, mamá, lo veo; pero, aun así, presiento que se acerca la tormenta. Pretende reducirnos a cenizas.

—Tú lo detendrás. Lo detendremos. No tengo fe en ti solo porque seas mi amado hijo ni tampoco porque seas *taoiseach*. Tengo fe en ti porque conozco al hombre que he criado. ¿Qué pasa con la hija de Eian?

Él se acomodó en el asiento y se encogió de hombros. «Ah», pensó Tarryn, que conocía aquella expresión.

—Ha regresado a su mundo —dijo Keegan.

—Este mundo también es el suyo.

—Ha tomado una decisión. Nosotros respetamos las decisiones.

—Claro, y lo hacemos porque nadie tiene derecho a imponer su voluntad a nadie. Pero me llegan noticias, y no solo de ti, sino también de mis otros hijos y de Marg. La joven ha prometido volver.

Keegan contempló el fuego, el corazón rojo del calor. Sin embargo, como había hecho desde la partida de Breen, se resistió a mirar en su interior.

—Las promesas no siempre se cumplen.

—Entonces, ¿no crees en ella? ¿No confías en ella? —Tarryn lo miró y bebió un trago de vino—. Me han dicho que compartiste su cama más de una vez.

—Eso es un tema distinto.

—Ah, ¿sí? —Sonrió, mirando su copa, aunque después perdió la sonrisa—. Anoche había sangre en las lunas.

—Lo vi.

—La necesitamos aquí, Keegan.

—Se lo dejamos muy claro. ¿Qué más puedo hacer al respecto?

—Eso también lo tendrías claro de no estar enfurruñado. Sé distinguir cuando uno de mis niños está enfurruñado —añadió antes de que pudiera protestar—. Y está claro que tú, *taoiseach*, debes ir a buscarla y recordarle su promesa. Y convencerla de que regrese, no por la fuerza, sino a través de la persuasión y la diplomacia.

—¿Y cuántas veces me has dicho que carezco de diplomacia?

—Incontables. Hazlo mejor esta. Quizás te viniera bien añadir un toquecito de humildad. Ah —añadió rápidamente—, ¡qué cosas digo! Debo de estar volviéndome vieja y senil.

—Ja —repuso él y le dio otro trago a la jarra—. No puedo abandonar mis obligaciones aquí.

—Cierto, cierto. Y, cuando te encargues de ellas, irás a hablar con la hija de Eian al otro lado y cumplirás con tu obligación allí. Jamás has faltado a tu deber. —Dejó en la mesa la copa de vino vacía y, tras inclinarse sobre él, lo besó en las mejillas—. Y jamás faltarás a él. Te dejaré solo para que te asees.

29

Shana tenía muchas razones para ser amiga de Kiara. Aunque bien era cierto que el alegre parloteo de esta a veces cansaba, en toda la Capital no había nadie más enterado que ella de todos los chismorreos. También tenía una personalidad muy dulce, sabía escuchar y era una artista arreglando el pelo. En aquellos momentos cotorreaba sin parar mientras recogía el largo cabello plateado de Shana en innumerables trenzas.

Habían intimado durante sus años de escuela, ya que ninguna de las dos disfrutaba de las clases. Kiara contribuía al bien de Talamh con su habilidad para los peinados (muy admirada y solicitada) y su amor e insuperable paciencia con los niños. Shana entregaba su tiempo a los jardines de flores y hierbas, aunque prestaba mucha atención a los asuntos del consejo, ya que esperaba ocupar algún día el asiento de su padre.

Kiara, a pesar de toda su cháchara, a menudo le pasaba información más detallada de la que poseía su padre. El hecho de que la madre de Kiara fuera la amiga más íntima y confidente de Tarryn significaba que, a veces, se enteraba de algunas cositas de la madre y mano derecha del *taoiseach*.

Los padres de Kiara se conocieron cuando su padre visitó el mundo de Largus de joven, y allí conoció a Minga. Shana suponía que Kiara debía su corazón romántico a la historia de cómo la bella joven sin magia de la desierta provincia de Largus y el elfo se enamoraron, y cómo Minga abandonó sus arenas doradas para mudarse con Og a las verdes colinas de Talamh. Todos los hijos de Og, un total de cinco, habían heredado su sangre élfica y sus habilidades. Aunque Kiara no podía presumir de la increíble belleza de su madre (pocos podían), contaba con su cabello de ébano, con sus tupidas y largas pestañas cobrizas, y con la intensa piel dorada de su mundo

Las dos amigas apreciaban el contraste y el valor añadido que les proporcionaban sus colores, tan drásticamente distintos. De pequeñas habían hecho un pacto: nunca competirían por un hombre ni se enamorarían del mismo. Y lo habían mantenido, así que su amistad seguía igual de fuerte.

—Esta noche pretendo bailar todas las canciones. —Con dedos hábiles, Kiara enganchó una campanita diminuta al extremo de una trenza—. Aiden O'Brian ha regresado con el *taoiseach*, y creo que ha llegado el momento de que deje de fingir que no se fija en mí.

—Lo finge muy mal.

—Tengo un vestido nuevo. He peinado a Daryn y a sus hermanas y he cuidado de los dos niños de Maeve mientras ella trabajaba en su telar. Así que Daryn me ha hecho un vestido. ¡Espera a verlo!

—Yo voy de azul. Azul hielo. Dime que no vas a ir de azul.

—Es de color bronce. Daryn dice que resaltará el brillo de mi piel. El azul te queda muy bien; todo te queda bien. El pobre Loren Mac Niadh se pasará toda la noche mohíno, porque seguro que, ahora que ha regresado el *taoiseach*, te acaparará toda la noche.

—Puede que me pida algún baile. —No estaba muy segura de las trenzas y las campanas, pero tenía otras cosas de las que preocuparse—. Hace horas que ha vuelto y no me ha dedicado ni un preciado momento de su tiempo.

—Bah, bueno, acaba de volver y ha tenido reuniones y demás. Y he oído que su madre ha pasado un buen rato con él.

—Pero para meterse en mi cama sí encuentra tiempo, ¿verdad?

—Y lleva dos años o más sin meterse en la cama de ninguna otra mujer de la Capital. Me habría enterado, si no, y te lo diría.

Shana se volvió hacia Kiara y le apretó la mano.

—Sé que lo harías, aun sabiendo que te arriesgas a que te tire algo a la cabeza.

Kiara se rio y terminó otra trenza.

—Eso me pareció cuando te conté los rumores sobre sus noches con la nieta de Marg.

—A la gente le gusta cotillear. —Shana dejó de golpe el frasco de perfume con el que había estado jugueteando—. También me dijiste que había estado entrenándola como si fuera una de sus guerreros y que casi siempre acababa tirándola al barro.

—Ywain…, creo que lo conoces, es el hermano de Birgit, que vive en el oeste. Ywain dijo que lo había visto con sus propios ojos. Y allí todo el mundo sabe que, además del campo de entrenamiento, también compartían cama. —Empezó con la última trenza—. Pero, como tú misma has dicho, ¿qué más da con quién se divierta en el oeste, o en el norte o en el sur, ya puestos? Siempre que regrese contigo cuando esté en el este.

No obstante, Kiara conocía a su amiga y notaba el cambio, así que empezó a tranquilizarla.

—De todos modos, ya se ha ido, ¿no te lo había dicho? Ha vuelto a su mundo. Creo que se la llevó a la cama para intentar convencerla de que se quedase, ya que la necesitamos aquí. Es lo que dice todo el mundo.

Le echó las trenzas hacia atrás y empezó a retorcérselas y recogerlas.

—Decías que tiene el pelo rojo.

—Sí, rojo fuego, aunque su belleza no está a la altura. Puede que Keegan piense en ella, Shana, pero por el bien de Talamh.

¿Por el suyo propio? ¿Qué hombre podría mirarte a ti y pensar en otra?

Shana pensó que se había equivocado al dudar de las trenzas y las campanas. Formaban una especie de corona que después le caía en cascada por la espalda.

—Ya tendríamos que haber intercambiado votos, Kiara.

Esta agachó la cabeza y pegó la mejilla a la de su amiga, dorado contra crema, negro contra plata.

—Puede que se decida esta noche.

Shana lucía el vestido azul hielo, las trenzas y las campanas, y, por las miradas de admiración y envidia, supo que estaba preciosa. Había aprendido que la belleza y el sexo podían ser armas, además de dones. Y valiosas, creía, para el *taoiseach* cuando se convirtiera en su pareja de por vida. Shana tenía cabeza para la política y la habían educado desde que nació en el arte de la diplomacia. Creía de corazón que tenerla a su lado era la mejor elección para Keegan y para Talamh. Tarryn ya había ostentado ese cargo, ese honor y ese derecho durante demasiado tiempo.

Aun así, la saludó con un beso y le dio otro a la madre de Kiara.

—Estás radiante —le dijo Minga.

—Gracias a tu hija. —Agitó un poco la cabeza para que tintinearan las campanas—. Creía que llegaba muy tarde. —«Y adrede», pensó mientras se volvía hacia Tarryn—, pero veo que Keegan llega más tarde todavía.

—Nos ha dicho que no lo esperemos —respondió Tarryn, que iba resplandeciente con un vestido rojo y el pelo rubio miel recogido en una corona de rizos; el salón ya estaba lleno; y los invitados habían empezado a comer—. Ha sufrido un pequeño retraso, pero se unirá a nosotros en cuanto pueda.

Loren se les acercó. Vestía de plata con un jubón azul del mismo tono exacto que el vestido de Shana. Debía de haber hecho un trato con Daryn para que se lo hiciera. El brujo, el guerrero, el amante a ratos de Shana sabía que hacían una pareja perfecta cuando le besó la mano y le ofreció una copa de vino.

—Eclipsas todas las luces de la sala. Ven, te hemos guardado un asiento.

—Adelante, ve con tus amigos, siéntate con los jóvenes —le dijo Tarryn.

Después los vio alejarse, la elfa de azul helado, el brujo de plata, y pensó en lo bien que encajaban.

—Hacen una pareja impresionante —comentó—. En todos los sentidos. Creo que se dará cuenta cuando comprenda del todo que Keegan nunca la elegirá a ella y, que si lo hiciera, nunca la haría feliz.

—Y, sin embargo, está decidida a ello.

—Las decisiones pueden cambiar. Llegan nubes, Minga, y Talamh necesita la espada y el valor necesario para blandirla, no el tintineo de las campanitas.

—Ah, Tarryn, mujer, es una fiesta.

—Tienes razón en eso, y estoy siendo demasiado dura con ella. Sé que le tienes cariño, como se lo tengo yo. Venga, vamos a sentarnos con tu familia y a disfrutar de lo que tenemos.

Shana sabía que Loren estaba en su poder. Lo tenía en la palma de la mano, si decidía abrirla, y en su cama siempre que lo deseaba. Loren la miraba, cautivado, en aquel mismo instante, sentado con Kiara y los demás a una larga mesa tan cerca de una de las chimeneas que Shana podía aprovechar el brillo que se reflejaba en ella. Comió poco, pero se pasó todo el tiempo coqueteando, sonriendo y disfrutando de la adoración patente en los ojos de Loren. Ojos verdes, aunque más pálidos que los de Keegan. No llevaba ninguna trenza de guerrero en el pelo, de un oscuro color castaño, pero lucharía, claro, con poder, espada y arco. Destacaba con el último, como ella. Era de constitución fuerte, aunque más ligera que la de Keegan. Shana conocía bien ambos cuerpos. Como Loren prefería mezclar pociones y trabajar con su alquimia, sus manos seguían siendo suaves y no la excitaban tanto como las de Keegan.

Y cuando entró este en la sala, vestido de negro sin adornos, a Shana se le formó un nudo en la garganta. Ni vio ni le habría importado saber que los ojos de Loren perdieron parte de su brillo. Ella levantó la copa de vino y se volvió de nuevo hacia Loren con una risa despreocupada, decidida a dejar que Keegan se acercara a ella.

Sin embargo, él se abrió paso entre los presentes, deteniéndose de vez en cuando para hablar con alguien, tocar un hombro o besar una mejilla. Para estrechar lazos de camino a su madre. Cuando llegó hasta ella, saludó con cariño a Minga y a Og, además de a los tres niños que se sentaban con ellos y a los demás de la mesa, antes de sentarse a su lado. Shana captó las escasas miradas y los susurros furtivos; cómo no iba a hacerlo. El *taoiseach* no se había acercado a saludarla, ni siquiera había mirado en su dirección. Y eso no se podía consentir ni se consentiría. Así que, cuando empezó el baile, le dio la mano a Loren y se unió a la fila como su pareja. Dio los pasos y las vueltas correspondientes, muy consciente de que siempre destacaba en los bailes. Bailó con su padre, con un cambiaformas que bebía los vientos por ella y con media docena más, hasta que Keegan se le acercó.

—Estás preciosa, como siempre.

—Ah, ¿sí? —Alzó la cabeza y lo miró con mala cara bajo unas pestañas cargadas de polvo de hadas aplicado con inteligencia—. Parecías demasiado ocupado para fijarte.

—He estado ocupado, pero nunca demasiado para no fijarme en la belleza.

—No demasiado, espero, para salir a tomar el aire. Aquí dentro hace mucho calor para mí.

—Puedo permitírmelo unos minutos, claro.

La condujo a los jardines, al fresco aire que olía a otoño, a la luz de la luna que bañaba de plata las flores. Ella se volvió hacia él, hacia sus brazos.

—Te he echado de menos —le dijo y le sujetó la cara entre las manos para atraerlo a sus labios—. Ven, ven conmigo. Llévame a tu cama.

Keegan nunca había compartido su cama con ella, la cama del *taoiseach*, y ambos sabían que Shana no solo le estaba pidiendo sexo. Se apartó de ella con delicadeza.

—Tengo que quedarme aquí, Shana.

—Has bailado, aunque no conmigo. Has hablado con casi todas las personas presentes, pero, hasta ahora, no conmigo. Has pasado más de una hora en el salón hasta que me has dado la mano, lo suficiente para que los demás se rían de mí a mis espaldas.

—Eso es una tontería y una estupidez.

—No es ninguna de las dos cosas —le soltó ella y se dio media vuelta, y con ella la multitud de finas capas de tela de su falda—. Me gustaría que les enseñaras a los que se burlan de mí quién soy para ti. Te he esperado casi todo el verano, Keegan, y estoy harta.

Con la esperanza de calmarla, él le dio de nuevo la mano.

—Siempre he pensado que no te preocupaba lo que dijeran los demás y siento descubrir que no es cierto. Siento también haberte afligido.

—Pues compénsamelo.

El genio se tornó en seducción muy deprisa. Demasiado deprisa, en opinión de Keegan, que notó que se trataba de algo calculado.

—El vino fluye —murmuró Shana mientras le acariciaba la mejilla—. La música suena. No te echarán de menos si tomamos ahora lo que deseamos, lo que necesitamos. Y, si lo hacen, ¿qué más da? Eres el *taoiseach*.

—Lo soy. —Y sabía que ella lo consideraba una cuestión de estatus más que de deber—. Sí, lo soy, y por eso tengo la obligación de quedarme con los que dan su tiempo para servir el vino, tocar la música y venir esta noche a pasar un momento a mi lado, a intercambiar unas palabras conmigo.

—¿Acaso no soy yo de Talamh? Yo también quiero pasar un momento contigo. Quiero que me digas las palabras que todavía no me has dicho. Quiero lo que estás obligado a darme.

Keegan le tomó ambas manos y la sujetó a cierta distancia.

—Estoy obligado a darte mi protección y a juzgar con el bastón y la espada. Te doy mi afecto y mi amistad sin límites, libremente.

—¿Afecto? ¿Amistad? Te metes en mi cama siempre que quieres.

—Y me has dado la bienvenida a ella, y, según tus propias palabras y tus acciones, sin obligaciones ni por mi parte ni por la tuya. Ahora veo que me equivoqué al interpretar esas palabras y esas acciones y que voy a hacerte daño. Y lo lamento profundamente.

—No quiero tus lamentos. —Volvió a rodearlo con sus brazos—. Ven a la cama, a la mía. Cumple aquí con tu deber y después ven conmigo.

Él la sujetó por las muñecas y la apartó.

—Lo siento, lo siento más de lo que soy capaz de expresar. Me importabas y me sigues importando. Pero nunca será nada más ni nada menos que eso.

Cuando ella lo abofeteó, Keegan no dijo nada. Se merecía eso y más por no haber visto lo que ella albergaba en su mente y en su corazón.

—Así que te deshaces de mí como si no significara nada. ¿Y por qué? ¿Por una bruja medio humana que ya se ha ido? Te ha dejado, te ha dado la espalda. Como hizo su padre. ¿Seguirás demostrando una devoción ciega por ella, como hiciste por él?

—Él jamás dio la espalda a nada, ni a mí, ni a mi familia ni a Talamh. —Aunque hablaba en voz baja, sus palabras escocían, y con intención—. Eian O'Ceallaigh dio su vida por ti, por mí, por mi familia, por todos los seres vivos de Talamh. Y por su hija, escondida al otro lado. Nunca jamás vuelvas a hablar mal ni de él ni del sacrificio que hizo por mí.

—¡Ya no está! ¡Y ella tampoco! Yo estoy aquí, dispuesta a permanecer a tu lado, a yacer contigo, a darte consuelo, a darte hijos. A quererte.

—No puedo darte todo lo que me ofreces. Lo siento, pero no puedo darte lo que deseas.

—Así que me haces daño, me humillas y después lo sientes. Bueno, *taoiseach*, créeme cuando te digo que lo sentirás de verdad. Te arrepentirás de rechazarme de este modo. Otros no lo harán.

—Lo sé.

—Piensa en mí con aquel que elija. Y laméntalo.

Shana salió corriendo de vuelta al salón, aunque al llegar a la entrada se detuvo. Se tragó las lágrimas y reprimió cualquier rastro de furia. Entró y se acercó tranquilamente a Loren.

—El *taoiseach* quería que lo invitara a mi cama, pero le he dicho que ya tenía a otro en mente —le susurró al oído y le mordisqueó el lóbulo de la oreja antes de darle la mano; aunque él no la creyó, fue con ella de buen grado.

La música y los bailes continuaron hasta después de que Keegan cumpliera con sus obligaciones. Agotado, se sentó en su habitación con una cerveza en la mano y le contó el enfrentamiento a Mahon.

—No pareces sorprendido por lo que te cuento.

—Yo sí, pero Aisling, tras una única reunión, afirmó que esas eran las intenciones de Shana, y yo nunca dudo de su instinto. Se conocieron la primavera pasada —añadió—, cuando Shana viajó al oeste con sus padres.

—Pues ya podía haberme hablado de su puñetero instinto.

—¿La habrías escuchado?

Keegan, ceñudo, contempló el fuego y después se encogió de hombros.

—Probablemente no, porque te juro que era convincente. Bueno, no es del todo correcto —se corrigió—. Porque había empezado a ver, o al menos a percibir, que ella quería algo más de mí. Ya había decidido alejarme. Pero, de haberlo sabido antes, creo que lo habría hecho mejor.

—¿Te ayuda saber que Aisling también dijo que, aunque era posible que Shana sintiera algo por ti, sentía mucho más por el *taoiseach*?

—Y eso vi o percibí. ¿Cómo es posible que, habiéndose criado en la Capital, con un padre que sirve al consejo y más dedicado que nadie, no comprenda de verdad lo que significa el liderazgo? En fin, no le faltará donde elegir para cubrir mi puesto, por así decirlo.

—Y ninguno de ellos tendrá lo que ella ve como tu estatus.

Keegan miró atentamente a Mahon.

—Shana no te gustaba en absoluto, ¿verdad?

—No es cierto —respondió Mahon—. Bueno —matizó—, no es del todo cierto. Es encantadora y, por lo que he visto y oído, cumple con sus obligaciones y también es buena hija. Sin embargo, le dedica más tiempo a su aspecto o a las baratijas que puede conseguir que a las exigencias del deber y el trabajo. Así que, en ese aspecto, nunca ha encajado con alguien como tú. — Mahon se levantó y se estiró—. Me voy a la cama. No te quedes mucho tiempo dándole vueltas.

—No puedo. Tengo que desayunar en la ciudad y visitar algunas tiendas, talleres y demás antes de volver para sentarme en la Silla de la Justicia.

—¿Quieres compañía para lo primero de la lista?

—Dioses, sí.

—Entonces bajaré contigo. En El Gato Sonriente sirven un desayuno fantástico.

—Entonces, allí es donde lo tomaremos.

Pasó la mañana en la ciudad y el resto del día escuchando quejas, riñas insignificantes y peticiones de ayuda. Cosas pequeñas, por suerte, aunque era consciente de que para los involucrados eran importantes.

Escuchó a un hombre que afirmaba que el perro de su vecino se había pasado la noche entera aullando y al vecino, que decía que había enterrado al perro, anciano y muy querido, dos noches antes de los aullidos. Y a la pareja que contó que habían encontrado a una de sus ovejas quemada y destripada. Aquello no eran cosas pequeñas. Podía sustituir al perro por un cachorro de una nueva camada, y lo hizo, y a la oveja por una de las del castillo, pero conocía las señales: la oscuridad se acercaba.

El tiempo que pasó con los adivinos no sirvió más que para confirmarlo. Así que supo que no podía esperar más. En la linde del bosque, donde la luz de las estrellas era lo único que rompía la oscuridad, le dio un beso de despedida a su madre.

—La convenceré para que regrese, como prometió que haría.

—Dile a tu dragón que vuele al oeste.

—¿Por qué?

—Querrás llevarla allí, a un terreno que le resulte familiar. El sitio, la gente, Marg... No la traigas aquí todavía, Keegan. Sería demasiada impresión, ¿no crees?

—De acuerdo, tienes razón.

—Mahon llevará tu caballo. Yo misma iré para Samhain, si no antes. Ya va siendo hora de que vea al resto de la familia. Lo has hecho muy bien aquí, querido mío.

Él le entregó el bastón.

—Hasta que regrese —le dijo.

—Hasta que regreses. Que la luz te bendiga, hijo.

—Que la luz te bendiga, mamá.

Breen apagó el ordenador cuando oyó entrar a Marco. Tras echarle un vistazo al dormitorio, cerró la puerta al salir.

—¿Cómo te ha ido? —le preguntó ella.

—Mi último día en el sector comercial. Espero que sea para siempre.

—¿No te arrepientes?

—Ahora trabajo oficialmente para las dos personas que más me importan en este mundo, Sally y tú. Es raro. Pero en el buen sentido. Me voy a la cafetería para disfrutar como me merezco de mi trabajo de día, es decir, del tuyo, para que tú escribas tranquilamente.

—No tienes que hacerlo. Podemos...

—Es lo mejor para los dos. —Se acercó a la ventana delantera—. Y ahora estoy a un segundo del trabajo.

—Noto que te arrepientes. Marco, a todo el mundo le gustó el diseño de tu página web. Sé que te hicieron algunas sugerencias, pero...

—Buenas sugerencias. Eso no me preocupa, Breen. Es un gran paso para mí. Y voy a echar de menos tener fácil acceso a los instrumentos. Vamos, que aquí tengo mi teclado y mi guitarra, pero no voy a poder usar un saxo ni un banjo para ver lo que puedo hacer con ellos, ¿entiendes lo que te digo?

—Espera.

Breen se fue corriendo al dormitorio y sacó del armario el estuche del arpa.

—Iba a darte esto para Navidad, pero... —Pero no sabía dónde estaría entonces; ni siquiera sabía si seguiría viva—. Pero no puedo esperar. Y parece el momento perfecto.

—¿Qué tienes ahí?

—Siéntate, abre el estuche y lo descubrirás.

Cuando lo hizo, se quedó mirando el instrumento.

—En cuanto la vi, me dijo: «Soy de Marco» —le explicó Breen—. Hay una tienda en el pueblo, un negocio familiar. El padre fabrica los instrumentos, al menos algunos. Esta arpa. Hizo un acordeón para mi padre.

Marco levantó la cabeza; tenía los ojos vidriosos.

—Me he quedado sin palabras.

—No las necesitas. Sé que no te gustaba tu trabajo en la tienda de música, pero no deja de ser un cambio, un cambio enorme. Lo estás haciendo por mí.

Él tocó las cuerdas y las notas sonaron fuertes y puras.

—Escúchala —dijo—, menuda voz tiene. Tengo mucho que aprender. Tú me has dado el empujón que creo que necesitaba, Breen. Nunca seré una estrella del rock, ni del hiphop, ni de nada.

—Tienes un gran don.

—Mucha gente lo tiene. —Incluso mientras se encogía de hombros, seguía tocando las cuerdas—. Tengo que ganarme la vida. Eso no significa que renuncie a tocar y a escribir canciones, pero, tal como estaban las cosas, habría seguido pinchando discos en la tienda de música para poder pagar el alquiler. Ahora puedo hacer algo que se me da bien, tener tiempo para tocar para mí y, sí, puede que intentar dar algunas clases. Aquí mismo, como decías. Puedo hacerlo —añadió, todavía con los ojos llenos de lágrimas, mirándola—. Porque tú te vas a Irlanda.

—Marco…

—Cielo, ¿quién te conoce mejor que yo?

—Nadie —murmuró Breen—. Nadie en absoluto.

—Llevas pensando en volver desde que llegaste. Ya no hablas de comprar una casa. Eso era una pista bien gorda. Y estás distinta desde que volviste. No para mal. Es como… si fueras más tú misma. Y parte de ese «más» sigue pensando en Irlanda.

Como ella no respondía, Marco se secó los ojos con el dorso de la mano.

—¿Me equivoco? —le preguntó.

—No, no te equivocas. Lo siento.

—No lo sientas. Allí tienes una abuela. Coño, si tienes hasta un perro. Algo te hizo clic, cariño, lo oí encajar en cuanto llegamos allí. No lo sientas, no lo sientas por mí.

—Tengo que terminar lo que empecé. —¿Qué otra cosa podía decirle?—. Lo que empecé allí.

—Sí. —Marco acarició las cuerdas con el dedo—. ¿Cuándo piensas irte?

—Pues… estaba mirando vuelos cuando has llegado. Creo que la semana que viene.

—¿La semana que viene? —preguntó él y dejó de mover los dedos—. Pero si solo llevas aquí un par de semanas…

—La semana que viene ya será un mes entero, Marco. Debería habértelo contado antes. No sabía cómo hacerlo y quería dejar hechas y organizadas muchas cosas antes de irme. Todavía no sé cuánto tiempo me quedaré allí. Podrían ser unas semanas, unos meses o…

—¿Para siempre?

—No pienso en esos términos con nada. Primero debo terminar lo que empecé, eso es en lo único que pienso ahora. Cuando lo haya hecho, decidiré el resto.

—No te diré que no te vayas, pero sí quiero preguntarte cuánto tiene que ver en todo esto el tío con el que te enrollaste allí.

—No es eso —respondió ella a toda prisa—. En absoluto. Que quiera volver no tiene nada que ver con una relación… de ese tipo.

—Vale, porque deja que te diga que el sexo lo distorsiona todo. Y si crees que es más que sexo, se te va el cerebro a la mierda. La gente se vuelve idiota por amor.

—Te prometo que no hay nada distorsionado. Cuando me fui de Irlanda ya sabía que iba a regresar, pero no te lo dije. Tendría que haberlo hecho, pero no lo hice.

—¿Se lo has contado a alguien más?

—Le prometí a mi abuela que volvería y... Pero ¿aquí? No, no he dicho nada todavía.

—Tienes que enfrentarte a eso. Yo voy a cambiarme para ir a Sally's. Deberías venir conmigo y contárselo a él y al resto.

—Vale.

Marco se levantó y la puso de pie para darle un abrazo.

—Esa arpa es el mejor regalo que me han hecho en mi vida. Y si marcharte te hace feliz, yo también lo seré. Puede que tarde un poquito en conseguirlo, pero lo seré.

Keegan esperó a medianoche para conjurar el círculo dentro de la oscuridad del bosque. Quería el poder del fin del día y del nuevo inicio del siguiente para lo que sería un ritual largo y complicado.

Volver a abrir el portal desde el otro lado costaría menos por lo que había puesto en este, pero, como le había pedido su madre, debía abrirlo no allí, sino en el oeste. Tenía que ser preciso, también, así que debía estudiar su objetivo. No solo el país, no solo la ciudad, sino su piso. Era como dar en el centro de una diana que solo veía en su cabeza. Y después, volver a moverlo todo, trasladar la abertura varios kilómetros hacia el oeste de donde se encontraba.

Había considerado la posibilidad de acudir a Marg para que le ayudase con el ritual, ya que Breen y ella compartían sangre y eso facilitaba el proceso. Sin embargo, al final decidió que él era el responsable. Y si lo duro que había sido con ella había contribuido a su decisión de alejarse, sería él quien encontrara palabras más amables (donde fuera) para convencerla de que regresara.

Así que conjuró el círculo y repartió la luz por la oscuridad. Llamó a los dioses para que bendijeran sus esfuerzos en nombre de la luz. Bebió el vino, derramó el resto de la copa en el suelo y, mientras la tierra bebía, él llamó al fuego. Y con sus palabras resonando en la noche, lo alzó en alto, lo extendió. Poco a poco, cuidadosamente, llamó al aire y lo absorbió, y, por el esfuerzo de mantenerlo todo contenido y centrado, la espalda empezó a empapársele de sudor.

El fuego ardía rojo y caliente, después pasó al azul y, por último, a un brillante blanco que se condensó para formar la puerta entre los mundos.

—Y con las palabras que acabo de decir pido los candados romper y las puertas abrir. Si el deseo se me ha de conceder, prometo llevar la luz a los mundos y la libertad defender. Tal es mi orden, así debe ser.

Con fe, entró en el remolino de luz y se dejó acariciar por las llamas. Y se lanzó de un mundo a otro. Un relámpago de luz, una bofetada de calor, y el portal se cerró detrás de él. Se encontró en un dormitorio en penumbra por cuya ventana llegaba el zumbido de la calle. Sin embargo, no había nadie dentro, no se oía nada.

Chascó los dedos para iluminar el cuarto y lo examinó. Colorido y ordenado. Y vacío. El suelo crujió bajo sus botas cuando se acercó a una mesita y vio una cocina a su derecha. Había visto viviendas similares durante sus viajes y en sus libros, aunque aquella era muy pequeña y desprendía un agradable olor a algo que pretendía ser limón.

Oyó un portazo y voces, pero fuera de la vivienda. Así que era un piso, aunque no estaba seguro todavía de que se tratara del correcto. Recorrió un pasillo estrecho y le echó un vistazo a la habitación de la izquierda. Vio una cama bien hecha, más color, una guitarra en un soporte y fotografías colgadas en la pared en las que se veían personas tocando instrumentos. No parecía pertenecer a Breen ni olía a ella, así que se metió en la habitación de la derecha.

Y allí estaba ella…, o su aroma, su presencia.

La máquina que usaba para escribir sus historias se encontraba en el escritorio, al lado de la foto de su padre, Keegan y los demás, igual que la que le había regalado a Marg y a su familia. En el suelo había una maleta con algunas cosas, como si las hubiera metido dentro o todavía no las hubiera sacado. Pero ¿dónde estaba ella?

—Maldita sea.

Reconoció el espejo y lo cogió. En circunstancias normales, no habría usado el instrumento mágico de otra persona sin permiso, pero no tenía tiempo para sutilezas.

—Enséñame.

El cristal se oscureció y después se aclaró de nuevo. La vio sentada en un bar. Sostenía una copa de vino y movía los labios para hablar con alguien que él no veía. Le pareció algo llorosa y eso le provocó cierta incomodidad. Después abrazó a alguien, a otra mujer, una con una melena de pelo rubio platino que le caía sobre los hombros al aire. No, no era otra mujer, se percató al fijarse más cuando se separaron para seguir hablando. Era un hombre vestido de mujer, y muy bien. Sally, comprendió. Había hablado a menudo de aquel lugar y su dueño. Dejó el espejo para sacarse del bolsillo una piedra de adivinación.

—Enséñame el camino.

Se dirigió a la salida, pero recordó la espada. Sabía que en aquel mundo no se vería bien a un hombre con una, así que se la quitó y la dejó en el dormitorio. Con la piedra en la mano, salió del piso y bajó las escaleras. Las puertas se abrían y cerraban, y dejaban escapar el sonido de las voces y el olor de distintas comidas. Alguien tocaba una especie de cuerno, y lo hacía fatal.

En el exterior, el aire era más fresco y estaba impregnado del olor a los coches y al combustible que quemaban. De nuevo, le llamó la atención el colorido. No solo era la ropa o los muchos tonos de piel, sino la ciudad en sí. Eran como un arcoíris, y no podía ponerles pegas.

De nuevo, alguien tocaba un cuerno, aunque esta vez lo hacía bien. Las farolas proyectaban luces en las calles y las aceras y muchos paseaban sin prisa aparente. Dos hombres se acercaron el uno al otro con la sonrisa reflejada en los ojos y se besaron cuando pasó junto a ellos.

Tomó el desvío que le indicaba la piedra y se encontró en la puerta de un edificio. Allí había más arcoíris y luces del mismo color formando unas letras que decían «Sally's». Entró… El calor, la música y el color iban más allá de lo que había visto hasta entonces. Sin embargo, no veía a Breen en la barra en la que antes estaba bebiendo. La idea de perseguirla por la ciudad lo irritaba, aunque, por lo que fuera, aquel lugar contribuía a levantarle el ánimo. Tres mujeres (no, eran hombres también) estaban de pie en un escenario y lucían disfraces que brillaban como estrellas. Cantaban en excepcional armonía. El olor del aire era tan maravilloso como sus voces.

Así que se detuvo para asimilar lo que atraía tanto a Breen de aquel lugar y meditar sobre lo que tendría que hacer para descubrir el modo de alejarla de nuevo.

30

Detrás de la barra, ocupado mezclando el martini perfecto, Marco se fijó en Keegan en cuanto entró por la puerta. La experiencia le decía que algunas personas tenían ese poder, el poder de llamar la atención en un abrir y cerrar de ojos. Era algo más que el aspecto, aunque, en fin, el de aquel tío era muy bueno; hacía falta el factor wow.

No se podía fingir el factor wow. O se tenía o no se tenía. Marco sirvió el martini en la copa helada, añadió tres aceitunas y observó al señor wow examinar el club. Era evidenteque le gustaba la música, pero, claro, las Supremes nunca fallaban. Y también era evidente que el señor wow buscaba a alguien. A alguien con mucha suerte.

«Alto y en buena forma», pensó mientras el señor wow avanzaba hacia la barra. Vestido con ropa informal: jersey azul oscuro, pantalones marrón oscuro y unas botas gastadas que le daban un toque sexy. Rostro angular y definido, con una barba de varios días que resultaba natural, en vez de intencionada. La clase de pelo negro tupido que dan ganas de recorrer con las manos. Y con el añadido de una única trenza fina bajándole por el lado izquierdo. Entonces algo empezó a encajar, justo cuando el señor wow se le acercó y lo miró a los ojos. A Marco no le avergonzaba reconocer que la lujuria le hizo patinar el cerebro durante un minuto.

—Bienvenido a Sally's, señor Alto, Oscuro y Maravilloso. ¿Qué puedo servirte?

—Estoy buscando a Breen Kelly. ¿La conoces?

El acento irlandés era la guinda del pastel y ayudó a que todo terminara de encajar.

—El dios irlandés.

Keegan arqueó las cejas.

—No del todo, no. Es una pelirroja —empezó a explicar.

—Me refiero a ti. Soy Marco. Marco Olsen —se presentó y le ofreció una mano.

—Ah, Marco. Hablaba de ti con mucho cariño, así que encantado de conocerte. ¿Está Breen por aquí?

—Ha entrado un momento entre bastidores, pero saldrá enseguida. —Mientras tanto, Marco decidió sacarle información—. ¿Qué puedo ponerte mientras esperas? Invita la casa —añadió—, de un amigo de Breen a otro.

—Es muy amable por tu parte. —Y mucho más sencillo, ya que se le había olvidado llevar dinero local. Miró hacia los grifos y señaló con la cabeza—. Una pinta de Guinness, y gracias.

—Esto está hecho. Entonces… —Marco colocó el vaso debajo del grifo y dio inicio al proceso de servir la Guinness—. Vives cerca de la abuela de Breen, ¿no?

—Sí.

—Breen se alegró mucho de encontrar a su abuela. Significa mucho para ella, sobre todo después de enterarse de la muerte de su padre. ¿Lo conocías?

—Sí, y era el mejor hombre que he conocido, a excepción de mi padre.

Mientras se asentaban las capas de cerveza, a Marco le pidieron un moscow mule, un cosmo y un par de copas de tinto de la casa.

—Breen no mencionó que venías.

—Claro, porque no se lo he dicho.

—¡Sorpresa! ¿Cuánto tiempo vas a pasar en la ciudad?

—No mucho, creo. Sabes lo que haces —comentó Keegan al ver a Marco servir las copas—. Hace falta mucha habilidad para ser un buen camarero.

—He ido aprendiendo sobre la marcha. —Después de servir lo que le habían pedido, Marco terminó de tirar la Guinness y la dejó delante de Keegan—. Breen es más que una amiga para mí, más que una hermana. Mucho más.

—Y tú lo eres para ella, lo sé por cómo hablaba de ti.

—Supongo que no te costaría nada dejarme KO, pero, de todos modos, iría a por ti si le hicieras daño.

Keegan no dejó de mirarlo a los ojos mientras probaba la Guinness.

—Un verdadero amigo, uno que está de tu parte pase lo que pase, es un tesoro. No pretendo hacerle ningún daño.

—Se magulla con facilidad. Aquí —añadió Marco dándose unos toquecitos en el pecho, sobre el corazón.

—La mujer que conozco es fuerte y tiene una voluntad de hierro y una feroz determinación. Y, de todos modos, insisto en que no pretendo romperle el corazón ni provocar el ataque de su buen amigo.

—¿A quién tenemos aquí? —preguntó Sally, que acababa de aparecer al lado de Keegan embutida en un traje negro de lentejuelas, con botas por encima de la rodilla y una melena rubio platino.

—El... amigo de Breen, de Irlanda —le dijo Marco—. Lo siento, no me llegó a decir su nombre.

—Keegan Byrne.

—Oooh, los acentos siempre pueden conmigo —comentó Sally, que, aunque recorrió coquetamente con el dedo el brazo de Keegan, no dejó de examinarlo con mucho detenimiento—. Menudo regalo sorpresa. Soy Sally.

—¿Sally? La que Breen considera su madre del alma.

La mirada crítica de Sally se ablandó.

—Es una forma muy bonita de decirlo —comentó.

—Por su forma de hablar, estaba muy claro. Me gusta mucho tu local. Sabes montar una fiesta, y los intérpretes tienen buenas voces.

—Espera a que veas el número de Sally imitando a Gaga —dijo Marco mientras servía otra copa.

—¿También actúas?

—Cielo, nací en el escenario, aunque todavía me queda un ratito antes de salir a dejaros boquiabiertos con mi arte. Marco, agua sin gas. Keegan, vamos a buscarnos una mesa para charlar un momento. Hettie nos llevará la bebida —añadió antes de colgarse de su brazo y llevarlo a una mesa al fondo de la sala.

—¿Tú también piensas ir a por mí? —le preguntó el joven; como, hombre o no, iba vestido de mujer, le apartó la silla.

Sally se sentó mientras reprimía una sonrisa.

—¿Debería? —preguntó.

—Marco ya me ha advertido al respecto, y esperaba lo mismo de ti. Al fin y a cabo, sois su familia. Gracias —añadió Keegan cuando la camarera les dejó las bebidas—. Mi amigo, que es como un hermano para mí, tenía la vista puesta en mi hermana, y ella en él. Y, aunque mi hermana es más de un año mayor que yo y Mahon es uno de los mejores hombres que conozco, le dije más o menos lo mismo.

—¿Y cómo salió todo?

—Bueno, no llegamos a los puños —repuso Keegan, alzando la cerveza—, lo que es una suerte para los dos, porque Aisling nos habría dado una paliza. Y están esperando su tercer hijo.

—Por los finales felices —dijo Sally, alzando su agua—. ¿Es por eso por lo que buscas a Breen? ¿Para tener un final feliz, hijos?

—¿Qué?

Al ver su cara de pasmo, a Sally se le escapó de nuevo la sonrisa.

—No era más que un ejemplo de lo que entiendo por una familia —explicó Keegan—. Es una conversación que pienso tener con ella, nada más, con la esperanza de que vuelva conmigo. Allí también tiene familia. Y… allí se la necesita. Y tiene un hogar.

—¿Hablas de su abuela? Alguien a quien Breen no conocía hasta este último verano.

«Diplomacia», se recordó Keegan.

—Marg guardó silencio, lo que le costó mucho, por respeto a la madre de Breen y para darle tiempo a su nieta para que tomase sus propias decisiones cuando llegara el momento. Es la historia de Breen, no la mía, así que solo diré que, cuando Eian trajo a Breen aquí, a petición de su mujer, hizo lo que pudo por mantener a su familia a salvo y unida, y para hacer lo mismo con la familia que dejaba atrás. No permitiré que nadie hable mal de Mairghread ni de Eian Kelly delante de mí.

—Me parece justo. Aunque te diré que ojalá su abuela se hubiera dado a conocer antes. Así Jennifer hubiera tenido menos tiempo para destrozar a Breen.

—Entiendo a qué te refieres y que es todo cierto. Pero el momento de decidir llega cuando llega. Y ella te tenía a ti, ¿no? Y a Marco y este sitio. —Miró a su alrededor de nuevo justo cuando los presentes aplaudían al trío del escenario—. Es un buen lugar, como he dicho. No solo hay alegría, sino también amor y protección.

Sally resopló y se echó hacia atrás.

—¿Cómo voy a ponerte contra las cuerdas si me dices esas cosas?

Keegan sonrió.

—Es lo que veo y siento ahora que estoy aquí, y era fácil deducirlo por lo que Breen contaba de ti, de Marco, de… Derrick, ¿no?

—Sí, el amor de mi vida.

—Debe de ser un gran hombre, puesto que no tendrías motivos para conformarte con menos.

—Mierda. Encantador, guapo y con acento. —Sally se echó hacia atrás los rizos rubio platino—. ¿Qué puede hacer una madre ante esto?

—Dejar que vuelva conmigo, si así lo decide.

—No podría detenerla ni tampoco me interpondría si es lo que ella desea. Nunca le han roto el corazón…, románticamente hablando —matizó Sally—. Le han sacudido y magullado el ego y la autoestima, pero no el corazón. —Se inclinó hacia él—. No seas el primero.

—No soy… Esto no es por motivos románticos.

Sally le dio unas palmaditas en la mano con una de las suyas. Llevaba las uñas pintadas de rosa chicle.

—Lo que tú digas, guapo. Ah, esa es mi entrada. Disfruta del espectáculo.

A pesar de que crecía su impaciencia (¿cuándo narices iba a salir Breen?), costó no disfrutar de él cuando el local entero prorrumpió en aplausos y vítores. Y Sally salió al escenario.

Keegan admiraba a los intérpretes y enseguida vio que Sally no mentía: había nacido para el escenario. Tenía presencia, eso era; se movía bien y con confianza mientras cantaba sobre un mal romance y los clientes se unían al coro como si estuvieran en un pub irlandés. Y, aunque lo estaba disfrutando, percibió la entrada de Breen. Fue como si algo rompiera el equilibrio de poder en el aire. Siempre se sorprendía de que los habitantes de aquel mundo no lo notaran. Volvió la cabeza y la vio justo cuando ella lo vio a él. Cuando Breen fue hacia su mesa, él se levantó.

—¿Qué estás haciendo aquí?

—Tenemos que hablar. ¿Podrías volver conmigo a tu casa?

—Podemos hablar aquí —repuso ella y se sentó.

—Es una conversación que preferiría mantener en privado.

—Esto es privado de sobra.

Su autoestima no parecía tan ¿magullada? como pensaba su madre del alma. Empezó a inclinarse hacia ella, pero entonces apareció la camarera y dejó una copa de vino en la mesa.

—Marco ha pensado que te vendría bien. ¿Quieres otra cerveza? —añadió dirigiéndose a Keegan.

—No, gracias, con esta tengo suficiente.

—Hacedme una seña si necesitáis algo —dijo Hettie, que miró con intención a Breen—. Lo que sea.

—Parecen creer que he venido a sacarte a rastras de aquí —masculló Keegan.

—Cuidamos los unos de los otros.

—Como hacemos nosotros —le recordó él—. Me dijiste que volverías, pero ya ha pasado más de un mes.

—Todavía no ha pasado un mes —lo corrigió ella—. Hablo con la yaya casi todos los días.

—Y ella nunca te diría nada que pudiera preocuparte. En cualquier caso, he estado en la Capital estos últimos días. Tienes que regresar. Cada vez hay más señales.

—¿Qué señales?

—De que se acerca la oscuridad. Me diste tu palabra de que regresarías si te necesitábamos. Te necesitamos.

—Pensaba que no creías en mi palabra.

—Maldita sea, mujer, estaba cabreado, ¿no? No estamos hablando de tus sentimientos, sino del deber.

La música palpitaba. Sally pasó a *Born This Way*. La gente abarrotaba la pista de baile. Las luces titilaban. A Breen todo aquello, todo lo que constituía aquel momento, le resultaba tan familiar y tan seguro que lo necesitaba como el respirar.

—Dime la verdad. Si voy a Talamh, podría morir allí, ¿no? —preguntó.

—Lucharé con todo lo que tengo y todo lo que soy para protegerte —le aseguró Keegan.

Ella lo miró y bebió un poco de vino.

—Me lo creo. Pero podría morir, de todos modos.

Keegan cerró un puño sobre la mesa, pero no dio ningún golpe.

—Como podría morir yo, como podríamos morir todos. Y, si fracasamos, como podrían morir todos los habitantes de este mundo. Odran no se detendrá en Talamh.

—Veo la tierra quemada. Huelo el humo y la sangre. Oigo los gritos —repuso ella tras dejar el vino en la mesa.

Keegan le cubrió una mano con la suya.

—¿Y vas a quedarte quieta y dejar que eso suceda?

—No.

Se levantó, miró hacia el escenario, donde estaba Sally, y después a la barra y a Marco. Tras llevarse una mano al corazón, se dirigió a la puerta.

—Tengo un vuelo reservado para la próxima semana —le dijo a Keegan cuando este la siguió—. Le he dicho a todos mis seres queridos que regresaba a Irlanda. —En el exterior, empezó a caminar más deprisa—. Tenía que contárselo, tenía que despedirme. Ahora ya lo he hecho, así que veré si puedo adelantar el vuelo.

—Ibas a regresar.

Ella se volvió en redondo para mirarlo.

—Te dije que lo haría —respondió.

—Mis disculpas. —Agarró a Breen del brazo antes de que pudiera darle la espalda para seguir andando—. Lo siento. De verdad.

—Da igual.

—Por supuesto que no. Puse en duda tu palabra, te insulté allí, y eso te duele. Lo siento mucho. Y lo siento de nuevo, con lo que hacen tres veces. Eso debería bastarle a cualquiera.

—Tengo miedo —le dijo ella, mirando al frente—. Aquí está todo lo que conozco, y con la escritura he conseguido lo que había deseado siempre. Es como si me dijeran: «Breen, aquí está tu oportunidad de ser feliz, realmente feliz, de encontrar por fin tu sitio». Pero no es mi sitio, o no es mi único sitio. Pienso en la casa de Irlanda o en el viento de Talamh en mi rostro; en lo que siento al ver a Morena desplegar las alas o al oler los aromas del taller y de la cocina de la yaya; en su puerta, siempre abierta. —Suspiró y cerró los ojos—. Y lo echo tanto de menos que duele. Y echo de menos tener un sitio allí, formar parte de algo de un modo que aquí nunca he sentido. Quiero la magia, quiero sentir esa alegría dentro. Y tengo miedo.

—Serías tonta si no lo tuvieras.

—Entonces, supongo que no soy tonta —respondió Breen, que acababa de pararse delante de la puerta de su edificio.

Entró y empezó a subir las escaleras.

—Tengo a Marco, a Sally, a Derrick y a los amigos de Sally's, y me importan mucho. Pero ahora no encajo aquí. Y tengo miedo de no encajar si algún día quiero o necesito volver. Suponiendo que sobreviva a lo que se avecina. —Sacó las llaves y abrió la puerta—. ¿Tengo que renunciar a todo lo que amo de este lugar?

Keegan quería tocarla, tranquilizarla, pero lo cierto es que no hizo ninguna de las dos cosas.

—No conozco la respuesta.

—Ni yo. Ve a sentarte. Intentaré reservar un billete en tu vuelo. ¿Cuándo es? ¿Con qué compañía?

—¿Crees que he venido en avión? ¿Por qué iba a hacerlo? Son unas cosas horrorosas. He abierto un portal temporal. Lo abriré de nuevo desde aquí; será mucho más sencillo contigo al lado.

Mientras hablaba, recogió su espada y se la colgó.

—¿Cómo ha llegado aquí tu espada? —preguntó ella—. ¿Has abierto un portal desde Talamh directamente a mi piso?

—Me pareció el mejor lugar.

—¿Y si hubiera estado Marco?

—No estaba.

—¿Y si hubiera tenido compañía o hubiera estado en una puñetera orgía?

—No la tenías y no lo estabas —respondió él sin darle importancia—. Y como me contaste que aquí llevabas una vida tranquila no se me pasó por la cabeza la posibilidad de una orgía. ¿Las organizas muy a menudo?

—La gente llama a la puerta antes de entrar en el hogar de los demás.

Keegan se esforzó por no perder la calma, pero notó que era una batalla perdida antes incluso de comenzarla.

—Teniendo en cuenta las circunstancias, preferí dejar a un lado los buenos modales. Cuando volvamos podrás fustigarme por mi mala educación. Ya te has despedido, así que vámonos de una vez.

—Tengo que hacer la maleta.

—Por todos los demonios, que en Talamh hay ropa.

—Voy a hacer la maleta. No pienso irme sin llevarme lo que necesito. Vete si tienes tanta prisa, que yo me subiré a uno de esos horrorosos aviones cuando esté lista.

Entró hecha una furia en su dormitorio y, empezando por las prioridades, guardó primero el portátil, los cuadernos y el material de investigación.

—Necesito mi trabajo —le soltó a Keegan al ver que la había seguido—. Puede que para ti no sea importante, pero para mí lo es.

—Nunca he dicho que no lo fuera.

—Como si lo hubieras hecho. «Date prisa, Breen, no molestes a los demás tomándote tu tiempo para hacer lo que necesitas».

La vio envolver en una camiseta la foto de sus padres y, en otra, el espejo mágico. Lo guardó todo en la maleta, junto con el libro de hechizos que había escrito Marg. Sacó cosas del armario y de los cajones con movimientos bruscos. No con ira, no; no era ira, sino algo más frágil. Keegan sintió su tristeza cuando se abrió a ella. Se preguntó cómo era posible que un hombre que creía comprender a las mujeres hubiera metido tanto la pata con dos de ellas en la misma semana.

—Tengo derecho a llevar mi propia ropa, no solo lo que le sobre a los demás. Y si quiero la taza con forma de rana que me hizo Marco en el colegio, pues me la llevo.

Echó bolígrafos y lápices en la maleta, y después envolvió algo parecido a una rana rosa sonriente antes de añadirla al resto.

—Y pienso llevarme mi propio cepillo de dientes, si no te importa.

Keegan le oyó las lágrimas en la voz cuando cruzó el pasillo y empezó a meter cosas en una bolsita.

—Mis propias cosas —siguió diciendo Breen—, por muy frívolo que sea. Porque voy a tener lo que es mío durante todo el tiempo que pueda. No sé cuándo regresaré, ni siquiera sé si regresaré, no sé si volveré a ver a Marco, a Sally y a todas las personas que me importan. Y claro que cumpliré con mi puto deber, pero cuando termine la maleta.

Empezó a cruzar de nuevo el pasillo, pero Keegan se colocó frente a ella.

—Para.

—¡No he terminado!

—Encontraré otro modo. —Le apoyó las manos en los hombros, que temblaban—. Esto está mal. Me he equivocado y encontraré otro modo, porque ese es mi trabajo. El deber es mío y lo ha sido desde antes de que aceptara la espada y el bastón. Lo he sabido toda mi vida, y tú solo has contado con unas cuantas semanas. Yo debo sopesar lo correcto y lo incorrecto, encontrar el camino, el camino más justo. Y esto no es justo. —Apoyó un momento la frente en la de Breen. Pensó que esa carga le pertenecía a él, que siempre le había pertenecido—. Te quedarás aquí, en el mundo que conoces, en el mundo que llevas en el corazón. Encontraré otra forma de defender Talamh.

Como a Breen le temblaban las piernas, se dejó caer y sus enseres se le salieron de la bolsita.

—Estás diciendo que no tengo que ir. Y no me digas que es una elección.

—Bueno, es que lo es, aunque no te hemos dejado mucho margen para elegir, ¿verdad? —repuso Keegan—. Y no me cabe duda de que, si hubieras vuelto, te habría presionado tanto o más que antes. Así son las cosas. Así soy yo. Pero tú no eres así, ni tu mundo.

—Mi padre…

—Murió por él. Lo quería como a mi propio padre. No creo que me diera las gracias por arrastrar a su hija de vuelta para que lo arriesgara todo. Esto es para mí.

Keegan empezó a agacharse para ayudarla a levantarse. Y, en ese preciso momento, se abrió la puerta. Marco vio a Breen en el suelo, con las lágrimas en los ojos y las mejillas, y a Keegan cerniéndose sobre ella.

—¡Cabrón! ¡Apártate de ella!

Con el puño por delante, se abalanzó sobre Keegan. Breen oyó el choque de los nudillos contra hueso antes de despertar de la conmoción y ponerse en pie de un salto.

—¡Para, para! No le hagas daño —le ordenó a Keegan y se abalanzó a su vez sobre Marco para evitar que las cosas fueran a más.

—Quítate de en medio, Breen. No voy a permitir que nadie te trate así. ¿Crees que puedes ir por ahí tirando a las mujeres por los suelos, capullo?

—No lo ha hecho —le dijo Breen mientras lo sujetaba con más fuerza—. No me ha tirado al suelo. No me ha hecho daño. Ha sido lo contrario. Yo estaba sensible y él ha sido muy comprensivo.

—No era lo que parecía. Y te he visto la cara cuando has salido de Sally's. Te sentías mal. Sigues sintiéndote mal. Por eso he venido a buscarte.

—Me sentía mal y me siento mal, pero no por Keegan. Te lo prometo. Ve a cerrar la puerta, ¿vale? Antes de que los vecinos llamen a la policía.

Después de echarle otra mirada asesina a Keegan, Marco cerró de un portazo.

—Quiero saber qué coño está pasando.

—Estaba haciendo la maleta —respondió Breen, que se agachó para recoger lo que se había caído y evitar mirarlo a los ojos—. Y me he puesto sensible. Keegan me ha dicho unas cuantas cosas, cosas amables, y me he puesto sensible. No me ha hecho daño, ni me ha amenazado ni nada de eso.

—Vale —dijo Marco, aunque seguía receloso—. Si de verdad no era lo que parecía, siento haberte pegado.

—No tiene importancia. Los amigos defienden a sus amigos. Y ha sido un buen puñetazo, bien pegado.

—Sí, bueno, estoy bastante seguro de que tu cara me ha roto el puño —respondió Marco antes de mirar a Breen—. Y no me has contado toda la historia. ¿Qué narices pasa, Breen? Y no me cuentes trolas. Te conozco, cielo.

—Sí —murmuró ella mientras se levantaba—. Voy a volver.

—Lo sé. Lo hemos hablado.

—Voy a volver ahora mismo.

—¿Ahora? Me dijiste que la semana que viene.

—Lo sé.

Breen miró la bolsa que llevaba en la mano, la que estaba llena de cosas que le habían parecido esenciales unos segundos antes. Pero lo verdaderamente importante eran los dos hombres que estaban con ella en la habitación y los dos mundos a los que pertenecían. Se metió en el dormitorio para dejar la bolsa.

—Vamos a salir del pasillo.

Se fue al salón y, primero, se volvió hacia Keegan.

—No voy a irme hasta que termine la maleta. No voy a irme hasta contarle la verdad a Marco.

Keegan se limitó a sacudir la cabeza y acercarse a la ventana.

—Vamos a sentarnos un minuto —le dijo a Marco; lo llevó hasta un sillón y ella se sentó en el brazo de otro—. Este verano no he estado solo en Irlanda. Todo empezó allí. O no, aquí. Empezó aquí, más o menos, después de ver a Sedric en el autobús. El hombre del pelo plateado, ¿te acuerdas?

—Breen...

—Pero empecé a sentirlo más en Irlanda. Morena, la del halcón... Sentí un vínculo instantáneo con ella. Después, en la casa, cada vez sentía más. Y seguí a Botarate por el bosque y él me llevó hasta el árbol. Crucé al otro lado detrás de él, a Talamh. Donde nació mi padre. Donde mi madre y él se casaron. Donde nací yo. Donde conocí a mi abuela.

—Creía que ella te había regalado el perro. Tu abuela.

—Lo hizo, pero no lo supe hasta que ella me lo contó. Aprendí mucho durante el tiempo que pasé con ella. Aprendí y comprendí que todo está conectado. Que existe un poder con dos caras, la luz y la oscuridad, y ese poder lo une todo y a todos.

—¿Como la Fuerza o algo así?

—No, Marco, no... Bueno, algo parecido —decidió—. Y existen varios mundos. ¿Recuerdas cuando querías ser astrónomo? Me decías que no podíamos estar solos porque éramos demasiado pequeños para ser los únicos. Tenías razón.

—Entonces, ¿qué? ¿Me vas a decir que este es del planeta Tulipán y que vas a viajar por el continuo espacio-tiempo?

—Para dedicarte a narrar historias, la estás pifiando pero bien —comentó Keegan sin volverse hacia ellos.

—Lo sé. Piensa en el multiverso. Hay más de un mundo. Nosotros somos uno. Talamh es otro. Hay portales que conectan algunos de ellos entre sí, como el árbol que conecta este mundo con Talamh. Lo escribí todo.

Marco se levantó poco a poco cuando ella corrió de vuelta a su dormitorio.

—La has vuelto loca. ¿Qué le has dado? —le preguntó a Keegan.

—Encontró su derecho de nacimiento, su lugar de nacimiento. Encontró su historia y su destino. —Keegan miró a Breen cuando esta entró con el maletín del portátil y una memoria USB—. Has dicho que no te irías sin contarle la verdad, lo que quiere decir que pretendes irte. Pero lo vas a dejar más confundido y enfadado que antes.

—Lee esto —le dijo Breen a Marco—. Lo escribí mientras sucedía. Escribí lo que sentía y lo que pensaba. Está todo ahí. Todo sobre Talamh y los seres feéricos. Que eligieron la magia en vez de la tecnología.

—Vale, genial, así que este es... ¿Qué? ¿Un mago? ¿Es el puñetero Harry Potter con espada?

—Ya basta. Soy una criatura feérica, como lo es ella. Soy de las sabias, como lo es ella. Breen Siobhan O'Ceallaigh, yo, *taoiseach* de Talamh, te libero de tu promesa de regresar. Debes tomar una decisión aquí y ahora. Hazlo.

—Regreso.

—Breen, este tío es un lunático o un timador que quiere quedarse con tu dinero —dijo Marco—. Voy a llamar a la policía.

—Para. —Breen alargó las manos y todas las velas de la habitación se encendieron de golpe—. Esto es lo que soy —añadió cuando Marco se dejó caer de nuevo en el sillón—. Hija de las hadas, una bruja que lleva sangre de los *sidhe* y la maldición de un dios oscuro.

Chascó los dedos y sostuvo una bola de luz azul. Agitó la otra mano y le pidió al aire que se moviese.

—Esto es lo que me ha sido ocultado durante tanto tiempo. Este poder, este don, este deber.

—Vale, vale, ¿qué drogas nos hemos metido todos?

—Sabes que no es eso. Esto es lo que soy, Marco. Lo que soy de verdad. Y si ahora me tienes miedo, creo que se me partirá el corazón.

La respiración de Marco estaba acelerada, como si hubiera corrido unas cuantas manzanas, y le temblaban las piernas. Pero se puso de pie. Después se acercó a Breen y la abrazó.

—Das un poquito de miedo —consiguió decir—. Y estoy completamente perdido, ¿vale? Estoy flipando en colores. Pero sigues siendo Breen. Sigues siendo mi mejor amiga.

Ella hizo desaparecer la bola de luz y le devolvió el abrazo.

—Te quiero muchísimo, Marco. Todo esto lo he heredado de mi padre —añadió y se apartó un poco—. Es demasiado largo para explicártelo todo ahora. Lee lo que escribí. Tengo que irme. Voy a por mis cosas —le dijo a Keegan.

Cuando entró corriendo en el dormitorio, Marco se volvió hacia Keegan.

—Sé lo que acabo de ver. No lo entiendo, pero sé lo que he visto. Y sigo sin confiar en ti.

—No veo ninguna razón para que lo hagas. Te diré que no quiero hacerle daño. De hecho, daré la vida por protegerla, si es necesario. Como lo harías tú.

—¿La quieres?

—Es la llave de la cerradura —respondió Keegan—. De la cerradura que contiene la oscuridad. Una oscuridad que podría consumir mi mundo y el tuyo.

—Puede que no quieras hacerle daño. Puede. Pero alguien quiere hacérselo. Conozco a mi chica. Tiene miedo. Quiero saber por qué.

—Lee el archivo —le dijo Breen mientras sacaba de su cuarto la maleta hecha a toda prisa y desorganizada—. Está todo. Me he dejado cosas aquí, seguro. No logro pensar con claridad.

—Sedric puede volver a por lo que quieras, pero tenemos que irnos. Dame eso. —Ya impaciente, Keegan agarró la maleta y se echó al hombro el maletín del portátil—. Si unimos fuerzas, será más fácil y rápido abrir el portal.

—A la mierda los portales. Breen…

—Te llamaré desde la casa en cuanto pueda. La casa está en este lado. Hablaremos. —Lo abrazó de nuevo—. Responderé a todas tus preguntas. Pero necesito hacer esto. —Le dio la espalda—. No sé cómo abrir un portal.

—Yo sí —repuso Keegan—. Conmigo.

El *taoiseach* se concentró, tiró del poder de Breen y empezó a abrir el portal que ya había conjurado. Detrás de ellos, Marco vio luz, primero un puntito, que se transformó en una bola. Y la bola creció cada vez más. Vio oscuridad detrás de ella, aunque salpicada de estrellas y de un par de lunas que proyectaban una tenue luz sobre las colinas en sombras.

—¡La hostia!

Breen volvió la vista atrás.

—Te quiero, Marco.

Después, dio un paso adelante.

Marco no pensaba, solo sentía. Se abalanzó sobre Breen, le dio la mano libre, y entró en la luz y la oscuridad dando tumbos, con ella.

—Dios mío, Marco. ¡Keegan, para, retrocede!

Atrapado en el relámpago de luz, en el remolino de viento entre los dos mundos, Marco se aferró con más fuerza a Breen.

—Si tú te vas, yo me voy contigo.

—Es demasiado tarde para parar —dijo Keegan, que se arriesgó a irradiar más poder con la esperanza de que amortiguara la caída; después miró a Marco—. Agárrate, hermano.

Y sin tiempo, sin elección, Breen sujetó tanto la mano del amigo que la empujaba hacia un mundo como la del hombre que la arrastraba hacia el otro.